纵情夏日

〔美〕芭芭拉·金索沃 著
张竝 译

南海出版公司

新经典文化股份有限公司
www.readinglife.com
出　品

献给史蒂文、卡米尔和莉莉，

以及此书着墨的荒野。

祝婚歌

来吧，不满于
主宰贴满壁纸的单身房间的你们
这房里满是喑哑的鸟儿和假意盛开的花朵，
壁橱里填塞着死去已久的梦想！

来吧，像个新娘一样，让我们清扫这老旧的街巷：
挥起一把永不懈怠的扫帚，将所有枯死的黄叶扫光；
为了迎接春天，仿佛他就是我们的新郎
他那轻盈的脚步，是我们恳切的盼望。

我们要扫除一切阴暗，那些隐蔽的角落曾将老鼠滋养；
扫除我们的羞惭——然后在那曾被憾恨盘踞的地方
搭起爱的亭阁和华美的婚床，
为春天采集摇曳的花枝和馥郁的芬芳。
待他来时，便会唤醒我们曾遭诛戮的梦想；
待他来时，喑哑的鸟儿都将朗声歌唱。

——亚伦·克雷默

1 捕食者

她的身体移动着，坦荡地。那是长久独居养成的坦荡。但所谓独处只不过是人类的一种错觉。轻盈的脚步，哪怕只是踏出一步，对足底的甲虫而言都有如惊雷。每一次选择对被选择者而言皆是一个新世界的开启。一切秘密均被见证。

若是密林里有人一直在观察她——比如，某个藏身于茂密山毛榉丛中的持枪猎人——那他应该会注意到她是如何沿着小径快步而上，又是如何迫切而紧张地瞪视着前方的地面。他会断定她是个满腔怒火的女人，正在追踪某样可恶至极的东西。

他想错了。的确，她感到泄气和挫败，追踪那形迹直至一片烂泥地，便没了方向。她原本是很自信和确定的。但若非要让她在这阳光明媚、空气潮湿的清晨检视自己的想法，她会宣称自己是快乐的。她酷爱大雨之后的空气，酷爱整片密林中层层叠叠的叶子滴坠、承接、滑落雨水时窸窸窣窣的声响，那会使你头脑中的一切词汇变得苍白空洞。她的身体无拘无束，只需要遵循自己的规则：她的双腿修长，步速奇快，根本不适合有任何同行者——因为跟不上；若想摸一摸地上残败的叶片，她会下意识地在小径上毫无征兆地蹲下；一条发辫有她自己的前臂那么粗，一旦她弯下腰，辫子就会从肩头垂落扫过地面。她的四肢百骸都在为再次来到户外而欢欣鼓舞，终于可以走出她那栋在一整个春天的漫长雨季中连墙板都开始长毛的潮湿木屋。她蹙眉的表情只是因为专注，仅此而已。两年的独居生活已使她懒于打理自己的外表，在这方面她乐得做个瞎子。

一上午，她都在循着那野兽的足迹往山上走。她登上山，绕过杜鹃花丛，此时正攀入一片颇有年头的树林。树林所在的山坡很陡，得以幸免于被人砍伐的命运。但即便这里连山脊处都有橡树和山核桃树密密的华盖遮蔽，昨夜倾泻而下的暴雨仍抹净了兽迹。这兽曾于低矮的鬼臼灌木丛中穿行而过，在平滑的泥土上留下了足迹。她在小径上看过，知晓这野兽的体格，光是这一点就足以使她心跳加速。应该就是她这两年甚至更长时间以来一直在追踪的野兽。这漫长如一生的时间。但若想坐实，还得知道更多细节。特别是除了足掌之外，至少还得看过模糊的爪印，方能分辨是犬科还是猫科。暴雨如注，趾爪这一类细小印迹必然是最早销匿的，所以不管她现在多么努力地看，都不可能找到任何痕迹了。然而眼下，除了足迹她还需要注意搜寻更多的线索。此时的世界有如洪荒初开，这个清晨甜蜜而湿润，置身其中，她惬意无比。她有足够的耐心追踪下去。这兽或许还会因为一堆粪便（可能也已被大雨冲刷殆尽）之类的东西最终暴露自己。有的踪迹是某些兽类特有的。熊会在树上留下爪印，有时还会啃咬树皮。但这不是熊。它的体格与德国牧羊犬相当，但也不是家养的宠物。如果是狗，那留下此番踪迹的想必是野狗，因饥饿难耐，才会冒着倾盆大雨外出觅食。

她发现了一处线索，是在一截栗树树桩周围，或许是那兽留下的气味标记。她仔细琢磨这根树桩：自从遭到斧劈或得枯萎病一命归西之后，这棵粗糙不堪的老迈巨树便一路向下腐烂，重归泥土。些许伞菌从树根四周的腐殖土中长出。小巧的个头，鲜亮的橙黄色，棱脉清晰的精致菌帽好似撑开的阳伞。如注的暴雨应会将这些羸弱的小东西抹得一干二净，它们应该是雨歇后的这几个小时中冒出来的——之前，那兽肯定来过这儿。它们在氨的刺激下生长。她长时间凝神查看这块地面，并未意识到从侧旁看，她修长的鼻梁和利落的下巴透着一种优雅，也没意识到自己抬起左手驱散了脸庞附近的一群小虫，并将散落的头发从眼前拨开。她蹲下来，用指尖摁住树桩下的青苔，稳住身子，将脸贴到散着麝香味的老树上。用力吸入。

“猫。”她轻声说道，只是自言自语。这可不是她想要的答案。但能在这道山脊上找到领地意识极强的山猫的踪迹，也算是个惊喜。这里群山连绵，密林与湿地交相混杂，应是猫科动物绝佳的核心栖息地，虽然她也知道山猫大多生活在弗吉尼亚和肯塔基州交界处，湍急河流之上陡峭的石灰岩河岸地带。这下倒是解释了两天前她听到的叫声，雨中听来尖利瘆人，像女人的惨叫。她当时就觉得肯定是山猫，但仍然为之失眠辗转了一夜。没有人不会被这样仿若人类哀号的声音触动。此刻想起那晚的凄声，她还是不禁打了个冷战。她脚趾用力稳住身体，一蹬，站了起来。

他就站在那里，直勾勾地盯着她。他脚踩厚靴，身着迷彩服，背了个比她的包还大的背包。他那把猎枪可不是闹着玩的——看上去应该装的是点 30-30 步枪弹[①]。她肯定堆了满脸的惊诧，然后才回过神来，认清正在打量她的家伙属于人类。在山上撞见猎人这种事，

① 美国军用制式无烟药枪弹。

以前也发生过。但总是她先发现对方。这人却使她的优势荡然无存：先把她给看穿了。

“埃迪·邦多。”他说着，碰了碰帽檐。但她过了好一会儿才明白那人是在对她说话。

“什么？”

“我的名字。”

“老天，”她说着，总算喘了口气，“我没问你叫什么。”

“你还是知道的好。”

还真自以为是，她心想。要不就是喝上头了。就像那把猎枪，随时会走火。“我要知道你的名字干什么？你还准备给我搞出个事故，好让我日后讲给人听？”她平静地问道。这是从她父亲那里学来的策略，而且对待山里人通常都得这样——心里越是不安，语气越要平静。

“我可没那么说。我又不咬人。”他咧嘴一笑，似乎带着点歉意。他比她年轻得多。他左手伸向肩头，指尖刚好擦过兜于肩后的枪管。“我不会对女孩开枪。”

“好吧。真是天大的好消息。”

咬人，他是这么说的，说咬的时候，把元音缩短了，那是北方人的口音。是个外地人，像葛藤一样闯入了这个地方。他个头不太高，但肌肉相当发达，从他绷紧的衣服、露出的手腕、脖子以及站姿上就可以看出来。这体格很适合干体力活，即便在放松的时候，那一身肌肉也显得十分紧实。他说：“你在闻树桩，我看见了。”

“对。”

“这么做有理由吗？”

“有。”

“能告诉我是什么吗？”

“不行。”

再次冷场。她看向他的双手，但他眼中闪烁的墨绿色光芒使她转移了注意力。他极为专注地打量着她，似是在琢磨她话语中那些学着山里人的调子发出的元音，仿佛这样就能了解她隐藏于“有”和“不行”背后的秘密。他咧嘴笑的时候，嘴角下垂，而非上扬，像是在那直角的下巴上画出了一个圆润的括弧。她不记得曾见过哪个男人的五官能组合得如此生动。

“你的话不太多。”他说，“我认识的大多数女孩都能叽叽喳喳地说上半天，不管是谈论还没做的事，还是可能根本不会做的事。”

“好吧。我不是你认识的那些女孩。”

她在想这样是否会让他很不爽。她没枪，他有，虽然他说过不会开枪。想必也不会咬人。他们就这么站着，一言不发。她琢磨着这样的沉默究竟要僵持多长时间。云层流动，暂时遮住了太阳，叶丛间倏然传来两只棕林鸫不歇的啼鸣，歌声浮于她和这男人之间的空气中。那这男人算是她的——猎物？不对，是侵犯她领地的僭入者。捕食者这个说法毕竟太武断了。

“要不我跟着你走一段儿？”他彬彬有礼地问道。

“不行。”她断然回绝，“我不喜欢这样。”

男人，还是男孩，他究竟是何方神圣？他的笑容消失了，似乎突然因她的无礼很受伤，像个受到责骂的孩子。她斟酌着究竟该用什么语调，怎么措辞。她很清楚该怎么赶走那些忘了猎鹿季已经结束的猎人——这就是她的工作。通常情况下，话说到这个份上，也没什么可谈的了。礼貌一向不是她的长处，甚至很久以前住在砖砌的宅子里、身为丈夫和邻居眼中那个整洁优雅的女主人时，她就已经是这样了。她伸出四根手指插入头发，那棕色的长辫子里夹杂着银色的发丝，她把散落的头发从发际处往后捋，将它们悉数塞入颈后的辫子里。

“我在追踪。”她平静地说道，“两个人会比一个人弄出更大的动静。你要是个猎人的话，应该知道这一点。”

“我看你没带枪。”

“我觉得没必要。这是在国家森林公园的区域内，这片地区的动物都受到保护，不能狩猎。”

“好吧，”埃迪·邦多说，“这下总算明白了。”

“对，现在清楚了。”

他站着没动，花了好长时间上上下下打量她。那时间之长，使她恍然大悟，埃迪·邦多——是个男人，而非男孩——已将她抽丝剥茧翻了个遍，再依原样一块块地拼装回来。墨绿色的戈尔特斯面料外套是森林服务处工作人员的制服，法兰绒上衣则是她自己的，丝质的保暖长裤也是她的。这些东西究竟有什么可让一个男人感兴趣的，她毫无头绪。这片山林已有好长时间无人前来了。

然后他走了。鸟鸣声纷乱驳杂，于树丛间回旋激荡，原本充塞着无边无际的沉闷氛围的空气，霎时变得空空荡荡。他脑袋冲前，猫腰没入了杜鹃花丛。没人会想到他在此停留过。

他留给她的是一片滚烫的红晕，在她颈项的皮肤上热烈地灼烧着。

那天晚上她躺在床上准备入睡，却发现自己满脑子都是埃迪·邦多。第二天起身时她往腰带上别了把政府部门配发的手枪。这把手枪本是留给她防熊、自卫的，但她心里清楚这只对了一半。

两天来，她处处都能见着他——薄暮时分的小径上，他就在她前头；他出现在她的木屋里，身后就是满棂的月光。还入了梦。第一天晚上，她想通过读书来分心或自欺。第二天晚上，她用茶壶烧了几壶水，找了块棉布，仔仔细细地洗了个澡，甚至还用了肥皂。平常她都不会这么做，因为这样会让身上散发出令动物们尤其是鹿避之不及的气味，它们都很清楚这是只有人才有的气味，是猎人的气味——更是捕食者的气味。这两天，她都在半夜汗流浃背地醒来，求偶的蝙蝠在廊檐下的阴影里发出沉闷的响动，激烈的交配好似两个陌生人的冲撞，让她不得安宁。

而此时此刻，天光初照，她又来到了这截栗树树桩旁。他若再次现身，肯定会来这个老地方。这一次，他仍旧背着背包，却没带枪。她的手枪揣在外套内，上了子弹，但没打开保险。

她再次蹲在树桩旁察看踪迹。这一次，她极为肯定自己追踪到了一直在寻找的那种足迹。毫无疑问，这是犬科动物的足迹：很有可能是雌性，十四天前她就找到了这动物的巢穴。不管是雄性还是雌性，反正在这树桩旁逗留过，显然是注意到了先前山猫留下的印迹。或许是对小猫的气味感到好奇，或许是觉得受了冒犯，亦或许是无心为之。那种心思，人极难猜透。

而这一次，他又站在那里冲着她微笑。仿佛她只要从树桩旁站起身，就能将埃迪·邦多召唤出来：仿佛她只要热血上涌，就能使之现身。

“你在啊，”他说，“不一样的女孩。”

她心跳加速，在脉搏的轰鸣声中几乎听不清其他声音。

“看来，你要是整天在西布伦国家森林公园里晃悠，我应该就是你认识的唯一一个人了。而你好像就是喜欢在这儿晃来晃去。”

他这次没戴帽子。一头黑发，略显蓬乱，像雨雾中的乌鸦。他头发粗厚，颇有光泽，让她略生忌妒，毕竟，这样的头发顺直得刚刚好，打理起来也容易，不会纠缠不清。他摊开双手。“护林女士，你看，没有枪。我可是一个守法的体面男人。”

“看得出来。”

“比你要体面，”他又说道，“你还嗅树桩呢。”

“我可没说自己体面。也没说自己是男人。”

他的笑容里多了一丝阴郁。“能看出来。”

我有枪。他伤害不了我。但她很清楚当自己这么想的时候，局面就已发生了逆转。他又回来了。她用意志力使他返回了这个地点。这一次，她想弄明白他究竟在摆什么谱。可还没说几句话，他就投降了。“对不起。”他说。

“什么对不起？”

“我骚扰到你了。但我还是决定今天要跟着你在这儿走走，就跟一小会儿。希望你别介意。”

“你到底想知道什么？”

“像你这样的漂亮女孩为什么会在这一大片老林子里东嗅西嗅的。我总是整晚整晚地想着这事儿。”

看来，他也想她了。还是晚上。

“我不是什么小红帽，你别瞎操心。我年纪是你的两遭儿了呢。”年纪有两遭儿了，她是这么说的。她用极为生疏的腔调说出这种早就没人讲的土话。

“我真不相信。”他说。

她等着他继续说下去，他却提议道：“要不，我和你保持一段距离吧。”

她可不想让这个人待在自己身后。“我倾向于让你走前面。但我在追踪这动物的形迹，你要是看见了就离远点，可千万别踩上去。”

她指了指已有三天时间的猫迹，而不是猫迹下方烂叶子里的新鲜足迹。

“遵命，女士，我一定做到。”他稍稍弯了弯腰，转过身，向前走去。他的双脚娴熟地与那些足迹保持着距离，连烂叶子也没有碰乱。他还不赖。她看着他的背影没入前方的林叶丛中后才踏上小径，追寻山猫和那个男人并排走过的痕迹。她想好好看看他走路的样子，这样她就能看着他的身体而不被他发现。

迫近傍晚时，山北坡的夜色已十分浓重，山坡上的杜鹃花簇拥着丛生在每处空隙和裂缝间。在它们投下的浓密阴影中，山间的路面仍旧光秃秃的，很是湿滑。从现在起再过一个月，杜鹃丛将覆满大团大团的粉色花朵，犹如伴娘手中的花束。对于生长在孤寂山林里的野花而言，简直太炫目太奇幻了。不过眼下的杜鹃花花蕾仍在酣睡。如今只有在湿泥地里才能看见零星的如经一番阵痛才绽出的花朵：猪牙花、春美草，以及所有要赶在五月送来的第一波暖意——此时阳光仍能穿过稀疏的树枝——和将要被六月变得暗无天光的林中荫翳之间匆匆完成生命轮回的下层植物。山脚下，春风已然于五月的第一周吹遍谷地田间，但山间的野花却刚刚攀至这四千英尺的高度。在这条小径上，初开的花簇太过密实，一不小心就被碾于脚下。再过个几周，树木就不再抽叶，华盖将会闭合，繁盛的花朵也将在黑暗中凋敝，转而等待下一次轮回。春天会越攀越高，唤醒冬眠的熊，最终似野火延烧一般，融入西布伦山巅幽黑的云杉密林之中。但此时此地，春天正春情荡漾、起伏喘息。放眼四顾，种种生灵都在争取时间、争取光线、争取花粉的亲吻、争取精子与卵子的结合、争取更多一次的机会。

有两次他在小径前头停下了脚步，一次是停在一丛火焰杜鹃花旁，那满目艳红的花朵，好似燃烧的灌木。另一次驻足，她却猜不出其中的缘由。但他从未转身。他肯定是在听她的脚步声，她心想。至少是理由之一吧，也许不是。反正也都无所谓。

他们跟着老山猫的足迹走上那条直通山坡的小径后，她就任由他前行而去。等到再也看不见他的身影，她便转身下山，沿着陡坡的边缘缓步下行，一直来到一条与森林服务处相通的熟稔小径上。她在这数十月间维护的这类小径有一百来条，加起来也有数英里，但这条小径却从未过于枝繁叶茂到阻路蔽日，因为它连接着她的木屋和她常去的眺望台。刚刚发现的新足迹与先前山猫留下的踪迹分道扬镳后再次出现在了这儿，正是她认为的它们会前往的所在：山下。她是最近才发现了那里。今天，她会绕开这条小径。她逼迫自己远离这条小径和那个方位已达两周之久——整整十四天啊，简直让她度日如年。今天是五月八号，她原本准备在今天返回那里，悄悄接近她的秘密，好让自己确信这一切都是真的。但现在，不行了；现在当然不行。她会让埃迪·邦多在其他地方追上她的，如果他在找她的话。

她从那道山脊上下来，走入了一个四周都是石灰岩坡壁的山谷中。掌叶铁线蕨蓬勃有如一挂挂小瀑布，从裸露的石层间倾泻而下。湿漉漉的石灰岩上满布黑色的条纹，那是被雨季涨涌的泉水冲刷而成的。如今，雨季已将这片山区围困了好一阵子，岩壁上，处处都冒出了泉水。她从一条小溪的发端处，走入了这座山中最古老的一片铁杉丛林。铁杉树干燥泛白的细小针叶密密铺排，攒成一簇簇平展的大枝。大枝环绕着粗壮的乔木树干不偏不倚地发散伸开，就像圣诞树下圆展的树裙。她停下脚步，踩在半腐的干燥烂叶上，倾听着。“喳喳喳”，山雀们争吵得不亦乐乎，它们是她的老朋友了。然后，传来一阵噼啪声。是他正猫着腰赶来，他一直找她找到了这儿。她于是等着他从深色的树丛边现身。

“跟丢山猫了？”她问他。

“没有，把你跟丢了。有一会儿了。”

“对，时间不算长。”

他又戴起了帽子，帽檐拉得很低。她发现这样很难看到他的眼睛。“你今天根本就没去追踪那只猫，”他怪责道，“那点踪迹都有好几天时间了。”

“没错。”

“我想知道你到底在追踪什么。”

“你这人耐性真差，是吧？”

他微笑起来，然后逗她道：“究竟谁才是你的猎物，女士？”

“郊狼。”

有那么一瞬，他双眼圆睁，但倏尔便恢复了常态。她敢打包票他的瞳孔真的放大了。她咬住下唇，什么都不想透露。她似乎已经忘了该如何与人打交道——该如何回避某个问题，隐藏真实意图。

“还有山猫、熊和狐狸。”她连珠炮般地罗列道，不让郊狼显得过于特殊。“这儿有什么，就追踪什么。但主要关注的是食肉动物。”

她略略转身，等待着，甚至能感觉到靴子里脚趾的动静。她话说完了，他难道不说点什么吗？见他没话可说，她便问道：“我猜你前几天是想猎鹿吧？”

他稍稍耸了耸肩。猎鹿季老早就结束了。他可不想被戴着徽章保护野生动物和山林的女士设套抓把柄。“为什么主要关注食肉动物？”他问。

“没有为什么。”

“明白了。就是你的偏爱吧。有人喜欢观鸟，有人喜欢收集蝴蝶，自然也有像你这样的女孩，喜欢关注吃肉的动物。”

他说不定以为这么聊着聊着就能把她的话给套出来：外地人就喜欢卖弄小聪明。“它们在食物链的顶端，这就是理由。”她冷冷地说道，“只要它们没事，那它们的猎物就没事，而猎物的食物也会没事。否则，食物链就会缺上一环。”

“哦，是吗？”

“是的。关注捕食者，就能让你知道像鹿那样的食草动物、丛林植被、碎屑食性动物、昆虫种群，以及像鼩鼱和田鼠一类的小型捕食者的状况。就是这样。”

他一头雾水地琢磨着她，她看出来了。她早就对北方佬们在大脑中启动无数齿轮不断运转摩擦的样子见惯不惊了，现在他努力试图把她的山里人口吻和她明显受过严谨教育的状况结合起来理解的神情，在她眼中更是无所遁形。终于，他问道：“那你要知道鼩鼱和田鼠会变得怎么样到底是为了什么呢？”

“田鼠比你以为的重要得多。还有甲虫和蠕虫。我想对猎人来说，这片山林就像个动物园，但是谁来喂养这些动物，清理这个兽笼呢，你想过没有？要是没有蠕虫和白蚁，你现在就被困在一片死树枯枝丛中，就算帽檐被戳烂了也难以端起猎枪放出一记有的之矢。”

他摘下了帽子。她突然说得这么直白，让他心头一惊。“我膜拜蠕虫和白蚁。”

她瞅着他。“你是不是存心要气我？因为我不太和人打交道，我是有点忘了怎么见人说人话了。”

“我刚才确实有点混蛋。”他把猎人戴的布帽折叠好，塞入背包的搭环里，“先前呢，我又太爱管闲事。我道歉。”

她耸了耸肩。“这也不是什么天大的秘密，你尽管问就是。这是我的工作；不管你信不信，是政府付钱让我做这个的。钱虽然不多，但我也不太在意。”

“做什么，就是把我这种惹麻烦的家伙撵走？”

她笑了。“是啊，这是其中的一部分。还要维护丛林小径。八月里，如果天气太过干燥，我还得进入防火瞭望塔里看守。但大多数时候，我都是在这儿查看林地。这就是我的主要工作。”

他仰头望了眼铁杉丛林。“眼望天堂，脚踏艰辛。可够辛苦的。”

“对。总得有人干这活。”

他凝神注视着她，直要把他那微笑印进她心里。他之前的笑容都是为这抹微笑暖场的。“你在这方面应该挺有头脑的，女士。所以才有人雇你做这工作。”

“怎么说呢，有没有头脑，我不知道。这份工作得由专人来做。你总得感激为你提供工作的人。”

“来这儿的人不多吧？”

“连个人影都没有。二月份，我的木屋里倒是来了一头熊。”

“它和你待了一整个月？”

她哈哈大笑。那笑声令她自己都惊讶。她已有多长时间没放声大笑了？“没有。也就把厨房洗劫一空而已。今年的雪化得太早，我想它醒来的时候肯定饿疯了。幸好，那时候我在外边。”

“所以，就只有你和熊吗？你靠什么生活，坚果和浆果吗？”

“森林服务处每个月会派人送一吉普车的罐头食品和煤油过来。我想主要是来看看我是不是还活着，是不是还在干活吧。要是我死了，他们就不用往我银行账户里汇钱了。”

“懂了。也就是一月一次来个男朋友例行公事。”

她扮了个鬼脸。“说什么呢，哪有啊。他们派来的还是个孩子。他来的时候，我多半不在木屋，而是在外面什么地方。我跟人类鲜有交集，也就忘了该在什么时候等他来。他也只是把东西留在木屋里就走。我觉得他有点怕我，这是实话。”

“我没觉得你有什么可怕，”埃迪·邦多说，“这也是实话。”

她注视着他，与他长久地四目相对。两天来，他下巴上已经长出了一层砂纸般粗砺的胡茬。只是看上一眼，她似乎就能体会他下巴抵着自己皮肤的那种感觉。这样的思绪竟使她意想不到地觉得疼。他们继续沿着小径往前走，她仍让他走在自己前面五六步远。他很安静，不像有些人，总想用不间断的交谈塞满两个人之间的空当。现在这样挺好的。她还可以辨听林中的鸟鸣。过了一会儿，她干脆驻足倾听起来。让她吃惊的是，他竟也很合拍地同时听起了鸟鸣声。他朝她转过身，垂着脑袋，纹丝不动地站着，像她那样倾听着。

“是什么？”听了一会儿后，他问。

“没什么。只是一只鸟。”

“哪只鸟？”

她顿了顿，然后冲着那道高亢的颤音扬了扬头。“在那儿。纹胸林莺。是难得一见的鸟儿。”

“为什么这么说？”

“嗯，因为自上世纪三十年代起，它们就不在这片山脉筑巢了。当时，这片山上的树木全都被伐光了。现在，大片树林又长了回来，它们又开始在这儿繁衍生息。”

“你怎么知道它们繁衍了呢？”

“嗯，我没法证明给你看。它们会选很高的地方筑巢，只有上帝才能找到它们。但会这样鸣叫的只有雄鸟，它是想找同伴帮忙，看来它很有可能是找到什么了。”

“太有意思了。”埃迪·邦多说。

“其实没什么。现在你在这林子里听见的每一声鸟鸣也就是这么回事。都是雄鸟在找同伴帮忙。”

“我是指你竟然能从这么轻微的鸟鸣中听出这么多内容，而我几乎都没注意到鸟叫声。”

“没你说的那么深奥。”她红了脸，很庆幸他转过了身，迈开步子在她前面继续走了起来。所以，他应该没看见她脸红。她已经有多长时间没脸红过了？她寻思着，很多年了吧。而这两次相遇，她竟然脸红了两次。脸红，大笑，是否是只在人和人之间才会发生的反应？算是某种沟通的方式吗？

“所以说，你也观鸟。”他指出，“并不仅仅是捕食者。”

“你以为那树上的小东西就不是捕食者了？你得从毛毛虫的视角来看这世界。”

“我试试。”

“还是别了。那些小鸟只不过没在食物链的顶端而已。不像大灰狼。”

“我还以为大灰狼才是你的猎物，护林女士。”

“现如今，捕猎大灰狼可是个很无聊的主意。”

“我也觉得是这样。是谁射杀了这地区的最后一头狼，丹尼尔·布恩[1]吗？”

“有可能吧。对，最后一头灰狼就是在那个时期出现的。”

“还有其他种类的狼吗？”

“有。灰狼是谁都知道的，故事书里都是。但以前这儿还有另一种狼。这种小个头的狼叫作红狼。甚至在大型狼被猎杀之前，红狼就

① 丹尼尔·布恩（1734－1820），美国著名拓荒者之一，肯塔基州垦荒先驱。

全被杀光了。”

“小个头的狼？我从来没听说过。”

“你自然没听说过。因为地球上早没了。”

“绝种了？”

她犹豫了一下。“嗯，看你怎么定义了。老早以前，在路易斯安那的湿地那儿有一个地方，据说还有人时不时地见过红狼。但他们在那儿捕到的红狼都是和郊狼杂交过的。”

他们说话的声音压得很低。她在他身后轻声地说着，很高兴能让他走在自己前头。他走起路来非常安静，她很欣赏这一点。而且惊人地快。她平生极少遇到能够跟上她正常步速的男人。总是像肇事逃逸似的火急火燎，她丈夫就是这么说的。你就不能像其他女人那样闲庭信步吗？不行，她做不到，结果这便成了他和她吵架的又一个把柄。“女人味”就像是女巫审判中的测试，她注定没法通过。

“可你说过你在这山上见过郊狼。”埃迪·邦多不依不饶地柔声说道。

郊狼：好似那已经销声匿迹的红狼的娇小的金色幽灵，如今又东山再起了。她很想看着他的脸。“我说过吗？”

“差不多吧，也不算十分明确。”

“我说过我在找它们。”她说。此时她似乎想起了模棱两可的讲话技巧。聊的多，说出的却不多。“要是这里真有的话，我会很好奇，很想看看它们如何影响山里的其他动物种群。毕竟，它们是新的物种。”

“对你来说是新物种。对我来说却不是。我见过很多郊狼，比狗身上的虱子还多。”

“是吗？”在他背后，她没法得知他的内心想法，也不知这话是真是假。“我指的是对这片地方而言它们是新的物种。丹尼尔·布恩那时候，甚至印第安人还在的那个时期，它们就已经不见了。”

“没了？”

“对。没有它们曾在此生活的确凿证据。然而几年前，它们出现了，似乎决定将领地拓展到阿巴拉契亚山的南部山区。没人知道其中原因。”

“但我想像你这样聪明的女士应该能做出一个有说服力的推测。”

应该能，她心想。不可能。她总觉得自己告诉他的那些事，很多他都已经知道了。这没什么，只要她真正的秘密不被发现就好。

“不单单是这儿……”她又补充道，对自己喋喋不休尽扯些题外话的做法很是讨厌。还说和你认识的大多数女孩不一样，看看我现在的样子吧。“最近几年，美国本土的许多地方都发现有郊狼出没。甚至连纽约都有了。有人拍到过一张照片，照片中那只郊狼正从两辆出租车之间穿行而过。”

“它这是在干什么，要赶地铁吗？”

“想逮耗子吧，更有可能是这样。”

她得安静下来，她暗下决心。这个选择带给了她一种熟悉的满足感，仿佛内心生出一股不易察觉的拉拽力，将快要敞口的布袋紧紧地收束了起来。她得将秘密好好地藏在布袋里，她得注意观察小径，试着仔细聆听。还得尝试将眼睛从他那有着动物皮毛光泽的黑发和包于牛仔裤里的臀部肌肉的形状上移开。然而不管将目光移到哪儿，这个男人浑身都是肌肉。

她将目光移到了树上。那里，有一窝刚破茧的草蛉，正渐渐盈满枝杈间的空隙。经过了一场大雨，它们正在蜕蛹羽化。倏忽间，它们的身影已四处飞散，沐浴着高处的阳光翩跹起舞，因进入成年期被赋予的既简洁又庄严的使命而战栗不已。那使命就是：迎着阳光，活下去，并进行交配。当它们还是一只只食肉性幼虫的时候，生命是从容而缓慢的。如今它们已使身体与蚕蛹分离开来，蜕去那层爬行在叶片上的捕食者的外衣，将其抖落在烂泥里，任那些空荡荡的蜕壳歪倒着。而它们那崭新的拥有翅翼的剪影则如放浪的精灵仙子般飞升而起，迫不及待地寻觅配偶、产卵孵化，以待永生。

他们脚下的小径在眺望台处倏然终结。这里的壮阔景色总是令她叹为观止：崖壁对面莽莽苍苍的密林就这样猝不及防地向你敞开怀抱，险峻的山崖在你脚底直落而下数百英尺，那石灰岩崖壁连松鼠都很难攀得上来。她第一次是跑上来的，并非如平常那般健步快走，而是一路小跑——那次她到底是怎么想的？差点没命。她做这份工作的最初几个月，似乎就是急速行走着度过的。她毫无女人味地跨着大步，真的就如肇事逃逸一般火急火燎。都过去两个夏天了，然而自那天之后，她总是无数次地回想起那个时刻，当时，她死命把自己往上提拽，下坠时，腿和脸上的皮肤都磨破了，还差点把一棵酸木幼树连根拽出。那个瞬间她很可能就那样轻易丢了性命，而且根本没人看见。她脑海中会经常回放当时的景象，惊恐地揣摩着自己前半生和后半生——以及此时此刻——之间那道如同拖车钩一样的连接竟如此脆弱不堪。她差点就活不到今天了，感受不到脸上阳光的赐福，看不到脚下这一片由上帝铺展的、延绵而皱乱的绿毯似的大地，亦不能再望一眼西布伦谷中百衲被般的田野和牧场。

“那是你的家乡？”他问。

她点了点头，没想到他竟然猜出来了。自他们穿过草蛉纷飞的午后山径攀登到这里，已有一个多小时没讲话了。此刻，她正细细注视着这片景色。那儿流淌着一条银链般的蛋溪；另有四条溪水：苦溪、鹅溪、行者溪和黑溪，好似四根手指，与拇指般的蛋溪交汇之处，便是蛋叉镇。从远处看，镇上那一块块零星散布的小空地就像撒了一地的薄荷糖。不过，在她心里还有另一番视角：奥达·布莱克的铺子，冰柜里躺着一支支结了一层细碎白霜的爱斯基摩派巧克力脆皮雪糕；利特尔兄弟五金店脏兮兮的柜台上搁着一罐免费取用的棒棒糖——她的整个童年都是在这片巴掌大的溪谷里度过的。此刻，她望见一辆载着牲口的卡车缓缓驶上 6 号公路，正处于南妮·罗利的果园与那个曾属于她和她父亲的农庄之间。不管光线多好，也不管她多么努力地眯起眼睛，从这儿也是望不见那栋房子的。

“肯定不是你的家乡。”她说。

“你怎么知道？”

她笑了起来。“第一，你说话的方式。第二，西布伦县没有姓邦多的人家。”

“县里每个人你都认识？”

“不仅每个人，”她答道，“连他们家里养的狗我都认识。”

一只红尾鵟乘着气流，盘旋于高空，以猛禽特有的尖锐声音，接连发出叩击般有节奏的欢快叫声。她扫视天空，搜寻着另一只红尾鵟。通常，如此鸣叫，就表明它们正在求偶。她曾见过一对红尾鵟在空中交尾，彼此抓扯纠缠，将翅翼收卷着，一起从天空翻滚急坠数百英尺，令她胆战心惊。但它们总能适时松开彼此的怀抱，再次腾起直上高空，继续在那仿佛毫无来由的激情中互相击打，至死方休。

“那地方叫什么？”

她耸了耸肩。“只是个山谷。叫西布伦谷，取了大山的名字。”她如果说出蛋叉镇这个名字，他肯定会笑疯，所以还是不说的好。

“你从没想过离开？”他问。

“你看到我在那下面了？”

他手搭凉棚，好像故事书里的印第安人那样搜寻着那片山谷。“没有。”

“那不就得了。”

“我的意思是离开这片土地，这些大山。”

“我离开过。又回来了。还是不久之前的事。”

“就像那些……纹胸林莺？”

“就像它们。”

他点点头。“是啊，我能看出是怎么回事。”

他能看出什么来——她为何离开，还是她为何返回？她寻思着，在他这个外来者眼里，这地方究竟是什么样的。她很清楚这地方听上去如何——她接触过的那些城里人从来不会大声说出她家乡的名字。但它到底看上去如何，会不会让人觉得不漂亮呢？老实说，谷底只不过是一长排小农庄，挤在这条山脉和对面那条古老的歪歪扭扭的窄长山脉之间。那里从山脚到克林奇峰错杂堆叠地生长着层层幽深林木。在那道山脊和这道山脊之间，什么都没有，只有湛蓝的天空和稀薄的空气，以及一只孤鹰。

“下面有牧羊场。”埃迪·邦多说。

“是有几片。还有烟草田。一些奶牛。”

而后，她便继续沉浸于自己的思绪中。她眯眼眺望克林奇峰，视线扫过山崖石壁和重重密林。她抚摸着这些思绪，好似抚摸着衣兜深处光滑的石子。去年春天，一个奶牛场主就在自家牧场上方的树林里发现了郊狼的巢穴。按照当时甚嚣尘上而如今已渐渐平息的当地人的传言来看，多亏了这位奶牛场主是个神枪手，才结果了爹妈和六个嗷嗷待哺的幼崽。她不信有这事。她知道西布伦的人就喜欢胡侃，她也知道一大家子郊狼几乎就是不死之身。当地农夫因为不懂，所以使用了“爹妈”这样的糊弄说法。一大家子郊狼通常情况下应该都是雌性，姊妹们由领头的母狼带队，集体为某一家庭成员的生育繁衍尽心尽力。

十四天前，当她在自己维护的这座山上发现了巢穴时，她真想挺直身躯，朗声宣告欢呼。是同一窝狼，肯定是。这一大家子郊狼重出江湖了。半山腰上，苦溪旁，有一棵巨大的橡树倒在了地上，庞大的树根随之翻出，留下一个深阔的凹穴，它们就在那穴中安了家。她是在一天清晨偶然发现这个巢穴的。当时，她只是想出门感受一下春天的气息，便往兜里塞了块三明治，朝山下走去。她徒步山行了约两英里，一路上发现溪畔的弗吉尼亚风铃草都盛开了。于是她坐到花丛间，一手拿着三明治吃着，一手端着望远镜观察红眼雀。就在这时，她看见了凹穴里有东西在动。那一幕让她觉得简直太匪夷所思了，毕竟她已搜寻了整整两年。接下来的一整天，她都趴在鹿蹄草毯上，犹如热恋中的女高中生一般，屏息凝神，等待着心上人的出现，好向他看上一眼。她看见一头母狼进了狼穴，金色的侧影正往暗处移动。她能听见或感受到还有两头狼在附近晃悠。她不敢走得太近去看幼崽。一有响动，这些狡猾的女士就会再次消失。但她看见的那头狼垂着沉甸甸的奶头，是个正处于哺乳期的母亲。其他母狼应该都是她的姊妹，帮着一块儿喂养小狼。对于这一大家子郊狼，西布伦谷的农夫知道得越少越好。

埃迪·邦多搅扰了她的思绪。他的尼龙袖管碰到了她，仿佛触及了她正暗暗细诉着的秘密。她猛地惊觉过来，只觉得自己脸上的肌肉突然涨大，变得麻木起来。虽然维持着凝视山谷的姿态，但她仍用余光搜寻着他的身影。他是否知道袖管的触碰正扰得她心神不宁？还不如直接擦碰到他裸露的皮肤来得利落。她怎么会到这种地步，以致这具身体已经丧失了被人触碰的记忆——这是她想要的吗？离婚非她所选，除非他说的是对的——她的本事与对野外的偏爱就是男人不得不选择离开的原因。日渐衰老的丈夫无法直面自己的年龄，于是突然对年过四十的妻子横加指摘，对此，她实在无能为力。没错，西布伦山上的这份差事已让她与世隔绝地生活了二十五个月。正遂她所愿，亦是她不再需要婚姻来重启生活的明证。

“真好。”他说。

她心里直犯迷糊，什么？她瞥了一眼他的脸。

他也看了过来。“你见过比那儿更美的景色吗？”

“没有。”她同意道。那是她的故土。

埃迪·邦多的指尖从下面钩上她的指尖，就这样握住了她的手。仿佛触碰她就是对脚下这片美景唯一可行的回应。一股电流般的脉冲自她的大腿内侧蹿升，就像一道闪电瞬间击倒两棵大树，任之幽幽阴燃，又或许焚起熊熊大火。

“埃迪·邦多，”她尽量不去看他，刻意对着前方湛蓝的虚空大声说道，“我还完全不认识你。但如果你不想睡在树林里的话，可以到我的木屋里睡一晚。”

听闻此言，他并没有松开她的手指。

他们一同沿着小径返回树林，双手紧握，这是从未有过的事。满布神经末梢的双手犹如刚出生的小兽，以自身的意志，将他们拽向前方。她觉得只要看着这个人，看他所看，自己所有感官的敏锐度就会加倍。他俯身从矮枝下穿过，再用另一只手挡住枝条，以免树枝回弹到她的脸上。他们紧挨着往前走，似乎到今天才猛然惊觉这两个月的连绵阴雨和最近两天的春日燥热在森林的地面上创作了何等精彩的奇迹。各种各样的蘑菇纷纷冒了出来：黄色的、红色的、棕色的、粉色的、亮白色的，以及娇小的、肥硕的、淡雅精致的、华丽花哨的，不仅给地面涂上了鲜艳的色彩，还为树木周身点缀了那意外而冲动的、满是菌褶的肉体。它们圆滚滚的脑袋从腐叶下探出，宣告着这片丰饶的树林在这如火如荼的春日里正洋溢着亢进的生殖伟力，世界由此诞生。她跪在腐叶中，将狗牙堇指给他看。这是种百合科的黄色小花，倒悬的花朵显得极为腼腆，花瓣向内微曲，叶片上斑纹点点，好似铜头蛇的背斑。他在她膝边弯下腰，摸了摸另一朵被她完全忽视、差点压碎的花朵。“看这朵花。”他说。

“啊，看那朵花。”她近乎耳语般地回应道，“那是拖鞋兰[①]。”粉色的小小兰花就长在这儿，她知道这种花肯定会长在这儿，这里的松林使土壤变得更温和了。她移到一边，以免踩踏，发现这儿还有不少拖鞋兰。无数有着精细脉纹的椭圆形花囊竖于花茎上，摇摇曳曳沿着山脊向上绵延而去。她抿着双唇，刻意移开视线，不去看这么多的粉色阴囊。

“谁起了这个名字？”他问。不管是谁，反正最初那个人觉得这花像女人的拖鞋，而非男人的睾丸，实在是好笑，他俩都哈哈笑了起来。不过他们又都小心翼翼地碰了碰拖鞋兰那布满脉纹的肉体，因其漂亮的纹理构造惊讶不已。

“蜜蜂肯定会飞进花囊。”她说着，伸手轻触了下花瓣下方的窄圆形囊口，授粉者会从这儿进入花囊。他凑近细看，卷曲的黑发差点擦到她的额头。他对这花如此感兴趣，而且毫不客气地紧抵着她的身子，竟使她的身体产生了如此激烈的反应，令她惊诧莫名。她能嗅

① 原文为“lady’s slipper”（女士的拖鞋），故有下文一问。

到他湿漉漉的头发和领口上那片皮肤散发的水洗羊毛味。她觉得这种久旱无雨的渴念比饥饿更刻骨——可与干渴相提并论。她的心狂跳不已，心里揣摩着他是否认为她只不过是提供一个干燥的地方让他睡睡觉而已呢？她真的只是这个意思吗？在那间小木屋里，与他共同度过整个傍晚和漫漫长夜，近在咫尺，满怀渴望，却不去触摸，她实在不确定自己能否受得了。如果再次遭到抛弃，就像她丈夫最终所为那般，到卧房里找眼镜和钥匙时当她是空气，即便她赤身裸体也只会显得碍手碍脚，就像剧院里挡住了他看戏的陌生人，那样的话，她就真的活不下去了。她年纪不小了，不能纵容自己犯傻。这个近在眼前的埃迪·邦多还是个孩子，英俊帅气，肯定还不到三十岁。

他往后一坐，看着她，想起了什么事。她却再次被他的话惊到。“北边的山上也有这样的花，就长在泥炭沼泽地里。”

他每一次呈现出新的一面，抑扬顿挫的嗓音，触摸花朵的手指，对她从未见过的泥炭沼泽地的了解，都使她心神不宁。她无法将视线从他指尖、从他指甲盖上细细的白色新月上移开，也无法不去注视他粗糙的手掌上细腻的掌纹。她不得不迫使自己开口讲话。

“北边也有拖鞋兰？哪儿，加拿大吗？”

“不是同一种花，但也能捕虫子。蜜蜂嗅到香味便会飞来，一旦飞进去，就会被困在里面，除非找到出口。不过这样一来，蜜蜂就会在里面把花粉撒得到处都是，正中花的下怀。就像这样，看这儿。”

她俯身去看，伸手轻触着那只小巧的花囊，同时感觉到了自己的呼吸声。兰花迫使授粉者在花囊里拖着肚子乱走乱撞，然后才让它逃出生天。她心生怜意，只觉得一阵疼痛从耻骨的骨嵴上传来。

她怎么会想要这个陌生人呢？现在就站起身，从他身边走开，这样是否才是合情合理？然而，当他的脸从侧面凑到她近前时，她的手不由自主地抚上了他的下巴。这就够了。双颊相抵产生的压力迫使她缓缓往后倒去，最终屈服于地心引力，他们双双倒伏在地。兰花在他们身下被压得粉碎，她迷糊而茫然地想着，但很快就忘了它们。她能感觉得到在他的身体和她的心跳之间，那些层层相隔的衣料和骨肉；感觉得到他贴着她脸庞的皮肤上的每一个毛孔；甚至双唇相触时，也感觉得到他唇上的纹路和裂口。她闭上眼睛，以抵挡汹涌澎湃的激情，但这样做却使激情来得更为猛烈了。而且闭上双眼后，那眩晕感也更加强烈。于是，她又睁开了眼，将一切变成现实，他们的确正躺在冰冷的叶子上接吻。他们就像一对双双坠落的鹰，不是从稀薄的空气中急遽下坠，而是缓缓碾过鹿蹄草和剧毒的鹅膏菌翻滚而下。他们终于在山脚下停住了，他在上，她在下。他专注地看进她的眼眸，好似内里还有什么东西，深深地陷在那双瞳仁里。他从她发间摘下了几片棕色的山毛榉树叶。

“这样如何？快看看自己。”

“看不了，”她笑道，“都好几年没照镜子了。我的木屋里没有镜子。”

他将她拉起来。他们往前走去。有那么几分钟，他们不知所措地沉默着。

“这条路往下就是送补给的吉普车来回走的车道。”他们来到路边，她指着前方说道，“我的木屋在前面山上，但那条路一直通往山下的镇子。你要是想找出去的路，从这儿走就行。”

他站在那儿，往山下扫了一眼，便轻轻拨转她的肩头让她面向自己，伸手握住她的辫子。“我想我已经找到了一直在找的东西。”

她望向一边，不敢相信这话，而后又看了回来。但当他的手移到她的胸口，开始将她胸前敞开的衣服拨开时，她情不自禁地笑了。他将她的尼龙外套往后褪去，从肩头褪下，一直褪到她弯曲的肘部。

“找到和在找是两码事。”她说。但他的嘴唇抵上她的颚骨时，她又一次嗅到了他发间和领口的气息。那股令人神魂颠倒的羊毛味再次唤起了她的渴念——如果能称之为渴念的话。不过，要是水源近在手边，再长久的干渴也总是能平息的。她将手肘从外套里抽了出来，外套落在了泥地上。她伸手拉开他大衣上的拉链，似蜕皮一般将那尼龙大衣从他背后褪下。不管怎么样，蜕了皮，总会焕然一新。离木屋还有几百码远，他们笨拙地向前走去，拽着背包和褪到一半的尼龙外衣，毫无分开之意。

她松开了他，往没有遮檐的门廊地板上一坐，脱了靴子。

“你就住这儿？”

“对，”她搜肠刮肚地想要说点什么，“就我和熊。”

他坐到她身边，将手指放于她的唇上。别再说这个了，他似乎就是这个意思——但他们还没谈过这个，她仍然不确定这一切是真是幻。他扳着她的双肩，将她轻轻摁到地板上，在她身边躺了下来。他轻抚着她的脸庞，解开她内衣的扣子，将手探入，抚摸了起来。他的手一直往下游走，寻寻觅觅，然后他与她四唇相堵，使她无法喊出声。她弓着背，将手枪轻轻滑开，推往地板另一头。事情发生得太快。她的骨盆也拱了起来，接着她喊出了声，但只是女人轻轻的呻吟。她必须脱身而出，不能就这样任自己完全陷入他的摆布。她睁开双眼，看见她的手枪就停在门廊边上，上着保险，无声地瞄准下面的山谷。那是她最后残余的一丝恐惧。

她小心地将他的双手从自己身上挪开，把它们举过他的肩头。然后她翻到他的身上，像摔跤选手一样将他压在身下。跨骑于他的大腿之上，她低头注视着他的脸庞，这才惊觉自己现在竟与人类相距如此之近。他咧嘴笑着，她知道自己寻求的正是这古怪的笑容，那背后的含义她一望便知。就是这么简单，她心想。就是这么合理。她向他俯下身，用敏感的舌尖品尝着他胸口汗津津的皮肤，然后再探索他紧绷的腹部。他感受着她温暖的气息在皮肤上轻抚，随之战栗不已。她从而明白了自己也是可以拥有埃迪·邦多的。身体决定了一切。在最为自然本真的进程中，人的身体并不比兰花拥有更多的选择，或者说它们需要的就是蜜蜂而已。于是，他们双双陷入彼此，她会让他进入，无论何地，他皆可前往。在夜幕降临前的最后整整一个小时的白昼天光里，草蛉纷纷飞升至森林上空明亮的余晖里，为自己短暂的生命寻求安慰，她那空荡荡的尼龙外套也似蛹壳般和他的衣服一道纠缠不清地躺于泥地。他们这两具有着柔软肌肤的身体也终于在她的门廊地板上完成了彼此引见的程序。一阵清风将新叶上的雨水抖落至他们发间，但他们正全神追寻着永恒，故而对这零星的寒凉未有丝毫察觉。

后来，在渐趋浓郁的暮色之中，似乎过了十分漫长的时间，她的心跳才平静下来。他躺在身边，视线却越过她，望向渐转黢黑的树林，显然并未受到心跳的困扰。几只画眉鸟婉转啼鸣，已经这么晚了。一阵风掠过，又抖落了树上的雨水，滴落在木屋的锡皮屋顶上，似铅弹一般鸣响，滴落在他们身体裸露的部分，使那里灼热的皮肤冷却下来。她细细打量着悬在他耳垂上的一滴雨水，水滴正好被他左耳上极细的椭圆形金色耳环兜住。在她心目中，他是否算得上俊美？抑或他只是一个男人，是在她饥饿难耐之时扔过来的一块骨头？

他的左手插入她的发间，不安分地乱动着。但他仍看着别处；那只手只是自行移动着，他丝毫未加留意。她琢磨着他的工作是否就是专门和动物打交道之类的。

神思飘忽了一会儿，他回过神，将视线移到了她的脸上。“嗨，美女。你叫什么名字？”

“迪安娜。”

他等着她说下去。“迪安娜，然后呢，再没了？”

“迪安娜，其他的我也不清楚。”

“那可太不寻常了，一个没有姓氏的女孩。”

“我有过，但那是我丈夫的姓氏——曾经的丈夫。这么说吧，现在这姓氏还在，但他是我的前夫。”她坐了起来，哆嗦了一下，看着他站起身，拉起牛仔裤。“你不会懂的，这种情况会让人很困窘。那名字现在对我毫无意义，但它还是会跟着我一辈子，印在我的驾照上，附着在我所有的东西上。”

“‘还是会’。”他嘲讽道，冲她微微一笑，琢磨着她说的话，“对你来说，那就是雄兽。是标记气味用的。”

听到这话，她笑了好一阵子。“就是这样。把他圈定领地的标记烙在我拥有的每一样东西上，然后就跑开了。”

没想到接下来埃迪·邦多竟走到门廊的尾端，冲廊边撒起了尿。只是突然听到那里的鬼臼草和圣诞耳蕨叶片上传来的泼溅声，她才意识到是怎么一回事。“天哪。”她说。

他扭头看向她，很吃惊。“怎么啦？抱歉。”弧线形的尿液渐渐稀落，滴滴答答，他往一边躲去。

她平静地说了句：“你还在我的领地里呢。”

·

迪安娜在她的少女时代十分纯真懵懂。男孩子们津津乐道着女大十八变，她却因太过害羞而不予理会。再者，她从小就没了妈妈，所以远未学会此种游戏。等到上了大学，她才发现自己总是会受到年纪大得多的男人——主要是老师——的吸引和指导，最终还和一个老男人结了婚。她那从农场生活中习得的世故、她的身高、她的一本正经——相当正经——都使她比同龄人老成一辈。之前，她从不知道二十八九岁的男人能带来什么。埃迪·邦多很清楚自己该怎么做，也有足够的精力反复实践、追求完美。从昏至晓，他们没有睡觉。

晨曦初现之时，她才恢复冷静，或者也可以描述为陷入迟来的忏悔中，她想弄明白自己究竟丧失了什么——肯定是暂时失去了理智，这个先不谈。她知道大多数她这个年龄的人和大多数其他动物都干这事。就算是陌生人之间的碰撞吧。确切地说，也不算陌生人，因为他们有特定的求爱方式：展现，退却，三天来心怀痴念，不得安宁。但此刻看着他睡在自己的床上，她既觉得兴奋莫名，又感到深深的不安。甚至自己现在光着身子躺在床上的状态也使她惊愕万分。通常，她睡觉时都会穿好几件衣服。这个清晨与棕林鸫一同醒来时，她能感受到抵着皮肤的床单冰凉的纹理，她只觉得心中激荡不宁，茫无着落。就像一只蝴蝶，从暗褐色的幼虫蜕变成另一副全新的华美面貌后，却对自己该飞往何方毫无头绪。

看他的背包，她觉得他恐怕是个居无定所、四处流浪的人。这让她黯然神伤，不知自己是否与一个声名狼藉的家伙同床共枕了。不过，等到日上三竿之时，她又镇定了下来。他悠悠然地起了床，开始慢条斯理地将背包里的东西一件件拿出来，有条不紊地把它们堆在地板上摞好，找出干净衣服和剃须刀。她觉得，罪犯是不会花时间剃胡子的。他的背包看上去还算体面，麻雀虽小，五脏俱全：有药柜，餐具室，厨房。包里有好多吃的，甚至还有一把小咖啡壶。他在墙上找了根原木，在上面支好小镜子，调整好角度，刮起了脸，每次只刮一小块地方。她忍着没看。刮完胡子后，他便像个受邀的客人，大摇大摆地吹着口哨在她的木屋里走来走去。唯有细看她架上书名时，才会消停片刻。《群体遗传学与进化生态学理论》：这种书名似乎让他一惊，但转瞬又恢复如常。

他的身影使这狭小的木屋显得满满当当，她试着做早餐时老是走神。砰地关上碗橱，到处乱找东西，她很不习惯有人做伴。她只有一把梯式靠椅，外加门廊上一把脏兮兮的破旧扶手椅，扶手上都是洞眼，东菲比霸鹟衔来些白色枝条固定在洞眼中，就在这椅上筑了巢。就这么些家当。她把梯式靠椅从桌边挪开，使高高的椅背靠住原木的墙壁，让他坐下来。这样她站在丙烷炉前搅蛋粉、烧水泡燕麦时，周围还能有点空间。他的右手边就是她的铸铁小床，床上乱糟糟地铺了块垫子，床头柜上堆着书和田野日志。昨晚手忙脚乱慌里慌张时，险些将煤油灯撞翻，差点把它们付之一炬。

不知什么时候，柴火炉里的火熄灭了。这样一来，早晨就挺冷的。在这样的海拔，要挨到七月，早晨才会变得温暖。她端来两盘蛋，他站起身，把椅子让给她。她在椅子上坐下来，缩成一团，膝盖蜷入天鹅绒外套里，仍然冷得直哆嗦。她隔着从咖啡杯中冒出的蒸汽，看着他走到窗前站定，望着窗外吃起来。他身高大概就五点六英尺吧。不仅年纪轻，还比她矮半个头。

“我说这话你别介意，”她说，“像你这种身高的人一般都会很快从我身边逃开。”

“哦，是吧？”

“对。他们只会站在屋子另一头瞪着我。好像我长这么高，就是存心要羞辱他们似的。”

他放下叉子，注视着她。“我说这话你也别介意，迪安娜小姐，谁让你整天和蠕虫、田鼠混在一起。”她哈哈大笑，他也冲她咧嘴一笑。钓鳟鱼的渔夫就是这样抛出鱼饵的。“我们西部的男孩会管你叫高水杯[1]。”

看来他并不介意。她手长腿长——事实上，整个人都长——似乎还挺讨他喜欢的。真是太有意思了。这让她十分欣喜。让她焦躁不安的是他的年纪。她克制着没有急于去问他妈妈是否知道他在哪儿。她只问了他从哪儿来这样的问题。“怀俄明”是他的答复。牧羊人。家中经营牧羊场已历三代，他是第三代牧羊场主的儿子。她没有问怀俄明的牧羊人为何会在一年中的这个时候跑到阿巴拉契亚南部山区来。她有种不祥的预感。

于是，她不去理会他浑身上下散发的魅力，将视线移向了窗外的树林。窗玻璃上停伏着一只亮金色的玉米天蚕蛾。这种生灵在夜间觅食，成蛾后也在夜间交配。此刻，它正借着清晨带来的第一丝暖意活泛起身子，准备找个地方折好翅翼，等待无用的白昼天光尽快过去。她注视着这蛾子毛茸茸的黄腿缓缓地往窗玻璃上方爬去。突然，蛾子扭动起来，展开翅翼，露出后翅上的一对黑色眼斑，似乎想要吓唬捕食者。接着，它便飞向某个安全的藏身之所去了。迪安娜也有想要尽快逃离的冲动——逃开这个她从密林里捡来的危险伴侣。

牧羊人。她知道西部的牧羊人有多恨郊狼。那种仇恨是出了名的，也许算得上是人类与动物之间最残暴的冤冤相报了。即便在密西西比河的这一侧情况有所收敛，但也没好到哪儿去。在她出生的那个地方，农夫不分青红皂白，只要见到郊狼就杀。数个世纪流传至今的童话故事将恐惧深深地烙入人心：给他们一片地方，狼和熊肯定会被灭光。早在百余年前，除了最蛮荒的山区，欧洲人便已把他们那儿的狼和熊都杀光了。时至今日，那些所谓的人与兽之间的对峙与抵抗想

① 原文“long drink”有大杯饮料之意，也指细高的个子。

必只是传说了吧。从三年级起，迪安娜·沃尔夫就学会了背诵这样的开战宣言。她还在《世界百科全书》里查过“狼”这个词条。她之所以喜爱美国，是因为美国仍然很年轻，美国人尚未将这片国土上的大型捕食动物杀戮殆尽。但他们正有志于此，并认为这样做很值得。

“你有把猎枪。”她说，“那天，你带在身边的。好像是点30-30枪弹的来复枪。现在在哪儿？”

“收起来了。”他说，仅此而已。他胡子刮得很干净，袒着胸膛，兴致很高。看得出来不仅是蛋粉，她给他什么，他就会吃什么。他的那把枪正藏在附近的某个地方，而他那双漂亮的、足弓高高的脚掌，却在她的木屋地板上随意走动，显露着单纯而赤裸的优雅。迪安娜觉得自己麻烦大了。

怀俄明的牧羊人之所以会在一年中的这个时候来到阿巴拉契亚南部山区，肯定是冲着山区赏金狩猎竞赛而来。这是今年刚组织发起的一项活动。她知道，这项竞赛于五月的第一天正式开启。正是生产和哺育幼崽的时节，若是存心要来个斩尽杀绝，没有比此时更适合的狩猎季了。竞赛吸引了全国各地的猎手们，纷纷赶来大肆杀戮郊狼。

2 蛾之爱

卢萨独自蜷缩在扶手椅里，偷偷摸摸地读着书——没想到，农夫的老婆只能这样读书——这时，馥郁的芳香使她的思绪骤然停摆。五月九日上午十一点，这难以磨灭的时刻即将改变一切，她正逐渐被推离自己原本的生活轨道。

她闭上眼睛，将脸转向敞开的窗子，尽情地呼吸着那馥郁的香气。忍冬花。卢萨合上书，用食指夹住。查尔斯·达尔文对蛾子的论述让她沉浸其间。书中描述了刚破茧的雌性孔雀蛾散发的处女气味，使得大量雄蛾疯狂涌入，将囚住雌蛾的金属丝钟罩围了个密不透风，更有好几十只飞蛾爬入达尔文先生的烟囱来找雌蛾。卢萨的书都堆在地板上，堆到了这把厚实软和的扶手椅背后看不见的地方，这是她在这所房子里唯一拥有的属于自己的天地。她刚搬到这里时，就看上了这把铺着老式绿色织锦软垫的奇怪椅子。她拖着它穿过宽敞的卧房，直至那扇高高的面南的大窗前，那里光线充足。而此刻，她窝在椅子里，往前凑了凑，稍稍转头，隔着落满灰尘的窗玻璃往外望去。远处，在饲草田的尽头，她望见了科尔的白色T恤，继而看到了整个人的轮廓——他往前弓着的身体。他正从拖拉机座椅上探出身去，折断了一根忍冬枝。那枝条攀入了香柏围成的树篱，高悬于饲草田边缘的上方。也许那忍冬枝挡了他的道吧。又或许他折下枝条，是想把它带给卢萨。她喜欢在厨房水槽上方的罐子里养些新鲜的花枝。只要她还能让空气弥漫着芬芳，用恣意开放的野花那蓬勃的香气将厨房里那些可怕的女鬼打发走，就多了几分在这儿生活下去的可能性。

科尔还在距离饲草田尽头四分之一英里的远处，他在犁地。不久，他们就要在那田地里种上烟草。不可思议的是，他折断树枝溢出的芳香，竟能一直绵延至她所在的宅子。大概是当时微风轻拂，正好往她的方向吹吧。阿巴拉契亚山区的山里人坚信大山会呼吸。这是真的：农舍后面陡峭的谷坡每天清晨都会悠悠地吸上一口气，到了傍晚再缓缓吐出，让气息穿过他们敞开的窗子，掠过田野——深呼吸，每天只此一次。卢萨第一次来科尔家做客时，听他说起大山的呼吸，只是抱以宽容的微笑。她尊重乡下人诗情画意的语言，却对那些看法持怀疑态度：大山会呼吸；蛇只有在太阳落山后才会死，即便已经斫下蛇头也没用；要是被乌龟咬住了，只有等到打雷它才会松口。但当她嫁给科尔，搬入这栋宅子之后，西布伦山的气息每日拂晓都会抚摸她的脸庞，她才终于领悟。她学会了用皮肤来感知时间，从清晨到下午，大山的呼吸会轻轻地吹拂她的后颈。及至傍晚，大山的呼吸又似恋人的叹息，浸润了潮湿树林中的芬芳吹来，当她停下手中的厨事，撩开脖子上微汗的鬓发时，便能感受到一袭幽凉滑过颈背和肩膀。她渐渐地将西布伦山视为自己生命中的另一个男人，比她所知的任何伴侣更高大、更坚实。

而此时，她的丈夫正在田野彼端，折下忍冬枝，想要带给她。她可以断定那是带给她的花枝，因为他将枝条塞入了他的大腿和那台久保田拖拉机的厚垫座椅之间夹好。他双手握着方向盘，一颠一颠地驶过犁好的田地时，那芃芃开放如云的白色花朵便簌簌乱颤起来。下方的田地差不多就要犁完了。待他回到这栋房子里享用午间咖啡与“正餐”——她还在努力适应这种对晌午餐食的称谓——她便会将忍冬枝浸入水中。到时候也许他们可以谈谈；又或许她最好还是把汤和面包放到桌子上，将一大清早就想好的恶言恶语囫囵吞下。他们几乎每天都会起争执，但今天是最糟的一次。今天早上，吃早餐时她差点就要摔门走了。今天早上，他也想让她离开。他们恶语相向、咆哮谩骂。此刻，她闭上眼睛，呼吸着。她对这种山野藤蔓甚是偏爱，而农夫却最见不得自家的树篱丛中长出这样的东西。他要笑，就随他笑去吧。

这周报纸上的园艺专栏写了如何铲除忍冬。而这成了他们争执的导火索。

“醒醒吧！这个项目需要重复使用大量的强效化学脱叶剂。”她大声嚷嚷着，夸张地模仿山里人讲话的喉音，听起来愚蠢而荒唐，她很清楚这样做会惹恼科尔。可她怎么控制得了呢？是县里的农业专员写了《伊甸园里的园艺》这篇令人瞠目结舌的文章。日复一日，农业专员最关心的就是清除这个清除那个。他们这些人似乎一心一意地想着如何才能将目力所及的每一样活物斩草除根，实在令她忍无可忍。把野蔷薇连根挖走；把樱桃树上的冠蓝鸦全都射杀；把东菲比霸鹟筑在廊檐上的巢全都清走，免得雏鸟把走廊台阶弄得一团糟。这些就是西布伦县的日常消遣，堪与春季大扫除媲美。

而他说：“你要是取笑西布伦县，就等于在取笑我，卢萨。”

“这还用你来告诉我吗？”她打断他。就算只是坐在这间厨房里，她也能感觉到他已故的母亲就在这儿，摆出一副难以苟同的脸色。她又如何能忘却他的成长地呢。科尔是家里六个孩子中最小的，他的五个姐姐从未迈出过这山谷。父亲怀德纳将土地以每人一英亩的份额转让给了五个女儿，使她们婚后可以在上面盖房子。余下的六十英亩土地，他全都留给了唯一的儿子科尔。家族的墓地就在果园后面的山坡上。显然，怀德纳一家的宿命就是共同长眠于这块土地，以至永恒。对他们而言，所谓城镇，就是指蛋叉镇，附近的一个小村落住了千把来人，有九座教堂，还有一家克罗格连锁超市。卢萨反而成了个危险的外来者，尽管她只是来自山那边的列克星敦——那点距离近得可笑。现如今，她在五个大姑子面前仿佛孤家寡人，就连走过沙砾地去邮筒取信，都引来她们一番侧目。

戗了他那句话之后，房间里便安静了下来。科尔默然地吃着早餐，她盯着他看了一会儿，便将那份恼人的报纸往桌上啪地一扔，站起身去忙自己的事了。她走出厨房，去冷飕飕的后门廊察看昨天静置的牛奶。此时，她仍趿着拖鞋、穿着泡泡纱睡衣，他们起床还不到一小时，雾气仍在溪流上方氤氲缭绕。一只玉米天蚕蛾伏在窗纱上。这种蛾子在她心目中排名第二，其后翅竟然与她的发色一样略呈玫瑰金色。（她最喜欢的向来是月形天蚕蛾，它们习惯待在林中高树上，如同虚无缥缈的绿色幽灵。）“一晚上的觅爱之旅累坏了吧，”她数落道，“这就是你的下场。”可它又有什么办法呢。整个天蚕蛾科，包括她所欣赏的玉米天蚕蛾与月形天蚕蛾，都是只在幼虫时期吃东西，因为成蛾没有口器。卢萨想，这简直就是一场无声胜有声的极致浪漫——饥饿的蛾子与死亡赛跑，在暗夜中寻觅伴侣。

她小心翼翼地拎起奶桶，看来奶皮子凝得不错，可以挑出来了。牛奶满打满算只有一加仑。他们只养了一头奶牛，用它的奶来制作科尔爱吃的黄油和奶油，而且现在也只在傍晚挤奶。卢萨提议废止凌晨四点挤奶这项极为不便的成规时，每个人都大吃一惊。她会整夜地把奶牛和牛犊关在谷仓里。甚至将母牛和牛犊一起放牧。如果周末她要开车去列克星敦，便压根儿不去挤奶。（会不会有科学家来考虑这些事呢？）等到卢萨想要牛奶了，只需将牛犊赶往牧场，不让它和母牛待在一起，那么傍晚时母牛的乳房就会胀鼓鼓的。科尔的姐姐都不赞成这种取巧的方法，卢萨却甚觉合意。如果她们从小劳碌惯了，一天要挤两次奶，那和卢萨无关。她有自己的行事方式。不到一年，她就把农场里的活计打理得井井有条。科尔最爱吃她做的饭菜，连他母亲也被她比下去了。此刻，她站在水槽边，将撇乳勺浸在牛奶里，注视着细腻的乳脂缓缓溢过勺缘泛出若有若无的淡绿色，她灵光乍现：屋后菜园里的菠菜已经长好待收，去摘一大棵，连同蘑菇片一起放黄油里炒，再放上一片月桂叶；而这些乳脂可以做出香喷喷的汤，科尔就爱喝这汤。中午他回来吃饭的时候，这些菜都可以做好。所以，现在她得集中心思烧汤，最好别再和他争了。

但科尔不愿罢休。“卢萨，那你为什么不给报纸写园艺专栏呢？”他一边吃早餐一边激她，“正好可以教教我们这些傻头傻脑的乡巴佬。”

“科尔，我现在得专心干活。我们还有必要吵吗？”

“是没必要，亲爱的。实在抱歉，”他说，但没有丝毫抱歉的意思，“我没在好地方待过，没见过在房子里养狗、在窗台花箱里养花的那种世面。”

“你还有完没完？列克星敦并不算好地方。只是那儿的人会读很多书、写很多东西，而不是跑到树篱里干掉忍冬。”

“他们用不着那么做。他们根本就没有树篱。城里人的院子，我也都见过，每家每户的花草枝蔓不也都是齐刷刷地被平整的人行道给干掉了吗？”

达尔文观察到，许多种类的蛾子，都是雄蛾喜欢栖息于开阔处，而雌蛾喜欢待在暗处。她和科尔不也正符合这种生物学上的陈规旧俗吗？雄性和雌性不也都各自遵循着彼此的天性吗？她将视线从瀑布般流泻的乳脂上移开，抬起头，琢磨着该如何平息他们之间的这场争执。

“我并不是个纯粹的城里人，只有某一部分算是吧。”她平静地说道。他们争来争去的那些话从没说到点子上。他只是一味地将她置于她根本无法选择的那个阵营里。他怎么能理解，她的整个童年时光，在太阳下晒得皮肤黝黑、满脸雀斑，虽只能待在草坪上，却一心向往牧场的梦想呢？他怎么能理解，她小时候也热衷于捉蝴蝶和捕蛾子，在彩图书里把它们的介绍看了又看、把那些图片摸了又摸，满心盼着能在荒野里寻找和追逐它们的愿望呢？

他把指节扳得咔咔响，举起双手抱住后脑勺。“卢萨，亲爱的，你能把那个女孩带出城市，但你没法将城市从那个女孩的心里移走。”

“胡说！”她朗声说道，火气一下子就上来了。他还真以为自己很聪明？她一时没控制好撇乳勺的角度，放得过低，都触到桶底了，她刚刚撇好的乳脂又滑开来，融入了牛奶。得再花半天时间来分离了。她把撇乳勺往水槽里一扔。“为了这一天，我在学校里待了整整二十年。”她转身面对着他，“我很遗憾，我所受的教育并不能使我好好适应这里的生活。这儿的动物只有两种下场，要么被吃掉，要么被当作靶子干掉。”

“你忘了它们还能当‘诱饵’。”他慢吞吞地说道。

“说这话有意思吗，科尔。我在这里很孤单。你根本就不明白。”

他拿起报纸，把它折到刊有牛肉价格信息的版面。好吧，合该这么结束。她的孤单是她自己的问题，她心里清楚。除了科尔，和她讲过话的全都是列克星敦人。当他建议她在这儿多交朋友时，她脑中浮现的都是她在克罗格超市内见到的那些睁着天真的大眼睛、顶着夸张发型的女人。结果，她也只能给以前实验室的同事阿莉和哈尔打电话，聊点小镇生活的八卦。但近来，他们也开始对卢萨有些不待见了，毕竟电话费有点高得离谱。到底怎么啦？你不开心，那就走啊，你不也长脚了吗。趁着还能重新拿到研究经费，赶紧回来吧。

她着手给盛牛奶的器皿消毒，设法不去想阿莉和哈尔。她以前的生活和现在的生活太不一样了，她甚至没法一边过着眼下的生活，一边回想过去的另一种生活。就算只是尝试着回忆一会儿，她也会觉得局促不安。于是，她就通过反复默念那些古老祷文似的名目来让自己平静下来：Actias luna、Hyalophora cecropia、Automeris io，月形天蚕蛾、刻克罗普斯蚕蛾、玉米天蚕蛾。这些天蚕蛾科的大蛾子有着柔软如丝的翅翼，以诸神的名字[1]生活在西布伦山区的浅壑深谷和绵延高丘之间。这里的大多数人根本就不知道在他们睡着的时候，是哪种蛾子的翅翼拍打了他们黑乎乎的窗棂。

还有一件事，她没法开口说——她的受教育水平远超她的丈夫。科尔的标准玩笑模板是："我太热爱上学了，所以每个年级都念了好几遍。"卢萨从来就没把他的这种自轻自贱当真过。他们在肯塔基大学初次见面时，她就看出他也算是个自学成才的学者。当时科尔是去参加一个害虫综合管理培训班。县里的一帮农夫筹措了一笔学费，将科尔派到了列克星敦。他们知道他并非哗众取宠之辈，相信他会带回些真材实料。他们的这种信任很有道理。他并未随波逐流地认为卢萨博士后研究助理的地位有多了不起，倒是向她提了好多问题。他发现卢萨对麦蛾简直了若指掌，这种蛾子是导致谷仓里谷物被蛀食的罪魁

---

① Luna 是古罗马神话中的月亮女神。Cecropia 是古希腊神话中雅典的创建者，拥有人的身体、蛇的尾巴。Io 是古希腊神话中宙斯的情人。

祸首。他那双湛蓝如夏日晴空的眼睛于是开始整天围着她转，让她觉得既惊慌又受用，到底是哪种感觉连她自己也说不清楚。她带他去参观了实验室以及她父亲设于同一幢楼内的规模更大的研究室，她父亲研究的是苹果蠹蛾的费洛蒙[①]现象，这种蛾子是出了名的苹果树害虫。实验室里的蛾子被关在玻璃盒内，一举一动都受到监视。科学家们设法释放出费洛蒙诱饵，干扰雄蛾的求偶行为。于是，它们的处女新娘只能徒然地在全球各地的苹果树上产下无害的空卵。

后来（并非频繁地），卢萨和科尔在她位于欧几里德路的家里睡过几次。科尔做起爱来像个农夫，但这不是在说他粗俗。相反，他在身体方面很有一套。他为她身上散发的泥土气息沉湎着迷，他用毛茸茸的嘴唇搜寻着她的柔软湿润之所，翻转她的身体如同翻动新鲜泥土，以使之迎接新生的荣耀。她总觉得自己身材矮小，曲线犹如沙漏，不会有人当真喜欢。但在这个靠双手判断动物哺养能力的男人怀中，她却有了焕然一新之感。他终于让她恍然大悟：原来自己也是性感撩人的。

她告诉他动物会以气味为线索来寻找和确定伴侣。就是费洛蒙。他听了乐不可支。“那就是性喽。你们这些人整天待在实验室里，就是靠干这个拿钱的啊。”

“罪过。”她说，“我研究的是蛾子的爱情。”

他对蛾子的爱情颇感兴趣。她告诉他，现在看来就连人类的某些行为也是在费洛蒙的影响下做出的，尽管大多数人对其中的微妙关节并不在意，他却觉得益发兴味盎然。科尔应该会感兴趣的，她想。科尔曾将脸埋入她皮肤的每一处折痕，深深吸入她的气息。如果他和蛾

① 一种与性有关的荷尔蒙，来自生物吸引异性的自然本能，学名“信息素”。

子一样，便可用他羽状的触须搜寻她周身散发的气息，他会从腹部翻转出机巧精密的分枝状发香器，催动诱惑的气味将她召唤回来——他只会对性更加情有独钟。

他曾问她："要是你无缘无故地爱上了一个人，就是这么回事吗？都是因为费洛蒙？"

"也许吧，"她回答道，"有可能。"

而后，他翻身仰躺下来，十指交扣，抱于脑后，正好给了她切近观察他的机会。他骨架硕大。他的肩膀、双手，他宽阔平坦的腹部和胸膛——处处都使她觉得自己竟然如此娇小。在她的床上，竟赤身裸体躺着一个乐呵呵的巨人。

"那告诉我，"他说，"为什么女人要想尽办法掩盖自己身上真实的气味呢？"

"我不知道。"当然，卢萨之前也对这个问题感到疑惑。就连剃尽腋毛也能挫败那个生物学上的目的。而阴毛之所以存在，就是为了增加气味分子的扩散面积。她对他说过这个。

"和科学家女士睡觉，还真是麻烦。"他一本正经地说着，冲她微微一笑。她已开始担心再也看不到这张脸了。要是他真这样想，那就糟了。那样一来，他很快就会离开，他明朗而热切的硕大身躯，他那新剃出的经由下颏中部直抵性感双唇的道道须痕，都将一去不复返。他的胡须使她想起了花儿咽喉深处的蜜源标记，为蜜蜂指引着花蜜所在的甜蜜通途。

她那间位于欧几里德路的公寓看来让他住得很舒服，培训班结束后，他又待了两天才走。事实上，他们几乎没怎么下过床。她只能给实验室去电，说自己突然病了。他向她求婚的时候，她差点就想问他——并非出于心计，而是纯粹好奇——是否惯于和刚结识的女人睡觉。但卢萨问不出口。第二年，他向她发起了猛烈的攻势，以致他来访的那几次，她又开始排卵了。她对此很注意，唯恐自己会挺着大肚子举行婚礼，让他家的亲戚幸灾乐祸地拿来消遣。对于像科尔姐姐之类的人，她母亲有过一个说法："长着十根手指，却只能数到九。"

此时，科尔已吃完早饭，点起一支烟。他抬头扫了一眼卢萨，发现她正凝神注视着他，不由得心里一惊。"怎么啦？"他问。

"我刚才在想我们以前的感情有多好。"

"对了，我忘了告诉你。赫布今天上午晚些时候会来借压力喷洒器。他自个儿会去库房里找的，到时你看到了可别大惊小怪。"

她怒目而视。这是科尔的典型做派，一旦涉及感情，他就装得没心没肺。"我不想让赫布进我们的库房，"她断然回道，"看来我还是亲自去仓库给找出来得了。"

"为什么？赫布知道压力喷洒器长什么样。说来也真是的，当时他劝我买了那玩意儿，现在他倒用得比我还勤。"

"他来找，肯定会乱翻我收好的那些漏斗和捕虫网，再向玛丽·埃德娜添油加醋地乱说一通，埃德娜跑去和洛伊丝、埃玛琳八卦一番，洛伊丝和埃玛琳转而又跟汉尼－梅维丝风言风语。所以，谢了。"

科尔往椅背一靠，笑了。"三个最有效的传播方式就是：电报、电话、告诉怀德纳家的女人。"

"我觉得这真的很搞笑。她们以前最喜欢聊的话题竟然是我。"

"她们也没什么恶意。"

"你真这么认为？"她摇了摇头，转身背对着他。她们就是想让她不自在。打一开始，她们就是这样。去年六月她成了怀德纳家的女主人，她们很少和她说话，却总喜欢背地里说她闲话。卢萨尚未踏足克罗格超市或这里的五金店，就已经尽人皆知，这个来自列克星敦的女孩喜欢跪趴在客厅地板上给虫子起名字，而不是直接把它们踩死。

“我那些姐姐们要干的事儿多着呢，不会无聊到坐在一起说你坏话的。”科尔坚称。

“你那些姐姐们到现在都还不知道我叫什么。”

“好啦，卢萨。”

“那你去问她们。要是她们有人能说对，把卢萨·马卢夫·兰多夫斯基全名都说对，我就给你十美元。她们是存心不记我名字的。你以为我在说笑？洛伊丝就曾明确地告诉奥达·布莱克我娘家的姓是祖基尼[1]。”

“现在肯定不会这样了。”

“奥达一直在唠叨，说她看出来了我这么着急要和你结婚，就是为了去掉娘家的姓。”她注视着他的表情，想看看他是否明白这是一种羞辱。他们结婚后，卢萨还保留着自己的名字。但无论是否保留，最终都变得无关痛痒——这里的每个人都叫她怀德纳太太，就好像根本不存在卢萨这个人。

“好吧，就算她们全心全意地看不上你，”他耐着性子说，“可洛伊丝还是邀请我们在阵亡将士纪念日去她家参加阖家宴。她还想叫上我们下午一起去墓地，给爸妈上坟。”

卢萨歪着脑袋，很好奇。“她什么时候来电话的？”

“昨晚。”

“邀请了所有家人？怎么可能？她家的厨房也就电话亭那么大。”

“以前没有乱扔的衣服和塑料玩具鸭的时候，要比现在大多了。”

---

① 原文为“zucchini”，不作姓氏音译时意为西葫芦。

卢萨只能笑笑。

他比画着。“这儿就是厨房。你为什么不请人来这儿坐坐？”

卢萨定定地注视着他，几乎惊掉了下巴。

“嗯，怎么啦？”

她摇了摇头。“你怎么能装聋作哑到这种程度？我怎么可能坐在那群满面阴云的女人中间，还得假装阳光灿烂的样子？”

“你说什么呢？”

她走向餐厅角落的柜子，取了只挺特别的瓷盘回来，就像举了张识字卡片。“这对你没什么意义吧？”

“这是你结婚时带来的瓷盘。”

她的瓷盘，没错——以前是她家的，英国式样，上面印着精致的手绘植物画，花朵和它的授粉者。然而她们难道一定要对她钟爱的每一样东西都嗤之以鼻吗？“去年七月，我们新婚刚一个月时，我在这儿举办的晚餐会上发生的事，你肯定不记得了吧？是你的生日派对，我花了两个星期准备好所有菜品，没有人帮我，这是我第一次想要给你的家人留下好印象，虽然失败了。”

“我不记得。”

“我来帮你回忆。说说你的大姐，想想当时的画面。她就坐在那把椅子上，蓝色头发，脸上的表情像干酪一样僵硬，抱歉我这么说。我就是用这只盘子给她端上了晚餐，就在这儿。”

他笑了。“我记得玛丽·埃德娜咬了口土豆，好像看到了下面有只黑寡妇，就尖叫起来。”

“是天蛾的翅膀。是绘着天蛾的画。我没有画黑寡妇的瓷盘。她也没有尖叫，她只是放下叉子，像具尸体那样交叠着双手，从此以后就再也不接受我的邀请了。老天，甚至感恩节都不来，科尔。在你们家，在你有生以来，你和你那些姐姐们每年都会聚在一起吃感恩节晚餐，可自从你老婆冒天下之大不韪，让玛丽·埃德娜陛下浑身不爽之后，她们就不再吃了。”

“那就别邀请玛丽·埃德娜，请其他人吧。她一向喜欢倚老卖老。”

“玛丽·埃德娜不来，她们都不会来。”

他耸了耸肩。“那好吧，也许她们这些乡下人就是没法理解为什么要把虫子和稀奇古怪的拉丁语印在盘子上。也许，她们害怕用错叉子。”

“去你的，科尔。要是你们都喜欢嘲讽我，那就去你们全家。”她感到脸上一阵热辣辣的烫，还差点气得顺手砸了盘子，但那动作全然不是这么回事。这盘子似乎比婚姻更贵重。

“天哪，”他愤愤地说，“她们警告过我，千万别娶红头发的女人。”

“Shuchach！”她嘟囔着，从牙缝中挤出一个刺耳的阿拉伯语辅音，便踏着重重的步子走回餐厅把盘子放好。卢萨流了泪，这让她觉得很难堪。她的邀请遭到冷待的事竟然还令她心痛不已，这着实让她感到羞耻。去年太多次，她挂断电话，在客厅的编织地毯上一圈又一圈地绕着踱步。她这个拥有昆虫学学位的成年已婚女人，竟像个孩子似的哭得稀里哗啦。她们怎么看她，她为何要如此在乎？投身于昆虫研究的女孩都懂得不去理会公众的意见。但无论以前还是现在，她始终无法忍受的就是那种含沙射影，认为她就是个活宝，是个愚蠢的女人。回首往事，令卢萨深感害怕的是，她也曾如此评判自己的父亲，她也曾怀着无知的怜悯把他看成一个说话尖刻、不谙世事的人，一辈子只知埋首于充满乙醚味的消了毒的实验室里苦苦钻研。尽管祖上都是农民，但她父母对具体的农事一窍不通。如果非要找到一点他们与农牧生活的关联，也就是周日驾车穿过费耶特县东部放养赛马的牧场这点体验吧。

卢萨想变得截然不同。她渴望以自己对爬虫的热爱以及为之付出的汗水来震惊世人。她仍能感觉到体内自儿时起便跃跃欲试的热望。正如那个在盛夏炎暑中也贪恋着野外的小丫头，看着镜中自己原本草莓金色的头发变成一缕缕湿漉漉的深棕色卷曲发丝贴着脸庞，得意地倾身弯腰对着镜子呼出一口热气。成为女人后，她迫不及待地抓住了一个意想不到的机会：成为农夫的妻子。

她从未料到这种怪异的、暮气沉沉的家族遗风竟会一路跟着她来到西布伦。在这儿，她的新亲戚们把她和她的娘家人看作傻瓜，竟会特意把害虫养在玻璃瓶里。

她返回厨房，没有再看科尔一眼。如果他觉得这一切都没什么大不了，那她也没问题。"好吧，"她说，"别用画了虫子的盘子给怀德纳家的人盛饭菜。我会记住的。还有，伟大的害虫杀手赫布来我家库房搜缴压力喷洒器时，要敞开大门任其进出。"照卢萨看来，赫布和玛丽·埃德娜堪称绝配：两人都那么高高在上、自以为是。

"你到底什么意思？"科尔问。

"你知不知道汉尼－梅维丝昨天告诉了我什么？她说有一次，赫布在他家牧场围栏上方的树林里发现了一窝郊狼，是一头母狼和一窝嗷嗷待哺的狼崽子。她说他就站在狼窝里，对着它们的脑袋，一枪一个全给崩了。"

科尔茫然地看着她。

"是真的吗？"她问，"你知道这事吗？"

"提这事干吗？"

"是什么时候的事？最近吗？"

"不是。我想是去年春天。是你妈生病那会儿。肯定是在婚礼之前。所以你不知道这事。”

“哦，那是好久以前的事了。所以现在也无所谓了。”

他叹了口气。“卢萨，它们毕竟是食肉动物，还在奶牛场上方搭了窝。不然你觉得赫布该怎么做，让那窝狼把他家的老底儿都吃了不成？”

“不是狼，是郊狼。”

“不都一回事。”

“不是一回事。这里离大峡谷差不多有两千英里，而这里竟然出现了郊狼。你觉得不会有任何人关心这个问题吗？”

“我觉得赫布只会关心郊狼要吃什么。比如新生的犊子。”

“就算那真是郊狼——我很怀疑这一点，毕竟赫布是近视眼——说实话，我还怀疑他是否射中了它们。我敢打赌他没射中。我也希望他没射中。”

“赫布·戈因斯的枪法好得惊人，在这一点上可没什么好争的。但要是你想知道我的看法，卢萨，那我告诉你我希望他射中了。”

“你，还有县里的每一个人都会这么想。我知道。就算赫布没射中，也总会有人会射中的。”她真希望自己已经穿戴整齐。她只是觉得这一身睡袍似乎让自己显得太脆弱，没什么说服力。她往门廊走去，纱门在身后砰地关上。她将牛奶放入冷藏室，再行分离，抬头发现那只玉米天蚕蛾还悬在门廊的窗纱上。她伸出手，轻轻地拍了拍那扇窗纱。“还是飞走吧，”她说，“昆虫在这儿不安全。”她看着蛾子张开翅膀，展露出西瓜红色后翅和那翅上一双惊人的黑色眼斑。猫头鹰的眼睛，她心想，实在是像极了。一只可怜的小鸟张着嘴巴想把蛾子一口吃了，却猛然被那双眼睛盯得一愣。这令人快乐的古老生灵，充满了惊喜。

她返回厨房，双手各提了一罐去年夏天的番茄。汤做不了了，她要做“imam bayildi”[1]。这是一道清真素菜，需将时蔬杂烩填装进事先挖空的茄子里。她从母亲那里继承了这份食谱，相比牛奶，卢萨更爱这个。科尔对这种土耳其烤茄子不怎么感冒。他甚至对通心粉也持怀疑态度，他称之为“艾大利”菜。但乳脂没弄好，都是他的错，所以，就让他吃外国菜吧。我真是太堕落了，她心想。身为美国国家科学基金会的学者，她曾被授予系里最令人艳羡的研究生奖学金，如今却只能通过心怀怨愤地烧烧菜来发挥她对世界的影响力。

而科尔，这个气得她发抖的大块头仍坐在桌边，抽着烟。苍白的弧形烟灰好似一缕柱状星云停在他的左手和烟灰缸之间的深色桌面上方，那丑陋的马口铁烟灰缸几乎是半悬在桌沿外的。面对这番场景，她只想将之揉成团赶紧扔掉了事。科尔到现在都没去开拖拉机赶牛，他平常可不是这样。天亮到现在已经过去整整一个小时了，都已经日上三竿了。他是存心要气她吗？

“赫布要压力喷洒器干什么？”她问。

“我不知道。不对，我多少知道一点。他说要在教堂清理什么东西。好像是墙上被筑了蜂巢，玛丽·埃德娜是这么说的。”

“哦，太好了。要在教堂里消灭上帝的造物。上帝没让赫布和玛丽·埃德娜去掌管诺亚方舟，真是明智。否则他们会先用烟熏死一部分生灵，再淹死剩下的。”

他没有再笑。“亲爱的卢萨，在你的家乡，也许人们会认为教堂里到处是蜜蜂是件好事。大自然在一个地方销声匿迹五十年，那儿的人们就会多愁善感地把它当作素未谋面的至亲，为它哀悼。可在这

① 土耳其语，直译为“伊玛目昏倒了”，意思是这道菜好吃到令人昏倒。

儿，大自然活得好好的，身强力壮，还喝得醉醺醺，到处闯祸。”

“我的丈夫是个诗人啊。大自然竟变成酗酒成瘾的疯汉了。”

他摇了摇头。“情况就是这样。你每天都得说服它往后退个两步，否则，它就会放马过来，接管一切。”科尔总能轻而易举地避开她屈尊俯就的反讽。他自有一种“你怎么说我都不生气”的从容语调，把卢萨气得想要尖叫。

“接管什么？”她说道，强抑着怒火，“你是大自然，我也是大自然。我们拉屎，撒尿，生孩子，搞出一堆烂摊子。就算你让忍冬在你家谷仓边上生长，世界也不会终结。”

生孩子？我怎么没发现我们有孩子？他的眼神在说。可他问出的话是：“既然在野草还没长出来的时候就能把它掐断，为什么还要忍受它到不可收拾的那一天呢？”

他们对彼此说的每一个词都是错位的，词语背后的每一条事理都变得无法言说、无处归位。他们的善意僵化如一潭死水，他们的玩笑话全成了老掉牙的陈腔，已没法再用。卢萨扔下洗碗布，这陈词滥调的对话让她喘不上气。“祝你在林子里过得开心。我要去给你洗衣服了。你的烟把厨房里熏得难闻死了。”

“你虽然咒骂烟草，但你也得想想是去年的收成让你买到了新的洗衣机和烘干机。”

“Yil’an deenuk!”① 她在过道里吼道。

“要是我的艾拉伯妈妈教我诅咒骂人，我肯定不会引以为傲。”他回敬道。

艾拉伯妈妈，波兰佬爸爸——他这明摆着是在和她对着干，和他

---

①阿拉伯语中一句骂人的话，意为侮辱对方的宗教信仰，是阿拉伯语中最难听的一种辱骂。下文中科尔故意将“阿拉伯”说成“艾拉伯”，是对卢萨的回击。

家里人没什么两样。可她不也嘲笑过他的口音和出身吗？不过说实话，他们原本都不是这类人。日积月累的蔑视轻慢交错纠缠，再也无法厘清——就算她和科尔结婚百年，他们仍旧会不明就里地争个不休。她觉得又沮丧又挫败，在楼下各个房间砰砰砰地走来走去，收拾乱扔的衬衫和袜子（有些是她的）。忍冬和烟草，有什么好吵的，可他们还是吵了。结婚不到一年，他们已经学会一场接一场地争论，无休无止。就像小溪流往山下，汇聚在山谷，然后溢出溪岸，浸入车辙，又流回谷底的溪床。争论像水一样填满婚姻，总是流经一切，虽无嗅无色，却充满了噪音。

苦溪，那条溪流的名字，还有他们农舍后面的一直绵延到国家森林公园的山谷，人们将这里称作苦谷。太棒了。*是我太年轻，竟对这苦涩毫无察觉*。她心里想着，吃力地走上楼去收拾余下的待洗衣物，而他则出门去饲草田尽头犁地了。再过十年，会怎么样？难道她真的想就这么一辈子待在农场里？到手的鸟儿在那一瞬间就丧失了神秘感。如今，她觉得自己就像一个跨境邮购的新娘，勉勉强强过了婚礼这一关，却已想不通自己怎么会离开生长的城市和心爱的事业，跑到如此逼仄的乡村，给农夫做老婆。

五月九日上午十一点，楼下的烘干机嗡鸣着，卢萨坐在卧室的大窗旁读书。仅仅过了四个小时，她的生活却已转到一件小事上：她那年轻的丈夫伸出强壮的手臂攀下花枝，浓郁的香气徐徐升起。她已经忘了这事，忘了他们之间的感情究竟是怎么一回事。有那么一瞬间，她的心中不再盛满那无休止的语言，却充满了某种新的情感。即使他再也没有回到这栋房子，即使他穿过田地时像许多本地农夫一样，因这里崎岖陡峭的地势而发生了拖拉机事故惨遭不测，她仍能凭着远处飘来的阵阵芬芳，以最简单直接的方式找出科尔的位置。

卢萨纹丝不动地坐在那儿，心中满是惊奇：蛾子就是这样交流的。它们靠着气味便能隔着田野互诉衷肠。蛾子没有口器，不可能说错话；配偶在或不在，互相都心知肚明；即便置身黑暗之中，仍能寻得彼此。

又过了几分钟，她的双手仍旧一动不动地搁在书上。她在想象，那究竟是怎样一种语言，可以只传递爱情和朴素的真理。

十天后，婚姻就会走到尽头。当这一天来临，卢萨会回溯到她坐于窗旁的那个时刻，去感受那已知未来步步逼近时的彻骨寒意。

事实上，没人会认为那是一个征兆。科尔的拖拉机并未翻倒。杀死他的也并不是烟草，甚或都不是由抽烟引起的。她本该让他享受一天抽两包的乐趣，毕竟从长远来看，无论他想抽多少都没有什么差别，因为根本就没有什么长远。不过，还是得部分地归咎于烟草的不景气——由于烟草价格低迷，他不得不找了份兼职，为南方合作社运送谷物。卢萨心里很清楚，这份兼职让他这个农夫羞愧难当，尽管整个山谷没有一户人家可以仅靠那点收成度日。但对科尔来说，他的挫败感不仅源自他的农牧本行在经济上捉襟见肘、独木难支，也因为两人的感情危在旦夕。他极其不愿远离农田，哪怕只是穿过蓝岭往南驶入北卡罗来纳州的一个晚上的时间。她告诉过他，他们可以想其他法子赚钱——比如用来年的牲口做抵押来贷款。但他不信任贷款这回事，新买的拖拉机已经让他们背了一身债。她还可以去富兰克林的社区学校教书。（这是否也会让他觉得丢脸呢？她也说不准。）她倒是一直在琢磨这事，想象着自己在生物实验室里给一帮奶孩子的学生讲课。可没过多久，县里的警长就驾着车来通知家属出事了。

那天，天刚蒙蒙亮，空气湿漉漉的，一切还在混沌惺忪之中，静谧无风，杳无气味。五月十九日，不过是普普通通的一天。出了这事之后，这个日子便再也不会无声无息。那时她站在楼上同一扇大窗前，看着雾气从田野那头升起，沿着树篱往山上飘去，犹如古老河流的幽灵，因不必再受引力的牵绊而任由自己的条条支流向天空飞升。这些天清晨，科尔不在家，她独自醒来时，总有种奇怪的感觉：她自由了。似幽灵一般自由自在，脱离了躯壳。她凝神望向院子中央，狂欢了一夜的昆虫正披着黎明前的阴影躁动不休，夜蛾正追逐着这最后一抹夜色疯狂地绕圈飞行，寻觅配偶。

当她看见蒂姆·博耶的车子和车身上的标志时，便知道出事了。如果他只是受了伤躺在医院里，蒂姆完全可以在山脚下通知一声了事。他还可以先告诉洛伊丝或玛丽·埃德娜。这是一件非同寻常的任务——得亲自通知妻子。她明白是为什么。具体的细节不得而知——事实上，有些细节她永远也不会知道了。尸体受损的情况，会跟他姐姐、姐夫详细说明，但对做妻子的永远也不会说。不过她已了解了足够多的细节。

终于来了，她心想。看着长长的白色车子缓缓驶上车道，听着沙砾经车轮碾压移位发出的噼啪声，她只觉得身子发冷。从现在起，一切都将改变。

此言差矣。她并非是从得知科尔已死的那一刻才做出往后要如何生活的决定。早在她坐于那扇大窗旁读书时便已暗下决心，正是在那个时刻，她收到了他传来的那则无言的信息——那越过田野扑面而来的芬芳。

3 老栗树

当了八年的鳏夫，加尼特仍会时常晕头转向地醒来，一整天都迷迷糊糊。他觉得都是因为这么大的床上竟然空空荡荡。女人就是锚。没老婆，他便转向上帝寻求安慰，但有时候仍需要看看窗外的风景。

加尼特慢慢坐起身来，朝着光亮弓身凑了过去，眼前的景象与其说是他看到的，不如说是早就铭刻在他记忆中的。潮湿的山谷弥漫着灰色的晨雾，趾高气扬地缓缓上升着，就像老太太迈过水坑时颤悠悠的裙边。那边有一间仓库和一座用板条拼筑的谷仓，还是以前他爸爸和他爷爷搭建的。青草覆顶的根菜地窖窖口仍旧在山坡上鼓凸着，粗石外立面上凿了两扇窗，犹如一个老头脸上的两只眼睛，从山坡那端愣愣地往外瞅着。加尼特这一辈子，每天清早都会向山坡上的那老头打个招呼，老头的下巴上爬满了常春藤胡子，厚厚的羊茅草额发垂到眉眼上。小时候，加尼特从没想过自己有一天也会变成老头子，还会继续日复一日地瞅着眼前的景象，而且死活都离不开它，就像小孩子总爱在兜里揣一颗象征幸运的光滑的栗子，整天摩挲着这护身符，只要它在兜里就觉得心安。

鸟儿开始了晨间大合唱。已是仲春时节，它们也全都长大了。今天是几号，五月十九号？这些鸟儿全都羽翼丰满了。他悠悠然听着。祝婚歌，数年前他就在心里起了这个名字。那是夫唱妇随之歌。有草地鹨、石鵖、田雀鹀、靛彩鹀，所有的鸟儿都朝晨曦仰着脑袋，将心中的渴念化成清澈的求偶之歌。加尼特用手托着脸，就这么待了一会儿。小时候，他亦从没想过到了这把年纪，歌声已去，心却还在颤动。

4 捕食者

她盘腿坐在门廊地板上，梳着头发，聆听当天刚刚开始的大合唱。一只黑白相间的鸣禽远在晨曦初露之前即已欢唱，一声声尖利的“斯威特，斯威特！”刺破了她的睡眠。迪安娜能想象得出它就在屋外，绕着白杨树的树干转圈，朝着初现的晨曦歪着那斑马纹的小脑袋，用高亢的嗓音将昨日从日历上撕下，撞开充满爱欲的夏日。被这歌声惊醒后，她套着睡衣，光脚冲向门廊，此刻搁在膝头的梳子则是后来碰巧想起来才拿上的。她得好好听听这歌声：纵情夏日，这旺盛的繁殖季。夏日盛大的激情将令万物沸腾欢愉直至精疲力竭。但只要有灵活翻动的双翅，或规律跳动的心脏，抑或是在土中蜷曲待展的种子，但凡这世间的活物，都难以抑制地迎接着夏日的来临。

黑白相间的鸟儿欢唱声乍起，其他鸣禽也很快惊醒。她先听到了黑枕威森莺的一段切分节奏的乐句，以弱拍收尾，像是开了个不错的玩笑。接着，黄腹地莺一本正经地唱起了啭鸣颤音。此刻，灰色的微光正自天际渗入，她是透过黑黢黢的树木枝杈才窥见了这微光。山谷的形状不偏不倚，两侧群山峭壁连绵，树木耸峙入云。如果你满心巴望着悠长的白昼和灿烂的阳光，小木屋就不是个好地方，但世上没一个地方能有这般动听的晨曦大合唱。在求偶的旺季，此等乐音就如同大地在放声歌唱。一待阳光将鸟儿接连唤醒，这歌声便会逐渐升高：随后出场的是黑冠的卡罗山雀，一开始兄弟姐妹们只是各自定调吹起口哨，继而渐渐合拍。任何一只卡罗山雀都能辨明这些音调，但人耳很难做到，尤其在这样的大合唱中还有其他种类鸟儿的鸣声。迪安娜微笑着，她听出了第一只加入合唱的棕林鸫的歌声，那声音犹如拇指拨过梳子的齿尖。在她的孩提时代，最初俘获她的正是这种鸟儿的鸣声，而非每天清晨农舍窗前草地鹨或麻雀的歌声。但棕林鸫是栖息在高海拔地区的候鸟，她只有在山上或跟着爸爸外出钓鱼时才能听到它们的歌声。也许，在她跟去钓鱼之前从未真正听过鸟鸣，而钓鱼的大多时间都是在树林里默默地等待着，很少有鳟鱼上钩，话也说得不多。她若是问，爸爸就随口胡诌，说“那是梳子鸟”，而她则顺理成章地把这鸟儿想象成梳子形状的生灵，浑身亮粉色。许多年以后，当她在《彼得森野外指南》中见到这种外形普普通通的棕色鸟儿时，不由得一阵失望。

晨曦大合唱此时已演变成一种啸歌，无数雄鸟正对无数沉默的雌鸟诉说着绵绵情话，雌鸟则挑选着如意郎君，准备使这世界焕然一新。如果你无法捕捉到某种鸟儿独特的歌声，那听来就是一片嘈嘈切切：玫瑰色胸脯的松雀吟唱着甜蜜复杂的十四行诗，绿鹃反复咏叹着一组八分音符的三连音，还有棕林鸫犹如交响诗的歌声。多亏了棕林鸫，迪安娜对这片树林才有了清晰的认识，它们的鸣叫是她沉思时的背景音，亦能帮她确定自己在森林里的方位。再过一小时，晨曦大合唱将渐渐停歇。但棕林鸫会一直歌唱至朝阳升起。待到傍晚，甚至只是阴云浓重的正午时分，它们又会放声高歌。南妮曾在信中问她怎么能在冷清寂静中独自生活，迪安娜是如此答复的：人声一旦停歇，世界并非静谧。棕林鸫就是她的陪伴者。

迪安娜想起住在山下谷中的南妮，不禁微笑起来。南妮喜欢和邻里唠家常。她是个独立自主的老太太，但只要有机会她仍喜欢与人闲话聊天。就像节食者会一个劲儿地去柜子里翻找藏好的饼干。也难怪她会如此担心迪安娜了。

此时的天空阴沉沉、白茫茫的，云层痕迹驳杂犹如老旧的瓷盘。鸟鸣声也一茬接一茬地消停下来。很快，陪着她的就将只剩下棕林鸫的歌声了，当天余下的时间也都将如此。数只林山雀和黑顶山雀正聚于野樱树下，距她的木屋十几码远。那儿有一块平坦的大圆石，她总是会在上面撒些鸟食。之所以选那儿，是因为她从窗口就能一目了然。于是整个冬天，她都将鸟食撒在那儿——订购的鸟食五十磅一袋，每个月和她所需的各类杂货一同送来。森林服务处从未多问。并没有规定要给山雀或主红雀喂食，但政府显然十分乐意采取任何可以保证护林员度过漫漫冬季而不致精神失常的措施。至于迪安娜，鸟食就能解决问题。飘着雪的二月清晨，她时常坐于窗旁桌边，喝着咖啡，观察麇聚于屋外的色彩斑斓的鸟儿，一坐就是好几个小时。她着实羡慕鸟儿在凛冽的寒冬时节仍是这般自由自在，甚至还羡慕它们自以为是的奔忙和喧闹。鸟儿从来不会质疑自己在宇宙中心的位置。

既然已是五月的第三周，芽儿应该正在冒出，各种啃叶子的昆虫也很快就会悬满树梢。无论在什么地方，这些叽叽喳喳的小小拿破仑总能找到吃食。但它们极有可能已对她撒的吃食上了瘾，而她也对它们的身影上了瘾。近来，她一直在考虑要给那顶印有护林熊[1]标

① 美国森林服务处推出的用于普及森林防火教育的宣传形象，主体是一只戴帽子的熊，名叫“冒烟熊”。

志的帽子掸掸灰（国家公园管理局和森林服务处各发了一套制服给她——这样的混合工种难免会遇上这样的小差错），然后在每天清晨把帽子放到圆石上，将种子撒在帽缘上，鸟儿就会习惯于飞到上面啄食。久而久之，某一天她戴上帽子时，就能在脑袋上顶着一群山雀走来走去。这么做没什么目的，纯粹是为了发傻取乐。

她已将头发梳顺，停下了手上的动作。发丝如瀑布般自肩头泻至后背，披垂到她安坐其上的门廊地板，便自然卷折起来，如水花般环绕在她身周——那是一挂深茶色的瀑布，闪烁着银色的光泽。银丝一年比一年多，茶色发丝则一年比一年少。丈夫（那时就已经是前夫了）曾问她为什么要搬往山上，她说这样就不用剪掉头发了。显然，对年过不惑的女人而言，活泼自信的短发才是处世之道。但他可能没明白她的玩笑话，还以为这是迪安娜从娘胎里带来的某种虚荣心，其实不然。她很少留意自己的头发，大约每周只有一天会散开辫子，就像撒开一只无人照管的猎犬。她就是不喜欢那些处世之道，也不想去在意自己的年龄，或任何人的年龄。每周剪一次，每月剪一次？要把头发摆弄成什么样子，谁高兴操心就操心去吧。迪安娜对这些真的是一窍不通。她千方百计想要过属于自己的生活，和各种各样女人的迷思划清界限。比如说眼影：这工具是派什么用场的？会疼吗？到底其存在的目的何在？她从没正儿八经地理过发。爸爸还算明智，知道不能带女儿去男士理发店理发。等到他认为必须带她去剪个像样的发型了，却又抽不出时间。就这样，她满头厚实散乱的头发一直长及膝盖。她在头发上耗的工夫，多是把缠在树枝上的头发解开，或用瑞士军刀里的剪子修修发梢。在西布伦县，后来在诺克斯维尔当老师和为人妻时，这就是她所知所会的唯一的做女人的方式。如今在这山上的密林里，她终于得以全心全意地成为这样一种独一无二的女性类型。

就是没男人要的女性类型。埃迪·邦多走了，这样最好。

他说还会回来，但她不信。他离开的时候带走了自己的每一样东西——“每一样”就是指他的背包。不得不承认，那些家当确实不多。如果他所言非虚——他真的是想花个一两天时间徒步翻越克林奇峰，然后再来看她，那他肯定需要这包。所以，她没法通过他拿走了什么又留下了什么来判断他是否真的会一去不返。她并非通过这一点判断。

他说她的头发堪称奇迹。他说他就像被这头发裹入了蚕茧里。

她抬眼望天，倾听着这片受了祝福的树林——他将这树林抛在了身后。总算可以这样无拘无束地聆听晨曦大合唱，梳头发时也不会有人注视。埃迪·邦多将这块坚实而美丽的独属于她的宝石，这珍贵的独居生活留给了她。

她往前伸了伸腿，同时将头发编成了那根熟悉的辫子。这种动作，不用看镜子，她都轻车熟路、一气呵成。她从腕上褪下橡皮筋，将之啪地套入辫梢，然后垂首至膝，将腿部韧带一下拉伸开来，有点疼。她顺势往后倒下，仰躺在地上，像个小女孩似的嘴巴和眼睛张得老大，凝视着头顶的树枝。她喘息着，只觉得头晕目眩，似在往上坠落，生生跌至树顶。她想起了他第一次将她放倒在门廊上的情景。此刻这样躺在这儿，又该指望他什么呢。

她高声咒骂，又坐了起来。该死的东西。忸怩作态。像条可怜巴巴的流浪狗，一路尾随着人家不放——驱之不走。呼之即来。

没有哪个男人如此随心所欲地和她谈论过她的身体，或将之同自然界中那些稀奇古怪的东西相比较。不仅仅比作桑蚕。还比作，例如说，象牙。他说摸上去异乎寻常地光滑。他说，去年他在加拿大从夏天一直待到了秋天——在那儿捕三文鱼挣钱，然后去了哈得孙湾附近捕北美驯鹿，还去了某个地方学会了怎样将海象牙做成刀柄。她听他讲故事，想象着去触摸大自然的另外几副面孔的可能性。除了如今近在眼前的这副面孔，其他的她一概不识。她问他那儿有哪些鸟儿，他似乎都知道，只是叫不出名字，能明确告诉她的只有那些供射杀的鸟禽的名字。她当时一直那么认真地听着，现在她才明白他意有所指的是什么，或者他究竟相信什么，毕竟有的话他没说。将她赤裸的腹部比作海象牙，这种奇怪的奉承话真的只是对她说的吗？她不知该如何要他，反而要他要得很猛。至今只要想起某些片断，她仍感到如雷轰顶、浑身发软——他紧紧地抵着她的身子，他肌肤上的气味。进入她身体时，他脸上那种敬畏而惊叹的神情。

她跳起来，身上直发颤，既是因为冷，也是因为自己如此一番胡思乱想。于是她进屋穿衣，找事情干。木屋窄小，她只需绕上一圈就能做好所有出门前的准备。套上牛仔裤和靴子的时候，她也没有放慢脚步。她一只手扣着衬衫的纽扣，另一只手打开碗橱，伸入铸铁荷兰锅里拿了一些昨天剩下的玉米面包。她咬了一口，便把余下的面包塞入外套兜里准备待会儿路上吃，或稍后搭建好藏身处后躲在里面吃。今天早上已经浪费了太多时间。她也已经很长时间没去兽穴了。最初的两周，她是故意避开；后来的十天，她是根本没法去。她不敢去。即便她独自前往，或撒谎说去别的地方，他还是会跟过来。

她尽可能快地沿着苦溪小径往山下走，但并没有跑，因为没必要。如果它们仍然在，那十分钟后也不会走开。否则就是根本不在那儿了。它们是相当警觉的动物，警觉性远超人类——她发现踪迹的那一天，它们应该已经先发觉了她。不要理所当然地以为她比这动物更聪明、更敏锐，那是无稽之谈。它们只会将她视为敌人。那糟糕的人身上的气味，它们早就在风中嗅到过了。如果这一窝郊狼正是那个一天之内在西布伦县损失了半数成员的家庭，那幸存者必定会加倍小心。

她敢肯定就是那一家子，或者也是一群被人打得东躲西藏的逃难者。否则它们何必冒险来到山上的这片密林里，远离篱笆和农田的边缘地带？毕竟那才是郊狼日常的地盘。它们来此准备生小狼崽时，会挖好几个窟。它们的标志就是做好后备计划，这是有名的郊狼策略。不过，迪安娜了解任何一条可能了解的关于郊狼的知识。比如，只有领头的母狼才会生小狼崽，狼群里的其他成年狼不再生殖。它们会供养头狼，为之取食，护穴，和小狼崽玩耍；自打小狼睁开眼睛，它们就得训练小狼觅食和捕猎。这样就算狼父狼母被杀，小狼崽也几乎不会受影响——这就是郊狼家族的生存之道。也是眼下问题的关键。如果迪安娜发现狼穴的那天惊扰了狼群，它们就会连夜将小狼崽转移到另一个地方。捕食者晚上若是睡觉，与郊狼之间的游戏就输定了。

她放缓脚步，在与记忆中的狼穴相距四分之一英里远的地方停了下来，考虑在此搭建藏身处。为了方便观测，她本该再走得近一点，但必须保证这个观测点总是处于下风口——这是当然的，而从上午至下午，风向经常会变。只能建一个藏身处，因为她不想动静太大，留下太多的线索，以免被别人发现。那就上午吧。她打算在上行方向建藏身处，仅上午前往。届时，太阳已熏暖山下的农田，而气流正缓缓从谷底升至山巅。

她忘了第一次偶然发现狼穴时，那位置离山脚究竟有多远。即便现在，她在此搜寻，亦不能确定自己是仍在国家森林公园内，还是已经来到了下方与森林公园毗邻的农场上，因为根本就找不到设界的篱笆。但肯定是在树林里，而且这一带的树木比预想中还高。她对阿巴拉契亚山里的郊狼还缺乏足够的了解，说不清楚什么样才算常态。它们肯定是不喜欢山顶的，应该更喜欢低处靠近农田的地方，因为那里有田鼠。但这一大家子郊狼有着自己的故事。它们被逼到了墙角。所以它们越爬越高，想从安全的藏身处发起袭击，就像杰罗尼莫[①]。

她开始慢慢地往前移动，同时折下酸木树的矮枝收集在手中。她离开小径，以枝条护住头脸，在密实的杜鹃花丛中穿行。她想从狼穴的外围绕过去，绕到苦溪对岸选择一处地点以便隔溪观测。杜鹃花丛密密匝匝，这样最好：没人会发现她的踪迹。有那么一瞬间，她心想不知山下种田的农夫是否也喜欢狩猎。不过那些人可能也不会来这儿。除了猎鹿季，或许有人会揣瓶杰克丹尼威士忌上山之外，当地的大多数农夫不会踏足这片树林。真正的麻烦是来这里捕熊的那帮偷猎者，那帮人通常来自其他地方。他们干这个很拿手，她得扩大巡山范围。

她小心翼翼地朝下山方向潜行，一直来到苦溪畔能够隔溪望见对岸倒下大树的地方。从这里甚至能看清那翻翘出来的庞大而盘曲的树根。她举起望远镜，对准那黑黝黝的根茎下方，屏息，对焦。什么都没有。脚下踩着上一个秋天攒下的厚厚的落叶，湿漉漉的。她于这片湿毯上坐下来，准备再等一会儿。除非能确定它们仍旧在那儿，否则建藏身处就毫无必要了。

迪安娜能感知上午什么时候结束。她从不戴表，因为她从不需要表。她能根据头顶毛虫的声息来推知空气何时变得凝滞，新毛虫们自卵中孵出到成为玉米天蚕蛾与月形天蚕蛾的过程中会吃掉成千上万片树叶，而个中声息殊为不同。再过一个小时，风向就会变化。冒险毫

---

① 杰罗尼莫（1829－1909），19 世纪美国西南部阿帕切部落酋长，领导族人抵抗墨西哥人和美国人入侵，以勇敢、坚定、机智闻名，被后世誉为印第安武士勇敢精神的图腾。

无必要，现在还是离开为妙，毕竟她仍旧一无所见——没有东西在动，也没有任何迹象。没有那似狐似狼的小型犬科动物。因为常年研究，她对这种属于狐与狼的近亲的小动物太熟悉了，它们有时还会入她的梦。而醒着的时候，她也就好好观察过一只这样的动物，看了好长时间。那是在诺克斯维尔的锅匠山动物园里，那只被捕受困的可怜动物，她宁愿忘个精光。她曾请求园长不要再展览这动物，她说郊狼性喜群居，单独展出一只郊狼不仅让人心里难受，而且完全是个错误。她还说要给他帮忙——她是野生生物学专业的毕业生，论文课题正是二十世纪郊狼的活动范围。园长礼貌地提了个建议，如果她想观察成群结队的郊狼，就应该去西部走走。郊狼在那里很常见，路上常有被轧死的，当地人都很熟悉这种动物。这一番谈话令她痛心难过。完成论文答辩后，她没有出发去西部，而是写了份申请书，虚构了这份工作。她不得不说服众多持怀疑态度的人，费尽心机让国家公园管理局、森林服务处和弗吉尼亚州野生动物和渔业局达成了难得的协议——他们讨论得更多的不是是否聘用她，而是该给她多少薪水。好在如今情况不错，他们应该都看得到这个成绩。她来后两年，阿巴拉契亚南部山区偷猎最猖獗的一片林地再次恢复了它原本运转自如的生态系统。这是这份工作的关键所在。不过，对她而言，目的仍只是部分达成。

现在，她终于可以舒一口气，放松下来了。总有一天她会在野外见到狡猾的郊狼，就在她家附近，在一条由动物踩出的小路上，那条小路和其他好几条小径纵横交错，直通向她小时候曾走过的一条山下的小道。会有这么一天的。只不过不是今天。

返回山上的途中，她有意识地放缓了脚步。她又听见了纹胸林莺的鸣声——在她看来这真是奇迹，好比死者复生。有太多的动物再也无法死而复生：黑胸虫森莺、旅鸽、卡罗来纳鹦哥、弗林特石蝇、阿帕梅亚盗夜蛾——有太多灭绝的生灵曾在她的视线之外从叶间穿过，迪安娜很了解它们，所以总是觉得自己仿佛与它们的幽灵共生共息。她尊重灭绝的生灵，就像尊重已逝亲人的亡灵。她会在它们曾经的栖息地静静地表达敬意。小个头的红狼立在林中空地的边缘，好似一抹沉默的阴影，卡罗来纳鹦哥叽叽喳喳地聊着天，成群结队地抖擞着亮绿色和亮橙色的羽翼飞掠过河岸。早期迁移至此的人类定居者曾爱之怜之，旋即又将之斩尽杀绝。如今，你若是告诉人们像鹦鹉这样的异国鸟类曾将这几个不起眼的南方县城当作家园，多半会被视为疯子。

她停了下来，盯着脚下。地上有一些踪迹，颇为新鲜。她细细地打量起来：前后脚呈纵列交替行进，曲曲折折地走了很长一段路，前掌比后掌略大。是犬科动物，没错。还能看出爪迹，相当清晰。这些踪迹从一块宽大平整的污泥上踏了过去，她跪下来，凑近细看，用食指的指节丈量泥面上一个纤毫分明的爪印。脚掌长度为二又四分之三英寸。用排除法就能知道那是什么动物，爸爸以前常这么说。不是灰狐，也不是赤狐。是郊狼。而且体形很大，很有可能是雄性。是领头母狼的配偶。

再往前一点，脚印穿过了林中空地，那里还有另一些足迹，极有可能是其他动物。她在那儿发现了郊狼的粪便。只有一团粪便，粪端上翘，好似阿里巴巴的鞋子——必是郊狼无疑。除了大块头的雄性郊狼，还有哪种动物的粪便会如此不同寻常？她蹲下来，用小树枝拨开狼粪。郊狼几乎什么东西都吃：老鼠、田鼠、蚱蜢、青蛙，还有家养的猫，乃至人类的垃圾。山下的农夫认为郊狼会吃羊，这么想也不算错。协同捕猎的话，一群郊狼甚至可以放倒一头健壮的牛。但那得是很大一群壮硕的成年郊狼，也许得二十多头才行，整个县城乃至整个州所辖地区内都没有这么多。既然山坡上有这么多东西可吃，既安全又自在，郊狼何必还要如此兴师动众呢？除郊狼外，地球上几乎不会再有哪种生灵能靠人类废弃的垃圾为生，还活得有滋有味。她在为写论文做研究时，发现一位名叫缪里的生物学家在他所生活的那个世纪的上半叶剖析了大量郊狼粪便，在日志里记下了其中各种各样的物质，并列出了数百种不同的细目。她觉得最逗趣的是“几条羊毛布料”和“偷吃的西瓜”。

迪安娜从这团黏糊糊的粪便中，找到了意料之中的松子和浆果种子，在这片山林中获得这样的食物并不难。还有泛着黑色光泽的坚硬的苹果籽，这让她很吃惊。接着又发现了好几粒。一年中的这个时候，五月末，会有苹果籽？谷底的苹果树才刚刚花落。要吃到山下野地里仍悬在树上的野苹果，得冒很大的风险。更有可能的是，这家伙潜入了果园，不知是谁的果园里还种着以前那种赤褐色的冬季苹果，自冬至春，这种果树的果子就这么一直挂在枝头。要不就是它潜入了某户人家的根菜地窖，偷吃了存在蒲式耳篮子里刚刚放甜的阿肯色州黑苹果。对此，迪安娜颇有些同道之喜。小时候，她也偷苹果。爸爸的烟草农场，从孩子的角度来看，实在乏善可陈，没什么乐趣。但当父女俩分别发现了南妮·罗利和她的果园后，迪安娜便找到了极乐世界。南妮是个慷慨的女人，她从来不会待客人离开后再去给阿肯色州黑苹果点一遍数。

迪安娜觉得腿有些疼，但她还是继续蹲了一会儿，用小树枝仔细地将那粪便完全展平、切开。又有一样东西让她吃惊不已：粟子，有红有白。据她所知，山的这一侧并不长粟，山下的农场也没有种粟的。红粟和白粟一起出现更是蹊跷，在任何一家农场都不可能见到这样的组合。最合理的解释便是，它们是掺杂在某种混合谷种商品里的，被人拿来喂鸟。或许，就是她自己撒的鸟食。她站起身，眨了眨眼睛，视线穿过树干的间隙往山下瞅了瞅，若有所思。还有谁会在这儿喂山雀呢？

“你这淘气鬼，”她大声说道，笑了起来，“狗崽子，真是太聪明了。原来你一直在监视我。”

下午，她心不在焉，坐立难安，蜷缩在那把破破烂烂的绿色织锦扶手椅里，椅子抵着门廊屋檐下的原木外墙。她在垫于膝头的野外记事本上罗列着那粪便的成分，那足迹的尺寸和出现的位置，以及今天听见纹胸林莺鸣声时的方位。然后，她开始在记忆里搜寻第一次听见纹胸林莺时的情景，还有其他一些之前没能记录下来的事情。他留宿的九天里，她完全没去碰记事本。即便现在，她仍觉得自己焦躁得有些反常，想吃东西，想去查找资料，想去核实信息。她一个劲儿地骂自己，就像在训一个小孩。她得沉住气，坐下来集中精神。她瞪视着记事本上一张张编了页码的空白页。空空如也的纸页终于在编了今天日期的页码终结，五月十九日。一想到自己如此懒散、如此心神涣散，厌恶感便油然而生。那么些日子，任何事情都有可能发生，或生或死，而她都错过了。

她在这座山上的发现，是个稍纵即逝的机会，不管对谁来说都是：重要的犬科捕食动物重出江湖，各个物种之间的秩序将会重新洗牌。如果能证明郊狼就是 R.T. 佩因所说的关键种捕食者，那就来得尤其重要。她反复读过佩因于上世纪六十年代起开展的各种有名的实验。他曾把潮池里的海星全部清走，发现其中的生物多样性由此急剧降低。海星捕食贻贝。若无海星，贻贝就会大肆繁殖，它们吃掉一些生物，同时又使另一些生物因为缺乏适宜空间或食物而被排挤出局。

之前，没人知道食肉动物对那些一直被它们捕食的生物有多重要。当然，这一类型的实验总是在无意中被无止无休地复制着。比如，大峡谷的美洲狮被清走后，那里的生物群落变得单一。大量繁殖却不得不挨饿的鹿比其他所有食草动物加起来还要多，它们将植被丰茂的环境啃噬成了如今的花岗岩地貌。许多人都观察并记录过从某个生态系统中清走捕食者后发生的灾难。他们也在注视着这片她心爱的山区，这儿是北美最丰饶的生物家园，如今却正随着植物、鸟类、鱼类、哺乳动物、蛾子和石蝇的一一灭绝逐步丧失其丰饶。尤其是河里的生物，她小心地把它们的名字搜集起来，好似收存散落的珠子——糖匙珠蚌、叉壳珠蚌、橡子珠蚌、曲壳珠蚌。六十五种贻贝，如今二十种已永远离去。它们死去的因由有数百种——杀虫剂渗入了河流，耕地导致的烂泥淤塞，牧畜对溪水的破坏。对迪安娜来说，每一个死亡的物种都是拼图中的一小片拼板，需要经年累月地研究才能弄明白其中原因。濒危贝类水生动物的主要捕食者是麝鼠。在过去五十年里，麝鼠在河流两岸过度繁殖、泛滥成灾。从历史上看，遏制麝鼠的是水貂（如今大部分都变成了貂皮大衣）、水獭（也几近灭绝），当然，还有红狼。现在谁也无法确知，在缺席两百年后，这种饥饿的大型犬科动物将如何修复此地的生态系统使其恢复稳定。稀有物种、濒危物种——不仅仅是河中的水生生物，还有被过度啃食的植被及为之授粉的昆虫——皆可重燃生机。

也有可能，郊狼会成为害兽，就像那些被新引进的物种那样。也许，农夫的射杀也有道理——她不得不承认有这样的可能。但她内心并不真的这样想。她相信郊狼的出现只有一个原因：它们正在悄悄溜入并接管两百年前红狼腾出的地盘。这两种捕食者很难区分：红狼可能是灰狼和郊狼的杂交。和郊狼一样，红狼也是靠气味来捕猎的，即使是漆黑一片的夜晚它也能追踪猎物，不像那些大型猫科动物，要靠视觉捕猎。它们就像是借郊狼复生了，其体格也颇为相近。事实上，从她发现的踪迹来判断，出现在这儿的郊狼和红狼的个头几乎一般大，或许经过数代以后还能更大——它们暗暗地潜入这片土地上粗糙的洞穴中，这些洞穴也正好需要它们来填补。灭绝已久的动物的幽灵正悄无声息地返回这片曾经栖息过的地形复杂的密林，好似跳动的心脏又返回了胸腔。她相信这一切就是自己将要看到的，只要她密切注视着，只要她别太懒散、大意，别把猎杀者引向狼穴，她就能看到一场神奇的承上启下的交接仪式：王者归来。

她皱起眉头，绞尽脑汁地回想着，她记得有红粟和白粟。她考虑着自己是否该多做些什么以帮助推进这个实验。她咬着钢笔，力图集中精神。这样工作的时间越长，她就越是感觉到身体想要活动活动，结果就彻底走了神。她想吃点东西，最好是温热的、特别的。她不想去说穿这是什么欲望，就姑且称之为食欲吧。通常来说，在这里生活，食欲这东西根本不值得多想——她总是饿了就吃，吃什么都成。但今天一整天，她的身体却老是让她觉得不自在：大腿疼，腹中空。

也许可以用海军豆做一份汤羹来充饥。想到这儿，她从椅子上跳起来，打算先进屋将海军豆放进一只搪瓷碗里蒸着，顺便焖上铸铁荷兰锅里剩下的玉米面包。昨天早上，他离开前用她那只荷兰锅烤了黄澄澄的玉米面包。她当时想，这面包肯定是他要带走的，没想到他将大部分留给了她。待会儿她要拿着热好的玉米面包回到门廊上，照旧坐进这把椅子里，面朝西方，后背正好对着克林奇峰，就这样静静注视着林木之后的天空渐渐燃起的红霞。

她走进屋里，点亮煤油灯，想都没想就去开那只存放着十磅袋装豆子的金属大罐。但她马上又停了下来，觉得自己好蠢。现在泡豆子太迟了，也来不及像她平常那样，一次煮好半周的量，想吃的时候就舀一些来吃。但她肯定碗橱深处还存着一罐预先煮好的白豆。于是，她打开碗橱，将意面酱、金宝汤速食汤罐头、意式饺子，还有其他想不起来的食品都推到一边——除了豆子和米饭，她几乎不会劳心费力地去做其他吃食。她刚想将荷兰锅移开，却失望地发现荷兰锅那厚重的铸铁盖子半开着。讨厌！肯定是今早匆忙出门的时候没盖牢，木屋里的一大群老鼠绝对会不请自来。她往锅内看去，果不其然——玉米面包薄弱的圆角被啃得参差不齐，金色的面包表皮上散落着黑色的老鼠屎。她盯着锅子，泪水涌了上来。

“你干吗老是着急忙慌的，迪安娜，傻不傻啊！”她大声说道。

如果只是食物，那她还有很多，可她现在只想吃这个。她砰地盖上盖子，把沉甸甸的锅子从搁架上拽了下来，然后冲出了门。是她没盖好盖子，没什么情有可原。当屋外厕所里的厕纸只剩下一个咧着大嘴的空盒对你百般嘲讽，当玉米面包上都是星星点点的屎尿时，独居却使你除了骂自己外别无他人可指责。她尽可以归罪于老鼠，那些小恶魔。但它们也只是做了它们该做的，和每个人一样：都是为了生存。

那好吧。尽管动物的粪便总能引起她的高度关注（她论文里的这部分内容成了压垮她前夫的最后一根稻草），但被老鼠问候过的面包她也实在吃不下去。她套上厚厚的羊毛袜，走到门廊的尽头，伸腿踏上野樱树下那块大圆石边沿。她将那一大块黄色的玉米面包掰碎抖落至石面上，将自己的这份损失添入了细细碎碎的鸟食中。然后，她又沮丧地回了屋，坐到桌边，一边吃着罐头里冰冷的意式饺子，一边记笔记。让身体的欲望见鬼去吧。

尚未到日落时分，她觉得手脚有些麻木，便从桌边站起身，伸了伸腰，百无聊赖地来到了门廊上，正好看到难得一见的月形天蚕蛾迎着白昼飞舞。蛾子的飞升姿态令人惊奇，犹如两片苍白的山核桃树叶随着上升气流缓缓飘飞，这情景将她牢牢地钉在了门口。她看着蛾子间或振一振翅翼地飞升着：上，下，再上了一点，好似在攀登空中的阶梯。迪安娜没有意识到自己屏住呼吸，直至蛾子飞抵野樱树顶，在其高处的叶片上落脚，她才终于长舒了一口气。月形天蚕蛾在这片山区还算常见，但它们优美的身形、浅绿色的轻盈翅膀和修长的尾羽状后翅，总能打动她。仿佛它们早已成了幽灵，为自己终将灭绝的命运哀之祷之。这只蛾子却有些怪异，大白天的竟然还醒着。或许是某只莽撞忙碌的花栗鼠将它从低矮的栖息地撵了出来。又或许它正走向生命的尽头，垂危之际彻底失去了方向。以前，还是个孩子的她在加油站等爸爸时，就目睹过一只月形天蚕蛾弥留之际的状态：惶惶惑惑，死在了他们那辆卡车前的路面上。爸爸在给车加油的时候，她拈起了那只蛾子，见证了它的垂死挣扎。凑近看的话，就会发现那简直是一头可怕的野兽，它在她手中翻滚、扭动、击打着，直至浅绿色的蛾绒一缕缕地从身子上飘然落下，附着在她的指间。她惊恐万分，欲一弃了之，但恰是因为对月形天蚕蛾早已有之的怜爱才使她并未放手。曾有无数个夜晚，当这些生灵在他们家院子上方飞舞时，她和爸爸便会赞叹它们都是芭蕾舞女。但这只蛾子不是。它那圆锥形的身子肥嘟嘟、毛茸茸的，一端趋向扁平，露出一张恶狠狠的脸，好似怒火中烧的迷你猫头鹰。它瞪着迪安娜，不似昆虫那般模样，而是一副洞明世事，甚至倨傲轻蔑的表情。那件事以后，她并未放弃对月形天蚕蛾的爱，但她永不会忘记，被拈在手中竟至于令那只蛾子优雅尽失，实在让人百思不得其解。

天色已晚，她掐灭了煤油灯。夜色如墨，她躺在小床上正昏昏欲睡，却听见了他在屋外的动静。她敢肯定，那是脚步声，但并非早前听过的他踩出的噼啪声。事实上，那什么都不是。她坐了起来，但没有下床。她用毯子裹住自己，将辫子咬在嘴里，一动不动。空空如也，但空空如也并非无，而是有。昆虫的嗡鸣声骤然停歇，夜的状态已然变化，意味着有东西在那儿，或是有人在那儿。又或者，尚未到空空如也的地步，只是刚好有只浣熊摇摇晃晃而来，觅食她撒落的玉米面包？

她终于听得确实了：是脚步踩出的噼啪声。她摸出收在小床下的手电筒，赤脚套上靴子，来到门口，静静地站着，往外看去。她应该说话吗？他为什么还不进来？

门廊尽头她撒落鸟食的地方一片黢黑——他应该就在那儿。其实她还能看见有东西在移动。她将手电筒尾端抵住眉间上方的额头。那是她老早以前就学会的夜间视物技能。额头处亮起的电筒光将使擅入者根本无法看见她，光束可直击对方的视网膜，将擅入者眼睛特有的色彩传回至她的眼中。当然，前提是对方有眼睛，而且正好也在直视她。

她又等了一会儿，毫无动静。她按下电筒开关，起先，漆黑一片。然后，倏然间，出现了两道微弱的亮光，那是从对方视网膜上传回的亮光——不是血红的人眼凶光，而是泛绿的金光。不是人，也不是浣熊。是郊狼。

5 蛾之爱

> 蛾子螺旋形的飞行轨迹之所以看上去散漫随意，那只是因为其嗅觉追踪的机制与我们的截然不同。我们使用双目视物，通过比较双眼获得的影像，判断目标的方位，径直追踪刺激物。但对依靠嗅觉的物种而言，机体会比较空间内的各个点，向着气味因子浓度更高的方向移动，再相继比较两个以上的点，呈之字形向着气味源头飞行。蛾子用嗅觉导航，侦测空气中的气息流，然后一点点地调整飞行角度，迎着气息流而上。

卢萨的几个外甥在金属折叠椅之间呈之字形来回奔跑，使她想起曾读过的蛾子导航的那个段落，并思索良久。而后她又突然产生了一个疑问：那是什么时候的事，一百年前吗？前天吗？她总是趁科尔尚未回来，偷偷摸摸地在床上读书，匆匆忙忙地读完一页或一章——这种事不会再有了。现在，她可以想在哪儿读就在哪儿读，也可以随心所欲地把书从头读到尾。卢萨试图使自己相信这怪异的梦想成真的状况，但又无法把自己同此刻坐在这儿的这个人相关联。这个女人穿着借来的领口宽松的黑裙子。这是家殡仪馆，她此前从未置身于此，甚至从未想象过这样的场景，尤其是在这里为自己的丈夫守灵。这里的房间四壁刷着一层牙膏绿的涂料，旧兮兮的。房门四周造型奇怪的深色嵌条是塑料的，上面印了木纹，使之看上去像木头。卢萨心想，在这个四面都是森林的镇子里，竟然会有人购买安装塑料的仿木制品，真是奇了怪了。

门外，她能听见人们排队等待的嘈杂声，狭长的过道上挤满了人。那过道就像玻璃移液管或医用滴管，让郑重其事的来客依序进屋，每次一个，个个都挂着一张悲伤的脸。刚刚赶到的来客应该还要等上一个多小时，玛丽·埃德娜刚才出去查看了一番，回来后就是这么宣称的（似乎还挺高兴）。队伍已经排到了大门外，此时已入夜，人们都已下班。大多数人过来时都还穿着工作服，挤奶服里套着干净的牛仔裤以防万一；西装领带则留待明天的葬礼。今晚只是叙叙旧，来看看科尔，私下里向他道别。看来，山谷里的人都来了。科尔很受人爱戴——卢萨当然知道这一点。考虑到这场事故的严重性，殡仪员的手艺也很值得赞赏。

卢萨没必要排队。她会待到最后，她就是队尾。她坐在靠近棺材首端的地方，来客若有需要，就会走过来，吊唁几句。尽管大多数人只知道她的名字，听过些传闻，除了僵硬地颔首致意一下也无法做得更多。她亦明白他们心里也不好受。在科尔的其他家人那里，安慰之声如滔滔江水，她生怕自己会被这滔天巨浪淹没。她坐在一把金属椅上，旁边坐着大姑子们——此刻是汉尼－梅维丝和玛丽·埃德娜。当玛丽·埃德娜走到前头主持局面、发表演说时，朱厄尔、洛伊丝、埃玛琳就会代替她坐过来。不过就是一堵厚实的黑墙上互换的几块砖头而已。说互换也许不够确切。如果落座的是朱厄尔，她觉得还可以稍稍喘口气，比起树干般粗壮的玛丽·埃德娜和操着一把沙哑烟嗓的洛伊丝，她不那么咄咄逼人。还有画着浓重眼影堪比埃及艳后的汉尼－梅维丝，即便在这种阴郁的场合，她也是这副打扮。起初，卢萨得暗中靠特别的记忆方法才能记住她们的名字。玛丽·埃德娜是气势汹汹的老大姐，汉尼－梅维丝是随时随地都在补妆的活宝，马脸的洛伊丝披肩发、大嗓门，埃玛琳极其情绪化。但朱厄尔就是朱厄尔，像一艘空空荡荡的船，带着两个孩子，有着和科尔一模一样的哀伤眼神。卢萨不记得曾和朱厄尔说过话。除了家庭聚会时在院子里给孩子们发棒冰，也没见她干过其他事。只有一次，她走上车道来问卢萨是否见过她家走失的短尾猫。

朱厄尔家和汉尼－梅维丝家的五岁孩子在脚下跑来跑去，真是这样——其中一个就在刚刚爬到了卢萨的腿下。卢萨脚上穿着怪模怪样的黑袜子，是别人拿来让她穿上的。这些男孩在为舅舅守灵期间坚持不懈地以螺旋形轨迹奔跑，令她想起了蛾子的导航方式并陷入了沉思。孩子们是否在屋内各处侦测到了悲伤的气息？那他们在卢萨周围的空气中又会发现什么呢？她好像什么都感受不到。她的麻木似乎在某个层面上与这里絮絮叨叨的喧闹声相关。夜色愈来愈深，嘈杂声也如潮水一般愈涨愈高。此起彼伏的聊天声在某一刻变成了一种聒噪，她根本无法着手理清头绪。她发现自己竟无意识地琢磨起了跳入她耳中的那些荒唐的语句。山里人的语句，即便粗听，也能发现与城里人的语句截然相异。元音很毛糙，整体的韵律节奏却不知何故显得更柔和。“那上头。”这是她反复听到的话，意思是：“在那儿。”

这咋卖。那些个奶牛又跑劳伦斯家去了。不管咋样，这礼拜的烟草是种完了。那是界篱。这可不，我才不在乎呢。怀德纳家的男孩，怀德纳家的老土地，那敢情，我在上头待过。

哎呀，我小时候，钓过鱼。山谷上头有座池塘。叫苦谷来着。

她咋会难过。那是怀德纳家的地，谁都知道，全是你家的地，她能咋办？

是啊，她不会待下去的。实在看不出她咋能待下去。

她突然意识到，说最后那句话的正是玛丽·埃德娜。就在门口，在说她，说卢萨。怎么能就这样决定了呢？不过，这也是自然，甚至够得上仁慈，卢萨心想，毕竟能这么轻易地放她走。除了盼着卢萨能收起捕蝶网和她那个外国姓氏，立马回列克星敦之外，她们还能指望什么呢？“回她来的地方”是那句话的最后几个字眼，只是说得没那么大声。

她竟然感到一身轻松：太好了！她总算能离开西布伦县了。这意味着她拥有了随心所欲地躺在床上读书的自由，现在要看书还得躲着大姑子们，她们不赞成读书，很可能连床上都不让躺；不仅如此，这还意味着她可以离开这地方，有了成为自己想成为的人、去任何地方的自由。她举起手来捂住脸，感到一阵窃喜，好想告诉科尔：他们总算可以离开了！天哪，科尔。她用指关节揉了揉眼窝，迷迷糊糊地觉得自己是乐昏了头。得知消息后的震惊，连续两晚睡不着觉，以及两天来，这些人都在她家的厨房里吃火腿三明治，这一切简直快要令她发疯。她的身体好像不再属于自己，开始不受控制地像没上油的尖锐齿条般抖个不停。同时，她的喉中发出一种怪异的啜泣声，听上去就像在笑。汉尼－梅维丝搂住卢萨抽搐的肩头，悄声说：“亲爱的，我也不知道没了他该怎么办。我们都和你一样不知所措。”

卢萨看着汉尼－梅维丝。在那弯翘得厉害的、涂满了蓝色油膏的睫毛底下，那双眼睛似乎真的很无助，真像她说的那样不知所措。她到底想表达什么呢？难道卢萨没有悲痛欲绝的特权吗？先是他们家的女主人，如今又成了科尔的寡妇，卢萨难道占据了不该占据的位置不成？

“你们会没事的。”卢萨不动声色地对她说道。只要我离开就行。

那个晚上感觉像是做了一场梦，一场到了早上她什么都不会记得的梦。她无止境地重复着千篇一律的动作，握着那些至今仍徒手挤奶的男人们布满老茧的手，迎纳着他们的妻子香喷喷、柔嫩嫩的脸颊。

“他是个好人。只有上帝知道他的时间为什么会来得这么早。”

“他回家了。现在和上帝在一起了。”

“他的脸色很自然。”

她没有看过遗体，也无法注视它。她甚至无法真心认同它就在棺材里，那不是他的身体。他的腹部平坦犹如桌面，她会像个昏昏欲睡的学童，把脑袋搁在上面。他精力旺盛，令她心向往之，仿佛唱响了内心里一首尘封已久的歌谣，在遇见科尔之前，她根本不知道该如何唱。他的双手抚摸着她裸露的脊背，他的唇犹如花朵上的蜜源标记将她牢牢吸引——科尔的这些特质，她这一生再也不可能重历了。她睁开了眼睛，害怕会堕入无尽的黑暗之中。一个娇小的老妇人正跪在她身前，双手稳稳地摁住她的膝头，让卢萨吃了一惊。

“你还不认识我，”她低声说道，但十分恳切，“在你家农场北面一英里远的地方，我有一座果园。科尔·怀德纳还是小家伙的时候，我就认识他了。他常和我女儿玩。我还让他偷苹果。”

“哦，”卢萨说，“谢谢。”

那妇人抬起头来，眨巴着眼睛，好像在倾听什么。她的眼眸是极深的棕色，眼睑上是一圈苍白的睫毛。她将满头白发编成一根根辫子，像冠冕一般盘绕在头上，宛若来自另一个国度或另一个时代。“我失去过一个孩子。”她说着，直视着卢萨的眼睛，“当时我觉得自己肯定活不下去了。但你行的。他走了，但留给你的这片土地，你要学着去热爱。”

她松开卢萨的膝头，转而紧握住她的双手，几秒钟之后，便抽回了手。她的紧握将某种冷静和力量传递到了卢萨虚弱不安的手指上，而后这种感觉便倏然消失了。妇人从门口出去时，卢萨看见她的印花布裙荡向一侧，好似拉起的窗帘。

九点过后，玛丽·埃德娜坚持要卢萨回去。她建议由赫布来送她，之后再让赫布回来和家里人一道守灵。其他人也行——怀德纳家的一个表亲主动表示愿意送她，并且可以和她待在一起。这样，在其他人没去她家之前，她在家里就不会觉得孤单了。

“你们都留下来，我为什么要回家？”卢萨问道，像个孩子似的不明就里。然后，又像个不明就里的孩子觉得自己受了委屈一般，用一种坚决而单纯的语气表达了自己畏缩胆怯的意愿。她告诉玛丽·埃德娜她会待到最后，直到最后一个人向科尔道完别，离开这间屋子为止。她要看着赫布·戈因斯的秃脑勺从这里消失，她要看着玛丽·埃德娜、洛伊丝、朱厄尔、埃玛琳和汉尼－梅维丝的屁股挪出房门，与丈夫吻别后，才会离开。她在表达自己意图的时候，没有去想科尔的身体，什么都没想。她只是一而再再而三地重复这些话，越说越生气，直到最终将其实现。

守灵之后过了两天两夜，卢萨一直没有睡觉。她也无法理解自己为何身体筋疲力尽，脑子却毫无疲惫的迹象。而且恰恰相反：越是觉得累，她的头脑就越是想要保持警觉。警觉什么呢？她默默想着，应该没有人会去偷那些银器。这倒不是说她真的十分介意是否有人偷银器。就算有人想偷，屋子里挤了这么多人，他也无从下手。周五下午，就在葬礼之后，她在客厅沙发上眯了一分钟，当时屋里全是身着盛装的人。她发誓，恰恰是因为太安静了，她才被惊醒的。因为当他们意识到她在睡觉后，便突然不再聊天，不再谈论庄稼、雨水、牛肉价格和风湿病了。卢萨睁眼，正好对上那些默默无言的悲哀目光，就好像大家是来为她守灵的。她的睡意顿时消失得无影无踪。

入夜后，至少清净了下来。这种场合应该张罗的备餐、迎访一类事宜都已完成。就连那个讨人厌的牧师也都不见踪影了。但夜晚对卢萨来说乃是折磨。她得蹑手蹑脚地爬到楼上的房间休息，尽力避开那间她和科尔曾同床共枕的卧室。但她实际上是被困在楼上了，因为朱厄尔和汉尼－梅维丝仍住在楼下，已经是第五天了。显然，她们已经搬进来住了。今天已是周六，确切地说已是周日凌晨。这样好吗？她们难道不用回家见老公和孩子？卢萨走进空房间（大姑子们称之为“女孩们的房间”），躺在沙发床上的床罩上，听着她们单调乏味的聊天低语。她真希望自己是个聋子。她已经在无意中听到了太多的谈话。她们猜想着她的脆弱，推测着她的打算，臆度着她缺乏宗教信仰，估摸着她还有什么亲戚可以倚靠。玛丽·埃德娜曾压低声音对牧师说：“现在你总算知道了吧，他老婆不是基督徒。”仿佛这样就能在一定程度上解释她运气怎么会这么差。所有人，大姑子们、邻居们，都对她父亲无从追溯的神秘出身（“战争时期，犹太人的事儿”）和她母亲近来糟糕的健康状况（“春天回去的，真可怜哪——不，还没那么老”）心照不宣，却无法理解生活怎么就这样给卢萨留下了一对不再说话的父母。自从中风后，卢萨的母亲就整天绝望地转着眼珠子，想要说话，她实在不忍心看下去。而她父亲则彻底陷入沉默，仿佛已感到自己行将就木，而这正是他一直在等待的结局。当她打去电话传达噩耗，告诉他说他女婿死了时，父亲似乎花了很长时间才明白这出新的悲剧与他有关。他们甚至都没讨论过他是否需要出席葬礼。

汉尼－梅维丝和朱厄尔此时在厨房里，窸窸窣窣地弄出耗子般的动静。腼腆阴郁的朱厄尔竟然在折锡箔纸，拿来当化妆镜。她一直流泪，所以得时常补妆（尽管情绪化的埃玛琳的表现早已超过了她，拿着科尔小时候的照片放声号哭）。访客们离开后，一切都安静了下来，但卢萨仍能听见她们说话、吃东西的声音。厨房里的每一样东西都原封不动地按照她们母亲在世时的放置来摆放了。当卢萨试图重新安排碗橱时，她们都觉得这是个需要弥补和原谅的错误。她想象得出现在她们正在干什么，必然是双手展开之前折叠的锡箔纸，再次利用它来盖住砂锅。无休无止地打开冰箱再关上冰箱，从嘎吱声到嘶嘶声，已成为卢萨悲惨处境的主题音乐。

要是她能睡着，要是能离开这地方哪怕一小会儿，该有多好。

当楼下的座钟敲响一点时，她便彻底断了念头。今晚肯定是无法入眠了。到处都是幽灵，甚至在这间卢萨迄今为止还未待满一个小时的客房里也不例外。沙发床上没有回忆，但科尔那把硕大的低音提琴立在角落里，像是有个男人站在阴影中，把她吓得不轻。此后她一直在想科尔的手指如何行云流水般地在琴颈上滑动，好似他仍有几缕魂魄在那里盘旋，期期艾艾地不愿就死。这场死亡于是又多了一项对她的极大不公：她从未真正花时间来听过他演奏。近年来，他已不怎么拉提琴了。但她知道他在高中时琴技就已不错，还曾和一支蓝草乐队[①]一起在当地巡回演出。乐队名称叫作“出其不意”。她想知道还有其他哪些成员——小提琴、吉他、曼陀林，他们或许都在最近这几天与她相握的那些手之中，但没有人提过这事。如今，科尔已永远缺

① 蓝草音乐是一种起源于美国南方的快节奏民间音乐。

席，好似被敲落的牙齿，而他那把低音提琴仍立在角落里等候着。她凝视着提琴光滑的深色曲线，意识到这把琴已十分古老，或许比这栋百年老屋还要陈旧。在科尔之前，应该还有其他的亡者拉奏过这把琴。她从没问过他这琴是从哪儿来的。这是一种多么奇怪的感觉，你和全体亡灵共享着生活中的器物，却从未知觉，直到自己的身边人也成了亡灵，才令你想到这一点。卢萨也只是近来才体会到这一现实：自己与鬼魂同栖。

她叹了口气，从床上起身。她想回自己的卧房，读一读纳博科夫或别的什么，让自己别再胡思乱想。在那张床上睡着是不可能的。绝无可能。但那间卧房里至少还有盏阅读灯。读书可使清晨来得更快。她想起科尔常常五点就已起床，夏天甚至更早。她则因自破晓时分就要开始的无数选择和无尽忙乱的日常琐事而厌倦不堪。如今，同无眠之夜无边无际的悲伤相比，那种厌倦实在是相形见绌。此刻若能看见破晓的晨曦，她情愿奉上灵魂。

她找出自己的拖鞋，趿拉着走过吱吱嘎嘎的地板，下楼去找有可能落在客厅里的书。照她现在的神志状况，谁知道会落在哪儿。很有可能留在了冰箱里。今早她给牧师倒了一杯冰茶，放糖进去搅了搅，就把糖罐的盖子盖在玻璃杯上，再把它塞回了碗橱。然后她将糖罐端给了伦纳德牧师。她根本没发现有什么不对劲，是朱厄尔悄悄站起身，纠正了这个错误。

之后，她就再也无法面对那些人了。只有现在，终于挨到的这一刻，下楼找书似乎才是安全的。厨房已经安静了一会儿了，大姑子们肯定在客厅和起居室沙发各自的岗位上睡下了。

然而一袭白衣朝着楼梯走来，把她吓了一跳。有个人身着睡衣往楼上飘来，应该是朱厄尔或者汉尼－梅维丝。

“我正要来看看你好不好。我听见你走来走去的。”朱厄尔，是她。

“哦。我刚要下来拿本书。”

“亲爱的，现在别读书了。你得睡觉。”

黑暗中，卢萨的肩膀无助地垂了下来。告诉拉撒路[1]，快快起来。

“我睡不着。”她说，“试了好多次，都不行。”

“我知道。我带了点药给你吃。这是谢尔离开的时候吉本医生给我开的。那时我也睡不着。”

离开。朱厄尔的丈夫三四年前离开了她，家里人对此讳莫如深，卢萨完全忘了还有这事。好吧，吃什么——毒药吗？卢萨碰到了朱厄尔的手，听见小塑料瓶咔嗒咔嗒的声响。她用已然昏沉麻木的头脑想了半天。“哦，是安眠药吧？”

“是的。”

“我觉得我没必要吃。”

“这药不会让你身体不舒服的。”

“但我几乎从来不吃药。哪怕头疼，也不会吃阿司匹林。我对药有种恐惧感。我对在眼下这种时候睡着也有种恐惧感。是不是挺傻的？”

朱厄尔的白睡衣挂于嶙峋的肩胛骨上，悬于空中，犹如蛾子或幽灵。她的嗓音从上方的黑暗传来。“我知道的。你只想闭上眼睛，什么都不看，但同时又觉得得好好看看，否则就再也看不到了。”

“没错。”黑暗中，卢萨惊讶地往前凑过去，想要触摸这张没法看见的脸庞，好确定是否真是朱厄尔。她没法将这种通达的同理心与自己认识的那个女人联系起来。空的容器，她原先就是这么看她的。

---

① 拉撒路是《圣经·约翰福音》里的人物，他病危时没等到耶稣救治就死了，但耶稣一口断定他将复活，四天后拉撒路果然从山洞里走出来，证明了耶稣的神迹。

“一段时间过后，你……我不知道该怎么说。”那声音顿了顿，害羞起来。卢萨在脑海中想象这情景，确信她就是朱厄尔。“一段时间过后，你就不会再想男人了。你明白的，身体上不会再去想了。上帝会帮你忘却的。”

“哦，上帝。”卢萨啜泣起来。她想起当她触摸那具身体，竟如此沉重，好似凝结的液体。当时她缩回手，用双唇轻轻擦过那额头后，便逃开了。她跌坐于铺着毯子的台阶上，嘤嘤抽泣。她甚至没觉得难堪，已经完全没有精力去顾及了。上方的白翼幽灵俯下身，紧紧地搂住了她。

一分钟后，她们松开了彼此的怀抱。“我都说了些什么呀？”朱厄尔幽幽地叹了一声，“你这么年轻这么漂亮。你会再婚的。我知道这事你现在连想都不会想，但你肯定还会结婚的。”

卢萨脱口而出。“你也很年轻，朱厄尔。和我一样。”

“不，”她说，“不一样。我不会了。”

“为什么？”

“嘘。”她把手轻轻地放在卢萨的唇上，然后摸了摸她的头发，“你得睡了。有时候得学会放手。你甚至会在某个瞬间宁愿死去的是自己，这比恐惧感还要糟糕。”

卢萨伸出手，触到了朱厄尔的手，感觉到那只手打开瓶子，将一粒轻飘飘的药片放在了她的掌心。如果她顺势往掌上看去，就会发现那粒药片就像一颗遥远的指路明星。

“你回到楼上就把这药吃了。就着一杯水把药吞下去，然后躺下睡觉。有时候，你需要的只是一点点帮助。”

她侧身躺在他们那张床上，盯着科尔那侧数字钟上的红色数字。

起先，她很怕药效会蔓延到四肢。然后，慢慢地，她又更怕这药没效。当楼下的座钟敲了两下时，卢萨只觉得周围阴惨惨的，好生绝望。朱厄尔说得对：她的这具身体因满怀期待而苦不堪言。她心中渴望的就是死亡。

然后，就结束了。

睡意将卢萨席卷至一片宽阔陡坡上的牧场，是森林里清出的一片牧场。一个男人直呼其名：

“卢萨。”

那人让她觉得陌生，不是她认识的任何一个人。她可以听见他的声音，却看不见他。她侧躺于缀满露珠的青草地上，身上严严实实地裹着一块深色的毯子，甚至连脑袋都裹住了。

“你怎么知道是我？”她蒙着毯子问那人，因为突然间，她意识到这片牧场上躺满了女人，也全都裹着深色的毯子。

他回答道：“我认识你。我了解你身体的形状。”

“那你肯定看我看得很仔细。”

“是的。”

她觉得自己纤细的腰、短短的大腿骨，以及浑圆的髋部都生发出了一种敏锐的情欲意识。而她的丰臀应该正是能将她与裹着毯子的其他女人区别开来的独特之处。能被遴选上让她喜不自胜。

“你很了解我，所以就在这儿找到了我吗？”

他的嗓音柔柔的，从远远的地方飘来，用极其简明的方式表达了自己的方位。“我一直都很了解你。”

他的气息涌入她的脑海，犹如一道流瀑般的光线，使她也深刻地理解了他。蛾子就是这样彼此交流的。不用语言，便不可能说错话。

她朝他滚了过去，敞开毯子。

他全身覆盖着绒毛，绝非人类，更像是一座大山，山上长着一双月形天蚕蛾的丝绸般的淡绿色尾羽和褐色肩缘。他柔柔地裹覆着她，用摇曳的树枝似的东西轻触着她的脸庞。他身上散发着石上清泉的味道和腐叶的麝香味，这野性而甜蜜的气息驱策着她，使她为了纯粹的渴望而疯狂。她顺着他的身躯往下游移，蹭过他布满点点凸起的躯干，就好像她双腿间有一片密林，她渴求着让自己的需要融入他令人心安的怀抱中。他战栗着进入她的身体时，正是他不折不扣的强壮和广袤使她觉得无比安慰。

她醒来时，已是汗流浃背。后背弓着，既感受到了欲望，也感受到了释放。她飞快地摸了摸自己的身体。乳房，脸庞。她需要确认自己身体的形状。真是不可思议，在发生了这么多事情之后，她还是她，还是卢萨。

天已破晓。她侧身蜷缩着躺在这床上属于她的一边，长时间凝望着敞开的窗外肃穆的杨树。它们挺立于山谷的侧围，守卫着山口。大山的呼吸仍旧轻柔地拂入她的窗内。树枝丫杈间，可见苍白的天色，那里大约是渐盈的月钩不久前停驻过的地方。清晨，又要开始无数选择和无尽忙乱了。这是属于她自己的一天，隐隐地散发着忍冬花的香气。那天上午，当她坐在那扇高高的大窗前，他想要传达给她的是，语言不是全部的真相。她所深爱的就是这片土地，以前是，现在是，今后仍旧是。但她要找到自己进入其中的道路。

她拉上床单，闭上双眼。若要选择，她愿意承受这份孤枕难眠。

6 老栗树

加尼特仍然记得，他小时候在西布伦山上的树林里见过一棵巨大栗树的中空原木。那树干极粗壮，他和其他小伙伴列成一队从里面跑过，连脑袋都不用压低。想起这些往事，他不禁微微一笑。他们当时认定那棵树是属于他们的。十岁的孩子总爱高高兴兴地相信自己是大自然奇迹的主宰。他们还用他的刀子在木头上刻了字。他们给它起了个名字——叫什么来着？是印第安什么的。印第安隧道。

加尼特想到一个令人惊讶的事实，这还是他年近八旬的人生中头一遭。砍倒那棵树的人很倒霉，由于算错树木的体积，只能弃之而去。那人想必就是他的爷爷。此刻，加尼特一如在以往的无数个日子里那样，站在育秧田边，抬眼眺望山脉，心心念念地想着印第安隧道。但他从未将这两件事情联系起来。那棵树想必已被伐倒将近一百年了。那时候，他爷爷拥有西布伦山的整个南坡地带。是他爷爷，老加尼特·沃克，从《圣经》中谨慎地选了“西布伦”作为大山的名字，虽然有人仍称之为沃克山。还有谁会伐倒那棵树呢？他和儿子们可能花了一整天甚至更长的时间，肩膀抵着横切锯，费劲地锯倒了那棵巨大的废木。当他们发现这棵老栗树实在太大根本没法拽到山下去，意识到自己白忙活了这么久，必定是肺都要气炸了。也有可能，他们把巨木上粗如普通树干的树枝打磨成了板条，拼筑在了谷仓的外墙上。但那树干太大，像个老妖怪，就只能留在原地了。这棵树就这样从里到外越烂越空，最后什么都没剩下，只能供男孩子们捣蛋胡闹了。

以前，要干任何活计都得用到骡子。要么是骡子，要么是人。拖拉机是连做梦都想不到的。连哄带骗，一头骡子可以进入许多拖拉机都去不了的狭窄逼仄的地方，这倒是真的。可是！有些东西还是需要用到马力，这和用马拉可不是一个概念。他必须吸取这个教训。会将爷爷老沃克和印第安隧道想到一块儿，也是上帝的旨意吧。如果他们当时有运木雪橇或约翰迪尔农机，那棵树就不会沦为废木，被当作男孩子们的隧道和熊窝。是啊，有时候马力能够完成马匹完成不了的任务。

就是这番道理，这么多年来他一直想方设法要使罗利家那女人明白。“罗利小姐……”他每次解说到最后都会面红耳赤、气急败坏，而她却悠闲地玩着她的那些小把戏，“虽然我们总是对过去充满了怀念，但过去也不见得什么都好。保留和沿袭旧年月的老习惯也需要妥善的理由。”

南妮·兰德·罗利是与加尼特住得最近的邻居，也是他生活中的灾星。

他一直称呼她罗利小姐，而非太太，虽然她生过一个孩子，只是从未和孩子的父亲结婚，这事在西布伦县人尽皆知。那都是三十多年前的事了，想来简直遥不可及。那时的女孩子可不像现在这些往鼻子上穿鼻环、在脚趾上挂铃铛的摩登女郎们。自然，罗利小姐的孩子是个私生女。那时的女孩子要是出门，离开的时间必是得体的。她们往往是去拜访所谓的亲戚，回来时面带忧色，但也精明多了。但罗利小姐不是这样。她从未显露出哪怕一丁点忧伤，从原则上说，她也不是一个精明的女人。她抱着孩子跑到上帝和所有人面前，给那小可怜起了个荒唐可笑的教名。在这个敬畏上帝的社区里带着个私生女大摇大摆地走来走去，好像还很在理似的。

如今，每个人都原谅了她。他站在小山包上，透过她那坐落于低地的果园里成排的树干，久久盯视着她那栋正对着果园的房子，不无苦涩地回想着。他家的房子就在这平缓的小山包上，身后是陡然升起的险峻山坡。她的房子和他的房子离得太近了。当然，带着那孩子，还要将人们都争取过来，一定很艰难。但南妮就是那种人，她什么事都能对付。他们在巷子里遇见南妮，表面上都会维持一贯的友好，她总是抱着一大把雏菊，衬得脸颊粉扑扑的，穿着一条印花布裙，将一根根辫子盘在头上，就像从故事书里走出来的格蕾特[1]。背地里他们会嚼嚼舌头，比如说聊聊这样的怪咖怎么就没有招来山下的奥达·布莱克偶尔会在自家铺子里放出的冷箭呢？但是就连整天骂骂咧咧的奥达也会把手放在唇上，打断别人对南妮的议论，让对方懊悔不迭地将刚出口的话头咽回去。南妮用苹果派收买了奥达，那是她的手段之一。大家都觉得她诙谐又有趣，但主要还是特别善良。他们从没怀疑过她那小身板里还住着一头恶魔，但加尼特·沃克对此深信不疑。他觉得南妮·罗利生来就是为了折磨考验他的灵魂、诱惑动摇他的信仰的。

这片适合栽种果树的土地，从这里一直向北绵延至阿迪朗达克山脉，那女人最后怎么就偏偏成了他的邻居呢？

---

① 格林童话《韩赛尔与格蕾特》（另译《糖果屋的故事》）中的小女孩。

单单看到她的那块牌子，就足以让他浑身不舒服。两个月来，自从她在逼近他家地界的位置竖起那块牌子，他就几乎每晚都睡不着，神经紧张得要命。谁都知道，若是一头赫里福德牛跃过篱笆跳到了邻居家的园子里，这种事大家都能原谅和忘记；但一块三只脚的胶合板牌子既不会起身也不会走路，这完全是两码事。昨晚，他焦躁难眠，挨到拂晓时分才睡着。用过早饭后，他便决定步行穿过前面的育秧田去看看临路的那一边。遵照《圣经》的教诲，要寻找“神迹奇事”，但他不试也知道，南妮那块牌子只会让人心生恶意。

他已经能透过一丛丛野草看见那牌子的背面了，就在6号公路的路堤边坡上戳着。他眯起眼睛想看得确实些。他的视力不怎么样，看东西得费点劲儿。没错，写字的那一面朝着马路。可他知道上面写着些什么。那块手写的牌子，真是愚蠢透顶，说什么路边——那是他的路边，公路的那侧边缘正好有两百英尺与他家的一侧地界重合——那儿是“无喷洒区”。就好像将一大堆愚蠢的主意攒到了一起，写在三尺见方的胶合板上，就能威震天下似的。简言之，南妮·罗利就是那样的人。

他今天打算把那块牌子拔掉，用点力气扔过她家篱笆，扔到沟里去。她不准别人喷洒除草剂，野草就会一蓬蓬蹿出来，把牌子吞噬殆尽。于是，在上帝葱郁的大地上，正义就会在他这方小小的角落得到伸张。他希望她能眼巴巴地看着这番壮举。

加尼特小心翼翼地沿着路堤往下走，穿过高高的杂草丛，去拔那块牌子。但太难拔了，于是他改变了主意，觉得她还是别看为好。他不得不用双手握住杆子，摇晃了很长时间，才使插孔松动。那女人肯定是甩开四磅重的榔头把它敲进土里的。他还算幸运，她毕竟不是开着那台老爷拖拉机挖杆子洞，再用水泥把插孔周围的缝隙封上。这场景，他完全想象得出。她对财产毫无尊重，对年长者同样如此，也可能只针对加尼特。他有个阴郁的想法，觉得她憎恶男人——反之亦然。彼此毫无好感可言。

他开始朝着田界费力地走去，用那块牌子嗖嗖地劈砍着前头的野草。他觉得自己像是个旧时代的骑士，正挥舞木剑从一大群敌人中间杀出一条血路。路堤和路堑杂草丛生，美洲商陆、苍耳子和野蔷薇交错纠缠，蓬勃蔓延，几及胸高。每每走不了几码，他就得停下来把钩住衬衣袖口的灌木枝条解下来。都是南妮干的好事，却让他无端背负这十字架。在西布伦县的其他所有地方——除了这儿——都会安排工人定期给路堑除草。如果路堤的边坡太陡，没法进行除草作业，就像这道横在他农场前的路堤，至少会给喷点除草剂。每个月只要喷洒一定量的2,4-D除草剂，茂盛的野草就会萎落成细弱枯皱的锈褐色草茎，很容易便能耙干净，让这世界门脸清爽。可如今却是这副状况——一团团错杂乱生的野蔷薇荆棘丛里滋生着各种各样的寄生虫，它们繁衍生息，时刻准备入侵他那块杂交栗树育秧田。他得使用除草器或长柄的割草大镰刀，花上好几天时间，才能将这儿除净，但他不确定自己的心脏是否受得了这样的重体力活。本来，只要走过路堑，就会发现加尼特将自家的农田打理得井井有条。然而，短短三个月，他家的农场在过路人看来已经变得惨不忍睹。极有可能，他们在布莱克铺子里就是这么议论的，说加尼特·沃克这老头太懒了（！），但神不知鬼不觉地使他斯文扫地的恰恰是他们最亲密的朋友南妮·兰德·罗利。

事情还得从四月份说起。当时，他将这块陡坡上的杂草田拜托给了县里来的负责喷除草剂的小伙子，这是县里的本分。五月一号，他又让他们喷了一遍除草剂。那两次，她都赶在前一天，趁着深更半夜，像个巫婆似的捣鼓来捣鼓去，将她那块牌子移到了加尼特的田界处。今天已是六月二号了，喷除草剂的卡车应该马上就要来了。可她怎么总能知道什么时候来喷呢？难道又是巫术不成？当地的大多数人就连自家的奶牛何时下崽都预测不准，更别说搞清县里雇的那群戴着耳塞首饰、穿松垮裤子的小混混们的工作习惯了。

前些年，他还和她谈过这事。他像约伯[1]一样耐着性子，对她说如果她坚持要这么做，那就有责任把“无喷洒区”这块牌子竖在法律规定属于她的田界内。他夸张地指着那道标定田界的篱笆，郑重声明（他加尼特也是个读书人）：“罗利小姐，就像诗人说的那样，‘好篱笆成就好邻居’。”

她却这么回答：“哦，谁都喜欢篱笆，但大自然才不管这一套。”她说风把他那边的除草剂吹到了她的果园里。

他则用科学道理解释给她听：“在我这边的路堤上喷洒除草剂是不会使你的苹果树或其他人的苹果树掉光叶子的。”

“是不会掉叶子，没错。”她也承认，“但要是视察员明天来我家抽查苹果树上有没有化学物质，那我怎么办？我就没法得到认证书了。”

（加尼特再次停下脚步，解开钩在荆棘枝条上的工作服袖口。在这一团上帝都管不了的乱麻中费力地劈来劈去，让他心跳得厉害。）

她的认证书！南妮·罗利很自豪，逢人便说她是西布伦县首个获得认证的有机农户，到处嚷嚷个没完。十五年前，他认为那些认证不认证的都是胡说八道，就像摇滚乐和水培烟草一样迟早会偃旗息鼓。可现在不一样了。南妮·罗利不仅向县里的2,4-D除草剂宣了战，还

---

①《圣经·约伯记》中记载的信徒，为人正直、虔诚、好忍耐。

向西维因杀虫剂和其他杀虫剂发起了战斗。加尼特绝不可以让自家的树苗被驻扎在南妮·罗利没洒过除草剂的田里的大批日本丽金龟囫囵吞噬。她无知到了极点，或者说她热情过了头。这世上活物，不管大小，就算是扁虱、跳蚤、玉米蝇，她都是它们最忠实的盟友和保护者。（除了山羊，因为小时候出过“事故”，她对山羊又恨又怕。）但她难道真的这么蠢，竟会害怕认证人员来抽查她的苹果树？那就好比天主教徒去抽查他们的教皇是否道德高尚。那些有机认证人员倒是很有可能会向南妮·罗利征求意见。

他又停下脚步，喘了喘气。尽管天气凉爽，他仍感觉到隐隐有汗水从鱼鳃似的胳肢窝浸染到了衬衫上。就因为一直举着那块牌子抽打灌木，他胳膊生疼，另外左腿似乎也怪怪的，特别沉。他看不见自己的双脚，但能感觉到从裤脚到膝盖处的裤子都被湿漉漉的野草浸湿了。这儿简直就是沼泽地。野蔷薇荆棘丛根本没法通过，还得走上二十码才能到达界篱。加尼特觉得自己太惨了，几乎灰心撂挑子了：好吧，还是往回走吧，原路返回割过草的自家田里，把那块牌子扔进她那座草割得干干净净的果园里去吧。那边的篱笆上有道门，是他爸和南妮·罗利的老爹安在那儿的，两个老头子是好朋友。

不行，他想从这边的篱界底下穿过去，把这块该死的牌子扔进她家的杂草丛中，它就应该待在那儿。他决定继续行进，再走个二十来码。

要是他家用的化学制剂真能飘到她家的树上倒是便宜了她。他心里很清楚，也这么告诉过她，他说要不是他一直喷洒除草剂，日本丽金龟就会在她的果园里泛滥成灾。她就只能穿着印花布裙站在没叶子的秃枝树下，绞扭着手指，想破脑袋也想不明白自己的小小天堂究竟出了什么岔子。不用化学制剂长得好，这不可能。南妮·罗利就是个极易受骗的扎着马尾的老妖婆。

现在能看见篱笆了——至少看见界桩了。(他的眼睛有白内障，看东西像蒙了一层雾。只是病情发展极慢，他有时间记住围栏铁丝的位置、树叶或某张脸上五官的细节。)但当他朝田界走去时，却愈发觉得左腿沉重得实在离谱，拖都拖不动。他想象着自己此刻到底是什么模样，拖着步子，踉踉跄跄，俨然如弗兰肯斯坦的怪物。他觉得相当尴尬，但这尴尬突然被另一个可怖的想法取代：他这是中风。难道不是中风的症状？左腿怎么会这么沉？他停下来，抹去脸上的汗水。他的皮肤一片湿冷，胃部疼得难受。天哪！他要是倒在了杂草丛中，谁会想到来这儿找他？要过几天、几个礼拜才能找到他？他的讣告或许会这样写："加尼特·沃克的腐烂尸体于周三发现。因首次霜降将6号公路边他家田头的野草压伏，才露出了他的尸体。"

他胸口挛缩起来，好似树干被满是倒刺的铁丝勒得太紧而鼓了出来。哎呀，老天哪！他呼吸急促，不由自主地喊道：

"救命！"

她往这边走来，正走下路堤。上帝有这么多的造物，却偏偏把南妮·罗利召来救他。南妮穿了条粗布裤子，脑袋上裹了块红色的扎染印花大手帕，就像糖浆瓶上的杰迈玛大婶。她不知是从哪儿冒出来的，就这么悄无声息地滑向了他，手上还拿着一样东西，应该是个自制工具。她就喜欢瞎倒腾这种玩意儿——诱捕苹果蠹蛾的南妮式陷阱，好像做了这个就能把所有事情全都搞定似的。看上去那就是个黄色的纸盒子，底部割开了一个口子。我气数已尽，加尼特这么想着，茫然地盯着那只底部开了口子的黄色纸盒子。我在尘世上看见的最后一样东西是：捕虫的盒子。

主啊，上帝啊，他默默地祈祷着。我要忏悔，我虽在心里犯了罪，但我仍然遵行第五诫[①]。我没杀她。

她已经架住了他湿透了的腋窝，死命把他拖上路堤，往田头果园的平坦地面上拖。此前，他从未被她触碰或抓握过，实在没想到这小个子女人的力气这么大。他想用自己那两条没用的腿支撑住地面，却总感觉自己就像在和鳄鱼搏斗，而且沮丧地发现自己就是那条鳄鱼。

后来，他总算仰躺在醇露苹果树下的草地上。她跪伏在他身上，关切地注视着他。他喘着粗气，发现她那包着红色印花大手帕的脑袋在疯狂地打着旋。他急忙把头转向一侧。这不是中风——每当仰躺时他总会感到头晕目眩。

"罗利小姐，"一俟天旋地转的情况消停下来，他就虚弱地说，"我实在不想打扰你。你还是去忙自己的事吧。但要是可以的话，请帮我叫辆救护车。我觉得我中风了。"他闭上了眼睛。

可她没吱声。他又睁开眼睛，发现她正低头盯着他的左腿，那表情显然是被吓到了。他觉得很困惑——难道是流血了吗？可是中风怎么会有血？难道是变形了？肯定不会。然而他此刻又没法自己撑起来看。

"沃克先生，"她说，"你根本没中风。"

"什么？"

"你没中风。你腿上爬了只乌龟。"

"什么？"他挣扎着坐了起来。胸口的滞闷似乎突然间好多了，脑袋也特别清醒。

"看！你靴子的这一侧挂了只鳄龟。我敢打赌它起码有十五磅重。"

加尼特害臊得话都说不出来。他垂目瞧着这只背着一身突起盾片

---

① 此处疑为原书误，《圣经》十诫中，第五诫为孝敬父母，第六诫为不可杀人。

的黑色背甲怪物，这头绿色的黏糊糊的生物肯定是上帝心血来潮的产物。鳄龟紧紧地钳着他皮靴底的一侧，这是鳄龟出了名的钳法。就算西布伦县惊雷滚滚，它也不会松口。不过，加尼特倒是真心觉得那双小珠子似的黑眼睛是在特别温顺地往上瞅着他。可怜的家伙，加尼特心想，判断失误了，还这么死不悔改。

在雨水丰沛的春季，鳄龟会离开窝边的池塘，爬入潮湿的沟渠，寻觅新的领地，也寻觅奇丑无比的配偶，生下奇丑无比的孩子。自然，在这野蔷薇荆棘丛茂盛如斯、野草疯长如斯的沟渠——这片沼泽地是南妮·罗利的手笔——肯定会有一只鳄龟等着他，要是碰巧赶上有只鳄龟抓着他的脚不放，那完全是她的错。

“我知道它。”他边说边冲着这只硕大的鳄龟挥了挥手，“我只是当时突然觉得很不舒服。不过现在好多了。我想我还是从正经的小路走回去吧。”

她蹙着眉，摇了摇头。“得先把这大家伙从你脚后跟上弄下来。我去找根棍子来抽它，让它松开。”

“真不用。你不必这样做。”

“哎呀，沃克先生，你就别傻了。”

“好吧，罗利小姐，”他打断道，“我被你给搞糊涂了。你不是就连对害虫和寄生虫都满怀怜惜的吗。”

“那你可弄错了。自从这种大家伙把我池塘里养的鸭子的爪子给啃掉后，我就恨死了鳄龟。我恨不得把这老混蛋给抽死。”她往下看着加尼特，口吐脏话，举止粗鲁，让加尼特皱起了眉头。“但你最好把靴子脱下来。”她又说道，“否则，我没法抽它。”

“不行！”他喊了起来。他得掌握主动权。她的手很有劲儿，拖着他爬上了路堤，就像掌控了命运本身。简直就是母熊爪子！刚才已经被这双手抓了一路，真是够了。他不打算听她的话脱掉靴子。“现在不行。”他斩钉截铁地对她说，“怎么能让你拿我这老头子发泄怨气呢。我现在就带它回家。”

“好吧。”她说。

“好的。谢谢你帮了我。”

加尼特想要尽可能风度翩翩地站起身，沿着南妮·罗利家的砾石车道朝马路一瘸一拐地走去。他走起路来歪着身子，好像一辆有只轮胎瘪了气的车子。现在，他得在这条路上走上一百码，才能到达自家的车道。祈求上帝别在这个时候让人开车过来，目睹加尼特·沃克在6号公路上以前所未见的方式带着一只十五磅重的乌龟同行。

他转过身，往回看了一眼。她包着扎染印花大手帕，穿着卷起裤腿的粗布裤，依然站在那儿。她皱着眉头，苍白细瘦的胳膊抱在胸前。她应该是气炸了吧，要不然就是觉得他像个疯子——反正，两者必居其一。对加尼特·沃克来说，没什么分别。

“啊！”他突然开口，因为他差点忘了正事。他再次朝她转过身，脑袋稍稍歪向一侧。“你那‘无喷洒区’的牌子恐怕还在路堑那端的杂草丛里。”

他看得明明白白，她的目光变得欢快起来，容光焕发，就像土拨鼠日那天的太阳。[1]“别担心，沃克先生。喷洒车今早七点已经来过了。”

① 土拨鼠日是北美地区的传统节日，据说当天（2月2日）若是阴天，土拨鼠从洞中冒出，则说明春天将提前到来；若是晴天，土拨鼠看到自己的影子会返回洞中，则表示冬天还会持续六周。

7 捕食者

“嘿！”埃迪·邦多说。他就站在小径上，在这温暖的午后，同她刚停下脚步来观赏的那一丛马勃菌一样，出现得令人意想不到。

“嘿，是你啊。”她平静地回应道。突如其来被逮个正着，似乎并未使她的心狂跳不已。“你是怎么在这儿找到我的？”

“我闻出来的，姑娘。你的味道甜甜的，男人很容易追踪过来。”

她腹部的肌肉紧绷着。他也许觉得这是在打趣，然而她毕竟对人的气味略知一二。过去，在诺克斯维尔，每当生理周期推进到那个节点，她就算只是走在路上，也会引得男人们扭头看她，一个接一个。他们不明就里，只是觉得很想要她。那就是费洛蒙的效果，至少对人类是这样。但没有人愿意去谈这种事。也许埃迪·邦多是个例外。“我能受孕，所以能把你吸引过来。”她直截了当地说，想看看他的反应。但他并不退缩。“正如你所知，就是今天这个日子。”她笑了起来，“所以把你从克林奇峰上引了下来。”

埃迪·邦多也乐了，对她展开了一个灿烂的笑容，在新雨后闪闪发光。她还能装得出不开心的样子吗？她怎么会不想他回来呢？

"你怎么连这种东西都懂？"他问。

"你指什么，女人和男人身体是如何沟通的吗？"她往马勃菌上猛踩了几靴子，一阵孢子雾应声腾起，犹如缭绕上升的金褐色烟雾，在笼罩着他们的明媚阳光中闪烁不停。是生殖细胞，一只菌菇的狂喜，它正努力让自己的后裔盈满整个世界。"还是说，我怎么连自己的时间点都知道？你想问的是哪一个？"

他也往马勃菌上跺了几脚，将那空心棒球般的白色革质球体踏得稀烂，扬起了更多粉雾。孢子雾不断弥散，似乎永无止息。迪安娜想着这些微小的粉末会不会附上他们潮乎乎的皮肤，又会不会通过某一次深呼吸进入他们体内。

"我想，两者都有吧。"他终于回答道。

她耸了耸肩。他是认真的吗？女人只要多加留心，这些事都会懂。迪安娜转身往山上走去，确信他会跟来。"我多半睡在野外，"她说，"周期与月亮同步。"

他笑了。"你是狼人小姐吗？"

她停下来，转身看着他。她觉得匪夷所思，人有着明显的动物属性，却拒不承认自己的种属。"任何一个女人，只要置身于月光下的时间足够多，到了满月，就会排卵。是脑垂体的作用，我想。到那儿还得走一会儿，不过你可以留下来。"

埃迪·邦多被这说法逗乐了。"那要是回到古时候，大家都是围着篝火睡地上，就披着块兽皮或随便什么东西，所以呢？你要说那会儿全世界所有女人都会同时进入发情期吗？"

她又耸了耸肩，如果他觉得搞笑，她还真不想去多谈这个。弄得好像在泄露一个秘密似的。"想想还是挺方便的。满月，光线充足。"

"该死，"他说，"怪不得那玩意儿会让人疯狂。"

“没错。”她转身继续往山上走去。攀登山坡的时候，她感觉到他的目光在她被雨水淋得湿滑的纤长大腿和小腿肚上流连，欣赏她腿上的每一块肌肉，她的臀大肌，她那纤细的腰肢。她穿了条七分牛仔裤，一件薄棉衬衫，没穿胸罩。早上她穿上这身衣服的时候并没有想到埃迪·邦多，只是觉得春天燥热，当然，她的身体也想被展示出来。

“你去哪儿？”他问。

“在雨中走走。”

“可这雨已经停了。”他反驳道，“终于停了。”

“别太想当然。我们还得在雨里走一会儿。”

“别瞎说。你怎么知道？”

怎么知道？有六种方式：第一，风力刚刚能够吹得树叶翻飞，露出白色的叶背。“我不知道。”她大声说道，习惯性地把门堵死。虽然她也知道，自从父亲死后，他应该是唯一一个想了解全部六种方式的男人。

“你们这一带的山里人肯定长了鱼鳃。最近几个礼拜，我觉得热得快要化掉了。”

“看得出来，你还没化掉。”

“结果证明，我不是糖做的。”

“这还用证明。”她听了偷着乐。

“好吧。你要去哪里？”

“哪儿也不去——我就喜欢这样。”

他笑了。“听上去相当无所事事嘛。”

“不是，我是指，我要去的并不是什么重要的地方。这是从野生生物管理的角度来说的。”又或许从任何人的角度来说都会这么认为。

“好吧，漂亮的女士。那是不是说明你已经下班了？”

她喘着气，没料到他还真有本事，能随心所欲地操控她的欲望。她真想停下来，就在这小径把他撕碎，吃他的肉，喝他的血，连残留在手指上的余味也都舔舐干净。“只是个我喜欢的地方。”她心平气和地说，“与其说是个地方，不如说是一样东西。就在上面，要从这条曲里拐弯的山路上去。”

从他们所在的角度来看，这小径可以说极陡。她要去的是一个洞窑似的庇护所，那儿之于她就像一个要好的老朋友，往山上走一百多英尺就到。她能听见身后他的脚步声和喘息声，与她煞是合拍。

“是动物、植物，还是矿物？”他问。

“植物。枯死的植物。在我们出生之前就已枯死了。”

“难道是……一棵中空的大树？”

她心里一惊，但没转身。

“差不多有十英尺长，相当高，所以只要猫着腰就能走进去？不，我可从没见过它。”

她猛地转身看着他，辫子甩得扬了起来。“那是我的地盘！”

“你就没想过其他人也有可能遇到这棵树吗？它躺在那儿都有一百年了。”

“不！根本就不会有人出现在那儿。”她奔跑起来，但他从后面赶了上来。他在上坡路上冲刺的速度比她略快。他把手放到她的腰上，带着她，更确切地说是推着她往前跑。她还没来得及躲开，他们就来到了隧道树跟前，现在没有回头路了。它就在那儿，中空的树干内丝毫未受风雨侵扰。那内里的阴影中整整齐齐码放着他的东西：他的背包，他的马口铁杯子和他的咖啡壶，他的整个埃迪·邦多的人生。

“我没想到你就住在这儿。”她说，简直不敢相信自己的眼睛。

“你没发觉很多人都来过这儿吗？”

“不可能……”她还没说完，他就用嘴堵上了她的嘴，用自己的身体把她往里推。他把背包推到一边，推着她往后退入那幽微的黑暗之中，退入隧道的正中心，那儿最安全。

“这是我的地盘。”她悄声说着。

“那是谁把这棵树砍倒的？”

除了他的脸，她什么都看不见；除了抵着她脸颊的他皮肤上的细腻纹理和放在她纽扣上的他的手，她什么都感受不到。“没人砍过。这是棵栗树。五十年前，枯萎病干掉了所有的栗树。”

“没人把它砍倒？”

她知道不是没这可能。爸爸告诉过她，人们如何眼看着栗树不明就里地死去，再蜂拥而上把剩下的木料能拿的都拿走。他们太需要那些木材了。但不对，如果有人这么费心费力，就会把木头拿走，而不是任由它躺在这里受死。她刚想说“不对”，却发现自己的嘴被埃迪·邦多的嘴唇压得太紧，根本说不出话。一想到自己正裸着后背，与这皱裂破碎因而松软柔暖的黑色弧形内壁相抵，如同被包裹在从未与任何孪生兄弟姐妹分享的子宫中，实在是荒谬透顶。他双手攥着她的乳房，低头凝视着她。她爱死了这目光和这抚摸，爱死了这揉着她乳头的手掌，还有这掠过她肋骨、绕过她腰肢的指尖。他把她拉近，好像她是某种温顺的小兽。他吻过她的脖颈，又吻了她的锁骨。然后稍歇须臾，跪着弓起身，从牛仔裤兜里摸出那只沙沙作响的小袋。有备而来。显然，他也知道她能受孕。小心为妙。

她坐在那儿，蜷缩着身子，脊背贴着栗树隧道的内壁，下巴抵着膝盖。隧道内足够宽敞，他可以跪在她身前，面对着她，解开她的靴子，褪下她的内裤和自己的衣服。树洞内也很暖和，光着身子完全没问题，这丰盈漆黑的温暖中，弥漫着老木头亲切馥郁的芬芳。他将脸贴着她的膝头。

“满月？”他问道，与她肌肤相触，“那就是万事万物的秘密？”

她不置可否。

他的双手在她的身体上攀爬，犹如攀爬一棵树，从踝至膝，至腰，至肩，直至捧起她的脸庞，直视她的眼眸。好似读茶[1]的吉卜赛人，意欲勘破茶渣的秘密来读取她的未来。他似乎兴高采烈，急不可耐。“就因为这个，男人们写下愚蠢的诗，发出野蛮的号叫，喝光铺子里的酒？而他们真正想要的只是这世上的每一个女人，都在同一个时间？”

她迎视着他的双眼，但没法开口说话，没法告诉他那一切对她而言已经遥不可及。到了四十多岁的年纪，就连她温顺的卵巢有时也不再为月亮所动。有几个月，甚至没有排卵。她很清楚这正是自己希望的。然而怎么会这样呢？埃迪·邦多此刻正与她四目相对，他握住她的辫梢，绕动手腕，让那辫子在他腕上缠了一圈又一圈，直到使她的脸颊几乎嵌入他的前臂，再温柔地将她的脸转开。她脸朝下趴着，双手垫着额头，他的整个身子紧紧地贴着她，阴茎轻轻地顶着她的背心窝，双唇触着她的太阳穴。她能感受到，在她的背部和他的胸膛的皮肤之间，老栗树落下的木屑好似一座座硌人的小岛。“迪安娜，”他对着她耳语，“从西弗吉尼亚到这儿，我一路上都想要你。要是我没回来，从这儿前去怀俄明的路上，我也会想要你。”

他的呼吸吹拂在她耳垂下方的皮肤上，她弓起脊背，如一道弧线，就像无助的蛾子被引向火焰。她没有说话，但身体完美地回应了

---

① 一种古老的占卜方法，起源于 17 世纪的欧洲，占卜者通过来访者留在杯中的茶、咖啡或酒渣图案对其未来做出相应解释。

他。他滑到下面，以牙齿轻啮着她的后颈，就像情欲正旺的公狮啮着母狮一般：轻柔而确然地咬下去，彼此心照不宣，却也难以逃脱。

接近正午的时候，雨完全停了。有那么一会儿，午后的阳光无所顾忌地照耀下来。他们并排躺在那儿，阳光一直从隧道口照进来，轻抚着他们赤裸的双脚和脚踝。这温暖的感觉使迪安娜从迷迷糊糊的状态中惊醒，她睡得昏昏沉沉，但并不酣甜。竟然这么晚了，她这才吃惊地意识到这一点。她睁开双眼。这一天正在流逝。或许不妨这样说，这一天已经过去了，对他，对她的岁月和所有她以为已经确定的选择都是这样。远处雷声轰鸣，她的肠胃随之一阵痉挛。雷声在山谷间回荡，预示着大雨将至。

她凝视着仰躺于身边的男人，他高枕无忧，睡得很沉。他的身体上黏附着软软的木屑、枯败的碎叶，那是属于她的森林的一缕缕残膏剩馥。于是他的脸颊、肩膀，乃至软塌塌的阴茎都变得斑斑点点了。她忽然对他自命不凡的夸夸其谈、纹丝不动的眼皮和那条随意搭在她身上的铅样沉重的胳膊感到厌烦。她把他的胳膊甩开，翻身从他身边滚了开去。但他从原本熟睡的状态中模糊醒转，伸手又将她拽了回去。

“别碰我。”她说，把他搡到一边，狠狠地，“不行就是不行，别拉着我！”

他倏地睁开眼睛，而迪安娜的拳头已经止不住地死命捶打在了他的胸口和双肩之上。她怒火中烧，要不是他凭借着猎人的敏锐格挡闪躲，致使她抡圆了胳膊的攻击多有落空，她那突如其来的疾雨般的暴揍必定会把他打得青一块紫一块。他牢牢抓着她，双手似手铐一般箍住她的前臂，她差点往他脸上啐唾沫。这股怒火似龙卷风裹挟着她，让她忍不住浑身战栗。

“见鬼了，迪安娜。”

“松手。”

“松手你就会杀了我。真见鬼，你这个女人！”他将她的双臂高举过头，细细打量她，觉得她匪夷所思。好像他本想下套逮一只松鼠，却套住了美洲狮。

“松手吧，”她说，“我要穿衣服。”

他小心翼翼地松开一只手，再将信将疑地松开另一只手。她从他身边离开时，他还一直盯着她的胳膊。“怎么啦？”他问。

“你干吗回来？”她愤愤地问。

“一小时前，你好像还挺高兴我回来了。”

她慢慢地摇了摇头，喷了一下鼻息。她紧紧抿着双唇，力道之大，使得嘴唇都泛了白。

他仍旧不依不饶。“你不想我回来？”

他竟然不知道，这也让她心头发狠。她没办法看着他。

“天哪，迪安娜，到底怎么啦？”

“这儿不需要你。”

“我知道啊。”

“你什么都不知道。你从没见我一个人时的样子。”

“我见过。”他话中带着笑意。

她转身瞅着他，目光充满野性。“是吗？你一直在观察我，就像个该死的捕食者，现在你觉得终于把我搞到手了。”

他没吭声。她又转身背对着他。“在你出现之前，我在这儿过得好好的。两年来，你做你的事，我做我的事。不必挂念谁，也不必去理会谁想要什么、想穿什么、想做什么之类的琐事。当然也不稀罕什么男朋友。”

他没有回应。一只猩红丽唐纳雀打破沉默唱起了歌。她想那鸟儿应该就藏在密叶丛中，虽然身披鲜红的色彩，人眼却很难发现。不管怎么说，这鸟儿相当漂亮。

“然而某一天你出现在这里，埃迪·邦多。然后某一天你又离开了这里。你到底在卖什么关子？”

他慢慢悠悠地说：“我没有卖关子。”

“坦白说还真他妈不是这么回事。”

“那我走就是了，没问题。说了这么多，这就是你想要的吧？”

她抓起衬衫穿上，掸掉沾在皮肤上的潮湿木屑，心里又气又悲。衬衫穿反了，扣纽扣时她才发现。于是，她转而拉起衬衫下摆打了个结，迅速穿上裤子。她祈求上帝别让他看着她。她竭力调匀呼吸，竭力回想自己曾经的状态。她爬到隧道另一头，坐在洞口，望着外面，老栗树在这儿融入了腐叶土壤。

“迪安娜。我说了，你是不是想让我走？”

“不是。我就打开天窗说亮话，我很鄙视你这样。”

“鄙视我什么？”

她仍然没有转身看他，她不需要看那张脸。还是对着树林说话最好。“鄙视你这样瞎搅和。鄙视我竟然想要你回来。”

这一天刚开始的时候，她心情挺不错。过去的十五天里，只要听到树林里传来噼啪声，她就心跳加速、神经紧张，每次都以为那是他的脚步声。现在终于好了，她不再去听了。对此，她很有自信。她回想起过往那些日子，她常常独自一人攀上山路，心中别无牵挂，只惦记着这截中空巨木，尝试着在脑中想象在东部森林的优势树种仍是栗树时的光景，这是种很纯粹的快乐。她能透过自己的性灵之眼看到这一切。这棵老栗树想必曾是这山上最高可参天、最长生不朽的巨木——直到有一天，能够引起枯萎病的真菌在某个港口下了船，冲着美洲大陆咧嘴一笑，便将从纽约到亚拉巴马的所有栗树全都放倒了。整片风景为之一变，成了如今的样貌。

她一动不动地坐着，不去理会自己的身体和身后正在呼吸的那具身体。树洞之外的天光之中，她几乎可以看见静默的空气正在为午后的盛会慢慢聚集，氧气从潮湿的叶片间悄悄萌生。这些树木都是她的大山的肺——不是她的大山，它也不属于任何一个该死的谁。这座大山属于猩红丽唐纳雀、马勃菌、月形天蚕蛾和郊狼。她居于其间的这方幽暗、精怪的天地正准备往外呼气。先是午后，再是黄昏，最后是夜晚。大雨会倾盆而至。他会和她同床共枕。

她用手背擦去脸上的泪珠，伸出另一只手，将指尖按入这柔软的、满身碎屑的树木。她用手指触碰着上唇，呼吸着泥土的气息，以舌头品鉴这木头的滋味。她对这根老木头爱得至深至切。她还羞于承认这一点。只有孩子对无生命之物的刻骨之爱和自信占有才是被应许的。然而她却一直如此。如今，咒语已去，这片原本独属于她的、无人知晓之地的魔力也随之消散了。

8 蛾之爱

卢萨站在前门廊上，看着大雨自前廊的廊檐似长条银线倾泻而下。农舍——她的农舍——的马口铁屋顶上排布着凹凸的瓦垄，将雨水分成若干细流顺着陡斜的两侧淌下。水流如透明的细丝，好似鱼线，或带着珍珠一般的气泡，仿若珠串。她在宽敞的台阶上摆好水桶，承接几缕雨水。她发现每一缕水串落入桶中时均会敲打出独特的节奏。整个清晨，每条细流的节奏都没有变过，只是在水桶渐渐接满的过程中，声音会愈来愈柔软，将桶倒空放回时，又会发出嗒啦、嗒啦啦的声音。

用水桶盛水，是为了浇灌门廊上的盆栽蕨类植物。那儿淋不到雨，即便天气潮湿，叶片也会变成褐色，脆弱，凄凉，一如她内心的哀伤。她本想回屋忙自己的事，却为这雨水击打的节奏吸引。于是她静静地站了一会儿，聆听这节奏。不用领受别人同情的目光，亦不必听从要她快快躺下休息的唠叨，也算是一种放松。汉尼－梅维丝和朱厄尔终于回家去了，但她们每天还是会过来好几次，“检查”她是否安好，其实就是督促她吃饭，甚至告诉她该吃什么，好像她还是个孩子。好在做完这件事，她们就会离开。卢萨便可以随意套上牛仔裤和科尔的工作服，站在自家门廊上，看雨、听音，只要她乐意，就可以什么都不想。如果没有那一大堆等着先去核，再装入罐头瓶密封的樱桃，她一整个上午都可以待在这儿自娱自乐，为每一缕落下的水流放上一只桶，将它们各自击出的节奏编织成一首歌。祖父兰多夫斯基喜欢这样的游戏：他用手指敲击她棱角突出的膝盖骨，奏出意想不到的节拍，创作出神秘的巴尔干旋律，一边敲击还一边应和着这节奏哼唱出曲调来。

“你爷爷，是我们这一脉最后一任地主了。”她父亲常会这么挖苦一番。就在罗兹北部的涅尔河畔，他的父亲曾有一座甜菜农场，战争爆发后，他失去了所有土地。他逃离波兰，除了自己这条命、老婆、幼子，以及一根单簧管外，便身无长物。“你那了不起的爷爷，成了犹太乐师，在纽约声名鹊起，后来为了一个夜总会里遇见的美国女孩，就离开了老婆孩子。”卢萨知道，虽然没人提起过，老头和情人再次组建了家庭，后来租屋失火，把他们全都给烧死了——包括她爷爷。很难说卢萨的父亲将这个故事的哪一部分归咎于他——大部分都是吧，她心想。那年他们飞去纽约参加烧焦残骸的葬礼时，卢萨还太小，无法理解父亲的感受，以及他对这场丧失的嘲讽。爷爷兰多夫斯基已有好些年没光顾她的脑海了。此刻，在西布伦县一座农舍的门廊上，如串雨珠坠落奏响的切分音中，他却现了身。他原本是个农夫，但后来的生活却总逃不开失去的命运。如若身在这雨水淅沥的山谷中，浸润在这腐烂与新生的芬芳中，他会度过怎样的一天呢？

卢萨将衬衣下摆抻了抻，尽量使自己显得忙忙碌碌、健康明朗，因为赫布与玛丽·埃德娜的绿皮卡车正一颠一颠地自车道上驶来。但这次开车的并非气势汹汹的老大姐，而是她丈夫赫布。卢萨看着他将车停在了房前，同来的还有洛伊丝的丈夫大里奇，他从副驾驶座下了车。两人都缩着脖子，右手扶着帽檐，穿过雨水朝她跑来。他们缩身跨过雨滴串的珠帘，小心翼翼地避开她放于台阶的水桶，在门廊地板上用力跺了几次靴子，然后摘下了帽子。他们工作服上散发的气味，使她恍然觉得科尔就在他们中间：灰尘味，机油味，谷仓里的饲草味。她呼吸着，从陌生男人的衣服上吸入她丈夫的气味分子。

“他应该给门廊装上排水槽。”里奇对赫布说着，好像他们都觉得科尔还在场——卢萨却不在场。丈夫代表团此次前来，所为何事？他们是想命令她马上离开，还是怎样？她是该挣扎一番，还是平静接受驱离？

“里奇，赫布，”她说着，舒展了肩膀，“很高兴见到你们。”

两人冲她点了点头，便又扭头看向雨幕，看向那不存在的排水槽和水汪汪的农田，似乎一门心思想回到田里干活。她看见绿色的苍耳子，迷你地雷一般，挂在他们卡其布裤子的翻边上。

“又是一场大雨，”赫布说，“谁都不需要这么大的雨。再下一礼拜，青蛙都得淹死。”

“不过，据说礼拜六会停。”里奇说。

“是啊，”赫布表示同意，“要不然我们也不会来打扰你，应该是要停了。”

“你们来这儿，就是为了告诉我雨要停了？”卢萨问道，来回打量着这两张久经日晒的脸庞，想看出些端倪来。不管什么时候，只要不得已必须同大姑夫们对话，她就会这样。那感觉就像是，她走着走着就进入了一个地方，那儿的人虽然都讲英语，每个词的意思却截然不同。

“对。”赫布说。里奇也点点头，算是佐证。他们看上去俨然滑稽双人组：矮壮、秃顶的赫布负责逗哏，瘦高个里奇大部分时间里一言不发，捏着帽子呆立一侧，乱蓬蓬的黑头发维持着被帽子压成的形状盖在脑袋上。他脖子细长，像根杆子，喉结好似圆圆的橡子。大家都叫他大里奇，虽然他儿子小里奇十七岁，各方面都已超过了他。卢萨不由得对小里奇的命运生出一种同情。西布伦县的生活是：一俟出生，你就像个落入陷阱的虫子，要么是某人的儿子，要么是某人的老婆。地方太小，实难适应。

“所以，”赫布忽然开口打破了沉默，“我们得打理科尔的烟草田。”

“哦。”卢萨心里一惊，“已经到该打理烟草田的时候了吗？”

“说句实话吧，时间已经过了。这场雨把农田全给糟蹋了。现在已经六月，忒晚了。”

“可今天也才五号吧？六月五号？”

“没错儿。到时候要是烟草还没长起来，七月份就会出现青霉病。”

“你们可以喷农药去除青霉啊。”卢萨说。烟草病害不是她的专业，但她听科尔说起过。当着这两人的面，她特别想表现得自己懂点什么。

“是可以。”他们表示同意，但热情有限。

“你们自己家的烟草田打理过了吧？你们应该先去弄自己家的田。”

赫布点了点头。“今年我把自家那份地租出去了，那些奶牛实在是把我忙坏了，管不了这茬儿了。趁这几天天气不好，我和他还有点时间，礼拜一早上就给大里奇田里种上了烟草。接下来就轮到科尔的田了。”

那朱厄尔呢？卢萨心里直犯嘀咕。自从她老公和饼干桶连锁餐厅的服务员私奔了，他们是否也要对她的生活管头管脚？“你们的意思是，”卢萨谨慎地转述他们话里的意思，耳中能听到自己的心脏狂跳不已，“礼拜六，你们和你们家的孩子都要来这儿打理烟草田。”

“是啊。不过这雨得先停上一天才行。”

“那我呢？我有发言权吗？”

两个男人看着她，露出了一模一样的眼神：惊讶，害怕，恼火。可这难道不是她的农场吗？她移开目光不看他们，深深吸入泥土和忍冬的馥郁气息，聆听着她那幼稚的游戏，台阶上水桶的敲击：嗒啦、嗒啦、嗒啦啦！她在这节拍之中，清晰无误地听到了一首歌。单簧管的颤音如笑声萦绕升起，曼陀林的拨奏似掌声久久不息。犹太音乐。

“现在，这是我的农场。”她大声说道。她嗓音发颤，燥热直达指尖。

“是。”赫布表示同意，“但我们不介意来帮忙，就像是以前每年都会帮科尔的忙。打理烟草田要花很大工夫，一家子都得出动。反正，我们这儿都是这么做的。”

“去年我就在这儿了。”她言简意赅地说道，“我给你们、科尔、小里奇还有另外一个男孩，就是塔兹韦尔家的那个表亲，送过咖啡。你们应该还记得。”

大里奇微微一笑。“我还记得你学开拖拉机，种过一排烟草。最后有些烟苗是根子朝上、叶子朝下在土里的。”

“科尔存心把拖拉机开得飞快！那时我们刚结婚，他还当你们的面捉弄我。”卢萨一下子红了脸，一直红到发际。她还记得自己跨坐在拖拉机后部的小平台上，从身边的盒子里抓起一把把软塌塌的烟苗。烟苗叶子的纹理比较支离稀疏，像餐巾纸。要随着拖拉机的一路移动将它们稳稳地植入新耕犁沟的厚实泥土里，在她看来实在难以做到。他们刚结婚两天。“那是我第一次坐拖拉机。”她辩解道。

“是啊，”大里奇同意道，“大多数烟苗还是根子朝下栽的好。”

赫布将话头拉回了正题：“我们自家的田都已经忙活妥当了，大里奇还跟杰基·多达德谈了个很不错的批发价。”

“非常感谢。可要是今年我不想种烟草了呢？”

“你什么都不用做。你想待在屋里，就待在屋里。”

“不是，我的意思是要是我不想在农场里种烟草了呢？”

这下子，他们都不再斜眼瞅着卢萨。他们正眼盯着她。

“这么说吧，”她说，“既然人人都想戒烟，为什么还要种这么多烟草？就算有人还戒不了烟，至少也应该尝试着戒。政府已经正式表示不赞成抽烟，都说了癌症会要人命。所有人都会指责我们的。”

两个男人转眼望着雨中的农田，显然，不管下不下雨，他们忽然希望自己能出现在那里。她知道他们一直在克制自己不去碰衬衫兜里的万宝路。

“那你想种什么？”赫布终于开口问道。

“嗯，我还没怎么想过。玉米怎么样？”

赫布和大里奇相视一笑，算是将之当作玩笑话。“一蒲式耳三美元，就这个价。”赫布回答道，“要是饲用玉米，在这片儿也就五十美分一蒲式耳。不过，也保不定你是在说甜玉米。”

“那当然。”卢萨说。

“好吧，我们这就来算笔账。科尔有五英亩烟草田，现在改种甜玉米，大约能收获五百蒲式耳，年份好的话也许会有六百，但这种情况我们还没碰到过。”赫布翻着眼珠子，扳着指头计算，“大约一千五百美元。除去拖拉机消耗的柴油，种子钱，一大批化肥，因为玉米很吃肥。运气好的话，就算卖个好价钱，最后差不多能有个……八百美元。这就是你的玉米收成。”

“哦，明白了。”卢萨的脸更红了，“烟草一般会有一万二到一万三千美元。”

“对，”大里奇说，“差不多吧。除去拖拉机、农具、化学制剂的费用，一英亩地能挣三千七。”

“我们得靠这个生活。”

她轻声说道。但我们和生活这些字眼却沉甸甸地悬在空气中。她觉得这些字眼仿佛正压在肩头，就像心怀不满的主妇将手按在她的肩上，想借此方式告诉任性的孩子：“坐下，别玩了。”

嗒嗒、嗒嗒、嗒嗒嗒。祖父兰多夫斯基的节拍声渐渐弱了下来。她得把水桶清空，再放好，让它重新敲响。她希望这两人能快点离开。别管她，随她怎么摸索应付，就算错了也无妨。她也乐意听听别人的意见，但不想被轻视、被嘲笑。

“这么小一块地，还在山谷底，还能种什么？除了烟草，还有什么能供你们生活？”

大里奇想尽量缓和地说出接下来的坏消息：“山上的特纳·布莱文斯种过番茄。他们告诉他一英亩地能有一千美元的收成。他们没说的是，要是县里还有两家人种番茄，收获季的市场上就会到处都是。布莱文斯拿三千五百磅番茄喂了猪，剩下的自己吃掉了。”

“那另外两家人呢？”卢萨问。

“一样。都赔了钱。其中一家觉得番茄肯定能赚钱，还花了一万美元安装了灌溉系统，我是听人这么说的。如今他又种回番茄了，总盼着能有个干旱的年份，这样他就能打开那些花里胡哨的浇水管了。”

“可是，他们怎么会都赔钱呢，说不通啊。谁都要吃番茄嘛。”

“但不会集中在某段时间吃一大堆，番茄就是这样。要是五天之内没被某家杂货铺收购，就得喂猪，那代价太高了。而且，在我们这片森林地带，没有货运商会联系你收购作物，除非你能任他们砍价。”

卢萨抱臂于胸，对自己竟如此无知感到绝望。

“再说回到烟草，”里奇继续说，“你大可以把烟草挂在谷仓里，挂多久都行，直到等到个好时机把它卖掉。就算县里的每一个人都种了烟草，产出的每一片烟叶也能等到任何一年的任何一天，在世界上任何一个国家的任何一个地方被点燃、被享用。”

“可以想象。”卢萨语带讥讽，实则心中惊讶。她从来没想过自己如此缺乏这样的基础知识。烟草的价值，大部分就在于：能永久保存，以及适宜运输。

他们沉默地站了一会儿，就这么望着院子出神。雨点落在梓树硕大的叶片上，好似打字机的字键噼啪敲击。

卢萨说：“肯定还有什么东西能赚得到钱。谷仓今年也该翻新屋顶了。”

赫布坏笑了一下。“大麻。我听说一英亩的大麻和番茄的价格差不多，市场上卖得还不错。”

“我知道，”卢萨说，“你这是在取笑我。好吧，谢谢你们愿意这个周末过来帮忙。不过，我还得想想要不要种烟草。要是我明天或后天再给你们回话，你们还能从杰基那儿借到工具吗？”

“应该可以。杰基有那套水栽农具。去年用得不怎么样，但今年他知道怎么用了，用得还不错。”

“那好。礼拜六之前，我会告诉你们的。我会做出决定。”

“也得等雨停了。”赫布说道，以免卢萨还以为自己说了算。

“好的。要是没停，我们全都会玩儿完，对吧？我不种烟草，什么也得不到，你们拼了命种，也什么都得不到。看，我还把时间和金钱都省下来了！”

赫布盯着她。大里奇冲着车库的方向笑起来。“真是个聪明的女士，赫布。”他说，“我觉得她种田的心态挺对的。”

“好了，”卢萨说着，拍了拍手，“今天还有一大堆樱桃等着我装罐，不弄的话，都会烂掉。那我就礼拜五给你们电话。”

赫布站在门廊边上往外探出身去，仰头望向山坡上的果园。她控制着呼吸，一分一秒地数着时间。等到他们回到卡车上，点上烟，开走，她就要坐到门廊的秋千上哭上一回。跟他们对着干所需要的胆量超出了她的限度。

“没想到今年你还能收获樱桃。”赫布大声说，“要知道，松鸡实在太多了。去年春天，我过来替科尔把鸟全打了，可我今年压根儿就没来过。看来，你的樱桃足够做一两份甜派了吧？”

卢萨强迫自己挤出一丝笑容，狠命地睁大眼睛。“奇迹会发生的，赫布。”

应该是朱厄尔在门口，卢萨心想。朱厄尔正在前门廊外砰砰地敲雨伞。（他们总是门也不敲就进屋，全都这样。甚至新婚的卢萨和科尔在午后偷偷做爱时，也遭遇过不请自入的尴尬。）朱厄尔的嗓音听起来很疲惫，她让孩子把脚擦干，把雨衣挂到衣钩上去。然后，他们就从厨房门口拥了进来，老大头上顶了一大盒罐头瓶子，双手扶着不让它翻倒。卢萨用完了家里的罐头瓶，于是给朱厄尔打了电话。

“快进来吧，”她说，“把盒子放到橱柜台子上就行。”

“哎呀，快叫警察！”朱厄尔嚷嚷着，“这儿发生了谋杀案！”

卢萨笑道：“还真像，是吧？”她的围裙和橱柜台面上沾满了大量鲜红的樱桃浆汁。手摇去核机钳着橱柜台面，底下的木桶里已盛了一大堆闪闪发亮的深色果核，好似刚从屠宰场里提出来的东西。当朱厄尔在通话中说要过来帮她装罐头时，她心里一阵轻松。卢萨能够理性地认识到，而非真切地感受到，自己也需要陪伴，否则就会发疯。

此刻她这位大姑子捂着嘴，懊恼自己脱口而出，说了句跟死有关的玩笑话。卢萨但愿能有个更坚强的陪伴者。

“没事啦，朱厄尔。我知道科尔已经死了。”

“嗯，我不是……我真蠢。说话不过脑子。”她显得十分后悔。

卢萨耸了耸肩。“又不是你存心要让我想起某件我已经忘记的事。”

朱厄尔愣愣地站在那里，手还捂着嘴，眼里涌满了泪水，定定地看着卢萨。她十岁大的孩子单手扶着装罐头瓶子的纸板箱，慢腾腾地绕过橱柜岛台。年纪小的洛厄尔伸长了手偷偷从砧板上抓了一把樱桃。朱厄尔轻轻拍开他的手。“人们都很坏吧？”她终于开口问卢萨。“我知道你是怎么想的。当谢尔——”但她没说下去，而是把孩子们支开，“到外面玩去。”

“妈妈。外面在下大雨。”

“外面在下大雨，朱厄尔。就让他们在后门廊上玩吧。”

“好吧，那就去后门廊，不要弄坏任何东西。”

“嘿，等等，克里斯，过来。”卢萨将一大捧樱桃盛入一只塑料碗，递给老大，“你要是觉得无聊，外面有扫帚和簸箕。”

“用它们扫吗？”

“你是问，用它们打曲棍球吗？对，去扫着玩儿吧。”

朱厄尔等身后的门关上后，就讲了起来。“谢尔离开我的时候，所有人都不再提他，一个字都不提，就好像我压根儿没结过婚。但我们的婚姻——我是说这么些年来——毕竟曾经幸福过。甚至刚处对象的时候就很合拍，你应该明白我的意思。婚礼前两个月，我们还偷偷跑去了坎伯兰瀑布，并把这段旅程称作我们的‘蜜月测试期’。”有那么几秒钟，她的目光定在自己手上，眼中有种恍惚而遥远的心满意足。卢萨从未在朱厄尔脸上见过如此有女人味的神情。但这神情很快就消失了。

“那真的很伤人。”终于，她又变得漠然，不带情感地说道，“我竟然得假装自己的那段生活从未发生过。”她伸手拧开了将钢制的古董去核机固定在橱柜台面上的钳台。卢萨此前花了半个小时才弄懂怎么操作钳台。不过当然，那去核机是婆婆家的。朱厄尔闭着眼睛都知道怎么弄。

“这家里的人都挺吓人的，的确如此。”卢萨说。她希望能说说在这里生活有多难受——那些厨房用具，在她还没出生时就已有人在用了，而生活在这些隐约可感的族人中间真是糟透了。她希望能说说她想重新摆放家具、把自己家人的照片挂上墙时，是如何受到了异口同声的攻击。她希望能说说怀德纳老夫人总在这厨房里阴魂不散，对卢萨做的菜百般挑剔，对她做的汤忌妒得要命。

“哦，不单单是家里人。”朱厄尔说，“所有人都这样，镇上的人都这样。已经四年了，到现在，在克罗格超市里还有人见到我就排到另一条结账队伍里去，这样就不会一不小心跟我谈起谢尔。”

卢萨用海绵将台面上的红色浆汁擦净。“你得这样想，四年了，他们终于可以换个新话题了。”

“看你想的。不一样，谢尔是私奔的，科尔是……”

“死了，”卢萨说，“都一样。这儿的人会觉得失去丈夫这种事是会传染的。”卢萨没想到自己的境况竟然这么快就发生了变化：孑然一身，使她要么是个隐形人，要么是个危险人物。或者两者兼有，就像细菌。她甚至在葬礼上就注意到了这一点，尤其是在年轻人中间，那些和她年纪相仿的妻子们仍需相信婚姻是个安全港湾，可以让人修成正果。

“好吧。但至少大家不会认为是你做错了什么事才失去丈夫的。”

卢萨从抽屉里取出一件围裙，将挂脖带从朱厄尔的脑袋上套了进去，然后拨转她的身体在她身后系上结。“怎么，难道是你做错事了？上帝都知道，这种从田间到餐桌日复一日的农耕生活，谁都会有过腻的一天。我琢磨着离开科尔琢磨了无数次。并不是因为他，而是因为所有这一切。”

“唉，我明白，这日子确实是种折磨。”朱厄尔说。然而这时，她们不约而同地望向厨房窗外，后院里一株繁茂的山梅花在雨中湿漉漉地开得旺盛而热烈——好美。

卢萨又拿起了海绵。“你可别告诉你的姐姐们说我想过离开科尔。她们会把我大卸八块、剁成碎渣，再装到罐头瓶子里去。”

朱厄尔笑起来。“你把我们想得太恶毒了，亲爱的。”她戴着隔热手套，掀起锅炉硕大而扁平的密封锅盖，扶着它高高地立在空中，像举着一面铙钹。“把罐头瓶都放进去消毒吗？”

“放吧。你觉得剩下这些还有多少，八夸脱？”

朱厄尔以掂量的目光看向被染红的砧板上那堆得像小山似的去核樱桃，卢萨意识到她是在做某种心算。她不无沮丧地发现自己也同意家里人对朱厄尔的看法，她就像个孩子，而不是女人，就因为她身边没有男人。

“亲爱的，你是要做成果酱，还是要做成甜派的馅料？”

“糖如果还没用完的话，我觉得就做果酱吧。我已经做了十八品脱了。”

“十八品脱的果酱？”

卢萨觉得自己很蠢。“太多了，我明白。我搭着梯子爬到树上时，还挺得意自己能收获这一桶桶樱桃的。可如今看来，真是太多了。”

“哦，别这么说，有这么多果酱可以吃，高兴都来不及呢。是苹果园上方的那棵分了两根主干的大树吧，那棵树的樱桃不是很甜吗？可以说是最好吃的樱桃了。爸爸肯定在和妈妈结婚之前，就种了那棵树。我们小的时候，那棵树就很大了。”

“真的？”想到朱厄尔从小看着这棵树长大，现在反倒成了她的，卢萨心里又泛起了那种熟悉的愧疚感。

“对。他们总说，科尔出生的那个冬天，那棵树遭到过雷击，被劈为两半成了现在的样子——都是雷打的。”

雷击和弯折的卡车，两出意外为一个人的一生界定了起止——卢萨很清楚自己的思绪可以顺着这思路飘很远，所以就此打住。她只是在想，科尔出生的那个冬天，朱厄尔有多大了？她是否已经长大到可以陪着科尔玩，或是看护他？她从未问过他有关这几位姐姐的事。她原本希望随着时间的流逝，那些剪不断理还乱的乱麻会自然解开。

朱厄尔想必感受到了她的悒悒不乐，因为她的语调上扬了不少。“十八品脱的果酱很多了。我们把剩下的做成甜派馅料装罐吧。”

“我想我没法做甜派了，只有我自己一个人吃。往后应该也没有人愿意来吃晚饭了。”

“玛丽·埃德娜在这事儿上对你做得过分了。她真的没理由那么居高临下。埃玛琳也这么觉得，她告诉过我。我俩都希望还能来这儿过感恩节。”

卢萨的脑子一下子被这个新说法占据。她从未想过自己还能有盟友，更没想过还能获得小集团的支持。她究竟是怎么变成这样，几乎来不及做出反应便毫无来由地成了这个家族链上的一环？突然，她只觉得悲从中来，全身乏力，不得不让自己缩进椅子里，把脑袋搁到桌子上歇一歇。朱厄尔没多说什么。卢萨听见罐头瓶子轻轻的磕碰声，应该是朱厄尔正在把瓶子一只只码到已烧开水的锅炉里的架子上。终于，朱厄尔轻声说：“我觉得剩下这些只够六夸脱，不会再多了。”

“六夸脱也很多了。”

“我们还是做成樱桃甜派馅料吧。要是有多余的，我们今天就做些甜派。你做的派皮最好吃了。比妈妈做的还好吃，虽然我并不想承认这一点。”

“哎呀，别说得这么大声。你母亲还在这间厨房里徘徊游荡呢。就在这间厨房里，她可没少撺掇科尔和我吵架。”

朱厄尔假装惊慌地倒吸了一口气。“妈妈为什么要这么干？”

“不就是那么点事儿吗。领地意识。”

砰的一声，男孩子推开纱门冲了进来，当先的那个高举着空碗，像是一对叫花子。卢萨刚给碗里装满樱桃，他们又争着来拿碗，开始互相掐架。“哇，克丽丝不给我吃！”洛厄尔叫道。

“哈，厨房里最不缺的就是樱桃了。来吧，我给你们每人装一碗。”卢萨特意找出一只同样大小的碗，再装上一样多的樱桃。他们跑回了后门廊，她觉得能满足他们，哪怕只是这样简单的满足，也让她倍感骄傲。卢萨不太会和孩子相处。她就老是对科尔说，孩子让她神经紧张。而自从搬到这儿来，她就见识到，成年人对自己没什么指望后，就会对孩子百依百顺。

“现在只剩下五夸脱半了，照我说，”朱厄尔笑着说，“不好意思啊，这些孩子都成猪了。”

“少这些没什么大不了。”卢萨又在桌边坐了下来，看着今天已经填装好的果酱罐头，像支军队整整齐齐地阵列于桌，一个个小小的玻璃兵，腹中鲜红。将来会由谁来吃掉这些呢？等到她离开时，是否会将这些果酱搬上租来的卡车带回到列克星敦呢?“我做这些都是为了什么呢?”她突然迟缓而生硬地问了这么一句。

朱厄尔立刻走到她身后,揉着她的肩。“以后吃啊。”她简单地说道。

“那我得活很长时间。”

“你这话什么意思?”

“没什么,”卢萨说,“我只是想象不出以后会是什么样。在这间厨房里,百无聊赖地活着,也没人要吃我做的东西。”

“我倒希望你偶尔能给我的孩子做个甜派之类的。我下班回到家时已经很累了,只能将就家里的吃食随便弄弄配上小圆面包给他们吃。”

卢萨心想这算是认真的请求呢,还是只是帮她填补空洞的生活。“我可以做好甜派,送过去。”

朱厄尔坐下来,将一绺灰褐色的头发从眼前撩开。“我不是这个意思。我不知道这么问会不会冒犯。他们可不可以时不时过来,和你一起吃晚饭?”

卢萨打量着她这位大姑子的脸。她似乎很疲惫。这请求很真诚。“当然可以。你要是不想做饭,也可以一起过来,朱厄尔。我很乐意和你们待在一起。”

“可我的意思是,我不在家的话也可以吗?”

“怎么,你是指在克罗格超市上晚班的时候吗?你知道我这儿任何时候都行。我很乐意帮你。”

“那孩子有时候过来,你不在乎吧?”

卢萨微微一笑。“当然不在乎啦。”她花了一年时间才搞清楚山里人说的“不在乎”,和她以为的意思不一样。他们的意思其实是“不介意”。

朱厄尔定定地看着她，有一种鼓起勇气的腼腆。“可他们说你很快就会回列克星敦去。”

“谁说的？”

她耸了耸肩。“我能明白你为什么想回去。但我肯定会想你的。”

卢萨深吸了一口气。“到时候你们就会把这栋宅子和土地都拿回去？”

“哦，不会的。玛丽·埃德娜或许想吧，我猜。她年纪最大。我连个能种田的男人都没有。”

“所以说，玛丽·埃德娜想要这地皮。”

“都是你的，亲爱的。你可以卖掉，想怎么样就怎么样。科尔没留下任何遗嘱，所以都是你的了。她说过现在有法律，继承人身份什么的。以前家里人是可以把地拿回去。现在，都给妻子了。”

卢萨感到肾上腺素忽地涌上四肢百骸。只有一种情况可以解释朱厄尔为什么会了解“继承人身份”这种事：他们咨询过律师。“我还什么事都没决定呢。”她说，“发生了这么多事，我还没能好好地想清楚。”

“你会想明白的，亲爱的。”

卢萨看着朱厄尔，很想信任她，但又觉得自己没法做到。令她沮丧的是，哪怕再简单不过的事，比如和姐姐——不是自己的姐姐——在厨房里聊天这种事，也变得如此复杂。当然，这厨房也不是她自己的。“或许，你们都觉得我这个寡妇的角色扮演得不太得体。”她说出这么一句话，被自己胸中的怒火惊到了。

朱厄尔开始否认，但卢萨摇了摇头。“你们看我依然过得好好的，还能做樱桃罐头，就像什么事都没发生一样。可是只要周围没了人，我有时候就会躺在地板上，只是想让自己能够继续呼吸。我到底该怎么办，朱厄尔？我才二十八岁。我从没当过寡妇。到底怎么做才像个寡妇？”

朱厄尔给不出任何建议。卢萨拿起一瓶果酱罐头，凝视着那红宝石般的色泽，原本，这清澈、骄傲的色彩是她的最爱，但此刻也无法触动她了。“我成长起来的那个家庭，即便遭受苦难也是静悄悄的。”她说，“我父亲失去了一切：家里的土地、他自己的父亲、他的信仰，现在他连妻子的陪伴也失去了。都是因为一些很不公平的理由。而他只是继续忙忙碌碌，一辈子都是如此。我呢，以前总是抱怨这抱怨那，现在却开始学习平静对待。在我看来，这是面对已经发生的残酷事件唯一可以成长起来的方式。”

朱厄尔的眼神很像科尔，诚恳，湛蓝，卢萨不得不移开目光。

“表面上我一切如常，但是走还是留，我自己也说不清楚。不管之前是谁告诉了你我的打算，看来那人都比我自己还清楚。”

朱厄尔以手捂住嘴——显然，那是她处在不安情绪下的习惯。“虽然不是我该操心的事，但我还是想问，你们没有买人寿保险吗？”

卢萨摇了摇头。“谁能料到科尔今年就死了。我们聊过买保险的事，但手头太紧了，所以这笔当时看上去我们并不需要的开销显得十分累赘。我们还想等有了孩子什么的，再买也不迟。”

“说说我的想法吧。玛丽·埃德娜和赫布可以帮忙付葬礼的钱。我要是有能力的话也会这么做。但他们有这个能力。赫布和他弟弟的奶牛场搞得红红火火。那是赫布家的地，钱都付清了。所以他们现在过得不错。”

“我能负担葬礼的费用，已经付清了。我们有积蓄。玛丽·埃德娜没提过帮忙，我当然也不准备去问她要。”

"玛丽·埃德娜总是对自己的付出大吹大擂，其实她根本没干那么多。"

"不是因为这个。你知道原因。我也不傻，朱厄尔，我知道大家都会说：我住的这栋宅子，是你们从小就住着的，我脚下踩着的，那都是你们家的地。所谓的怀德纳家的地，现在却再也不会有怀德纳家的人在上面生活。你觉得我还能心安理得地再问你家要任何东西吗？"

朱厄尔神色古怪地看了她一眼。"是吗？洛伊丝告诉我……你很快就会改回娘家姓。"

"什么？没有的事，我从来没……"卢萨心想这其中的误会可真够大的，真不知以后还能否解开这团乱麻。

"不管怎么说，"朱厄尔说，"有宅子和农场，跟有钱还是不一样。"

"你倒是说说。当我听到有人暗讽我是来这儿淘金的，我就想把那些该死的债务全都拿去登报。入冬前得翻新谷仓的屋顶，这栋宅子也是，再过个一两年，就得重修了。水箱也有问题，我觉得总有一天醒来后就会发现没水用了。别的呢，啊对了，还有科尔新买的久保田拖拉机，两万两千美元，再过四年才能还清。"

"我不知道他是贷款买的拖拉机。"

朱厄尔是来打探消息的吧？如果他们知道了她现在身无分文，又能怎么样呢？卢萨觉得不会有任何区别。"他不想贷款。但我们总得有台拖拉机，他想要台新的。我估计你爸爸那台约翰迪尔或许比科尔年纪还大。老爷子这辈子都在和那台拖拉机斗智斗勇，用捆扎绳和铁丝把车子攒在一起。"

"那台拖拉机是比科尔还老。想想也知道会怎么样。"

"现在，我还得花钱请人收割饲草，堆进谷仓；还要修理篱笆，圈起奶牛，免得它们跑到邻居家去；还得对付饲草打捆机，那玩意儿用一次就坏一次。还得跑去请人来修割草机和侧挂式割草机——要不我全都自己学着修理？可以肯定的是还会有其他费用，只是我还不知道哪儿会出问题。”

“天哪，天哪。”朱厄尔轻轻地叹着气。哪怕已经经历了那么多的伤心日子，卢萨仍觉得她的神情才是最悲伤的。她的额头上已有深深的纹路，眼神和老女人没什么两样。近看的话，卢萨觉得她比自己以为的要老得多。

“连个能种田的男人都没有，”卢萨总结道，“就像你说的。”

“赫布和大里奇会帮你的。”

“哦，他们已经来过了。我猜现在是他们来掌管一切了。科尔墓地上的青草还没长起来，我已经无足轻重了。”

“你这话什么意思？”

“好吧，我需要帮助，那是自然。可那是帮助。应该是客客气气地来问我需不需要，而不是像对待小孩子似的来指手画脚。他们也这么对待你吗？”

“他们和我完全沾不上边。我连菜园都没有。真得感谢上帝，我在克罗格超市还有份工作，如果谢尔不再定期按时地把抚养费支票给孩子们寄来，我就真心祈求主把他千刀万剐。”

“那埃玛琳和弗兰克呢？”

“埃玛琳和弗兰克已经正式脱离务农生活了，他们是这么说的。我觉得那样的日子他们还过得挺乐呵，毕竟能在工厂里上班，不用种田。”

“但我听弗兰克在葬礼上抱怨，说烟草田的租金没了。还埋怨说如今要在这里和利斯波特之间通勤往来了。”

“弗兰克要是有一点不称意，连月亮都会骂。他在丰田挣的钱挺多的，他就喜欢嚷嚷得谁都知道。”

“那谁还在种田呢，就洛伊丝和大里奇吗？赫布呢？在你们中间生活，我怎么会什么都不知道呢？”

“这样说吧，因为许多事情还没有最终确定，所以就先这样了。一年中一半的时间，汉尼－梅维丝和乔尔都把自家那份地租给罗阿诺克的务农大户，就像赫布那样。但明年他们就不租了。不过洛伊丝和大里奇总是自己种烟草，大概四英亩地吧。你可能不知道的是，他和乔尔在县里租了很多块地养牛。大里奇骨子里就是个农夫。”

门廊那儿传来砸碎玻璃的声音，两个女人都吓了一跳。卢萨刚跑到门边，朱厄尔就拦住了她，拿起一把钳子塞到她手中。“你把罐头瓶子从锅炉里拿出来吧，再把糖汁煮沸。我马上回来。”

卢萨能听见朱厄尔在责骂孩子，两个孩子在门廊上呜呜咽咽地哭着。她踮起脚从水槽上方的高窗往外看去。“朱厄尔，”她喊道，“如果是盛青豆的那几个罐子，摔碎了正好。我搬来时，那些罐子就在那儿了。”

没人应声。从她所站的位置，没法看见朱厄尔或孩子，但能听见掌掴声和哭号声。“怎么能这样欺负弟弟，”她听见，“你再这么闹，就让你明天穿裙子。我说到做到。”

卢萨皱了皱眉，反身回到灶台前。她将等量的糖和热水倒入锅中，希望三夸脱的糖汁足够覆盖五夸脱未加热的樱桃浆果。装罐之前，她应该添入一点酸味汁液，降低 pH 值，以利于装罐储存。但她没有柠檬汁。醋会管用吗？她估摸着加了一匙醋，然后拿起钳子从锅炉里的滚水中提起消好毒的罐头瓶子放置架。瓶子被排成一排放在橱柜台面上，像一大群张着大口嗷嗷待哺的鸟儿。

“是青豆罐子。”朱厄尔叹着气，走了进来，“我把碎玻璃都收拾了，让他们接着把门廊打扫干净，把碎片和垃圾扔到溪边去，然后去谷仓里或别的地方玩。我才不管是不是在下大雨，他们又不会化掉。”

“没关系，真的。青豆罐子打碎了，我还挺高兴的。这些青豆我既不敢吃，又不敢扔了。算我运气，不然我可能让别人死于食物中毒。”

朱厄尔俯身至水槽下，把一簸箕碎玻璃倒进垃圾桶里，发出风铃一般的声音。“要是我没先制住她，她会要了我的命。洛厄尔也难管，但他还小。克丽丝特尔·盖尔是另外一回事。她得迈过这个阶段，现在时候到了。打从一出生，她就一直在经历这个阶段。怎么啦？”

卢萨这才意识到自己困惑的表情肯定显得很滑稽。“克丽丝特尔？”

“克丽丝呀。哎呀！”朱厄尔笑了起来，不断摆着手，“你还以为她是个男孩。你们全都这么想。她刚上幼儿园时，老师就不让她进女厕所，我只好拿着她的出生证明赶过去。”

“哦。”

朱厄尔表情很严肃。“别以为是因为谢尔离开了才会这样，什么离婚家庭的孩子就会这样啊。她一直就是这样。”

“我没想那么多，朱厄尔。我只是没意识到。”

“你肯定想象不到。她还在襁褓里的时候就这样了。她说的第一个词是不要，第二个词是裙子。不要裙子。不要洋娃娃，不要漂亮的蝴蝶结头花。不是我不帮她弄头发，而是她的头发都是她自己剪的。我真怕她会把眼睛戳瞎。”

朱厄尔看上去弱不禁风，卢萨几乎能透过她的皮肤看到她的静脉。她想抱抱她，完完全全地信任她。“没关系的，”她说，“很高兴你能告诉我，这样我就不会一直说错了。真不敢相信，我认识这孩子都一年了，竟然没人纠正我。”

“你和科尔眼睛只盯着对方，亲爱的。你几乎不掺和家里的事，就算掺和了，也不会盯着我那个怪模怪样的疯女儿看呀。”

“哎哟！”卢萨喊了一声，她的手被罐头瓶子的边缘烫了一下，“她一点也不疯，别这么作践自己。我觉得一点都不用担心。”

“你要是做她的母亲，就会作践自己了。你会怀疑自己是不是得了病。谢尔离开，她也算半个理由。他净怪我——老天，他是真的怪我。他说我由着她成天穿牛仔裤，由着她给自己剪这种发型，让她把自己打扮成了小同性恋。他也许没说错。可那并不是我的本意。我倒是很想叫他试试，看能不能让她穿上裙子。我就是这样对他说的：你倒是给男孩子穿上丝袜看看！”

朱厄尔和卢萨相视大笑。

“还有，”朱厄尔有点腼腆地问道，“同性恋不都是男人吗？”

“朱厄尔，她只不过是个假小子。我在她那么大时，也是这副样子。”

“是吗？可你这么漂亮。还烧得一手好菜！”

卢萨有点受宠若惊，尽管她很清楚这不是重点。“你真应该看看我当时的样子。膝盖擦破皮，到处抓虫子，一心想着长大后要做个农民。”

“可别乱许愿。”

“糖汁烧开了。”

“你在里面放了点醋吧，是不是？唉，看你，我都能闻出来。快，你来扶着罐头瓶子上的漏斗，我来灌装——长柄汤勺在哪儿？”

朱厄尔很清楚长柄汤勺在哪儿，这间厨房里的每一样用具她都了若指掌。她问这个是为了表示尊重。卢萨从抽屉里拿出长柄汤勺，用髋部将抽屉顶了回去，心里十分感激。

“克丽丝特尔挺美的。我是指名字。”

朱厄尔摇了摇头。“这名字和她不太搭。她应该叫比弗·克利弗[①]。”

卢萨微微一笑。“Meeseh maydel, shayneh dame.”她说道。那是她祖父对她的希望和预料——最终实现了，一切都是值得的。

“什么意思？”

“‘丑小鸭长成了白天鹅。’”卢萨又觉得有些沮丧——她并不是真的这样希望，她并不想许诺克丽丝一定会长成个大姑娘，因为克丽丝也许不会这样。她希望告诉朱厄尔，另一种选择也挺好。但卢萨无法想象和朱厄尔聊这个话题。“也许，她并不是真的想去模仿男孩的举止，”她小心谨慎地试探道，“而是她想要做自己的一种方式吧。”

“我们还是别聊这事了。克丽丝就是克丽丝。跟我聊聊八卦吧。告诉我你为什么这么不待见大里奇和赫布呢？”

卢萨往每只罐头瓶子里盛入四量杯的樱桃，然后将漏斗放在瓶口稳稳扶住，朱厄尔则将滚烫的糖汁注满罐子。“我没有不待见他们。我就是觉得不应该这样。我知道他们也是好意。”

“可是到底，他们来干了什么？”

“他们今早过来通知我，说他们礼拜六要来帮我打理烟草田。”

“然后呢？”

“然后，我说不想种烟草。”

“你不想吗？为什么呀？”

“咳，我想我是很蠢。农业经济，我懂什么？可是，朱厄尔，半

---

①20世纪50年代末60年代初美国家庭类情景喜剧《留给比弗》（*Leave It to Beaver*）中的主人公，是个在家中、学校，乃至整个社区不断闯祸、不断陷入麻烦的小男孩。

个世界都在挨饿，我们坐拥这个星球上最为肥沃的一小块土地，却打算种毒品，而不是食物？这会让我觉得自己好伪善。结婚以来我天天都对科尔唠叨，劝他戒烟。”

“亲爱的，你幸好没让全世界的人都戒烟。反正他们也戒不了。”

“我知道。烟草是这儿唯一可以仰赖的作物，在谷底种个五英亩就能养活一家人。在我们这个县，百分之九十五的土地都是极陡的山坡，没法开垦。我明白为什么这三个州的每个人都想种烟草。但我也很清楚谷底的土地总有一天会不行。”

“他们被困在这里。”

“他们都会被困在这里。”

朱厄尔在瓶瓶罐罐间停住手，用长柄汤勺指向后窗，那扇窗子正好面朝着苦溪流淌而去的那座大山。“你如今拥有了那片林地的木材。”

卢萨摇了摇头。“我不能砍伐这山谷里的树木。”

“还是可以的。从这山谷往上走个半英里或再远一点，就是国家森林公园的范围了。我们以前一直以为那片树林是没有尽头的。”

“我不会砍倒那些树。我不在乎农场后头那片山上的木材是不是值几十万美元，反正我就是不会卖掉它们。那是我特别喜欢这个地方的理由。”

“什么，树吗？”

“树，蛾子，狐狸，所有生长在那儿的大自然的造物。那里还有科尔度过的童年时光。和你们姐妹一起长大的时光。”

“是啊。我们几个中间，就数科尔最喜欢那些植物动物了。”

“科尔也喜欢吗？他总是显得——他生前总是表现得——全世界的树林和灌木都是他的头号大敌的样子。”

“那是种田。你也明白。做什么就要像什么。”

“对。我估计，要想把这里的农场经营好，是得种烟草。我只是希望自己能琢磨出一个解决困境的路子。”

朱厄尔微笑着。“你和科尔啊。他以前也常那么说。”

“说什么？”

“说他会是县里消灭烟草的第一人。”

“他什么时候说的？”

“哦，也许是十六岁吧。未来的美国农夫和高中还乡明星，多么酷的身份组合。我跟你说，他太在意自己的形象，所以觉得不能抽烟，也不应该因循守旧种植烟草。他想要一鸣惊人。他种了一年红椒，又种了一年黄瓜，再种了一年土豆。”

“不会吧。他从没对我说过。”

“那我就来告诉你。他在谷底种老爸的田。每年不管种什么，都没成功，他的傲气也就越磨越少了。那三年，他长大了不少，从梦想家变成了农夫。不再做白日梦，也就抽起了烟。”

卢萨摇了摇头。“我实在想象不出。我知道科尔很有冲劲，但还是难以想象他会那么——怎么说呢？爱幻想。”她笑了起来，“而且，我一直以为他天生是个老烟枪。就像一条上了钩的鱼，无法自拔。”

“不是的。记得为妈妈守灵期间，我看到他和别人一起抽烟，简直惊呆了。他就是在妈妈去世那一阵回到正轨上来的。就在第二年，爸爸清理了谷仓，写下了把农场留给科尔的遗嘱，然后也死了。看来他是相信科尔总算成为一个男人了吧。折腾过红椒、黄瓜和土豆之后，不管什么事，他应该都能对付得过来。”

除了那根穿透他胸腔的操纵杆，卢萨阴郁地想着，同时意识到自怜就像条讨嫌的狗，能将鼻子伸到任何对话中。她费了很大力气才能短暂地把科尔赶出她的思绪，但还是有人会说："我没想过要提起……"

"种土豆有什么问题吗？"卢萨逼着自己问道，"这种作物看起来肯定不会出错啊。利润高，方便运输，收成也好。"

"这事真是滑稽透顶。他们说要是诺克斯维尔的薯条厂商能收购他的土豆，他就能赚钱。他把土豆送过去，却没人要。他们更喜欢爱达荷的土豆。这儿的土豆糖分太多。没法切平整，边上会烤焦。"

"糖分太多？"

"他们就是这么说的。谷底的土壤太肥沃了。我的意思是，土豆是很好，只是不适合市场。"

"朱厄尔，看来我的生活是这样一首乡村民谣：'屋顶旧得快要塌，田地陡得没法垦，谷底却产了太多糖。'"

"省省吧！"朱厄尔把洗碗布朝卢萨扔去，吓了她一跳，"快去把这一堆乱七八糟弄干净。你不想饿肚子吧，洛蕾塔·琳恩[1]。"

朱厄尔把需要清洗的锅碗瓢盆摞了起来，搬到水槽边。卢萨将手伸进热得发烫的肥皂水里，感觉到皮肤一阵刺痛。这刺痛感就像一种惩罚，能将她胸中的伤痛清理殆尽。雨又下大了，打在马口铁屋顶上，于静谧中如鼓槌敲击，演奏着一曲兰多夫斯基爷爷的旋律。昨天是她的结婚纪念日，一整天都没有人提起，但雨声淅沥的夜晚，爷爷却用他的单簧管为她吹奏着犹太音乐——她从没举办过犹太婚礼。她和科尔在列克星敦的摩根猎苑举办了一场小型的户外婚礼，以避免宗教上的纠葛。对科尔来说，这样的婚礼没有任何问题。他不像几个姐姐那样拘泥于教会的礼仪。

---

① 洛蕾塔·琳恩（1934–　），美国乡村歌手。

“朱厄尔，我想告诉你这个。让我说出来。我爱我的丈夫。”

“那肯定。”

卢萨在脑海中勾勒出谷底的农田，那时候，他刚刚拥有这块土地：清风吹拂着树叶如起伏的海浪，成熟的红椒颤颤悠悠，一个年轻人穿过田间，仿佛步入一泓湖水。十九岁的科尔。她从未遇见过。

“也许，我们从来没有机会去尝试我们想走的路。你们到现在还都认为我不了解他，但不管是以前的他，还是现在的他，我都了解。我们会说很多话，他告诉我许多事。他死去的前几天还告诉了我一些事，令人惊叹。”

朱厄尔抬起头。“什么事？我可以问吗？”

卢萨双臂抱于胸前，屏息凝神，回想着越过田野飘来的忍冬的芬芳。*像蛾子一样，我在这儿，我们在这儿。*她望向朱厄尔。“对不起，这事对你而言没什么意义。而且，我没有办法用语言表达出来。”

“好吧。”朱厄尔说着，转过身去。她很失望，卢萨能看出来。现在，她肯定觉得卢萨隐瞒了一些重要的事情，那是她弟弟的一部分，能让他起死回生。

“真没什么事。对不起，朱厄尔，真的，而且现在也都变得无所谓了。那只能说明我和他曾是心有灵犀的。就像你和谢尔刚开始那时候。尽管现在每个人都中伤我们，说这结局多不好，说我们的关系一直走下坡路。”

朱厄尔把海绵换到另一只手上，细细打量着卢萨。“没有人说你不爱他。”

“没有人会认为自己在这么说。”她能感受到朱厄尔细究的目光，但她没有办法抬起头来。她朝水槽转过身去，朝那只熬制过果酱的黏糊糊的锅子俯下身去，用力地擦拭着，强忍着不致痛哭失声。她的整个身子紧绷着。

“天哪，亲爱的。到底什么事？”

“比如，说我要改回娘家姓那件事。我的丈夫在墓中尸身未寒，我就已经冲到法院，要求从你家农场的地契上除去他的姓氏？真是太扯了。这谎言也太卑鄙了吧，到底是谁捏造的？”

朱厄尔犹豫起来。“洛伊丝看到了你在殡仪馆文件上的签名。”

瞎嚷嚷的洛伊丝，她心头发恨。她可以想象出那张永远耷拉着的马脸，永远在担心有人要夺走她的那一杯羹。“我的名字没有变过，和科尔结婚之前、婚姻存续期间以及在此之后，我的名字都不会变。我叫卢萨·马卢夫·兰多夫斯基。我妈妈是巴勒斯坦人，我爸爸是波兰犹太人。我来这儿之前，从来就没想过我要为这个名字感到害臊。我自打出生，就叫这名字。你们家却从来没有人用这个名字称呼我。你不是也说这里人闭口不谈某些事，就像它们不存在一样？你不是也认为他们就这样让谢尔销声匿迹了吗？家里人从来不在乎你他妈的到底叫什么名字，你倒是住在这样的家里试试看！”

她和朱厄尔大眼瞪小眼，都惊得目瞪口呆。

“没有人是故意要伤害你的，亲爱的。这儿的人一般都会用丈夫的姓氏。我们都是普普通通的乡下人，乡下人有乡下人的本分。”

“我根本就没有接受这类所谓的本分或常规，真的。天哪，朱厄尔，你们居然真的全都会相信，我冠了他的姓氏，等他死后一个礼拜，就把那姓氏给扔了？我是个投机分子，除去你家的姓氏，偷走你家的土地，你们是这么看我的？”

朱厄尔用手捂着嘴，泪水涌上双眼。她们又回到了原来的状态。卢萨冲着这个腼腆的女人又喊又叫，而这个女人很有可能是她在这个家或是这整个县里最亲近的人。朱厄尔摇了摇头，向卢萨伸出双臂，卢萨笨拙地、一步一步投入她的怀抱。朱厄尔的身躯骨瘦如柴，好似她围裙下罩着的一只小鸟，轻飘飘、毛茸茸的，带着扑通扑通的心跳声。

她们相拥了一会儿，缓缓地前后摇晃着。“别在意我说的话，”卢萨说，“我失去了理智。这里有幽灵。厨房里就有一个，专门挑拨人吵架。”

她的目光越过朱厄尔的肩膀，顺着门厅直直穿过前门上古老的波纹图案的玻璃，望向外面，院子和前面的草坪。这雨永远不会停的，她心想。她能看见新一轮暴风雨来临的起手式：谷仓边的鹅掌楸的叶片颤抖着打着旋，像是正被无数把斧头劈砍，仿佛挂了满枝的纸风车。树下，洛厄尔和克丽丝特尔的衣服都已湿透，色泽深暗。他们正绕着谷仓奔跑，又笑又蹦，好似两匹若隐若现的马儿，穿越无休无止的大雨，绕圈疾奔。时间对他们来说，似已停止，或者尚未开始。

9 老栗树

加尼特站在那儿，欣赏着他的谷仓侧墙。栗木壁板未曾上漆，已这样暴露在空气中逾一个世纪，剥蚀成斑斑点点的灰色，只是间或有一条条橙色与青柠色的苔藓纹路点缀，那是顺着镀锌的马口铁屋顶流下的雨水在壁板上形成的修长垂直的潮湿纹路，为这灰败的老木板增色不少。

他总是为这些老栗树的精魂困扰不已，因它们灭绝之后在这世界上留下的无边空虚而倍受折磨。所以，加尼特总是一次又一次地沉浸在对这些栗木板的凝视中，就像是去墓地陪伴死去的亲人。他会花几分钟向栗树致敬，赞美它的色彩、树皮颗粒，以及它无须使用加压处理或杀虫剂就能岿然挺立数十年之久的神奇能力。竟然没有人知道这些，实在不知是为什么。世间根本没有其他树木可与之媲美。仅凭上帝创造出了美洲栗树让地球变得更加优美，人类就得好好感谢主。美洲栗树有着宽大的树冠，能结出丰硕的栗子，予人遮阳避雨的树荫，留下经久耐用的木材。加尼特还记得，这里曾经遍山长满栗树。每当春季，山顶便繁茂厚实起来，到了鲜花开满华盖的季节，远远看去犹如皑皑雪峰。冬季，各家各户就靠储在根菜地窖里一麻袋一麻袋的栗子，用栗子喂肥的猪制成的火腿，以及卖掉栗子的收入过冬。那些售出的栗子会装满一节节火车皮运往费城和纽约。住在城里的人，不论国籍、民族，不论宗教信仰，总会在街角路边贩卖甜香阵阵的烤栗子。他觉得城市就是五方杂处之地，人们在不知从何处收购来的炭块上烤着不知从何处运来的栗子。加尼特总觉得自己家祖上就是卖栗子的小贩。沃克家的先祖用栗树原木搭建了自己的木屋，后来生了几个儿子，建了锯木厂，将栗树原木锯开、刨平制成木板，用来造房子和谷仓，直至终于建起了一个帝国。正是靠着沃克锯木场销售的木材，他祖父才得以买下地皮，有了将之取名为西布伦山的底气。刚开始时一穷二白，但凭借做生意的头脑和勤奋有力的双手，沃克家在美洲栗树遮风挡雨的荫庇之下活得很是滋润。直到一九〇四年，灾难逐渐揭开它的封印，降下了栗树枯萎病。上帝赐予的，也会拿走。

家道中落，并不是加尼特的问题。一九五〇年，最后一批栗树也罹病死去，地皮被卖，他祖父昔日巨大的产业日益缩水，唯留下谷底的一小块土地，供他这个学校老师勉强糊口。做一个老师，加尼特并不介意；嫁给一个老师，艾伦当然也不介意。他没有坐拥帝国的野心，也并不反感必须与人为邻的状况（除了一个人）。但他从不怀疑自己的梦想——保存栗树，使之重新矗立于美国大地上——乃是上帝的授意，如此，便可使他的家族历史获得完美的对称。十二年前，加尼特从西布伦县的学校系统退休后，发觉自己还十分幸运地拥有以下这些东西：一座有三块坡田的农场，但没牲口；丰富的农作物栽培知识；少量美洲栗树的种子；以及获得大量成年板栗树的机会——枯萎病肆虐过后，当地人就开始在自家院子里栽种这种栗树了。板栗树的栗子并不能令人满意，当然，这种树的树高树形全然不及美洲栗树那般优雅，木材的品质也无法恭维，但事实证明板栗树完全对枯萎病免疫。次等的树种因神意的眷顾而幸免，就像诺亚方舟上的低等动物。加尼特心里很清楚，在自己慢慢走向天堂的过程中，还要花尽可能多的年头尝试推进美洲栗树与板栗树的杂交和回交工作。他工作起来铆足了劲，他总觉得那些大树的精魂萦绕不去，这状况已持续了近十年。要是能活得足够久，他会培植出一种拥有美洲栗树全部原初基因特质的树，除了一项：它得从板栗树亲本中获取抵御枯萎病的能力。就叫它沃克美洲栗。这种树的树苗将通过邮购的方式得以销售和推广。如此一来，横贯弗吉尼亚、西弗吉尼亚至肯塔基的群山，纵起阿迪朗达克山脉直至密西西比西部的密林，都将遍布沃克美洲栗树，并欣欣向荣起来。他父亲青年时代见过的那些风景将重回人间。

耳边传来一阵不容忽视的嗡鸣声，加尼特扭头向上看去，却因动作太快引起一阵眩晕，使他差点一屁股坐到草地上。那是一层密密的日本丽金龟，像豌豆浓汤表面凝得厚厚的汤皮，可现在才刚刚六月。他注意到他的康科德葡萄正逐渐变成棕锈色。他一直喜欢欣赏这株葡萄藤懒洋洋攀缘而上的样子，葡萄叶如女子的手掌施施然垂下，在老谷仓古旧的板条侧壁上爬满一片葱茏。从这个距离看去，整株葡萄树像是覆着一层棕色的灰尘，但他知道那其实是叶片被啃噬剩下的棕色脉络。这是过去他时常向农艺学的学生指出的知识点，是日本丽金龟虫害的典型症状。他在今天要买的用品清单上又添了一件：马拉硫磷。西维因杀虫剂并不足以将之除灭。要不然，就得指望这场雨将它们全都冲走。

他朝罗利家瞥了一眼，那里才是虫害的滥觞地。沿着界篱，她又新起了几个灌木枯枝堆，这就是故意激怒他。她将这玩意儿称为“堆肥”，声称枯枝堆内发酵产生的生物热达到一定温度，就能杀灭丽金龟的幼虫和野草种子，但他不信这一套。任何一个生活在西布伦县，奉节俭、勤劳为圭臬的正派农夫都知道，果园里多余的枝条要放火烧掉才对。但她一直忙着捕虫子和搞伏都术[1]，所以没法按照惯常的方式来清理她那些果树的垃圾。还堆肥呢，叫“懒虫”才对。“懒货成堆”。

这礼拜早些时候，他还曾隔着界篱试图和她沟通：“日本丽金龟的源头应该就在你的烂枝堆里，罗利小姐。”

她的回答是：“沃克先生，日本丽金龟的源头在日本。”

没法沟通。干吗要试呢？

他注意到，她那辆寒碜的外国旧卡车没停在往常的泊车处——丁香树篱和白色板壁房之间空荡荡的。他心想，礼拜五的早上，她究竟会去哪儿呢？每逢礼拜六上午，她会带着自己的农产品去阿米什人[2]的集市，礼拜一去克罗格连锁超市。（据奥达·布莱克说，布莱克的铺子已无法满足她的需求，奥达曾看见南妮去克罗格超市买酱油。）近来，逢礼拜二的下午，她也会外出，但目的他还没弄明白。礼拜天，她会去唯一神教派[3]集会的地方，加尼特不愿称那地方为教堂。不过那儿正好是她的天地，他脑中浮现出这样一番景象：一群穿着宽松休闲裤的女人，一边喝着咖啡，一边高声地聊着不敬神的话题。进化，先验论，反正就是这类话题。谢天谢地，这种事至少还在富兰克林县那头，那儿有所大学，他们在那儿专门研究这类主题。这种现象那儿更为普遍，按照加尼特的看法，这种道德败坏的情势正沿一条向东的路线稳步扩展，一直绵延到华盛顿特区。奥达·布莱克的看法

①伏都教为一种西非原始宗教，其宗教仪式中常涉及巫术。

②阿米什人是指聚居于美国和加拿大安大略省的基督教阿曼门诺派信徒，过着简朴的农耕生活，拒绝使用现代科技。

③唯一神教派是否认“三位一体”的基督教派别，强调上帝只有一位，并不像传统基督教相信上帝由三个位格（即圣父、圣子和圣灵）组成。

是，唯一神教派的女人抵制正经八百地穿上内衣，喜涉巫术。奥达很快又说，她并没有站在评判的立场上（尽管她宽大的身躯想站哪儿就站哪儿，没人敢有意见，除了地板）。她先是从有亲身经历的人那里打听了些消息，之后，两个女大学生逛入她的铺子，从冰柜里拿苏打水的时候，旁若无人地大声聊着巫术。奥达说她们的肉在T恤底下一晃一晃的，像是从罐子里掏出的果冻。

那就是你眼前的富兰克林县。那大学让女人入学，这就是报应。

加尼特走上自家门廊，从衬衫口袋里掏出一张折得四四方方的纸。他已经忙活好几天了。就拿今天上午来说，给栗花人工授粉，然后套袋，便足足忙了五个小时。六月是他最忙的月份。今天的太阳幽闭了好长时间，终于才现了身。加尼特提早起了床，来到他的杂种实生苗[1]育秧田里，以弥补失去的时间。还有很多事情要完成：院子里的草坪已长得太高，溪岸边的野草更是疯长如蓬，但他打算推迟打理草坪和除灭野草的计划，放到午后再干。现在已经十一点多了，他要去镇上散散心。他倒不是真有心要去兜风或闲逛，只是得去买点东西：布莱克的铺子、蒂克的汽修厂、利特尔兄弟五金店。他打开那张纸，纸上罗列着要购买的用具：

1. 钢锯条

（上次锯滑丝的螺钉时，就发现锯条钝了。）

2. 黑色塑料布，铺在树行间用于护根覆盖

①实生苗即直接由种子繁殖的苗木。

3. 手电电池，AA 型号（四节）

4. 三个 PVC 管件，L 形，1/2 英寸（灌溉管裂了）

5. 给杂交树种做标记用的记号笔

（提起这东西，他就恨得牙痒痒。他很清楚谷仓里还有几支记号笔，昨天却徒劳地找了近一个小时。他怀疑是被人拿了。也许是邻居家的孩子，也许是土拨鼠干的。）

6. 除草剂，一加仑浓缩液！！

对于购买清单上最后这样东西，他的怨念可说是无穷无尽，通过着重强调和其后的感叹号只可略略表现其怨愤之万一。这事再也不能耽搁了。每次去买面包、卡夫奇妙酱和博洛尼亚香肠，他都得面对奥达·布莱克。他心里很清楚，在这个山下的杂货铺里，他们肯定都在背后添油加醋地说他坏话。“全县最差劲的临街田地的主人来了。”很有可能，一俟他的卡车停在铺子前面，奥达就忙不迭地从前窗旁的扶手椅上站起来，拖着两只肥胀胀的脚丫子往柜台走去，一边咯咯笑一边喊道：“全都别出声，嘘！商陆杂草先生来了。”好吧，他真该亲自动手给自家田头喷洒除草剂。现在倒好，野蔷薇很快就要泛滥成灾，最好能扎得那些鳄龟哭爹叫娘。现在想起这事，他依旧尴尬得脸红。至少奥达应该还没听说过鳄龟这档子事。

他又在清单上添了马拉硫磷。（杀灭日本丽金龟！！）然后他便重新将纸折好，放入衬衫口袋，进了屋。转念想到可以去平基饭馆吃饭，他又觉得宽慰起来。经过门厅时，他停了下来，那儿有一堆昨天拿回来之后就忘掉了的邮件，于是他翻检起来：都是些乱七八糟的广告单，连账单都没有一封。他把这堆邮件扔进垃圾桶，关上了厨房那扇朝西的窗子，以免午后他不在家时，热浪侵袭，把整个房子弄得热烘烘的。买完东西后，他会去平基饭馆点一份鱼肉特色餐，每个礼拜五下午都会推出这道特餐：炸鲶鱼配上黄金玉米饼和卷心菜沙拉，一共 5.99 美元。由于平基饭馆将这道特色餐安排在礼拜五，加尼特想它或许是专为天主教徒而设，但饭馆终究是生意场，成不了教堂。西布伦县的天主教徒寥寥可数。所以，只要有人来用餐，哪怕是条狗或是匹马，平基·普拉特尔也问都不会问就把他们的 5.99 美元塞进收银机。每个礼拜五去平基饭馆吃饭，已是加尼特雷打不动的习惯。事实上，偶尔有一两次，加尼特并未于礼拜五如约来吃这道鱼肉特餐，便立刻流言四起，说他健康状况堪忧。当他下个礼拜五出现在布莱克铺子或汽修厂时，大家便全都因他还活得好好的而目瞪口呆。

随他去吧。再温驯的母马也会踩到野兔，他父亲以前常这么说。平基饭馆是加尼特唯一的奢侈爱好，他喜欢心里怀着这样一个盼头。自从妻子过世后，他就没在意好好吃饭这事儿。这么多年都过来了，他早已习惯拿冷肉三明治当晚餐，对餐桌上孤零零的一块餐垫也已见怪不怪，可他一直都没学会做菜。像黄金玉米饼这东西自然更不会做了。黄金玉米饼要怎么做，里面到底该塞什么馅料？当然不会塞黄金。尽管不愿承认，但加尼特老早就已知道，上帝的世界和大部分日常生活充满了神秘，唯有女人才参得透。

出门前，先得换件衬衫。在田里忙活了一上午，衬衫早被汗水浸透了。他关上浴室门（即便整栋房子里只有他自己，亦无客人来访），脱下衬衫，瞥都没瞥浴室镜子一眼。他用一块毛巾将身子擦洗了一番，便走到卧室里的五斗柜前，找出最后一件干净的汗衫（明天才是洗衣日），再走到大衣橱跟前，从衣架上取下一件休闲衬衫。（衬衫已微微散发出一股平基饭馆鱼肉特餐的气味；他得记着明天把这衣服给洗了，就算不得不再度起用那只讨厌的熨斗。他一直都没学会如何像艾伦那样让熨斗喷出蒸汽。）直到他扣好领扣，将下摆掖进腰带，才允许自己朝艾伦的穿衣镜瞥了一眼。其实他赤裸的胸脯并没什么不对劲，微塌的肋骨和心口一撮怪异的白毛对于一个老头子而言也属正常。但谦逊是加尼特的习惯。他已做了八年鳏夫，每天与上帝形影不离。这身躯已不再有人会留意。他再也无缘肌肤之亲——若此事也称得上是一种悲伤，那他会觉得，同老年人无可挽回地走向终点的悲哀相比，那只不过是流入一片广阔湖泊的涓涓细流而已。

他拿起钥匙串，数了数钱包里的现金，出门时锁上了厨房门。他偷偷朝南妮家看了一眼，吃惊地注意到她家屋顶上有一大块状似奶牛的暗影。他稍稍往前凑近，透过双光眼镜片的上端眯眼望去。屋顶上缺了块绿色瓦板。肯定是上次那场暴风把它给刮跑了。最近连日大雨，屋里想必已是一团糟。这屋顶修补起来也很麻烦。比麻烦更糟糕的是：那些手工裁切的老式瓦板，如今根本找不到了。要是她不想让屋里乱成一锅粥，就得重做整片屋顶。他摸了摸嘴角，尽力忍住不对邻居家的倒霉事幸灾乐祸。她并不知道加尼特家的车库里堆着许多这种绿色瓦板。当初为了盖房子，加尼特的父亲和罗利老头一起买了这批瓦板，各自分摊使用。起初，两家房子的板壁一模一样，铲形的瓦板铺设也如出一辙。上世纪六十年代，加尼特便换成了石棉板这种新材料。加尼特的父亲与罗利老头的交情很好，甚而将五十五英亩的果园土地卖给他，只换来一块还算不错的建房地皮。这样就使罗利家离得够近，近得随手扔块石头就能砸到。（虽然没人有这种迫切需要，直到加尼特和南妮较上劲。）房子朴素、整洁、小巧，斜脊和山墙那一面朝着马路。老罗利把果园打理得井井有条，栽的都是绝佳的品种。可所有人都能看得出，只有这个女儿能继承他的衣钵，因为他没儿子。这桩麻烦，加尼特的父亲本该能嗅到端倪。五十年代时，他女儿还在外上学，不在家住。不等人回过神来的工夫，她就已经回了家乡，成天穿着些花里胡哨的衣服大摇大摆地到处转悠，还带着个智障的私生女，且下定决心不用任何化学制剂来栽种苹果，这简直就是明目张胆地挑衅大自然法则。加尼特叹了口气，再次原谅了父亲。这不是什么预谋犯罪，充其量只能算缺乏眼光。

作为一份没落家产的继承人，加尼特这辈子对事情发展的另一种可能性总是睁一只眼闭一只眼，从不深究。南妮·罗利是个例外。她闯进他的生活，那么碍手碍脚，他怎么可能不注意到她，琢磨她、探究她这怪咖到底想搞出什么事情？加尼特从前无视她，觉得她只是个孩子。（她也就是个小孩子吧，比他大概小个十岁。）后来她离开家乡许多年，他也没法认识变成了大姑娘的她。他妻子在世的时候，他没怎么把她放在眼里。（艾伦有段时间还爱跟她聊聊天，后来便因看法相左而作罢。）但现如今，单单在他这八年的鳏居岁月里，他却不得不在古稀之年忍受她这个变本加厉的扫把星。为什么？是什么使南妮敢于在上帝、在人类面前，有时就是在加尼特的领地内为所欲为？他觉得，或许多年前出生的那个残障女儿与她对化学制剂的恐惧之间有些关联。那孩子刚生下来时已有些征兆，比如表现出唐氏儿的一些特征之类。南妮给她起名为蕾切尔·卡森·罗利，取自那个对 DDT 大喊狼来了的女科学家[1]。如今回首往事，南妮生活中的每一个转变似乎都由那孩子的出生引发。这女人很有可能也正常过。是那孩子让她越来

---

① 蕾切尔·卡森（1907－1964），美国作家、科学家和环境保护运动先驱。其代表作《寂静的春天》阐述了杀虫剂对整个生态系统造成的危害，使得 DDT 逐渐被世界各国明令禁止使用。

越离谱。

她此刻会在哪儿呢，在这个礼拜五？她礼拜五从不出门。他藏身木槿花丛之后，审视着她家后院，以确认卡车真的没有停在那儿。有时候，如果需要卸货，她就会把车停到后院。上周，她把车停进了谷仓，在货箱上高高地摞起一箱箱苹果。但今天丝毫不见她的踪影。

他爬入自己的卡车，那是辆一九八六年产的福特皮卡。他顺利地启动了车子（上周刚清理过火花塞，调整了电极间的距离），小心翼翼地驶上了6号公路，刻意忍住不看路边他家那块难看的田头。这就快了，快开过去了！他要多买点2,4-D和农达除草剂，用于喷洒他的育秧田。他今年忘记向那家公司批量订购这些农药了，之前每年都会订。他开得很稳，遇到弯道时，他都会不慌不忙地放慢速度。加尼特很清楚自己的视力已大不如前，他可不会瞎逞强地去回避这一点。不过，自从一条南下通往国王谷的州际公路建成通车后，6号公路上的往来车辆已很稀少。在这条路附近做生意的人，应该都能认出加尼特的卡车。他们都知道要躲着点他的车。看在上帝的分上，这可不是因为他眼瞎。他只是在判断距离上有点困难。出过几次小事故。

他准备先去利特尔兄弟五金店。然后绕个圈去加油站，给油箱加满油，用压缩空气管清理一下空滤。每个礼拜五他都会做这两件事。今天还得给家里的拖拉机买五加仑柴油，因为很快就需要耕地了。在平基饭馆吃完晚饭后，他会在回家途中去布莱克的铺子转转。没错，布莱克铺子是最后一站。天气这么热，要防止买来的东西被卡车内的温度烘得发生质变，牛奶发酵结成凝乳，鸡蛋受热孵出小鸡。

他刚刚经过了位于6号公路和蛋溪路交叉口的布莱克铺子，倒是没见奥达隔着玻璃窗向他挥手。每次加尼特行驶在这条公路上，总会感觉那些潜伏于路边沟坎的往昔岁月如一幕幕影像般浮现，那些画面较之眼前的气味景色更为真实。一根野生葡萄藤攀上了他母亲栽的金钟柏，缠覆住了整个圆圆的树冠，好似一顶闪亮的绿皮猎帽。一只欢实的土拨鼠在他们家的谷仓下面待了整整一季。它的毛色如麦穗般金黄，拖着一条黑尾巴，头顶也有一撮黑黑的毛。在父亲发现这小家伙之前，孩子们老早就知道了。毕竟，除了跟这只欢实的土拨鼠躲猫猫之外，孩子还能干什么呢？父亲起初根本就不信，直到夏天快结束时他亲眼见到了这只土拨鼠，这才让它变得真实起来。后来他还顺口告诉了邻居。他这么做的时候，孩子们颇感自豪，就好像他们自己也变得真实起来。加尼特行驶在 6 号公路上，却仿佛嗅到了另一个时代的气息——那是一个更通透的时代，在他看来，那时的色彩与声音更为分明，一事一物也都在各自该在的位置。那年头，有时在午后的田间，还能听到山齿鹑雄鸟悠悠唱出自己的名字。山齿鹑究竟发生了什么？为何再也听不见它们隔空相呼了？加尼特曾从推广服务中心的刊物上了解到，羊茅草是罪魁祸首。人们栽种这种普普通通的羊茅草，是为了当饲草用。可羊茅草生长得太密实了，山齿鹑尚未学飞的雏儿无法在其中穿行。加尼特记得那时候羊茅草还属于新鲜事物，为了鼓励农夫们弃置本地草种，改植这种来自欧洲或某神奇地域的草种，政府还曾给予补贴。（他们还曾把葛藤当作绝佳的草种——真是蠢到家了！[①]）如今，羊茅草无处不在，恐怕除了加尼特，已没人还会记得

①20 世纪 30 年代，虫害与“大萧条”导致美国南部农田撂荒，进而引发严重的水土流失，美国农业部耕地保护局便从日本引进并推广种植葛藤。这种豆科常绿植物耐寒耐旱，对土壤要求不高，生长迅速，且蛋白含量高。政府希望它能抑制水土流失，同时用作饲草和绿肥。但葛藤生长过于迅速，很快覆盖地面，攀附其他植物。一方面，被包裹的植物难以进行光合作用，在潮湿环境下腐烂；另一方面，葛藤发达的地下根系也夺走了其他植物的生长空间与土壤养分。是为美国历史上年均损失高达 50 亿美元的“葛灾”。葛藤也因此被列为“世界百大入侵物种”之一。

曾在本地自然生长起来的疏丛饲草——比如须芒草之类。想必对这里的动物而言，周围的世界破土而生，渐渐长成另一副彻头彻尾的新面貌，完全不似它们世代生息的环境，也着实怪得离谱吧。那些迷失在饲草密林里的山齿鹑幼鸟实在叫人悲伤。但人又怎么离得开饲草呢。

现在他已行至格兰迪的饵料铺子前了——不是回忆而是现实。铺子门前的牌子上是手写的到货及价格：蜥蜴，1 美元 10 只。这让他心中略感不安，西布伦县的人显然没搞明白火蜥蜴到底是什么动物，也不会以正确的名字来称呼它。让他更为不安的是，南妮·罗利每个月必定至少一次来这铺子，将水族箱里的“蜥蜴”悉数买走，再于自家果园后的蛋溪溪畔全部放生。所有人都知道她在这么干。男孩子们下网捕捞，再按每条一美分卖给丹尼斯·格兰迪。他们一路上笑个不停，因为大家都清楚大多数火蜥蜴会再次被南妮·罗利放生。可大家为什么还要如此欢乐地忍受她呢？她声称西布伦有十到十五种火蜥蜴已属濒危物种，还说她这是在为拯救环境尽匹夫之责。她这是想说什么呢——难道谁要用了火蜥蜴去钓大鱼，就成了上帝的敌人了不成？

加尼特很想跟她谈谈何为上帝的旨意。地球上的生灵总会生生灭灭，死亡时有发生。如果像她说的那样，我们人类只不过是众多兄弟姐妹，即动物中的一个物种，那这些事情便远非我们所能掌控。反之，如果我们与动物并不平等，我们注定是它们的主子，是伊甸园的守护者，就像《圣经》上说的那样，那么“蜥蜴”之所以存在，就是为了让人用它们去钓大鱼。而事情就该是这样。她不可能把上述两种情况都推翻。对加尼特而言，这是再清楚不过的事。可每次被她言简意赅、斩钉截铁地当面反驳时，他的逻辑总会退缩。他确实也琢磨过一两次，要不要给她写一封信阐明这道理。

他驾车经过五旬节派[1]的教堂，那儿的停车场上蹿出一丛细细高高的紫茎泽兰。啊哈！这帮人忙着说方言和扔婴儿，连走出教堂给停车场除草的时间都没有。加尼特微笑起来，觉得自己完全恰当地理解了上帝之言肯定了什么，否定了什么。后来，当他驾着卡车驶上枫树街时，心底又隐隐泛起负疚感。他应该告诉罗利小姐自己车库里存有那些瓦板的事。她要是最起码能讲点道理该有多好。

他驶过了河堤，经过了埃索加油站。现在到镇上了。他从莱斯·普拉特身边驶过，他以前教高中数学，加尼特则教农学。他挥了挥手，但莱斯正瞧着路的另一边，没看见。他从丹尼斯·格兰迪的老婆孩子身边驶过，他们不算脏，但看上去总有些不干不净的。

还从南妮·罗利身边驶过了！至少，那就是她的卡车。老天啊，发发慈悲吧，难得开开心心地来一趟镇上，就不能离她远点吗？这女人就像苍耳子一样执拗，像毒藤引起的皮疹一样麻烦。

他放慢车速，仔细瞧了瞧。还真是她的车，就停在浸信会教堂的场院里，每逢礼拜六，那儿也是阿米什人举办农贸市集的地方。但今天是礼拜五啊。还真是他们，阿米什人的孩子都穿着一本正经的黑裙子和黑裤子，卖农产品的时候彬彬有礼。他没见到南妮。待会儿他开着卡车从街那头绕回来时，再好好看看。

难道如今阿米什人太多，所以不仅得在礼拜六开办市集，还要加上礼拜五？这是一帮特别勤奋、特有干劲的家伙，他知道的就这么多。他们在河对岸搭建了一长溜农舍，去年他就注意到了。县里其他农夫都把自家的饲草田出售给地产商用于建房，纷纷去工厂里找工

---

①也称圣灵降临派，因相信五旬节（复活节后第七个星期日）圣灵降临在耶稣门徒身上，由此相信礼拜时圣灵会降临于信徒身上而得名。获得灵恩的标志包括说方言（或称灵言）、会灵疗等等。

作，这些阿米什人怎么就能把自己的农务管理得如此井井有条呢？阿米什人不会贷款去买化学制剂或农机设备，因而也不用背一身债，他们在这一点占了便宜，太不公平了，加尼特就是这么认为的。哎呀！他没看见停车信号，赶紧猛踩刹车，太悬了，还好没事——那辆车避开了他。他曾费了好长时间琢磨河边那些农舍，车子是没法开过去的，人也只能走吊桥。那吊桥又窄又长，下面铺以木板，两侧就直接用缆绳当扶手。每天通过那个隘口，恐怕都得鼓足勇气。他曾经疑惑那样的农舍，该怎么把男人要看的电视和女人要用的冰箱运进去，甚或该怎么把拖拉机开过去呢。后来，莱斯·普拉特告诉了他答案，就一个词儿：阿米什。

他绕过街角，又朝阿米什人的市集看了一眼。不禁有种想停下来的冲动。他以前几乎每个礼拜六都会趁着南妮·罗利还没现身来这儿逛逛。她多半是来卖苹果的，要是像现在这样时节还早的话，就会卖些苹果花蜜、罗勒香草或其他随便什么东西。看来，并不是只有阿米什人才能摆摊；他们会和南妮以及县北来的一小群农夫共享一个市集。唯一的准则是，只能卖有机蔬果。阿米什人不使用任何有毒制剂，如果这是出于宗教上的考虑，那加尼特也完全能接受。但南妮出现在他们中间，这就是另一回事了：有她参与，就是跟他过不去。因为这就不再事关宗教，而变成了有机，大写的有机，那种表面温和平静实则自命清高的派头让人看了就生气。所以！礼拜六早上就别停下来买什么新鲜美味的馅饼了，别再跑到这些天真无邪的年轻人码得整整齐齐的蔬菜、果酱和兔子的货堆中间转来转去了。他随即便悲哀地意识到，自己还是挺想念他们的，心头忽觉一阵悸痛。每当想起儿子小时候那天真无邪的脸蛋儿，想起小家伙光着脚丫、举着钓鱼竿的模样，那时他尚未犯下严重的错误，他的心头就会涌起同样的悸痛。

加尼特没听清阿米什人的孩子给他找零时数钱的方言，那口音似乎有点外国腔。他偷偷地瞄了眼那孩子的双脚，脚上长了厚厚的茧子，因为他们整个夏天都不穿鞋子。他知道阿米什人从不送孩子去上学，说实话，他并不赞同这种所谓虔诚的质朴（说白了就是落后嘛）。可是，看着这些男孩女孩，他又心生怜意。他实在不明白阿米什人为什么要让孩子来镇上卖菜。难道大人们得去镇上其他地方采买一些零零碎碎的必需品？（应该就是耙子、煤油之类的东西吧，他心想。）难道他们觉得孩子能更好地替他们代言？难道只是为了惹人同情？这似乎与他们离群索居的癖好相悖，加尼特心想。让这些孩子来到镇上，他们就会看到一个个别的家庭从旅行车里钻出，看到别的孩子玩着收音机或其他各种电子玩意儿，而孩子妈妈则在旁边漫不经心地为他们切西瓜。然而这些东西，阿米什孩子就算想要，也无从得到。

从市集往北继续行驶半个街区的距离，他减缓速度，将卡车停在了路边的停车区。他坐在车里待了一会儿，考虑有没有备选方案。他可以去买个馅饼。他们做的馅饼实在好吃。有苹果馅饼、樱桃馅饼和他们所说的开口糖馅饼。可南妮·罗利到底在哪儿啊？她的卡车在那儿，卡车前面还摆了张桌子堆满了她的那些东西，尚未到苹果收获季，都是些虚头巴脑的玩意儿：柠檬罗勒啦，薰衣草香袋啦，干花啦——这类东西，他觉得毫无用处，看着都替她难为情。她跑哪儿去了？

他决定，还是走到这个街区的尽头，去利特尔兄弟五金店买点东西。回来的路上要是那女人没出现，就买个馅饼。他要试着找一个男孩，他记得那孩子留着规规矩矩的娃娃头，养了一笼兔子。当时，他和那小家伙聊了会儿天，还告诉他该怎么养家禽。以斯拉，那男孩好像叫这名字。还是叫以西结？

加尼特踏上利特尔兄弟五金店的水泥台阶时，心情还是愉快又踏实的。但从那一刻起，情况就有些不妙了。刚跨过门槛就被丁克·利特尔叫住打招呼，他这才意识到清单忘带了。他用很夸张的动作拍了拍衬衫口袋，像是想要把它给拍出来，算是对丁克“今天要买啥？”这个意料中问题的回答。然后，他拍了拍另一只口袋。当然找不到，因为他换了衬衫。

“我稍微转转，丁克。”加尼特答道，觉得只要看到货架上的某样物品，就能立马重构那份清单。可看来看去，这儿的货品他一样都不需要。这铺子散发着霉味，天花板高耸，恍惚间更像个小阁楼，而不像是一家货栈：镀锌的铁桶歪七扭八地堆成高高一摞，拖把懒懒地斜靠在搁满地板蜡的货架上。一叠叠绿色的工作手套冲他支棱着，像一只只断掌。他踉踉跄跄地从侧边绕过折价割草机陈列区，脑袋撞到了上方的标牌。那标牌做得硕大，写着花花绿绿的标语，不用读都让他觉得头疼。（全系列全品牌割草机六月一律九折！公牛牌！绿机牌！鲷鱼牌！约翰迪尔牌！全线降价！）加尼特只觉得心头烦乱，都快站不起来了。他的视线落到过道尽头的一辆独轮手推车上，便抬脚向它走去，这样至少能离门和收银台远点。看不见那堆乱七八糟的东西，他才能思考。

只要花点时间，他是能记起来的。对，除草剂！农达除草剂，一加仑浓缩液。他差点笑出声。全都想起来了：农达除草剂，马拉硫磷，树身上做标记用的记号笔——这玩意儿他本不用买的，谷仓里应该有。

“有没有听到它发出像是吱吱响，或是嗡嗡响的杂音？传动装置一旦坏了，你就能听到这声音。”兄弟中的一个正在柜台旁和顾客聊天。应该是大块头比格，或是马歇尔。丁克总是待在门口。

“让我说的话，还真没听见过。”顾客争辩道，“我才转过身，它就冲到山坡下去了。”

除草剂和马拉硫磷。刚迈过那堆镀锌桶，他就在过道当中的货架上看到了一瓶马拉硫磷。那是喷雾瓶款的，容量也不符合他的需求，但他仍然走过去抓起了瓶子，算是为自己打打气吧。此刻的他不过是个迷失于五金店里的老头子，又看不清货品上的那些小字，他得抓着点什么武装自己。那份清单上还有什么呢？

“再没有比这更大、更糟糕的割草机了。简直就是个怪物，我这话错不了。”顾客说。

“‘大块头’对大家伙还是很有研究的。”马歇尔说。

“你们这些小伙子根本就没听我说话。”那声音有点腼腆。

三兄弟立马大笑起来，但加尼特吓了一大跳。他认出了那个声音。老天哪，难道他真得像约伯那样受难吗？那人正是南妮·罗利。

加尼特站在过道尽头的独轮手推车旁，默默听着。十分钟前她不是还在街那头的阿米什市集卖那些花哨玩意儿吗，怎么又到这儿来了？难不成她是唯一神教派的巫婆，成天骑着柄扫帚在蛋叉镇嗖嗖乱飞吗？他往前凑了凑，看了看那堆镀锌铁桶周围的空当，想找一条逃生路径。他只要离开，赶回家，拿上清单，半小时后就能返回。之后还能有时间吃鱼肉晚餐。平基饭馆会一直营业到四点。

但这地方没法出去。柜台靠近前门，而她正好就在那儿，成为瞩目的焦点，同丁克、比格和马歇尔聊些荒唐无聊的话题。他差点都要捂耳朵了，那声音实在让他没法忍受。不过，此时此刻对懒散的利特尔兄弟来说，完全是开心一刻。他们笑起来就像一群鬣狗。

“不是鲷鱼！”一人嚷嚷道。

“就是鲷鱼。”她回答道，听上去既像生气，又像是好笑。

加尼特一屁股坐进独轮手推车里，双手抱着脑袋。真是不堪承受之重啊。这大大出乎他对南妮·罗利的意料，毕竟，她总说自己最正派，不会到处说人坏话。

“噻，我还真得亲眼见见才会相信。”马歇尔说，乐得弯下了腰。

她怎么能这样对待加尼特，他可是她的好邻居啊？她怎么敢大庭广众之下拿鳄龟那件事笑话他？[1] 再说，那件事完全就是她惹的乱子！

“都是她的错。”他轻声说。可声音太轻，别人根本听不见，再说，他还不伦不类地坐在独轮手推车里。“都是她的那些野草惹的乱子。”

他们在给她结账的时候，嘻嘻哈哈地简直像驴叫——给这笔该死的买卖记账需要三个人齐上阵吗？他们就像一帮小屁孩儿，都快把她捧成个选美皇后了，其实也就是个穿花裙子的碎嘴老巫婆。这整个镇子都被她下了咒了。现在，她又在问他们怎么拼合屋顶板！这折磨还有没有完啊？显然，她是存心想在那儿站一整天，调情调个没完。看着吧，一会儿平基饭馆也关门了，这就是搬起石头砸自己的脚。

加尼特准备直接从他们身边走过。只能这样了。忽然之间，他能做的只是想象这样一幅画面——他安安稳稳地坐在家中厨房的桌子旁，悠悠闲闲地读着报上的新闻。那是他最最渴盼的状态。世上任何东西都可以不要，无论是爱还是恩惠，只要能坐在家里。他甚至连平基饭馆都不想去了。现在已经没有去那儿的意义了。吃什么不能填肚子？而且他现在胃口全无。

加尼特站起身，挺直背脊，朝门口走去，手里还抓着那瓶马拉硫磷喷雾，像是在为自己开路。他一言不发、高视阔步、气势凛然地经

① 鳄龟（snapping turtle）和鲷鱼（snapper）有一部分发音相近。

过柜台时，他们都转身盯着他。

“哎呀，是沃克先生！”她喊了起来。

开始要客套了，他心想。你们都被抓现行了，你这个唠叨婆，还有你那些聒噪碎嘴的同伙。祝你们被自己的罪行折磨得夜不能眠。他差点第二次撞上那块割草机六月打折的招牌，不过幸好，在千钧一发之际——赞美上帝——他缩了下脑袋。

他找到自己的卡车，驶过阿米什人的市集之后又过了两个街区，怦怦直跳的心才渐渐回归合适的节奏。他已经驶过了布莱克铺子，正行驶在6号公路往家赶的半道上，差不多到南妮·罗利的农舍前院了。这时，他突然想起她家的割草机是鲷鱼牌的。他还知道她那台从利特尔兄弟五金店买来的割草机老给她惹麻烦。鲷鱼牌。

他在自家车道上停好卡车，这才意识到自己顺手牵羊拿了这瓶马拉硫磷。

10 蛾之爱

燕子或打着旋，俯冲入谷仓，或从头顶筑在椽上的窠里向着门口飞扑而去，滑入亮紫色的暮色之中，低低的落日映衬着它们流线型屈曲的翅膀，闪闪发光。它们好似小型歼击机，任何不速之客都会使它们勃然大怒。疾如子弹的飞行，正是它们愤怒之情的表达。每天傍晚，卢萨都会进谷仓挤奶，每天傍晚，燕子也都会以此种方式回应她。就像有的人那样，她心想——见识虽短，野心却大。落日会将白天收获的所有一笔勾销，每天此刻，世界就开始重新聚集投入下一轮战斗的力量。

她一边挤奶，一边瞅着谷仓里的燕子循着椭圆形的轨道一圈又一圈地往外飞至波平如镜的池塘上方，思绪也渐行渐远、恍恍惚惚起来。池塘水面上浮着一些落叶，在夕阳余晖下被镀上了一层金色。她突然跳起来，把奶牛吓了一跳。小里奇正站在门口，高高的个子竟已超过六英尺不少。

“嗨，里奇，还好吗？”

他慢腾腾地朝拴牛栏走来，她就坐在那儿的凳子上，挤着奶牛的乳头。牛圈就设在谷仓的地窖里，顶棚很低。小里奇的脑袋几乎顶到了椽子。

“还挺好的。”

“那就好。你家里人怎么样？”

里奇清了清嗓子。“也不错。爸爸叫我过来告诉你，礼拜六不种烟草了。我想他指的应该就是明天。”

“不种了？”她仰头看着他，“为什么不种？地全都干了。今天下午，我去谷底的烟草田里走了走，情况还不算太糟。其实，我在那儿就给他打过电话，想说明天应该没问题，可没人在家。我觉得雨是真停了。”

里奇的神情像是在说，去县里任何地方都行，就是别让他来这谷仓里和卢萨说话。他们家人都这样。“嗯，赫布姨父说小牛犊子让他忙不过来了。爸爸说你反正对种烟草也不怎么上心，他们就是这么说的。”

“哦，明白了。我应该去谷底，为自己的自以为是向他们道歉，跪求他们来帮我种烟草。”她明白自己被惩罚了：种烟草本是他们的主意，现在反被用来和她杠上了。卢萨将气得有些发抖的双手搁在膝头，强迫自己冷静下来。她突如其来的怒火使奶牛受了惊，眼下已挤不出奶了。现在她也没辙，只能听之任之。奶牛让她学会耐心。

里奇穿着牛仔外套，耸了耸肩，这是十几岁男孩才有的动作，以使自己与这业已成熟的体格相称。她不该将自己的想法说给这孩子听，她这才意识到这一点。他肯定会以为她这人就这么歇斯底里。怒发冲冠，科尔过去常这么说她。男孩略显紧张地注视着卢萨，从烟盒里抖出一根烟来点上。想了想，他又将烟盒向她递了过去，但她摇了摇头。

“不了，谢谢，我不抽烟。依我看，在这个县里不抽烟的人，还真不太像话。”

他捋了捋浓密的黑发。“我倒不觉得爸爸他们想让你跪求什么。”

“对。”她说，“我为刚才的气急败坏道歉。我不是那个意思。”

“就算你是那个意思也没关系，因为爸爸也没能从杰基·多达德那儿弄到农具。眼下估计整个县里都没有可供出借的农具，我是这么觉得的。”

“哦，好吧，就这么着吧。反正麻烦大了。”

她又转身去捏奶牛的乳房，轻轻地抚着捏着，使之易于挤出奶水。谷仓里一片静谧，唯有牛奶的细流有节奏地敲击金属桶的声音，以及从饱浸雨水的托梁上坠落的水滴形成的切分节奏音。屋顶渗漏的地方，其下的托梁都湿透了。每一次的滴水声都在提醒卢萨，还没筹到修屋顶的钱，现在也没法靠烟草挣钱了。

“漏了。”里奇边说，边抬头看去。

“修一下得花三千美元吧，我觉得。说不定还得更多，毕竟雨水都渗到烂掉的屋梁里了。”

“饲草都会淋坏的。”

“哦，那倒不用担心。今年夏天，我应该也没法收割饲草，所以谷仓里不会有饲草。打捆机坏了，拖拉机应该会被收回。我在想今年索性就让奶牛喝雪水算了。”

小里奇盯着她。他只有十七岁，块头已经很大了，可模样五官还是个孩子。她这是怎么了，为什么要对这孩子撒气，说些讽刺的话？他只是个信使。她这是在拿信使开刀。

“那个，”他说，“我很难过，科尔舅舅那事。”

“谢谢你。我也很难过。”她缓缓地吁了一口气，“现在连一个月都没到。就二十七天。却好像过了二十七年。”

他换了下姿势，靠在了支撑谷仓上层楼板的巨大的老栗木柱子上。楼上是挂烟草的地方。谷仓上层很开阔，像是大教堂。但楼下辟给动物的居所，却让人觉得舒服，谷物、粪便和牛奶混合成了一股甜蜜的气息。

“我和科尔舅舅以前常常去钓鱼。他没告诉过你吗？我们会一起翘课，去西布伦山上钓鳟鱼。嘿，山上真是漂亮。树木都好大，根本看不到树顶。”

“你们俩一起翘课？”卢萨琢磨着这句话，“你上一二年级的时候，科尔还在读高中。我还真没想到这一点。他是你的朋友。就像个大哥哥。”

“对。”里奇朝下四处看着，想找地方弹烟灰，“他总是告诉我很多事情。怎么和女孩子说话之类的。”

卢萨举起手掌根捂住眼睛，转过身，没料到自己竟会忍不住当着里奇的面哭鼻子。“对。这种事，他很懂。”

奶牛哞哞叫唤起来，在回荡着滴水声的静谧中提出了小小的抗议。隔壁厩栏里的小牛犊听到母亲的叫唤，立刻发出号哭的声音，就好像刚意识到竟然有人抢它的奶水。

“在挤奶，是吧？”里奇说。

“对。”

“看上去你挺在行的。”

“科尔教的我，他说我有天分。在行的尽是些蠢事，对吧？”

“也不算。动物嘛，你知道的。它们啥都明白。你骗不了它们，不像人。”

隔壁的小牛犊仍在高声叫唤，她柔声哼唱着，让它平静下来：“嘘——你妈妈马上就来了。”小牛犊静了下来，卢萨便又转身去挤奶。干这活能让人心里舒坦。有时候，她觉得自己也拥有了泽西奶牛的精神状态——又是一天快要过去了，而她仍然置身于这座谷仓内，静默，卑微，波澜不惊。卢萨真的喜欢它们的陪伴。她还曾想给母牛起名字，可后来，科尔说要把它的小牛犊子给吃掉。

“赫布姨父也侍弄奶牛，在他的，应该说是奶牛场吗？他和那些奶牛就像油和水，他是这么说的。他全都用机器挤奶。把奶牛钩在奶箱上，将它们吸得精光。”

“唉，可怜的奶牛。”

“我觉得它们不会介意的。只不过是些奶牛嘛。”

“没错。”

“你每天挤几次奶，两遭儿？”

两遭儿，他们都这么说。一遭儿，两遭儿。她想知道，这是否是古英语在这与世隔绝的山区的遗存。“信不信由你，反正我每天就挤一次奶。就算这样，挤出的奶对我来说还是太多。就在你刚刚进门之前，我还打定主意这是最后一次挤奶。”

“是吗？”

“对。明天我会把这姑娘和她的小牛犊子放出去吃草，这样所有的奶汁便都会进入它本该进入的那副肠胃。我的肠胃可不需要那么多牛奶。”

“你是不是不爱喝牛奶？”

“不爱。我之前挤奶是为了科尔，因为他很喜欢吃新鲜的奶制品。我喜欢做酸奶，laban zabadi[1]——我会怀念那段时光的。不过我已经冷冻了足够的黄油和奶酪，可以撑过整个冬天。而新鲜牛奶，我还真

① 即阿拉伯语中的“酸奶”。

不需要。你家要吗？”

“不需要。赫布姨父每天都会给我们一加仑。我们家喝奶，但主要是我喝。”

“嗯，挺好的。我不像你，我不是喝牛奶长大的。”卢萨挤完奶了。她打开拴牛栏，松开系在奶牛脑袋上的套架，小心翼翼地让它往后退去。温柔的老泽西奶牛慢悠悠地走到关小牛犊子的厩栏旁，卢萨放它进去，使劲拍了下它宽阔的侧腹，算是再见。眼中又有眼泪涌上来了，她觉得实在难为情。

“嗯，妈妈说你是个……人物。”

“她认为我是个人物吗？不错。”卢萨掸了掸牛仔裤，把草屑从脏兮兮的白色工作衬衫下摆抖落，工作衬衫一直拖到了她的膝盖处。这是科尔的一件衬衫，她拿来套在一件曾经觉得很好看的锈色天鹅绒T恤外。

“不是，我的意思是，国籍。”

“我知道你是这意思。里奇，每个人都有国籍。”

“我没有。我就是美国人。”

“那就是你把邦联旗子插在卡车保险杠上的原因？因为邦联曾经想要灭掉美国政府，你知道。”①

“那我就是个美国南方人。你是什么？”

“问得好。我觉得应该是波兰－阿拉伯－美国人。”

“哈。你看上去不像。”

“不像吗？那你觉得我看上去像什么？”她站到灯光下，抱着胳膊，倚着拴牛栏的栏板。空气颇为潮湿，她的头发卷曲而蓬松，在刺

① 指美国南北战争时期，由南方诸州组成的南方邦联军曾脱离联邦政府，组建了美利坚联盟国，后因战争失利而瓦解。

眼的灯光下，使她的脸庞四周泛起了一圈草莓金色的光晕。小小的白色蛾子扑棱着翅膀，正绕着头顶的灯泡一个劲儿地打旋。里奇彬彬有礼地端详着她。

“你看上去像个白人。”他说。

“我妈妈的父母是巴勒斯坦人，我爸爸的父母是波兰犹太人。我是你家的一个异类，可就算这样，我还是不愿理会别人怎么说，依旧把自己晒黑。这就说明，里奇，不能只看一眼封面就认定一本书好不好。”

“我听妈妈和玛丽·埃德娜姨妈说起过，说你是另一种基督徒。”

“我能想象她们是怎么说的。”她抄起平头铲，要去打扫挤奶间的地面，但里奇从她手里拿过了铲子，撞到她的肩膀时，说了声对不起。她完全不知道该怎么看待这些乡下孩子——粗鲁又礼貌，融合得妙不可言。他将粪便刨拢成一小堆，然后每次一铲，把粪便运到门外，倒在土堆上。

“是在说你坏话，卢萨舅妈。”他在黑暗中说了这句话，让她心头一震。已经很久没人这么大声地叫出她的名字了。准确地说已经有二十八天了。这个家里没人这么称呼过她。里奇猫腰回到了明亮的挤奶间。“她们也就说过这么一次，说要是你和科尔舅舅有孩子，会怎么样。那时他还没……”

“他已经死了。那时候，在孩子这件事上，我们还可以有选择。”

“是的。我觉得她们是在琢磨教堂那块儿该怎么办。你知道的，这对科尔舅舅的孩子而言，应该挺为难。”

她将平常用来擦洗泽西奶牛乳房的软布和桶收拾在一起，把盖子盖在刚盛过奶水的不锈钢桶上。桶缘暖暖的。

“就算我们是信仰上的混合家庭，对我而言也没什么为难。”她说，“这么说吧，我们都不算虔诚。我爸爸恨他的父亲，在某种程度上算是背弃了自己的宗教。我也不是个好穆斯林，这一点是肯定的。如果我是，你就会见我这样”——她在谷仓地窖里慢慢地绕着圈走，寻找面东的方位——“转过身，每天跪下来祈祷五次。”

“你要对着鸡窝祈祷吗？”

“是面向麦加祈祷。”

“在哪儿，北卡罗来纳吗？”

她笑了。“在沙特阿拉伯。那里是先知穆罕默德的出生地，所以祈祷的时候应该朝着那个方向。还得先洗手。”

里奇乐了。“祈祷前还要洗手？”

“听着，你没见识过什么叫虔诚。酒和香烟是碰都不能碰的，女人要从头包到脚，只露出眼睛。”她以手遮面，然后透过指缝往外窥视，“要是男人看见了女人的脚，或者只是看到了她的体形，男人就会想入非非，明白了吗？那全都是女人的错。”

“啊，好严厉啊。我觉得玛丽·埃德娜姨妈也很严厉。你信仰这些吗？”

“我看上去像是会信仰这些的人吗？当然不信，我妈妈甚至从不戴面纱。外公外婆离开加沙的时候，就已经相当西化了。但我的几个堂姐妹还戴面纱。”

“真的？”

“真的。在美国，穆斯林只需要戴头巾、穿长雨衣。以前，在纽约，和妈妈那一支的亲戚一起去清真寺时，我就会穿成那样。”

他瞪大眼睛。“你去过纽约？”

她心想，不知纽约在他的心目中究竟是什么样的地方。那想象与现实情况的差异，应该就和她那些住在布朗克斯区的表亲对乡间谷仓的想象一样离谱吧。“去过无数次了。”她说，“我父母都是从那儿来的。每逢家庭节日，我们总得想方设法回去。我觉得妈妈和爸爸之间在宗教上达成的协议，就是干脆忽略那些罪过和惩罚，只要庆祝节日就好。简单讲，就是举办宴会。”卢萨微微一笑，想起了表亲家的几个兄弟，想起了他们的音乐，想起了大家在小院草坪上的椅子间肆无忌惮地跳舞，那是彼此恩爱、相互融入的节日。“我从小到大吃的可都是你能想到的最美味的东西。”

“哈。我还以为不信上帝的人大多都是在崇拜魔鬼之类的东西。”

“哇，里奇！”她轻轻笑了起来，坐回到挤奶凳上，“你难道不觉得在这两者之间还有很多种选择吗？”

他尴尬地耸了耸肩。“也许吧。”

她是想借这话把男孩打发走，让他转身回家。可然后呢？等着科尔去给家里人解释她的想法？她的身子因沉甸甸的孤独而倍感疼痛。没人会帮她做这种事了。她十指交叉，把双手夹在膝间，抬头看着他。“你是指谁不信上帝？犹太人信上帝。穆斯林信上帝。说实话，我所认识的大多数犹太人和所有穆斯林思考上帝的时间都比你们这儿的人要多。他们上教堂时绝对不会聊什么八卦。”

“可有各种各样的上帝，对不？和我们的上帝不同，就不是真上帝。”

“不，就是你们的上帝。都是同一个上帝。他的正式名称叫耶和华，三个教派都承认这一点。只是在哪个儿子继没继承家产方面有一些分歧。这样的故事自古以来就是如此。”

“哈。”算是他的回答。

“你知不知道，世界上大多数人都不是基督徒，里奇？”

“真是这样吗？”他歪着嘴笑道，就像一个被棘手问题难倒了的学童。然后，他又点了根烟，以挽回面子，接着将眉毛扬起，做出一副询问的表情，确认这个问题是不是合适。

“当然，继续问吧。”

“你能说几句犹太语吗？”

“嗯，你是指意第绪语吧。或是波兰语。”

“对的。反正就是那种语言。”

“意第绪语和波兰语，我不太会说。我的 bubeleh 去世之前一直和我们一起生活——就是我奶奶——但她有点，怎么说，类似于被禁言了。在我们家，爸爸不让她说英语之外的其他语言。等等，我想想。”她在头脑中复习了一遍那个句子，就大声背了出来：“Kannst mir bloozin kalteh millich in toochis.”

“这是什么意思？”

“把冷牛奶倒我屁股上试试。”

他哈哈大笑。“你阿嬷还教你这个？”

“她是个暴脾气老太太。她丈夫和一个在夜总会的衣帽寄存处当服务生的女孩私奔了。你应该问我阿拉伯语，我妈妈教了我不少阿拉伯语。”

“好啊，说一句来听听？”

“Ru-uh shum hawa. 意思是‘吸风去吧。’换句话说，就是滚蛋。”

“Rooh shum hawa.”他跟着念了一遍，音调已变得杂乱无章，但卢萨被他的认真劲儿触动了。毕竟，他愿意站在这儿，跟她聊不相干的事情。

“对，差不多。”她说，“说得不错。”

里奇傻傻地笑了。“那么，”他说着，吐出一口烟，“你们也有自己的圣诞节吗？你们从哪儿得到礼物？”

“有自己的圣诞节，自己的复活节。没错。在节日里，礼物不重要，食物更重要。到了斋月，整整一个月我们都不能在白天吃东西，只有晚上可以。”

“没开玩笑吧？一整天不吃行吗？”

“应该行的。我们一般都不吃。我也就不吃早饭，尽量撑过一个月。但最棒的是，斋月结束时会举办盛大的宴会，把整个月没吃上的全都补回来。”

“就像感恩节？”

“比感恩节还棒。要整整持续三天。更别提还有剩下的食物。”

“我的天。猪要遭殃了。”

“是山羊要遭殃了。我家不吃猪肉，犹太人和穆斯林都不吃。但我们喜欢山羊。大家都以为吃羊羔肉是中东的习俗，但真真正正的传统是 qouzi mahshi，就是还在吃奶的小乳羊。我和妈妈总是去阿拉伯的亲戚家过开斋节，就是斋月最后那几天。他们会在后院的大烤架上烤乳羊。四个月后又有一个节日，宰牲节，到时候烤的山羊个头会更大。”

“我对山羊不感兴趣。”

“是吗？你还没吃过吧？”

“没呢。”

“看你，都不知道自己错过了这么好吃的东西。qouzi mahshi，太美味了。像甜甜的、嫩嫩的牛犊肉，但更好吃。”

他满脸狐疑之色。

“嘿，我还以为你养山羊呢，里奇。我在你家后面看见的那些长角的动物是什么呀？”

“哦，那是 4-H 项目。”

“你们最后不会吃掉 4-H 项目？”

“不会。我看它们大概是用来阻止野草生长的。”

“理论上说，不是要喝它们的奶，吃它们的肉吗？”

“这些山羊本来应该是用来屠宰的。那个项目的想法是，趁它们长到四十磅之前，把它们送到州里的市集上卖掉。鉴定员会挨个儿摸摸它们的肋骨、髋骨，哪儿都摸一遍，然后给你个等级。”

“你家的山羊能得优等吗？”

“它们都很不错。但你没法在这儿卖掉山羊。嘿，在这一带连送都送不出去。我知道，是因为我试过。”

“可我看这儿到处都是啊。我是指县里。”

“没错，前阵子搞4-H项目的时候，大家对待宰的大山羊狂热得很。沃克先生不知用什么理由把人们鼓动起来了。现在倒好，县里一半地方都养了山羊，送都送不掉了。”

“哈，”卢萨说，“沃克先生是谁？”

“他好像还是我们家的叔伯亲戚。和我们是姻亲。”

“这儿方圆十六英里，到处都是你家的叔伯亲戚。”

“是啊，但沃克先生，他是4-H项目的牲畜顾问。或者说以前是，那会儿，我还小。现在他很可能已经退休了。6号公路旁的那座农场，临马路的田头都长满野草的那个，就是他家的。我听说他还种栗树。”

“栗树五十年前就死光了，里奇。美洲栗树感染了真菌枯萎病灭绝了。”

“我知道，他种栗树这事儿我也都是听人说的。其中的门道我不清楚。他很懂植物，还有跟植物有关的那些事儿。大家都说他应该去给农作物项目当顾问，而不是牲畜顾问。所以，山羊那个项目让他全搞砸了。”

“哈，”卢萨说，“你觉得他能不能帮我弄到一两头便宜的山羊来举办宴会？我会邀请你妈妈和姨妈她们，用 qouzi mahshi 和 imam bayildi 让所有人大吃一惊。”

“后头那个是什么意思？”

“众神的美食，里奇。就是烤乳羊和烤填了馅儿的蔬菜。其实，imam bayildi 的字面意思是指‘好吃到皇帝都会晕倒’。你的玛丽·埃德娜姨妈要是看见一只小乳羊趴在她老妈的胡桃木餐桌上瞪着她，她也会晕过去的。”

里奇哈哈大笑。他笑起来的样子很有意思，嘴张得老大，臼齿都露出来了。“你没必要找沃克先生帮你弄山羊。你只要在报上登个广告：‘要羊，免费。请送货。’我敢保证，卢萨舅妈，第二天早上就能看到窗外有一百只羊在啃你家的田。”

“你这么看？”

“我保证。”

“好吧，它们可以阻止蓟草和野蔷薇在饲草田里蔓延。我可以把奶牛打发掉，这样我也不用学怎么操作割草机了。”

“是这样没错。它们会啃掉野蔷薇，不会吃多少饲草。冬天大多数时候，光吃灌木它们就能活得好好的。”

“你是说真的？天哪，那我就不用为了操作打捆机或是把饲草码成堆的事烦心了。这是今天一整天我听到的最棒的消息。”

“你还是需要一些饲草的，”他提醒道，“天气不好的时候派得上用场。不用很多。”就着手里还没熄灭的烟头，他又点着了一根烟。她走过去，从他手里拿过烟盒。

“我可以抽一根吗？”

“抽吧。会得癌症的。”

“我听别人也说过这话。”她干巴巴地笑了一声，朝烟盒开着口的洞眼里看了看，“告诉你吧，我只要能活到七十多岁就行，再多活个几年，实在没多大意思。所以就抽吧。”她抽出一支白色过滤嘴香烟，看着发怔。那上面有股科尔的气味。“老实说，还没活到而立之年，就已经没什么让我兴奋的了。”

“高中生也都这么想。所以我们全抽烟。”

“有意思。”她用嘴叼着烟，凑到他的打火机前，可他立马将打火机拿远逗着她玩。

“你真的是第一次抽？”

“对。你这是在教坏老太婆。”烟刚点着，她就想往里吸，但嗓子眼一缩便咳嗽起来。里奇哈哈大笑。她摇着手，似乎要挥走面前的烟。“看来，我还真抽不惯。”

“有股臭味，真的。你还是别抽了，卢萨舅妈。”

她笑了。“你真好，里奇。谢谢你为我着想。”

他迎着她的目光注视了一两秒。他是个挺漂亮的小伙子，很帅气，继承了他父亲的深色皮肤和怀德纳家的长相。卢萨突然联想到他赤裸的胸膛和臂膀，把头搁在上面，让他搂着会是什么感觉？但立刻，这想法又让她觉得很是难堪。她这是怎么了，疯了吗？难道独身生活让她精神失常了？她低下头看着自己的网球鞋。

“我并不是真的想死。”她的声音微微颤抖，“我不是那个意思。我很沮丧，可我觉得这对寡妇来说，也很正常。他们说都会过去的。我只是想着，如果烟草是县里的命脉，我就应该支持这项营生。”

“不，没这必要。”他吸了口烟，又喷出来，发出轻轻的哨音。他斜眼觑着她。“卢萨舅妈，我希望你能慢慢恢复过来。另外，你不是什么老太婆。我在学校里的那些朋友，他们在克罗格超市见过你，说你很性感。”

“我？”她唰地红了脸。

“抱歉，我无意冒犯。”

“没关系。我知道，你和科尔以前一起翘课出去玩，他教过你怎么和女孩套近乎。我明白自己和你妈妈是一辈人，但我总是忘记，我不是你妈妈。”

他咧嘴一笑，摇了摇头。“你真不是我妈。”

“谢谢。”卢萨一本正经地说道。她想起自己在心里偷偷形容里奇母亲的那些用语，一把年纪的洛伊丝、大嗓门的洛伊丝，心里觉得有些愧疚。“我敢肯定你妈妈人比我好。”

他哼了一声。“如果你是指这些的话——我妈妈不喜欢骂人，她喜欢一觉睡到大天亮，喜欢给厨房里的所有东西都贴上小鸭子装饰。”

“你又怎么知道我不是这样的呢？”

“我见过你家厨房。”

“咳，我也可以像你家那样打理打理。”她吸了一小口烟，但大多数时候只是在指间夹着，胳膊搭在头顶上，“洛伊丝多大了，她应该不会介意我问这个吧？”

“她有，我想想，”他盯着天花板，“我觉得她有四十一二岁吧。玛丽·埃德娜姨妈年纪要大得多，她有五十来岁了。”

“我也这么想，她年纪最大。埃玛琳夹在当中。”

“是的，埃玛琳姨妈比我妈大。汉尼－梅维丝姨妈年纪轻，还不到四十岁。我知道这个是因为她老是对我妈唠叨自己就要四十了。”

“那朱厄尔呢，在你妈妈和埃玛琳之间？”

“不，朱厄尔姨妈年纪最轻。她只比科尔大一点，就差个两岁吧。”

“朱厄尔？你肯定？”

“是啊。她没那么老。她结婚的时候，我还是个小屁孩儿。那时我还替他们拿戒指来着。具体细节我记不太清了，但他们确实拍了照，我在照片里的样子挺难为情的。幸好，自从谢尔姨父跟那个服务员跑了之后，就再没人拿出来看了。”

“哦，是啊，的确值得庆幸。”

“哎呀，糟了，糟了。”他敲着自己的脑袋，惹得卢萨咯咯乱笑。在尼古丁的作用下，她觉得大脑一阵放松，但也因为两人的对话，这种有人陪伴的感觉让她晕晕乎乎的。她上一次和一个十七岁男孩聊这么久或许还是在汽车后座上。

想到朱厄尔，她清醒了一点。不是因为谢尔的私奔事件，而是朱厄尔只有三十岁，看上去却有五十岁。“我之前就这么想的，她的年纪应该更轻。不过最近又不太肯定。她看上去比实际年龄要大。”

“她真是最小的妹妹。不过我妈她们一直都挺妒忌她的，就因为科尔。所有人都很喜欢他，对不？而朱厄尔和科尔就像一对形影不离的好朋友。”

“哦，”卢萨说着，倒抽一口气，“然后我来了。所以她们转过枪口，开始恨我了。”

“没有的事儿，卢萨舅妈。”

“她们就是这样的。你不用假装不知道。”

他看着她。这时候，他更像是个男人，而非男孩，仿佛他能理解什么是痛苦。她觉得自己的心又悸动起来，但她意识到那并不是欲望，只是一种爱，感受到他有一天会成长为男人的那种爱。她仿佛能看到他和女朋友在一起的样子：贴心甜蜜，让女孩魂不守舍。很可能和十七岁的科尔活脱脱一个样。她斜靠在离他最近的那面谷仓的墙上，歪着脑袋抵住木板，两人都望着门口渐渐沉落的暮色，就这么心满意足地待了一会儿。池塘的水面一片血橙色。

“所以……”他说。

“所以？”

“所以，你要登广告。这样大家都会跑过来，在你家门口卸下自己的山羊。我先来这么干。我可以给你两只。”

“谢了。”她说。

“那接下来呢？五百只羊，你准备拿它们怎么办？”

卢萨闭上眼睛，咂摸、嗅闻着烤羊肉的味道。上一次参加开斋节的宴会已是好几年前了。那时，她母亲还很健康、很精神，可以和卢萨一起聊聊天、做做饭。当时是隆冬时节。穆斯林的历法每年都与基督徒采用的太阳历相差十一天。今年的开斋节离圣诞节很近。

她睁开眼睛。“里奇。你能一下子弄出一群怀孕的山羊吗？”

他的脸一下就红了，她忍不住笑了起来。

“不是让你弄。”她笑够了之后说，“我的意思是你能不能弄到一群母山羊和一只——你们怎么称呼公的？比利山羊？”

“你说母羊和公羊就行，只要是肉羊的话。”

“母羊和公羊，好。怎么啦？别脸红啊！里奇！”她拍了拍他的胳膊。他像个孩子似的咯咯笑了。“我这人很实际的。我刚刚有了个想法。两场盛大的羊肉宴节日马上就要到了，一起来临，都在年底。也就是说宰牲节是——二月，三月——四月初！跟东正教的复活节和犹太教的逾越节在同一个时间。真让人难以置信！”她语速极快，掰着手指头计算着，越说越兴奋，“我得去看看日历，确定一下。多久能下小羊羔？”

“你是指母羊的怀孕期有多长吗？不到五个月，就差几天。”

她掰指细算。“那就是十一月，太棒了！再花一个月时间把它们喂肥。你能让母羊全都，你懂的——别脸红啊！”她抻了抻衬衫下摆，收起了嘻嘻哈哈的表情，同时压低了嗓音，“我们都是农夫，里奇。现在是农夫与农夫的对话，我这是在征求你的意见。我能在同一时期用一头种羊搞出一堆羊犊子吗？”

“噗！”里奇爆笑，乐弯了腰。

“我说正经的！”

他抹了抹眼睛。“我觉得可行。你可以给它们弄点荷尔蒙什么的。”

“别，别，别。这些可都是要用在宗教节日上的羊。不能用荷尔蒙。有没有其他办法？”

“我上回参加 4-H 项目到现在已经过去很长时间了，卢萨舅妈。”

“可你总归了解牲口的呀。该怎么个弄法？”

“我觉得可以这样，要是你弄到的母羊压根儿不搭理公羊，那就把所有的母羊和公羊一起放到牧场上去，它们应该就会发情了。我不是很确定，但我觉得应该没错。你可以给沃克先生打个电话，问问他。”

“好吧。我冷不丁地给个老头子打电话，问他怎么让山羊交配！”她和里奇全都笑瘫了，惹得身后牛栏里的奶牛也哞哞叫唤起来。卢萨想让自己和里奇打住，但她得先扶住桩子让自己站稳再说。

“替我把它掐灭了。”她说着，把烟头递给他，“免得我点着了自家的谷仓。”

他用鞋底踩灭了烟头，然后用手捋了捋头发，直起了腰。她看见他往敞开的门口瞥了几眼。已经是晚上了，外面一片漆黑。

“你得回家了。”她说。

“是啊，得回去了。”

“告诉你爸爸烟草的事没关系。他说得对，我的确需要种烟草，但今年就不弄了。谢谢他能让我坚持自己的信条。”

“好的。”

“那走吧。”她用手背拍了下他的大腿，“你妈妈会以为我把你当人质了。”

“她不会的。家里人只是不知道该怎么和你打交道。”

“我明白。我是个外人，还占着他们家的宅子。他们想把农场要回来。我一点也不怨他们会有这想法。大多数早上，我一起床就在想，我是不是应该什么招呼都别打，直接开车走人最好。”

他扬起眉毛。“那会伤感情的。”

“也许这就是我的意图。”

“就算你离开了，我们也不确定是不是会留着这块地。我家的亲戚，赫布姨父和玛丽·埃德娜姨妈，明年就会把这地儿抵押给银行。”

“我也是这么想的。失去土地的家庭各有各的原因。我爸爸的父母在波兰有座很棒的农场，就因为是犹太人，他们失去了土地。我妈妈一家则因为不是犹太人，照样没了土地。你能想象吧。”

“真的？他们都种了些什么呢？”

她抬眼看了看他，没想到他还挺感兴趣的。“马卢夫家在约旦河边上有片橄榄树林，我这也是听别人说的。具体情况我也不清楚，那是很久以前的事了。我妈妈在纽约出生。但我爸爸其实是在亲戚家的农场出生的，就在波兰中部，人们说那儿就像故事书里画的那样美。我想他们在那儿种的是甜菜。”

“看来，你祖上也是农夫。”他惊异地打量着她，仿佛她突然长高或是老了几岁，“这我还从没听说过。”

她这才发现他的兴趣根本不在社会历史，而在农作物上。她开始理解这种坦率的实用主义，并开始怀疑假如自己能做到这一点——如果她真想要——她是否就能扎根于此。“我祖上是农夫，可那又怎么样，并不能对我眼下的状况有所影响。”

他仍旧注视着她。“你说要离开，大家也都说你会离开，可你还留在这儿。总有原因吧。”

她叹了口气，双臂抱于胸前，慢慢揉着手肘。“我这样待着，要是真有原因，或是能找出什么道理，我倒是很愿意知道那是什么。我觉得自己就像蛾子，里奇，循着螺旋形的轨迹飞行。你观察过它们是怎么飞的吗？”她冲灯泡扬了扬下巴，成群的翅膀透过光晕闪着亮光，在空中绕着环形路径翩跹飞舞。一旦你开始留意，就会发现到处都是蛾子：好似肉眼可见的分子，卢萨心想，它们不肯稍歇地用各自的环形轨迹填充着空间。里奇似乎很吃惊，因为他这才意识到竟然到处都是蛾子。他仰头看着，嘴巴微微张开。

“牛犊没了妈妈，怕得要命的时候，就会绕着圈跑。”最后，他说了这么一句。

“不过，它们并没有迷失或害怕。蛾子不是像我们这样用眼睛看世界，它们靠的是嗅觉。它们品味着空中的气息，比较着空间中各个地方的气息样本——这项工作进行得飞快。这是它们的导航方式。它们就是靠这种方式找到自己要去的地方，但时间会花得很长。”

“‘吸风去吧。’你这么说过。”

“Ru-uh shum hawa. 没错。我也是这样的。我好像没法一步到位地把事情做好。”

“谁说你必须一步到位了？”

“我不知道，反正我觉得很难堪。大家都在看着我。我很想搞清楚怎么种田，却做一件错一件。还有我这段颠倒过来的婚姻，从结局开始往前追溯，慢慢熟悉在我遇见科尔之前他各个年龄段的事情。”

她觉得里奇也许跟不上她的思路，但他至少在礼貌地听。他们站在一起注视着那些银白色的翅膀，它们在凉爽的空气中跳着令人目眩的舞蹈。毒蛾、卷叶蛾、林务官蛾。每一种蛾子都按照自己的路径向前挺进，心急火燎得完全顾不上身周的其他蛾子。

“卢萨舅妈，你操心太多了。”

“我是个寡妇，摊上个负债累累的农场，现在正站在这座马上就要垮塌、把我埋了的谷仓里。你说得也没错。那我应该操心什么呢？”

他笑了。“我的意思是，对家里人的想法，你操心太多了。科尔舅舅对你这么疯狂，他们只是忌妒你。可谁又不会呢？你这么漂亮，聪明，性感。”

她冲他做了个鬼脸，挤出个惨兮兮的笑容，强忍着不让自己哭出来。“谢谢你这么说。”

他耸了耸肩。

“听着。里奇，谢谢你……我不知道该怎么说好。谢谢你让我笑得这么开心。你不知道我多需要这样。”

“好说好说。山羊那档子事儿，如果你需要帮忙，尽管开口。”

“唉，我只是在做梦而已。一点谱都没有。”

“你目前有些什么打算？和我说说吧。”他突然变成了大人，殷切、和善。她仿佛看见了她所熟悉的科尔的影子——不是从里奇的深色眸子里看见的，是从他认真的神情中看见的。

“嗯，我目前的打算是，我认识一个纽约的肉贩，叫阿卜杜勒·萨哈迪，是我妈妈的表亲。他每年要卖掉一千来头羊吧？也许还要多。”

里奇吹了声长长的口哨，哨声低沉。

“没错。”她说，“就是纽约，到处都是人，时时刻刻都有人在吃东西。基本上，去那儿的人都会一饱口福。但他仅在节日期间就能卖掉几乎所有这些羊。一下子全卖光。所以他不会希望在一年之中隔三岔五、陆陆续续地收购羊只。一个礼拜的时间，他就需要五百只羊。

冬天你要是想买一只，就得提前很早预订，付很大一笔钱。你简直没法想象节日期间，那些城里人愿意花多少钱买一只小乳羊。其他时候根本花不了这么多钱。”

他听得很专心。这让她转而更专心地聆听着自己。

“里克。我不叫你‘小里奇’没关系吧？你也不算小了，对吧。”

“见鬼，我是真心希望谁来把‘小里奇’这该死的称谓消灭了。”

“好吧，里克。你来说说看，我有没有可能在十二月底的时候，让母羊产下五六十头小乳羊？第二年春天，也就是四个月后，再让这个数目翻倍，有这可能吗？”

他立马就很当回事地说：“你知道蠕虫、酮病、产崽这些事，对吧？活儿都不轻。你以前养过牲口吗？”她冲他挑了下眉，可他突然自顾自计算起来。“好吧。要过两季。得有两批母羊下崽。”

“没错。”

“你家的篱笆怎么样？一道拦不住水的篱笆是拦不住山羊的。”

她笑了。“我觉得没问题。我用的是电网。”

“真的？嚯，不错哦。你是什么时候装的？”

“我也不知道，几年前吧。是科尔装的。从奶牛的放牧场一直连到了山坡上。奶牛总是跑来跑去，他可没那么有耐心。”

“太好了，你们还真做对了。装电网得花不少钱。”

“我知道，他对我说了。但他说要是他的奶牛再跑进玛丽·埃德娜的菜园里一次，他就不是男人。”

里奇笑了。“好吧，女士，你万事俱备了。山羊会把你的灌木丛打理得很好。你不用给它们喂太多谷物和饲草，下过雪后喂点饲料就行。但要它们在十一月下崽，就需要避风处了。如果天确实很冷，你就得把快要生产的母羊放进谷仓做好准备。还得给它们搭个生羊羔的小圈。我们把这叫作罐子。”

卢萨仰头看向谷仓底层的顶板，想象着上面的空间。谷仓主过道的门正通往山坡。她只需要稍微调整一下篱笆，就能让出一条通往大牧场的路。“要是上头没有堆满烟草和饲草堆，我就有地方了。”

“这就要看你的本事了。”他说，“天冷了之后，得把它们安顿下来，让它们好好下崽。冬天不是常规的生产季节，说老实话，我还没见过在冬天待产下崽的。”

“哦。那肯定就是隆冬时节的山羊如此昂贵的原因。”

“没错。需要羊肉的人会觉得堪比黄金。”

“你觉得可行性怎么样？”

他字斟句酌地说：“应该能行。县里人要是知道这事，肯定会觉得你疯了。”

“但假如只有你和我，还有这里这头奶牛知道这事呢？再加上根本没人知道我的表亲阿卜杜勒和节庆期间纽约的羊肉价格，你说大家会怎么想？”

“哦，他们会觉得你家铁定要被这么多山羊宠物挤爆的。还会觉得你就是个城里来的书呆子，满脑子糨糊。”

她冲这位共谋者咧嘴一笑：“无妨无妨。他们现在不就是这么想的吗。”

11 捕食者

黑暗仿佛一只茧，迪安娜蜷缩于其中，听着那男人在她木屋内搞出乒乒乓乓的动静：门砰地打开，跺两脚靴子抖落泥巴，然后是引火柴掉到地板上的闷响声。过了一会儿，传来火炉门铰链的吱呀声和火被引燃时怨艾的噼啪声，让人心神平静。很快，屋里就会暖和起来，六月清晨的料峭会被逐至屋外，交给阳光来对付。她在被窝里伸着懒腰，嘴边浮起一丝窃笑。在这样冷飕飕的清晨，能于温暖的木屋内起床，而不用先去室外取生火的木柴，这点不错。

某个尖棱棱的东西硌到了她的腿，是他扔在床脚的一串避孕套的塑料封口的缘角，歪歪扭扭的一长串好似一段DNA。他第一次摸出这一包包欢快的原色橡胶小圆盘时，她着实大吃一惊。那彼此相衔的一大串，像是从某个卷盒里抽取出来的。“我的存货。”他那时说着，完全若无其事地从包里把它们抽出来，仿佛魔术师从袖管里抽出一串打结相连的手绢。他说是在免预约诊所里免费拿的，诊所十分鼓励客人自取。想到他去这样的地方瞎转悠，天知道是为了治疗什么样的毛病，她心头一阵厌恶。还是别对这人不太体面的现状较真了，毕竟他只是个季节性的盲流，随便找份临时工，钓钓鲑鱼，或做点给刀柄雕花的营生挣点现钱。一个与人同居、顺便给自己找个暂时的栖身之所的男人，她想说不定就是这样。她已尽最大的努力撵他走，在老栗树的树干隧道里对他大发脾气，可他依旧寄居于她的领地上。他背井离乡从怀俄明出来已有好几年了——带着他的猎枪，乘兴而游，随遇而安。至于为何如此，他不提，她也不问。不过，其他任何事，他都会说。而她发现自己只能生吞下他那些故事，就像雏鸟一口咽下送到巢边的活物：极地天空中的北极光犹如蓝绿色的雪茄烟雾漫卷舒展，彩色石蜡质地的仙人掌花瓣，太平洋和潮池，这些她都未曾见过，只在查塔努加水族馆见过人工潮池。此刻，她脑中浮现出那里的粉色海葵在水中迎波招展的姿态。她自己何尝不是像那海葵一样。他第一次窥伺她，凝视着她那敏感而肉质的思维触须摇曳绽放，他便摸了上去，瞬间使她抽缩收拢成像岩石一般坚硬的拳头。但他竟知道该如何触碰她，如何同她说话，如何嗅入她的气息，如何让她重新敞露心扉。肉体的欢愉是令人信服的假象，而性爱，则是安全感的终极幻影。

火炉的金属炉门砰地合上了，她听见他的牛仔裤在地板上拖动时的簌簌声。她的身体因对他回到床上与她拥衾而卧的期盼而兴奋着。她等待着，然而，漫长的一分钟已经过去，仍不见那身躯俯冲入被褥之下她的世界之中。她将脑袋探入晨光里，因明亮的光线而眨了眨眼睛。已是近午时分。往窗边看去，太阳似乎变成了一块炫目的长方形，亮光中有一个赤裸的男人跳舞的剪影，正用双手追逼拍打一只饱受惊吓的蛾子。

“嗨，嗨，小心！”她喊了起来，于是他转身看她。因为逆光，她看不清他脸上的表情，但她早已熟知这张脸，那一脸无辜的表情。

“我没想把它拍死。”他辩解道，“我只是想抓住它，放到外面去。这小虫子潜伏在这儿，想偷看你的裸体。”

她坐起身，眯眼看向窗上那双死命扑棱着的翅膀。“不对，是只雌蛾。她在盯着你看。”

“真不要脸。”他说着，想用双手把蛾子拢住，“看，她吓死了。她这辈子肯定从没见过什么是男人。”

“别这样拢。”她把沉甸甸的一摞毯子掀开，推到一边，双脚站到冰冷的地板上。她从床边走到窗边，穿过柴火炉辐射出的一片可触可感的热气场。“最好别去碰它。鳞片会从翅膀上掉下来的。”

“那会很糟糕吗？”

“对蛾子而言，就是灾难。我觉得要是没有鳞片，它就会死掉。”

他往后退去，为这危言耸听的话所慑。“是科学事实吗？”

她笑了笑。“我爸爸告诉我的，那就肯定是真的。”她双掌并排窝成兜状，想将蛾子从窗边引开。“你这倒霉的小翅膀，我想来给你开窗，你却偏偏喜欢往打不开的窗子那儿飞。”

“你爸爸是干什么的，专门研究蛾子的科学家吗？”

“你别笑，还真有专门研究蛾子的科学家。我读研究生的时候，就知道这么一个人。”她想把蛾子引到床边那扇窗那去，但毫无进展。蛾子一直往东飞，像是心心念念向往着麦加的朝圣者。

“我们拉上窗帘说不定会有用。这样，她就会飞到其他窗子那儿了。”

“也许吧。”她小心翼翼地将蛾子与窗玻璃之间的白色棉布窗帘拉上，但她发现这也没什么作用。

“她还是能见到光。”他说。

她说那是雌蛾，他还真就信了。迪安娜颇有触动。“你知道吗，远看的话，我其实没法分辨蛾子的性别，我是瞎说的。我爸爸也不是什么科学家。他本来是可以成为科学家的。他是个农夫，但他是……”

蛾子飞落至帘子上，静悄悄地一动不动了。真是令人震惊的小生灵，翅膀上是黑白相间的几何形图案，后翅是猩红色的，白白胖胖的身子上缀着一列黑点，就像雪人身上以煤块嵌成的纽扣。从未有人将目光投注在这只蛾子身上，也从未有人细看过它的那些朋友。太多的细节不曾为世人所知。

“我还真不知道该将我爸描述成怎样一个人。”她接着之前的话说道，“就算你在西布伦县待上一百年，观察树林和野地里的每一株植物、每一种动物，你还是没法比他去世时知道得更多。”

“他是你心目中的英雄。我好忌妒啊。”

“他是。他对万事万物都有一番见解。他曾说：‘看那只雄性的靛彩鹀，他那么蓝，就像是从一个色彩明艳的世界落入凡间一样。再看看他妻子——她一身褐羽，跟一团泥巴似的。你想想为什么会这样？’于是，我语无伦次地说，也许雄鹀喜欢打扮，雌鹀不喜欢。爸爸就说：‘我觉得是因为雌鹀要孵蛋，明亮的颜色会暴露鸟巢。’”

“那你妈妈是怎么说的？”

“哎呀！”迪安娜大叫了一声，被一只飞镖般窜过的老鼠吓了一大跳。那老鼠是从木柴堆后头冲出来的，实打实地从他们的光脚上跑过，消失在了原木墙和地板之间的一个洞里。“该死。”她笑道，“我真是恨死了，它们每次都把我吓得像小女孩那样尖叫。”埃迪·邦多刚才也跳了起来，她注意到了。

“你妈妈说‘哎呀’了？”

“我妈妈对此连泡都没冒过一个。因为她当时已经去世了。”迪安娜眯缝起眼睛，打量着老鼠消失掉的那个洞。两年来，她一直用废弃的铝箔纸塞住那洞口。但只要是和老鼠对抗，她根本赢不了。她对此心知肚明。

她意识到埃迪正看着她，等她把余下的故事讲完。“哦，我妈妈那事，也不是什么悲剧啦。我的意思是，对爸爸来说，肯定是场悲剧。但对我来说我根本不记得她，那时我还很小。”迪安娜摊开双手，实在不知道该如何描述这件事在她生命中打出的洞眼。“从没有人教过我该怎么做个淑女，这才是悲剧。啊你快看，她果然是只雌蛾。”迪安娜指着蛾子，蛾子正将下腹尖紧贴在窗帘的布料上，显然是想产卵。

“我妈妈也是老早以前就死了。”他说，此时他们正仔细观察着这只蛾子，“一场意外，我猜。我爸爸没过两天就再婚了。”

迪安娜想象不出什么样的人家会这么没心没肺。“至少，你和她还能处得来吧？”

他笑了，笑得怪怪的。“没有我，她才开心呢。她自己生了孩子，这样一来，麻烦就来了，牧场到底该归谁。同父异母妹妹的恶劣故事，你懂的。”

迪安娜并不懂。“我爸爸从没再婚过。”

“是吗？所以一直就只有你和他啰？”

她真想跟他说起这事吗？“主要就是我和他，没错。”她说，“他有个朋友，但也是好几年后的事了。他们从没住一起，都有各自的农场要经营，但她对我不错。她是个令人吃惊的女人。直到最近我才意识到，和我们在一起的那段日子，她过得挺艰难。爸爸当时的状况很糟，在她的照管下才慢慢缓过来。她也有了个女儿，得了唐氏综合征，这是她心上的一个空洞，永远无法修复。那是我同父异母的妹妹。”

埃迪·邦多将手放在迪安娜的肩头，吻了吻她。“这才是你，对吗？”

她把手指伸入他的发间，他的头发刚修剪过，显得更为平整——现在不像乌鸦，倒像是水貂。周二那天，她在栗树洞中攻击他之后觉得悲从中来，又羞又悔。于是，就任由他说服自己做许多事情，比如同意用自己的小剪刀为他修剪头发。他的头发极厚，就像北方的动物身上保暖的毛皮。他们就这样站在门廊上，任时间慢慢流走，她的手在他头皮上抚摸游走带来的强烈愉悦，使他们之间萌生了崭新的亲密感。随后，他们静静地待在原地，注视着一对山雀将剪掉散落的头发收拾起来筑窝。

“我？不是。”她说，不太确定他究竟是什么意思，“是我同父异母的妹妹，她叫蕾切尔。”

“我的意思是，这才是真正的你。你正在把一段人生经历讲给我听。”

她直视着他的眼睛，注视着他来来回回谛视她一双眸子的目光。他贴得好近。

“我们的床都要冷了。”他悄声说。

“我觉得不会。”

火炉里啪的一声爆响，如一记枪击，他们顿时吓得老鼠般一惊，继而哈哈大笑起来。埃迪·邦多跳到床上，钻入毯子下，嚷着说警察已经找到他了。她坐在床沿和他拉扯着毯子，想要钻进去。“我把你报告给了森林服务处，”她警告道，“你让一个野生生态环境管理者没法工作，在这片山区这可是要被判绞刑的大罪。”

“那就让我吃完最后一顿晚餐吧。”他把毯子掀向一边，露出身体，神情庄严地平躺着。她扑上去，想把他压在身下。可他那么强壮，好像还挺熟稔摔跤的招式。所以尽管她个子高、胳膊长，他每次都能用一只手肘顶住她的后背，利落地将她整个儿转过来。不到一分钟，她就无计可施了。他跨骑到她身上，哈哈笑着。

“这是什么动作，邦多？算是牧羊人的招数？”

“没错。”他一把拢起她的一束头发，“下次，我来帮你剪头发。”

他吻了她的额头，又逐一吻了她的肋骨，再以脸颊贴在她腰间抚蹭。但她拽了他上来，让他枕在身边的枕头上。她需要看着他。“好吧，”她说，“你得救了。我将对你判处缓刑。”

“总督大人，我就是您的奴隶。”

她本想再玩会儿，但又没了情绪。一旦大声说出南妮和蕾切尔的名字，她们俩就被召入了这间木屋。还有她父亲——尤其是他。他会怎样看待埃迪·邦多？“我跟你讲了我的事，”她说，“现在你也对我说说你的事。”

他换上一副警惕的神情。“是由我来选，还是你来问？”

“我来问。”

“是重要的事吗？”

“对我来说是。”

他转身躺了下来。两人都盯着天花板，疙疙瘩瘩的原木横梁上筛子似的布满了甲虫们开凿的小小隧道。迪安娜想到，很久以前，它们都是一棵棵树。活着的时候必定不如死后这般安生。屋顶板上方的空间之中传来一阵抓挠刮擦声。

“上面有什么？”他问。

“在屋顶板之上，是雪松板制成的木瓦片，可能已经烂掉了。看见那些钉子了吗？这堆七七八八的架构最上头，是镀锌的马口铁盖板。”

“我是指那声音。”他不依不饶地问。

“老鼠吧，可能。”

“就是把你吓得像小女孩那样尖叫的那只？”

她眯起眼睛。“不是那只。是它无数亲朋好友中的一只。”

两人盯着屋顶看了一会儿，目光随着那声音移动，那抓挠声越来越高，直往最高处爬去。迪安娜觉得，这动静这样舒缓，不可能是老鼠，应该是其他动物。

“是谁搭了这木屋？”他问她。

“那人叫沃克，好像叫加尼特·沃克什么的。这家人的名字都差不多。貌似是这地区一百年前的地主。”

“那这房子就是地主家的豪宅？”

“哦，算不上吧。他家有上百个伐木场，这儿只是其中一个伐木场的大本营。老地主和他的子孙们把整片山区的树都伐光了。这木屋很可能就是他最后一批伐木场的其中一个据点。我猜这木屋是三十年代搭的。看这些木头。”

“是什么木头，橡木吗？”

“栗树，每根都是栗树原木。当大家意识到栗树正在消亡，就急急忙忙把剩下的树全伐了，就连仍然立着的死树都没放过。”

他凑近细看。“所以，这原木才又细又弯吗？”

“对。这是枯枝，也许是某株大树上的一根粗枝，这种树一般会被用作木料。埃迪，别走神。”她转身看着他，“我说的是，当他们意识到栗树正在灭绝，他们做了什么？他们蜂拥而至把树木砍伐一空，连幸存下来的树也无一幸免。”

他想了想。“反正也都会枯死。我觉得他们是这样想的。”

“但并不是所有树都枯死了。最后剩下的那批栗树中，有些还好端端地站着，它们根本就没病。它们完全有可能挺过枯萎病的肆虐。”

“你这么想？”

“我肯定。有人做过这方面的研究。每个物种都有各自不同的免疫极限，天生自带一点点遗传抗性，使物种在遭遇生存威胁时还能挣扎一番。有的个体确实能挺过去。”

她注视着他的视线顺着那扭曲的原木游移的样子，他正在思考她刚才说的话。这样的情形一再令她吃惊：他竟会对这个感兴趣。她认识的大多数男人，总有一种觉得自己对她所知的一切了然于心的错觉。

“如果有栗树存活下来，”他问，“它们能活多久呢？”

“一百年，也许吧？久到足够让它们播撒下自己的种子。有的确实存活下来了；每个县都有约莫五六棵藏身于山谷中的栗树存活下来。但这几棵树不足以互相授粉。如果有更多的树存活，总有一天这一带山上会重新长满这些树，但没有人会去想这件事。没有一个人。他们直接把剩下的几棵树全砍倒了，又快又猛。”

他将视线转向迪安娜，眼神煞是犀利。“这就是你独自在这山上生活的原因，对吗？你没法忍受别的人。”

她掂量着这句话，觉得这话说到了她心里。“那种感觉，并非我所愿。”她最后开口说道，“我爱人。我也爱其他许多生命。但人除了自己，对其他物种充满了憎恨。”

他没有回应她。他心里是否会接受她的评判呢？她一直在想，那些不愿去考虑濒危鱼种、树种或猫头鹰的人，那些懒得给自己找不自在的人，对猎杀郊狼一事，也是这种态度吧。她迫使自己讲出了下面的话，她很清楚自己会为即将说出的每一个字付出代价。“你说我可以问你一个问题，现在我要问了。”

“问什么？”

“你知道的。”

他眨了眨眼睛，没有吭声。他眼中的某种神采渐渐退缩了。

“是什么把你带到了山里来？”

他看向一边。“灰狗巴士。”

“我一定得知道。是赏金狩猎竞赛吗？”

他没有回答。

“如果不是就说不是。我想知道的只有这个。”

他仍旧一言不发。

“天哪。”她慢慢地吐出一口气，“我并不吃惊。我老早就猜到了。但我或许永远都无法弄懂你到底是谁。”

“我从未要求你弄懂。”

是啊，他从未要求过。她也会尽量克制自己去追究，如果她做得到的话。可他就在这儿，赤裸地躺在她身边，左手放在她的心口。她怎么会不想知道他是谁呢？难道男人和女人，竟像靛彩鹀和他的妻子那样，是身处不同的世界吗？难道她竟一无是处，只是个内心色泽如泥巴的女人吗？她不是一向很确信自己度过的是湛蓝一片的人生吗？

“哪儿来这么大的热情？”她问，“我真不明白怎么会有人这么喜欢猎杀一个个生命。”

“不只是生命。而是敌人。”

“那就坦白告诉我，你见过多少次羊被郊狼捕杀？”

“够多了。”

“一百次？”

“我们自家的牧场上吗？没有。要是牧场被郊狼袭击了一百次，恐怕连人也都被它们杀光了。即便没到那个地步，它们也在我们那一带放肆了四五年。”

“那在你们自家的牧场上，迄今为止你亲身经历过的，有多少次？五十次？十几次？”

他仍向上看着屋顶的横梁。“十几次吧。”他退了一步，“我们有牧羊犬，篱笆也扎得很牢靠，但就算这样还是不行。我们丢了大概十几只羊。虽然并不总能搞清楚是谁干的，尤其蒙难的是羊羔的话，就更闹不明白。因为不管捕食者是谁，羊羔都会被整个儿拖走，一点渣都不剩。”

“在你说的那些情况中，任何一样东西都有可能。邻居家的狗，仓鸮，可恶的白头海雕。”

埃迪·邦多做了个鬼脸，不置可否。

“郊狼只是被你抓来当替罪羊的。没有人会把它当宠物养起来；它不受任何人束缚，只听自己的。所以，行啊，那就送它一颗子弹吧。”

他转过身，目光灼灼地看着她，用一侧手肘支起身子。“你没弄懂的是，牧场和农场完全不是一回事。那不是个吃素的地方。”

她摇了摇头，但什么都没说，开始渐渐陷入自己的思绪中。西部到底是什么样的呢，和人人都热衷的牛仔故事说的一样吗？那里的人都本领高强，能把恶棍打得落花流水。她想起了她嗓音低沉的父亲，他的嘴唇紧抿，因用力而发白，一如他牢牢握住去势器时绷得苍白的指节。而那时她卖力地箍着那哞哞叫的牲口的脑门。他们在给小牛犊去势。

窗上的蛾子再次躁动起来，在透光的帘子上扑腾着，帘后就是户外的大明大亮。他见她盯着蛾子，便伸手轻拽她的头发。“万万没想到，我竟然和一个动物爱好者上了床。”

她看向他，有些吃惊。她但愿他知道自己刚才其实一直陷在给牛去势的回忆里。他自以为对她了若指掌，着实让她困扰不堪。她张嘴想说点什么，但又犹豫着闭上了。过了一会儿还是决定开口，对自己要说的话感到有些不可思议。“告诉你吧，如果一只野猫从不知是哪儿的农场冒出来，跑到了这山上，捣毁鸟巢、杀死小鸟，还在树林里生小猫，你觉得我会怎么办？我会设套抓它，把它摁在小溪里淹死。”

他做出夸张的难以置信的表情。“你不会的。”

“也许我会的。我也想这么做。”

“为什么？”

“因为那样的猫不属于这里。它们是冒充者，就像栗树枯萎病一样，是传入的。它们的破坏性太大。”

“你就不喜欢猫。”这就是他的判断。他又什么都知道了。

“我小时候养过猫。但大多数人都懒得费心去帮它们安顿下来，于是它们就在谷仓里下崽，到树林里游荡觅食，对什么东西该抓什么东西不该抓毫无概念。它们并不是天生的捕食者，也许只在谷仓里才是例外。在树林里，它们就像燃烧弹。它们可以很快摧毁一个栖息地。只消一季，它们就会泛滥成灾，因为根本就没有天敌去控制它们。如果这地方还有红狼的话，就能节制野猫。可这里没有红狼。”或者有足够数量的郊狼也行，她心想。

他琢磨着眼前这个焕然一新的迪安娜，一个潜在的虎斑猫杀手。她瞥了他一眼，便翻转身子，以两只手肘撑起上身，一手拢过发梢绞得像画刷一般，在另一只手的掌心里点点触触。

“我并不是喜欢某一只动物，我这样说会比较好理解吗？”她说，“我喜欢的是动物的整个种群。我觉得它们有权按自己的方式生存下去。如果有人粗心大意，把家猫留在了这片林子里，我可以取它的性命，纠正这件事，或者不理不睬，使之一错再错。”

“一只猫能造成多大的损害？”

“你没法想象其损害的程度有多严重。我可以给你看一份灭绝物种的名单，全都是因为人类没管好猫造成的。在地上筑窝的鸟儿尤其深受其害。”

“那可不是猫咪的错。”

“是这个理。”她说，她的猎人竟然在为猫咪开脱，她觉得太好玩了，“而且，猫也不会有包括自身在内的每个生命都很神圣的观念。那是人的观念，我可以让人类认可这样的观念。但迫使其他有自己生存法则的动物也建立这种观念，就很怪了。大多数动物都是像希特勒一样的种族主义者，许多动物还会杀掉自己的幼崽。猫会这么做，狮子也会。许多灵长类动物也都会。”

“是吗？”

“是的。我支持它们，如果它们就是这样繁衍生息的，那便有权杀害自己的小崽儿，不应受人类干扰。我是这样的动物爱好者。”

他扬起眉毛，缓缓地点了点头。

“不是你想的那样，对不？”

“咳，现在我倒是觉得你也许会和我一起去打猎。”

她翻身躺下。“算了吧。我永远不会只为寻开心去杀戮。要是为了食物，我饿极了，那也许会。但我永远不会当个捕食者。”

“所以宁愿做只鹿，也不愿做狐狸？食肉动物比食草动物更恶劣吗？”

她思考着这个问题。“不是更恶劣。只是食草动物更短命，繁殖得更快。它们更适合被消耗。要是不遭捕食，一眨眼的工夫，它们就会过度繁殖。”

他躺在她身边，很享受这种谈话。“兔子就是这样。但更复杂。在北部山区，猞猁也在这样循环。每过十年，忽地多出许多，然后又大减。”

“可不是嘛，最好别管它们。”她主张道，“有些事情，还是别掺和的好。没准儿会导致北极圈爆发瘟疫什么的。”她想知道他是否见过猞猁。她很可能这辈子都见不到一只。

“我知道你什么意思。”他承认道，“可现在已经乱了套了。”

“它们长什么样，猞猁？”她尽量把这话说得寻常，别显得像个爱妒忌的孩子。

“哦，宝贝，你肯定会喜欢这种猫的。它们和你很像。”

“什么意思？”

他咧嘴一笑，想了想。“离群索居、脾气不小，自尊心还特强。它们都很漂亮。要是你偶然发现一只掉进陷阱的猞猁，放它走，它不会慌忙逃走，完全不会。它只是站在那儿，瞪你一会儿，然后慢条斯理地转过身，趾高气扬地走开。”

她能想象出这番场景。“你还不明白吗？猎杀天生的捕食者是一种罪过。”

“你有你的规矩，我有我的。”

她坐起身看着他。“话是这么说。但不是有普世的规则吗，有那么一些谁也改变不了的规则。人类的过错，就在于没有看清这一点。”

“世上有哪条规则说猎杀捕食者是在犯罪？”

“那是道简单的数学题，埃迪·邦多，你肯定知道。一只蚊子可以让一只蝙蝠开心个十五秒钟，然后蝙蝠就会寻找下一个猎物。但一只蝙蝠一晚上说不定要吃两百只蚊子。想想看，这链条里的黄金标准在哪儿？谁对其他生命拥有更大的影响力？”

“好吧，我听明白了。”他说，“冷静点。”

“要冷静的是你。”她说，“这些生态规则并不是我捏造的。如果你对此不爽，就去其他星球上住吧。”我这是在想尽一切办法把这家伙撵走，她心想。但她不能再这样什么也不说。她需要这场谈话。

“好吧。”他说，“但我要是个饲养虫子的人，我也有权开枪把饲养场里的蝙蝠打掉。”

她往后靠在枕头上。“你对郊狼的看法没有丝毫理智。比起畜养的牲口，它们对野生的猎物有着更重大的影响。我敢打赌，美国大西部不会有一家牧场仅仅因为郊狼的捕猎而破产。”

“也许是不会破产。”他说。

“那就是恐惧，在我看来就是这样。没想到，一帮管理牧场的大男人却害怕莫须有的影子。”

“你根本不知道经营牧场有多艰难。”

“我是没见过你牧羊，埃迪。但我觉得在这个问题上你占不了上风。”

“将来有一天，我会继承一千五百英亩的牧场。”他说，听上去不太自信。她心想，这句平淡的回应里究竟暗含着怎样的家庭不睦，怎样的恐惧与期望？要在家里占据一席之地，他又得付出多少代价？她自己就是一个失去了土地的农夫的女儿，她不会滥施同情。

“好啊，”她说，“将来有一天，你会和小娇妻安顿下来，日日牧羊直到老死，这就是你的生涯规划？就这么件小破事，值得你现在满世界东奔西跑，要先把郊狼赶尽杀绝？”

他耸了耸肩，不去理会她带刺的话。“我还有时间。我喜欢到处走走，见见世面。”

见郊狼就杀，见女人就搞，就这样见世面。她心想：这是不想长大的借口吧。不过也没什么好抱怨的。他人还不错。今天早上，他卖力地给她的小窝带来热量，抱着一大捆柴火，就像抱着一束花。她设法不去想太多，这样只会自讨苦吃。“那好，你要对你的牧场效忠，”她说，“于是你跑了这么大老远就是为了保护怀俄明的绵羊不受伤害？”

“你就取笑吧，你懂什么。牧羊需要所能得到的一切助力的支持。否则随时会把事情搞砸。”

“我不懂什么？你从那边的山上下来之后，就会遇见一片田头，没错吧？那么，当你站在这里的田界上，不管往左还是往右总能踏上某些人家已经失去了的土地，他们或许由于运气差，或许因为天气糟，或许是栗树得了枯萎病，或许是家中出了事故，甚至只是因为经济不景气、反烟草游说，而失去了农场。随你怎么看，反正我是认识一些农夫就是因为这样那样的事而完蛋。但他们没有怨天尤人。他们去丰田公司的工厂里干活，不去想这些事。”

“他们不会不想，”埃迪·邦多说，“他们只是缺少一个能端起猎枪瞄准的敌人。”

她长久地看着他。她想起了父亲，在他去世之前，在他们卖掉家中土地之前，他就整天借酒浇愁。如果他有目标可瞄准的话，他会开枪打什么呢？

“你还真没说对。”她终于开口说道，“你懂什么。”

“要是现在这个县里也有了郊狼窜来窜去，它们也会被开枪干掉的。”

“这我知道。我一直在想这事。”

“这么说，它们已经来到这儿了。你知道它们在哪儿。”

她回视他，他目光清澈。“所以，你就是为了这个，才在我身边晃来晃去？想从我这儿得到情报？”

他绿色的眼眸黯淡下来，掩藏的慌乱与焦灼浮上来，稍纵即逝。“你要是这么想，我立马穿鞋走人。”

“我也不知道自己是不是这么想的。打从你第一次在这儿出现，我就不知道自己在想些什么了。但如果你是为了那个目的，你就必须走。”

“如果我是为了那个目的，那我就傻透了。我很清楚郊狼窝就在这山上的某个地方，但我不知道具体的落脚点；我还很清楚，不管是为爱还是为钱，你都不会给我任何线索。”

“算你说对了。”

“迪安娜，你难道以为我真的什么都不知道吗？”

“如果我信任你，我会带你去看它们。可我不信任你。不是那种不信任。”

“你其实已经告诉我了。就是我们第一次遇到那天，在山上，我发现你的时候你在追踪山猫。你对我说你在做什么事、要怎么样。我都没有反驳。”

“我露出马脚了吗？”

“对。”

“那我们还在这儿干什么？”

“在床上吃早饭。”他答道，“想方设法抓一只蛾子，但又不能伤到它毛茸茸小脑袋上的鳞片。”

她仔细打量着他俊俏的脸庞和精致的躯体，希望自己能看到他心里去，看看爱意、怒气和欺骗究竟是如何做到相安无事的，各自比例又有多少。“你多大了？”她问他。

他似乎很吃惊。“二十八。怎么了？你多大了？”

她犹豫起来，对自己感到诧异。她往前坐了坐，拉过被子，裹住身体。这辈子她头一次为自己的年龄感到不安。比这男人老了近二十岁——太荒谬了。

“我不想说。”

“靠，小姑娘，就别扭扭捏捏了。看看你自己。花了三十几年才把自己打理成现在这样子吧。”

“比三十大多了，”她说，“四十多了。”

“不会吧？”

“是真的。”

她似乎看见了一丝惊讶一闪而过，但他遮掩得很好。“你该有九十七，可以当我奶奶了。过来，奶奶，我得给你按摩按摩，别让你这把老骨头害上风湿病。”他将她拽到自己身下躺着，炉火骤然发出噼啪一声爆响，火光透过炉子上的小圆窗闪现出灿烂的橘黄色。她能看见他眼眸中映出的火焰。

“我得提醒你一件事。”她说，与他四目相对，“你追踪起来很有一套，但我比你更在行。要是你在附近发现了郊狼的幼崽并杀了它们，我会照着你的腿来上一枪。算是意外。”

“你说真的？”

她知道自己不会，但他未必不会杀掉郊狼。“绝对。如果有必要，我会一路跟着你。我说的意外就是这个意思。”

“腿上。不是脑门？”

“不是。”

他微笑起来，从她身上翻转开，躺了下去，双手枕于脑后。“那好，算是对我的警告吧。”

“是警告。”她同意道。

她起身下床。表现出如此决绝的架势，她心里很不好受。她将法兰绒长罩袍从脑袋套进，再往下抖落，像是裹着一身茧。她从厨房碗橱里拿了只塑料敞口杯，从书桌上的书报堆里抽出一个信封。她翻过信封：是老早以前南妮·罗利寄来的一封信。往她这儿写信的，也就这一个人了。她走到窗前，轻轻拉起帘子，受惊的蛾子又开始死命地往玻璃上撞。它已在帘子上产下了两排细小的卵，如双线缝一般齐整。为了活命，蛾子如此不顾一切地做着最后的挣扎和冲撞，看得迪安娜不禁悲从中来。她读到过，雌蛾会和不同的雄蛾交配，将所有雄蛾的精包储存起来，然后，凭借某种无法理解的机制从中进行挑选，此时雄蛾早已不在。事实上，它是在产卵的同时决定选用哪颗精子来使卵子受精的。迪安娜端详着这只小蛾子留在帘子上的勤恳成果。也许，就在前一刻，她仍相信白马王子就等在不远的将来，她一直维持着自己的状态，虚悬以待。可现在为时晚矣。

“可怜的小东西，”她悄声说，“千万别撞得头破血流，你已赢得了自由。”她小心翼翼地用杯子扣住蛾子，再将信纸塞入杯口和玻璃之间。受困的生灵敲击着硬塑料杯壁。由于并不是被人的手拢住，鳞片还不致被蹭掉。迪安娜光着脚套入未系鞋带的靴子，腾腾腾地往外走，用手肘顶开房门，感觉埃迪·邦多的目光一直追随着她。猞猁，他就是这么看她的吗？她没觉得猞猁有多优雅，或是多独立。他让她说了太多的话。

天气大好。这便是夏日无疑。清晨的凛冽即将逝去，化入这万物繁殖时节的热浪之中。她深吸了一口气，就连空气嗅起来都有股蓬蓬勃勃的交欢气息。青苔与蕨类植物将孢子散入空中。鸟儿褪去胸腹的羽毛，露出孵卵斑，压在卵上；郊狼的幼崽，不管栖息在何处，都将迎来生活中的第一堂课。迪安娜站在门廊边上，掀开盖住杯口的纸片，轻柔地将杯子举高，好将蛾子送上属于它的路途。骤然明亮的光线中，蛾子磕磕绊绊地挣扎着，笨手笨脚地往上攀爬了几秒钟，才恍然领悟了这突如其来的自由。

一只东菲比霸鹟猛地从屋檐冲出，将蛾子从空中攫走。如一道亮棕色的光，霸鹟迅疾折返，前去喂食嗷嗷待哺的雏鸟。

12 老栗树

亲爱的罗利小姐，

上周五，也就是六月八日，在利特尔兄弟五金店里发生的事情让我疑窦丛生、困扰至今。我偶然听到（我无意偷听，但根本就没法避开你们的聊天）你对利特尔兄弟提到了“鲷鱼”。我一直在想，这番闲聊说的可是你家的割草机？因为我想到，这款机器在本地普遍使用，利特尔兄弟五金店亦有售卖。又或者，你们是在谈论某个原本只该你我二人知晓的，与鳄龟有关的特定事件？

罗利小姐，我致信询问，并非这事对我有多重要，而是谨遵主的教诲，我觉得有义务提醒你，一个近邻数十年如一日，以他的尊严和智慧，为他居住的这个县城（担任农艺学讲习教师二十一年，4-H 顾问逾十年）和他的主殚精竭虑，却遭肆意诋毁，这不啻是犯罪，任谁的灵魂都无法承受这样的诽谤。

致以诚挚的问候

加尼特·S. 沃克三世

P.S.关于将格兰迪鱼饵店里售出的“蜥蜴”放生这件事，足下的立场是，这些蜥蜴属于本地区濒临消亡的物种。对此稍事考虑后，我提出三个问题：

1）我们人类是否应将自己仅仅看作万物中的一个物种？这个命题是你我争论时你一直坚持的主张。不知你是否还记得，当时我们讨论的是，人该如何既与“自然”“和谐”相处，同时又阻止日本丽金龟彻底毁坏树种？你难道真的认为，人类在这世界上，并不比日本丽金龟或火蜥蜴享有更多特权？既然如此，火蜥蜴又何必需要我们去放生？难道火蜥蜴也有义务游到马里恩监狱去把罪犯放出来吗？

2）或者，我们本就应该将自己看作地球的守护者和保卫者。就像《创世记》第一章二十七到三十节里上帝教导我们的那样：“神就照着**自己的**形像造人；……神就赐福给他们，又对他们说：‘要生养众多，遍满地面，治理这地！……看哪，我将遍地上一切结种子的菜蔬，和一切树上所结有核的果子，全赐给你们作食物。至于地上的走兽和空中的飞鸟，并各样爬在地上有生命的物’”——就拿火蜥蜴来说吧，罗利小姐——“‘有生命的物，我将青草赐给它们作食物。’事就这样成了。”如果信仰《圣经》，我们就须将上帝的造物视为他赐予心爱子孙的礼物，我们应按自己的意图享用它们，即便一段时间后，偶尔会使它们灭绝。

3）就算有一种脏兮兮的小火蜥蜴灭绝了，谁又会在乎呢？

就是这么回事，他心想。是得好好跟她说说。加尼特舔了舔封口，封上信封，只觉得这么多年来从未如此开心过。他走出前门，朝车道尽头的邮箱走去，一路上冲着一只停在谷仓上的嘲鸫吹着《漂亮萨罗》这首曲子，好让它记得加尼特的调子，将之编入快活的咏唱之中。

13 捕食者

“要说某某事有多幸运，你为什么非要用天降的运气这么个说法？”埃迪·邦多问道，语带愠怒，他个性中她尚未见过的小暴躁渐渐显露出一角。

这问题问得好。她停下来，挠了挠后颈。此时，他们正费力地在迷宫般密密麻麻的树丛中穿行，而蚊子已经找上门来了。迪安娜很不走运地选了一条糟糕的路线，否则这便是一个完美的早上。在一片如同天降惩罚的巨大迷宫中无聊地跋涉了许久之后，他们终于来到了这儿。就在她差不多能弄清他们所在的具体方位和高度时，山顶上一棵被闪电击倒的巨松枝却横挡于前，宽大交错的粗壮枝杈连带着放倒了几乎整个顶坡的难兄难弟。由于是她选了这条路，她还得假装路上挺有意思。

“天降的运气就是十足的好运。”她豁出去了，“要是你正想花上六个礼拜把这些树全都锯成木材的话。”

“真是的，我可没有这样想。”他声明道。

他们今天一大早就出门寻找“讨饭的娘娘腔”，当地人就是这么叫的。他一个劲儿地取笑这个滑稽的词组（她说“一遭儿”“两遭儿”和“我咋能”的时候，也没少被他笑话）。不过，当她解释那是一个什么样的物种时，他又听得很起劲。能在这片面西山坡的干燥的松林地带生长起来，也算是羊肚菌的一个传奇。这儿是真的有羊肚菌，他也很想尝一尝这种蘑菇的味道。她也很乐意带他见识见识。从原则上说，她不该摘取这密林里的任何东西，但国家森林公园里的蘑菇种群并无濒危之虞。只是现在不是找蘑菇的好时候。爸爸教过她要在五月中旬上山搜寻蘑菇，那时橡树叶还只有松鼠耳朵那般大。但现在已是六月的第三个星期，即便埃迪·邦多在馋虫的驱使下铆足了劲儿找，也仍然一无所获。不过，这趟上山，只是为了能和他在一起。时不时地，他会收拾行囊，跑得没个踪影。究竟是暂时外出还是一去不回，她根本无从得知。但只要他在这儿，那他就真真切切地在这儿。如果早上两人在她的床上醒来时，心情大好，他们就会出门找个尚未涉足的地方探探险，她也就有了借口不去理会她的野外记事本和那些踪迹了。大多数日子，他们爬到山上最僻远的地方，将那些踪迹全然遗忘。他们在峭立的陡崖上攀高爬低，上山时必须手脚并用往上登援，下山时直接就着牛仔裤往地上一坐，像滑雪运动员一样，顺着滑溜的叶片刺啦地滑下去。他们发现了就连迪安娜都不知道的小树林，林中有鹿在空地上静悄悄地啃着苔藓和新叶。

他们已来到这片乱林的边缘。迪安娜一面透过林子往外看，一面啪地拍死了一只蚊子，揉搓着划破的膝头。天气暖和，但她很后悔穿了条短裤过来。她很清楚现在是在什么地方：离蛋溪小径不远。她重新扎好辫子，盘成双髻，好使头发不被树枝钩住，继续向这乏味又无尽的迷宫中挺进。

他们从松针丛中探出身来时，惊跑了一只松鸡。那只松鸡摇晃着胖嘟嘟的身子，黄铜色的尾巴随之闪闪烁烁，还发出聒噪的鸣声，好似舷外发动机一般。迪安娜心里一阵躁动，她一动不动地站着，用手抚着胸口。松鸡总是这么咋咋呼呼。她真希望能见到松鸡的近亲草原松鸡。草原松鸡总喜欢在林中空地高视阔步地踱来踱去，羽毛高高地乍着，脖子上的黄色气囊大大地鼓胀着，发出洪亮的鸣声，好几英里外都能听到。当然，现在见不到草原松鸡了。就像以前一起念研究生院的那几个单身同学会悲戚抱怨的，好男人都结婚了，迪安娜的牢骚则是，好动物都灭绝了。

“它们的活动也分季节吗？”埃迪问，他对松鸡充满了好奇，先前的愠怒早已烟消云散。她看了看他，没吭声。松鸡在这儿极为罕见。她倒是经常看见扎堆儿的雌火鸡在静悄悄的林地里叽叽喳喳，翅膀奋力扑扇着灌木丛，竭力想要飞上低矮的树枝。其实，他们没准儿昨天就见过火鸡。在森林服务处前面的小路上，他们老看见一只大块头的雄火鸡一大清早就昂首阔步地走过，完全不搭理那些雌性同伴。她解开盘成髻的辫子，任其垂于后背，心里琢磨着要想离开这儿走哪条路最好。埃迪·邦多开始吹起了口哨。

“嘘！”她忽然嘘了一声。他们上方的松林里有人，或是动物。她略等了等，想听听这动静究竟是鹿还是人。

是人。

“嗨，哥们，”她喊道，“今天还行吧？”

他穿过浓绿粗大的枝干走了过来：高高的个子，有点小肚子，灰色的头发直抵两肩，拿了把小口径步枪，俨然一身要去丛林作战的打扮。这些人的打扮一向都让她不适。就像鹿，看见制服就傻了眼。

他斜眼瞧着她。“迪安娜·沃尔夫？”

“嗯？”她也斜着眼瞧了回去。鬼才记得起他的名字呢。她能记住拉丁学名和鸟鸣声，但中学时代一起上学的那帮形形色色的家伙她却怎么也记不住。

“我是萨米·希尔。”他终于自报了家门。

“萨米，对。”她说，仿佛那名字就在嘴边。萨米·希尔，这名字，她怎么能忘呢？

“迪——安娜……沃尔夫。”他又念叨了一遍，兴致勃勃地看着她的双腿。“我听说你在山上。还听说你差点儿给熊吃了。”他嗓门儿很大，也许有点紧张，也可能是有点耳背。拖拉机和割草机开久了，许多人的听力都会出问题。

“嗯？那故事还在传？”

“是奥达·布莱克小姐说的。得啦，那都是瞎扯，我才不信呢。像你这样的姑娘怎么可能自个儿跑到山上挨冻呢？见鬼，你还是一点都没变。”

自个儿。她往旁边瞥了一眼，听了听身周的动静。要说对埃迪·邦多有什么指望，那就是快快消失。很好，现在他没必要掺和进来。“中学到现在，一点都没变？”她柔声问道，“你的意思是除非县里的女人都得了狂犬病，否则我就甭指望谈男朋友了？”

“没，你理解错了。我们都很爱你，迪安娜。”

“算了吧，萨米。我怎么看不出来？”

他笑了。“我们有点怕你。”

“所以，你今天就带了把枪上来？”

他瞅了眼步枪，有些惊慌。“什么，这个吗？”

“我真不想说，萨米，”她说道，语气透着真诚的悲哀，“猎鹿季要等到秋天。现在还是六月。”

他看着她，眨巴着眼睛，努力表现出一脸无辜。

“你知道吧，”她说，“乔治·蒂克的加油站那儿？他那儿免费分发日历。你回镇上的途中可以去那儿拿一本。”

萨米轻笑了几声，摇了摇头。“迪安娜·沃尔夫。你啊。”他又笑了笑，“还和以前一样搞笑。”

“你不也是，萨米。”她脸上维持着笑容，等着。她知道这是老套路了。话都说得差不多了。

他似乎灵光一闪。“得啦，我没指望今天能猎什么，我是在找参。”他说，“弄点钱付离婚赡养费。”

“哦，好吧，”她说着，一本正经地点了点头，“带着枪来找参真是个好主意。繁殖季里，参还真是个大角色。”

萨米·希尔轻轻地笑个不停。他往后歪了歪脑袋，冲她眨了眨眼，霎时，她仿佛看见了他十六岁的模样，体态和现在截然不同。细瘦，自信，手腕一抬，就将一团纸扔进垃圾箱——打篮球的萨米·希尔就是那个样。他有个目空一切的姐姐雷吉娜，男孩子们都叫她希尔家的女王。

萨米屈起指节挠了挠脸颊，尴尬地咧嘴笑了，露出缺了颗臼齿的牙槽。“没有啦，我带枪是为了自卫，”他说，想让人相信他的话，“防狗熊什么的。不是听说了你的事吗。”

“好吧，我完全能理解。可如今的你，萨米，你不都能单手擒熊了吗？你那块头就像个田径运动员。你现在还能像以前那样跳投吗？”

他脸上焕发了神采。“哪有啊。”他说，连胡楂儿都羞红了。

“好吧，现在来说个坏消息。山上再也没法采参了——州长想让山上的东西全都长回去。对不起，萨米，我只能让你离开了。”她是真心为这个大块头版的萨米感到遗憾，他成熟得太早，如今全走了形。“也许你爸农场后头的山上有参可以采，”她提了个建议，“就从岔路口往上走。”

“那倒是，我觉得那儿肯定有。”

“你爸怎么样？”

“死了。”

“哦。真糟心哪。”

“也没啥。”

“好了，”迪安娜说，“见到你很高兴，萨米。替我向雷吉娜问好。”

“得啦，雷吉娜，除了数落，老早就不和我说话了。自从我把她的大黄蜂撞坏后就这样了。你还是自己和她打招呼吧。”

“我会的。”迪安娜说着，扬起手略挥了挥。萨米碰了碰迷彩帽的帽檐，便往山下走去。他走得很慢、很笨拙，脑袋往前伸着。个子大，还有小肚子，再加上背不好，就会这样。山坡很陡，他得小心踩稳了。

她在原地站了好久，等着埃迪·邦多的分子从松树的枝干和潮湿的空气里重新聚合，现身而出。结果他没在她身后，而是在她上方，就站在刚才萨米身后不远的地方。她先瞄到了他那抹咧嘴的笑，活像一只柴郡猫。

“得啦，迪安娜……”他又在取笑，还朝地上啐了口唾沫。

“别乱说。那是我的家乡话。”

“我觉着那些小伙子以前肯定都爱死你了。”

“啊哈，哪有的事，他们全都瞧不上我。”

他顺着斜坡朝她走来，简直是天生的下坡好手。矮个子就是有优势，她一边这么想着，一边欣赏他优雅的步态。他们的后背更容易挺直。重点是，那肩膀、那窄窄的髋部，还有那咧嘴笑都很养眼——那可是埃迪·邦多的特色。她内心升腾起一股奇异的小小傲气，这帅气的男人是她的伴儿，至少当季如此。

“参到底是什么玩意儿？”

“就是人参。”她选了蛋溪小径的方向往前走，他跟在后头。

“我猜也是。”他说。

“你见过？”

“不知道。它长什么样？”

她想了会儿。“长着五指样子的五片叶，很小巧，冬天就枯萎了，地下的参根进入休眠期。它生长的地方很特别。只有北坡那儿的糖槭底下才能生长。”

“对前妻有好处吗？”

她一时没弄明白。“哦，对，你说赡养费啊。对各种费用都有好处。不过很难找到。我觉得过度开采了差不多有五代人了吧。”

“丹尼尔·布恩有前妻吗？”

“肯定有。那个时候他们就能靠人参赚一大笔钱，想办法打包卖到中国去。”

他们静静地走了一会儿。“萨米·希尔不是来找人参的。”她透露了自己的想法。

“不是吗？”

“对。他应该带上铲子和麻袋，还得再往山上去才成，而且得在秋天来。现在不行。”

“现在连你也找不到？”

“我可以。萨米不行。”

埃迪冲她弹了弹舌头。“吹吧。”

“怎么说呢，就好比……你应该明白的。秋天很容易找，而人总是拣容易的做。春天和夏天，人参还很害羞，到了十月，它就不再遮遮掩掩，长出了鲜红的浆果，变黄的叶子就像高速公路上的施工警示旗一样招摇。”

她没有说的是，每到那时节，只要看到那样的人参，她都会把亮灿灿的叶片拔下来，塞进兜里，使之免遭采参者的毒手。她将熟透的浆果撒在新起的灌木丛底下，使人参能秘密地生长。之后，到了每周一次的沐浴日，她会放好一盆热水，像抽卷纸一样从浑身上下的口袋里抽出参叶。她要是和埃迪说这个，他准会认为她脑子不正常。将这座大山视如私藏，他总是这样指责她。但并非如此。如果再没人见过这些人参，就连她也没见过，那一切都好；而她只要想到这些人形的小块根在泥土底下的世界里跳着舞，心里头就乐。她希望它们能一直在那儿，不是为了中国或其他地方的虚弱的人，而是为了人参自己。

埃迪·邦多对这种块根很感兴趣。待他们坐到蛋溪岸边的青苔上，打开沙丁鱼罐头和饼干充当午餐时，她捡了根小棍子在黑色的软泥上划拉着，试着将自己见过的各种形状的人参画给他看：单足人，独臂人……反正，都不完美。事实上也极少有完美的形状。

他没看那些画。他在看她。“那些家伙吓不到你，对吧？你把他们嚼碎了，再吐掉，从头到尾还笑眯眯的。”

她低头看着人形的人参轮廓。“什么，你是指萨米·希尔吗？”

“最有意思的是，他还挺喜欢这样的。他会跑下山，见谁就说自己刚碰见了这个长了一双大长腿的长发母狼，简直就像墙上的海报女郎。”

她懒得去细想他说的那些话。“我尽量不去伤及那些男人的自尊心。否则下次他们就会带上三四个哥们一起过来，叫你好看。不过，他们是吓不到我的。”她耸了耸肩，“我从小就和他们一起长大。”

“你和那些人在一起，”他说，“我实在想象不出。我想象不出你还开车，还去买东西。除了这片林子，我真的在哪儿都没见到过你。”

“好吧。我这样是有一段时间了。”

“你难道就不怀念吗，过去种种？”

“要是你讲的是中学时代和萨米·希尔的那个世界，我还真不想。”

“我不是说那个。你也知道我是什么意思。”

她琢磨着自己到底明不明白他的意思。“要说怀念，我当然也有想与之待在一起的人，还有一些事物。”

“比如说呢？”

“不好说。”她想了想，“不是汽车、电灯，不是电影。书的话，只要我开口，就能弄到。但在图书馆里逛来逛去，用手去触摸那些从未见识过的书本，这样的体验我还真挺怀念的。其他的，我就不知道了。”她又思量了一会儿，“我喜欢海滩。我丈夫家在北卡罗来纳州就有栋海滩屋。”

“海滩不算。我指的是人类文明的产物。”

“那就书吧。诗歌，恐怖故事，群体遗传学。奥杜邦先生[1]所有的画。”

“其他的呢？”

“巧克力？还有南妮的苹果汁。还有我的边境牧羊犬，要是它还活着。它也应该算吧，家养宠物是人的发明。”她闭上眼，咂摸着所失之物的滋味，“也许还有音乐？我以前挺喜欢音乐的。”

“是吗？你会什么乐器吗？”

---

①约翰·詹姆斯·奥杜邦（1785－1851），美国画家、博物学家，他绘制的鸟类图鉴《美洲鸟类》被称作“美国国宝”。美国奥杜邦学会（The National Audubon Society）即以他的名字命名，专注于自然保育。

她睁大眼睛。“不会，但我听过好多。我爸爸以前组过一个蓝草音乐乐队，叫‘出其不意’。住在诺克斯维尔的时候，我们常去一家小酒吧，蓝草音乐和一些其他乡村音乐的乐队常在那儿演出。那些人你都没听说过。有几个女孩有时会去那儿表演——嘿，她们都挺棒的。我想她们应该是从得州来的。叫‘南方小鸡’。”

埃迪·邦多哈哈大笑。

“是吧，这名字就挺搞笑的。”

“搞笑的是你。你脱离文明世界太久了。她们老早就不在小酒吧里演出了。”

“你知道她们？”

“不只我，人人都知道她们。”

她摇了摇头。“太惊人了。山下的世界变化可真大啊。”

“任何地方变化都很大啊。”

她很认真地看着他。“嗯，可是，瞧瞧这儿，山上的世界就没怎么变。起起落落肯定会有，但在缓慢而悠长的一生中，它们显得微不足道。”她两臂相交，搂着自己，“我想这就是我喜欢这儿的原因。大自然更安全。”

他凑过来，吻了吻她。“再和我说说人参吧。”

她注视着自己画在泥地上的那个两条胳膊两条腿的小小人形，那样子似乎对自己完美的体格颇为骄傲——他可不用挖地三尺找人参壮阳。他把她放倒在地上，就在她的画作之上。他们在枝叶摇曳间抖落的斑驳阳光下一起躺了一会儿，各自感受、体味着人的欲望。很快，他们就起身踏上回小木屋的路，除了念着彼此的身子，他们脑中空空如也。

就在那时候，他们遇见了郊狼，两头母狼正在开阔处捕猎。他们距苦溪的源头谷地约一英里，这里本不是迪安娜认为会找到狼的地方。这是一片林中空地，原先的浓荫华盖因树木倒塌而消失，任阳光洒落在一小块森林地被植物上，如今这地上覆满了红毯一般的黑莓新叶。起先，她以为那是狗，块头很大的狗：耳后有厚厚的绒毛，颇像哈士奇，体格比她在动物园里见过的骨瘦如柴的郊狼或从图片上看到的西部郊狼敦实得多。这两头狼在阳光下，浑身金灿灿，正弓着背，一前一后地跳跃着穿过一英尺高的叶丛，好似一双海豚，交替着从翻卷的海浪上跃出。它们正在追踪穿梭于叶丛和草丛底下的某种动作敏捷的小东西。或许是田鼠或野鼠吧。它们并未注意到这两个套着靴子、静立于阴影中的人。它们聚精会神地追捕着猎物，耳朵如接收器一般向着前方竖立，追踪难以察觉的声响。它们行动起来犹如一只动物的两个分身，团团绕绕，将猎物逼至石灰岩堤岸边，再将长鼻子探过去。迪安娜注视着，似着了魔一般入迷。她能看出这对郊狼是田间捕猎的好手，似乎特别青睐野鼠和田鼠。难怪农夫们会经常看到它们，同时为自家的牲口担惊受怕；但愿农夫们都能明白，除了他们田里的野鼠，他们不会有任何损失。她就这么注视着，思量着这种捕猎方式倒是对山齿鹑一类在地上筑巢的鸟儿大有帮助，因为能在一丛丛紧实密生的羊茅草中踏出各式各样的通途。

然后，毫无预兆地，这场追猎濒临尾声。打前站的狼猛扑过去，随即仰起脑袋，往边上倏然一拧，在空中一口咬住田鼠，好像那是块湿乎乎的小抹布，需要抖搂干净似的。之后，这只郊狼便叼着仍在扭动的猎物，消失在树林里。它的妹妹在树林边缘停下脚步，向他们投来狠狠的、警告的愠怒目光，继而转身跑开。

那天下午之后的时间，迪安娜一言不发。这男人的想法，她实在没耐心了解；对他，又有什么好说的呢？在那片阳光明媚的林中空地上，她希望他已经看明白了狼究竟是怎么一回事，它们又是如何完美地满足了自身的需求。但她觉得还是别多问。与郊狼迎面相遇，本身就已使他深深地陷入了自己的思绪当中。他们站在那里看着那两头狼时，他是那么小心翼翼地不去触碰她乃至不敢看她。事后，他亦对他们亲眼目睹之事不置一词。

下午，他们没有上床，像早就盘算好了似的。她觉得身子发冷。她烧了壶水泡上茶，又煮了点米饭，把昨天的黑豆热了热。她和埃迪已经养成了在床上吃饭的习惯。但今天，她坐回到了桌旁唯一的椅子上，桌上堆了一摞摞书、报纸和她荒废已久的野外记事本，她于是边吃边写了起来。埃迪·邦多坐立不安，踯躅着踱到了外面的门廊上。她心想，天底下最嘈杂的声音就是男人无事可干时发出的。他怎么还赖在这儿？

她不下一百遍地问过自己，他们这究竟是哪门子的择偶行为？愚蠢，乱来。雌性的草原松鸡会坚定地跟鼓胀着黄色气囊、鸣声最亮的公鸡交配。园丁鸟会去找窝搭得最漂亮的雄鸟。可埃迪·邦多究竟凭什么将她迷得神魂颠倒？仅仅是步伐与她契合，就意味着这个男人也与她契合吗？难道是过了这么多年被教授使唤的日子，她忽然迷上了他的小身板？但他自大得要命，和她见过的其他所有人一样自负。在这一点上，她觉得自己也一样。她只是希望自己别像个草原松鸡，到了求偶期，一见花花架子就着迷。

傍晚时分，她再也无法忍受他在近旁，于是编了个理由对自己说该去铁杉丛林看看，便揣了把羊角锤出发了。她要顺着小径去看看架在溪上的那座小桥，二月份时桥就塌了。她还有好几个小时的天光，因为此时已临近夏至。（她想了一下：她会不会已错过了夏至？）她准备把老桥拆开，数一数朽坏得不可再利用的木板到底有多少块，好在清单上写出申请木料的数量供她修桥所需。因为森林服务处的吉普车很快又该来了，给她放下补给品，再把她新列的清单取走。她要的食物还和往常一样多，绝对不会多要。她一言不发地离开了木屋，实在想象不出，她不在的时候，他除了擦擦枪还能干些什么。

铁杉丛林就在汇入苦溪的一条支流上方，坐落于一个怪异、狭窄的谷地内，绵长的上升气流可将绕经谷地的声音传得极远。有时候，她能听见从山谷一路传来的声音，比如犬吠声，甚至能听见遥远的州际公路上卡车的嘎吱声。不过那是在冬天，树木都光秃秃的。今天，她将木板撬开时，几乎能听见夏日夜幕降临前滞重的静谧，然后，蝈蝈就会起鸣，到那时，森林里的声音仍会间隔长长的时间一声声传来。头顶上的一只松鼠仿佛正不冷不热地数落她，说着说着又停了下来。一只吸汁啄木鸟一直围着一棵松树的树干忙活。埃迪·邦多说起过他在西部见过的橡树啄木鸟，那种搞笑的小生灵会齐心协力将一棵枯树啄得满身孔洞，再把收集来的成千上万颗橡实藏入树洞里，接下来的日子它们就守着这庞大的宝藏，不让邻居抢夺。这是多么愚蠢的事业——生造出爱的对象，让自己陷入失去它的恐惧——怎会有这样盲目的生活？她这样想着，同时聆听着身边这只啄木鸟有节奏的啄击声，这声音只在鸟儿将树皮扒落时才会停歇，树皮则落至溪边覆着青苔的泥地上。

她正将原木桥架上的最后几块朽木板撬下的当口，听见了其他的声音。她放下羊角锤，细听起来。是嗓音，听上去像是男人在说话。她站起身，侧耳倾听。是猎人。

她将一绺头发从眼前撩开，得想点法子。今天肯定是一年中最长的一天，因为她觉得度日如年，快要受够了。交谈声，意味着不止一人。而且这么晚了，他们肯定是想干蠢事，比如在树洞里过一夜，等到晨曦初现时偷猎野火鸡。她叹了口气，踩着原木桥架走回溪对岸她放外套的地方。她得往山下去找到那些人，提起全副精神，摆出架势赶走他们。

声音从很远的地方传来，也许在一英里之外。但那声音很是扎实，持续不断地传来。她又听了一会儿，那是一种涓涓水流般的稳定的低语。不是说话声。是低吼声。彼此交流的低吼和高声的吠叫。说话的不是男人，是女人，女郊狼。不是对着月亮嚎叫，而是母亲教导孩子的那种轻声地啸叫。她想起今天那两只母郊狼活捉了一只野鼠。它们还没吃，甚至都没杀了它，只是把它弄残了。此刻，迪安娜才明白是怎么一回事。小崽子还活着，她在心里吹了个口哨。小崽子来到这世上，眼睛睁开了，开始学习捕猎了，开始学习说话了。狼宝宝也像人类的婴儿一般，出生时头脑空空，为了生存下来，就得学习每一项技能。它们的保护者一整个春天都没有发声，可现在不会再这样了。没有一种群居动物可以在喑哑中成长，这样无法存活。幼崽估计至少有六周多了，差不多已可独自狩猎。它们现在长成什么样了呢？很快，她就收拾好无损的木板往一棵铁杉树上一靠，然后往家里走去，虽然如今的“家”已给不了她太多：今晚，在那个地方，她不能吐露一个字，就算睡梦中也不行，除非她亲眼确认过那些幼崽安然无恙。

一大清早，就着曙色，她飞快地沿着苦溪小径往山下走。中途，她停下脚步听了一会儿。什么声音都没有，一片寂静。或者说，森林里充斥着各种各样的声响，就是没有她想听的声音。她脚边的干叶堆上传来一阵窸窸窣窣的响声——应该是一只蜥蜴，想要弄出和熊一样大的动静。她继续前行，心里很清楚要聆听什么，也确信自己会听到那声音。整个春天，她都在期待着，让各种令她头皮发麻、汗毛倒竖的声音充满自己的想象：那种经典的月下嚎叫、小声短吠和多声部的叫喊。她专门听磁带研究过，直把磁条听得皱皱巴巴，磨成了透明的玻璃纸。而在发现这窝郊狼之前，她已经开始害怕自己的头脑也会如此这般磨损殆尽。毕竟，她在这茫茫大山里寻寻觅觅，在一个个寂静的夜晚翘首等待，她害怕最终不得不承认自己期待已久的声音再也不会现身。它们在这儿没有说话的必要。不像在西部，它们得站在荒山的山巅召唤彼此，因为它们数目众多，撒着欢儿分散在各处。它们得提醒彼此对方是谁，有多少家小，栖息何地。而在这儿，只有一个郊狼家庭，它们自然很清楚自家的位置。还是保持安静为妙。

迪安娜这辈子做的最艰难的工作就是远离狼穴，以自己的不在场来保护它。有时，她觉得它们已经离开，也许是向南往蓝岭迁徙了。她尽量让自己相信这对它们是最好的安排，但事实上，对这一家子而言，世上已无安全的港湾。这些郊狼无论去往何方，都会招来农夫的愤恨，欲置之死地。在这片人迹罕至的山区，情势也很奇异，既有保护者，也有敌视者。她并不认为自己有足够的力量去为它们的安全讨价还价。在她与埃迪·邦多从相遇到相熟的六周之内，无论他在或不在，她也一直在防备、在逃避。如今，他已看见它们了。昨晚，她满心忧虑地蜷缩在柴火炉边的椅子上，思索着眼下的一切，他却打着呼噜。清晨，她浑身骨头酸痛、心情阴郁，但她已决定打开天窗说亮话。

“今天早上我要下山。就我自己。”她说，“你要是跟踪我，那你这辈子就别想再走进这片大山，以及我的生活。永远不行。”

他一句话都没说，往背包里塞了些冷掉的点心，把背包往肩头一搭，吹着口哨，朝森林服务处的那条路上走远了。那个方向与苦溪正好相反。迪安娜默默站了几分钟，看着他那顶就挂在门边挂钩上的帽子，他的猎枪则依然斜靠在角落里。然后，她穿好衣服，沿着小径飞快跑去，终于能自在地去看它们了。此刻，她终于能放胆倾听，无须害怕听见的声音泄露了它们的行迹。这周以来，她一直是屏气敛息，侧耳细听，唯恐别人察觉。她怎会让这种事情发生？

她再次停下脚步。这次，她只是想好好听听一对啄木鸟恋人狂热的笑声，它们在林子里横行无忌，在树干间腾腾地跳跃。她站定看了一会儿这对带羽冠的啄木鸟恋人玩跳跳棋的游戏。它们个头硕大，犹如会飞的黑猫，它们不可一世的大嗓门和上翘的红色羽冠让人挪不开眼。她觉得自己仿佛看见了幽灵，象牙喙啄木鸟的幽灵——那是已灭绝的带羽冠的北美黑啄木鸟的近亲——它们的个头甚至更大，翼展近三英尺，眼睛呈白色，目光冷冰冰的。主神鸟，当地人以前就这么叫它，因为那时每当他们见到一只象牙喙啄木鸟就会忍不住惊叫“主神啊”。后来就再也不曾见过。

而现在，在这幽灵的笑声之下，她开始听见郊狼时断时续的声息。她向着那声息走去，沿着小径慢慢地下行了百来步，停在一个位置，从那里透过杜鹃花丛能清晰地窥到狼穴。这地方已和春天时不大相同。如今这里四周的林木已变得丰厚茂盛，满是密密的叶子。空气的流动和光线的角度截然不同，狼穴也变了样。洞穴下方的溪岸是一块裸露的泥地，如浅灰色灯芯绒一般布满细褶的泥地表面都是小爪印。那穴口仿佛有人咧嘴幽笑的口形，她好像看见里面有东西在动，再定睛细看却一无所有，唯余寂静。她数着心跳，估摸着过了一分钟，又过了几分钟，她告诉自己确实没有东西在动。这儿应该有幼崽的，从泥地上的爪印就能确定，但现在太晚了，她开始这么认为。她和狼崽错开了一天时间；它们已经长大、离开了。

可没过多久，在距离穴口不远的美洲越橘灌木丛里，她便看见有东西在七拱八翘。一阵低回悠长的呜咽声令她心尖儿发颤，那是一种难以抵御的魅力。一头成年狼正站在灌木丛里，是母亲或第二顺位的母狼，它在召唤孩子们出洞。霎时，狼崽子们都出现在了洞口，一对对毛茸茸的小尖耳朵下面，是一排亮灿灿的眼睛。迪安娜本想计个数，但它们实在太多，一大堆耳朵与尾巴一窝蜂地窜来窜去。她觉得应该超过了六只，不到二十只。它们磕磕绊绊地推搡着拥到了穴口之外，母狼走过去，把叼着的一团黑乎乎的小东西一下子扔到了狼崽子中间。一连串奶声奶气的嚎叫和吠喊声乍然响起，一个个金色的小毛团好似汽锅里的爆米花扑腾腾地蹦着。就是些小奶狗，她心想；它们啥也不是，只是些小奶狗。但也很像小奶猫，从它们玩耍踢弄刚被扔进操场的半死野鼠的那欢实劲儿来看。迪安娜跪了下来，思绪回到了童年夏日。那时候，邻居拿了一窝放在盒子里的小奶猫来给她，谷仓里的猫也会将自己的小猫崽带到她跟前玩。不知不觉间她的肢体姿势也变得童稚起来，她咬着辫子静静待着，双手搁在胸前，免得心脏蹦出来。

她好想念父亲，以一种近似祈祷的心情想道：要是我能让他看见眼前这情景，该有多好。就让他从天堂往下看看吧，无论这意味着什么，让他透过遗传给我的细胞，透过我的双眼来看一看，看见这一切，他都能懂。只要迎面直视，他总是能知道，那就是爱。

她不知道如今在世的人中，还有谁能听她说一说这些小狗，这一家子幸存下来的、相亲相爱的狼群。不是听她剖析它们的演化史和习性，这样的事她早已做过了。她最想诉说的是，它们是如此亲昵、友善的一家人。

14 老栗树

加尼特打开淋浴喷头，热水淋了下来，灼烧着包覆住肩胛骨的肌肉。实在是太疼了，仿佛将他拽回了学生时代，有个校园恶霸一拳狠命捣在了他的脊椎骨上。

他叹了口气。这日子对一个老头子来说实在漫长。倒不是因为要干的活多，他就喜欢莳弄那些栗树。人们总是想当然地觉得这些活计枯燥透顶：春天要将所有花儿分别套袋，再小心翼翼地为它们交叉授粉，然后采集种子，栽种新的树苗……但这些活的每一个步骤都让加尼特兴奋莫名，因为那些种子应该都能长成有枯萎病抗体的栗树。取下每一只白色袋子时探出的枝梢，每一次授粉时颤颤悠悠的花粉，每完成一项总能让人感受到美好的奇迹正在形成的希望。一个古老的、失落的世界，就在他眼前东山再起。

不，他近来总是一个麻烦接着一个麻烦，这片农场和它的历史正将他沉沉地往下拽。这农场就是个废料堆凑起来的垃圾场，只不过隐身在薄薄的草皮之下，显得不怎么咄咄逼人。说实话，这一带的每个农场都差不离。他见过一对年轻夫妇和一名地产中介，站在奥达·布莱克铺子旁抬头观望这栋农舍，当时他差点探出卡车车窗冲他们喊：“想来搜寻一些历史故事吗？嗯，故事讲的是老头布莱文斯，已经被债务和破机器活埋了，而它们正等着吃掉下一个踏进这个农场的人，无论是谁。”

当然，他什么都没说，他们还是买了。他们长着一副城里人那种奋发上进的蠢样子，那女人更是打扮得比男人还男人。很快，他们就会遭遇那些加尼特早已熟稔的东西：在一个已经历数代耕牧的农场上，每下一铲都有可能撞到一块残破的瓷盘碎片、一截旧挽具的皮革部件、几块锈烂的废铁，甚至还可能有炮弹！加尼特还是个孩子的时候，父亲带了几个不知从什么地方找来的炮弹回家，男孩子们当时玩得起劲，过后便要么将之扔在了果园里，要么藏在妈妈的花圃中，渐渐地忘在那儿了。五十年后，它们开始报复加尼特的旋耕机，毁坏割草机的刀片或其他设备。活干上一天不算完，还得摊上一大笔修理费。

今天上午，他没打算干多少活，只要将屋后田边靠篱笆一带的地方清理出来，为新育一排树苗腾出空间。他以为杂草最难清，却想错了。他报废了一台割草机，又把旋耕机的刀片弄坏了，才在一块窄窄的地里发现了半埋着的六根旧篱笆桩子，桩子上全都绑着带倒刺的铁丝。显然，四十年代，当他们拔出旧桩子，打入新桩子时，就随手把它们扔在了这儿。等他拼了老命将旧桩子全都拔出来后，又发现桩下埋着许多散落的钉子和车架螺栓，他用桶装满，往返足足三次，一趟趟把它们摞到车库里的垃圾堆上，堆得极高，丑陋而怪异。不过，在这一大堆几乎可以组装出一部老爷车的金属破烂之下，最糟的方始登场。他从那底下起出了一大卷黑色塑料布，内裹着沉甸甸的东西。加尼特起初担心里面是具尸体（这一天已算是把各种千奇百怪的物什见识了个遍，尸体的话，也没什么不可能）。幸好不是，是一坨白色的粉末，很有可能是岩盐，但他也不十分确定。那是加尼特还很小的时候，父亲就说该扔掉的东西。那时候的想法不一样："扔掉"就是指"眼不见"，最好还能让其他人在路上捡走。今天干的活已经让加尼特受够了，本想在正午之前把那块地清理出来，可现在仍未完成，他能有什么办法？嘿，电话铃响了。

他关上淋浴喷头，听了听。没错，是电话铃声，电话就搁在浴室门外过道的桌上，吵得快把房顶震开了。

"等会儿！"他喊了声，心中老大不高兴。搞得他必须赶紧洗完澡，脑袋都来不及擦干，身上裹着条毛巾，还得小跑两步。他缩着脚掌踩到冷冰冰的过道地板上，拽下听筒。

"喂。"他尽可能显得和气，同时拍打着湿漉漉的头发。他不喜欢和人聊天，更不会跟拨错号码打来的人闲聊，像是现在这种情况。

"喂，沃克先生吗？"

是个女人。不是当地人。她有城里人的口音，每个词都说得飞快。

"说吧。"他说。

她似乎犹疑了一会儿，他暗想那就快把电话挂了吧，可她却说了起来："我在想能否问问你山羊的事儿。我想做点小规模的肉羊生意，因为我的资金不太多，有人让我来找你。他们说找你就对了，你是本地的山羊专家，说不定还能告诉我怎么开始……我不知道该怎么说。"她呼了口气，"好吧，我就直说了。我在想你是否认识些人，能免费送我山羊。好让我启动起来。"

加尼特理了理头绪：本地的山羊专家，现在毛巾缠于腰际，头发打着绺儿，好似落汤鸡。

"要山羊？"他说。

“对。”

“我能问一下你住哪儿吗？我要先考虑一下这个。”

“哦，对不起，我忘了自报家门。我叫卢萨·兰多夫斯基，就住在怀德纳的老宅子里，我丈夫是科尔·怀德纳。”

“哦，怀德纳太太。你丈夫的事，我十分难过。我本来应该去参加葬礼的，但……我们两家有些过节。我想你应该都听说过吧。”

她稍稍沉默了几秒钟。“你和我们家是亲戚吧，对吗？”

“是亲家，”他说，“远房的亲家。”

“抱歉，我外甥提起过这事，我给忘了。对，我的一个大姑子就姓沃克。我想应该是。”她笑了起来，马上意识到对一个没当几天寡妇的人而言，这笑声太欢乐了点，“如何生活在七大姑八大姨的包围中，这事儿我还在学。这些事情对我来说都太新鲜了——我是列克星敦人。”

“那你是打算在那儿养山羊吗？”

“不，是这儿。我得想法清偿农场的债务，让它运转起来，所以才想到了做山羊生意，如果能做的话。我心里也没底，是不是挺疯狂的？”

“哦？难道怀德纳家那儿没养牛？”

她叹了口气，欢乐的语气荡然无存。“对我来说，养牛不是个好主意，需要付出的精力和收获不成正比。包括给它们注射伊维菌素什么的，我知道还得检查奶牛是不是怀孕了，但到底怎么给奶牛做骨盆检查，我一窍不通。靠近它们我会害怕。我个子小，它们个子都太大了。”她尴尬地笑了几声，“我觉得现在我还算不上是个农民。我连饲草打捆机都不会操作。我的两个大姑夫做出租牛只的生意，所以我可以把自家的牛卖给他们，我目前是这么想的。养点小牲口比较适合我。”她顿了顿，“我觉得山羊我能对付。”

“那好。看来你至少有了计划。”

“这说起来话就长了。真不好意思。我没想扯到这些私事上。而且也许现在你不方便说话。要是打扰到你，真对不起。”

“哦，一点都没打扰。”他说道，同时将身体的重心从一只光脚转移到另一只光脚上。他觉得有一阵冷风吹过，这也难怪：毛巾这么小，他几乎可算是一丝不挂。他觉得好像听见有人在轻敲前门。老天，不会是快递吧？他印象中自己并没有快递会来。

“哦，那就好。”她说着，笑了笑，“至少你没直说我在发疯——到目前为止。我希望你能帮我参谋参谋，看我能不能做。”

“嗯，那就开始吧。”加尼特说着，心急如焚。他又听见了敲门声，不依不饶地响着。

“首先，你觉得让别人免费给我山羊现实吗？我该怎么做呢？”

“我建议你在报上登招募启事。你应该会得到许多山羊，多到你忙不过来。”

“真的吗？那你也觉得大家都很想摆脱山羊啰。要是我还有点头脑的话，那应该就说明养山羊根本赚不到钱。”

“怀德纳太太，我确实不鼓励你养山羊。在我的记忆中，县里没有一个人靠养山羊赚到钱的。”

“我外甥也是这么说的。但我觉得问题出在营销做得不够，所以我正在开始学习，和其他农活一样。这儿没人知道该拿山羊怎么办，大家甚至都不吃羊肉，因为他们可以吃的东西太多了。我外甥说西布伦县不久前爆发过羊瘟，怎么会？”

加尼特闭上了眼睛。眼前这都是些什么事儿？一个神秘的闯入者正在楼下猛拍他家的前门，一个从列克星敦跑来的奇怪的女人正在试图把他最尴尬的秘密抖搂出来。他的后背疼得要命，而他的屁股还光溜溜地被微风吹拂着。不过此刻他并不想死了算了，真的，他只是想……或许回到床上美美地睡上一觉，这些事儿就都过去了。

“沃克先生？你还在吗？”

“在。”

“你是不是……也觉得我是个疯子？”

“哦，没有，一点都没。你问怎么处理多余的山羊，这个问题不太好回答。六七年前，因为4-H项目，这里引进过大量的山羊，后来它们繁殖得实在太多了点。这是我能想到的最宽容的描述了。错误一旦犯下，就一发不可收拾。当时我本该好好监管这些还没长大的小家伙，本该把它们及时转换成肉猪或家禽的。但那时候我妻子刚去世——你明白这种心情，毕竟你也成了寡妇。我的邻居又对无论哪种山羊都恨之入骨，当时我的判断力出了问题。我只能这么说了。”

“沃克先生，你不必说这些的，我也不是记者什么的。甚至和这里人相比，我也不那么关心别人家的事。我只想找点不要钱的山羊。”

“那就在报上登启事，这就是我的建议。不过，别在报上留你的地址。”

“不留吗？”

“咳，千万别留。否则人们会把不管什么动物都堆到你家门口，那你就麻烦大了。怀德纳太太，你有皮卡之类的卡车吗？”

“当然。”

“那好，在报上留个电话号码，但连怀德纳家也别提。只留电话号码，让别人给你打电话。如果他们有你要的东西，你就亲自去取。但先要问他们几个问题。你有纸笔吗？”

“稍等。”他听见她砰地放下话筒，从地板上走过。他琢磨着她究竟在哪个房间。是楼上还是楼下？也许是厨房。他们的婚礼仪式在门厅那儿举行的，那女孩穿着短款的白色婚裙，脚踩小白鞋，缓缓走下那些漂亮的台阶。她看上去像是只有十三岁。他们本来要在院子里办，但临了却天气转冷，还下起了雨。这些事他都记得清清楚楚。艾伦当时在生病。他已经好几年没有想起当时的事儿了：她头疼欲裂，所以他们不得不早早离席。或许那头疼便和癌症有关系，只是当时还不知道。

“好了，我回来了。”

“哦，”他说着，吓了一跳，“刚才我要说什么来着？”

“要是有人打电话来，我应该问问他们山羊的什么情况，对不对？”

“哦，对的。首先，你要的是肉羊，对吗？不是用来挤羊奶吧？”

“只要羊肉。”

“那好，你想要的是羊羔肉。”

“我觉得对。得及时卖掉，哦，也许年底这时候就得卖掉，我就是这么想的。”

“哦。那你得抓紧时间了。”

“有可能吗？一年中的这个时候得让它们怀上羊羔，还来得及吗？”

“现在这时候不太对，但还是可以想想办法的。要是你能确定母羊去年秋冬季都没和公山羊待在一起过，那现在就到时候了。我可以打包票。”

“这种预期合理吗？难道人们都只养母山羊不养公山羊？”

“县里大约有一百户人家的后院里养着好几头山羊。但大家都不喜欢附近有公山羊——它们身上的味道很冲。怀德纳太太，你闻没闻过公山羊身上的气味？”

“记忆中是没闻过。”她坦白道。

“嗯，要是你闻过，肯定不会忘掉的。那味道对母羊有很强的吸引力，但人闻不了。大多数人都只愿意养母山羊。”

“明白了。行。”

“所以你只要母山羊就行——三四岁的最好，再老的就不要了。只要对付得了，就多弄点母羊，但公羊一定要好好挑。配母羊，只需要一头公羊就行了。怀德纳太太，你会区分公山羊和母山羊吗？”

她笑了起来。“沃克先生，我确实不太懂行，但还没这么蠢。”

“当然当然。我的意思是……你是列克星敦人嘛。”

他听见她的呼吸声骤然收紧，像是有话要说，但最终又咽了下去。“好吧，就一头公山羊，”她终于说道，“明白了。”

“嗯，你可以多备个一两头。要是你弄来的公山羊不行，还有可以备用的。你得把它们放到不同的草场上去，尽量离得远点。”

“公山羊也得等待转正呢。”她说。

这算是低级玩笑吗？反正他是搞不懂。就连说出“弯”这么一个简单的词儿，孩子们都会笑话他。但她听上去不像在嘲笑。她比他之前在 4-H 项目里指导的大多数小伙子都更认真。

“要是从去年夏天起到现在，母羊真的没有和公羊一块儿放过牧，那只要你把公羊放进去，只消一两天，母羊就会来劲儿。有人会说得拿块布头摩擦公羊，再把它拿到母羊鼻子底下挥来挥去。但我从来就不认为有这个必要。”

“所以，只要有人打电话过来，我要问他们的第一件事就是：‘你有没有母山羊？它们是不是和公羊一起放牧，或是曾经放过牧？’对吧？”

“对。”他说。

“要是放过牧，我就直接舍弃？”

“那得看你。要是你想在年底生出小羊羔，那就舍弃。”

出现了停顿。她好像在做记录。“好。那么下一个问题是？”

“应该要些什么山羊呢？你可以要西班牙山羊，或是西班牙山羊和本地山羊的杂交羊，这儿大多数人养的都是这种羊。问问是不是肉羊，只要问这个就行了。萨能山羊，就是瑞士奶山羊，任何用来挤奶的山羊，应该都不是你要的。”

“好的。还有什么？你说过年龄很重要。”

“千万别超过五岁，体重不能低于一百磅。”

再一次停顿，她又记起了笔记。“还有呢？”

“当然还得是健康的羊。有寄生虫的，你肯定别要。你去接收它们的时候，要仔细查查。要是山羊的状态不能让你百分百满意，就别要。”

“这个有点难办吧，”她说，“别人不要钱给我，我还挑三拣四？叫花子没得挑。”

“所以你得有卡车。是你上门去帮他们的忙。他们才是叫花子，巴望着你能把这些没用的畜生带走。拿主意的是你。”

“哦，你说得对。这么一想还真不错。谢谢你，沃克先生，你给我的帮助太大了。要是之后我还有问题再给你打电话，你不会介意吧？在这一带，我还有许多东西要学。”

“没问题，怀德纳太太。那就祝你好运。”

“谢谢。”

“拜拜。”

他挂上电话，侧耳听了听楼下前厅方向的动静。他仍用一只手提溜着腰间的毛巾，蹑手蹑脚地来到窗前往外瞅了瞅。不过他也没指望能瞅见什么新鲜事儿。谁会来他家呢？他在正对着门口的楼梯转角平台飞快地穿上衣服，家里的这个地方，他极少逗留，不过今天他碰巧抬头往挂于上方的栗木框旧镜子看了一眼。他觉得镜子中的人看上去就像个幽灵，根本不是他自己——是镜框让他产生了这种感觉，他那张幸存下来的脸正好被框在了这绝种木头的遗存里。

他趿拉着皮拖，轻轻地走下楼梯，因为他的靴子早已沾满污泥，被他留在门外，等以后再清洗。从田边篱笆回来后，他太累了，压根儿不想洗什么靴子。他的裤子上也沾满了绿绿的苍耳子，他将之折好放在了厨房椅子上，他也实在是不想去理会什么摘除苍耳子的事了。那长了满身尖刺的小球会扎痛他的手指，留下中毒似的隐隐钝痛。加尼特坚信，如果全能的天父创世时犯了一个错误，那就是让世界充斥了太多的苍耳子。

他来到前门，打开纱门，探头往外瞅了瞅，又左右张望了一下。没有人。他的靴子还在门边并排放着，仍旧脏兮兮的。车道上没有停车，也没有货车，完全见不到任何曾有人踏足的痕迹。通常，UPS 快递的大卡车能把车倒上草坪，留下弯曲难看的泥辙。那开车的小伙子打了许多耳洞，看样子比他脑壳里的脑细胞还多。

加尼特出门走到门廊上，眯缝起眼睛，努力透过混浊的角膜望着午后滞重的空气，仿佛这样就能辨认出其间的蛛丝马迹。他家极少有不速之客上门。其实，是从来就没人来——就连打错的电话都没有。可越是这样，真要有事的时候，就会来桩大的。有人来过这儿，但他错过了。要让他忘了这茬儿可不容易。

然后他便看见了放在门廊秋千上的派。是块黑莓派，就那么满不在乎地待在太阳底下的秋千板上。派皮表面裂了条细小的缝，诱人的浆果馅儿就从那里渗出了紫色的汁液——哦，这是女人的双手创造出的神迹。黑莓派是他的最爱。以往的每一年，当篱笆那一带的黑莓成熟，艾伦总会用收获的第一批浆果给他做一个黑莓派。通常是在六月的第三个周六，艾伦会煞有介事地派遣加尼特去采一桶回来。加尼特瞥了一眼高高的天空，琢磨着上帝究竟在跟他玩什么把戏。

他凑过去细细地打量了一番。这确实是一块派，而且是新鲜出炉。即便如今眼睛会欺骗他，鼻子从来不会。黑莓派底下压着什么东西，在微风中轻轻拂动。是几张纸。他从那下面抽出了几张方方正正的薄纸和一个封好的信封，对这一堆乱糟糟的东西皱起了眉。那些纸是收据。不会吧，难道有人要他为这块派付钱？不对，那都是他的收据，一张是利特尔兄弟五金店的，另一张来自南方合作社。来人可能是从立在前门那里的金属小信箱里拿出来的，他向来习惯让收据在信箱里一直积到报税季，甚至会将揣在衣兜里的收据清理出来先塞进信箱。但这些纸的背面写了字，字迹很小，工工整整的。是留言便条，是那封口信封的附件。

他环顾着空空荡荡的门廊。有人给他送来了这块派，那人站在这里敲门敲了足足十五分钟，就在怀德纳家的女人没完没了地唠叨山羊那会儿，最后终于歇手，给他写了张便条，把派留了下来。谁会这么干呢？他好像压根儿想不到会是谁。他郁郁不乐地端起那块派，拿上那些纸张、信件等一大堆东西，用胳膊肘把门顶开进了屋。他将派放入碗橱，这样他就不会在读纸条的时候因为看到它而分心。然后他抓过老花镜，坐于厨房桌旁读了起来。首先，他读的是写在一小张收据背面的便条。

沃克先生，

你不用浪费邮票，再让波克·桑福德花上两个小时走冤枉路——想想看，那个可怜人从你家信箱取出这封信带到邮局，再原路返回送来我家！我就住在旁边，你可以来敲门。我今天就是这样做的。我还写了封信给你，免得忘了该讲的事儿。[此处便条已经写到了第二张收据上]或许你不想聊天，但我真的希望我们能当面谈谈。可你现在不在家。唉，可真难办。你的卡车倒是在。你到底在哪儿呢？我只好把派和信留下了。振作点，沃克先生。这个派和这封信，希望你都能喜欢。

你的邻居，南妮·罗利

接下来，加尼特拆开了白色长条信封，将里面折叠整齐的手写信纸抽了出来。在这个过程中，他注意到自己的手一直在发抖。确实得振作点。

亲爱的沃克先生，

既然你这么问了，那我就告诉你。没错，我的确相信人类在这个世界上有着自己独特的位置。照此思维，嘲鸫也会觉得自己应有同样的位置，火蜥蜴也是。每个活物都会坚信这一点：自己就是万物的中心。我想，每个生命都有自己膜拜的神，但你难道认为火蜥蜴会膜拜长着两条腿的人形的神吗？算了吧！对火蜥蜴而言，与觅食求偶抚育后代，长久统治烂泥地这样的神圣伟业相比，人类就是碍手碍脚的讨厌鬼。对它们来说，在烂泥里摸爬滚打的这些小生命就意味着一切。

然而无论如何，我也没想到会是你，加尼特·沃克三世竟然会问："就算有一个物种灭绝了，谁又会在乎呢？"一个树种的灭绝对整片山区的居民而言就是一场不折不扣的灾难——你应该比其他人更清楚这一点。假设有个城里来的家伙对你说：“先生，美洲栗树只不过是一种树而已——怎么啦，林子里的树不是多得很吗！”你肯定会发疯、会啐唾沫。你会花上一天一夜的时间跟他解释清楚为什么栗树和其他树不一样，它在我们的世界里有着特别的存在意义，是其他任何树种都没法替代的。那么，先生，同样的道理，失去一种火蜥蜴对其他依赖它生存的物种来说，也是个悲剧。也许这一次它的灭绝关联不到你，但我相信你并不是对所有的悲剧都漠不关心，并不会仅仅关心沃克家的财产受不受影响。你还记得去年报纸上的报道说我们这儿河里的蚌壳正在灭绝吗？沃克先生，最近邮递员告诉我，他在一个讲自然科学的节目里看到，任何一种蚌壳都会在生命中的某一个短暂的时期寄生在某种特定的米诺鱼的鱼鳃里。如果相应的米诺鱼没有适时出现，先生，那就玩完了！每一种鲜活的生物都和其他生物有着千丝万缕的联系。许多东西你虽然看不见，却接受着它们对你的馈赠，许多东西你想去支配和掌控，它们却会绕到你背后，咬你一口。世界上许多故事的道理就在这里。还有个“沃尔泰拉原理”，是我在果树栽培杂志上看到的，讲的就是你越喷洒杀虫剂，想杀死那些小虫子，小虫子反而会变得越多。不仅会背离你的初衷，而且会恶化到惊人的程度。世界之大，远比你我想象的复杂。

你再想想看，如果有人指给你看一棵种在一小抔土里的古老树苗，正是许多年前从亚洲搭船而来的那棵。那人让你往里看看，还说：“这上面那些一钱不值的真菌将会干掉上百万棵巨大的栗树，进而饿死成千上万个正直善良的山里人，让加尼特·沃克变成一个刻薄的老头子。”你还笑得出来吗？

就算上帝把地球上所有的生物都赐给人类作食物，他也会说贪吃是罪——他清楚无误地说过："不可杀生。"他没让我们去将甲虫和毛虫斩尽杀绝，只因为它们会吃我们的东西。（另外，许多昆虫还会给我们要吃的东西授粉呢。）他没有授意我们不顾时节、无节制地去满足自己心血来潮的口腹之欲，没让我们毁林造田、毁田畜牧，也没让我们随心所欲地把想要的任何东西运到不属于它们的地方。沃克先生，我们能在地球上立足，还得感谢栗树枯萎病，感谢葛藤、忍冬和日本丽金龟。我认为这是上帝对我们开的一个玩笑，我们实在是太自大了。我们老爱声称上帝按照自己的形象创造了我们，但即便如此，他也有三十亿岁了，而我们还只是婴儿。沃克先生，我是知道你对那些毛头小子的看法的；但换个角度想想，对上帝来说，你我连婴儿都算不上。我们太无知，竟然以为懂得怎么去统治世界。

我偏爱你引用《创世记》的段落，但我怀疑你是否真的理解了。书里说，上帝给我们一切结种子的菜蔬，和一切树上所结有核的果子。他让我们见识到这世界周而复始的神秘力量。但对你来说，果子就应该被吃掉，他就是这么说的。但要记得，对树来说，果子就是它的孩子。"至于地上的走兽和空中的飞鸟，并各样爬在地上有生命的物，我将青草赐给它们作食物。"他对火蜥蜴的照拂，你没看见吗？他提醒我们火蜥蜴也是有生命的物，甚至野草和池塘里的水藻也很神圣，它们是赐给火蜥蜴的食物。沃克先生，你是个虔诚的人。我觉得，当你要向上帝辛苦创造的生物喷洒农达除草剂时，一定要三思。

确实，我们都有痛恨的对象。就拿我自己来说，我很讨厌山羊（这你也知道），也很不喜欢鳄龟。我确定上帝很爱它们，就像他也很爱你我一样。但我池塘里刚出生的那些小鸭子却被这邪恶的老乌龟全吃了，它就像桥下巨怪一样。我实在是忍无可忍。其中有只鸭子我特别喜欢，白色的身子，棕色的翅膀。（我给它取名鞍脊鞋。）然而昨天，我站在池塘边看着的时候，那只乌龟从水下浮上来，正正选中了可怜的鞍脊鞋。小家伙被拖下水时扑打着翅膀，哀叫着妈妈。我像个孩子一样放声痛哭。我要是有把枪、也有胆量开枪的话，肯定会把那混蛋一枪爆头！可我既没枪，也没胆量，而上帝知道这才是最好的结局。

你真诚的，

南妮·兰德·罗利

P.S.我绞尽脑汁想了想，没错，我记起来了，在五金店里是有那么一场谈话。是在说我自己的事：我用不太惯新款鲷鱼牌割草机上装的自动静液压传动器，和老款比起来，新款太灵敏了。马歇尔说他卖给我的是台很温和的小型割草机，可我说它就是个一心找死的怪物。一天，我把它留在前院割草，临时进屋喝了口水，等我出来时，它却不见了！我给蒂米·博耶打电话说机器被偷了！那个可怜人于是只得跑到我家前廊，手上拿着帽子，向我解释说他在远离我家一百多码的山下发现了我家的割草机，四仰八叉地翻着。显然我在屋里的时候，这台“鲷鱼”突然发了疯，想要一头扎进蛋溪里去。

沃克先生，我一向觉得大家都很爱你。对于那些莫名其妙撞上的倒霉事，你要是能自嘲一下，而不是老是去挑别人的毛病，那就更好了。

好吧，加尼特心想。看在上帝分上。一下子要吸收的东西太多了。对整个“鲷鱼事件”，他此刻倒是松了口气；对那女人可怜的小鸭子（唉，鞍脊鞋啊），他还是心生了那么一点点怜悯，但也就那么一点点。然后，他的血压又开始往上升。看这封信的时间越长，尤其是反复翻了几遍之后，她那假装友好、满纸胡言的本来面目就越是暴露在他眼前。还说什么刻薄的老头子！

那块派他彻底给忘了——事实上，直到一天半以后才记了起来。（他小心翼翼地尝了尝，发现还可以吃。）当时他腾腾腾地走到书桌前，从一个栗木壳笔记本上撕下一张白纸，完全把派抛到了脑后。他丝毫没多想这样的回信看上去是否得体，显然，现在可不能讲什么客套。他从笔筒里抽出一支黑色圆珠笔，重重地在纸上写了起来，笔画颤颤巍巍，好似怕得发抖。“亲爱的罗利小姐，”他潦草地写道，

你抓住每一个机会来宣传自己对现代农业的荒谬见解，对于这种做法，我实在不敢恭维！如果你能向我证明你所谓的沃尔泰拉原理，也就是喷洒杀虫剂有益昆虫健康，那我肯定会喝下一夸脱马拉硫磷，立马就喝！

还有，说什么上帝三十亿岁，这有关系吗？上帝是没有年纪的。地球和地球上的居民是公元前四千三百年被创造出来的。从现在的人一直倒推，可以追溯到最初的两个人，也就是亚当和夏娃，由此可以证明这一切。你应该不知道这个科学机制，要么就是在对“进化论”进行含混偏激的引用。如果是后者，那对这个古老的骗局而言，你的说法就聪明过头了。我研究过“创世科学”，建议你想想这几件事：第一，除了智慧、美好的造物主，还有谁会创造出这美好与智慧的世界？第二，随机因素（也就是

"进化"）怎么可能创造出全世界如此丰富而复杂的生命形式？罗利小姐，我知道你并不是科学家，但我还是可以来跟你讲讲热力学第二定律，即自然万物皆趋向于从有序进入混沌，这和进化论者的说法截然相反。我本可以说得更深入，但我得克制，千万不能和你们有什么瓜葛。你们心志坚定，那你们就忍受灵魂被硫黄炙烤、面对撒旦的血盆大口去吧，终将落得与你那只心爱的小鸭子同样的下场。

哈！加尼特心想，刀子捅得这么漂亮，他对自己很感自豪，应该就此收笔。

"但我不会。"他继续写道，根本停不下笔。

我会是个好邻居，将这些理念传达给你，足够你和你那些成天烧胸罩的唯一神教派的女权主义朋友们好好思量思量。我敢说，这些话足够你们思考一阵了。

此致，加尼特·S.沃克三世

P.S.我可不是什么刻薄的老头子。

加尼特认认真真地在信封上贴了两枚而非一枚邮票，以使自己的观点立得更稳。（他其实也不甚了了那究竟是什么观点，但他就喜欢跟着感觉走。）他舔了舔封口，将信封粘上。之后，他才放松了精神，底气陡升。礼貌无足挂齿。这已不单单是骄不骄傲的问题了。加尼特·沃克如今已是上帝麾下的一名战士，正大踏步走向邮箱，好似进军战场。

15 蛾之爱

卢萨站于楼上窗旁，从那儿望去，前院的草坪犹如一匹墨绿色天鹅绒，上面还有零星几个蛾子蛀食的破洞，露出了红土的地面。朱厄尔和埃玛琳正在草坪上码放椅子，埃玛琳的老公弗兰克和玛丽·埃德娜的老公赫布正将一张大胡桃木餐桌搬到外面。卢萨邀请了全家人来庆祝七月四日独立日，说要拿冰柜里当月剩下的奶油来做冰激凌。他们全都答应过来，也许是出于怜悯吧。连玛丽·埃德娜的儿子和儿媳也从利斯波特赶了过来，她只在葬礼上见过他俩。

玛丽·埃德娜早到了一个小时，来的时候两手各端了一盘魔鬼蛋（沙门氏菌正在上面枕戈以待，卢萨这么想道，但什么都没说）。眼下，看着门前的过道被身穿焦橙色套装、脚蹬舒适便鞋的气势汹汹的老大姐占据，卢萨不由得一阵心慌。她高声嘱咐了几句，然后借口去找桌布，就飞也似的跑到楼上去了。玛丽·埃德娜当然知道桌布就在客厅内的樱桃木大柜子里。不过这时候，她正在外头将母亲留下的一块亚麻布展开、扬起，铺到桌子上。男人们则背对着她蹲在鸡舍旁，将啤酒塞入冰桶里，再打开一瓶瓶装在长颈瓶里的自制饮料。汉尼－

梅维丝想组织孩子们来搅拌冰激凌，但眼下，他们只顾绕着她跑来跑去，俨然成了一群逼宫蜂后的造反蜜蜂。卢萨站在那儿，一只手扶着绿色织锦椅子的靠背，居高临下地看着楼下她的那些姻亲，觉得他们很像平时在她院子里四散踱步、咯咯叫唤、五色驳杂的鸡群。然而，鸡群中的母鸡早早地就逃回了鸡窝，以免遭到这帮亲戚的攻击。卢萨露出一丝苦笑，心想要是整晚都能站在这扇窗前看着这一幕该有多好。他们终于齐聚在这里，来到了她家做客，而她却毫无下楼的胆量。

她叹了口气，关上了窗子。之前下了雨，空气中弥漫着蘑菇的腐臭味，那是蘑菇的孢子散入潮湿空气中的味道。不过，时已向晚，男人们应该很快就会放起烟火，到时呛人的烟雾就会给空气蒙上一层蓝色。只要有节目，这个晚上就能凑合着过去。她朝梳妆镜瞥了一眼，捋了捋草莓金色的浓密头发，心情郁郁。她身上的牛仔裤太贴身，黑色针织衫的领口太低，发色太红——简直是无耻寡妇耶洗别[1]。她挑了这件黑色上装，就是想显得单调沉闷。然而，当她站在身着直筒涤纶套装的玛丽·埃德娜身边，或站在红色条纹上装、星星图案短裤、金色包口凉拖、蓝色眼影打扮的汉尼-梅维丝身边，想要让自己显得寒酸老土，也着实不易。卢萨移动双脚，迫使它们迈开步子朝楼梯走去。是时候了，是时候了，现在已经没有后悔或犹豫的余地了。已经晚了一年了。

烟火的事儿，她所料不差。此时已准备放了。汉尼-梅维丝的老公乔尔和洛伊丝家的大里奇正往码放成一排的一个个褐色的纸袋里瞅，争论着该怎么搭配着放。卢萨很感激之前下了场雨——她是真心

① 《圣经》中记载的古代以色列国王亚哈的妻子，行为淫荡。

害怕烟火会把自家的谷仓给烧了，却又没勇气阻止他们放烟火。（这可是传统啊。）不过，今年五月和六月西布伦县暴雨如注，空气里的湿度就能把火给闷熄。美洲牛蛙纷纷跑出养鸭的池塘，无所顾忌地将一大块一大块果冻状的卵搁在草丛里。它们显然自信过了头，以为小蝌蚪肯定能像小小的精子那样游过草坪。狂暴的鳄龟不再安于池塘生活，而是晃荡到了乡间小路上，像一个个拦路劫匪。卢萨这辈子还从未见过如此性欲勃发、闷热潮湿的夏日。单单呼吸就能令人汗如雨下。

“嗨，你们好啊。”她向乔尔和大里奇打了声招呼，他们则冲她点了点头，咧开嘴笑得像两个小孩子。他们很喜欢参加这样的野餐会。与此同时，大嗓门洛伊丝坐在餐桌旁的一把折叠椅上，一根接一根地抽着烟，一个劲儿地抱怨买烟火花了多少钱。

“一百八十一美元哪。”她激动地说着。抽了几十年的烟，她的嗓音变得低沉而粗糙。玛丽·埃德娜站在三英尺开外的地方，气鼓鼓地盯着餐桌，没搭理她。一看见卢萨从宅子里出来，洛伊丝便来了劲儿，有新的听众了。“一百八十一美元哪！”她对卢萨大声嚷嚷着，“就为了今晚这番小把戏，小伙子们花了这么多钱，你没听说过还有这样的事吧？”

卢萨在楼上就听见这话了，但她假装很吃惊。“天哪！他们难道是一路开车去了趟中国才买回来的？”她一边说一边向洛伊丝走去。她发现洛伊丝穿着牛仔裤配一件西部式样的衬衫，领口扣子松开，敞得有点过，也是耶洗别阵营里的人，她顿觉一阵轻松。

“不是，”洛伊丝说，“他们去那边疯子哈里的店铺买的，就在州际公路边上。”

就卢萨所知，田纳西州的整个边境地带都是售卖廉价烟火的棚屋。边境一侧卖烟火是合法的，到了另一侧就算违法，但她也不清楚到底哪边才算合法。

“我真应该和他们一块儿去，”洛伊丝用她那低沉沙哑的嗓音继续唠叨，“要不就派小里奇或姑娘们去盯着他们点儿。我没想到两个大男人竟然会兴奋得像小孩子进了糖果店一样。”她仔细查看着发梢，长发被她染成了煤黑色。照卢萨看来，洛伊丝拥有如科尔一样白皙的皮肤和湛蓝的眼睛，但年纪偏大，不太适合染发。可也许，能像丈夫和孩子那样拥有一头黑发，会让她觉得有归属感吧，谁知道呢？

玛丽·埃德娜一直在不厌其烦地摆弄单层蛋糕上的锡纸。她那一身橙色涤纶套装非常惹眼，在这闷热潮湿的夜晚，仿佛成了一道热源。这身装束使卢萨产生了一种怪异的不适感，似乎玛丽·埃德娜的在场会毁掉食物的味道。

玛丽·埃德娜忽然转过身，仿佛洞悉了卢萨的想法，但她却冲着洛伊丝斥责起来：“嘿，洛伊丝，别发牢骚了，他们每年不都这样吗。要是你现在还不习惯，那就再也习惯不了了。”

卢萨退到了一边。洛伊丝根本不以为忤。她冲玛丽·埃德娜歪过脑袋，将烟灰掸入草丛。“怎么啦，接着说啊。你老公不也有过把杂货店整个礼拜的收入全都花到樱桃炮仗和烟火蜡烛上的时候吗？”

“我倒宁愿他那样。不像现在，整个头都要扎进酒缸里了。他们都在那儿喝什么酒？”

“哦，亲爱的，那是弗兰克自制的接骨木果酒。你还是让他把那个小小的化学项目给完成了吧，否则埃玛琳肯定会把那酒倒进下水道的。”

“是这么回事。”

“他说那玩意儿很纯，很好喝，以后说不定可以拿去卖。”洛伊丝翻了个白眼。

玛丽·埃德娜扶了扶紧裹在头上的浅蓝色头巾帽，眯缝着眼，瞧着那些男人。“那可说不清。你要是问我，我还是同意主说的话。那东西像蛇一样会咬人。”

洛伊丝哼了一声，从鼻孔喷出的烟像一条龙。“我倒是觉得，那玩意儿喝完第二瓶之后，会有股相当好闻的松节油味道。”

卢萨看着大姑子们连珠炮似的你来我往，没想到她们对自己的丈夫和彼此的丈夫会如此刻薄，同对她的态度没什么两样。科尔总说她对他家人的看法太主观。她没有兄弟姐妹，只有一对会互道“请”“谢谢”的父母。对卢萨这个晚年得来的孩子，他们也是这么有礼有节，只是他们从来就不知道该如何与孩子相处。也许科尔说得没错。她从未体验过简单粗暴、单刀直入、混战一团，同时却也轰轰烈烈的家庭之爱。

她向鸡舍走去，决定前去调查一番，看看那像蛇一样会咬那些男人的究竟是什么东西。他们都情绪高涨，正热烈地讨论着什么。只有当所有人都达到一致，而又没有敌人在场的时候，才会出现这样的局面。农场的政策和政府的愚蠢，最可能是这类话题。但也许又不是这样呢。“布莱文斯很会撒谎，”赫布正在说，“他撒起谎来，快得就像狗舔盘子。”

“你们好啊，先生们！”她一路走过去，在适当的距离上打了声招呼，以免他们正在说不想让她听见的话。要是在她面前，不小心说了“操”或“妈的”，他们肯定会尴尬得想找个地缝钻进去。

“嗨，怀德纳小姐，”大里奇回应道，“我有件事得和你说道说道。”

他态度很友好，让她放松了不少。应该不是什么刁难人的麻烦事。“是我卖给你和乔尔的那些奶牛吧？是不是全都跑光啦？我提醒过你，它们都是篱笆跨栏健将。”

“没有，夫人，那些牛表现得还不错，谢谢。不过，现在我们都把牛租出去了，只留下小牛犊子，好提醒自己还在养牛。我们不欠你啥了，除非它们都忙活起来要在今年冬天生牛犊子。”

“我记得那些条款，我对姑娘们都说过该怎么办。”卢萨笑了笑。里奇和乔尔跟她做的这笔生意，能让她有赚头，她心里清楚。

“现在不说这事，我们争论的是你的反烟草政策。”

“我的什么？哦，明白了。你们把我弄得像是在和农夫们对着干似的。”

里奇飞快地把夹烟的手背到了身后。赫布、乔尔、弗兰克和赫布的儿子也纷纷效仿。“没有，夫人，”大里奇说，“我们说你就像县里的布彻小姐似的，她是十年级的工艺课老师。以前只要发现我们在抽烟，她就会直接朝我们扔螺丝刀。”

“你们的工艺课老师，是个女的？屠夫小姐[1]？简直难以置信。”

“我们可没骗你，”弗兰克说，“她当过我的老师，也当过里奇、乔尔的老师，还是赫布儿子的老师。她退休的时候估计快一百岁了，没了三根手指头。”

“她千万要活到一百二十岁啊。”卢萨说，“瞧瞧你们这德行，尽管她试了各种办法，你们一个个抽起烟来不还是像大烟筒。我的螺丝刀呢？”

他们一个个都像小孩子一样低下了头。卢萨觉得很惊讶，自己竟然成了他们关注的焦点。以前，这些男人从不和她说话，更别说像这

① 布彻（Butcher）本义为“屠夫”。

样聚在一起交谈。或许是接骨木酒的效果吧，弗兰克现在就一个劲儿地催她尝一口。他把酒装在啤酒瓶里，所以之前很难分辨各人喝的是什么。

“哇！”她尝了一口后便惊叹出声。酒味干冽，有劲儿，很像白兰地。“不错。”她又说，并点了点头，因为他们似乎都很在意她的看法，“虽然我听说这酒像蛇一样会咬人。”

一听这话，他们哄然大笑起来，连赫布都不例外。卢萨脸上微热，很高兴能争取到这份友好，但也惊讶地发现自己竟然和这些男人成了同盟，和他们的女人唱起了反调。也许只是跟玛丽·埃德娜唱反调吧。不论是谁，似乎都对玛丽·埃德娜心怀不满。

“那，大里奇先生，你有啥要和我说道说道的？”

“是你家后头牧场上的山羊。现在我算明白你为什么让我和乔尔把你的牛全牵走了，就是为了给山羊腾地方。我也知道你要羊干什么。”

“你知道？”不知何故，她一时有些慌乱。小里奇已经把她的计划说出去了？要是他真说了，有什么要紧吗？

“对。”大里奇眼里闪着光。

“好吧，那我为什么要山羊呢？”

“好让我难堪啊。它们会把你家饲草田里的蓟草和野蔷薇啃个精光。你想想，要是有人开车经过，看见篱界的另一边，就会说：‘哎呀，先生，那个里奇·鲍林怎么搞的，他家的饲草田里长的就是一堆乱糟糟的野蔷薇，两美分贱卖给我我都不要。’”

“我正是因为这个才弄来山羊的，我要把你的饲草生意搞砸。我可受不了眼睁睁看你卖饲草赚大钱。”

“哎呀，里奇，”乔尔说，“这女人可要让你遭殃了。你还是别种田了，和她好好比试比试吧。”

他们这是在取笑她吗？不过他们彼此之间也是这样说话的——有长吁短叹、有嘲笑奚落，也有尊敬，她开始有些领会了。他们也都坦率地表达出对她的为人的欣赏，尤其是大里奇和赫布那个从利斯波特赶来的儿子，他叫什么名字来着？卢萨拉了拉针织衫，担心乳头是不是透出来了。她绞尽脑汁在想那孩子的名字，好像那有多重要似的。她一直盼着他能再重复一遍自己的名字，但他只是把第二瓶像蛇一样会咬人的酒递了过来，他们现在都在敬酒。难道她这么快就喝完了第一瓶？为什么里奇一直冲着她笑？他这人挺难揣测的——她从没想过他还有这一面。她这下明白洛伊丝为什么要把头发染得年轻些，时时留意自己的丈夫了。

“那谷仓是用栗木搭的吗？”赫布家未知名字的男孩问她。

“你在问我吗？”

“那是你家的谷仓吧，难道不是吗？”

她吃了一惊，没想到如今转到了这个话题上来。她竟然有资格谈论自家的谷仓了。他们家里的那些妻子可不是这样，就连厨房，都不承认是卢萨的。当然啦，这些男人也都是姻亲；他们和卢萨一样，也都不是从小在这宅子里长大的。她还从没想到过这一点——他们也不算怀德纳家的人。

“对，我觉得是栗木搭的。”她指了指山墙顶部附近的细木接合处，“你看到屋顶拱起来的那个地方了吗？那是后来搭的，我觉得用的是橡木。那里还没有朽坏，不过椽子全都得换了。”

赫布吹了声口哨。“那可得花你不少钱。”

“帮个忙，”她说，“要是你听说有人想做换谷仓屋顶的活，就对他说你知道有位女士可以让他赚点钱。”

“你应该让他在你家山头上造个亭子。”弗兰克说，“这样你就能在那儿设个哨岗看着山羊了。”

“我就认识一个家伙，他有两座亭子。”里奇说，“可两座都垮了。”

“里奇·鲍林，你这该死的傻帽。”

向晚的斜晖中，他们沉默地站了一会儿，细细地打量着那裂痕斑斑、几经修缮的谷仓。他们身后的鸡舍深处，传来慢条斯理下蛋的母鸡低低的厌世呻吟。夏日昆虫的大合唱充斥着四周的空气，无穷无尽的咔嗒声与婉转的颤音此起彼伏、愈发高亢。随着夜幕降临，那聒噪更是震耳欲聋，甚至可以湮没烟火的爆裂声。但就算此时，卢萨和男人们仍能听见洛伊丝不屈不挠的大嗓门，她刚拦下汉尼－梅维丝，正喋喋不休地向妹妹抱怨火药的价格。

“我真是个该死的傻帽，”里奇煞有介事地说，“花了一百美元买来烟火，还有这看来得挨到圣诞节才刹得住车的唠叨。”

“我听说是一百八十一美元零十二美分，”卢萨说，“大概。”

“没有的事，是八十一美元零十二美分，那是乔尔说的。”

“好啦。”乔尔忽然兴奋起来，“我们去放烟火吧。”

“别那么着急，塞克斯顿先生。等天黑了再去吧。”但乔尔已经往坡上走了。他们的目光跟随着他的背影，看着他走开的路线和穿了一身星条图案的汉尼－梅维丝追过去的路线交叉在一起，她已经摆脱了洛伊丝，拿着装热狗的纸包朝丈夫走去。卢萨开始品赏她那一身着装，似乎在夜色中更好看。当汉尼－梅维丝踮起穿着小金鞋的脚，让乔尔吻了吻，再把手上的热狗递给他时，卢萨便觉得她益发好看了。两人简简单单的动作满含宠溺，他抚住她的后背，她绷直小腿、抬起脑袋，受了他一吻。巨大的孤寂感偷偷爬上卢萨心头，渐渐笼罩了她。她需要科尔来和这一大家子协商沟通。有他在，许多事就都好说了。又或许，本来就不会有什么问题。

乔尔开始寻摸褐色纸袋里的烟火，他埋头翻找时，另一只手不自觉地把热狗举得老高。让乔尔独自去放烟火，里奇似乎不太放心。“真不想离开你们这群可爱的同伴，”他一边说，一边殷勤有礼地鞠了一躬，目光灼灼直视卢萨，其中的意味让卢萨心头一惊，“我得去好好盯着我的那位连襟。他这人不怎么可靠。”

“我觉得你也不怎么可靠。”她说。

他眨了眨眼。“我想你说得没错。”

卢萨忙转过脸，假意望着山坡上的餐桌，免得脸上的红晕被人看见。她很是恼火——难道她现在已经不是新寡六周的寡妇了，她的大姑夫竟然和她调情。尽管他这么做或许是想让她高兴，又或许是酒精搞砸了事情。那一瞬间，她忘了自己原本的凄惶。她既觉得负疚，又似乎看到了希望，终于意识到麻木的日子过后，对岸已然显露。也许在那里，身体的愉悦终有一天会猛烈地触动她，她会再次看到斑斓的色彩。

“先生们，我得去当个称职的女主人了，我得去看看冰激凌是不是可以吃了。”她说。弗兰克从她的左手上抓过空酒瓶，又塞给了她满满一瓶酒。

“我们全都罪孽深重……”她低声哼着歌，双手各握着一瓶会咬人的蛇，从玛丽·埃德娜身边走过。她朝着谷仓走去，想看看冰激凌机的工作进展如何。她感到小腹一阵收紧，不是因为接骨木酒，而是因为别的事。她认得这种身体感觉，但又说不清道不明。这一整天，这种感觉围绕着她——那是种充实感，不会令人不快，但易使人分心，而且左腹部一直隐隐刺痛。当她看见一轮明晃晃、圆滚滚的硕大月亮自谷仓屋顶升起时，这种感觉又上来了。那是她的月事又回来了。从上大学起，她就一直服用避孕药，已经好些年。但几周之前，当她最终下定决心把科尔的牙刷和剃须用品全都清出浴室时，把那粉色的药盒也给扔了。如今，压抑蛰伏了好几年后，她的卵巢已悄然苏醒、渐渐活跃起来。难怪那些男人都像蛾子似的围着她：她能生育。卢萨对生命这荒唐的执念付以惨然一笑。她必须循着费洛蒙的气息而去。

半路上，朱厄尔五岁的孩子一下子扑到了她腿上，她手上的酒没拿稳，洒了一身，还差点一个趔趄摔一跤。

“啊呀，洛厄尔，怎么回事儿？”

“克丽丝害我割破了腿！”他哀号声声，手足乱舞，“流血了！我需要邦迪！”

“我来看看。”她往地上一坐，把两个酒瓶稳稳地放入草丛，卷起洛厄尔的裤腿，仔细检查了一番。皮肤没破。“我什么都没看见啊。”

“是另一条腿。”夜色中传来一个恹恹的声音。是克丽丝，她紧随着弟弟正吃力地往山坡上走来。“他在谷仓地窖里被钉子钩到了。”

卢萨被这孩子的歇斯底里搞得惊慌失措。为了安抚这孩子，也让自己冷静下来，她把孩子揽到自己的膝头，又查看了他的另一条腿。她在脚踝处发现了划伤的痕迹，但就连表皮的第二层都没划破。肯定不会出血。“没事的。”她说着，用力抱了抱他。然后她揽起他的腿吻了吻。“你结婚之前，伤口肯定会好的。”

克丽丝扑通一声坐到卢萨身边。“他是不是说都是我的错？”

“没啊，他没说。”

“好吧，他会这么说的。他会这么告诉妈妈。我可没让他和我一起爬到谷仓下面。我让他别来。我就是这么跟他说的，他就喜欢打小报告，像个胆小鬼，老是说自己这儿疼那儿疼，还哭个不停。”

“我不喜欢打小报告，不是胆小鬼！”洛厄尔哀叫起来。

“嘘，”卢萨说着，又伸手搂住了克丽丝的肩，洛厄尔则趴在她膝头，渐渐平静下来，偶尔悲从中来，再抽噎一声。他撒娇似的黏着卢萨，用一双小小的手紧紧搂着她的腰。“谁都没有错，”她说，“大姐姐也不是什么事都能照顾到哦。洛厄尔也只是想跟着你玩，宝贝。”

克丽丝侧肩抖落掉卢萨的胳膊，一言不发。

“哎呀，是我家的洛厄尔在哭闹吧？”朱厄尔在他们身后喊，听上去很焦急。

“没事啦。”卢萨回应道，“我们在谷仓这儿。是玩的时候伤着了，但很快就会好的，我觉得。”

朱厄尔过来重重地坐到了草地上，伸手摸了摸洛厄尔的额头。他马上就离开卢萨的膝头，蹦入了母亲怀里。克丽丝站起身，转眼便消失不见了。

“他就是划破了一点皮。”卢萨说，“他想和姐姐一起爬到谷仓下面转转。绝——对没出血，不过，要是你觉得贴个邦迪有助于病人恢复士气，我就去拿，楼上的浴室就有。”

“谁要吃冰激凌？”一个女人的声音自夜色中响起——卢萨猜是洛伊丝和里奇的某个十几岁的女儿。汉尼－梅维丝丢开手之后，洛伊丝家的两个女儿就接管了组织孩子们搅拌冰激凌的事务。

洛厄尔深吸了一口气，站了起来，精神抖擞而又一瘸一拐地朝冰激凌的方向大步跑去。朱厄尔往卢萨的肩头略略靠了靠。“谢谢你，亲爱的。”

“我可啥也没做。”

“你没抽他们，就已经很好了。”

“老天，朱厄尔，别这么说。我喜欢你家的孩子。他们很特别，两个都是。”

“特别……好吧。”朱厄尔歪着脑袋，用一种近乎咏唱的调子叹道，“小子像个姑娘，姑娘像个小子。”

“也许就是因为这个，我才喜欢他们。”

“他们以前的日子不好过。苦命的孩子。要是我当时能对他们好点该多好。”

“每个孩子的日子都不好过。”卢萨说，“一个小人儿在这大大的世界里，没有人拿你当回事儿，这日子很不好过。我能想象得到。”

朱厄尔摇了摇头，这情态让卢萨领会到，她心里藏有更大更沉重的悲哀，那是卢萨想象不到的。卢萨沉默下来。近来，她也腻味了别人的好言相劝，她知道什么时候该缄口不语。她们就这么坐着，凝望着月亮。此时，月亮已似美丽的青铜圆盘，悬于谷仓上方。千言万语都无法触及月亮之美。在这幽蓝的夜色中，她又听见了记忆深处爷爷兰多夫斯基的声音：“Shayne vee dee levooneh.”是一首歌，也或许只是对心爱孩子的赞叹：“美如明月。”

“朱厄尔，我想问你一个古怪的问题。你们都是在这宅子里长大的。有人见过里面的幽灵吗？”

“别说了！上次你告诉我说我妈还在厨房里游荡，我就听得毛骨悚然。”

“不一样。我现在讲的是快乐的幽灵。”

朱厄尔摆了摆手，像是赶走小虫子。

但卢萨不依不饶：“下雨的时候，我能听见孩子们在楼梯上跑动的声音。”

“我觉得是屋顶的问题吧。一下雨，那老宅子就和鸡舍一样闹腾。”

“我知道你指的是什么。下雨的时候，我还能听见音乐声和说话声。就算是铁皮屋顶的声音吧。我可以和我爷爷聊很久很久，他以前是吹单簧管的乐师。但这些声音和我说的都不一样。有时候，甚至不下雨的时候，我也能听见孩子们爬楼梯的声音，一阵风似的，磕磕绊绊的，那种好几个孩子同时爬楼梯的声音。我听到过好多次了。”

朱厄尔只是瞅着她。

“你觉得我疯了，对吧？”

“当然没有。”

“肯定有啦。独自一人待得太久了，寡妇不发疯才怪。我就是这样。但你要是听到我说的那些声音，肯定也会吃惊。太真实了。我发誓，每次听见，我都会停下手头的活，跑到楼梯旁，想看看是不是真有孩子在往上爬。我说的不是‘听上去像脚步声’，那就是踩在楼梯上的脚步声。”

“好吧，那是谁的脚步声呢？”

卢萨看着朱厄尔，仔仔细细地打量她。即便暗夜沉沉，卢萨仍能看见她脸上一个月前还未曾出现的陡削的纹路。就好像有什么接错了线路，卢萨内心里的种种悲哀全都显现在了朱厄尔的脸上。“你没事吧？”她问。

朱厄尔警惕地看了看她。“你什么意思？”

“我是说你看上去不精神，而且好累，好疲惫。”

朱厄尔整了整包住头发的花头巾，戴着这种奶奶头巾，也没法显年轻。“我是很累。又病又累。”她叹了口气。

“怎么回事？”

“唉，亲爱的。没事啦。我会想办法的。你就别问了，今天晚上我不想多说。我只想来这儿，和你们一起吃吃冰激凌，看看烟火，难得地开心开心。”她深深地叹了口气，“明天再问吧，好吗？”

“好的。可你让我很担心。”

“我还是去看看洛厄尔是不是要去医院。他说不定已经把这事给忘了，可要是我现在不给他贴邦迪，凌晨三点醒过来时，他就会以为自己马上要死了。”她起身，吃力地、慢慢地想站起来。卢萨跳起身，把她拉了起来，再拎上草丛里的两个酒瓶。其中一瓶仍旧是满的。

“你看看我，一手拿着一瓶酒在这儿大摇大摆地走来走去？但愿玛丽·埃德娜会为我永生的灵魂祈祷。”

“玛丽·埃德娜会为她老公永生的灵魂祈祷。你的牛仔裤贴身得就像树皮贴合在树干上，这一晚上赫布·戈因斯的眼睛就没从你的屁股上挪开过。”

“朱厄尔！赫布？我还以为赫布与这种心思绝缘呢。”

“你就吃惊吧。可不只有他这样。”

卢萨做了个鬼脸。“你快走吧，说得我都尴尬死了。去看看盛冰激凌的盘子或碗还够不够，好吗？看看桃子和黑莓是不是都放里面了，冰柜里有已经切好的新鲜桃子。水果最后放。”

“别费心，我们没问题的。”

“好。我过会儿就来。我想去池塘那儿待一会儿，看看月亮。”

她踩着人字拖，脚底和橡胶鞋底之间沾染着青草凉凉的湿气。她沿着池塘岸边一直走，直到从她的位置看去月亮的倒影正好在池塘正中央。那倒影清白、战栗，似这静夜一般古老，令人心生向往。她只觉巨大的悲哀自心头醒来。这悲哀一度沉睡，她尚能靠假装支撑，可它一旦醒来，就将她试图营造的种种假象驱逐，连同它的盟友，她原本可以救他一命的一百种可能，对她穷追不舍。那天，他感冒了。他本可以躺下休息，不到山里去。如果她是个好妻子，她本该将他留在家里。

“科尔！”她大声喊道，可话刚出口她就后悔了，因为这呼喊已将他召唤至身边，鲜活而真实。她的心仿佛渗血一般渗出卑微的祈求：真希望你今晚能在我身边。真希望我们浪费在争吵中的那些日子能重头来过。真希望我们能有时间生个孩子。真希望。

“呲。”

她扭头看去。谷仓朝向月亮的那面墙壁反射出一片惨白的月光，她什么都没看见。但她闻到了一股烟味。然后就看见一颗点亮的红色烟头于黑暗中晃动。

夜色如墨，她飞快地擦了擦眼睛。“是谁？”

“是我，”传来一声低语，“里奇。”

“小里奇吗？”她的共谋者。她向他走过去，小心地绕过池塘边缘的泥洼。“你看没看见我弄到了什么？”她问他，努力显出开心的样子，好让自己从自怜中抽离出来，“你开车经过的时候，有没有看过我家烟草田上方的那片田地？”

“嘘！”他于暗夜中用手按在她的腰上，把她拽到谷仓角落里，直没入月光的暗影深处。

“你干什么，不学好，在谷仓后头还抽烟？看看吧，我也学坏了。”她举起酒瓶，但他拒绝品尝。

“呸，是弗兰克姨父那难喝得要命的烈酒吧？”

“你这么觉得？我刚刚差点觉得这酒还不错呢。”

“那说明你已经昏了头了。”

“也许吧。你到底在躲谁？”

“我妈。”

卢萨轻轻笑了。家家有本难念的经。“你妈妈，骆驼牌香烟女王——在她面前你还躲躲藏藏？”

“不是我，是你。”他说着，点了根烟，放到她手里。卢萨看着那根烟皱了皱眉，然后就夹到唇间，吸了一口。几秒钟之后，一股令人愉悦的、刺刺的麻痒感从舌下一直传到了胳膊。

“哦哟，”她说，“我就快爱上吸烟了。你可真容易把别人带坏。看见我的山羊了吗？”

“嗯。上头那儿好像有四五十只吧。”

“五十八只。你知道吗，这里面没有一只山羊之前和公羊一起待过。现在它们有了一只公羊，你就想想吧。只要它忙活起来，把活干漂亮，就能让我在开斋节之前拥有五十只小羊羔，我家谷仓的新屋顶也就有着落了。”

“真行啊。就靠报纸上那个广告，来了这么多羊？”

“我的电话都快被打爆了，里奇。我没开玩笑，真的是一直响个不停。你听说过电话机被打坏这种事吗？上周整整一个礼拜，从早到晚，我一直在接电话。”

“嗯，玛丽·埃德娜姨妈说见你进进出出的忙得很。她都能说出你跑了多少趟。你花了多少钱，总共？”

“登招募启事花了一美元六十五美分，这是目前为止所有的花费。山羊一分钱都没花。你实在想象不到那些人给我羊的时候有多高兴。你们这里的人都觉得我在帮忙清走有毒的废料。”

“这事儿你得谢谢沃克先生。他是县里所有山羊的老祖宗。”

“是该谢谢他——我也谢过了。我都是打电话咨询他。他人真好。”

“他人好，是吗？他以前在学校里当老师的时候可没受到过这样的评价。”

“但我觉得他是个很有意思的老头子。帮了我很大的忙。你知道他教我干什么吗？有时候得拿块布头摩擦公羊，再拿到母羊鼻子底下挥来挥去，好让它们兴奋起来。”

“哦……这样啊，”里奇说着，慢慢点了点头，“我好像在奥达·布莱克的铺子里听人八卦过。他们说看见你在山上对山羊没规没矩的。”

卢萨笑起来，呛了一鼻子的接骨木烈酒。“这话应该不是他们说的吧。”

“好吧，我的错。”他抽了口烟，凝望着田野。草丛在月光下显得白白净净，好似覆了白霜。“那真有用吗？我是问，为什么会有用？”

“是费洛蒙。”她说。

“啥？”

“就是气味。我们从来不会拿来谈论的整个爱的世界的气息。”

“是吗，”他说，“那么五十八只母羊，你就能有五十只羊羔？”

“算你说对了。还有，你知道吗？算了，你不会相信的。”

“什么呀？”

“在我以前放牛的那片小牧场那儿，还有三只公羊，它们是我的备胎男士。另外，在老牧场那里，就是果园后头、遍地都是野蔷薇的那地方，你猜有什么？”

“怎么，还有山羊？”

“还有七十一只母羊。”

“不会吧，姑娘，你玩这么大。”

“算是吧。那些母羊都是最近某个时候和公羊一块儿放牧过的，要不就是养羊的人自己也搞不清楚的。沃克先生叫我别要，因为不能马上让它们进入发情期。可我想，为什么不把它们要过来，先养在那儿呢？到了十月我再放入公羊，那样我就有了第二批羊羔，养肥后，就能及时赶上希腊复活节[1]和宰牲节。”

---

① 希腊复活节以每年春分后的第一个满月为基准，其后的第一个星期日为这一年的复活节。

里奇吹了声口哨。“你可真会算。”

“养羊天才嘛。”她拍了拍自己的脑袋，“你从没想过要在鸡下蛋之前数数自己有多少只鸡吧，可我已经和娘家表亲谈了，做肉贩的那个。你实在想不到他有多激动。他从九月份开始接订单。他估摸着我们能大赚一笔。”

“是吗？能赚多少？”

“嗯，也算不上太多。但足够用。负担大项开支是够了——比如说，我目前需要修理好谷仓的这笔费用。”

“那每磅羊肉的价钱是多少？”

“一美元六十美分，也许可以到一美元七十五美分？”

她心里其实对价钱也没谱，但里奇显然很清楚，因为他吹起了口哨表示赞同。“嚯，很不错啊。”他冲她眨了眨眼。她的眼睛已完全适应了夜色，将他看得很清楚：他和他父亲算不上很像，但眼里的光亮却是一模一样。她举起酒瓶，让最后那一点毒蛇轻咬她的舌尖。

“看那儿。”他说着，指向洒满月光的山坡。她能望见那片牧场上，她家洁白的山羊正弓着脊背四下吃草，如同孩子笔下的画作。后来，她又辨清了其他画面：那只深色的公山羊在四处走动。它正在努力劳作，管理着自己的羊群，有条不紊地趴到一只接一只母羊的背上。卢萨满怀敬畏地观看着这一幕。

“好好干，小家伙，”她一本正经地说道，心里喜乐无边，“快给我的谷仓盖个新屋顶。”

里奇被她逗乐了。

她抬头看着他。“你注意过下雨时候的羊群会变成什么样吗？”

“当然。它们会挤在一起，挤成马蹄铁的形状。”

“这实在搞笑。我以前不知道。昨天上午下大雨的时候，我看着窗外，心想这下完了，我的山羊都染上小儿麻痹症了。可雨一停，它们又活蹦乱跳起来。”

“真有你的。要是山羊不能为你修谷仓屋顶，你才不会注意到它们。”

“你说得太对了，朋友。”

月到中天，显得愈发小了，她觉得自己的悲哀也随之缩小。或者并不是缩小，悲伤从未变过，只是将它的统治权出让给了这景色，比如这月亮。她琢磨着怎么会这样，到底是什么样的物理学上的错觉，使得月亮在刚现身时显得硕大无比，等它摆脱了与枝枝杈杈的纠缠之后，却又回归至正常大小。在这清澈月色下，她望着她那群忙着繁衍生息的山羊。她觉得科尔会赞赏她的聪明才智。但她第一次，为她这项计划中的羊妈妈和它们的孩子感到悲哀，这些小羊羔都会归于乌有，至少从母亲的角度来看是如此。是啊，它们就是食物，人类需要食物，需要大摆筵席，但从结果来看，仅仅是为了修理谷仓，为了给这个凄凄惨惨的老旧农场还清债务，需要付出的努力和代价实在是太大了。卢萨不下一百次地思考，却又从没想清楚过，该如何在这儿住下去，为什么要生活于此。当她试图用语言来描述自己的生活时，却发现这地方没有丝毫足以将她留住的东西。而语言，是她唯一能在电话里向父亲、阿莉之类的朋友、以前的老板提供的东西。“用不着一年，”她开始时这么说，“我就会离开这儿。”

但还有太多话语之外的东西。有忍冬花和新翻泥土的气息，有雨中屋顶上古老的歌谣。有月光下的蛾子螺旋形的飞行轨迹。还有幽灵。

“里奇，”她说，“你见过幽灵吗？”

“你是指真正的幽灵？”

“嗯，难道是想象中的不成？”她笑了，“我想你的意思就是没有。抱歉问了这么个问题。”

“怎么啦？你见到幽灵了？”

“幽灵就在我房子里。家里全都是幽灵。有的是我娘家人——我去世的祖父尤其经常出现。有的是你们家的。还有些我不认识。”

“真瘆人哪。”

“不会，有意思的是，他们并不可怕。其实，他们都开开心心的。说实话，他们是我的伴儿。这样一个人待在宅子里就不会觉得寂寞了。”

“我不知道怎么说，卢萨。听上去有点疯狂。”

“我知道。”他直呼了卢萨的名字，他们家还没有人这么做过，而且也没有称呼她卢萨舅妈。不管意味着什么，谈话还是因此中断了一会儿。

“嗯，”她终于开了口，“我只是想和谁说说。抱歉。”

“没事儿。还挺让人感兴趣的。我从没见过幽灵，可我也从没见过阿拉斯加，没准是在天上呢。”

“这个想法还挺有哲理的。”

“他们什么样？”

她瞥了他一眼。“你还真感兴趣？”

他耸了耸肩。“对。”

“他们不是电影里演的那样子。他们在我家，就像真正的人一样。确切地说，他们是孩子。大多数时候，他们都在台阶那里玩。今天早上，我听见他们在低声说话。我就起床，越过栏杆往下看，他们就坐在倒数第二级台阶上，背对着我。”

“是谁？”他开始感兴趣了。

“你得保证不告诉任何人。”

“我对天发誓。”

“是科尔和朱厄尔。一个男孩，一个女孩，就是他们。大概四岁和七岁的样子。”

“不会吧。你确定？”

“对。”

“可你根本就不认识小时候的科尔啊。”他指出了这一点。

她看了他一眼。“你在质疑我缺乏科学精确度？他们就是幽灵！我不知道自己怎么知道是他，可我就是知道。我看过照片，而且你知道的——或许你其实不知道，但当你和一些人这么亲近，你就是能了解他们的整个生活。就是他，行了吗？还有你的朱厄尔姨妈，姐弟俩。她用手搂着他的肩膀，像是总想护着弟弟，不让他受这个广阔世界的伤害。好像她知道总有一天会失去他似的。忽然之间，我对他们俩全都能理解了，他们以前真的好亲近。我真替朱厄尔觉得难过。”

“每个人都为朱厄尔姨妈难过。生活对她太不公平了。”

“什么意思，就因为她老公离开了她？”

“对，谢尔姨父跑了，科尔又死了，她的孩子整天闹腾，现在自己又生病了。”

“什么病，病得有多重？”

“我也不清楚。上帝做证，他们什么都没告诉我，就像我还是个小孩似的。但我有眼睛，我能看出她在掉头发。”

“哦，不会吧。”卢萨轻轻说了一句，低下了头，“天哪，是癌症吗？”

“我觉得是。是……”他碰了碰自己的胸膛，“去年，她做了手术，两边都做了，但现在蔓延到全身了。”

“去年？是在我搬来这儿之后，还是之前？”

“我还真不清楚。就算在家里，他们也很小心地保密。教堂里也没人知道。连克罗格连锁超市的老板都不知道。否则，他肯定会炒了她。”

卢萨一时语塞，只能摇头作罢。

“汉尼－梅维丝姨妈带她去罗阿诺克做了几次治疗。我知道这个只是因为她们离开的时候，她会把两个孩子都带到我家，让我妈和我妹妹帮忙照看。他们什么都没跟我说过，真的，我都是自己猜的。”

“他们也没跟我说过。”卢萨说，“我感觉到了不对劲，似乎出了很严重的事。该死，我就知道，可他们甚至不想让我帮帮忙。”她的嗓音哽住了。听到这噩耗，她只觉得脸上一阵发热，膝头发软，生怕自己会哭起来，一发不可收拾地哭个不停。他伸手搂住她。仅仅这个安慰性的动作，就已让泪水涌上她的眼睛。

“他们不想让你太担心，”他说，“你已经够伤心的了。”

“不算最糟。我还活着。”

“我觉得，至爱的人死了，比自己死了还伤心。”

让她尴尬的是，这句话令她无助地哭了起来。他这么年轻，竟会懂得这一切？她将脸埋在他白色T恤的棉质面料中，他胸膛传来的温度让她渐渐安静下来，啜泣着，真希望自己能飞离这里。她在脑中能轻易地勾勒出这幅画面：把东西扔进行李箱——除了书和衣服，什么都没有，把那些沉甸甸的家具全都抛下不管。跑下台阶，逃离就行。但那两个孩子就坐在台阶下的平地上，背对着她，绕不过去。他们拦住了她。

她这才意识到，里奇已经静静地站了很长时间，耐心地拥着她，用另一只手抚摸着她的头发。她深吸了一口气。

“对不起。”她说着，把脸转开，避免与他目光相触。

“别这么说。我也没搂多长时间。我还乐意做更多的事呢：我想把你家谷仓的整个屋顶修好。”他用手指抬起她的下巴，然后令卢萨震惊万分地俯下身，飞快地在她的唇上吻了一吻。

“里克，”她只觉得体内升起一股歇斯底里的怒气，“小里奇。我是你舅妈。看在上帝的分上。”像电影一样戏剧化，她心想。她这个毫无欲念的女人，却在这个晚上受到了每个男人的追求。

“对不起。”他说，看得出是真心实意的。他还后退了一步。“天哪，我都不知道说什么好了。别生气。我也不知道自己是怎么想的，好吗？”

她笑了。“我没生气。也不是在笑你，我只是在笑话自己。你是个很帅气的男人。能和你在一起，你女朋友很幸运。”

他对此不予置评。他注视着她，想要估量自己究竟搞砸到了什么程度。“你不会，比如说，告诉任何人的，对吧？”

“当然不会。我还能告诉谁？”她笑着，摇了摇头，用手掌揉了揉眼睛，“搞笑的是，半小时前你爸也想这么做。”

“我爸？他和你？”

“别这么吃惊。难道会比你和我更糟吗？”

但这时他发起火来。“真他妈的，我爸！他没做得过分吧，是吗？我的意思是，他对你做什么了？”

她很后悔自己的冒失。竟然忘了这两人是父子。卢萨对这种事一向少根筋，她没做过母亲。“他真的什么都没做，”她平静地更正道，“他只是想，但没这么做。”

“老天哪！那个老色狼。”他说着，丧气地摇了摇头，“瞧他这德行。他还在上面当着所有人的面，拿冲天炮打飞机。”

“你这想法太糟糕了。”

“我就是这样想的。”

“不过你提醒了我。我想我还是去看着他们放烟火吧。要是他们把这地方给烧了，我还能给保险公司写份详尽的报告。”

他碰了碰她的肩，拦住了她。“真的别生气了，好吗？我很想和你成为朋友，卢萨舅妈。真的很抱歉我搞砸了。”

“里克，我没生气。”她犹豫着不知该如何往下说，就这么盯着自己的双手，叮叮当当地敲击着酒瓶。她依旧惊诧于他在唇上留下的味道，烟味和男人强烈的气味将她生生从麻木中唤醒，渗入她内心深处某个仍然活着的地方。“你知道吗？我很孤独，都快要疯了，你搂着我的感觉很好，让我根本无法思考。我应该谢你才对。就这样吧，到此为止。”她稍稍抱了抱他，便将他留在了缭绕的香烟烟雾之中。

她缓缓地登上山坡，头顶烟火灿烂、美不胜收。红色与蓝色的火星雨点般从空中洒落，成百上千只亮闪闪的萤火虫由草丛中飞升而起。大姑子们都在忙着，要么弄东西给孩子吃，要么收拾东西。男人们却都守在草坪躺椅上，随着烟火爆响，他们便狂呼乱号一番。烟花一支接一支疯狂地蹿入空中，越过池塘，或是落入梓树丛中，在叶片间溅起一小缕一小缕嘶嘶作响的火焰。

“哇！”一支烟花射偏，坠入草丛时，男人们异口同声地喊叫起来。下一支烟花伴着巨大的嘶嘶声直直地腾入空中，在头顶爆绽而开，随风扬起粒粒火星，他们又发出醉醺醺的浑厚的欢呼。

卢萨咬着嘴唇，抵御着腹部怪异的疼痛。今晚彻底失控了，她心想，但你又能怎么办呢？这不过是我们本来的样子而已：一个女人随着月亮的圆缺而循环不歇，一群男人则一心想同天空做爱。

16 捕食者

“哎呀！”她大叫一声，猛地往后一退，像触了电。那里冒出一条铜头蛇。她慢慢地将镰刀从野蔷薇乱枝中往回抽。当时，她一直边走边清理小径边上的野草。她缓慢而平稳地将镰刀把提起，再靠向肩头，其余肢体保持纹丝不动，大气都没喘一口。如今已不是所有的蛇都会让她这样了。她见识过许多蛇，早已不至于大惊小怪。通常情况下，如果有蛇在脚下游动，长着扁平的脑袋，从黑色的头部到尾部一路呈流线型渐渐收细，她的头脑立刻就会辨认出这条蛇没有危险。但三角脑袋让她身体发冷。那就像一个绕行标志。她之前就琢磨过，在丛林里，只要到了这儿，得立马止步。这里的所有鸟儿和哺乳动物都知道，这个形状表明有毒——这种轮廓在蝮蛇中很常见，特别是在铜头蛇中。正待在小径边上晒太阳的这条尤为粗壮，身上的菱形花纹让它看起来像一只花格长袜，铜橙色中掺了点褐粉红和深玫瑰色。这些颜色都很漂亮，但混到一起，却实在好看不到哪儿去。

放松，站好别动，她爸爸会这么低声暗诵。她平生第一次见到铜头蛇，是他们一起在谷仓里发现的，那蛇蜷在一捆饲草之下，那本是他们准备拿出去喂牛的。她大叫一声，飞也似的冲出了阁楼门，但后来再也没有这样冒失过。除非你知道往哪儿逃得掉，才能撒腿开逃。否则就会被它逮个正着。此刻，她稳稳地踩定地面，细细观察起来：这家伙正懒洋洋地蜷着身子，可以从好几个方向发起进攻，无须急于选好袭击姿态。她深吸了几口气，尽量不让自己惹得那条蛇发狠。它只是在忙自己的事儿，仅此而已。它和山里的几千条从未现身人前的铜头蛇一样，只是在过自己的日子，一个月也就吃掉一两只啮齿动物，图个温饱，维持着自然的平衡。它们都不想被人踩到，肯定也不想将自己的尖牙深深扎入一个长相怪异、又不能吃，还比自己大上百倍的哺乳动物体内——不过是浪费昂贵的毒液而已。这些她都知道。你盯着它看，很清楚自己在它心里根本无足轻重，但要把它从你的心里抹去却是另一回事。

最后，那又宽又扁的脑袋从阳光底下摇摇晃晃地游开，没入了高高的草丛中。那身子越拉越长，蜿蜒有致地往山下游去。没多久，那脑袋又出现了，蛇芯子忽闪忽闪的，就在十英尺开外的地方，那是另一片阳光地带。它嘴部的线条从扁平的鼻头往后延伸，略略上扬，好似揶揄地笑着。其实这不过是蛇的下颌阴影与毒牙回缩造成的视觉效果，这她都知道，但这一幕令她一阵心潮起伏。恐惧、愤怒、反胃，这感觉如此真切，她觉得相当虚弱。就因为那抹笑容，她对那条蛇恨得牙痒痒。

“你就待着吧，”她对那双逼视着她的眼睛说道，“但收起那副讨厌的笑容。”她转身朝着山上的木屋走去，粗大的镰刀挂在肩头。她感觉双腿仿佛灌了铅似的沉重。无缘无故觉得这么累实在有些没道理，也许是刚刚肾上腺素激增的“后遗症”吧。不过她已经决定今天不再干活了。先吃个晚午餐，之后再蜷起来看本书。下雨了。今天早上，她就已经意外地听见了好几声响雷。（每打一次雷，就惊得她一跳，如同先前见到蛇那样。）暴风雨正从肯塔基席卷而来。她挑了条捷径，穿过一片林中空地，回到那条可驶吉普车的小路上。她知晓那片空地已有十年之久，虽然荒草繁密，仍是阳光灿烂，长满了苍耳子。通常在夏天，她会设法避开这条路，这样就不用耗上一个小时摘掉牛仔裤上的毛刺球了。但她又不想被暴风雨兜头浇个透。她用镰刀狠狠挥向长满荚果的荒草丛，眼见它们左一片右一片地倒下，她觉得长出了一口恶气。长尾鹦哥的复仇——她喜欢这样想。它们与卡罗来纳鹦哥这种专吃种子的鸟儿共同进化而来。自从欧洲人定居下来，后者便很快灭绝了，故而很少有人听说过它们，不过倒是还有人知晓它们最爱吃苍耳子。约翰·詹姆斯·奥杜邦画过这种鸟儿，在他的画中，这鸟儿在苍耳子丛中大开宴席，满嘴塞满了那毛球荚果。他记录了这种羽色艳丽的鸟儿如何成群结队地在河谷地带飞上飞下，来回搜寻毛刺球，只要找到果实累累的苍耳子丛，便吵吵嚷嚷地纷纷降落，狼吞虎咽起来，直到一粒不剩。很难想象，苍耳子也会有稀缺难觅之时。如今，苍耳子已无鸟问津，它们也将一直这样生长下去。如今，它们会绊住旅人的脚踝，侵入农田、农舍、路边的沟渠，甚至林中空地，想要给不长记性的人类一个教训。

当头一阵豆大的雨点开始击打叶片，她方重拾脚步而去。一小时前，她还热得汗流浃背，但当暴风雨骤然而至，她便觉得气温陡降，好似潜泳到了湖水深处。她停下来，解下围在腰间的防风衣，穿上身，将风帽往前拽至额头，便再次小跑而去。等到上了森林服务处所在的那条起自山谷的小径，她又加快步速，飞奔起来。

路上坑坑洼洼，她放慢了脚步，以免扭伤脚踝，而且山路太陡，同时还得逆风而行。为什么下雨时人们总是着急奔跑呢？还有半英里路要走，到家时肯定已经淋得像个落汤鸡，管不了那么多了。她傻傻地笑了。然后停下脚步倾听起来。

有车子经过。她默默站着，等车子绕过拐角，好看清闯入者究竟想干什么。遗憾的是，在她看来，有人就意味着有麻烦。她知道森林服务处并不喜欢她这拒人千里的看法，但若没有人来搅扰，这座大山就会是个了不起的地方。此刻，她等待着，感觉肩膀渐渐绷紧。从湿漉漉的树干之间驶过的，竟然是森林服务处的吉普车淡绿色的车身，她不由得心头一惊。今天？今天几号，难道已经到七月了？

她心下略一琢磨，没错，已经是七月的第一周。该死，这是给她送补给品的，她又把这人给忘了。他叫杰里·林德，通常都是由他开车上山送来邮件和日用品。她得将清单交给他。她的心怦怦直跳，并不仅仅因为刚才一路往山上跑。埃迪·邦多也在上面。今天早上她离开时，他光着脚独自坐在门廊上，读她的那本《东部地区鸟类野外指南》。糟糕。

“嗨，迪安娜！你看上去像极了镰刀死神。”杰里一边开着车，一边将脑袋探出敞开的车窗。

“嗨，杰里。你看上去就像防火护林熊。”

他碰了碰帽檐。“别淋雨了。”他关掉引擎，慢驶至迪安娜身旁，再猛地一踩刹车，整辆车抖动了一下。这一带的路面上布满了深深的车辙，此时它们已成为一条条巧克力小溪往前滚滚奔流。她抬起左腿，踩在吉普车上，将湿透的靴带系好。

“我那些东西，你是怎么弄的，就扔在门廊上吗？”

“没，我放屋里了。你的邮件和食品盒都放桌上了。你生炉子要用的气罐，我留在了门廊上。”

她审视着他，想看出他在小木屋里究竟发现了什么。“你没碰到什么麻烦吧？”她谨慎地问道。

“啥，你说那门吗？我必须说，那门上的合页百分之九十都锈了。你有 WD-40 防锈润滑剂吗，要不下个月我给你带点过来？”

他遇到的就只有这个吗？难道就是开不开门？她注视着他的脸。“我有油。”她慢腾腾地说道，“我倒是有下个月的清单要给你。我需要一些木料来修桥，还列了一份需要的书的清单。”

杰里掀起帽檐掉了个方向，挠了挠脑门。“不会吧，还要书。你就不想要……比如说，电视机？”

“电池供电的电视机吗？别告诉我已经有人开发出了这种电视机。就连屋里那台收音机，我都没打开过。”

“你连广播都不听？真有你的。我看就算总统被人枪杀了，你过一个月都不会知道。”

她放下左脚，再抬起右脚去系另一边的靴带。“你倒是说说，杰里，要是总统今天下午被人开枪打了，你明天会干什么，还不是和他没被枪击时一样？”

杰里想了想。“是没啥区别，就是会多花些时间看电视。就拿 CNN 来说，每隔十五分钟，都会告诉你一遍他是死是活。”

“我之所以喜欢这种生活，杰里，是因为我可以观鸟，它们每隔十五分钟做的事都完全不同。”

“上车吧，”他说，“我开车送你上去，顺便取你的用品清单。我保证不告诉你世界上发生了什么。”

“好呀。”她绕到四四方方的铁皮车身后面，爬入乘客座，将压草钩扔到座位后面，发出砰的声响，“没来我这儿的时候，你在干什么，重复上个月的征调任务？”

“又不是头一次了。”杰里抬脚松开刹车，吉普车往前晃了一晃，路极陡。

“是啊，不是头一次了。”她同意道，“你去年十一月多给我了一倍的大米，我现在还没吃完。”他在小木屋里到底看见了什么呢？她觉得很尴尬，仿佛整个人光着身子被杰里看到了。她琢磨着他，想要找出点蛛丝马迹。这时吉普车正俯冲下山，颠得她有些东倒西歪。杰里似乎还是老样子。换句话说，还是个孩子。她克制着没要求他降挡，没要求他用变速器，别踩刹车。她到底是谁，还想在后座指挥别人开车？她已经两年没摸过车了。

他眯起眼睛，看着前面只够一辆车通行的小径。左侧的路肩倾斜得厉害，右侧则是陡直上升的山壁。“我从没在这条道上走过回头路。有没有宽一点的地方，可以掉个头？”

“得再开个一英里半，先开到下面那片农场，只有那儿才会宽敞点。”她在座位上挪了挪，“谷底那片地是属于谁的？我猜你肯定也不知道。”

“我还真知道。那是怀德纳家的地方。科尔·怀德纳。森林服务处修缮这间小木屋的时候，只能从他家的地皮上穿行，因此还征得了他的同意。那是你来之前的事儿了。”

她往那一侧望去，想了想。“怀德纳家。”她说着，慢慢点了点头，“我知道他们家还有些林子。肯定有一部分是原始森林，就在我们县界那头。每年我都担心得要死，怕他们发现了自家林子里的好东西，然后跑去伐木。这么一来，山这边一大片美妙的栖息地就相当于被剜了心。”

“嗨，他已经死了，我听说。卡车同一侧的两只车轮一起爆胎，然后撞上了桥桩。就是七十七号桥，在山的那边。”

“杰里，不说新闻。你保证过的。”

“哦，对不起。”

“不过，还是挺让人难过的。现在那农场不知归了谁。我敢打赌，他们肯定会去伐木。”

“那就不知道了。”

“怀德纳……他的名字叫什么？你刚说过。”

“科尔，就是‘老国王科尔’[①]的那个科尔。不过，我听说他还相当年轻。”

“科尔。我在想自己是不是认识他。我和怀德纳家的人一起上过学，但他们家都是女孩子啊。”她还记得，那些女孩子不太好相处。她们穿着手工做的裙子来上学，只是姐妹几个凑在一起玩。

“那可别问我了。”杰里听上去兴致勃勃。

“我知道，你是罗阿诺克人，也就十二岁。”

“没错，夫人，差不多对了。事实上，我是二十四岁。那……”他说着，仍在缓缓地往山下驶，“要掉头吗？”

“哦，对不起。还真没地方可以掉头——只好倒着车往山上开，得很慢很慢。”

杰里听从了她的建议，但要倒着开车、调整方向，又是上坡的山路，确实很难行驶。“见鬼。”他不停嘟囔着，半拧着身子开车，频频转错方向，“这就像在镜子上写字，得反着来。”

“算了，杰里，你还是停车吧。我可以走上山去，取了清单下来拿给你。”

“没事儿，坐稳了。我开车送你过去。”

离小木屋越来越近，迪安娜心中忐忑起来。显然，他之前并没有

---

① 英文儿歌名。

碰上埃迪，但好运不可能来两次。“真没关系，”她说，“我不在乎走路。就停这儿吧，我只要十分钟就行了。”

“是不在乎，还是不介意？”

她看着他，心头火起。“请问您能让我下车吗？”

他还在缓缓倒着车，那一瞬间似乎有一只车轮稍稍擦落了路基。“你走过去得花一小时，雨还越下越大。你到底怎么回事，心里咋这么倒腾？”

“咋回事儿，杰里，哪个学校教你说的这土了吧唧的英语？”

“我奶奶就是这么说的，‘心里咋这么倒腾’。她是格兰迪人。”

“好吧。我心里倒腾，是因为坐在这儿，生怕你撞到树上，或是翻到悬崖下去。你到底让不让我走路啊？”

“不让。”

她不再言语了。为了淋雨走山路和杰里争来争去实在太荒唐。她面朝前方，看着小路蜿蜒着不断伸长，好像倒着放映的电影慢镜头。他真有那么迟钝吗？就算埃迪·邦多不在，屋里也到处都是他。他的咖啡壶在炉子上，他的背包在床下。不过仔细想想，破绽极少。几乎没有。她松了口气。

“嗨，我碰见你男朋友了。”

“什么！”

“他很酷啊。我以前从没碰到过怀俄明人。”

“你做了什么，采访他了吗？他不是我男朋友，杰里。只是一个朋友，远足上山来看我，也就待个几天。明天他就打包走人了。”

“哦，好吧。”

“什么意思？”她问。

“没什么。他明天不就打包走人了。”

应该没什么问题，迪安娜心想，就她所知，他应该会走。她换了一下腿的姿势，这辆吉普车不太适合高个子的人。也许二战时候的士兵个子都不高。[1]“为什么一个女人和一个男人做朋友的时候，大家都会以为那是她男朋友呢？”

杰里握起拳头碰了碰嘴巴，清了清嗓子。“也许是因为二十五连包的避孕套就躺在床边的地板上。”

她看向他，大张着嘴。“躺在地板上。天哪，杰里，那和你有什么关系。他就是个朋友，好吧？只要是个单身女人，你们就会觉得她家里肯定藏着一个男人。”

真该死，她想，他为什么还没走？上个月，杰里带邮件过来时他就走了，他一般都不在。上周，天下着雨，他气冲冲出了门，在外面待了四天，因为她看他不顺眼。这些天来，往常总没影儿的埃迪·邦多却越来越不想出门了。

“好吧，”杰里说，“你说什么就是什么。”

迪安娜凝视着前方。“他说不定还以为你是我男朋友呢。”

杰里的脸腾地红了。

“想想都觉得可怕吧，杰里？让你心里直倒腾吧？”

“我没那么说。”

“好了，就停在木屋这边吧。我跑进去取清单出来。你不会告诉老板我为了客人多要了吃的吧？再说，我也没那么做。”

“我不会告发你的，迪安娜。政府雇员也可以有自己的生活。要是山上能有人和你做伴，办公室里的那些人也会高兴的。他们都很担心你。”

---

① 吉普车最早是于 1941 年为满足二战期间美军军需生产的。

“哦，是吗？”

“他们认为你应该经常请个假下山来。你已经攒了差不多有一百天的假期，从来没用过。”

“你怎么知道我没用过？也许我现在就在度假呢。”

“你是住在这儿，”他振振有词地说，“工作在这儿。你得去文明世界度个假。电视、电能、都市街道、汽车，还有嘀嘀嘀的喇叭声，这些你还记得起来吗？”

“那可不是我心目中的文明世界，伙计。”她砰地关上吉普车门，大踏步地朝木屋走去。她猛地拉开门，完全没留意生锈的合页，又在门口站定几秒钟，怒意汹汹地盯着身穿蓝色灯芯绒衬衫、敞着领口的埃迪·邦多。他正坐在椅子上看书，用力向后压得椅子翘起两条前腿，就靠后面的两条腿维持平衡，像只立身跳舞的狗。她抬手指向他。

“等他离开这儿，我有事要和你好好说说。”

埃迪扬起了眉毛。

她从桌上抓起清单，又出了门。透过厨房窗户，他能看见她站在雨中，正和那个戴了顶帽子的孩子说话，语速飞快。她想象得出自己在他眼里是什么模样。她的兜帽从后脑勺滑了下去，说话的时候双手比画不停，辫子直悬到外套下摆底下，就像动物撒腿跑开时的尾巴，不时抽打着她的膝弯。当她弯腰钻入后座拖出她那把长柄镰刀时，那孩子往后缩了缩，好像生怕她会把他的脑袋削下来。埃迪·邦多多半会看着这一幕微笑。

她把那些工具拿到木屋门外挂好，弄出一阵砰砰砰的声响。吉普车掉了个头，慢悠悠地往山下驶去。

“你这么咧着嘴是在笑什么？”她进屋后质问道，“刚才我见到了一条铜头蛇，笑起来跟你一副德行。”

“我咧着嘴是在对你笑呢，姑娘。和那条蛇一样。”

“那我是不是也该把你斩成几段，像对那条蛇一样？”

“别唬人了，暴躁的姑娘，你绝不会伤那条蛇一分一毫。”

她看着他。“那么，你这是要怎样？”

“不怎样。只是因为你好看，这就是全部理由。你发怒的时候特别像神殿里的女神。”

他觉得她是什么样的人，甜言蜜语就能打发的女高中生？她抿紧嘴唇，把锅啊壶啊罐子啊一股脑地推到一边，再将杰里留在桌上的板条箱里的罐头拿出来收拾好。她从碗橱里的搁板下面拽出防鼠的带盖罐头，再把一袋袋豆子和玉米淀粉用力丢进去。埃迪·邦多还在咧着嘴笑。

“我没开玩笑，”她发出了警告，“我现在很生气，不管下没下雨，你都快滚。”

他被这无效的威胁逗乐了。“我到底干了什么？”

她转身直视他。“你就不能躲开吗？听见吉普车的声音，你就不能去屋外的厕所里或是其他地方避个十来分钟吗？”她站定身子，双手叉腰，像是在教训一个极其不服管教的孩子，“你就不能消失这一次吗？”

“不能。我能问一下我为什么要藏起来吗？”

她反身砰地将碗橱门摔上。“因为你根本不存在。”

“有意思。”他说，看着自己的手背。

“我的意思是这儿根本就没你这个人。你不是我生活的一部分。”她拉开外套拉链，像蛇蜕皮一样褪下外套，将一头惊艳的秀发披散开来。她将外套往衣钩上一挂，顺了顺发尾，坐到床上，长叹了一口气，又开始解湿透的靴带。她不等脱下湿乎乎的羊毛袜，便一脚将那一长串避孕套踢入了床底的黑暗中。“杰里对你有这么多避孕用具印象非常深刻。”她说。

“哦，明白了。我揭了你的底。处女狼迪安娜得考虑考虑名声。”

她瞪着他。“拜托，你能不能让那把椅子四脚着地？我就这一把椅子。别把它弄折了，感激不尽！”

他照办无误，随着一记重响，椅子四脚着地。他合上书本，看着她，等待着。

“雨天让你心情不好？”他终于开口问道，“经前综合征？还是怎么了？”

经前综合征这个玩笑让她勃然大怒。她打算告诉他，显然她已经绝经了。七月初的满月已经悄悄地过去了，她还没排卵，她甚至记不起上次来月经是什么时候。她的身子已经渐渐冷淡了。她将靴子扔到门口，站起身来脱那湿透的牛仔裤。她不在乎他是不是在看，她甚至不觉得应该矜持一点。她不是什么处女狼，她就是个老太婆，没耐心整天陪着个男孩子乱转。

“名声是什么？”她说着，将湿衣服挂到炉子旁边的衣钩上，再从柜子里拿出一条干净的毛巾，“除了杰里和那个削减我工资的家伙，几乎没有人还记得我在这山上了。我已经远离外界的生活了。”

她一边用毛巾擦着头发，一边向柴火炉弯下了腰。她意识到，自己那寒彻骨髓的身体已不自觉地将那儿当作了热源，即便当下根本就没有生火。她还注意到，他在看着她裸露肢体的每一个动作，细细盯着她那两条大长腿。

“如果你并不在乎别人的看法，”他说，“那还会有什么问题？为什么还要我藏起来，不让那小伙子看见？”

“他没比你年轻多少。你们俩都是孩子。把你的衬衫扣好。天哪，屋里真冷啊。”

“遵命，老妈。”他压根儿就没动。

她站起身，将毛巾拢在胸前。“你和我，我们为什么要在这儿过家家？你还不知道我都四十七了吧？你刚学会走路那年，我已经开始了第一段恋情，和一个有妇之夫。听了这话，没把你吓着吧？”

他摇了摇头。“还真没有。”

“但吓着我了。所有这些事，桩桩件件都让我脊背发凉。我已经花了六年时间仔细研究的一种动物，恰恰是你想要从这星球上清理掉的。我比你高出半个脑袋。我比你老了十九岁。要是我们一起去诺克斯维尔的街上走走，人们准保会伸着脖子看呆的。”

“据我所知，一起去诺克斯维尔的街上走走这件事，并不在计划之内。”

她坐到床上，仅穿着内衣，浑身发抖，只觉得一瞬间散了架，坐都坐不住了。她钻入毯子，将其一直拉到下巴。她从枕头侧过脸看着他，仿佛想要看出什么端倪。“据我所知，根本就没有什么计划。”

“有什么问题吗？”

“没有。”她不快地说道。

他赤着脚踩到地板上，身体前倾，将手肘支在膝头。他再次开口说话时，语气已然完全变了样，更平静、更柔和。“我觉得，或许我们对别人来说是很奇怪的一对儿。但在没有别人的地方，也就没什么好奇怪的了。我觉得这事儿挺简单。”

“如果自尊心掉进了森林里，没人听见个响，那它是不是真的掉进去了？”

他眨了眨眼。“什么意思？”

“你在替我害臊。”她说，“我也为自己、为我们害臊。否则我们不必打怵去随便什么地方的马路上走走的。”

他专注地看着她的脸庞，这凝视让这个片刻的他显得老成了许多——好像他能凭意志力让自己短促地变得成熟，她心想，但通常他都懒得这么做。他二十八，还年轻。像一只刚满一岁的红尾鵟，刚长出象征成年的深色羽毛。在选择伴侣这件事上，她显然毫无头脑。

“在我的家乡，人们会把宝贝藏在垫子底下，”他终于开口道，“没有人会大肆宣扬。”

“可要是一直这么藏着，就永远派不上用场啊。”

“你和我需要派什么用场？除了这里，我们还会去别的地方吗？”

“没有别的地方。我不知道自己在说什么。算了吧。”

他坐直身体，靠于笔直的椅背上，叉手抱在胸前。“你说的我都懂。我并不蠢。虽然我还不成熟。”

她没有吭声，过了很长时间，她就这么趴在床上，看着他。他蓝绿色的眼眸，他敞开的衬衫露出的胸口皮肤，他那件灯芯绒衬衫上的白色骨扣——他一身的棱角犹如一道透亮的光，像一把刀子剜着她的心。

“埃迪，想要结婚、想要从此过上幸福的生活，这一点都不像我。”

她开门见山地提到了这种可能性，即便是以这种否定的方式，她也觉察到了他的退缩。“要是你真这么想，”他慢慢地说道，“那我现在应该就会待在阿尔伯塔了。”

“是加拿大的阿尔伯塔省，”她问，“还是肯塔基的阿尔伯塔地区？这个话题真的让你如此反感吗？”

他凝视着她，没有回答。

她摇了摇头。“你还不至于能使我伤心。我也不是什么小女生，对我有点信心吧。不过我倒是也不确定自己能不能像你那样。”

“‘像我’，什么意思？”

“毫无计划地过日子。我是一直碰壁，”她翻了个身躺下，无法再直视他的眼睛。“我搬到山上来的时候，以为自己能像霸鹟和棕林鸫那样过日子。专注于每一天每一刻，默然熬过冬天，度过欢欣的夏天。吃饭，睡觉，唱着哈里路亚。”

“吃饭，睡觉，为这里呕心沥血、倾尽全力，唱着哈里路亚。”

“好吧。”她双手捂着脸，揉了揉眼睛，“鸟儿们可比我忙多了。你知道吗，它们的确是有计划的。我只是个局外人，只负责观察。它们则在忙着各自那点琐琐碎碎、吵吵闹闹的天大的小事。它们的计划就是让生命在地球上延续下去，这就是它们倾尽全力的事。”

“你也在让生命延续下去。”

“没法和它们比。等我死的时候，我做的那些事还能留存在这儿吗？我能留存下来的只有得州大学图书馆里的一篇硕士论文，地球上只有十一个人读过它，或者说会读它。”

“我会读的。”他说，“那就是十二个人。”

“你不会的。”她干笑了一声，笑声很短促，“你最不想读的就是这东西。讲的是郊狼。”

“讲它们什么？”

她扭头看着他。“什么都讲。数量，它们如何成长、如何发生变化。其中有一个议题，讲的是人类的猎捕其实提升了它们的数量。”

“不可能。”

“你会这样想很自然。但那是事实。我写了一百多页来证明这一点。”

“我想我真应该去读一读。”

“随你吧。姿态摆得不错。”就算是分手礼物吧，她心想。她转身望向天花板，慢慢闭上了眼睛，感觉头疼正从远远的地方压过来。他读还是不读，都无法替她在这星球上挣得一席之地。她伸出手指压着眼皮。“也许是我年纪大了，埃迪。你以后的日子还长，会让你觉得生命是无穷无尽的，在你面对更大的图景之前。”

他没有问她什么是更大的图景。他也没有起身，没有走到门外。他问她要不要生个火，她说好的。她的身子抖得厉害。她把毯子拉得裹住脑袋，只留了一条缝，可以看着他小心而稳当地将双手伸进炉子里点火的情形。她暗暗想着人类用这双饱受赞誉的手做下的事：生起火，烧个精光；伐倒树木建起房屋，看着它们很快腐朽倾圮。这样的事怎么能同延续生命的事相媲美呢？比如一只蛾子在一片叶子上产下的一排排晶莹剔透的卵，比如一只霸鹟用苔藓编筑的孵小鸟的巢。尽管如此，当窗外冷雨如注，而她注视着他擦亮火柴点燃炉火，把小木屋烧得暖融融的，她觉得还真得好好感谢这双手，至少为了此刻。他爬上床，躺到她身边，与这一室的暖意一起拥着她，直到入眠。

“你病了。”她再次睁开眼睛时，他对她说。

她坐起身，觉得昏昏沉沉，不知如今是什么时候。他下了床，穿上裤子，扣好衬衫，还给炉子生起了火。他将一罐新的丙烷打开、钩好——动作还真麻利。“现在几点了？”她问，“你说我病了是什么意思？”

“你睡着了，还在打喷嚏。打了四次。我以前从没听人睡觉还打喷嚏。”

她伸了伸懒腰，觉得身子疲惫、腰腿酸疼，那都是割草割的，没有别的不适。没有头疼——那一步步进逼的威胁算是过了。“我觉得没事。”她呼吸着，闻到一股油炸洋葱的浓郁欢快的气息，真是太棒了。偶尔，她需要想尽办法抵御自己爱上这个男人。她想起了郊狼，那还挺管用。得想些足以让她伤心的大事。

“你睡觉时在打喷嚏。”他坚持道，“我得去外头多弄点柴火。”他把两捧切碎的蔬菜倾入锅中，提起水壶往里加了点水，盖上铸铁的锅盖，两者碰出一声快活的脆响。

“天黑了吗？等等！现在几点了？”她挠着头皮，眯眼看着窗外。

“黄昏了。怎么啦？”

“门廊上有霸鹟筑的巢，你小心些别把它惊走了。要是这么晚飞走，它就会在外面待一个晚上，它的小家伙会冻死的。”

“没那么冷吧，现在是七月。”

“对一只仅有几盎司重、羽毛尚未长齐的小鸟来说，外面很冷了。要是没有成鸟照顾，它们过一晚上就会死。”

埃迪似乎还是没法相信夏天会很冷的说法，人们将这叫作“黑莓之冬”[①]。但他知道她的提醒确如其是，黄昏时分将鸟儿驱离鸟巢，它是不会回来的。它会待在五十英尺开外的地方，不敢轻举妄动，却整晚朝着自己孩子所在的方向哀号。迪安娜也不知道究竟为什么会这样，不过埃迪分享过猎人对动物的看法：大多数鸟儿无法在黑暗中视物。薄暮时分，不需要太久，它们就会失明，什么也看不见了。

他站在门廊冲她笑了笑。“我良心上也不想害死四只小鸟，这会让我罪加一等。”

“这很重要。”她不依不饶地说道。

“我知道很重要。”

---

① 因这股寒流到来时，该地区时常正值黑莓花朵盛放期而得名。

“我说真的。这只雌鸟已经失去过一窝小鸟了，就拜我们咚咚咚地走进走出所赐。”

“我会小心的，”他说，“我会踮着脚走。”

显然，他确实这么做了。直到他进屋来添柴火，她才听见声响。她察觉到垫子移动的声音，原来是他坐了下来；她听见擦燃火柴的嘶嘶声，嗅到了一股硫黄味儿，原来是他正前倾着身子去点床边桌上的煤油灯。“翻个身吧，背上痛的地方，我帮你揉揉。”

“你怎么啦，变成好心人了？”她睁开了眼睛，“你怎么知道我背上痛？”

“我一直就是好心人，你只是没看穿我不讨人喜欢的外表而已。”他吻了吻她的额头，“你的病症正慢慢显现出来，像是流感之类的。之前你还烫得像个火炉。翻过去。”

“是兽疫，”她说，“南妮以前常这么说。这是个包罗万象的范畴。”她翻了个身，笑着将脸埋在枕头里。他为她按摩肩膀的时候，虽然气憋着，但还挺舒服的。“南妮是我爸爸的女朋友……”她闷在枕头里说，枕头把话音捂得严严实实。

“什么？”

她转过身，仰躺着。“南妮是我爸爸的女朋友。”

“哦。我还以为你在说‘埃迪就是个笨蛋’呢。”

“嗯，好吧，那也没错。”

“我知道，就是经营苹果园的那位女士。能让你吃到免费的苹果，你老爹运气不错。”他的双手有模有样地在她身体两侧游移，顺着一根根肋骨柔柔地往下按摩，但按到她乳房下面时停住了，最终就那样留在了那里，令她心猿意马。等她再也把持不住时，他便拉开牛仔裤的拉链，钻进了毯子。他就这么长时间地抚摸着她，一言不发。

“看来，”她说，“你都记得我说的那些有关我过去的七七八八？”

“她有过一个孩子，这是她心上的一个空洞。但她不会和你爸爸结婚。”

“你还真记得。我都不确定你是不是听进去了。”

“没有未来不代表我连当时当下都不在。”

她想要去相信，但很难做到。“反正你以后也会全忘了，”她说，“我不懂你为什么还要花力气去听。”

“你以为我们结束了，我就会把你忘了。”

“对。”

“不会。”他吻了她很长时间。她一直睁着眼睛，注视着。吻她的时候，他一直闭着眼，他看上去如此脆弱、柔顺，直让她心痛。

“我会忘了你，”她贴着他的双唇，柔软地撒了一个谎，“在你离开的那一刻就会。”

他稍稍后移，与她拉开一点距离，看着她的眼睛，想弄明白她的意思。但这距离还是很近，她没法像他那样把视线聚焦到对方身上。又是年龄。

“你不会，我肯定。”他颇有把握地说道。她微微一颤，预感到内心深处有些东西就要发生改变或被摧毁。他就这么笃定。郊狼不请自来地进入了她的脑海——丛林里的狼崽子们，挤在狼窝里，躲避这场暴风雨。

但埃迪·邦多的思绪似乎仍在此时此地，集中在她身上，弥补他之前使她受到的无论何种伤害——姑且称之为“阿尔伯塔裂痕”吧，她心想。这是他们之间奇异的舞蹈。不止一次，她对他发怒，在他面前暴跳如雷，但接下来数天又给他吃喝，给他剪头发、洗袜子，那是她的道歉方式。这使她想起小时候养过的一只短尾猫，有时候他们一起玩，那猫会使坏挠她，渗出血来。事后那猫又总会去逮只老鼠，把小鼠肝挖出来给她。

埃迪翻身侧卧，用一只手肘支起身子，掀开毯子，看着她的身体。这多少让她有些不习惯。她强忍着没把毯子拉上来盖住。

“他们怎么会一直没结婚？”他问，伸出食指绕着她的乳晕打转，“你爸爸和他那位女性朋友。”

“南妮根本没想过结婚。我不确定是为什么。我想就是因为这一点，我才欣赏她，觉得她是想一切都靠自己。县里的流言蜚语都说是爸爸不想和她结婚。”

“姑娘家一向是流言蜚语的诋毁对象。”

“哦，你也注意到了。没错。南妮很不简单。她现在还是这样。假如她同意，爸爸一定立马就会和她结婚。他就是这样，坦诚、直率，又可敬。”

“不像我。”

“真的。我觉得她不愿意结婚这件事让他伤心了很长时间。尤其蕾切尔还病得还这么重。她死的时候，大家都很难过。那时候，爸爸失去了农场，他变得一蹶不振，开始酗酒。我敢肯定南妮也伤心透了，但她硬是撑住了。”

“那你呢？她是你的妹妹，同父异母的妹妹。”

“是啊。我说不清自己的感觉，但我一直觉得她回到了天堂。她只是暂时下来做我的妹妹。蕾切尔是个天使。我们玩海盗船时，总是我当船长，她来当天使。她总是开开心心的。她的皮肤很细腻，通透纤薄得几乎能看清皮肤下的肌理。她的离世让那一带陷入了悲伤。”

迪安娜闭上眼睛，说完这些话，让她产生了一种奇怪的感觉，仿佛内心整个儿被掏空了。也许是因为发热，让她感觉如此松弛而恍惚。“但南妮很坚强，这些年她都一个人过来了。她过着自己想要的生活，不管别人怎么说。”

“所以，你从中学到了不少。”

迪安娜笑了起来。“咳，哪有。你真应该看看我当时过的什么日子。我出去念了大学，和这个那个教授上了床。”

他贴近她，用自己的整个身子贴裹住她的。坚实，温暖，让人无法忽视。“你在追求高深的学问。”

“是初级学问。我不知道自己在干什么。我觉得自己有点恋父情结。我对导师言听计从。然后和其中一个结了婚。他觉得我很出色，我就嫁给了他。他说我讲起话来像个乡巴佬，于是我就不说‘这哥们’‘那几遭儿’。他说我应该当老师，我就去考了证书，在诺克斯维尔教书。二三十岁那些年，我过得稀里糊涂。”

“你教的是什么？”

“科学和数学，以及‘都给我闭嘴’，带的是七年级。”

就在他们说话的当口，他挪到了她上面，用手肘支撑着，轻柔地滑入了她的身体，既没有改变说话的声调，也没有改变话题。她急促地吸了口气，但他伸出一根手指碰了碰她的嘴唇，继续说了下去。“我觉得你的讲台上肯定不会放苹果。你只会扔粉笔。”

她一动不动地躺着，屏息凝神，就像看见了蛇。

“也许我真的扔过粉笔吧，我不记得了。有时候我还是喜欢孩子的，但大多数时候我有种被围困的感觉。”她缓慢而平静地说道。他们身体的动作非常隐秘，仿佛藏于暗处，不想让思绪捕捉到。“我这人内向，”她继续屏息静气地说，“我喜欢一个人待着，喜欢走出城镇钻进林子里。但我当时却在那儿，住在大城市郊区的一栋砖砌房子里，和那些吵闹得快把房顶掀了的小不点儿一起度日。”

他已开始在里面移动，不慌不忙地。她得集中注意力才能使语调保持平稳。她觉得自己的嘴角不由自主地往后拉伸，好似那铜头蛇笑起来时的状态。“你或许会觉得我应该会想办法摆脱这种生活，可我就这样焦躁不安地过了十年，然后才恍然大悟，惊觉自己应该去读研究生，研究野生生物学，彻底离开那儿。”

“于是你就到了这儿。”他迎着她的目光，微笑着，同时缓缓地、缓缓地移动着髋部。她将骨盆上仰迎合着他。

“于是我就到了这儿。”

“你和教授就没生过孩子？”

“想都没想过。他以前结过婚。我遇见他的时候，他已经有两个十几岁的孩子了。照他的方式计算，他和前妻刚好各管一个。这世上已经没有让他再生个孩子的空间了。”

“哇哦，这计算也太精准了吧。”

“他就那样。德国人。”

“可你没把自己算进去。”

“我觉得那不是他的问题。他做了输精管切除术。”

“那可彻底完了。不后悔吗？”

“我也没那么想当妈。”

他将手移至她的后腰，身体略耸，极深地往里顶去，直到弄得她再也无法思索。他能直抵到她的盆骨，给那地方一道压力，以前未有男人能深入至此。与埃迪·邦多性交是大自然的奇迹。他搂着她，使她弓着背，抵着她的脸颊轻声嗤笑。

“你啊，你花了那么多时间确保自己不去伤害一只蜘蛛、一只雏鸟，比大多数人照料自己的孩子还上心。你很有母性。”

他一直在倾听她。可她都记不得自己说了些什么。

“嘘——”他突然说。然后紧紧地握住她的手，便纹丝不动了。“那是什么？”

屋顶顶板上有轻轻滑动的声响。是干巴巴的刮纸头的声音，像极了有人在用砂纸绕着圈打磨一块粗糙的木板。这些天来，一到了晚上，这声响几乎没断过，就连雨声都无法将之淹没。

“不是老鼠。”迪安娜最后承认道。

“我知道不是老鼠。你总说那是老鼠，但肯定不是。那东西应该又长又出溜。”

“出溜？”她问，“你这样还嘲笑我说话的腔调？”

“又长又有鳞片，行了吧。”

“对，”她说，“是条蛇。或许是条大黑蛇，下雨天进来后逮到了老鼠，尝到了甜头，就留下来了。”

埃迪·邦多抖了抖。她能感觉到他在她体内软了，就笑了起来。“别告诉我你怕蛇？你肯定怕蛇！”

他从她身上翻了下来，用一条胳膊遮住脸。

“不会吧，埃迪·邦多。你这么勇敢还会怕蛇。”

“我不是怕。我只是不喜欢睡觉的时候还有东西在上面爬来爬去。”

“哦，好吧，那就别睡，躺着听好了。要是它就快一头扎到床上来了，提醒我一声。晚安！”她往后一缩，假装要去吹熄煤油灯。

“别！”他的语气中带着真实的恐惧，因为这条蛇，也因为这黑暗。然后，他就抓起枕头抽她，以掩饰自己的窘怕。她让煤油灯继续燃着，躺回床上，心里乐开了花。

“女士，”他说，“你很讨厌。”

她从他手里拿过枕头，放到脑袋下，享受着占上风的乐趣。她在西布伦县待了一辈子，见过好些牛高马大的男人，他们操作动辄要人命的危险机器时毫无惧色，却都从不掩饰自己对各种蛇的畏惧。九岁时，迪安娜·沃尔夫声名鹊起，就因为她抓了条八英尺长的黑蛇去学校。

“讨厌头顶上那条蛇是没道理的，”她对埃迪说，“它是我们这一边的。我恨老鼠，是因为它们钻进我的食物里，因为它们在抽屉里搭窝，把我的袜子弄出一股鼠尿味儿，还因为它们早上从我的脚背跑过，害得我把咖啡浇到了墙上。要是你把蛇从世上清理掉，人类就会遭到这种泛滥成灾的啮齿类动物惨烈血腥的杀戮。不单单在这儿，在城里也一样。”

“谢谢你，科学老师。我们不像你这么讲逻辑，实在惭愧。你知道吗，”他翻过身来，在她耳边悄声说，“你怕打雷。”

“我才不怕呢。”

“你怕。我看见你每次都吓得一跳。”

“那是受惊后的反应，不是害怕。打雷就是两堵裂开的空气墙又聚合到了一起，连只苍蝇都伤不了。”

他仰面躺回到她身边的枕头上，狠狠地咧嘴一笑。“就这样还让你惊得一跳？”

“老鼠也会使我惊跳，但那不是害怕，是厌恶。”

“好吧。蛇不可怕，它们只是让人厌恶。”

“真是愚蠢的选择，埃迪。人类每天都在犯这样的错误，但从道理上讲，憎恨捕食动物就像憎恨你头上的屋顶一样。我，不管哪一天，让我选和一条蛇还是五十只老鼠一起待在房子里，我肯定选蛇。我会在每间房子的屋顶上放一条蛇。”

他发起抖来。

“蛇至少懂礼貌——它们不会挡你的道。”

“别挡我的道。”埃迪·邦多对着屋顶说道。

“别担心。”她把毯子往上拉了拉，脑袋偎依着他的肩头。没错，她也有非理性的恐惧。她轻轻地说着话，抚摸着他胸膛中央凹下去的那条线，想象这守护他的心脏的整个胸腔的软骨组织。“蛇是专一的捕食者，它的猎物不是我们。从蛇的角度来看，我们根本就不存在。对它们来说，我们什么也不是。所以我们很安全。”

他们静静地躺了一会儿，聆听仲夏夜的蟋蟀音乐般的鸣声。她听见附近不知什么地方传来鸣角鸮幽幽的叫声。那不是大型猫头鹰喘息音沉重的鸣声，而是私语声，起调高亢尾音渐悄的低语声。她倾听着，等待答案。答案立刻就来了。一连串轻柔急促的叫声传来，那是繁殖季节才能听到的、近在咫尺的小型猫头鹰发出的声音。它们正在黑暗中寻觅彼此，就在窗户底下做爱。迪安娜用下唇摩挲着埃迪·邦多的锁骨。“那，”她说，“我们能回到先前的主题吗？”

“我也不清楚。”他掀开毯子，看了看，“能。”

她从他的臂弯翻身挪开，伸长脖子凑到煤油灯边，吹熄了火苗。她从小就有个习惯，要在心里默念感恩的祷词。那祷词很短，转瞬之间便可念完，正如吹灭的灯火瞬间没入黑夜：感恩这一天，感恩所有安然无恙待于巢中的鸟儿，感恩一切，感恩生命。

17 老栗树

蛋溪的泥岸好似一块浸饱了雨水的海绵。加尼特上上下下地打量着山坡，不断地摇头。泥地被泡得太软了，就连一棵五十年树龄的橡树也歪倒下来，树根被拽出了泥土，犹如拔落的牙齿。这棵橡树大限未到，就已倾覆了。简直一团糟。得叫个人过来，还得是个年轻人，让他带把链锯来驯服这错杂纠缠的树干和枝杈，将之锯成一段段柴火。奥达·布莱克的儿子如今已是个彬彬有礼的大小伙子了，可以让他抽一天上午来做这事，花不了多少钱。

花钱倒不是问题，找人来做这事也不是问题。蛋溪的这一段就像地界一样将加尼特与南妮·罗利的田产分割了开来，这就是问题了。她得支付一半的清理费才算公平，其实应该再多付一点，因为那是她家的树倒在了他家的地上。但这件事只能协商解决，毕竟加尼特和南妮这辈子都未遇见过类似的先例。

他审视着这一团乱麻，叹了口气。但愿她能来这儿看看，他就不用主动去找她了。如果加尼特主动去说话，她会以为他是在求她帮忙。他当然不是求她帮忙。他是提醒她注意，仅此而已。任何一个够格的农夫，都应该在暴风雨过后绕着自家的田界走一走，看看有无这样的损失。可南妮·罗利是另一回事。

“嘿！”他大声对着鸟儿打招呼。有些鸟儿在倒下的橡树枝杈间快活地唱着歌，根本不关心世界为何忽然从垂直变成了水平。其实，倒下的这棵树仍旧缀满鲜嫩油亮的橡树叶——或许它仍旧试图随风扩散花粉、播撒橡实，仿佛它的树根并未蓬乱零落于微风中，而它庞然的树干也不会成为注定的柴火。

鸟儿和橡树同她的想法一样。他这么想着，竟然心满意足地审视起这虚妄的小世界来。

他注意到，岸边约莫已有七八棵树，危险地倾着身子，就快从她那头田界往他这儿倒下来。要是再来一场暴风雨，遭殃的树可就多了去了。一棵老樱桃树看上去特别悬，倾斜的角度几近四十五度，恰好就在他常走那条小径的上方。他心下默默提醒自己，以后若是非得从下面经过，千万得走快点，别多耽搁。“唉。”他又叹了这么一句，便转身沿着小径朝自家房子走去，接下来该干什么就干什么吧。

得面对面谈。不能在电话里说。可她老不着家，而且她家的电话是个让人摸不着头脑的讨厌机器，会朝你发出嘀嘀声，毫无预警地要你当场说出脑子里在想的事。他内心完全不能接受这种东西。近来，不管什么时候有人惊吓到他，事后他都得自个儿躺下来缓一缓。不，他今天就要去那儿，要和南妮·罗利把这事了结了，要像灌了蓖麻油的肠胃那样痛快。加尼特忽然对自己的命运感到一阵愤怒。每一次，只要他渴盼着别再和这女人有瓜葛的时候，她总会从附近某个地方冒出来。她比霉菌还讨人嫌。上帝为什么一定要派出这女人隔三岔五地来给他找不开心呢？当然，他知道答案：南妮·罗利是对他信仰的试炼，是他必须承受的苦难。但啥时候才是个头呢？

“我难道没有尽力吗？”他边走边问，不出声地用口形说着，摊开双手。“我写了信，把事情都说清楚了，给了她科学的建议，还给了她圣言。主啊，为了那女人朽坏的灵魂，我难道做得还不够吗？”

河岸边一棵原先就有些歪的树歪得更厉害了，发出不堪重负的嘎吱声和断裂声，吓得老头的心都快跳到嗓子眼儿了，就像一只被困在进料槽里着了慌的小牛犊子。他在小路上停住脚，一动不敢动，将手放在胸前，试图安抚那倒霉的野兽。

“好吧。”加尼特·沃克对上帝说，“好吧！”

至于这打理得井井有条的果园，加尼特确实很欣赏。这是他对她的全部肯定了。他喜欢树下阴凉的路面，那难得的荫蔽好似一大块野餐布。他也很喜欢园中果树的排列形式，首先映入眼帘的是一列列竖直的纵队，穿行其间时，又呈对角线排列，一切取决于你观看的角度。这是一片遵循人类秩序和几何学规则的果树林子，让人心满意足。当然啦，这些树差不多都是一九五一年前后，由罗利老头种下的，她那时还在外面读大学。如果由她来栽种，肯定就会弄得像山林野地里的那些树，乱得不成样。她自有一套苹果树的种植理论。

他知道她在自家房子另一侧的那块地上新栽了一排树，但他还没去那儿看过，所以没法说栽得好不好。她提过，那一排树都嫁接了一棵野生苹果树的幼枝——她家果园后坡的休耕草场上长着许多这样的野生苹果树。那块地远远看去乱糟糟的，正是她任意栽植的方式。她说那是她和鸟儿们携手合作的惊人实验，因而偶然发现了一个特别棒的杂交品种，她要为它申请专利，就命名为“蕾切尔·卡森”。她以为自己在干什么，还要申请培育嫁接的专利，弄出个新品种的果园不成？那些树再过个十年都长不出苹果来。她以为还会有谁过来摘苹果？

加尼特今天的计划，就是直接上山，敲开她家的纱门。但刚走上车道，就发现果园西侧的地上到处散落着采摘工具，她的梯子立在一棵树下。于是他穿过她家的大菜园走上前去——那菜园看起来打理得还不错，这点他得承认。不知她施了什么巫术，不喷农药种出了西兰花和茄子。加尼特早已不种西兰花了——都成了尺蠖的饲料——而他家的茄子里都是跳甲虫，看上去像是被大把铅弹打成了筛子。他细细看了看她种的玉米，穗抽得不错，比他家的早了两礼拜。她家的玉米至少也该有棉铃虫吧？他尽量让自己别这样盼着人家不好。他一直走到了界篱那头，听见叶丛之下她在哼着歌，看见梯子上她的两条腿从上方的绿叶华盖下戳了出来。这跟乌龟在水下瞅见的鸭子没什么两样，他恶狠狠地想象着。然后，他深吸了一口气。他可不想在这儿闲逛。

“你好！我有点事情，”他喊道，“你家有棵树倒在我那儿了。”

梯子上，她那双脏兮兮的白色网球鞋往下踏了两级，她的脸出现在树枝之上，透过间隙俯视着他。“哦，从你的表情看来情况还不算糟吧，沃克先生？”

他摇了摇头。“没必要像孩子那样大惊小怪。”

“不管怎么说，那棵树应该也伤不到你。”她一边说，一边又爬了上去，没入她那苹果树的粗大枝杈间。是六月熟的苹果树——他从落在地上的黄色果子辨别了出来。她在七月中摘六月熟的果子。有意思。

“有件事要和你商量商量，”他正言厉色道，“如果能和你站在坚实的地面上对话，我将不胜感激。”

她爬下梯子，胳膊上挎着满满一篮苹果，咕哝着还得工作养活自己，养老金根本没有几个子儿领。她把篮子搁到地上，双手叉腰。“好吧。如果你来这儿是想假模假式地说教一通，那我也有事要和你商量商量。”

他觉得心脏仿佛漏跳了一拍。他很怕她用这种方式来吓唬他。他一动不动地站着，放慢呼吸，告诫自己，他眼前这个女人没什么好怕的。这就像一块需要翻耕的地一样，只不过现在需要开垦和调教的是这个小个子女人而已。“那是什么事？”

“这个礼拜你家那些栗树都开花了，于是你一直在喷那可恶的西维因杀虫剂！有棵树倒在你家那儿就是给你惹麻烦了？你的那些毒药还都洒到我这儿来了呢！我可不单单指我的田产、我的苹果，还有我本人！我不可避免地会把它吸进去。要是我得了肺癌，你良心不会痛吗？”

她终于停下了连珠炮似的发问。两人的视线略一交汇，便各自低头看向了脚边的杂草。艾伦就是死于肺癌，末期转移到了脑部。大家还总是强调她从来不抽烟。

“对不起，你肯定想起了艾伦。”南妮说，“我没说是你的杀虫剂让她生了病。”

可她就是这样想的，加尼特意识到这一点，心下极为震惊。她这样想，要是也像这样说出去，其他人也会这样想的。他这才隐隐觉得这很有可能是真的，心里不禁一阵惧怕。他从没仔细看过西维因包装袋上的毒性说明，但他也知道这玩意儿进入肺里肯定不是什么好玩的。哦，艾伦。他抬眼望天，忽然觉得一阵晕眩，他真害怕自己会一屁股坐到草地上。他抬起一只手揉了揉太阳穴，伸出另一只手扶住了六月熟苹果树的树干。

“这么说也不都对。”南妮见此情形，便说道。“我也不想一上来就说伤人的话。但愿我们之间还留有解决这件事的空间。”她踌躇着说，“你要不要喝杯水？”

“没事儿。”他说，慢慢尝试着恢复平衡。她将两只蒲式耳篮子倒扣在地上，示意他坐下来。

“这事儿搁在我心里好长时间了，我只是一时没忍住。”她说，“刚才我正为一大堆事儿烦心呢：你的农药，我要付的账单，屋顶上没法换的瓦板……丁克·利特尔说他们不再做这种瓦板了，这些乱七八糟的事儿你想都想不到吧？这礼拜我的烦心事儿真是一件接一件，你却偏偏这时候突然跑过来对着我吼，我就爆发了。”她两手伸到膝间，将自己坐着的蒲式耳篮子往前挪了挪，和他面对面离得更近了，近得连唾沫星子都能直接溅到脸上。“我们需要冷静地讨论一下杀虫剂的问题，现在是农民与农民的对话。”

加尼特对瓦板的事儿忽然觉得负疚，但也没多说什么。“现在是七月中，”他说，“我家的树苗上全是毛虫，简直泛滥成灾。我要是不喷农药，今年新栽的杂交树苗就全废了。”

“我知道。可你把我家的小伙伴也都弄死了。授粉的虫子都被你杀了，吃害虫的鸣禽也被你杀了。你就是个不折不扣的死亡使者，沃克先生。”

“我得照料我的栗树啊。”他语气极为坚定。

她严厉地看了他一眼。“沃克先生，希望这是我在乱想，难道你真的以为你家的栗树要比我家的苹果更重要？就因为你是男人而我是女人吗？你好像忘了，我得靠这些苹果树养活自己，可你种那些树是为了爱好。”

现在，话都没法往下说了。加尼特真应该打电话的，就算对着没脑子的机器说话也比现在强。“我从来没说过你家苹果的不是。喷洒农药不是还可以帮你嘛。否则，接下来你这儿全都是毛虫。”

“这儿是有毛虫。一般情况下，我都控制得了。可只要你一喷农药，毛虫就变得特别多。”

他摇着头。“这种胡说八道我到底还要听多少遍？”

她凑上前，眼睛睁得老大。“直到你听进去为止！”

“我听进去了。听了太多次了。”

“你没有，我还没对你解释呢。我一直都有类似的直觉，但只是没法说清楚。不过，上个月，《果树栽培家杂志》登了一篇文章。这是一整套的科学机制，文章讲明了其中的科学依据。你要我把杂志给你拿来，还是让我用自己的话解释给你听？”

“我想我也没其他选择吧，”他说，“我倒要好好听听你的推论当中有什么缺陷，你以后就再也没话可说了。”

“那好，”她说着，在篮子上挪了挪屁股，“现在听好了。咳，我怎么还有点紧张。就像回到了大学时代，在参加考试。”她抬头看着加尼特，那忐忑不安的样子倒是令他想起了以前讲授农艺学这门课时带过的一届届怕他的男孩子。他并不是个刻薄的老师，只是坚持要让他们学到正确的东西。可孩子们就因为这个怕他。他们从不和他交心，却和诸如铺子里的康·里奇茨之类的家伙打得火热。他的日子漫长又孤单，都是因为他想把事情做正确。

“好，现在开始吧。”她终于说道，双手紧紧扣在一起，“虫子分两大类，吃植物的和吃虫子的。”

“没错，”他颇有耐心地说道，“蚜虫、日本丽金龟和毛虫都是吃植物的。这只是极少的几个例子。瓢虫就专吃其他小虫子。”

“是这样。”她同意道，“还有蜘蛛、马蜂、杀蝉泥蜂，一大堆其他类型的胡蜂，再加上叶蜂和寄生性膜翅目昆虫，好多好多。因此，在一片田地里，就会有捕食者和草食者。你还跟得上吧？”

他挥了挥手。“我教农艺学的年头，有你一半年纪了吧。要想吓唬我这样的老头子，你得每天一大清早就起来用功才行。”不过，事实上，加尼特还从没听说过寄生性膜翅目昆虫。

“那就好。草食虫有某些特点。”

“吃植物。”

“对。你会把它们叫作害虫。它们繁殖得很快。”

“这谁不知道！”加尼特说。

“一般来说，捕食者一类的虫子繁殖得没这么快。但这在大自然里不会有什么问题，因为每一只捕食者虫子一生都要吃掉许多害虫。吃植物的虫子必须加快繁殖，才能站稳脚跟。这样，两者才能保持平衡。说到现在，都没问题吧？”

加尼特点了点头。他发现自己听得越来越投入了，这可是他没料到的。

“好。当你往田地里喷洒西维因之类的广谱杀虫剂时，你其实是把害虫捎带上捕食者昆虫一起连锅端了。如果捕食者昆虫和它们猎物的数量在一开始旗鼓相当，那么被消灭之后留下来的数量也不相上下。但存活下来的害虫会在喷洒农药后飞速增长，因为它们的绝大多数天敌都已经消失了；而捕食者昆虫数量却会下降，因为它们的大部分食物消失了。所以，在你再次喷洒农药解决问题之前，你等于是让不想要的虫子变得越来越多，却把想要的虫子消灭得干干净净。而且每喷一次农药，情况就变得更糟。”

“然后呢？”加尼特问道，他已经完全被这套理论吸引了。

她看着他。“就这样啊，我说完了呀。这就是‘沃尔泰拉原理’。”

加尼特有种上当受骗的感觉。她怎么能一次又一次地这么忽悠人呢？要是在以前，她准保会被当作巫婆给烧死。“你的话里，我找不出错处。”他承认道。

“因为事实明摆着嘛！”她喊道，“因为我说得都对！”这小个子女人简直是胡闹。

“农业化工界听到你的理论肯定会大吃一惊。”

“哦，瞎说什么呀，他们都知道。他们就巴望着你们不知道才好。你在那些玩意儿上花的钱越多，你就越依赖它。就像喝酒喝上了瘾。”

“好了，”他责备道，“别扯远了。”

她身子前倾，用手肘支在膝盖上，很认真地看着他。她眼睛的颜色和其中闪烁的深色光泽颇像摩挲多时的栗子。他从未注意过她的眼睛。

“如果你不相信那些家伙都是坏蛋，那你就是傻子，沃克先生。你有没有拿到过推广服务中心的宣传单？现在所有的公司都在推销那种基因有问题的谷物，傻瓜才会去种那种谷子。”

“现代的农夫喜欢尝试新事物，”他说，“西布伦县也不例外。”

“半个世界都不会吃那种谷物。已经有人在抵制了。谁要是种了，一两年之内就会破产。那就是你说的现代农业。”

“我对此持否定态度。”

她急得双手直拍膝盖。“老头子，看看周围吧，你父亲在世的时候，这一带的农户都过得不错。现在，他们还得去凯马特超市上夜班，好还贷款。为什么会这样？他们干活和父辈一样卖力，耕种的也是同一块土地，到底哪儿出了问题？”

加尼特觉得太阳一个劲儿地炙烤着他的后脖颈。而南妮，坐在他对面，则不得不眯缝着眼睛。他们刚开始说话的时候，这儿还是荫头，可现在阳光已从树冠之后移了出来——他们坐在蒲式耳篮子上说了这么一大通废话，竟然已过了这么长时间。“世道变啦，”加尼特说，“就这么回事儿。”

“世道没变，是观念变了。价格、市场、法律都变了。化学公司也在变，而且还拽着你跟他们一起变。如果这就是你说的‘世道’，那么是的，先生，我们这辈子已经见证了事情变得越来越糟。”

加尼特笑了起来，不知怎的想起了开UPS快递货车的那个小伙子。“我不和你争这个。”他说。

她伸手搭在眼睛上方遮阳，直视着他。“那你为什么要当面取笑我的耕植方法太老派？”

加尼特站起身，将膝头看不见的灰尘从裤子上掸落。耳中一直传来持续不断的尖利的嗡嗡声，他原以为是助听器出了问题，现在他觉得那是树木和空气发出的声响。这一切让他感到不安。这地方让他浑身不舒坦。

她仍旧坐着，但目光追着他，看他在这空地上转来转去，等着他的答复。而他根本答不上来。南妮·罗利为什么要这么为难他呢？真要命，就算他有大把的时间，他还是答不上来。他不再踱来踱去，低头看着她。她圆睁着双眼，正等着他的评判。她看上去确实不算老派，但像是个从过去穿越到现在的访客——像个小姑娘，深色的眼睛大大的，梳起的辫子盘在头顶。甚至她的那身打扮，斜纹粗布工作服、无袖白衬衫，都让她有一种夏日放学后孩童无忧无虑的状态，加尼特这么想着。她就是个小姑娘。而他像个小伙子那样，只觉得舌头发紧，相当屈辱。

“为什么你对所有事情都看不顺眼？”她终于开口问道，“我只是希望你能看到那里面的美。”

“什么里面？”他问。一片云层倏然拂过太阳，万物似乎略略有了一番变化。

“每一样东西。”她挥出一条胳膊，“这个世界！土地上的植物和以自己的方式保持平衡的虫子。”

“真是乐观哪。它们所做的事情，不过是互相杀戮而已。”

“没错，先生，吃掉对方，繁殖自己的孩子，就是这样。吃掉、繁殖，上帝的创造就是这样。”

“我不敢苟同。”

“哦？难道你觉得你来到这世上的方式和我们都不一样吗？”

“没有，”他有点恼火，“我只是不想同流合污。”

“哪儿来的污泥啊，沃克先生。能成为宏伟机制中的一部分，是荣耀才对。那是世界不断演化的荣耀。”

“好啦，”他喊道，“别再说你的进化论了。我都已经和你说得很明白了。”他就像一只打算躺下来的狗似的绕圈转悠着。然后，他停下脚步。“你没收到我的信吗？”

“对我给你烤的黑莓派表示感谢的信吗？没，我没收到过什么信。我倒是收到过一些难听的话，说什么成天烧胸罩的唯一神教派的女人，说什么要把我的灵魂投进撒旦的嘴巴里，就像我那只被鳄龟吃掉的小鸭子一样。我觉得一定是哪个疯子寄错了信，我把它扔进垃圾桶了。”

他以前从没见过她如此大动肝火。加尼特没有吭声。她站起来，从草地上捡起一只苹果，在手里扔来扔去。“那么说我的小鸭子，太恶毒了吧。”她补充道，“唯一神教派对内衣的态度和做法也跟你没关系，再说现在也没有什么唯一神教派了。而自从雷·迪安·沃尔夫去世之后，就没人见过我的内衣，所以，对我的身体的那些看法你还是留在心里吧。”

“你的身体！”他觉得屈辱而恼怒，“那封信不像你说的那样。信里说的是你的地球创生理论有缺陷，那种信仰有问题，清晰无误地指出了其中的谬误，无可置疑。”

“你这一辈子都无可置疑吗？”

“我有信念。”他说。

她歪着脑袋，仰头看着他。他搞不明白她是忸怩作态呢，还是听力有问题。“你总是想把所有事情都简单化。”她说，“你不是说只有智慧、美好的造物主才能创造出这美好与智慧的世界？我来告诉你吧，看没看见那篮六月熟的苹果？你知道我给树用了什么，才收获了这么美味的苹果？是大便，先生。是马粪和牛粪。”

“你是在把造物主和粪肥相提并论？”

“我是在说你的逻辑站不住脚。”

“我这人最讲科学了。”

“那你的科学根本没学好！别说我不理解热力学定律。我上过大学，而且我上大学的时候，已经发现地球是圆的了。说大话吓不倒我。”

“我没那么说你。”

“你就是那意思！‘我知道你并不是科学家，罗利小姐。’”她语带嘲讽，还毫无必要地刻意学他板正的嗓音。

“好啦别说了，我只是想在几个点上纠正你的想法。”

“你就是个自以为是的老头子。你想没想过，艾伦去世后，你为什么一个朋友都没有？”

他眨巴着眼睛。嘴巴不由自主地张开了。

“唉，这么直接无礼地和你说这些，我先向你道歉。但听听你自己说的那些话吧！”她不由得大声道，“‘随机因素——也就是进化论——怎么可能创造出复杂的生命形式？’你这么自满自大，又如此无知，到底是怎么同时做到的？”

“天哪。难道你把我的信扔进垃圾桶之前，还特意背诵了里面的内容？”

“呸，哪有这个必要，全都是以前听过的。你说的那些不都是从愚蠢的小册子里学来的。不管那些东西是谁写的，总该添点新的料吧。”

“那好，”他说着，双臂抱于胸前，“随机因素到底是怎么创造出复杂的生命形式的？”

“真是滑天下之大稽，你自己就在做着这样的事，居然声称不相信这一切。”

“我做的事和把大猩猩胡搞成会思考的人类完全没关系。”

“进化不是胡搞！得经过挑选，和你挑选栗树苗一样。”她冲着他家的栗树苗育秧田抬了抬下巴，然后皱起眉头，似乎若有所思。“每一个代际的每一棵树都多少有些不一样，对不对？你会挑选什么样的树来进行杂交？”

“当然是不会感染枯萎病的树啊。我会给这些树注射栗疫病菌种，然后测量树皮上形成的溃疡面的大小。有的树完全不会感染。”

“没错。所以，你会挑选存活能力最强的树，采它们的穗枝和其他的树嫁接起来，栽种它们的种子，到了下一代，你又从头再来一遍。过一段时间，你就能培育出新的栗树品种了？”

“对。能抵御枯萎病的品种。”

“就是全新的品种。”

“不，那只有上帝能做到。我没法把栗树变成橡树。”

“只要有上帝那样长久的时间，你也能做到。”

啊，要是能做到就好了。加尼特这么想着，念及自己时日无多，不禁悲从中来。只要有足够的时间，就能培育出上佳的栗树，他也只有这么个念想，但他心里也很清楚，自己是等不到啦。他有时想要为此向上帝祈祷，但又马上胆战心惊地猜测上帝究竟会如何看待他的请求。艾伦甚至都没得到足够的时间来跟儿子和解。

他有些走神了。“我不知道你在说些什么。”他恼怒起来。

“你做的那些事是人工选择。”她平静地回复道，“大自然做的也是同样的事，只是十分缓慢。‘进化’这东西，只不过是科学家给这世上最最明显的规律起的名字而已，就是指每一种生物都会顺应自己栖息地的变化而变化。一个代际也许不够，但你知道的，过个几代总是可以的。不管你信还是不信，你的栗树就是这样在你鼻子底下进化着。”

“你是说我对栗树所做的事，跟上帝对世界所做的一样。”

“就看你怎么看待这个过程。只不过你有明确的目标，知道自己想要做成什么。在我看来，在大自然里，捕食者、坏天气一类的状况能将相对较弱的基因淘汰掉，留下强壮的基因，继续传递下去。虽然不像你做的那样有条理，但也同样可靠。这种事向来便是这样的。”

“对不起，我实在没法将上帝的意志同某些向来便是这样的事相提并论。”

“好吧，那就别把它们联系在一起。我也不在乎。”她听上去很泄气。她坐回到蒲式耳篮子上，扔掉苹果，将脸埋入双手中。

“嗯，我做不到。”他试图让自己站定。他不想总是踱来踱去，但他膝盖疼。“没有了神圣目标的世界就没有了上帝，一片漆黑。你没法指望人类在这样一个世界里有序运行。上帝是善良、公正的。”

她再抬头看着他时，眼里涌上了泪水。“只要需要，人类就能运行下去。如果你有过一个染色体出问题的孩子，十五年来只能眼睁睁看着她死去，你再来跟我谈什么是善良和公正。”

“天哪。”加尼特心里很是忐忑。这女人光天化日之下掉眼泪，简直是犯法。

她从口袋里掏出那块红色印花手帕，聒噪地擤了擤鼻涕。“我没事。”过了一会儿后，她说，“我刚才不是那个意思。”她又旁若无人地擤了擤鼻涕。真让人吃惊。她揉了揉眼睛，将红色的花手帕塞回口袋。“我并不是个抵制上帝的女人。”她说，“我有我自己看问题的方式，这让我常常想要清早起床，赞颂主的荣耀。我没见你祈祷过，沃克先生。所以，我实在没法欣赏你居高临下、幸灾乐祸地要让我的灵魂漆黑一片的态度。”

他转身背对着她，望着自家的田地。栗树苗上那尖梢带着青铜色的窄狭叶片迎风招展，好似一片猎猎的旗海。每棵树苗都是一个小小的独立王国，拥有基因上的抱负。他开口道：“你说我是刻薄的老头子。这话可不厚道。”

“不管哪个男人，对自己的儿子不管不顾，就像割断树上的树枝一样，这就是刻薄。”

“这不关你什么事。”

“他需要帮助。”

“这也不关你什么事。”

“也许吧。但是将心比心，只要能帮上蕾切尔，我眼睛都不眨一下，就能放弃自己余下生命中的一切，可我没有那样的机会。如果能让医生剜出我的心脏，塞入她的胸膛，我也会这么做的。所以，你觉得我眼看着别人把自己的亲生孩子抛开不管，我会怎么想？”

“我没有孩子。”

“你当然有，那孩子当时都二十岁了。他还活着，据我所知。”

加尼特能感觉到她盯着自己后背的目光好似午后的日头，但他没法转身。他就这样让她用钝重如石的话语击打着他。“他携带着你的基因和艾伦的基因，在这世上的某个地方游走、生活。”她停顿了一会儿，但他仍未转身，“天哪，他甚至姓了你的姓。你就不想帮帮他，或者认回他吗？我觉得你已经放弃了这个世界和世界上的所有东西，包括你自己。”

加尼特什么都不想说了，只想离开这儿。但他万不能让她觉得自己这么占理。他转身面对这位邻居。“我没法帮那孩子。他得自己帮自己。现在时候到了。”

“你觉得他还是个孩子？他现在应该都三十来岁了。”

“但也还是个孩子。只有当他真心决定要像个男人的样子，才会成为一个男人。并不只有我这样想。那些年来，艾伦每年都去参加见面会，他们就是这么告诉她的。酗酒的人，得自己有决心才能变好。他们必须想要那样才行。”

“我理解。”她说。她将双臂抱于胸前，低头看着散落在草地上的磕碰过的苹果。她伸出套着小巧的白色帆布鞋的脚，用脚尖把一只苹果踢开了。“我只是实在不愿意看你忘了他。”

忘了？加尼特感到眼里一阵涩涩的刺痛，他别过脸，想找个别的地方看去。人的泪腺实在太没用，太可悲！他模糊的视线终于落定在果园边上的一只四四方方的白色木板箱上。他疑惑了一会儿，才记起那是南妮的蜂箱。她对蜜蜂很着迷，不过她对其他许多事情都着迷。她说得没错，她大多数时候都欢欢喜喜的，而他却经常阴沉沉的。

“这孩子，我们怀得太晚了。”他背对着她，终于承认道，“就像亚伯拉罕和撒拉一样。起先，我们简直没法相信自己的运气。孩子还小的时候，我们为他担惊受怕，等他长成大小伙子了，却又让我们摸不着头脑。有时候，我就想，亚伯拉罕和撒拉要是在我们这个时代怀上孩子，又会怎么做？”

她轻轻地把手放到了他的前臂上，稍稍停留了一会儿，这动作让他心头一惊。她从背后这么伸过来，把他吓了一跳。她的手移开后，他仍能感受到那股力道，仿佛他那衬衫底下的皮肤不知何故发生了变化。

“事情总是远比人想象的复杂。”她说，“对不起。”

他们并排站着，双臂抱于胸前，望着她那一园枝繁叶茂的果树，和果园后面他的那一片尚未长大的栗树。他们离得如此之近，周遭又如此安宁。南妮失去了往常的气势。她看上去真的好小——盘在头顶的辫子只到他的肩膀。*唉，我们不过是两个老家伙而已*，他心想。*两个老家伙，抱着胳膊，用哀伤的眼睛望着天堂。*

“我们心里头都藏着悲伤，罗利小姐。你和我都是。”

“是啊。到了这个岁数，有什么悲伤能和无子可亲、无后为继相比呢？”

他定定地望向自家育秧田里那些茁壮的小栗树，它们渴盼着自己的未来。可他心头的悲痛如此强烈，他注定无法长久地守望那个未来。

一只靛彩鹀立在篱笆柱子上响亮地鸣叫起来，似在唱一支欢快的歌谣，清澈的空气中又传来奇异的嗡嗡声。哈，竟然是她那些蜜蜂，加尼特这才明白过来。一大群蜜蜂正在果园里和附近的田间忙忙碌碌。并不是他的助听器出了岔子。

等他确定自己的情绪不容易再有起伏，加尼特清了清嗓子。“我来这儿的原因，就像我说过的，是因为你家的一棵树倒在我家那儿了。就在后头，往山上走的那条路上。”他冲山那头点了点头。

“哦，那儿啊，是小溪对岸吗？”

“对。”

“那没什么好吃惊的。那儿有好多树都快倒了。我不会太想它的。是什么树？”

“一棵橡树。”

“好吧，真糟心。这世上又少了棵橡树。”

“不还在这世上吗，”他指出了这一点，“还在我家那儿呢。”

“不出一年，”她说，“木蚁和树皮甲虫就会让它回归尘土。”

“我在考虑更麻利的法子。”他说，“奥达·布莱克家的小伙子拿把链锯就能把它给解决了。”

她看着他。“怎么啦？这一带都是树林，那区区一棵树碍你什么事儿了？看在上帝的分上。浣熊可以把它当桥用。在它慢慢腐烂的过程中，火蜥蜴会很喜欢住在那下面。啄木鸟也可以在上面狂欢一阵子。”

“看着碍眼啊。”

她叹了口气。那叹气在加尼特看来太过浮夸了。“好吧，”她说，“非要这样的话，你就让奥达家的小伙子过来吧。我付一半的费用没问题吧。”

“一半我可以接受。”

“不过，木柴得归我。”她说，“全都归我。”

“那可是在我家的地头。木柴该归我。”

“橡树是我的！”

“好吧。一分钟前，你还说要让它烂成泥。现在，你又想要木柴。看来你也不知道自己到底要什么吧。”

她鼻子里哼了一声。“你就是个假正经的臭老头。”她说完，便弯腰挽起她的苹果篮子，朝着自家谷仓腾腾腾地走了。加尼特看着她离开的背影，就这么在那儿站了好一会儿，感到自己的鞋子似乎已经长在了南妮果园里肥沃的杂草地上。他想，女人的思维着实是片危险的领地。

他倒是真的想感谢她那块派来着。

18 蛾之爱

丈夫死后的这个夏天，卢萨发现了“割草机疗法”。这机器剧烈的震动直贯身体，堪比雷电的轰鸣震耳欲聋，把她脑子里属于人类语言的一切都吓跑了，后悔、自责这些复杂的情感也都没了影儿。运行着割草机在草地上工作一两个小时，什么话都不说，在强烈震荡的世界中如泡沫般漂浮，简直是天赐福音。偶尔，她还能找回一种昆虫般的简单思维。

科尔从前一直在干的许多活，她起初都害怕做不好，割草便是其中之一。葬礼后最初几周，小里奇和大里奇会轮流过来不声不响地帮她干了。但终于有一天，她注意到院子里的野草和蒲公英都高过小腿了。她发现，管你悲不悲伤，世界很快就会不耐烦，那些杂七杂八的事儿就该由她自己来做。卢萨只能戴上墨镜、踏上靴子，去看看自己能不能把割草机发动起来。

一开始，她很沮丧，因为山坡很陡，骑乘式割草机很容易一头扎进溪流或水沟里。但她专心致志地寻找笔直、平坦的路面，或者在院子里沿螺旋形割出一个个紧密相接的同心圆时，便品出了味儿。忙活了几个小时后，她意识到自己已彻底停止思考。她震动不歇的身子在这清冽的绿色气息中，好似成了天堂里竖琴的一根琴弦。她的农舍四周是好几英亩的院子、旁院和谷仓空场，更别提门前那条长达一英里的道路两侧的地界。那条路，她必须保持畅通无碍。若是碰上今年这种雨水过多的夏天，她就不得不趁着零星晴朗的日子在割草机上度过好几个小时。

所以，那天早上，当汉尼－梅维丝和朱厄尔开车过来时，她就在割草。她们把克丽丝放到她这儿，再去罗阿诺克做又一次的化疗。朱厄尔家的两个孩子没有一起来，来的只是克丽丝特尔。她们的计划是，由洛伊丝去儿童棒球营接洛厄尔，再带回家过夜，把他姐姐留在这儿。显然，克丽丝在姨妈们家中轮流住了个遍：之前，她住在洛伊丝和里奇家时大发脾气，还故意砸了祈祷之手小瓷像，然后躲进谷仓里过了一晚上。这事很快传到了卢萨这里，一同传来的消息还有埃玛琳的新工作排得太满，她太累，没法照看孩子，而玛丽·埃德娜这段时间不想留孩子在自己家过夜，要等到她“全面整顿好，能顺顺当当把日子过起来才行”。卢萨很清楚，她们都特别想让她帮把手，虽然她并不懂该怎么照料克丽丝那样的孩子。不过，她至少没什么硬性规定。

她们停车的时候，她关掉了割草机的马达，但那两个女人拼命挥着手，大喊着说朱厄尔的预约就快赶不上了。克丽丝从后座下了车，汉尼－梅维丝提醒她别忘了拿上过夜的洗漱包，朱厄尔则冲着她喊要懂礼貌，一切都发生在同一时刻。然后她们便掉头离开了，把路面上的沙石轧得飞了起来。克丽丝眯缝着眼睛盯着卢萨，她收紧下巴，像一条正要做出决定的看门狗。卢萨只能对这个双腿修长、闷闷不乐的淘气包回以同样的注视。克丽丝顶着一头雾都孤儿似的乱发，牛仔裤的裤腿短了一截。她手上抓着一只小小的、四四方方的白色洗漱包，像是另一个时代的遗物——也许是她妈妈或某个姨妈小时候在别人家过夜时就用过的，但她们那时候的过夜经历肯定要比她现在来得开心。卢萨心想，这下可好，孤儿和寡妇，都是只能听任摆布的角色。

“嗨。”卢萨跟她打招呼，尽力不让列克星敦的口音太明显。她从来发不好干瘪、拖长的尾音 i，和当地人的口音就是不像。

“嗨——伊。”那孩子自然是在学她的腔调，不屑地看着她。

卢萨舔了舔嘴唇，双手大拇指在方向盘上敲了好几次。“我带你去看看房间怎么样？至少你可以把包里的东西拿出来？”

“包里啥都没有。我带这包，只是想让汉尼－梅维丝姨妈以为我带了干净的内裤之类的。”

“哦，”卢萨说，“那我想你也不需要收拾什么了。就把它放到门廊上吧，来帮我一起割草。”

克丽丝把这硬邦邦的小方包往门廊上一扔，像是在垒球场上来了一记下手投球。包撞在了台阶上，开了，飞出一面小方镜，镜子又砸到台阶上碎了。门廊边上，一只正在花圃里刨地的小母鸡发出一声尖叫，吓得落荒而逃。卢萨很吃惊，没想到这孩子的敌意如此直接，但她尽量不表露出来。“好吧，”她漫不经心地说，“看来要倒霉七年了[①]。”

“我已经倒了十年霉了。”克丽丝说。

“不会吧。你多大了？”

“十岁。”

主啊，帮我熬过接下来的三十个小时吧。卢萨内心里叫苦不迭，

---

① 美国人的迷信，认为打碎镜子会导致灵魂受损，之后的七年都会遭遇厄运。

哪个神愿意听，她就向哪个神求告。

“你看，克丽丝，我这院子还需要除几分钟的草，你想坐到我边上来帮我吗？我们干完这个后，就找些好玩的事儿来做。”

“啥事儿？”

她绞尽脑汁；要是说错了，就有她受的了。“抓虫子，怎么样？我很喜欢虫子，我最喜欢的就是它们了——你知不知道我其实是个虫子学家？”

那孩子抱着胳膊，看着别处，等卢萨再说出些别的花样来。

“哦，”卢萨说，“我想你是讨厌虫子的吧。这个家里的其他女人都害怕虫子，看不起它们。对不起，我忘了。”

克丽丝耸了耸肩。“我可不怕虫子。”

“不怕吗？那好啊，我们两个可以玩到一起了。谢天谢地，我总算找到一个能一起抓虫子的人了。”她踩住离合，转动钥匙，割草机的马达又开始轰鸣起来。她就那么坐着，等待着。迟疑了几秒钟，克丽丝穿过院子，爬上割草机的座位，坐到了卢萨身前。

“里奇姨父说你干不了这活，因为太危险了。”她大声说道。割草机往后顿了顿，便在院子低处的草地上沿着环形的轨迹行驶开来。

“没错，对小孩子来说是比较危险。”卢萨喊道，让嗓音盖过了马达声，“不过没事，你都十岁了，不会掉下去被轧到的。来，把你的手放在方向盘上，像这样。”她们一颠一颠地驶下路堤，“好了，现在换你来开。别轧到鸡，要不就只能吃鸡肉沙拉了。还得小心石块。绕着圈儿开，行吗？”

她帮克丽丝特尔打着方向盘，绕过了谷仓和鸡舍之间那段路堤上的石灰层。卢萨已经学会留出较宽的边缘地带，别过度使用割草机的刀片，还因为她很喜欢这一小块区域里那些蓬勃怒放的野花野草。

“橘色的那些花它们是什么？”克丽丝特尔大声问道。她似乎毫不在意周围的噪音，照说不误。

“马利筋草。”卢萨试着让自己别被她的语法吓到，她的语法能力比家里的其他孩子都要差很多。她很想知道，是不是大家都对克丽丝特尔丧失了信心，如果是的话，又是从什么时候开始的。

“蝴蝶干什么，吸它吗？”

卢萨继续忽略这蹩脚的说法。“它们在喝花里的蜜汁。有一种蝴蝶，叫黑脉金斑蝶，会在这种花的叶子上产卵，毛虫孵出来后，就能吃这叶子了。可你知道吗？那些叶子都是有毒的！整棵植物都带毒。”

“就像医生给妈妈下的毒。”克丽丝特尔说。

这个哀戚戚的、瘦骨嶙峋的小身子离她如此之近，让她心里直发慌。卢萨尽力忍着不去搂住她。“对，”她说，“有点像。”

“他们让妈妈中毒。她不管什么时候从罗阿诺克回来，我们都不能进她的房间，她在浴室里尿尿后，我们也啥都不能碰。要不然，我们都会死的。”

“我觉得你们不会死。但你们说不定会生病、会呕吐。”卢萨让自己的下巴轻轻擦过那顶着一头蓬乱金发的脑袋，克丽丝的小鬈发在她颌下一颠一颠的。简单的触碰转瞬即逝。有那么一会儿，她们没说话。卢萨把着方向盘，让割草机清理了渐渐缩小的最后一溜草地。“你知道吗？”卢萨说，“黑脉金斑蝶就会这样。”

“什么这样？”

“毛虫吃了有毒的叶子，身体也会变得有毒。所以，要是一只鸟儿吃了它们，鸟儿就会呕吐！蝴蝶这么做，是为了让鸟儿看到它的幼虫就躲得远远的。”

克丽丝特尔似乎无动于衷。“就算鸟儿吃了，呕吐了，那毛虫反正也翘翘了。”

卢萨花了一番工夫来理解克丽丝的意思。“你是说毛虫被杀了吗？对，被吃掉的毛虫是这样的。但鸟儿会吸取教训，大多数毛虫就不会被吃掉了。这是科学事实。大多数鸟儿都不会去吃黑脉金斑蝶的毛虫。”

“那又怎么样。”过了一会儿，克丽丝特尔才说。

“那说明妈妈照料自己孩子的方式很奇怪，”卢萨说，“竟然让它们吃有毒的叶子。”

“嗯，可是对死掉的毛虫来说那又怎么样。”

“说得好。”卢萨说，“对它来说那又怎么样。”她还不想将话题引到当今的亲属选择理论①。她将座位底下的操作杆一拉，抬起了刀片。“我们开回谷仓吧。今天的割草工作已经完成了，现在去抓虫子吧。”她把住方向盘，驶入谷仓底层的大门，在里面停好割草机。

关掉马达后，她的耳中仍轰响着那震荡耳膜的尖锐杂音。她和克丽丝从那机器上跳下，头晕目眩地站了一会儿，直到眼睛和耳朵逐渐适应了谷仓里幽暗蒙尘的寂静。克丽丝看着上行的台阶，它们连接着上层谷仓的地板，那里有一扇可以往上掀开的活板门。那台阶更像是一架固定的折叠梯，而非楼梯，已逾百龄的木架结构在日日夜夜的消磨中歪扭变形，如今已没有一个阶面的角度能与地心引力垂直。这情形总会使卢萨想起埃舍尔②的一幅画，那是一组螺旋上升的阶梯，每一级台阶似乎都在以不同的方向呈现“向上”。眼前这架旧阶梯看上去极其危险，她从未登着它上去过，尽管要绕道很远才能到达开在山

① 指个体或群体仅对其同类或亲属表现出的利他行为。

② 莫里茨·科内利斯·埃舍尔（1898－1972），荷兰版画艺术家，以其错视艺术作品而知名。

坡上与地面平行的另一个入口。

“我们能上去吗？”

“当然。”卢萨强咽下一抹恐惧，“这主意不错。反正我们得去上面的储藏室，拿捕虫网和收集罐。”

那女孩抓住摇摇晃晃的、已然开裂的木头，开始循着“向上”的目标，沿着这阶梯往各个方向攀爬。卢萨只好也战战兢兢地跟着爬了上去。活板门很容易就掀开了。她们在尘埃中举起胳膊、尽力伸长，好似小鸡伸展羽翼一般，然后扒住洞口将身体拉了上去，进到谷仓的主室。呼吸之间，卢萨闻到了香味，那是一种隐隐约约的呛鼻的汽油味儿，但更像是陈年烟草散发出的柔和的甜味。这地方的每一处裂缝里，都栖息着干枯的叶子碎裂而成的棕色尘屑，一百多年来，怀德纳家的人们就是在这儿把烟草剥开、挂起，再打成捆。

储藏室原是玉米透风仓，设在这谷仓的一个角落里，为了防止老鼠一类啮齿动物的破坏，特意在这笼子似的玉米仓的每一寸侧栏、底栏和顶栏之外仔仔细细地钉了一层铁丝网。卢萨拉开门闩，看见堆了一整仓的布满灰尘的设备，便悲从中来。这儿的每样东西，都曾在某个时刻被科尔亲手触碰过。他搬动过，储存过，修理过它们。许多东西她都不知该如何使用：喷雾臂和拖拉机附件，搁板上摆着的一长溜化学制剂。汽车零件。还有些奇怪的东西：古旧的油炉，杂七杂八的一堆马具和骡具，都是拖拉机出现之前的用具了。一架空荡荡的钢琴立在那儿，只剩下一副木壳子，内里空空如也。卢萨将自己的东西都收在这间仓室里，却从未真正环顾过四周的物什。在此之前，这地方也根本不属于她。她捏住鼻子，竭力压下了一个正让泪水溢满她眼眶的喷嚏。她必须将迎面而来的无论何种悲哀挡于门外，这孩子受不了任何的自哀自怜。更何况，她才十岁就被迫接受了这么多悲伤，又何必给她再添一分？卢萨从钢琴架和几大捆捆扎绳之间的过道挤了过去，弯腰将一台老旧机器硕大铁壳上的灰尘吹落。

“不会吧。快看这个，克丽丝。”

“那是什么？”

“谷物碾磨机。是老款——看，还装着布带呢。”她琢磨着这机器该怎么组装起来。“我觉得肯定要把它挂在某种转轴上，才能提供动力。也许还需要套上骡子，让它绕圈拉动。”

“干啥？”

“没电啊。这东西得有一百来岁了。说不定，还是你曾曾祖父那代人留下的。”

克丽丝嗤之以鼻，好像卢萨太迟钝，跟不上她的思路：“我的意思是，它们是干什么用的？”

“一台磨子。用来磨粉的。”

克丽丝往机器底下一蹲，抬头往里瞅。“磨发吗？”

她把“粉”发成了“发”，卢萨听得一头雾水。

“哦，不，是面粉。你知道的，做面包用的。以前，这儿所有人都用自己种的小麦和玉米来做面包，剩余的谷物还能喂牲口。现在他们都从南方合作社买进饲料，再去克罗格超市买那种在另一个州烘焙了运过来的难吃透顶的面包。”

“为什么？”

“因为他们现在种不起谷物了。大型农场卖的劣质谷物更便宜，要比自家小农场里种出的优质谷物便宜很多。”

“为什么？”

卢萨斜倚在一只五十五加仑的大桶上，桶底涂着的防腐用的杂酚油已经凝固了。“咳，那有点难回答。我想是因为人要的东西太多了，就不讲究质量了。而且，谁家的东西最多，规则就越对谁有利，农夫们只得听他们的。你知道他们是怎么打弹珠的吧，谁得的弹珠最多，就能把什么都赢过来。”

“不是的。”

“不是吗？”

“我不打弹珠。”

“那你玩什么？”

“玩掌上游戏机。”克丽丝已经跑开，东摸摸西摸摸，在灰尘上画圈圈，往桌子底下东看西看。“这是什么？”

“熏蜂器。”

孩子笑了。“把蜜蜂当烟抽？能抽嗨吗？”

卢萨不晓得这孩子是怎么知道什么嗨不嗨的，但决定还是别表现得大惊小怪。“不是。其实是用它制造烟雾，把蜜蜂熏倒。等到蜜蜂被熏得晕晕乎乎，你就可以打开蜂箱顶盖，偷走蜂蜜。”

“哦。”克丽丝往后一靠，借助身后靠墙立放着的弹簧床垫向前回弹，“蜂蜜就从那儿来的？还有人去偷？”

这女孩竟连这都不知道，卢萨大为惊讶——也许她这一代的孩子都对此一无所知吧。“人们养蜜蜂就是为了取蜜。这儿的人以前都养过，这我敢肯定。看看这里随处可见的坏掉的旧蜂箱就知道了。”

“现在蜂蜜都是装在玻璃罐子里的。”

“是啊，”卢萨同意道，“现在蜂蜜都是从阿根廷这些地方运来的。这跟我说的很远地方的大农场取代这儿的小农场是一个道理，让人难过，觉得不公平，怪糟心的。”她往那台古老的谷物碾磨机的侧臂上坐下去，机器稍稍挪动了一两英寸，把卢萨吓了一跳。“不过，也没有人在乎就是了。我以前住在城市里，告诉你吧，城市里的人并不觉得这是他们的问题。他们觉得食物都从超市来。而且一直如此、总会如此。”

克丽丝继续侧着身子往弹簧床垫上弹来弹去。“我妈妈就在克罗格超市上班。她很不喜欢。”

“我知道。”卢萨环顾四周，望着这个废旧设备的遗骨场，满心绝望，不单单——或者说并非特别——为了自己失去了丈夫，也为了人们曾经为自己耕种和创造的所有物质，现在他们都脱离了各自的食物生产链，成了寡妇。

“她很不喜欢，因为那儿一直让她累。他们不给她休息日。”

“我知道。总之是休息得不够。”

“妈妈病了。”

“我知道。”

“我再也不能在洛伊丝姨妈家住了。洛厄尔可以，但我不能住了。你知道为什么吗？”

“为什么？”

克丽丝不再将身体往弹簧床上撞了。她小心地踩进一只破开的捆扎绳纸箱里，又从另一侧开口走了出来。

“为什么，克丽丝？”卢萨又问了一遍。

“她老是让我穿傻了吧唧的裙子。都是珍妮弗和路易丝穿剩下的。”

“是吗？这事儿我还从没听说过。”

“她说我必须穿那些衣服。它们都太丑了。”

“也许都过时了吧。珍妮弗和路易丝比你大太多了。”

克丽丝耸了耸肩，确切地说是飞快地、很不乐意地抽动了一下。她在一只拖拉机轮胎上坐了下来，将脚伸到里面，背对着卢萨。“好蠢。”

“谁？”

“那些裙子。”

“不过，故意把洛伊丝姨妈家的小摆设给打碎，可不是解决问题的好办法。”

“她让我去浴室，等我想要穿衣服的时候，衣服却被她拿走了。你知道她做了什么吗？用剪刀把我的灯芯绒裤子和格子衬衫全都剪坏，好让我没办法穿回自己的衣服。”

卢萨震惊不已。她盯着那孩子的后脑勺，感到自己悲伤的心正向这垂头丧气的小家伙敞开。这孩子稻草一样的头发支棱着，好似豪猪的棘刺。“我觉得这么做很不好。”卢萨终于说道，“没人对我说过这事儿。那些都是你很喜欢的衣服，很有感情了，对吗？我印象中往常就没见你穿过其他衣服，就是那条灯芯绒裤子和那件衬衫。”

克丽丝又耸了耸肩，没吭声。

“那接下来呢？你还是不得不穿上一条裙子吧。”

她摇了摇头。“我光身子从那房子里跑出来了。就穿了内裤。我跑进谷仓，躲了起来。”

“那祈祷之手小雕像又是怎么回事？怎么打碎的？”

“我不知道。”

“就那样打碎了，在你出门的时候？”

豪猪脑袋点了点头。

“我觉得那也挺公平。她的宝贝换你的宝贝。”

卢萨看见那女孩脑后的头发微微地动了动，是肌肉组织牵动了头皮。猜得没错的话，她在笑。

“我不是说这么做有助于解决问题。”卢萨更正道，“这样反而使你和姨妈之间的关系变得紧张，你妈妈也不会好过。你现在最要考虑的就是妈妈。我这么说，是因为我很理解你的愤怒。”

“我跟耶稣说好了，要是我每天都穿那身衣服，他就会让妈妈好起来。现在，衣服都被洛伊丝姨妈剪碎，扔进了垃圾袋，妈妈也要死了。”

“这样想并不代表就会真的发生。”

克丽丝特尔转过头来，透过一道斜斜的光柱看着卢萨，那道光柱从屋顶的洞孔照射进来，投落到她们之间的地面上。浮尘微屑在阳光里上下翩飞，在它们那无忧无虑的宇宙中生息。

“洛厄尔呢？”卢萨轻声问道，“妈妈病了，他肯定很害怕。”

克丽丝捏着网球鞋底下脱了胶的橡胶底。“他也不喜欢去那儿。他怕洛伊丝姨妈。她太坏了。”

“怎么个坏法？她打他还是怎么了？”

“不是，他们不怎么打我们。她就是对他不好，不像妈妈那样。她不会把他的衣服好好放在椅子上，也不给他做好吃的。她和珍妮弗还有其他人总是大声嚷嚷，说他就是个大婴儿。”

卢萨用手掩住嘴巴，但她尽量让嗓音显得无动于衷。“下次你们俩一块儿来这儿住怎么样？要是我跟你妈妈说让你们来，你觉得能行吗？”

克丽丝耸了耸肩，继续扯开那鞋底。“应该吧。”

“那好。不过今天就我们俩，我们想做什么就做什么。我想去抓虫子，你没问题吧。”卢萨从箱子里取出两张短柄捕网，“这是你的。走吧，我们再浪费时间太阳就要下山了。”

克丽丝接过捕网，跟着卢萨出了谷仓。她们沿着山羊牧场的边缘出发。卢萨领头，尽可能快地跑上了山坡，顺着篱笆将她的捕网掠过高高的草尖。两人跑到了山坡顶上，都累得气喘吁吁。卢萨往地上一躺，喘着大气，克丽丝则盘腿坐了下来。

“要小心了，”卢萨说着，坐了起来，将另一面网拿过来，“像这样，把网沿儿对折起来，这样它们就不会跑出来了。现在，我们来看看都捕到了什么。”她小心翼翼地让几只虫子爬出网眼，“这些是蚱蜢，这只是角胸叶蝉。区别很大，看见了吗？”她捉起一只浅绿色的蚱蜢，蚱蜢腿在空中乱蹬。克丽丝接过来，凑近观察起来。这举动让她有些吃惊。

“欸，”她说，“有翅膀。”

“对，大多数昆虫都有翅膀——甚至蚂蚁也有，在它们生命的某个阶段。蚱蜢从来就有翅膀，这虫子想飞就能飞。看——”她用指甲掀起蚱蜢绿色的鞘翅，露出底下鲜红色薄膜一样的后翅。

“哇！”克丽丝叫了起来，“一直都是这种颜色吗？”

“不是的。世界上有两万种蚱蜢、蟋蟀、蝈蝈，没有一种是一样的。”

“哇！”

“我也觉得很吃惊。看，快看这个。”她伸手入网，捉出一只扁扁的对眼虫，像是一片长了腿的叶子，“这就是蝈蝈。”

克丽丝接过来，仔细地盯着看。然后她抬头望着卢萨，“它们就是一到晚上就吵嘴的家伙？唧唧滴！唧唧滴！”

卢萨觉得她模仿得像极了。“对。你从来没见过蝈蝈吗？”

她飞快地摇了摇头。“我还以为蝈蝈是很大的动物呢。像那种大鸟。”

“鸟？”卢萨是真的惊呆了。乡下孩子怎么会对自己身边的一切一无所知？父母塞给他们掌上游戏机，让他们看又是警察又是律师的城市剧情片，却没教过他们认识蝈蝈。卢萨知道，这绝不是父母们的疏忽。这是某种羞耻感和追逐潮流的企图心交杂在一起产生的令人沮丧的情感，就像她爸爸不让她说意第绪语那样。卢萨注视着克丽丝，她反复研究着这只小生灵身上的每一个细节。她的手指小心翼翼地捏着虫子，眼神却像要把它给吃了。她就像一个很在行的分类学家。

“它的嘴这么小，怎么会叫得那么响？”她终于开口问道。

“它不用嘴发声。看见这儿了吗？还是翅膀这里。”卢萨轻轻地将虫子的翅膀摊了开来，“这一只翅膀的这里，像刮刀或是拨片一样；而另一只翅膀的这里，是带棱齿的，像锉刀一样。蝈蝈就是靠摩擦双翅发声的。它的歌声就是这么来的。”

克丽丝几乎把鼻尖凑到了上面。“哪儿？”

“那些地方不容易看清。真的是很小很小。”

克丽丝将信将疑：“那为什么那么大声？”

“你听没听过粉笔在黑板上摩擦发出的很刺耳的声音？”

她扬起眉毛，点了点头。

“跟这是一个道理。粗糙的平面和坚硬的物体摩擦就会发出尖利的声音。大不代表一切。你看我，我的身高只有五英尺一英寸。”

“算小吗？”

“对啊。在成年人当中，算小的了。”

“洛伊丝姨妈有多大？”她总是说成姨㖿，像在否定那个女人。卢萨能领会这种情绪。

“我不知道。她应该算是大块头了，对女人来说是这样。她大概有五英尺十英寸吧。怎么啦？”

克丽丝警惕地往山下看了一眼。“她说你欺负了大家。”

卢萨躺回到草地上，双手交叠枕于脑后，望着天空中懒洋洋的云彩。她在想，克丽丝透露这话，到底是想刺伤谁。“你有几个姨妈认为我不该要这座农场。全都是为了这个。”

克丽丝也躺了下来，她的脑袋顶离卢萨只有几英寸。“怎么会？”

“因为我和她们不一样。因为我没出生在这儿。因为我喜欢虫子。你怎么想都行。因为你科尔舅舅死了而我还活着，她们都很生气，因为生活太不公平了。其实我也不知道究竟是因为什么，这都是我自己猜的。人也并不是总能说清楚自己为什么会有某种感觉、某种情绪。”

“我妈妈会死吗？”

“啊。怎么忽然想到这个了？”

“会吗？”

“我没法告诉你。我发誓，我说的是实话。没有人知道答案。我只知道，为了你和洛厄尔，她在尽一切力量使自己好起来。也是为了你们，她才会每个礼拜都去罗阿诺克，去接受毒药的治疗。所以她肯定非常非常爱你们，对吧？”

没有回应。

“还有，”卢萨说，“我很肯定，耶稣不会因为洛伊丝姨妈剪坏了你的衣服，就伤害你妈妈。如果他非要惩罚谁，这还说不清楚，但我认为他会惩罚洛伊丝姨妈，你觉得呢？”

“那他会杀死洛伊丝姨妈，不杀妈妈吗？”

“不，他不会的，这是我能回答你的。生活绝对不是那个样子的。上帝不会跑来跑去，像个裁判一样到处抓犯规，否则现在的世界就完全不会是这个样子了。一天吃三次冰激凌，不打屁股，不想穿讨厌的裙子就不穿。”

克丽丝咯咯笑了起来。自从今天早上她冷不丁地戳在卢萨家的车道上起，这是她第一次笑出声，她的笑声很清澈，就像个孩子。就像她的名字，克丽丝特尔，水晶。卢萨看不见她的脸，但能感受到近旁草丛里的身体，听到她放松的呼吸声。

“欸，有人告诉过你什么是水晶吗？”

“一种傻了吧唧的东西。就是租宝。”

卢萨愣了愣。她应该是说珠宝。“不对。水晶是一种石头。很硬，很尖利，亮闪闪的。其实，水晶也有很多不同的种类。甚至可以说，盐就是一种水晶。”她坐起了身，“呀！虫子都跑了。”

克丽丝特尔也坐了起来，神情极其失望。

“没事啦。”卢萨说着，笑了起来，“就让它们跑吧。我们还能再抓。”她冲着牧场的方向挥了挥手，“你想要什么虫子，那儿都有。你能相信吗？大家都往自己的地里喷杀虫剂。”她将几只还在挣扎的落伍虫子从两张网里抖了出来，“这些漂亮的小生灵都会被杀死。这就像仅仅为了杀几个坏蛋就往城市里扔一颗炸弹。看，这就是我饲养山羊的优势——我根本用不着任何化学制剂。我送去宰杀的也只是五十头牲口，而不是五万头。”

克丽丝望着篱笆那边卢萨的山羊，皱着眉头。卢萨注意到牧场上那一片的草长势不错。而奶牛场里那些瘦长的蓟草都已被割得很匀整，像极了列克星敦的草坪。

“说真的，你是怎么弄到这么多山羊的？”

“嗯，是这样的，我很讨厌杀虫剂，但又必须种点东西来挣钱。然后呢，我一直在说烟草的坏话，所以也没考虑过种它们。再者，我也不喜欢把手伸进奶牛的屁股里去。”

那孩子嘴巴大张，笑得直不起腰来。

“这可是你要问的。养奶牛的话，还真得那么做。”

“呸呸呸……”

“我没开玩笑。你得把手握成拳头，塞进奶牛的屁股里，看看她们是不是怀孕了。最糟的还不是这事儿。照我看来，奶牛又大又蠢，还很危险，就是个大麻烦。”克丽丝做着鬼脸，惹得她也笑了起来，“怎么啦？你是不是总听你那些姨夫们说起我和我的山羊？”

孩子点了点头，略带歉疚的样子。“他们说你是个呆子。”

卢萨凑到克丽丝面前，也做了个鬼脸。“你的姨父们把我的奶牛全牵走了。所以，谁才是呆子？”

时近午夜，卢萨听见车道上有车子驶来。她有些吃惊。她在客厅沙发上读W. D. 汉密尔顿的一篇论文时睡着了，文章从黑脉金斑蝶写到了亲属选择理论。睡觉的本领想必又回来了——科尔去世之前，她总能在沙发上倒头睡去。她坐起来，想了想，才明白自己是睡着了。这天是周二，现在已是晚上。克丽丝已在楼上的沙发床安顿好。朱厄尔也来过了电话，说好明天觉得体力恢复些了，就来接孩子回家。卢萨抻了抻衬衫下摆，走到窗前。是汉尼－梅维丝家的车子。她急忙来到前门，打开门廊的灯。“汉尼－梅维丝？是你吗？”

是她。引擎声停了，她小巧的身影出现了。“我过来就是想看看你们还好吗。我想要是灯都熄灭了，那就说明没问题，我就直接回家。”

“你还没回家？天哪。”卢萨看了看手腕，但她没戴表，“现在几点了？”

“我也不知道，亲爱的。应该很晚了。我一直在朱厄尔那儿，她这次情况很不好。她没安顿下来，我不能离开。她现在是睡了。要是你和小家伙没问题的话，我就回家了。我就是觉得得过来看看。”

“哦，我们都很好。她睡了。我先前一直在沙发上看书。”卢萨犹豫着，大姑子不安的口吻让她很担心，“到底怎么啦？你刚刚是说——朱厄尔下午一直到晚上都不太好？从罗阿诺克回来就这样了吗？”

黑暗中，卢萨听见一声陌生的长叹。“准备往回走的时候，我们差点上不了车，折腾了三个半小时。终于上了车，开了不到十英里，还是得中途停下，让她呕吐。”

夜里阴冷的空气让卢萨打了个寒战。小小的蛾子们在她头顶上飞舞盘桓。“天哪，你们这一天的煎熬无异于去了一趟地狱。进屋里坐一会儿吧，我给你倒杯茶。”

汉尼－梅维丝站在走道上，迟疑着。“可是，太晚了，我怕打扰你。”

“没关系。”卢萨走下台阶，迎向她这位大姑子。而小个子女人几乎直接跌入了她怀里，让她心下暗惊。卢萨扶着她走上台阶，在门廊的灯光下站了一会儿。“她情况很差，对不对？”

她们离得很近，让卢萨震惊的是，汉尼－梅维丝竟然在哭泣。“他们说她好不了了，化疗对她也没了作用。她什么都经历了，呕吐，掉头发，却什么效果都没有。她的情况越来越差。”

“怎么会那样的？”卢萨木木地问道。

“全身都是了，亲爱的。她的肺部和她的脊椎都有了。医生今天告诉我的。”

“天哪，”卢萨轻声说，“她自己知道了吗？”

汉尼－梅维丝摇了摇头。“我没告诉她。我怎么开得了口呢？我只是告诉她医生说不用做化疗了。她觉得这是好事。‘哦，汉，’她说，‘我得告诉孩子们。我们去吃冰激凌庆祝一下吧！’要晓得，这番话她是在不断呕吐的间隙说出的。”汉尼－梅维丝哽咽着，深吸了一口气，终于号啕大哭起来。卢萨支撑着她，心里觉得很难受，她的身体还不太能感受到这新来的悲伤的分量。

“她是要抛下孩子不管了！”汉尼－梅维丝哭道。

“嘘，她的一个孩子还在楼上睡着。”卢萨搂着她的肩膀，将她扶上最后一级台阶，穿过门廊，从前门走进了屋里。走入明亮的过道，汉尼－梅维丝似乎镇定了下来。她忽然有些拘谨，她那身红白条纹的丝裙竟然显出一种荒诞的欢乐。卢萨注意到，她甚至还穿着时髦的红色高跟鞋。想想她这两个大姑子，今天一早就打扮成这样去了城里，却经历了如此糟糕的一段旅程，着实让人心痛。她注视着汉尼－梅维丝，后者用一团揉成球的纸巾擦拭着花掉的眼影。卢萨注意到，那张纸巾已在她手里捏了很长时间了。

“来，我们去厨房里坐会儿。”

汉尼－梅维丝又犹豫了一下，还是慢慢地借着自己的力气朝厨房走去，卢萨则跑上楼去取一盒纸巾。等她下楼来到厨房，放上水壶烧水时，她这位大姑子却不见了踪影。汉尼－梅维丝再次出现时，发型和妆容都重新修饰过。壶里的水已经烧开，卢萨正在泡茶。见她站在门口，卢萨忽然悲伤地记起葬礼上，自己看着她的蓝色睫毛膏，说出的那些冷冰冰的话。她真希望能收回那些话。过去有好几次，卢萨都差点管她叫“化妆包”，现在想想觉得很是内疚。在这样一个大家庭里，还真得注意着点儿。谁知道事情会出现怎样的反转，谁知道你后来又会需要谁抑或被谁需要，又是什么使得你重新看待如此匀整的眼影呢？此时此刻，卢萨不得不佩服这个女人，在心如刀绞的悲伤之下，仍能优雅得体，精力过人。而她自己，在科尔死后，差不多过了三周才能拿起梳子。

汉尼－梅维丝叹了口气，手掌平抚着桌面，虽然显出老态，却最终放松了下来。“嗯，你们今天过得怎么样？”

“挺好的。”

她看着卢萨。“你说‘挺好的’是什么意思？”

卢萨耸了耸肩。“意思是一切顺利。我们玩得挺开心。”

“你没必要对我编故事，亲爱的。那孩子的脾气臭得像只臭鼬。我从没对朱厄尔这么说，但我承担了开车带她去看医生的任务，这样就不用照顾她的孩子了。”

卢萨拿出调羹、糖和茶杯——就是寻常的马克杯，不是她从娘家带来的、杯缘绘有蛾子的瓷杯。她张了张口，准备讲讲前门台阶上碎裂的镜子，但想要恪守秘密的心思攫住了她。于是她在心里做了一个决定：要保守一些秘密，只有她和克丽丝知道。她一言不发地坐了下来，开始斟茶。“她确实是个难对付的孩子。”她终于开口道，“但我有点喜欢她。我就是这样的孩子。特别倔。”

“那就好，亲爱的。你应该得紫心勋章[1]。”汉尼－梅维丝拉开包翻找起来，“我在这儿抽烟没关系吧？”

卢萨连忙起身，从水槽边的小抽屉里拿了个烟灰缸出来。然后她意识到，上一次用过这个烟灰缸之后，是科尔把它收在那儿的。想到他的手曾触摸过这物件，她就像触了电一般。每每经历这么一下刺痛，似乎就推动着她心中那巨大的痛苦越离越远。她开始理解，终有一天，自己的婚姻会变得历历在目，又不可触摸。就像玻璃罩下的蝴蝶。

“你们都干了什么？”汉尼－梅维丝啪地点着了打火机。

“嗯，我们先给草坪割了草，然后去储藏室里看了一下那堆老家

①1932 年起，美国授予作战负伤的军人的奖章。

伙什，接着就上山去捉虫子，玩了好几个小时。我还教了她怎么区分昆虫，你想象不到吧。她在学校里成绩好吗？她是个机敏的孩子。”

“喜欢的，她就读得好。但没几门功课是她喜欢的。”

“我猜也是。后来，我们生起了篝火，在夜幕中给花园除草，真的很有意思。我们一直玩到十点，回屋吃了些 eggah bi sabaneh。”

“哎呀，听上去很不错。”

“也不算吧。就是蔬菜和水煮蛋。”

“你让那孩子吃了蔬菜？真是没想到。”

“就是马齿苋之类的野菜，都是我们从扁豆地里摘的。野菜当晚餐，她觉得很好吃。她说，‘洛伊丝姨妈吃了肯定拉肚子’。这是她的原话。”

汉尼－梅维丝啧了一声。“哈，这两个人谁也不喜欢谁。”

“那你知不知道洛伊丝为什么会让她这么生气？”

“让她穿裙子吧，我也是听来的。”

卢萨将手肘搁在桌上。“没错，她把克丽丝心爱的灯芯绒裤子拿走，全剪成了碎布。”

“啊，那可不对啊。”

“克丽丝私下里跟耶稣许过愿，说要是她一直穿着这身衣服，她妈妈的身体就会好起来。这孩子太可怜了。”

“哦，天哪。那样不对。洛伊丝不应该那么做。”

“对，她是不应该。这孩子需要爱，她应该得到这种爱，可现在只有恨。”

汉尼－梅维丝抽了一会儿烟，没吭声。“没错。你看，洛伊丝这人也没得可救了。洛伊丝对这个世界很不满意，于是把气撒到所有人身上。”

“为什么？她有好丈夫、好儿女，家里全是她喜欢的小摆设，还有什么可抱怨的？”

“唉，亲爱的，我也不知道。她一直就那样。我猜，她是跟自个儿生气，为自己没生个漂亮模样。她气自己块头太大。”

“可玛丽·埃德娜也是大块头啊——比她块头还大呢。”

“没错，可玛丽·埃德娜没这样想啊。是谁让她注意到了这个，上帝真应该去帮帮那可怜的灵魂。”

卢萨干笑了一声，揉了揉眼睛。她忽然觉得好累。不过，这倒让她受到了一系列启发。即便从未认识她们的父母，她仍然看到了两条截然不同的血脉：汉尼－梅维丝、朱厄尔和埃玛琳，体贴又端正；玛丽·埃德娜和洛伊丝，自我，傲慢，马脸，块头大。科尔将这些基因完美地混合起来，成了这家人最终的样板。科尔·怀德纳，人见人爱，卢萨赢得了他的心，他却被死亡偷去。怪不得这家人至今仍在悲伤的余波中震荡难安。这就是一出古希腊悲剧。

两个女人隔桌相望，随即垂下眼帘，抿一口茶。“明天，甚至后天，我来照料克丽丝，都没问题。”卢萨说，“真的，要是朱厄尔要休息的话，我这儿没问题。告诉洛伊丝她可以把洛厄尔也送过来。我觉得他们俩在一起会更好。”

“可怜的孩子啊。”汉尼－梅维丝说。

“他们会没事的。不管发生什么，他们都会没事的。大家庭对其中每个人而言都是祝福。我发现了这一点。”

汉尼－梅维丝看着她，很惊讶。“你觉得我们很好相处？”

“谁，你们家吗？我觉得融入你们家很难，真的。”

她轻笑了几声。“我和乔尔婚后，他一直这么说来着：‘去参加怀德纳家的聚会，就像跑了一趟中国。’怎么会这样的？我们也没什么特别的啊。”

“我觉得每个家庭都有这事。对我来说，出于各种各样的原因，融入你们家尤其困难。我知道，他和我这么快就交往起来，肯定让大家很吃惊。”

“是这么回事。他那会儿总是逮住机会就往列克星敦跑，一开始，我们都不知道是怎么回事。玛丽·埃德娜很担心，怕他去赌马。直到有一个礼拜天，怀德纳家聚在一起吃晚饭，我记得那次是朱厄尔和我为大家做饭，他就坐在那边那把椅子上说：‘下个礼拜天，你们将要见到世界上最最聪明、顶顶漂亮的女人，她已经同意做我的妻子了。’那时候，我们都惊得合不上下巴。”

“我也挺吃惊的。”卢萨轻轻地说道，脑子一片空白，“现在，倒成这样了。”她抬头瞥了眼汉尼－梅维丝，“我继承了这片土地。我也很理解你们家里人为什么恨我。”

汉尼－梅维丝看着她。那眼神，卢萨认得出来——就是葬礼上那迷惘、无助的，蓝色睫毛底下的眼神。她当时说，我也不知道没了他，该怎么办。我们都和你一样不知所措。

“我们没恨你。”她说。

卢萨摇了摇头。“你们恨我继承了这个农场。我知道的。我知道你们甚至找律师谈过了。”

汉尼－梅维丝看了看她，脸现忧色。

“或者说有人恨我吧，”卢萨搪塞道，“我不知道是谁。”

汉尼－梅维丝抽着烟，抚弄着涂了指甲油的指甲盖边缘，那儿和她的鞋子一样红，一样闪闪发亮。“是玛丽·埃德娜。”她终于开了口，“我倒不觉得她认为你是个忧患。我们只是想知道接下来会发生什么事，你知道，在那之后。因为他没留下任何遗嘱。”

“你看，我不怪你们。我住在你们从小长大的这栋漂亮的老宅子里，拥有你们家最好的土地，确实感觉像是从你们那儿把它偷走了似的。但我也不是没有麻烦的。这座农场还背负着债务。我也没料到我的人生会转这么大的弯。”

“没人料到科尔会出事。”她抽了会儿烟，任凭这个句子空悬在头顶层层缭绕的蓝色烟雾中。而后，她忽然问：“你想知道我的真实想法吗？”

“什么？”卢萨心头一惊。

“爸爸很清楚他自己干了什么。他给女儿们各自留的那些地太少了，根本无法为生，他这也算是帮了我们。”

“你怎么能那么说？”

“是实话！我们现在这样更好。想想吧，我们中间到底有谁会愿意待在这山上和这农场长相厮守？我们不想这样，我和乔尔都不想——唉，他整天都是车，车，车。只有那份工作才能让他开心。我很不喜欢被绑在这儿。朱厄尔也不喜欢，她结婚成家、还没生病的时候，就这样想了。她比我们谁都更喜欢这宅子，但谢尔顿根本当不了农民。玛丽·埃德娜和赫布有自己的奶牛场——现在过得还不错，根本没精力再管理一座农场。埃玛琳和弗兰克，我觉得他们现在有工作做，不用种田，就很开心。我都清楚。”

“洛伊丝和大里奇呢？他们不还在种田。”

“大里奇喜欢种田，那倒是真的。但他和你一样，从没想过要拥有这座农场。他是结了婚才过来的，和你一样。”

“嗯，可洛伊丝就不想要吗，他们还是能住在山上的。”

汉尼－梅维丝像马喘气似的，从唇间吐出烟圈。“首先，洛伊丝不愿意种番茄养活自己，她也不愿意做罐头。她最怕脏了。我觉得洛伊丝对这地方根本不在乎，千真万确。她或许会装腔作势，显得自己很在意。但我告诉你，要是她拥有了这农场，她就会把宅子推倒，建一座砖房，在院子里摆满塑料玩具鸭，再造一间能放三辆车的车库。”

这番场景在卢萨脑海里一闪而过。

“他们谁都不想要，真的。”汉尼－梅维丝说得很恳切，“问题在于：他们只是不想让别人得到这地方。”

“你指的是我吧。”

“不，我指的不是你，亲爱的。不过你看，我们都知道接下来会发生什么事。一开始，我们以为你会离开，农场就会回到我们手上。现在看来你是想留下。那好，没问题，你留下了。可……”

汉尼－梅维丝伸手拿了张纸巾，仔细擦了擦眼角，桌子上的白色纸球大军又多了一个成员。卢萨看得出来，她接下来要说的话，不管是什么，总之难于启齿。

“什么？”她轻轻问道，心里觉得害怕。

“嗯，再过个几年，你就会跟这里的某个人结婚。这农场就归那人了。”

卢萨咬紧的牙缝里蹦出几个字：“真荒唐。”

“不，不荒唐。没人说你不该再婚。你一定会的，那是顺理成章。可农场就会给那人的孩子继承。这里就再也不是我们的老家宅了。不是怀德纳家的了。”

卢萨惊得目瞪口呆。她从没想过是这个问题。“你们怎么会这么想？”

“什么这么想？”

“我不知道，你们竟然想得这么多。我在这里还会再嫁给哪个人？”

“亲爱的，亲爱的，你还不到三十岁。我们都很爱科尔，但没人认为你下半辈子就该为他守寡。”

卢萨低头看向茶水喝干的茶杯杯底，一片白净，没有剩下的茶渣，没有未来可以读取。“我得好好想想这事，白天的时候。”她说，“我现在不知道说什么好。我真的没想到。”

汉尼－梅维丝歪过脑袋。“我不是存心让你难受的。”

“不，你没有。我之前觉得问题出在我自己身上。我没意识到这问题——你说这应该叫什么？传宗接代。家族延续。”

“嗯，先这样吧。”她说着，双手拍了拍桌子，“都已经大半夜了。今天我已经够累的了。”

“我觉得已经是第二天了。”

“哎呀，都这么晚了。我得回家喂猫了，我敢肯定乔尔会把这事儿忘得一干二净，然后我得再去朱厄尔家看看。”她把桌上的纸巾球收拢，塞进自己包里。卢萨不清楚这是否算是乡下的习俗，离开时把自己的分泌物一并带走。她们相对而立，愣怔了一瞬，终于互相抱了抱，准备告别。

“请告诉朱厄尔，这两个孩子，我很乐意再照顾一天。不管她需要什么，任何事情、任何东西，尽管开口——我是认真的。你一个人也忙不过来。你也得休息休息。”

“我会的，亲爱的。要是洛厄尔愿意过来，我也会告诉洛伊丝带他过来。谢谢你，亲爱的。”

“叫我卢萨吧。”卢萨说，“现在我也是你的妹妹了。你们是没法甩掉我的，所以你们都直接叫我的名字吧。”

已经走到过道里的汉尼－梅维丝停下脚步，转过身，抚着连衣裙的衣袖。她吞吞吐吐的，似乎有话要讲。“我们都很害怕做错事，所以都没问……那是列克星敦的名字吗？”

卢萨笑了起来。“是波兰语的名字。其实就是伊丽莎白的简称。”

“哦，那好，我也想呢，应该是外国名。”

“这名字发音倒不难。”卢萨紧接着问，“汉尼－梅维丝是什么名字？”

汉尼－梅维丝笑了笑，摇摇头。“是个怪名字，亲爱的。真的挺怪的。爸爸是这儿土生土长的人，妈妈不认字。你怎么想都行。”

早晨，卢萨再一次被惊醒，又是车轮碾过车道石子路面的声音。她从床上坐起身，看了看窗口的光亮，又看了一眼时钟。她很晚才睡。不管来的人是谁，要是看见她这副模样——十点钟还穿着睡衣，在乡下，这可是十恶不赦的大罪。

但她紧接着又听见关车门的声音和轮胎缓缓滚动往山下驶远的声音。她听见脚步声连续而快速向宅子走来。隔壁房间也响起脚步声，是光着脚踩在过道地毯上的闷闷的声音，也是极快地，转眼便已到楼下。卢萨站起身，悄悄地走入过道，但什么都没听见。过了一会儿，传来说话声，有人在悄声说话。她往栏杆下望去，脸庞一下变得滚烫，继而冷静下来。他们又来了，肩并肩紧挨着坐在倒数第二级台阶上。是一个小男孩和一个大点的女孩，女孩搂着男孩的肩膀，仿佛在世界面前护着他。并不是她永生永世都会记得的那个小男孩，而年纪稍长的女孩也并非他的姐姐朱厄尔。

不是朱厄尔和科尔。是克丽丝和洛厄尔。

19 捕食者

枪声惊醒了迪安娜。她呆呆坐着，一动不动，侧耳听着那激荡山谷的余音，以及随之而来笼罩一切的寂静。绝对不会搞错，那是枪声。她往前坐了坐，晕晕乎乎地环顾四周，努力想要驱散脑子里的混沌。大白天睡着，这已是第三或第四次了吧。这次是坐在门廊上那把老式织锦软垫扶手椅上睡过去，她本来只是想坐下来歇会儿。

她茫然无措地揉搓着绿色藤条图案的起球的椅套，手指顺着扶手上一道长长的棕色斑渍一路游移至坐垫。她有时会想，这把椅子究竟是如何从别人家优雅的客厅被贬至这简陋的门廊，而她又是如何到了今天这个地步，坐在这把椅子上打起了瞌睡？迪安娜本想午后提提精神。她只记得自己扑通坐入椅子，将靴子的系带抽松，好缓解双脚长时间紧缚的生疼。这是陷入睡眠前的最后一段记忆。在此之前，整个上午都在忙碌，累得筋疲力尽。当她从铁杉木桥上爬起来时——她和埃迪早上一直在桥上忙活——那感觉就像是在没颈深的池塘里行走了好久。两棵大树横倒下来截断了小径，得把它清走。埃迪抄起斧子，兴致勃勃地砍除枝干、打去杈条，她则挥舞着一把链锯忙前忙后。当然，她很高兴他能搭把手，但她很讨厌他在她面前展露的模样——脱掉衬衫，任汗水顺着光滑的后颈涓涓而下，整个上午都在快快乐乐地干活，一点都没休息。她可不想屈居下风。她不想显得比他老，或像个弱不禁风的小姑娘。可若要追究实情，那她就是个老女人。刚干了一小时，她的手臂便开始感到酸疼，双膝发软，T 恤的领子上沾满了锯末，同时被汗水浸透。而链锯的轰鸣声将她的抱怨彻底淹没。时近正午，她唯一的愿望就是跳入清凉的溪流中浸个澡，衣服都懒得脱了。当链锯的汽油耗尽，她真是谢天谢地。

她原本打算在门廊上小坐片刻，就去给他们的水罐加满水，给链锯的油箱灌满油，再回到铁杉木桥那儿接着干。没错，她当时就是这么想的。她手搭凉棚，皱起了眉头，此刻，日光已斜，正抚摸着杨树的树冠。她睡了好几个小时。然后，她注意到了扔在门廊另一头的斧子。她打量着斧子，心中疑惑。他必然是回来过了。见她睡着，又离开了。那现在又在——哪儿呢？某种恐惧使她喉头发颤。那枪声，一定是他。趁她睡着的时候，埃迪·邦多肯定去打猎了。

她跳了起来，开始在门廊上来回踱步，头脑被一种不真实的可能性占据，她觉得自己一直以来的担心还是没能躲过。但只听见一声枪响。就一枪，他不可能猎杀更多，毕竟它们都是分散活动的。它们现在肯定已离开了巢穴去捕猎了，应该全都出了窝。她见过的一两只小狼崽子会跟在大狼身后，在铁杉树丛的掩护下，一直往山下跑到边界地带。这段时间，几乎每天晚上，她都能听见它们的短吠和震颤上扬的嚎叫。它们全都在这座山上。她再也没法维护它们的安全了。拖着未系鞋带的靴子，她赶紧进屋察看墙角——两个月来，他的猎枪一直搁在那儿。果然不出所料，枪不见了。混蛋。

她走到书桌边，猛地拉开放手枪的抽屉，但看到手枪时她又愣住了。她到底想怎么办？她缓缓地关上抽屉，头往后仰，闭上了双眼。她就这样站了很长时间，眼泪慢慢滑过了太阳穴。再也没有枪声传来。唯有那么一记。

远处传来他的口哨声，他正沿着森林服务处的那条路走上来。她仍未做好面对他的准备——也许永远无法面对了。她往窗外瞥了一眼，走到门口拉上门闩，坐回到床上，穿好靴子，再次盯着书本，然后又走回窗前。他来了，咧着嘴笑得像只臭鼬，猎枪扛在一边肩头，另一只手拎着一样东西，像一件深色的夹克。她眯起眼看着。是黑色的，有羽毛，有翅膀，那东西被他拎住双脚倒提着，无力地颠扑着。是只火鸡。她往外跑去，急于穿门而出，却在匆忙间猛地在门上撞了额头。她全然忘了自己一分钟之前刚上了门闩。她在门廊站定，扬起头，望着他。额头疼得她眼泪都出来了，但她如释重负，笑得像个小孩子。

他见她站在门廊上，便上前一小步，高举战利品。“感恩节快乐！”

“是复活节快乐更合适吧。火鸡狩猎最迟到四月也该结束了。”她用手指摸了摸额头，又看了看手指，没出血。她高兴得疯了似的，笑个不停。他在十英尺开外停下脚步，端详着她。

“啊哈，看来你还能让我多活几天。我还以为你会把我剥皮抽筋呢。”

“我真的很生气。”她说道，想尽量表现得一本正经，“现在是盛夏。那只火鸡本来能孵出一大窝小火鸡的。可现在，你杀了它们一大家子呢。”

“不会。这是当爹的。”

“是雄火鸡？你开枪之前还能辨别雌雄？”

他看着她，显得很受伤。

“好吧，对不起。你眼力真好，你是懂得多，还知道不在七月里对雌火鸡开枪。可再怎么样，不还是偷猎吗。还敢在狩猎监督官的眼皮子底下作案。”

他拎着火鸡，径直走向她，在她唇上印下热情似火的一吻，使她不得不往后退了几步。“这是狩猎监督官的午餐。”他说。

“你没必要打猎物给我做午餐哪。再说，现在吃午餐也太晚了，都晚餐时间了。”

“那就是你的晚餐。”他又吻了吻她，“是我想为你做晚餐。这个夏天，我一直待在你这儿，要这要那的。你都不知道我能给你弄来多少东西。我还想给你带头鹿来呢。”

她笑了起来。“你可别，要是撞上我同事来了，藏都藏不住。”

他把那只大鸟递给她，检查了枪膛，便小心地把枪靠在墙角。“你需要蛋白质。”他说，“你吃鸟食吃太长时间了，都瘦成这样了。成天一副贫血的样子走来走去。”

她笑道：“你太年轻，都不知道自己在说什么。现在你要做什么？”他拿了一柄铁铲，走到圆石边上的空地边缘，四下里审视着。“你想给它一个基督徒式的葬礼？”

“我们得挖个火坑。这是我整个夏天都在向往的事。”

听他说出“向往”这个词，她又笑了起来。“你从哪儿学来这么说话的，年轻人？”

“从一个漂亮的长头发山里姑娘那儿学的。”

他将铲尖儿顶入松软的泥土里。迪安娜将拎着火鸡的手臂往前伸直，掂量起这只大鸟来。它似乎跟屋里那只一加仑的水罐装满水时一样重——也许有十到十二磅。“那你准备拿这只雄火鸡怎么办？”

“拔毛。”

“好。但得先把它放到滚水里烫，让毛变软、毛囊舒张，我好像没有足够大的水罐，能把这家伙扔进去。”

“你有——那些装豆子和米的大铁罐不就是了。”他说，头也没抬。他正在挖一个大小合适的坑。“我们先用铁罐子把水烧开，把它放进去烫，再把水倒掉，在里面烹饪这只鸟儿。在四周堆上炭就可以了。”

她看着埃迪，十分惊讶。“你整个夏天一直在琢磨这事儿吧。”

“对。”

“想吃肉想疯了。”她说。

“对。”

她走进屋，不由得笑了起来，她逐个检查了各只储藏罐的底部，将密封性看上去更好的那只清空。她有些兴奋。她在森林里待得太久了，时光无穷无尽，经历的不过是树叶变换颜色，鸟兽变换鸣叫，天气变换阴晴，与人世的日程毫无关系。甚至自己的生日，她也没向埃迪提及，就这么过去了。但她的身体、她内在的某种东西却一直渴望着来场庆祝，现在似乎成真了。他猜得没错。她需要这样的盛宴。用一场盛大的飨宴来标记这个盛大的夏日。

当她提着清空的罐子来到外面时，埃迪早已在土坑周围砌好了石块，正在生火。他搭好引火柴，扬升的火焰舔舐高高的铁罐时，她也刚好端着一壶从屋内泵取的清水过来了。她将水倒入这滚烫的圆柱形炖锅，凉水触着热锅壁嘶嘶作响，蹿腾起缕缕蒸汽。她进进出出好几趟打水倒水，只有一次，她停下脚步细细看了看这只火鸡。她伸手摸了摸火鸡的脑袋、肉髯和透明眼睑上粗糙的红皮，又摸了摸它那泛着彩虹光泽的黑色羽毛。也许这并不是人类所谓的美，但她能感觉到它每天都在阳光如缕的森林里，思索着丰美的浆果和远处伴侣的鸣声。埃迪说得对，他们不会对它的幼崽造成任何伤害——雄性的火鸡是“肇事逃逸”的惯犯。但她仍然在想，这只魁梧的雄火鸡在这座山上究竟留下了何种标记。她希望它遗留下来的基因仍暖暖地窝于某只巢中，即将孵化而出。

水终于烧开，已是暮色四合。在此之前，他们争论过有没有必要先烫鸟、再拔毛。迪安娜占了上风：她先拔下硬挺的翅羽和尾羽，待到拔除胸脯的软毛时，不可避免地扯下了胸脯肉，因为这鸟儿已经冷下来了。埃迪听取了她的专业意见。她很惊讶，吃了这么多年杂货店售卖的鸟儿，自己的双手竟然还能懂得如何拔毛，如何挤出绒毛的羽梗。尤其近年来，她已极少吃肉了。但她童年时几乎每个周末，都会帮着宰杀一两只鸡。相较而言，即便拔光了毛，这只鸟儿的体格也要大得多。埃迪帮她提着鸟脚，将它溺进沸腾的罐子里烫了整整一分钟，再架到火上将绒毛燎净。她用斧子斩下火鸡脑袋和双脚时，他就帮她稳住鸟身。然后他设法将沉甸甸的罐子挪到火坑边缘，往灶坑里续上煤炭，而她则到圆石上摊开火鸡，去除内脏。

“脏活都让女人干。”她嘟囔着，但并不真以为忤。不过，她仍隐隐在生埃迪的气——谁让他今早快活成那样，而她却累得都要趴下了。她将双手探入鸟儿的体内，轻轻地拉起肠子及肺部与肉壁相连的那层覆膜。他在一旁聚精会神地观看着，看着她将一包亮闪闪的内脏一下子全拽了出来，再用刀仔细地绕着泄殖腔割开口子，将下水取尽，放在圆石上那净膛的躯体边上。她在那堆内脏里捅了捅，挑出心脏，仔细地看了看，然后扔向埃迪，惹得埃迪一声大叫。她笑了起来。“不管什么东西，吃之前都得好好看看。爸爸以前常跟我这么说。”

“我没觉得恶心，我只是对鸟儿的内脏从来就没什么好感。一直以来我都更喜欢掏鹿，而不是火鸡的内脏。”

“为什么？”

“我也不知道——就是偏好吧。鹿不用这么精细，也没有这么大一堆东西要处理。”

“明白了。这种精细活，你还对付不了。”她沿着这鸟儿的长颈从上到下割开它的皮肤，查看了一下那致命的枪伤伤口。这一枪打得漂亮，直击要害：埃迪干得不赖，鸟儿的身体没被打得筛子一般布满硌牙的枪弹。过去，邻居送给她爸爸的那些松鼠和火鸡往往就是被打成那样。她将两根手指伸进去，抽出被击穿的食管和气管。“哈，这家伙的发声器官，看这个。”

“它咽下最后一口气的时候还在咯咯叫唤。”

“是的。”她同意道。

“我再也没法相信你了，”他说，“你竟也这么喜欢吃肉。”

她抬起头。“怎么？人类是杂食动物。我们既长着咀嚼肉类的牙齿，也长着咀嚼纤维的牙齿，还有消化这两种食物的肠胃。我对动物太了解了，决不会试图否认自己的属性。”

“可我在你心心念念的山上杀了这只鸟儿，我还以为你肯定会抓过枪杆把我给崩了。”

“那你为什么还这么做？”

他歪嘴露出那抹特有的狡黠笑容。“你懂的，我喜欢挑战。”

她在水碗里洗了洗手，用碗里的水将那每一寸躯体清洗了一番，连一根纤毛也不放过。等到鸟身干净、干燥之后，她会用盐，再加一点点油涂抹整只鸟儿。“不过是只火鸡。”过了一会儿，她这么说道。

“‘不过是只火鸡’，那是什么意思？在外屋的时候，你甚至不准我踩死一只蜘蛛。”

“蜘蛛是捕食者。你杀了它，这里的苍蝇就会变多，我可不想那样。”

“好吧，捕食者更重要。”他走到柴火堆那儿，又添了一捆引火柴。

她耸了耸肩。“我没说这鸟儿就不重要了。西布伦县不管是谁都不能到这山上来猎杀火鸡，否则，一到天黑，它们全都会跑光。但这一只迟早会出事，尤其是如果到了晚上它还探头探脑的，没准儿猫头鹰就会逮到它，也可能是山猫。”

埃迪在捅柴堆，正将一根中等粗细的山核桃木抽出来，听了她的话却停下手，扬起眉毛，盯着她看。

“怎么啦？”她问，“它原本就是被捕食的物种，只不过如今被我们捕食了。我能想清楚这事儿。捕食也是神圣的行为，埃迪，捕食可以剔除年老体弱的个体，控制种群数量的爆炸式增长。捕食是一项光荣的事业。”

“《小红帽》里可不是这样说的。”他说。

“好啦，小孩子的洗脑读物有什么好聊的。我最讨厌那种东西了。童话里、迪士尼动画片里，不管什么情节，只要有动物的角色，坏蛋总是食肉动物。狼，灰熊，蟒蛇，霸王龙。”

“别忘了还有大白鲨。”他说。

“啊，没错，还有鲨鱼。”她看着他抱起一捆柴火，返回火坑边。他蹲下身，开始再次细致温和地哺饲那火焰：先检查两侧的木柴是否放好，再将柴火伸向火舌，像是在喂食脾气暴躁的幼童。“我实在没法理解这一点，”她说，“我们和食肉动物共处同一食物链，我们站在食物链的顶端，我们本该最懂得它们，本该和它们在谈判桌的同一边。”

一听这话，埃迪笑了起来。“你是在告诉我，打从你小时候起，就赞成大灰狼吃了小红帽喽？”

“我以前姓沃尔夫[①]。我对这个姓氏可是很认同的。”她用抹布将火鸡的身体里里外外擦了一遍，又检查了一遍内膛。“我毫无疑问当然希望，歪心狼能吃掉那只蠢笼的BB鸟[②]。”

“真吃掉了，也就没戏看了。”他提出抗议。

“那当然。”她站起身，在牛仔裤上擦了擦手，“我去拿点盐。”

木屋内，她将橄榄油从铁质的方形油罐里倒入一只油壶，又把装盐的防潮罐找了出来。她盯着放蔬菜的箱子看：洋葱充足，有一些土豆，土豆已冒出粉色的芽。还有四根胡萝卜。火鸡半熟的时候，把这些东西全都倒入锅里，再放入一把阴燃的山核桃木枝，盖上盖子，就能烤出可口的烟熏味儿。她瞥了眼书架上的钟，想算一下得用多长时间。当然得好几个小时。她馋极了。他们得嗅着这天堂般的馥郁香气，满心期待地盼上好几个小时。再没有什么比期盼一次确然将至的快乐更奇妙的事情了。美食带来的愉悦，她已几乎忘却。尽管迪安娜对大白鲨和霸王龙满怀惺惺相惜之情，但当她发现自己竟也干起了吃肉的行当，并为此兴奋不已时，仍有些吃惊。

出屋后，她看见埃迪已将锅里的热水倒掉而没有浇熄火坑，此时火苗呼呼蹿得正旺。他身边是码好的一堆胳膊粗细的木头。幸好，她存的木料够多，不怕用完：橡木、山核桃木、杨木，都劈得干净利

---

① Wolfe，与“狼”（wolf）发音相近。

② 出自1949年华纳公司出品的系列动画片《BB鸟与歪心狼》（*Fast and Furry-ous*），主要讲述一只狡猾的歪心狼一心想要吃掉机智的BB鸟的故事。所有单集故事的结局都以歪心狼作茧自缚、遭遇惨败告终，它一直没有吃到BB鸟。

落，抵着小木屋的整面西墙，堆得有一人多高，尽管现在才刚七月。劈柴似乎是埃迪的拿手好戏——或者说第二绝技。她停下来，欣赏他的躯体。他背对着热源，将手上的木皮掸落。此时此刻，幸逢兽物的恩惠，他们彼此的敌意才能如此轻易地荡涤殆尽。他为她所做的这一切，为她补给营养的这举动，让她感激不尽。

他转身，发现她盯着自己。“你在想什么？”他问。

“向往，”她说，“想吃掉那只鸟儿。你也许说得没错，我应该是有点贫血。那你在想什么？”

“迪安娜会怎么解释福音书。杀死蜘蛛是罪孽，杀死火鸡却不算。”

她走到圆石上，在即将享用的美食旁坐定。“哦，罪孽，谁知道那到底是什么玩意儿？都是妈妈们编造出来的吧，我猜。而我根本就没有妈。”她抬头瞥了他一眼，“怎么啦？”

他摇了摇头。“在想你呢。我是认真的，就刚才。”

“认真什么呢，蜘蛛和火鸡吗？关于这个你懂的和我一样多，这并不复杂。清除捕食者会对一个系统造成很大的影响。”

“比清除被捕食者更严重，这我懂，数字问题。”

“很简单的计算题，埃迪·邦多。”

他似乎若有所思，蹲在火边，双手放于膝间。“你估计这山上有多少大型食肉动物？”

“‘大型’怎么界定？哺乳动物，还是鸟儿？”她低头看向山谷间窄窄的沟壑，萤火虫已冉冉飞起，在暮色中画出不规则的黄色光迹。“也许五百英亩才会有一只山猫。一座山就一只美洲狮，仅此而已。捕食的大鸟，比如大雕鸮，我估摸着一对也需要——”她想了想，“两百英亩的林区领地吧，它们得喂饱自己，每年再生养两三只小猫头鹰。”

“那有多少只火鸡呢？”

“啊哈，那可多了，山谷里到处都是，咯咯嘎嘎地要吵死了。一只火鸡想都不用想就能下十四只蛋。它的小崽子被叼走一两只，估计它都发现不了。要是来只狐狸把它整窝都端了，那它会立刻对雄火鸡抛媚眼，噼里啪啦再下十四个蛋。”她一边忙活，一边计算着。“不过，相对于它们的猎物来说，火鸡又显得稀少了。泥土里的虫子多得数不过来。很像金字塔的结构。”

埃迪沉默不语，捅着火堆，但仍然在听。他似乎明白，这对她来说，不是一场随随便便的聊天。她把防潮罐里的盐抖入掌心，开始揉搓鸟儿满是疙瘩的皮肤，先抹一遍粗盐，再涂满光滑冰凉的油。她再次开口说话时，竭力不使自己的感情流露出来。

“位于金字塔顶端的食肉动物的生命最为珍贵，这是肯定的。拿郊狼来说，或以大型猫科动物为例，母兽要花整整一年时间来抚养幼崽，而不是几个礼拜。它必须尽心竭力，教会它们跟踪、捕猎等一切生存技能。就算只有一只幼崽安然存活下来，那也是母兽的幸运。如果幼崽被其他动物逮到，那当妈的一整年的努力就都白费了。”

她抬头，直视着他的眼睛。“埃迪，如果你射杀了它，就像打下这只火鸡一样，那你无异于扼杀了它母亲此生养育下一代的很大的概率。就等于是你，在这世界上放出了几千只本该被那幼崽吃掉的啮齿动物。这不只是一条生命的事。”

他看向一边。她等待着，直到再次与他四目相对。“在你用准星瞄准郊狼，在你扣动扳机的一瞬间，究竟发生了什么？你难道忘了这世界上还有许多其他生灵，你难道只记得自己和敌人？”

他想了想。“是这样。打猎就是这样。你说到点子上了。”

“点子上，”她说，“你觉得这就是说到了点子上？世界上只剩下你们两个，这就是你的重点？”

“算是吧。”他耸了耸肩。

“但那是不对的。世上并不可能存在只有你们的状况。动物在其一生之中会做许多重要的事——吃许多东西，或者被吃。在你想要轰出的那个枪眼里，许多事物彼此关联，它们不可能全都是你的敌人，因为你自己就是其中一环。”

他拿起一根结实的分叉树枝伸入火堆，小心翼翼地将燃烧的木头拨调整齐，堆成四方形，当中留出空当，准备放锅。“我永远不会去射杀山猫。”他说，没有看她。

“不会？那好。那你还不像有的猎人那样蠢，得给你颁发奖章。”

他敏感地抬头看了她一眼。“谁踩到你的老虎尾巴了？”

“我知道那件事，埃迪。”她用抹布擦了擦手，耳中听得见自己心脏跳动的声音。她认识这男人两个月了。这两个月来，她一直隐忍不发。现在，就像父亲生气时那样，她语调平静：“他们到处发起这样的狩猎活动，这已不是什么秘密。他们就在卖枪的杂志上做广告。如今在亚利桑那州就有这么个活动，叫‘捕食者狩猎之最’，谁杀的最多，就能得到一万美元的奖金。”

“最多什么？”

“就是猎杀捕食者啊，就是这么回事儿。堆成山的尸体。山猫、郊狼、美洲狮、狐狸，就是他们所谓的捕食者。”

“没有狐狸。”

“有狐狸。你的有些同好连小灰狐都怕，而它们只是以老鼠和蚱蜢为食的动物。”

“这和怕不怕没关系。”他说。

“你能想象仅仅一个周末的时间，你们这些人会对亚利桑那州造成什么样的灾难吗——老鼠和蚱蜢会像洪水一样泛滥。如果在那尸骨堆前，你无法感到悲哀，为母兽养育幼崽的无数心血和时间就这么白白流失而悲哀，那你总得想想那些该死的老鼠吧。”

他没吭声。她小心地抬起这鸟儿，用前臂搂着，抱到空罐子跟前。这罐子看上去倒是够大了，但形状不怎么合适。她站在那儿，低着头往里看了一会儿，最终决定将它倒立起来，脑袋——或者说原先长脑袋的地方——冲下。她仔细转动着火鸡的身子，直到两条上竖的火鸡腿完美地架稳。然而，欢庆的气氛已然消逝。“来，”她说，“帮我搬到火上。”

他俩合力抬起这沉甸甸的锅子，让它坐在垒好的火堆中央。她往里倒了点水，盖好盖子，用壶里剩下的水洗了洗手。夜晚空气料峭，冷水刺得手生疼。但近来，她的双手和双脚常常是冰凉的。她朝着火堆伸开手掌取暖，几乎就在同一时刻，锅中开始嘶嘶作响，还伴着些许心满意足的咔嗒声，那是蒸汽和油脂之间的古老对话。迪安娜在地上坐了下来，与埃迪隔火相对。他拨着火堆，显得焦躁不安。他是脚尖点地蹲着的，没坐下来。

“不是这么回事。”他终于说。

“不是什么？”

“打猎的那些人。和怕不怕没关系。”

她收起膝盖，双臂抱住膝头，揽着手肘。“那又是什么呢？说说看。我也来学习学习。”

他摇了摇头，站起身，从木柴堆里拿了两块木头，又摇了摇头。“你总不能为这世界上每一只死去的动物哭哭啼啼吧？”

“我已经说过，那并不是我的信仰。我从小在农场上长大。你说得出名字的动物，我恐怕都开过膛剖过肚。我见过太多次大丰收，我很清楚收割一块小麦地，会有多少只兔子的脑袋被联合收割机割下来，你想都想不到。”

她不再说话，脑海中浮现出孩提时代的场景：割草机碾过，留下一只浣熊的尸体。她仍能看到那黏湿打结的灰色绒毛，白森森的下颚骨，迸碎的牙齿好似她自己的牙齿，她震惊不已。深色的血浸染了一侧的土壤，仿如这生灵毙命之前的恐惧阴影。她永远没法向埃迪解释这究竟是怎么一回事，农事总是潜藏着悲剧的暗流。农事当然也是一种祝福：一排排密密的玉米穗子像对答案信心满满的小孩子一般站得笔直，生下来滑溜溜的小牛犊子会长成腿长膘肥、黑白相间的尤物。生与死总是在你的视线之间切换。大多数人的生活远离这一切，他们并不知道栽种谷物或棉花会用什么化学制剂，会使多少蝴蝶、蜜蜂、蓝鸲、三声夜鹰丧命，他们知道的仅仅是一块牛排或一件皮衣的死亡成本，就心安理得地选择肉食或素食。只要清出一块土地，种上大豆和玉米，就能杀死半个世界的生物。每喝一杯咖啡就等于杀掉丛林里的一只鸣禽，她在书上读到过。

他注视着她，等着她把心底的话都说出来，而她也尽力地这么去做了。“就算你从来不吃肉，还是会沾血。”她说，“你心里肯定在想，别一副高高在上的样子。我都明白。只要活着，就会杀生。”

锅里传来猛烈的嘶嘶声，好像要让她听听这只火鸡最后一刻的哀鸣。

“好，我们在这一点上达成了共识。”他说，“只要活着，就会杀生。”

“但我们总是可以多想想的。也许，应该对这必然性怀着一点谦卑的态度。在做决定之前，你可以多考虑一下各层面的代价。否则，你可以不为别的，只是因为害怕，就在这世界上轰出一个大窟窿。”

他盯住她的眼睛。“我不怕郊狼。”

"那就他妈的……别理……这话。"

他们透过火堆上方战栗的热气，怒视对方。

"怎么又到了这个地步？"他问。

"因为我要改变你的想法，死活都要试一试。"

"那就死活试一试吧。你不能，也永远改变不了我的想法。我是在西部牧场上长大的牧羊人，憎恨郊狼就是我的信仰。可以说，羊羔的鲜血塑造了今天的我。别想转化我，我也不想去转化你。"

"我也不会冲着你羊羔的脑袋开枪。"

"你会。"他说，"从某种意义上说，你会。你想留下那些混蛋的命，就是在屠杀羊羔。"

她松开紧抱的双臂，把手中的干草扔入火中，注视着一根根干草燃烧起来，好像灯泡里的灯丝，闪着光芒。"但愿你知道。"

"知道什么？"

"你说过会读我的论文。你答应过我总有一天会去读。"

他摇了摇头，咧嘴一笑。"你可真倔。"

"你说过。保证过的。"

"那必定是因为我想把你弄到床上去。"

"我想我们已经到这个地步了。"

他往旁边靠了靠，目光从火焰边缘投向她。"可能吧。"

"那么？"

"那么？说说看我为什么一定要读。"他仍然脚尖点着地，绕着火坑移动着，在离她几英尺之外的地方停了下来，就像一只屈膝的昆虫。"我那卑鄙又胆小的灵魂，能从你的论文中了解到我尚不知道的郊狼吗？"

"在所有陆地哺乳动物中，它们拥有最复杂的发声系统。它们以啮齿类动物、果子、种子为食，还有除了羊羔之外的无数种东西可吃。”

“不过，羊羔仍然在列。”

“羊羔是在列。”

“这我已经知道了。”

她又往火堆里扔了一把枯草。“好。它们还有复杂的求偶仪式，要说许多话、舔来舔去，互赠食物。尤其是肉。”

他看了看火堆上的锅，又看向迪安娜。

“它们一旦结成伴侣，”她说，“通常一辈子都不会离弃。”

“我是不是还应该表示欣赏？”

“你不用产生那样的感受。我这只是实话实说。”

他点了点头。“好，还有呢？”

“它们是美国最受鄙视的动物。甚至美国政府也在屠杀它们，也许达到了一年十万头，主要手段是在陷阱里投放氰化物，或从直升机上扫射。更别提你们那帮狩猎者在大开杀戒时干的好事。”

“对。继续说。”

“就这样系统化地猎杀个一百年，郊狼会变得比现在更多，它们栖息的地方也会比现在更多。”

“等等，快停下。怎么会这样？”

“很神奇，是不是？我们气势汹汹地猎杀灰熊、狼、蓝鲸，使得它们的数量锐减，濒于灭亡。但该死的郊狼，却是个大麻烦。我认为印第安人说的没错：它们绝对狡猾。”

“还有呢？”

“还有，我们越是攻击它们，它们就变得越多。我没法告诉你确切的原因，但我有一些自己的推测。”

“说个合理的推测来听听。”

“好。郊狼不仅是捕食者，它们也是被捕食者。它们跟蓝鲸或灰熊不一样，它们一直是被捕食的。我们人类出现之前，捕食它们的主要是狼。但我们很快就把狼从美国地图上抹掉了。”

“噢！”

“没错，我们的确该为此懊悔叹息。根本就没有什么杀光就幸福快乐的故事，这就是我想告诉你的。每一种在枪口前倒下的动物都有可能是别种动物的餐食，或是别种动物种群数量的控制者。”

他拿过一根长棍子，往架在锅底的那一圈燃烧的柴火中捅了捅，点点火星飞溅，飘旋至空中。

“先别弄了吧。”她说着，伸出一只手放到他的胳膊上，“这样会把木头都烧光的。别管它了。”

“我是想把炭块弄到下面去。”

“重力会让炭块掉下去的。”她本来还想说，就算没人管，这堆火也能烧个畅快。“我爸以前常说，玩火会尿床。”

“尿床也要玩。”埃迪不依不饶起来，又往柴堆里捅去，溅起更多火星。

“别弄了。”她说着，拿走了他的棍子，“来，坐这儿，你让我很紧张。”

他坐下来，与她肩抵着肩。他们听着火堆的爆裂声和烹烤那只鸟儿发出的悦耳之音，甚至还有音乐般的哨音——是锅里的蒸汽从某个地方喷逸出来了。迪安娜饥饿难耐，腹中却隐约传来一种甜蜜咬啮的疼。

“我们把狼杀了，反而使它们壮大起来。”他忽然说道，“据你推测，接下来还有什么好事？”

“接下来不是推测，是事实。遭猎杀期间，郊狼繁殖更快。”

他望着火堆，目光落在前方虚空中的某个点上。“怎么会？”

“它们会聚居在一起。有时候，它们甚至会共享一个巢穴。这样一来，在领头的母狼通常下崽的地方，你也能见到它的姊妹在那儿下崽。它们组成了一个互帮互助的大家族，家族里的成年狼都会帮母狼抚养幼崽。也许正是因为这样，当某一只成年狼不幸被杀，不再占据家族群体的一个位置时，幼狼就能享用更多的食物。也许，还会刺激它们迅速生殖。总归是有原因的。可以肯定的是，猎杀成年狼反而会使幼狼存活的概率增加。”

“哇。”

她朝他转过身。“喂，埃迪·邦多。”

他扭头看着她。“怎么？”

“唉。生命并不简单。”

“我现在才知道。”

“去读一读那本书吧。我保证，你读了就放不下了。我的指导教授说，他到现在都还记得那两百页的内容。”

埃迪回头望向火堆。“结局是个什么样，我觉得我真不在乎。”

月亮已经升起，硕大浑圆，盈满得略略过了头。它尚未爬上遮蔽着这山谷的群山，但天空已然为月光照亮。迪安娜合上眼，也能感觉到这光亮。她找了个平坦的地方躺下，而不是像擀面杖下的面皮一样辗转反侧。每逢无眠的夜晚，她都会把毯子搅得一团糟，任埃迪袒睡于自然之中。

火鸡大餐带来的满足令他们意乱情迷，欢合之后，他们便将床垫搬到了室外。不过，每逢夏日，她都会在室外过夜，不论夜晚是否足够温暖，月光也从未影响她的睡眠。通常，没有什么能搅扰她的清梦。最近这几个礼拜之前，她从不知失眠为何物。也从不会白日犯困。她的身体有些紊乱了。迪安娜并不确定，自己脑海中的种种忧惧，究竟是使她深夜依然清醒的缘由，还是仅仅填充了失眠之夜空空的头脑。

想要翻来覆去的强烈意愿如疼痛一般使她难以自持，待到再也忍受不了时，她便小心翼翼地从侧卧换成了仰卧。可她马上就觉得新换的睡姿也让她难受。她试图忘却自己的身体，她十分饱足的肚腹，还有身旁的埃迪——这些都是生而为人才会有的烦恼。她尝试着，慢慢将这夜色尽情吸纳入内。若是不再与这场失眠相抗，此刻的夜色倒别有一番风情：在这万物沉睡的黑夜中，昆虫也息了声，空气冷清下来，各种气味幽幽地从大地上散发出来。她能嗅到腐叶堆的气味、蘑菇的气味，以及一只臭鼬隐隐的行踪。那臭鼬肯定翻抢过他们扔在那边树丛里的火鸡骨骸，那时候，她和埃迪在床上滚作一团。后来她酣然入眠，可未睡多久，却又不可抵御地再次醒来。

此时，她的思绪迁延到了对霸鹟的担忧上：入夜前，他们或许已将鸟妈妈吓离了鸟巢，说不定会有鸟儿从巢中坠落，毕竟之前发生过两次。如今，雏鸟已然长大，可以自行飞翔，由于它们初生的羽毛蓬松，甚至身量比成鸟还大上一点——正因如此，巢里也很拥挤了。迪安娜连着两天将掉落的雏鸟捡起来，放回巢中兄弟姐妹的身旁。埃迪指出，鸟儿一旦经人手碰过，就再也不会回自己巢里了。迪安娜经验丰富，知道更多，但她选择让鸟妈妈来回答这个问题。迪安娜刚从鸟巢边移步走开，鸟妈妈马上扑入了巢。

*拜托，快快羽翼丰满，勇敢飞行吧。*她对着这些雏鸟恳求道，毕竟它们已长大到满满一握。连着好几个星期，她经过霸鹟巢下时都蹑手蹑脚，还逼着埃迪也这么做。因为他们的无心之失，鸟妈妈已失去

了第一窝孩子，要是这一窝再出问题的话，它今年就没法再生孩子了。再过个几天，也许就在明天，他们的担心就会烟消云散。这些幼鸟将展翅飞翔，头也不回地离家远行。

她屈起抽筋的左脚，克制着再次翻身、趴着睡觉的冲动。盖着这卷得乱糟糟的毯子，实在没法保持不动。与这种焦躁感相处的唯一办法就是干脆带上它起床。她可以去林子里走走。月光如此皎洁，一旦月上中天，林子里应该就挺亮堂了。但首先，她得先去看看小霸鹟们是否安然无恙。她悄悄地起了床，尽量避免惊醒埃迪，在床垫边上找到了靴子，穿上牛仔裤，扣好扣子，再套上睡衣。然后她去木屋内拿了个手电筒。她屏住呼吸、悄悄地绕过门廊，准备查看一下。如果鸟妈妈在巢里，手电筒的光应该不会造成惊扰，这么晚了，它不会飞走。迪安娜朝屋檐上那堆编织好的圆形草团看去。她惊惶地发现，原本应该在那儿的鸟妈妈顶着棕羽的脑袋和小小的尖利鸟喙不见了踪影。她飞快地查看门廊地板，看看有没有落到地上的小天使。但地上空无一物。她进屋拿了把靠背椅出来，小心地爬了上去，一只手抓住屋檐下的梁木，稳住自己。什么都没有！整个鸟巢就像干净的口袋，空空如也。怎么会这样？迪安娜明明看见鸟妈妈整个下午都在捉虫子，完全成了四只不知餍足的小家伙的奴仆。它们不可能一晚上就长大了吧。那去哪儿了呢？她再次照射地板，绕着椅子腿找了半天，又跑到稍远些的地方寻觅——万一它们走得更远，踉踉跄跄地走到门廊边缘，吓得回不去了呢？可是仍然一无所有。

她关上手电筒，思索了一会儿。再次摁亮电筒。借助电筒的光柱，她搜索了房梁上的每一寸表面，一直查到屋檐的末端，又沿着椽子看了起来。似乎有什么地方掠过了，她又折回来，看到了一团黑胶水管一样的东西。她打量了半天，发现一双圆圆扁扁的小眼珠子正冲她反射着光亮，它得意地昂着头，栖息在一大团盘曲着的身体上。她将手电的光柱沿着那黑色的身躯缓缓照去，最后才看见，四只幼鸟的尸体。

她急促地呼吸起来，强忍着不去咒骂这个魔头，强忍着不去把它从梁子上扯下来，再把它的脑袋砸碎。她又深吸了几口气，每一次呼吸都咬牙喘着粗气。愤怒之中，她觉得反胃恶心，几欲呕吐。那不是她的老相识吗。这条黑蛇整个夏天都住在这屋顶上，她还为它辩护，说蛇只是在尽捕食者的本分而已。为了活命而夺命。但怎么能杀死这些小宝宝呢，她在心里哭泣着。不应该啊。它们是我的。夏天结束时，小宝宝们都会长大。

她爬下椅子，关掉手电，往林子里走去，满怀愤怒与悲哀。她不明白这番失控的情绪究竟会奔突多远。直到冰凉的泪水顺着脸颊潸然而下，她才清醒过来。她用手背抹去泪水，继续往前走去，步速很快，离小木屋和余烬中的烤肉香愈来愈远，一直没入林子深处。这沸水般在她体内汹涌不定、难以抑制的情感究竟是何种哀伤？最近几天，她动不动就会哭：为霸鹟而哭，为疲惫而哭，为枪声而哭，为睡不着觉而哭。多愁善感的、愚蠢的泪水，女人的泪水——这究竟是什么？就是所谓的潮热吗？可泪水并不烫啊。她只觉得身体沉甸甸的，动作迟缓，麻木无感，只是拖着一具完全不再上演激情生殖与间歇休息之间循环往复的皮囊往前去。她发现自己从未意识到，这一时被抛上高峰一时又落回谷底的生理规律于她而言有多重要。一个累赘，她现在已经成为这样的角色了吗？一个作废的女人，从此只能在漫长余生中守望死亡？

她为何会为这件事如此伤心？她对人类以及人类为了繁衍干下的一堆烂事从未完全赞同。那她为什么还想要亲自去造一个人呢？

行至半山，她终于停下了脚步，用睡衣一角抹了抹眼睛和鼻子。转身向小木屋返回时，她发觉月亮必然正自背后升起。对面的树木全都沐浴着璀璨的月光。它们犹如童话森林般熠熠生辉，又像是漫山遍野的白桦树。她缓缓地吸了一口气。这就是她所拥有的东西。即便这个夜晚如此可怕，却也如此美丽。她谛听着远处零星的吠声，那吠声安抚了她心中失去霸鹟的空洞，甚至也安抚了她对下一次满月高升时身体仍然毫无应和的害怕。她静静地站定，试着想象郊狼的幼崽从森林的子宫中诞出，睁开双眼。而她自己的孩子则最终失去了来到这世界睁开双眼的可能性。

20 老栗树

加尼特爬坡爬到一半，停下来歇了会儿。他的心脏跳得好快，可这完全没道理啊。他能听见山上传来的链锯的嘎嘎吱吱。那男孩在干活，她现在应该也在那儿。他们说好中午来这儿一起把木头分了，如果他的手表够准，此刻已是下午两点。她应该会等着的。他比她年长，她还得敬着他。他在溪边找了截原木坐下来，稍微歇一歇。

一只豆娘停在笔筒草的尖梢上，熠熠若有光，就在他转脸可见的位置，足可以看个清清楚楚。他不记得自己小时候可曾好好观察过这家伙——大伙儿都管它叫“蛇医”[1]——现在，这么多年过去了，倒是能仔仔细细地看了。或许，无论他注意与否，它们一直都在溪边飞舞盘旋。他凑过去细细打量起来：这虫子有点像蜻蜓，只是停栖下来时，翅翼往后折，在后背上方贴合立起，而不像蜻蜓的翅膜往两边平展。这只豆娘的翅膀为黑色，虽不太透明，但薄如蕾丝，双翅尖上各有一粒珠白色的小点。不知何故，加尼特想起了遥远记忆中女人的裙

①Snake doctor，美国南部对豆娘这种昆虫的俗称，当地民间故事中有蛇受伤后需要豆娘缝合伤口的情节。

下风光。那时候，女人都穿吊带袜这类奇巧的装束，想脱下来，还真得费点功夫。也许现在的女人还穿这种东西。他怎么知道呢？艾伦都过世八年了，在这之前的几十年，他当然也没机会了解女人们在裙子里穿什么。他有信仰，他是虔诚的基督徒，艾伦也是。她只穿那种可以大大方方挂在晾衣绳上的厚实的棉料衣服。

此时此刻，他怎么会坐在林子里，想着女人裙子里的穿着呢？他觉得相当尴尬，赶忙向上帝祈祷，望能宽恕他这老头子一时毫无来由的脆弱。他站起身，往山上走去。

她果然在山上，和那男孩聊得正起劲。那男孩已放下链锯，成了她的崇拜者，就像其他人一样。像只待宰的羔羊，加尼特心想。看着这大块头的小兔崽子毕恭毕敬地对这穿着过膝裙、登山鞋，成天在林子里闲荡的灰发小老太点头作答，加尼特就冷不丁乐了。他俩都转身和他打了招呼。

"沃克先生！你还记得奥达的儿子亚罗德尔吗？"

"当然记得。代我向你母亲问好。"他心想，得记住亚罗德尔。真得记着点儿。西维因杀虫剂罐子上的保质期，他倒是会记得更牢。

"我们正在讨论要不再多清理些摇摇欲倒的老树，"她告诉加尼特，"既然我们已经把亚罗德尔叫上山了。比如顺着这条小路下去的那棵樱桃树。它已经不行了，它要是能熬过今年夏天才怪呢。"

哦，天哪，那棵樱桃树！加尼特忘了个精光，他五分钟前在小溪边停下来歇脚的时候，不就坐在它的树荫底下吗。他都没去想那棵树会正正好砸到他！这想法让他一阵惊恐，心脏骤然狂跳。他不由得把手按在胸前。

"怎么啦？那棵樱桃树对你而言很特别是吗？"她注视着他，眼神中满是担忧。他不由自主又极不情愿地回想起那天，她朝草丛里的他弯下腰，说他没得中风，只是身上挂了只乌龟。

“哪有的事！”他气冲冲地说，“行啊，你们把那棵树给砍了吧。又危险，又没用。”

她神情一松。“哦，我倒没想那么多。它只是棵树。”她眨了眨眼睛，“想必你不会反对，只要亚罗德尔把它伐倒在小溪边我家的那一侧，那木头就都归我了吧。”

这女人怎么这么喜欢气他呢！她就像只矮脚鸡，整天找碴。加尼特强行挤出个笑脸，给她看了副皮笑肉不笑的表情。“那也行。”

她看了他两秒钟，才转身看向奥达的儿子（他又想不起他的名字了）。那男孩站在那儿，肌肉发达的手臂抱在胸前，刚剃过的脑袋闪闪发亮，犹如艾伦用的家具清洁喷雾剂瓶子上的洁净先生。男孩身形高大魁梧，南妮抬头看他时，还得手搭凉棚遮挡阳光。当然，她丝毫没觉得这有多不方便。她不停地说话，一边说一边指东指西指树枝树叶。（难道她不知道他们得按小时付给这男孩工钱吗？）她似乎对伐木的道道工序很感兴趣。也对，这就是南妮·罗利。你家的狗晚饭吃什么，她也会感兴趣。加尼特故作浮夸地摇了摇头——然而并没有人看到，她和那男孩早就把他晾在一边了。他还不如当棵树。待到链锯再次轰鸣启动，他不得不竭力抬高嗓门，引起她的注意。“那棵樱桃树要是归你，”他吼道，“那我觉得这树就该是我的。”

她双手捂着耳朵，示意到小路上再说。他跟着她一直走过了一处弯道，轰鸣声已渐渐减弱成一种呜咽声。但她仍走个不停，一直来到了他先前歇脚的地方。豆娘仍盘桓未去，现在更是来了一大群，像是在举办什么社交聚会。

“别站这儿。”他心头一紧，往上指了指，“千万不能待在这儿。”

“这事儿闹的！”她笑道，“难不成你还真觉得这棵樱桃树会砸你脑袋上！你运气是有多好？”她在溪边那根原木上坐了下来，抖了抖她的黄色印花裙，让裙摆刚好搭在小腿肚上。她仰头看着他，眼含期待。“好啦，过来坐下吧。”

他迟疑着。

“那样的话，肯定能上报纸，对吧？标题就叫：一棵树砸死了两个老顽固。”

“行行行。”加尼特说着，没好气地往木头上一坐，离开她好几英尺。那女人会让你觉得自己就是个自顾自的傻瓜。

“别介意我的说话方式，”她说，“我今天有点气急了。”

今天，他心想。“出什么事了？”他力图摆出纵着熊孩子的慈父姿态，但这招对她不起效果。她已经迫不及待地演讲起来，身子凑过来，双手撑在膝头，直视他的脸。

“是蜜蜂。”她说，“就在山下的全备福音教堂，他们自作主张把蜜蜂全弄死了，弄得一团糟。用烟熏，把蜜蜂全熏死了！他们为什么不先给我打个电话呢？我只需稍稍点上薄烟，把蜂后弄出来，其他蜜蜂马上就都会出来。我可以在自己这儿做个蜂箱。唉，别说一个，二十个蜂箱都没问题。这儿的人就只是喷杀虫剂喷得勤快，有那工夫，我可以用蜜蜂来给苹果树授粉。现在倒好，他们这才想起来打电话给我了。他们搞砸了才让我知道，就连小孩子都能想到他们会搞砸。”

她的措辞让加尼特有些烦心。杀蜜蜂怎么能说是弄得一团糟，什么叫就连小孩子都能想到他们会搞砸？他不想谈这个话题。“嗯，他们肯定是觉得做礼拜的时候，蜜蜂会妨碍他们。”他紧张地抬头看了一眼倾斜的树。

但南妮根本没把这种危险放在心上。“整个教堂的地板上积的蜂蜜有两英寸厚，都是从墙壁上流下来的，他们还在怪那些死掉的可怜蜜蜂。”

天哪，那可真是场好戏。加尼特想象着，那些穿皮鞋的女人该有多狼狈。“嗯，”他还想争辩一下，“那也是蜜蜂把蜂蜜弄在墙上的不是。”

“是蜜蜂在整个七月里没日没夜地扇动翅膀，给蜂房降温。没有工蜂给蜂房降温，蜂巢就会融化，蜂蜜全都会流出来。”她悲伤地摇了摇头，“那些人难道都不懂吗？难道只有我们这些老家伙才会考虑后果吗？”

让他忝列其间，他真有点受宠若惊。他打量她的表情，不太能确定她是特别将自己纳入同一阵营，还是泛泛而指。现在可好，她又扯远了。

“我本来以为年轻人做事还挺谨慎的。今后五十年，是他们的天下。我们不行啦。”

“是啊，我们不行啦。”加尼特同意道，不禁黯然神伤。他竭力不去想象自己的栗树育秧田里杂草丛生的景象：在这毫无危机感的世界上，他的栗树苗迎风挥舞着杂交而来、却未得照料的树叶，好似一面面投降的白旗。他离世的那一天，谁还会在乎他的项目？没人。答案就是：不会有一人。长久以来，他一直刻意不去多想，可一旦承认了这种简单、直接、实实在在的悲哀，他反而一阵轻松，只想大哭一番。他默然将双手放于膝上，平静地呼气吸气。就让樱桃树砸到他身上，就这样交代了吧。有什么要紧的呢？

他们沉默地坐了一会儿，听着几只棕林鸫的鸣声。南妮从裙子上摘下一把苍耳子，显然想都没想，就伸手过来，将粘在加尼特卡其裤上的苍耳子也揪了下来。这女人的关心来得无所顾忌、繁杂细碎，却让他有种莫名的感动。他模模糊糊意识到，作为凡夫俗子，他十分渴望这样的温情。他清了清嗓子："你是否想过上帝——或者随你怎么称呼这种力量，比如叫自然界的平衡之类——他拿苍耳子也没辙？"

"苍耳子实在太多了。你这话，我真心同意。"

加尼特略感欣喜：她竟然同意了。"那你就不能再怪我了，对吧？喷除草剂是为了控制它们。毕竟，苍耳子是个麻烦。"

"哦，我还是会觉得那样不对。但今天天气不错，我不想多说什么。"

他们又沉默地坐了更长时间。"他们为什么要给你打电话？"他终于问道，想起最近给他打电话征询牲口事宜的女人。山羊专家，她这么称呼他。他瞥了一眼南妮，她似乎正沉浸在自己的思绪中。"教堂的女士们，也有蜜蜂方面的问题需要征询吗？"

"哦，为什么他们找我，而不找其他人吗？我觉得我是这一带唯一还在养蜜蜂的人。是不是很悲哀，这个县里竟然没一个七十岁以下的人知道怎么对待蜜蜂？以前有谁不懂。现在倒好，他们对蜂巢避之不及。"

加尼特也觉得，这景况令人伤心。小时候，每年的春天和秋天，他都会戴上防蜂帽，帮着老爸打理蜂箱、驱蜂割蜜，他一直很喜欢做这些。他也说不清自己为什么后来不养蜂了。"你是怎么对他们说的？就是地上的那些蜂蜜？"

她做了个鬼脸，斜着眼睛瞅着他。"我可不客气。我告诉他们上帝行事神秘莫测，在所有的生灵当中，他最喜欢的就是蜜蜂。我告诉他们这是《圣经》里有据可查的。我希望他们马上去翻翻《圣经》，好好看看上帝是如何降下一场瘟疫来惩罚杀死蜜蜂的人的故事。"

"上面怎么说的？"

"哦，没怎么说。是我自己瞎编的。"

"哦。"加尼特得努力忍住才能避免自己笑出来，"他们多半会把教会的所有女士都叫来打扫了。”

南妮·罗利哼了一声。“那么多香甜的蜂蜜全让这群傻帽给糟蹋了。”

加尼特未作评论。

“是玛丽·埃德娜·戈因斯给我打的电话。她暴跳如雷，好像蜂蜜这事儿是我的错。”她看了他一眼，又向别处看去，“沃克先生，我并不想说乡邻的坏话，希望你别觉得我是个爱嚼舌头的人。可这女人那副臭德行，我还真没见过。”

加尼特笑了起来。玛丽·埃德娜·戈因斯结婚之前，他就认识她。以前有一次，她给他打电话，说 4-H 山羊项目会让年轻人不恰当地频繁想到撒旦。

他仍然小心翼翼地留意着这棵樱桃树。“我们要讨论怎么分木头。”他说，“这棵可以归你。”

“谢谢，本来就是我的。”她一本正经地说道，“你是不是还想把我家的房子和地都送给我？”

“好吧，不用这么气冲冲的。”他说。

“同意。我其实也不需要这么多木头当柴火。我就要这棵树的，你拿走那棵橡树的木头。亚罗德尔砍完这两棵树，不管收多少钱，我们都对半平摊。”

他觉得还是接受她的提议为好，别再犹豫了。他望向她家那一大片黑压压的林子，发现溪边山上有一棵小树苗，幼枝嫩叶迎风摇曳。“瞧，那是棵栗树，对吧？”他往那儿指去。

“是的，是棵小树。”她说。

“我眼睛不好使了，可就算离得再远，我也能分辨出栗树。”

“那棵小树是从一截老树桩上长出来的，大树好多年前就被砍了。”她说，“我发现栗树总是这样。只要根还活着，就会有树芽从树桩周围冒出来。但等不到长大开花，就会枯死。怎么会这样？”

“枯萎病的发展势头会很凶猛，不等小树树干长出瘤疤，就把树给杀死了。野生的栗树要存活下来，需要八九年时间，成林的话时间更长，林子里的树长得更慢。树内寄生的真菌在某种程度上和树干的大小成比例。不过，你观察到的没错，这些树无法生长到开花结籽，就会枯死。所以，从生物学的角度来看，这个物种已经灭绝了。”

“从生物学的角度来看已经灭绝了。我们也是。”她不带任何情绪地说了这么一句。

“没错。”他觉得不太自在，“如果我们都认为自己不会有后代了，也可以这么说。”

“都这把年纪了，不能再生了。”她发出一声怪怪的笑。

这话，他无须置评。

“你再说说，”她说，“我一直在琢磨，你是把美洲栗树和板栗树做了杂交，对吧？”

“没错。然后再跟美洲栗树回交，就是逆代杂交。如果我有足够的时间持续培育下去，得到的杂交品种就会拥有美洲栗树的所有基因，再加上那个对枯萎病有抗体的基因。”

“那个基因是从板栗树获得的？”

“没错。”

“可你一开始是从哪儿弄到美洲栗树的种子的呢？”

“问得好。我确实找了很长时间。”加尼特心里乐开了花。这么多年来，还没人对他的项目发过一问。艾伦曾经让外甥女带着她三年级的学生来这儿上课观摩，可那些孩子就像来开运动会似的，全都撒开腿玩去了。

“嗯，比如说哪儿呢？”她问道，看来是真的感兴趣。

“我给森林服务处又是写信又是打电话，能做的都做了。最后，我找到了两棵还能开花的美洲栗树。它们又病又老，但还没死。我花钱雇了一个男孩，让他爬到树上去，割了些花给我。我把花放进袋子里带回了家，给我院子里的板栗树授了粉。总算培植出了第一批树苗。那就是我的第一代栗树，拥有一半美洲栗树的血统。”

“那两棵老栗树在哪儿呢？我真的很好奇。”

“一棵在哈德卡斯尔县，另一棵在西弗吉尼亚。老栗树很孤独，能开花，却不能结籽，因为附近没别的树可以授粉。这样的老栗树后来又找到一些。不多，也就几棵了。”

“哦，明白了。”

“四十年代的时候，应该还有很多的。”加尼特继续说了下去，“你还记得民间护林保土队让我们把那些得病的树都砍倒吗？我们当时还以为这些树反正都会枯死。可现在想想，那做法不对头。有些树本来是能挺过来的。完全可以东山再起。”

“是啊，本来是能挺过来的。”她同意道，“我爸爸也对此坚信不疑。我们山上林子里的那两棵栗树，他就不让任何人碰。有一天晚上，他还拦下了一个人，那人想把那两棵栗树给砍倒，趁太阳还没出来，用骡子把树拖走。”

“你家林子里以前也有栗树？”加尼特问。

她抬起脑袋。“你不知道我说的是哪两棵树吗？一棵就在从这儿往上走四分之一英里的地方，样子不怎么好看，毕竟树枝全都枯萎掉了。但它每年还能结点籽，松鼠会把籽全吃了。另一棵就在山脊上，状况也差不多。”

“你家林子里还有两棵能繁育出种子的美洲栗树？”

“你没开玩笑吧？你是真不知道？”

“我怎么可能知道呢？”

她便讲了起来，间或停顿一会儿，润润嘴唇，又继续说下去：“说实话，我从来就不认为那片林子属于我们家。兴致来了，我还会去你家的山林里走走。我还以为你也像我一样。”

“自从你父亲从我家买下这块地后，我就没踏入你家地界一步。”

“好吧，”她很开心，“你真应该去走走。”

他思忖着她说的这些事儿是否可能。她当然能辨别苹果树，但她真的能区分栗树和樱桃树吗？他又抬头瞥了一眼这棵令人不适的樱桃树，确信它比早上歪得更厉害了。一只松鼠无所顾忌地蹿到树干上，加尼特只觉得心惊胆战。头顶传来噼里啪啦的声响，吓得他猛地仰头往上看，虽然他很久以前就养成了避免大幅度动作的习惯。哦，哦，哦！他感到一阵剧烈的头晕目眩。他扶住脑袋，大声呻吟，四周的草木疯狂地旋转着。他弯下身子，将脑袋埋入膝间，心里很清楚就算闭上眼睛也于事无补——只会让他愈发想吐。

“沃克先生？”她俯下身子，注视着他惊恐至极的脸。

“没事。会过去的。就几分钟。别管我。你帮不上忙。”

但她仍然凝视着他的脸。“眼球震颤。”她一字一顿地说出这个词。

“什么？”他气不打一处来，自己现在的样子又愚蠢，又虚弱，他只希望她快走开。但她仍旧紧盯着他的眼睛。

“你的眼球在一遍遍地往左边抽搐——这是眼球震颤。你现在肯定头晕得厉害。”

他没吱声。飞速旋转的树干总算慢下来了，现在已经像旋转木马一般了。再过几分钟就好了。

“你躺在床上的时候，仰躺着的时候，也会这样吗？”

他点了点头。“那会很难受。睡觉时翻个身，就会晕得醒过来。”

“可怜哪。太不幸了。你知道怎么治愈吧？”

他小心地慢慢转过脸，面对着她。“这能治愈？”

“你这样有多长时间了？”

他不想说。永远都不想说。“二十年了吧。”

“你从来没去看过医生？”她问。

“一开始，我以为多半是我脑子里出了大问题，”他承认道，“不想去知道。可渐渐地就过了这么多年，也没要了我的命。”

“不会要命，但很烦人。躺着时犯晕，叫作 BPV，就是‘良性体位性眩晕’，或者类似的名字。我记不太清楚。蕾切尔就有这毛病，很严重。通常得这病的是老年人，但你也知道，蕾切尔的身体功能没一个是完好的。你这样，很简单的，在木头上躺下来。”

他才不干，但她已经抓住他的肩膀，引他躺下去了。“头往一边歪，尽量侧过去。往后稍微仰一点，再往后一点。这就对了。”他喘着粗气，紧抓着她的双手，像个婴儿，眩晕又来了，而且更猛烈。尽管他想打起精神，但翻江倒海的感觉丝毫不打算放过他，他心惊胆战。

“好了，没事了。”她柔声说道，一只手握着他的手，另一只手托住他的后脑勺，使他保持平稳，“能忍受的话，就躺着别动，要一动不动，直到不再眩晕为止。”他言听计从。一分钟，也许两分钟，世界就缓缓消停下来，不再翻转飞舞。

“好了。”她说，“把头转过来，稍微抬一抬。别怕。动作要慢，要是又觉得晕，就停下不动。”

他清晰地感受到了她的双手。她轻柔的手掌稳稳地扶住他的脑袋，把他的脸转过来面向她的裙子，就像母亲一样。他又经历了一阵眩晕感，脑海里只剩下这个想法。然后，他转过脑袋，又忍受了另一阵眩晕来袭。他心想这事过后，不知自己还能不能直视南妮·罗利。

“差不多要好了。”她说，“现在听好了，我来帮你。坐起来，向前俯身。”她向他示范这个动作，用自己的下巴抵住胸膛。“准备好了吗？”

她帮他直起身子坐好，再扶着他把脑袋往前送下去。他等待着，感觉到脑袋里有种重新洗牌的奇异体验。这种感觉过去之后，他的肩膀放松下来，抬起头，环顾世界，似有焕然一新之感。她专注地看着他。“好了，”她说，“行了。”

“什么行了？”

“就是没事了。抬起头试试。”

他将信将疑，还是小心翼翼地照做了。他只觉得四周有轻微的晃动，但微不可察。与往常那种眩晕相比，根本不算什么。真的不晕了。他看着她，震惊不已。“你不会是巫婆吧？到底对我施了什么魔法？”

“这是一种有技巧的手法——好像叫‘艾普利复位法’吧？”她微笑着说，“这方法是我和蕾切尔偶然发现的。以前，我会把她的身体翻来翻去，用挠痒痒来分散她对眩晕感的注意力。后来，过了很长一段时间，吉本医生告诉我有一种更简单的方法，还有个名字。你还要再做，得经常做。也许一开始要每天做一次。”

“你把什么给复位了？”

“引发这种症状的是一种很小很小的类似水晶的东西——”

“别！别再说了。要是什么变戏法的那一套，就真别说了。”

“不是，听好了。有种又小又硬像水晶一样的石头，是身体里的平衡器——就在你的耳朵里。这是科学事实。”

“那好，它们是怎么离位的？”

“有的人就是会这样，我也只说得出这么多。你以为我会告诉你什么，是脾气太差引起的吗？听着，老头子，我算治没治好你呢？”

加尼特觉得这是在责备他。“治好了。”

“那就好，现在听我说。你耳朵里的小石头滚来滚去的，要是你脑袋没转对地方，它们就会惹麻烦。诀窍是让它们滚进死胡同里卡住，它们就再也不会出来打扰你了。”

“你确定吗？你说的这些都是真的吗？”

“千真万确，沃克先生。”

“这么多年了都是这原因？”

“这么多年了，一直在给你惹麻烦。你脑袋里一直有没复位的石头。”

他们不再交谈，就这么坐了很长时间，听着汽油驱动的链锯将橡树变成木柴的声音。最后，她问道：“你想上山去看看那两棵栗树吗？这样，你的栗树繁育项目是不是就多了两个种子来源？”

“你觉得呢？”他嘴上这么问，心里却既惊讶又兴奋。他已暂时把栗树给忘了。“这样我就有双倍的遗传样本了。我这个项目也可以更快、更健康地推进，罗利小姐。要是能从那两棵树上摘到花那就更好了。”

“把它们当作是你的树就行了，沃克先生。任何时候都能来看。”

“谢谢，”他说，“你真慷慨。”

“没事。”她双手交叠，放在腿上。

加尼特能想象山上那两棵栗树，存活下来的它们绝对非比寻常，它们老态龙钟、疾病缠身，却仍孤独地挺立着，坚韧地抽芽、开花、结籽，这么多年。而且离他家就一箭之遥。简直好得令人难以置信。尽管已是夏末，他真心盼望，树上还能挂着些花。若能输入新鲜的遗传基因，他的项目就成功在望了！简直是个奇迹。他在想，其实，如果那些树一直在被授粉，说不定已经帮了他的大忙——这少得可怜的意外得来的遗传样本将充实他育秧田的多样性。他本以为自己一直是孤军奋战。生活，真的说不准。

他转头看向一边，平静地想象着自己脑中的那些石头。此刻，它们没有滚来滚去，没有造成什么伤害，但肯定会卷土重来，给他惹麻烦。不经意间，他记起自家车库里堆着的那些绿色瓦板，它们藏在那儿，像掉在沙发上的烟蒂，在他的良心上烧出了一个洞。

21 蛾之爱

卢萨学到的一个缓解悲伤的技巧，就是执着地纠缠于半梦半醒之间。有时候，清早来临，她会小心地避免睁开眼睛，留在温馨的假寐状态中，不让思绪浮上现实的海面。一旦浮上海面，彻骨的疼痛和寒冷便会袭来。后来，她发现自己竟然能选择做什么梦。她能将某段记忆召回，耐心地跟随这记忆回溯，找到当时的血肉、声音、气息。这样，她的生活就能再来一次，生活没有失控，生活平安无事，每一件事都还没发生，每一件事都如此新鲜。他的手臂真真切切，他将她背过门槛，开玩笑说她也就比一袋杂货重一点，还没有两袋重。蝉鸣阵阵，空气湿热黏滞——那是六月，他们刚举行过婚礼。她还穿着那条人造棉的蓝色裙子，但已将丝袜与鞋子褪下，留在了那辆从列克星敦一路开来、停在车道上的车里。他背着她上楼时，淡蓝色的裙子如凉水般漫过她的大腿、滑过他的前臂。他在楼梯的转角平台停下脚步，吻她。他的大手滑至她身下，在他的手中，她简直轻如鸿毛。她轻轻地飘浮在空中，脊背抵着窗子，他强壮的手臂托在她的胯下。当他进入她的身体，他们那彼此独立的自我便如分子般融合在一起，他脑袋四周的空气似乎在颤抖，她则完全臣服于这飞升般的癫狂快乐、这如在云端的完美性爱。

有时候，梦境会发生变化，变成那个令人心安的、有着丝绸般淡绿色翅翼的陌生人。他第一次出现在她梦境中是葬礼过后、朱厄尔让她服下安眠药的那个晚上。他总是对她说同一句话："我了解你。"他展开翅膀，发香器自腹部翻散开，那诱人的香味、错杂的刷齿，犹如忍冬馥郁的枝条，而她再次感受到被选中的强烈愉悦感。

"你如此了解我，总是能找到我。"她说。

他的气息如同流瀑般的光线，涌入她的脑海，他的嗓音从遥远的地方飘来，不用语言。"我一直都很了解你。"

他将她裹入自己柔软的怀中，用摇曳的树枝和石上野花的香气轻抚她的脸庞，将她的需要融入他令人心安的怀抱中。

"玛丽·埃德娜姨妈说，他们这么做的时候是在祈祷。"克丽丝怀疑地说道。

"我想你可以这么说。蝴蝶教堂。"

卢萨和克丽丝在土路上停下脚步，欣赏起又一群围聚在烂泥坑边、密密麻麻的燕尾蝶来。差不多每隔五十英尺，她们就能遇见一洼像这样震颤不歇、黑金相间的翅翼。一俟她们走近，蝴蝶就会四散飞走；一等她们离开，蝴蝶便又降落至老地方。昨天又下了雨，所以水洼多的是。

"不过，我得告诉你，"卢萨说，"眼下这些教堂，女孩子是不让进的。你现在看见的那些蝴蝶很可能都是雄性的。"

"为什么？"

"什么为什么？因为它们都长了小鸡鸡啊！"

克丽丝不由得尖声爆笑起来。卢萨现在的使命，就是让她笑。这已成了她私心里最爱的挑战，得想尽办法，点亮这孩子黑暗屋子的所有灯火，哪怕只是一瞬。

“我知道你想问的是什么，”卢萨说，“为什么只有雄性蝴蝶这么做。不管你信不信，反正这就叫作喝泥巴。真正的昆虫学家就是这么叫的。”

“是吗？那为什么只有雄性蝴蝶才会这么做呢？”

“他们需要从烂泥里吸取某种矿物盐和蛋白质，这些东西可以让蝴蝶保持健康。然后，他们其实是要把这些东西送给雌性蝴蝶，就像情人节礼物。”

“他们是怎么送的呢？”

卢萨顿了顿，问道：“你知道小宝宝是怎么生出来的吗？”

克丽丝转了转眼珠。“把小鸡鸡捅到她尿尿的洞洞里，把东西射进去，小宝宝就会在里面长大。”

“呃……没错，你都知道，挺好的。所以，蝴蝶也是那样把矿物质送给女生的。当他把生小宝宝的东西送给她时，他其实是把所有她喜欢的东西一股脑儿送给了她。那东西叫作精子包囊。”

“哈哈。太神奇了。”

“是吧？你知道吗，西布伦县没人懂这个，只有你和我懂。甚至你的老师都不懂。”

她抬头看着她。“真的？”

“真的。你要是想了解虫子，我还可以告诉你很多不可思议的事情。”

“我说‘小鸡鸡’和‘狗屁’这样的话，你不会生气吗？”

“不会，完全不会。怎么可能呢。”她说了句粗话，惹得克丽丝哈哈大笑，“只要你知道这些字眼在什么地方不能说就行。比如在教堂、在学校就不能说，方圆一英里半的范围内有玛丽·埃德娜姨妈，也不能说。不过在这儿嘛，谁会介意？我的耳朵绝对受得了。”

“哇，棒呆！”这孩子大声说道，“操！”

“嘿！别一开口就都说这些啊。”

克丽丝捡起一块小石头，扔向一群蝴蝶，看着它们飞升而起。

“走啦，”卢萨说，“我们去抓蛾子吧。今天，我一定要给你抓一只月形天蚕蛾。”她们慢慢朝水洼走去，穿过黑压压一片战栗的蝴蝶，卢萨不由得想起动画片里的超人，就像这样从一堵墙的分子间穿过。她与克丽丝从车库后的树林上山，正沿着通往古老墓地的小路往上走。没什么特别的理由，就是趁着洛厄尔在客厅沙发上午睡，出来小小探个险。朱厄尔最近情况不太好，这已是半个月内第三次拜托卢萨照看两个孩子了。卢萨很高兴能帮上忙，做孩子的代管家长，虽然她也不清楚自己这算哪门子的家长——竟鼓动克丽丝像个粗人那样说脏话。她在育儿方面一窍不通。但家里人谁也没能让克丽丝主动开口说话。该是你的就是你的，汉尼－梅维丝这么对她说过。卢萨和克丽丝拥有坏运气和一群义正词严之人的说三道四。显然，如今她们还拥有了彼此。

“那是什么？”

卢萨望向克丽丝所指的那片林子。雨后的空气中，鸟鸣声似银铃般清透，但卢萨实在看不出她指的是什么。“什么，那棵植物吗？”

“对，那里有个爬在树上的讨厌的怪物。”

“讨厌的怪物？”

克丽丝耸了耸肩。“里奇姨父说它们是讨厌的怪物。那些藤条爬得到处都是。他最恨藤条。”

“这藤条挺好的啊，它就应该长在这儿。夏天快结束的时候，这藤条上就会开满白花，然后会长出无数心皮，看上去就像一片闪闪发光的小星星。这藤条叫作铁线莲，按字面理解，是‘处女榻’的意思。”

“处女，就像耶稣的妈妈，对吗？”

“对。任何一个姑娘或者女人，只要和小鸡鸡还没有关系，都是处女。”

“哦。叫处女大？”

“不，叫处女榻。就是处女的床。”卢萨微微一笑，“在这里，意思都一样。”

克丽丝跨着奇怪僵硬的大步子，蹦蹦跳跳地跑到了卢萨前头。她似乎喜欢尝试各种各样走路的姿势，卢萨看着又困惑又好笑。她仍旧穿着惯穿的那条肥大的牛仔裤，今天还在T恤衫外面套了件奇形怪状、破破烂烂的衣服。看上去像是男人穿的牛仔布工作服，衣摆和袖口用剪刀剪过，丝丝缕缕，十分凌乱。

“比起花花草草，我更喜欢虫子。”过了一会儿，克丽丝断然地说了这么一句。

“好啊，那你走运了，因为比起花花草草，我对虫子的了解可要多得多。我们现在正在找月形天蚕蛾，还记得吗？找找看树干上有没有，要看阴的那一面。你知道山核桃树长什么样吗？就是树皮很粗糙的那种。”

克丽丝耸了耸肩。

“月形天蚕蛾特别喜欢山核桃树，还有胡桃树。它们会把卵生在那些树的叶子上，因为它们的毛毛虫宝宝要吃那些叶子。”

“怎么会这样？”

“它们的胃就适合吃那种叶子。比如说，你能吃麦粒，但吃不了麦穗。”

“我什么东西都能吃。”

“其他动物就没有这么好运气了。它们大多数都有特别爱吃的食物。也就是说它们只能吃某一种食物。”

“好吧，太笨了。”

“这不是笨不笨，它们生来就是这样的，就像你有两条腿、靠双脚走路一样。或许还有狗觉得这么走路很笨呢。”

克丽丝不置可否。

“不过要说笨也有一定道理，只吃一种东西很容易危及生命。如果食物没了，它们就得死。它们可没法说：‘哦，没关系，我吃的那种树灭绝了，那就订个比萨吧。’”

“洛厄尔就是那样。”

“什么那样？”

“挑食。”

“是吗？”她对自己弟弟的分析，把卢萨给逗乐了，“他吃什么呢？”

“只吃通心粉和奶酪。还有麦丽素。”

“嗯。这是挑食。怪不得，那天晚上他没吃我做的扁豆浓汤。看来我应该放点麦丽素。”

克丽丝从牙缝里挤出一丝轻笑。

“看这儿，这棵树长青苔的一面，看见这些小小的白蛾了吗？”她俩弯下腰，凑了过去，卢萨轻轻捅了捅透明的翅翼。蛾子大惊，攀着粗糙的树皮往上爬了几英寸。克丽丝背对着阳光，卢萨能看清顺着她脸颊的弧度下来的一层若有若无的光晕，就像桃子上的绒毛。聚精会神时，她的五官显得十分柔和，卢萨不禁想怎么会有这么多大人——包括她自己——竟会把她看作男孩呢。

她抬起头。“它们叫什么？”

“尺蠖。这种虫子被发现和命名的时候就是处在这个阶段，所以它们长成蛾子妈妈以后，也得将就这个不怎么好听的名字。但蛾子妈妈还挺漂亮的，是吧？”卢萨让虫子爬上她的手指，然后举起来，轻轻地朝它吹了口气，虫子便振动翅膀，在空中划出一道弧线，向另一棵树飞去。克丽丝注视着树干上它那些尚不知发生了什么的同伴，就这样站了一会儿，才迈步走开。“你怎么会知道这么多虫子？”

“我和你科尔舅舅结婚之前，就是昆虫科学家。那时我住在列克星敦，还没有搬到这儿来。我每天都要做虫子的实验，于是了解到很多以前没人知道的知识。”

“列克星敦有很多虫子吗？”

卢萨笑了起来。“和其他地方一样多吧，我想。”

“哼。洛伊丝姨妈说你是来挖矿的。”

“挖矿的？”

“就是挖金矿的。”

卢萨一时没明白这个说法。“哦，就是淘金者。”她叹了口气。这一次，她知道克丽丝说这话并没想刺伤她。

“是真的吗？”克丽丝问。

“不是。我从来没挖过金矿，从前不挖，以后也不会。这件事，洛伊丝姨妈完全是胡说八道。”

克丽丝紧抿双唇，冲卢萨露出会意的偷笑，滴溜溜转着眼珠。她们已经找到了与义正词严说三道四的人共处的方法。

“这里不错，往上看。”卢萨说着，顺着陡峭的路堤，指向小路上方的一片林中草地，那片空地正沐浴在斑驳的阳光中。她们已经在这条小路上走了很远，她原本就是想到这儿来。她们不可以离家太远，毕竟洛厄尔是一个人在午睡。而且，卢萨也实在不想看见下一个转角处的那片家族墓地。科尔没葬在那里，但那里毕竟埋葬着太多怀德纳家的人。

克丽丝已经穿过一丛丛金针花跑到了前头。这种花草很久以前从某人的花园逃离，如今似野草一般疯长。倒是挺漂亮的。它们带状的叶片像瀑布似的倾泻于路堤两侧的边坡，顶上盛开的花冠呈环状散开，每片花瓣上都有浅橙色的斑纹，绽放的样子如睁开的眼眸。尚未展开的花苞则修长而优雅。县里每一条未经割草的路边总能见到一排排悠悠摇曳的金针花，间或夹杂着一簇簇紫粉相间的香豌豆。几周以前，它们尚未开花，卢萨也从未注意到这两种植物。看来，整个县城就是一座逃逸园艺植物的花园。

克丽丝爬上路堤时，顺手扯下了一丛金针花的花冠。"看这个！"她用下巴抵着花心摩挲起来，然后将揉皱的花儿扔到了地上。

"太好了，你都长出橙黄色的胡子了。"卢萨说。

克丽丝作势恶狠狠地咧嘴一笑，十分孩子气。"像不像魔鬼。"

"你知道那橙黄色的东西是什么吗？是花粉。你知道花粉是什么吗？"

她摇摇头。

"精——子。"卢萨煞有介事地说出这个字眼。

"呃，呸呸。"她死命地擦起了下巴。

"别担心。花粉不会让你怀孕，生下小花。"她从她身边走过，走到这片草地的边缘，一棵山核桃树吸引了她的注意。她开始在那些树的北面上上下下地寻找起来，不知不觉走入林子里。

克丽丝跟在她身后，稍稍隔着点距离。"你觉得会，嗯，下冰雹吗？”她吞吞吐吐地问。

卢萨抬起头，望了望林木枝叶之间的一小片天空。“不可能。天上一块雨云都没有。”

“我说的是冰雹。”孩子不依不饶地问。

卢萨继续往林子里走去，用训练有素的眼睛扫描着枝枝杈杈和叶片的背面。“只有一场很大的暴风雨才会带来冰雹。你问这个干吗？你家地里又没种庄稼。”

“我说的是冰雹！”

克丽丝的嗓音里充满了沮丧，终于将卢萨引出她自己的思绪，使她转过身来。克丽丝站定不动，瞪着她，气呼呼的。

“什么冰雹？”

“冰雹！”孩子说道，显然是气坏了，“就是魔鬼住的地方①。”

卢萨一头雾水，慢慢反应过来。“你是问我地狱吗？”

孩子耸了耸肩。“算了。”

“好吧，对不起。我猜咱俩可能已经错过谈论来世的那个点了。”克丽丝腾腾腾地往前走，一路走，一路猛揪檫树的叶子。

“我有点好奇，”卢萨赶上她，“你是怎么区分天空落下的‘冰雹’和魔鬼住的‘地狱’的？”

克丽丝停下脚步，抬头看着她，惊得目瞪口呆。“别扯了，这两个字喷法②不一样啊！”

“哦，”卢萨说，“知道了。”

克丽丝打量了她一会儿。“卢萨舅妈，你知不知道你说起话来真的很搞笑？”

---

① “冰雹”（hail）与“地狱”（hell）的英文发音相近。

② 克丽丝发音不准，将“拼法”（spell）说成了“喷法”（spail）。

“知道了，现在我总算明白了。”

卢萨好言哄着克丽丝，让她对檫树手下留情，让她帮着自己一起去找月形天蚕蛾。“你想都想不到，那种绿蛾子会有这么大。真的很漂亮。”克丽丝似乎很不情愿相信她们找到神奇绿蛾子的可能性。但当卢萨终于喊叫起来，她就飞也似的奔了过来。“哦，快看，快看！”

“哪儿？”

“就从这儿看上去——那里太高，我们够不着。不过你看到了吗？就在伸出来的那根树枝的分叉那儿。”

克丽丝眯起眼睛，似乎没觉得有什么大不了。“我们可以用棍子把它捅下来。”

“你可别伤着它。”卢萨虽然口上争辩，其实也有同样的想法，于是从身边一棵小橡树上拧下一根细长的枝条。她尽可能地往上伸去，还踮着脚跳了跳，像挥动扫帚似的挥舞着那根枝条，试图把停在山核桃树上的那只蛾子扫下来。那只月形天蚕蛾就静静地待在那树枝分叉的地方，翅翼折叠着。它扭了扭，便起身飞走了。她们看着它飘飘荡荡、越来越高，隐入了枝丛间，消失得无影无踪。

卢萨转身看着克丽丝，双眼闪着光。“那就是月形天蚕蛾。”

克丽丝耸了耸肩。“怎么啦？”

“怎么啦？什么怎么啦？难道你还想让它唱支歌？”克丽丝笑了起来，卢萨心中恍然一惊。就在这一瞬，她不经意间脱口而出的话竟和爷爷的口吻语调一模一样，虽然她父亲曾长年禁止她念及有关爷爷的事。“走吧，我们去草丛里找点容易抓的虫子。”她带头返回路堤那片林中草地，扑通一声往地上一躺。她以双肘支起身体后靠着，盯着脚上运动鞋的鞋尖，再让视线越过，一直望入迷人的树林，这样的一小会儿，也令她心满意足。已经有太多个日子，她整天关在那宅子里，除草，割草，察看山羊长势如何。她真应该常到林子里待一待。地上的青草有点潮湿——她能感到短裤都濡湿了——但阳光很好。她闭上眼睛，仰起脸，迎向天空。

“这是什么？”

卢萨侧过身，凑上去看一只绿色的甲虫，克丽丝将它弄到了自己手腕上。“南方绿臭虫。”卢萨说。

克丽丝仔细地打量着虫子。“会发臭吗？”

“这就是它得名的原因呀。”

“它和我们在桃树上找到的红黑色的虫子是亲戚吗？”

“菜蝽吗？没错，是这样。它们属于同一个科，蝽科。”她看着克丽丝，有些惊讶，“很不错啊。你知不知道自己的眼力很棒？观察东西很有一套，特征也记得很牢。”

克丽丝把虫子从手腕上弹开，翻过身趴在草地上，移开视线不看卢萨。她用双手小心翼翼地翻开草丛，这里翻翻，再到那里翻翻，像头正给同伴梳洗的动物。卢萨就让她一个人玩，自己翻身朝向另一边，琢磨起眼前的一方草丛来。克丽丝终于不再翻寻，躺了下来，凝视着树梢。过了一会儿，她一本正经地说：“你可以把这儿的树全砍光，赚一大笔钱。”

“是可以，”卢萨说，“我有了很多钱，可树全没了。”

“那又怎么样？树，谁稀罕？”

“首先，稀罕树的大约有一千九百万只虫子。它们就住在枝叶之间，树皮之下，到处都是它们的栖居所。只要闭上眼睛乱指，就能指到一只虫子。”

“那又怎么样？一千九百万只虫子，谁稀罕？”

“有一万九千种鸟儿得吃虫子。”

“那又怎么样？鸟儿又有谁稀罕？”

“我稀罕。你也会。”她时常想搞明白，克丽丝是真的这么没心没肺，还是存心摆出这副样子。“还有，如果没了树，雨水会直接从山上冲下来，把我田里的表层土冲刷得一干二净。到那时，溪流里都是烂泥，而这里再也无力长出什么，变成一片死地。”

克丽丝耸了耸肩。“树会再长出来。”

“你想得倒美。这片森林，要花好几百年时间才能长成这样。”

“长成哪样？”

“就是现在这样子，一整片复杂的森林，各个部分彼此依存，就像一个完整、鲜活的生物体。它们不仅仅是树；而且是各种各样的树，大小不一样，形状也不一样。每一种动物都得依靠某一种植物才能生存。某些植物只会生长在另外某些植物旁边，你知道这个吗？”

“参就只长在糖枫树下。”

“什么？人参吗？你怎么知道的？”

她又耸了耸肩。“乔尔姨父。”

“他会去挖参？”

她点了点头。“他和他的朋友喜欢去山上挖参。山上有位女士会冲他们大喊大叫，你们不该来挖！他说那女士再逮到他，就会一枪崩了他。”

卢萨望着山上。“有位女士住在上面？你确定吗？这座农场的上面，应该是森林服务处的地界。”

“去问乔尔姨父吧。他会告诉你的。他说那是个野女人。”

“我会的。我想见见她。”卢萨从草丛里刨出了一只尺蠖，任它往自己手指上爬。“乔尔姨父说我什么了吗？他是不是认为我该把这些树都砍了？”想到自己正从这个新的信息源套取情报，她有点负疚。

“没有。他说你养这么多山羊，疯了。”

“所有人都这么说。但他们都很想知道是怎么回事，对不对？”

克丽丝耸了耸肩，望向卢萨，有一点防备。不过她还是点了点头。“但我觉得你不会说的。”

“我会告诉你。”卢萨悄悄说道。她很想给这孩子一份礼物，让她自信起来。

她脸上放光。“你会吗？”

“但只有你知道，乔尔姨父或其他人都不能知道。不管发生什么事，你都不能告诉他们。你能保密吗，能划十字起誓吗？”

克丽丝急忙煞有介事地在胸前划了个十字。

“好，我这就告诉你。我在纽约有个表亲，他是个屠夫，我们谈了笔生意。如果我能在新年之前一个月，让山上那些羊生下小羊羔，他就会付我一大笔钱，你的乔尔姨父听了肯定会晕倒。”

这孩子的眼睛都瞪圆了。“你要发了？”

卢萨做了个鬼脸，垂下了脑袋。“没有，也不算吧。但我可以拿这笔钱找人把宅子里所有的管道重新安装一遍。你的里奇姨父有个朋友正帮我修谷仓，这笔钱也能填上这项开销。”

“克莱弗斯·莫顿？”克丽丝摆出一副臭脸，“这人身上太臭了。”

卢萨很想忍住笑。“嗯，那也不能不付钱给他，对吧？要是因为这样就可以不付钱，那我刚浪费了九百美元，今天早上我写了一张支票给他。”

克丽丝似乎被这数字惊到了。“操。他这下发了。”

“要把农场打理好，就得不断花掉很多钱。有时候，钱花出去，但你辛苦一年挣的钱也填不满那窟窿。于是大家都抱怨种田。这些是你想不到的吧。”

“要是你的山羊不生呢——下不了羊羔怎么办？”

“我还是得付钱给克莱弗斯·莫顿，只要他干完了活，不管他洗不洗澡。”卢萨往湿润的草上一躺，双臂枕于脑后，叹了口气，“是很冒险。可山羊是我今年能想到的唯一指望。我得挣点钱，请人来清掉一小片荆棘丛，把农场收拾出来。”她瞥了克丽丝一眼，她似乎没在听，但也很难讲，“这就是我养山羊的原因，守住我那一小片天堂，别让它变成地狱。”

“乔尔姨父说你会扔下这地方不管的。”

“他有好主意的话，欢迎他来给我建议——他，还有我在列克星敦的素食主义朋友哈尔和阿莉，都说我迟早卖掉这里，说我撑不下去。不管往这儿的地里种什么，花费都比收成多。除了烟草。”

克丽丝看着她。“你是那个？”

“我是哪个？”

“素主义。”

“不是，我是另一种基督徒。就像你表哥里奇说的。”

克丽丝拽下一根高茎草，轻轻挠着卢萨T恤上移露出的肚子。这是她见过的、这孩子与外人之间最接近亲密的举动。卢萨屏住呼吸，一动不动地躺着，觉得自己真是好运道，仿佛蝴蝶正停在她肩头。最终她舒了一口气，看着头顶树梢间的湛蓝缝隙不时飘过高高的薄云，她觉得有点头晕眼花。“听听，我这抱怨来抱怨去的。现在，我还真像个农妇了，对吧？”

克丽丝耸了耸肩。“我想是的。”

“要是像你说的，我的山羊没生小羊羔，我就完蛋了。我不愿去想这状况。要我把这山上的树全砍了，我会觉得自己像个谋杀犯，但又不知道怎么保住农场。”

克丽丝突然从卢萨身边扭开身子，把草茎一扔。“你为什么要保住农场？”

“问得好。我也在问自己。你知道我碰到什么了吗？”

“什么？”

“幽灵。”

克丽丝凑过来，从高处往下盯着卢萨的脸。她流露出困惑的神情，但很快便换上不动声色的表情。“说傻话。”

“没有。你听了肯定会吃惊。”

克丽丝从土里拽出一把草。“幽灵是谁？”

“我觉得他们都失去过一些东西。有的是你们家的人，有的是我的。”

“是真人吗？都已经死了？”

“对。”

“比如谁？”

“我的祖父，就是我爸那一支的我的爷爷。老早以前，他拥有一座和这儿一样漂亮的农场。后来，有人把农场夺走了。都是很久以前的事了，早在我出生之前的事。我妈妈的爷爷奶奶也曾有座农场，在另一个完全不同的国家，却发生了同样的事情：农场没了。现在，他们全都跑到这里来了。”

“你怕他们吗？”克丽丝轻轻地问道。

“一点不怕。”

“你真的相信有幽灵吗？”

卢萨也纳闷，自己干吗要跟一个孩子说这个。但她需要讲出来，就像克丽丝需要说脏话一样。她俩都各有各的理由。她坐起身，看着克丽丝，直到克丽丝也回视她。“我没吓到你吧？”

女孩飞快地摇了摇头。

“也许，我都不应该将他们称作幽灵。只是些看不见的东西。我很信这个，比大多数人都信。那是一种看不见的爱。我把这样的东西叫作幽灵。”

克丽丝皱了皱鼻子。“那你是怎么做的，闻一闻？”

“没错。我还会听。下雨的时候，就会听见我爷爷在弹琴。于是我知道他在那儿。你舅舅科尔也在。我一直能闻到他的气味。我没开玩笑：一个礼拜能闻到三四次。我会打开抽屉，或者走进谷仓里的玉米透风仓，他就在那儿。”

克丽丝满脸的哀伤。“可他真的不在了。如果你看不见他，他就是不在。”

卢萨伸出手，揉了揉肩膀，在那块毯子似的紧绷的肌肉底下，是一小块硬骨头。“这我知道，是很难想象。”她说，“人类是视觉的物种。”

“什么意思？”

一只黑脉金斑蝶飘飘飞入她们眼前的一缕缕光柱，慵懒地在这片敞亮的空地上穿行，飞过树丛，飞往山下的田野。卢萨说：“意思是，我们总是用眼睛去看喜欢的东西。”

“你是说就像里奇对藏在床底下的那些女孩杂志做的事？”

卢萨大笑起来。“我就是这个意思。”

她们一起望向黑脉金斑蝶，注视着那跃动的橙色小点渐渐往山下淡去，直至消隐，化作一粒融入天光的亮点。

“许多动物都比我们更相信自己的感觉。比如说，蛾子就靠嗅觉。它们根本不用看，就知道自己的丈夫或妻子在哪儿。”

“那又怎么样？你又不是蛾子。”

“所以说嘛。我觉得你说得对。我真的很傻，对不对？”

克丽丝耸了耸肩。“你死了，是不是也会变成幽灵，在这儿游荡？”

“嗯，会啊。一个善良的幽灵。”

“那你死之后，谁会在这儿？”

“这是个关键问题。我家的幽灵和你家的幽灵在这个问题上有很大的分歧。关于谁会在我之后待在这里，我家的幽灵要我留下来，你家的幽灵要我走。我没法让所有人都开心。”

克丽丝打量着她。“你想站在哪一边呢？”

卢萨凝视着她，也对她耸了耸肩——克丽丝准备回答别人的提问时，也会这样飞快地往里缩一缩肩。这姿势是偷来的。

“好啦。”她说着，便跳起身，把克丽丝拽了起来，“我们得回去看看洛厄尔是不是醒了。”

“他肯定还在睡。只要不叫他，他就会一直睡下去。”

“也许是因为你妈妈那样，他有点难过。有时候，人心里难受，就需要呼呼大睡。”她伸手想去牵克丽丝，好领她走下边坡，来到路堑上。可那女孩纵身一跃，便跳了下去。

“我不会。”她说着，稳稳地落了地。

“不会？那你会怎么样？”卢萨穿过金针花丛，下到路面，比克丽丝慢多了，感觉自己就像那只追赶野兔的乌龟。

“不会怎么样。我想都不会去想。”

“真的吗，从来不想？”

克丽丝耸了耸肩，就不再言语了。她们并排往山下走，一直没有说话，就这样在树林密密匝匝的枝叶间漏下的一团团光影中穿行。每走大概五十英尺，她们就会惊散一群燕尾蝶——宛如从教堂四散跑开的唱诗班少年。卢萨喜欢蝴蝶教堂这个想法。老实说，相比之下，聚在一起吸吮盐分，再化作精子送给爱人，这种说法更加傻帽。她心想，要是向《行为生态学》杂志提交一篇论文，论述燕尾蝶喝泥巴行为背后的精神灵性效应，会引发什么样的反应？卢萨一路上为这个有趣的想法暗自好笑，直到她们转过拐角，在宅子上方的小径上猛地刹住脚。

“哦，不会吧，看呀。”她说。

“靠，卢萨舅妈。操蛋的忍冬把你家车库给吃了。”

卢萨想不到比这更好的表达方式。那一簇簇深绿色的藤叶伸展、缠绕，根本看不出那蓬蓬密叶之下竟有什么建筑物。卢萨觉得，这儿就像一座古老的坟丘。一座坍塌成废墟的玛雅神庙。难道只是过了一个大雨不断、人事颓废的夏天，这里就变成了这样？她实在记不起自己上一次走这条通往怀德纳墓地的路是什么时候了，科尔去世之前，自然也没有从背面看过车库。现在，她只能默默地凝视着这一切，回想他身亡之前，他们为了忍冬争吵了什么：荒唐的报纸专栏说要用农达除草剂铲除忍冬。她为了这植物怒气冲冲。她怎么会为了忍冬如此偏激夸张？卢萨这才想起，忍冬根本不是这儿土生土长的植物。它是从别人家的花园里流窜出来的，就像金针花——事实上，大多数疯长的野草莫不如是。当地的昆虫无法遏制它们的长势，因为它们是从其他地方来的——很有可能是日本。日本忍冬[①]，应该就是这名字，就像日本丽金龟和栗树枯萎病，还有侵略性极强的日本虎杖[②]和可怕至极的葛藤。又是一件人类的作品，几乎将土生土长的植物斩尽杀绝。

---

① 原文为忍冬的学名，Lonicera japonica。

② 原产于日本的蓼科杂草，19 世纪中期被作为观赏植物引入英国，随后蔓延成灾，给当地造成极大损失。

你每天都得说服它往后退个两步，否则，它就会放马过来，接管一切。他对这种植物的直觉没有错；他没有受过训练，不知道该怎么说，但眼睛却看得很清楚。可她却满不在乎地反击道：接管什么？就算你让忍冬在你家谷仓边上生长，世界也不会终结。她双手抱胸，尽力抑制着浑身痛苦的颤抖，事到如今才想恳求他原谅她这个城里人的鲁莽。

她的脑海里充盈着无数浅白色小花的气息，花儿渐渐变黄，从这满山的藤蔓上纷纷飘落。这仿佛是好几个月前发生的一幕。也或许是多年之前。

克丽丝抬头看着她，满脸不安。卢萨不由得摸了摸自己的脸，确定并无异常。

“别担心，没什么事儿。”她说，“只是刚才见到幽灵了。”

22 捕食者

三伏天。迪安娜坐在铁杉丛林里新修好的桥上，神经质地揪扯着一块松木板前端的木刺，一根又一根，扔进水中，百无聊赖地听着一群红尾鵟在空中厉声相呼。有时候，这些鸟儿钻入头顶树冠，她便能在脚下的水面上看见它们稍纵即逝的倒影。她从后裤兜抽出一块手帕，擦了擦眼角的汗珠，在额头上留下一道灰尘与锯屑的污痕。三伏天里，鹰会眼瞎，老话都这么说。她爸爸的说法却截然不同：夏天的炎热并不会让鸟儿看不见东西。而是时值八月，它们要把幼鸟推出鸟巢，就这么回事儿。鸟爸鸟妈看似发疯似的飞来飞去，不停钻入树梢，是为了避开已长大的幼鸟跟班，不听它们嗷嗷待哺的叫唤声，好让它们靠自己去捕食。她爸爸并不知道有羽翼丰满这个词，但他知道这个词儿所描述的情状。他以前总是对她说：要看仔细。如果一句话听上去不像真的，那就不是真的。人们说的话都是有理由的，但话语本身表达的不一定是他们心里想的。

迪安娜实在没法决定自己今天该干什么。反正，也没有什么事情能让她沉下心来。她修完了桥，还清走了那两棵倒下的拦路大树，他们就地将其砍作一堆木柴，用独轮车足足装了四车，一路上推运回了小木屋。她清走了野草，使得上山小径最陡峭的部分险况稍减。她还在山脊上遇见了一对徒步客夫妻。他们年纪轻轻，满身尘土，却为这世界、也为彼此欢欣鼓舞。他们取道阿巴拉契亚山道而来，计划今年夏天徒步走完从缅因州到佐治亚州的整条阿巴拉契亚步道，他们迫不及待地这么告诉她。两人走了这么远，各自穿坏了一双靴子，盼望着在往南继续进发之前，在弗吉尼亚的大马士革补给地能收到其中一位的母亲寄来的包裹，里面会有新的靴子。他们谢了谢迪安娜，感谢她将西布伦县的丛林小道维护得这么好——好像她是专为他俩而做的。不管怎么说，这倒正好回答了这个夏天一直困扰她的两个问题中的一个。当她注视着这对套着肥大斑斓短裤的夫妇远行而去的背影，心里琢磨着，有个妈妈在你靴子穿坏的时候寄双新的过来，是种什么感觉。又或者，和一个人结伴远足数百英里，知道脚下的路通往何处，也知道还要走多远，这又是种什么感觉。

此刻，他正坐在门廊上的绿椅子上，读她的论文。她很紧张。上一次这么紧张，还是那次毕业论文答辩当天，答辩完后，答辩委员会的老师让她去走廊等待结果，他们要对她的论文进行商讨的时候。

空气太潮湿了，蕴积着一场暴风雨。或许这也是让红尾鵟如此躁动的另一个原因。她不希望风暴来袭之时，自己仍在山下。自上山当差以来，只有两次，她在野外迎头赶上了雷雨天气。一次，她钻入了大栗树的树洞里避雨（那时，栗树仍是她独享的巢穴）；另一次，她尽可能找了个海拔最低的地方，缩在一棵铁杉树下避雨。她虽然很不想承认，但那两次实在是让她很狼狈。他说她怕打雷确实没说错。她不怕蛇，但打雷会吓得她动弹不得。就是怕，没什么理由。她从小就怕很响的声音，要她开枪，她会先出一身冷汗，就算只是对着篱笆上的罐头射击也一样。下暴雨的时候，爸爸总会坐下来陪着她。埃迪也会这样，几乎如出一辙，虽然她没提过半个字。他会摩挲她的后背，她则躺在床上，用枕头蒙住脑袋，大声数算闪电和轰隆声的间隔。每秒五分之一英里。

她常想，如果他不是这样，她反而可以轻松许多。如果他没有在某些夜晚或凌晨，突然变得真心实意、温柔体贴，如此出乎意料，如此倾心付出，那真的会好很多。他自己也不明白自己做了什么、意味着什么。等到读完那本承载了她的知识和信仰的论文之后，她认为他会有何反应呢？改变？不会。捶胸顿足，懊悔不迭？不会。留下来，或离她而去？她想要他怎么做呢？

问题就在这儿。身体的全部渴念，与头脑的意愿全然相反，究竟哪一个才是她迪安娜呢？

她从桥上探出身子，看着水中自己的脸庞。她的辫子搭在肩头，垂了下来，几乎触到水面，像一段悠悠的铃绳。拉我下去吧，她默默对那水中的女孩说。替我拿个主意。让我走出这心乱如麻的状态，我这一生从未这样无助。

今早，她大哭了一场了，自己也说不出个缘故。整片树林都大不过她的悲伤。她惊起了一头白点茸尾的浅黄色小鹿。鹿妈妈用叶子铺好了窝，特意把它藏在隐秘处，它却一惊而起，往山下腾腾腾直奔而去。迪安娜在它逃走后留下的窝里蜷起身子，感受到棕色叶片上尚余的那小身子的温暖。她对自己说，它不会走失的。小鹿会叫唤着找妈妈，妈妈便会找到它。但她忽然陷入无边的绝望与疲惫，仿佛有些东西她就要全然失去了。她无力地躺倒在地，抓起一把叶子塞入口中。

砰！雷声骤然轰响，犹如一把锤子打中了她的脊梁，让她从这木桥粗糙的桥板上猛地站起了身。她还挺感激这雷声的，至少，替她做了一个决定。第二声雷鸣轰响之时，她的双脚已向山上走去。尽管雷声像波浪一样掠过山谷、滚滚向上，卷过她的头顶，她也没有停下脚步。雷声会追着她一路走回小木屋，闪电会随之而来。*我究竟想要什么，我究竟想要什么？*她用踏在小径上的双脚询问，她用自己呼吸的节奏询问。如果她无法说出自己究竟想要什么，她便什么都说不出了——不如什么都别管，就这样和他一起困在这里，犹如将捕食者与猎物共锁一室，等待着所谓顺其自然的命运。

小木屋映入眼帘之时，她正喘得厉害。为什么她最近走不了多久就会上气不接下气，难道是年纪大了？还是比往常跑得快了些？透过树丛，她能望见房子的南面。今年夏天，堆在那儿的木头已经被一株弗吉尼亚爬山虎覆满了全身。她思量着是该把那些毛茸茸的卷须小藤从木头上扯走，还是任由爬藤像一层绿色皮肤一样保护着木头不受风雨侵蚀。

她向山上折去，从后面走向小木屋。她的思绪飞快发散，已蔓延至别处。但当她看见山形墙与屋顶最高那根原木相抵的地方有点不对劲，便立刻收回了思绪。她以前就注意到那里有个小洞，但现在里面有东西正往外钻，像一根黑幽幽的绳圈。她慢慢走了过去，屏住呼吸，眼睛一直盯着那个窟窿。

现在，她能清楚地看见了：是那条黑蛇，那位在小木屋里待了一整个夏天的寄居者，一时是扫清鼠害的守护天使，一时是吃掉霸鹟的恶魔，同时还是在屋顶上缓缓奏响砂纸打磨之音的作曲家。它正在离开。迪安娜站定不动，注视着它绵延不绝的身体从那侧山形墙的洞眼里涌出。它沿着原木墙滑落，好似大壶边缘流下的一缕蜜糖。大部分身体涌出之后，它便突然跃入高茎草丛中。草丛一阵乱颤，旋即归于寂静。它就这样走了，头也不回。偏偏是在今天，出于某个她永远也无法知晓的缘故。无论她爱过还是恨过这条蛇，都无碍于它的离开。她怀着这样的思索，目送它离开，感觉到身体里有了些许变化——似有如释重负之感，似有巨大的锤音落定，犹如陡坡上的一堆石头稍稍偏了个角度，轻轻地翻了个个儿，便静止不动了。

我究竟想要什么的叩问已在她的胸中归于沉寂。无论她作何选择，都已无关紧要。这世界还是本来的样子，饥则食，倦则眠，有着自己的规则。各种生灵出生、交媾、死亡，来了又去，与这夏日一般无异。他们都走在自己选定的路上。

23 老栗树

加尼特已经做出了决定。他要告诉她瓦板的事情。今天，就要告诉她。这次再也没什么能阻止他了：随她怎么粗鲁、气人，甚至渎神，这些都没关系，他还是会把那些瓦板送给她。他是个基督徒，就快八十岁了，但并无什么神谕故事说过像他这把年纪的老头还会因心怀罪过而一命呜呼。上帝知道，那都是惩罚年轻人的。这种事不会发生在加尼特·沃克身上，即便他任由车库里的瓦板无声朽烂，即便他任由怨恨的罪过像墨渍一样玷污了灵魂。

也许，等他到了那里，他还会记得谢谢她送的那个派。

他穿过院子向大门走去，途中停下来，留意到一丛长在他家车道旁的沟渠里的美洲商陆。割草机对那地方爱莫能助。他一直想着要拿手持除草机下去把那儿清理了，但这丛商陆草却阴差阳错地逃过了这劫，疯长个没完。它简直长成了一棵树，足有十英尺高，挂着又大又平滑的叶片和一串串尚是青色的浆果——自去年霜冻冻死后，从地面重生至长到这样高，也就用了四个月。他站在那儿，两手叉腰，审视着那紫色的树干。原则上讲，他恨透了杂草，但又不由得很是欣赏野草的生命力。他的视线沿着一根根篱桩往远处游移，一排排树木顶着硕大的、层层叠叠的叶子，犹如压顶的绿色风暴云，令他意外地敬畏不已。每天生活在这些树下，很容易让人对植物的宏伟博大熟视无睹。加尼特已渐渐丧失了清晰辨别某一片叶子的视力，但他仍能通过树冠的形状判断出树种：层次连绵有如波浪的鹅掌楸；亭亭如盖的橡树；庄严挺拔的胡桃树；临风簌簌、娇滴滴的野樱桃树。时值夏末，小巧、垂穗的刺槐树现出淡淡的棕色，角桩旁的那棵梓树披了一层浅绿色，哪怕在一英里之外的山坡上，你也能认出来。若再过些时候，树上垂满了长长的豆荚，哪怕更远也能一眼认出，也正是因此，人们称之为豆树。酸木树上的白色小花已灼灼盛开，春天时，那些花枝还像瘦骨伶仃的手一样往外伸着。除了树还是树。每一种树，在被雨水冲刷时都会展现不同的光滑程度，在秋日阳光下又会披上不同的色彩，各有独特的面貌——那是它们无法用语言描述的性情，可你一旦居于其间，就能心领神会、牢牢记住。加尼特咂摸着自己心里对树木的这番见解，不免暗自惊讶，继而黯然神伤。到他死去那天，这些见解也会黯黯寂灭，像关掉电视一样。

他这是怎么了？站在车道上看着这些树，思考死亡？他转身回屋，眼角余光却注意到篱桩外行距规整的苹果树上浑圆的形状，他想起来了，当然，就是为了这个。他的任务是南妮·罗利和瓦板。他想先去车库确认一下瓦板的状况，以确保它们的质量仍可堪用再送出。但他又觉得自己之所以如此，仅仅是想延后那难以避免的一幕。还磨蹭什么，赶快出发吧，小伙子。他心下暗骂自己，就这样走了过去。

他在屋后找到了她，他就知道她会在那儿。这一上午，他已盯了很长时间，看见她拖着一道刺槐栅栏往屋后走。她到底想干些什么，他还是有点兴趣的，即便他也知道好奇害死猫。就算与南妮·罗利无关，好奇心也不是什么好事。

见他走来，她快活地挥了挥手。“沃克先生！你的BPV怎么样了？”

他的什么？她是在问他内衣吗？“还行。”他矜持地应了一句。

“再也没头晕？太好了。听你这么说我就放心了。”

“哦，那个啊……”他说着，便记起了她温柔而有力的双手如何揽着他的脑袋，令他的古稀之躯瞬间肾上腺素激增。他还梦见过她一回，梦里的感受如此真切，使他尘埃复起，早已无念的往事又搅扰上他。一想起这些事，他的脸就红到了脖子根。真是恨不能转身就逃。

“你没事吧？”

“好多了，真的。”他应了一句，努力镇定下来，“我还没适应。头晕已经习惯了，得花点时间熟悉一下头不晕的感觉。”

“就是年纪大了，对吧？”她问，“要是我哪天起床，发觉膝盖不疼了，我还真不知道该怎么走路呢。”

他注视着她，心烦意乱。她穿得很少。早些时候，他看着她从沟渠里把刺槐栅栏拽上来时，就注意到了这一点。就一件黄色的无袖短衫，还有短裤。短裤，她这个年纪的女人竟然穿这种裤子。天是太热，但还不至于让人穿得这么有伤风化。

“我一直在祈祷别再让我头晕了，”他向她承认道，“好几年了。”

“上帝的安排神秘莫测。”她轻描淡写地一语带过，很可能完全没有在意。接下来，她应该想到她自己就是加尼特祈祷的回应才对。

“我个人认为，我的祈祷，几乎没有得不到回应的。”他的语气略有点趾高气扬，虽然他并无此意，“罗利小姐，去年八月，天气干旱，许多农户的烟草田眼看就没指望了，我就跪下来祈祷下雨，你猜怎么着，第二天晚上还真下雨了。”

她神情怪异地看着他。“在你来这儿之前，我打了一连串喷嚏。

我猜啊，是我这串喷嚏才把你招来了吧。”

“那可说不准，罗利小姐。”

“不是吗。”她一边应着，一边转身，又抄起了锤子。

“我觉着你并不相信奇迹。”

“生活中并没有什么状况能让我去相信奇迹。”她头也不回地说道。那口气听上去有点恼火，也许有那么点悲伤。她在做什么东西，在他看着她拖出来的那道刺槐栅栏上鼓捣着。现在，她正把那栅栏支在车库门口的锯木架上，往上面钉横杆。天哪，那玩意儿瞅着就像罗马人钉耶稣基督的十字架。他不准备多问——他已打定主意别多嘴。这是他今天的第二个誓言；现在，最好还是完成第一个誓言吧。

他清了清嗓子，虽然没找着什么好由头，还是说了下去：“你知不知道我家车道旁的美洲商陆长得都有十一英尺高了？我从没见过长成那样的。”

她不再敲锤，转过身来，细细打量着他。“你来这儿就是告诉我这个？”

他想了想。“不是。只是偶然想起来说说。”

“哦。好吧，十一英尺高的美洲商陆，够厉害。要是县市集设立一个野草奖，你倒是可以去争一争。他们应该会惊掉下巴：加尼特·谢尔顿·沃克三世，年度野草奖第一名。”她的语调又像往常那样欢快起来，他不禁赧然一笑。美洲商陆是半耐寒性的多年生植物，不是一年生植物，这点他很肯定，但他忍住了没去纠正她。

“要是我真想得这个奖，”他假装一本正经地说，“我会给它来点儿硝酸铵。我觉得能让它长到十四英尺高。”

她放下锤子，明显放松下来。她的短裤，他总算看清楚了，是一条老式工装裤，用剪刀剪短的。这算哪门子事儿啊。“你知道每年这个时候，最让我赞叹的是什么吗？”她问他。

“我可不敢乱猜，罗利小姐。”

“是黑莓藤。”她说，“你爱笑就笑吧，毕竟谁听到这话都会笑；我知道它们是一大团乱糟糟的麻烦。但它们真心了不得。”

“我想它们应该是这片地方长得最快的植物了。”他说。

“没错，先生！从它们破土而出，到六月中，就长到八英尺高了。然后，藤梢就不再上攀，而是弯向地面，到八月，它们就能给你搭出个凉棚，让你在底下走来走去了。它们怎么长这么快，你注意到了吗？”

“我注意到了，注意到了。”他说，“我这辈子就为注意到黑莓的长势，前前后后报销了八台割草机。”

“我明白。我不是要维护它们。我若不是一直留心着把它们砍回到篱笆那儿，它们肯定会把我家的果园整个儿吃掉。但到了冬天，我也只能眼睁睁看着那黑莓凉棚一径蔓延到路口，上下起伏，像一根巨大的缝被子的针把西布伦县对边对角地缝合起来，每年都要这么缝上一圈。你尽可以爱它们，恨它们，但就是阻拦不了它们。”她乜斜着觑了他一眼，像个责怪孩子的母亲，“你也不得不承认，黑莓做出来的派最好吃吧。”

他脸红了。“哦，我是一直想提那个派来着。谢谢你。”这女人都这把年纪了，还穿短裤。就他看来，她的双腿年轻得多。显然不是他所料想的唯一神教派信徒配有的丑陋双腿。

“没事儿，”她说，“晚谢总比不谢好。要是我们双方能一直这样和和气气，说不定明年我还会给你做个派。”

他久久地盯着她，心想真不知道明年夏天他俩是否还都健在。人一旦到了某个年纪，就会这样想事情。“罗利小姐，”他郑重地说道，“我敢说我真没见过像你这把年纪的女人还穿短裤的。”

她低头看向自己的膝盖——也许是有点苍白，还疙疙瘩瘩的。注意看的话，应该能看出来。她抬头回看他，咧嘴一笑，像个小女孩。“天太热了，沃克先生。UPS 那个快递小哥启发了我。他开着卡车，就穿了条游泳裤。我就想要是这样都没问题，那老太婆拿剪刀把自己的卡其布旧裤子剪短，偶尔穿穿，应该也没事儿吧。”

加尼特摇了摇头。“尊严是老年人最后的责任，罗利小姐。”

“胡扯什么呀。死亡才是老年人最后的责任。”

“别这么没大没小的。”他警告，“我就不会穿着短裤到处跑。”

“我倒是宁愿看见猪到处飞，沃克先生。”

“好吧。”他说。但又问：“你是说我是头猪啰？”

她双臂抱胸。“那你是说我下流啰？”

“合不合适，自己明白。”他傲慢地回道。

“自以为是君子，瞎操心。”她说，“你自己爱怎么合适怎么合适去。”

话都说到这个份上了。他们没羞没臊地对骂，像两个小学生。他深吸了一口气。“那我真没话说了。”

“对，你是没话说。”她斩钉截铁地说，恶狠狠地直视他，“你倒是说说我到底哪儿不对了。现在就把话说清楚。这么多年，你对我横挑鼻子竖挑眼的。你到底为什么老和我过不去？”

她戳在那儿，毫无惧色，逼他把话说清楚，非要他讲出个道理来。加尼特翻来覆去地思量半晌，叹了口气。他觉得好生悲哀，他永远没法告诉她答案，因为他自己也不知道。

他弱声说道：“你都这把年纪了，这样打扮确实不妥。”

她愣愣地站着，嘴巴稍稍张开，好像有什么话刚要出口，却卡在了她的脑海和这眼前的现实之间。最后，她终于开口：“对一个七十五岁的人而言，根本就没有什么妥当不妥当。你知道为什么吗？”

他不敢回话。她真有七十五了？

“我来告诉你吧。”她说，“想想世间万物——整个历史——人嘛，到了我们这个年纪，就该死掉、入土了。这才是妥当。直到很靠近现代的时期，是美国内战还是什么时候，人类对病菌还一无所知。如果你生了病，人们就在你身上放满水蛭，再给你量身做副棺材。我相信那年月不管是谁都很难活到五十岁。对吧？”

“应该是吧。”

“肯定是。我们的爷爷奶奶持守尊严，工作到老，然后死于一场重感冒，死的时候身上大部分器官还能运转。但接下来，人类便开发出了六千多种手段来治愈每个器官的各种毛病，于是我们可以活到很老，可又不知道带着这副身躯干什么好。人类本不是被设计成可以活这一大把年纪的物种。我的理论就是这样。”

他完全不知道该说什么好。“那是你的众多理论之一。”

“好吧，那就再想想。女人再也生不了孩子，男人头发都掉光了——我们已是没用的废物。从生物学角度，严格地说，就是这样。如果一棵栗树再也结不出籽，你还会把它留在你的项目中吗？”

他皱起了眉头。“我没觉得自己是废物。”

“你当然不觉得，你是男人嘛！男人走来走去，顶着个秃脑壳，揣着他已然退休的老二，却拒绝承认自己是个废物。那我凭什么就该把自己掩盖起来呢？哪条法律说过我必须把这老身体全部遮住，免得丢人现眼？这都是当今时代的鬼把戏，可我们偏偏就活在这个时代。我的膝盖肿胀坑洼、奶子干瘪下垂，可你呢，不管你身体的零部件好不好使，只要还没坏到必须摘掉——我们就还是人。为什么就不肯放下无聊的规矩，好好地活到死呢？”

加尼特气得连呼吸都不顺畅了。他这辈子还没在女人面前骂过娘，至少从上小学起就没这么做过，可这次差点忍不住。这都是她自找的。南妮·罗利缺的就是柳条把子，她这是欠抽。如果让时间倒退个六十五年，他准保给她个过肩摔。加尼特心里暗自咒骂，扭头走了，一个字都没说。场面已经聊成这样了，说任何话都没用了。

一小时十分钟后，加尼特再次出现在南妮的后院，手上拿了块沥青瓦板。她正提了一篮格拉文施泰因苹果往她的皮卡走去，准备装好货，明天带去阿米什人的集市。看见加尼特·沃克时，她吓了一跳，脚下一绊，手里的篮子差点没掉下来。

他举起瓦板，给她看那上面的心形图案和她家屋顶上的恰是一种。然后，他就把瓦板扔到她跟前。那瓦片躺在水洼边的草丛里，像一张情人节卡片，那正是她需要的东西。一群蝴蝶自水洼飞升而起，闪闪烁烁，发出一阵鼓掌般的振翅之声。

“这样的瓦板我车库里有两百块。你可以全拿去。”

她看看瓦板，又看看加尼特·沃克，再看看瓦板。“上帝仁慈哪，”她悄声说道，“真是个奇迹。”

24 蛾之爱

周六近正午的时候，朱厄尔过来接孩子。卢萨正在菜园里摘青豆，看见她穿过院子慢慢地走了过来。“亲爱的，今天可是主的休息日啊。”朱厄尔来到菜园门边时，喊道，“你没必要这么卖力。”

“那上帝创造出须在八月里采收的青豆时，是怎么想的？”卢萨答道，心想大姑子不会真认为她这是在渎神吧。朱厄尔脸色苍白，但情绪不错，戴了顶别人给她织的蓝色钟形帽。她懒得戴假发，只是系围巾、戴帽子。“从防兔栅栏门进来吧。”卢萨向她喊道，“那栅栏门顶上有根铁丝。”

朱厄尔拨开铁丝网，走了进来。“啊呀，真漂亮。”她评价道。卢萨蹲着，很是自豪。红色和黄色的甜椒长在暗色灌木枝子上，好像漂亮的小灯笼闪闪发光，亮锃锃的紫色茄子一派名媛贵胄的气度，就连洋葱都像披了一袭粉色的花袍。整个童年时代，她花了大把时间在露台上观察花盆里种子如何冒芽，心心念念想的都是这个。

“你都成了菜园的奴隶了。”朱厄尔说。

“差不多吧。看这个。”她指了指长长一列尚未采摘的豆子，“我已经做了四十夸脱的豆子罐头，还有两列要摘。”

“那你要开心死了。明年二月之前都不用种豆子了。”

“是呀。有了豆子，我又养了鸡，恐怕要到明年夏天我才用得着再去克罗格超市了。我已经把番茄贮藏起来了，回头用来做意面酱——差不多有二十夸脱吧——还冷冻了西兰花、花椰菜，要什么有什么。玉米多得数不过来。对了，昨晚上，你家孩子吃了好多玉米。”

朱厄尔笑了。“他们是这样。洛厄尔连烤玉米的穗都吃，他太挑食了。西兰花他们肯定碰都没碰，对吧？”

“没错。”

“你快别摘青豆了，”朱厄尔说，“要是已经贮藏了四十夸脱，那你真不用再摘了，对上帝说：‘好啦，先生，我干完了。’这一点都不犯规。”

“好啊。”卢萨说，“不过豆子都是科尔种的。他种了许多豆子。今年五月天暖得很早，还记得吗？我觉得只要来这儿摘点什么，就会发现他有礼物送给我。我不愿去想秋天，到时候我将不得不把这块地翻耕一遍。”

朱厄尔摇摇头。“你也出了很大力了。真的，这儿好漂亮。从某方面看，这就是个女人拾掇出来的花园。和别人家的菜园完全不一样。”

那是因为她是个外人，卢萨心里这样想道，但没有说出口。她栽种的东西和这里人栽种的不一样：没种羽衣甘蓝，却种了五色莙荙菜，还种了好几列蚕豆，准备晒干后用来做炸豆丸子。她甚至种了四种不同的茄子，其中就有粉紫色与白色条纹相间的意大利种“白玫瑰”，将来可以做她最爱吃的 imam bayildi 和 baba ganouj[①]。

① 用茄泥、酸奶、柠檬汁、蒜泥和芝麻酱制成的蘸酱。

朱厄尔在细细察看番茄植株，手指摩挲着健康的番茄叶。“你用什么杀死天蛾幼虫的，西维因杀虫剂？”

“没，没用那个。那会连我的好朋友一块儿杀了。”

朱厄尔露出惊恐之色，卢萨笑了。“我是指虫子。我知道你们都会笑话我，但我太喜欢虫子了，实在不忍心用西维因那样的广谱杀虫剂。我用了些别的东西。番茄，我用的是 Bt。”

“B-T？”

“是种细菌，叫苏云金芽孢杆菌。这种细菌能使吃了我的番茄的天蛾幼虫消化不良，但不会伤到蜜蜂或瓢虫。”

“你没开玩笑吧？”

“没。好吧，是严重的消化不良——会让天蛾幼虫死掉。对粉纹夜蛾也管用。篱笆边上有个篮子，你干吗不去给自己和孩子们摘些番茄带回家？”

“我不吃番茄；我的胃一碰酸的就不行，应该是化疗的副作用。我现在都没法喝橙汁。不过，我可以和你一起把熟透了的番茄摘下来，免得这样无所事事地站着。再帮你采收一些准备贮藏起来的蔬菜。”

“现在摘下的番茄我已经不打算做成罐头了。现在，我把它们切成片，放上罗勒叶和橄榄油，当早餐吃。”

“哎呀，我踩到你的金盏花了。”

“没关系，我不在乎它们长得好不好。我把它们种在这儿，是为了不让线虫靠近番茄的根。”

“不错。真的不错。近几年科尔也对这些东西很感兴趣。怎么才能驱虫而不用杀虫剂。他还去肯塔基大学上了这方面的课。”

“我们就是那样认识的。”卢萨说着，垂下了头，“我就是他的老师。”

“哦！”朱厄尔喊了出来，就像被蜜蜂蜇了一般。她该不是妒忌了吧？卢萨心想。她往常不会这样，她和其他几个姐姐很不同，虽然她和科尔这么亲密。只有朱厄尔好像还乐意跟她说说科尔的事。卢萨朝着青豆俯下身，不让阳光晃了眼，她已经忙活到那一列的尽头了。她膝行着一步步往前挪，身边还拖了只杂货店的纸袋子，几乎塞满了。

“不管你信不信，”她对朱厄尔说，“我让你两个孩子来这儿把墨西哥豆瓢虫捉下来，一只只碾死，玩了大半个早上。我告诉他们要是觉得干这个好玩，我还会付钱给他们，每只瓢虫一美分，他们就一只只数着。今天回家，他们就都很有钱啦。你要是还有没付的账单，就找克丽丝和洛厄尔吧。”她抬头看了一眼，“朱厄尔？朱厄尔？”

卢萨扫了一眼那一整排高耸的番茄植株，想找到朱厄尔的脑袋，但没有。她忙站起身，惊惶地沿着那一排排番茄从头找到尾，低着头紧张地搜寻植株之间的地面。朱厄尔坐在地上，双手抓着膝盖不断颤抖，脸庞因疼痛而紧绷着，一篮子番茄打翻了，散落在她身旁的地上。卢萨赶忙飞奔过去，搂着她，将她扶稳。

“天哪，”卢萨连声说道，“怎么办哪？对不起，我不太懂急救。”

朱厄尔睁开眼睛。“不用急救。让我回到屋里就好。我想可能是太累了。我钱包里有止疼药。”

两个小个子女人挣扎着走下缓坡，穿过院子，来到屋里，任由菜园里的豆子和番茄散落在地面上，防兔栅栏的门也敞开着。卢萨几乎是扛着朱厄尔上了台阶。过去的一个月里，她的上肢力量不知不觉间大大增强了。几乎每天，她都得干以前科尔干的活。每次照镜子，看到身体上曾经的柔软曲线变得结实平坦，她都不免一番惊讶。不过，把亲戚扛到门廊椅子上，还是第一次。

她们在门厅处停了下来，听见了孩子们的声音。洛厄尔和克丽丝正在客厅里玩老式的棋盘游戏，那是卢萨从壁橱里翻找出来的。他们最爱玩的是大富翁和灵应盘，他们把“灵应”发作“灵异”。

“你的药在哪儿？”卢萨问。

“糟了，我的皮夹在车里。”

“我先把你扶到客厅的沙发上坐会儿，再跑去取过来。”

朱厄尔向卢萨投来恳求的眼神。“我们能上楼吗？我实在不想让孩子们看见我这样子。”

“当然可以。”卢萨觉得自己真蠢，竟然没想到这一点。朱厄尔抓着扶手，用力到关节泛白，卢萨则承受着她的大部分重量，往上挪移。她将朱厄尔扶入卧室，决定不去管床还没理，地板上还扔着衣服。“来，你先坐下，我马上回来。”

她飞也似的下楼跑到汽车那儿，又急急回来，跑得上气不接下气，匆忙间瞥了一眼两个孩子，他们正忙得不亦乐乎。他们正在争论该怎么分大富翁的钱，什么都没注意到。她尽力保持平稳的语调，让他们去外面玩，把菜园防兔栅栏的门给关上，再拿些鸡蛋过来。她知道洛厄尔就喜欢做这事，只要他姐姐保护他不被母鸡啄到就行。然后，她跑回楼上，去楼上的浴室水龙头处接了一杯水。等她返回卧室时，朱厄尔已坐在窗旁的织锦椅上。卢萨读书时就喜欢坐在那里。她的手指摩挲着那绿色织锦软垫上藤蔓图案的纹路，仿佛在读盲文。卢萨把水递给她，坐到她身旁的地板上，开始对付那药瓶的童锁瓶盖。

瓶盖终于打开了，朱厄尔吞下药片，喝光了整杯水，像个孩子一样听话。她放下玻璃杯，再次抚摸着椅子的扶手，若有所思。“这椅子我们以前有两把的，”她说，“正好一对。妈妈把它们放在客厅，她就喜欢坐在上面，直到椅子发旧。后来，洛伊丝把什么东西溅到了其中一把椅子上。不，是她拿一把小折刀在自己腿上割了个口子，血流得到处都是。天哪，她当时真是惹了大麻烦。”

“因为她割伤了自己的腿？”

“哦，不是，是因为当时她就坐在那把椅子上。她本来想用肥皂刻玛丽莲·梦露的雕像。我们平时也不会去客厅，那儿是聚会的地方。总之那天真是一团糟。妈妈气死了。她尝试了所有洗涤剂也没法把椅子洗干净。最后只能把椅子扔了！唉，不知道它最后到哪儿去了。”

“很有可能在谷仓里，和其他东西一起待在某个无人问津的角落。你知不知道那儿还有架钢琴？”

“不知道。”朱厄尔轻声应道，双眼定定地望着床那头的墙纸，“她把椅子放到了路边。我们小的时候，大家都那么做。总会有人过来拿走，那人比你更拮据，想着在脏椅子上铺块布不就没事了。现在那椅子一定在某个地方，某个人会坐在它上面。”她的目光重新变得有神，犹如一双蓝色的蝴蝶，垂落在卢萨的脸庞，“许多事物最后的结局如何，你根本无从知晓，是不是很可笑？想到自己无法变老，我就很生气。真是的。我好想看看白发苍苍的洛伊丝是什么样的。”

“我觉得我们谁都看不到那个洛伊丝，只要伊卡璐[1]还没倒闭。”

朱厄尔轻轻地笑了一声。在这么沉重、要紧的时刻，自己却开了个玩笑，卢萨觉得自己很差劲。她一向看不上别人面对死亡话题时的陈词滥调和躲躲闪闪，可如今和朱厄尔一起聊到这个话题，她却脑中空空，最终说出口的也不过是一句“朱厄尔，未来都是说不准的，你或许还能比我们都活得长”。

朱厄尔摇了摇头，定定地看着卢萨。“我见不到下一个夏天了。

① 美国染发剂品牌。

在你把刚贮藏的那些罐头吃完之前，我就会离开。”

“对不起。”卢萨低声说道。她握住朱厄尔的双手，将它们包裹在自己手中，一言不发，就这样沉默地待了几分钟。孩子们的笑闹声不时从敞开的窗户飘进来。后来，维持这姿势让卢萨愈发难受，不得不松开手，转而轻轻抚摸大姑子的手指。她抬头看向朱厄尔的脸，那脸上的神色已茫然涣散。那顶帽子显得悲戚戚的，在室内看来有点不够得体，仿佛在嘲笑她的郑重其事。但朱厄尔坚决不愿买假发。卢萨曾寻思，这是否表示她很乐观呢，认为头发终究会长出来；抑或很现实，认定自己的日子已所余不多。现在，她知道了。

“朱厄尔，我想问你一个问题。这问题我想了很久。你不用今天就回答，你可以好好考虑，无论多长时间。也许你会直接拒绝，那也没问题。但我还是想问。”

“那就问吧。”

卢萨的心狂跳起来。她原本设想在某种轻松的情形下问这问题，比如她和朱厄尔一起在厨房忙碌的时候。之前她没有意识到，那样轻松的场合，如今已不可能再有了。况且，这原本也不是个轻松的问题。

“到底是什么问题？”卢萨半天没吱声，倒让朱厄尔困惑起来。

“我在想，如果有那么一天，要是真到了那一天……”卢萨觉得脸上滚烫，“如果我问得不合适，但愿你别介意。我在想，由我来收养克丽丝和洛厄尔，不知道你觉得如何？”

“照顾还是收养？”

“收养。”

朱厄尔审视着卢萨的脸，竟然没有丝毫惊讶。不过，她应该也没有生气，卢萨就怕她会生气。

“如果你不想谈的话，我们就不谈。”卢萨说，“我想不到还有别的什么事比这更难抉择。”

“你难道不觉得这也是我每一分每一秒都在想的事吗？”朱厄尔语调很平淡，让卢萨有些害怕。

“我猜你会想。换作是我，我也会。所以我把这问题提出来了。”

“嗯，你不要觉得这是你的义务，”她终于给出了回答，“我还有四个姐姐。”

卢萨看向地板，视线落在朱厄尔结满茧子的膝盖和短裤卷边处露出来的一截大腿，那上面还带着一条条泥渍。然后，她又握住了朱厄尔的手，没有抬头。“你有五个姐妹。我是唯一一个没有孩子的。”她抬眼看了看，朱厄尔在听。“不过，这也不是理由。不是什么好理由。我爱你的孩子，这才是理由。我爱克丽丝，我爱洛厄尔。我不敢保证自己会是最好的母亲，但我会尽力学着去做。洛厄尔容易相处，人见人爱，而克丽丝……克丽丝和我就是一个豆荚里的两粒豆子。”

“你在山下倒是能帮上很多忙。”朱厄尔模棱两可地说了这么一句。

“是能帮很多忙。”卢萨同意道，朱厄尔用了条件句，这对她是个鼓励，“但还能帮更多的忙。不过，老实说，我觉得洛伊丝不适合太接近孩子。至少得等孩子们大点再说。”

“等他们大点再说。”朱厄尔重复了这句话，闭上眼睛，头往后仰，倚在高大的绿色椅背上，“你能想象克丽丝在高年级舞会上的样子吗？”

“不管你信不信，我能想象得出。”卢萨柔声说道，“那时的她说不定还穿着礼服呢。她现在已经开始融入这个世界了，她只是需要帮助，才能弄明白自己要怎么做。这就需要开放的心态。看看家里人，最好的候选人非我莫属。”

朱厄尔睁开眼睛，低头看着卢萨，脸上已换了另一种表情。“我有些文件要让孩子他爸签字，然后，我才能真正决定下一步该怎么走。从刚得病起，我就一直在考虑所有这些问题。文件已经起草好了，在律师那儿。”

“什么样的文件，是同意收养的文件吗？”

“嗯，是表明孩子归我的文件。他不知道我生了病。说不清楚他会怎么做。我认为他不会真的去管孩子，但他这人说不准。谢尔这人，你唯一可以确定的，就是他完全说不准。有一段时间，他或许是想要孩子的，但一想到还要照顾孩子吃喝拉撒，他就会把孩子撇开，像丢弃小猫那样，往路边一扔。”

她又合上眼睛，皱起了眉头。卢萨摩挲着她的手背，等她的情绪稍微平复下来。她琢磨着这头隐形的野兽究竟对朱厄尔的内心造成了何等伤害，她身上究竟哪一部分已遭吞噬。她想起了爷爷常说的那个古老的传说，讲的是一头野兽每个月都会把月亮吞下去，再慢慢地把它吐出来。那也比现在这状况好多了。她能感受到朱厄尔身上这头凶兽的热气与戾气，在她细薄的皮肤下蠢蠢欲动。

“所以，我会把文件整理好寄给谢尔。”等了一会儿，朱厄尔说道，“把该解决的事解决了。我今天就寄。我已经拖了太久。”

“没有人会怪你。”卢萨说完，她们就这样静静地坐着，默默听着过道上每隔半小时便会报时的钟声。沉默中，卢萨又想到了好几个问题，她安静地等着，等朱厄尔睁开眼睛后再问。这种事急不得。她试着慢慢讲。

“你知道谢尔在哪儿吗？他会签字吗？”

“哦，是的，我知道他在哪儿。他搬了很多地方，但州里得扣发他的工资。你看，他走后，我还得去为这个打官司。不管谁雇了他，给他发工资，每个月都得从里面扣掉三百美元寄给我。我就是这样追踪到他的。”

“天哪。”卢萨说。她实在想象不出朱厄尔会去法庭，去面对自己遭遗弃这个事实。她能想象外面的流言蜚语肯定已甚嚣尘上。县里有些人就会因为这事，再也不和朱厄尔来往。

“他会签字不要孩子，也是为了这个原因。”朱厄尔说，“这样一来，他就不用再付钱了。我认为他想都不想就会签字。不过你也希望他签字吗？”

卢萨打量着朱厄尔紧蹙的眉头，设法跟上这奇峰突起的谈话节奏。“你是问如果没有这笔钱，我还会收养孩子吗？”她想了不到十秒，便说：“这样做最保险。我觉得从法律上看，也最好。因为我打算在农场的契据上放上孩子们的名字。你懂的，等我走后，农场就归他们了。”她感觉到自己说出这番话时，空气似有振动，只觉得周身一阵轻灵。等她鼓足勇气再次抬头看向朱厄尔时，竟发现大姑子的脸上满是泪光。

“这样做最合适。”卢萨解释道，心里有了底气，“我在想如果你同意，我会在他们的名字后加上‘怀德纳’这个姓。我也会改姓这个姓。”

“你没必要这么做。我们都理解。”朱厄尔用双手擦了擦脸。她微笑起来。

“不，是我想要这样。我是不久前才决定的。只要我还住在这地方，我就是怀德纳小姐，所以还有什么好争的？”卢萨也笑了，“我嫁的是姓怀德纳的这片土地。”

她站起身，坐到绿椅子的扶手上，这样就能轻轻搂住朱厄尔的肩了。她们就这么坐着，望着窗外的院子和院子后面那片饲草田，这片土地是卢萨收到的、来自丈夫的遗愿和遗嘱。眼下，她的目光被院子边缘的那棵桑树吸引，树上结满了熟透的紫色桑葚，洛厄尔称之为“长樱桃”。他刚见到桑葚，就猛吃起来，吃得牙齿全变蓝了。在夏日的此刻，这棵桑树已成为整个院子的魅力之星，周边几英里内的有生命之物似乎都追逐着它的气息纷至沓来。卢萨恍然大悟，这就是生命之树，是她的祖先们一次又一次织入地毯和挂毯里的神木，是用他们世世代代的苦难和丧失浇灌的一棵鸟之树。你曾拥有的、深爱的某棵树或许有一天将不再属于你，但鸟儿仍会络绎而来。她仍能从每根树枝上鸟儿的羽彩认出它们：知更鸟、红眼雀、主红雀、圃拟鹂，还有整天快快活活的小金翅雀。最后这种鸟儿，卢萨知道是以植物种子为食的，所以她不太明白它们来这儿干什么；也许是想凑个热闹吧，就像人，总喜欢去摩肩接踵的公园，感受同在一片欢乐气氛中的乐趣。

“我还得和姐妹们谈谈这事。”朱厄尔突然说，“和其他几个姐妹。”她更正道。

“哦，那当然。我明白。你别着急，也别有压力。上帝知道，我并不想去伤害谁的感情，或引起谁的不快。她们说不定会认为我没有资格。”

“你有资格。”

“唉，我也不知道。该怎么融入这个家庭，我毫无概念。”

“你当然有概念，亲爱的。没你想的那么糟。”朱厄尔抿紧双唇，若有所思，然后又开口说：“她们会表现出受伤的样子，但也就一会儿，她们必须这样。但只要我们离开，把门在身后关上，她们就会赞美上帝。我们都会赞美上帝。”

25 捕食者

无论是余生抑或来世，迪安娜都会记得今天。凉意袭来，倏然预告秋日将至。她的皮肤和新近愈发敏锐的其他感官全都感受到了这清新爽脆的空气：她能嗅闻出、品尝出其中的变化，甚至能听见它。鸟儿已悄然噤声，夏日欢庆的聒噪因凉意涌来戛然而止。它们胸中升起一种愿望，要坚定地聚在一起，等待那个快要到来的时刻。它们会一起飞入黑暗，以夜空的星辰为导航，组成茫茫的迁徙大军。迪安娜倚在岩石上，感受到胸中翻搅着同样的感受，一种使命完成之感，一种对飞翔的渴盼。小径延伸至眺望台终结，她便以此为起点，往上攀登了约五十英尺，来到一块被苔藓覆盖的大圆石上。从这儿，她能俯视万物，望见童年的山谷和远处的群山。似乎只要她张开手臂，便能扬帆起航，驶出她已知的一切，进入新的领地。

身后的枝丫间传来鸟儿们准备越冬而呼朋唤友的叫声，山雀“嘀嘀嘀”的叫声，她再熟悉不过，听来无比安心。迪安娜今天还不会飞走；不过这种渴盼自她儿时便已有之。天气转凉，便意味着苹果成熟，意味着去南妮的林子里摘番木瓜。就在从昨天到今日的某个时刻，空气已从黏滞变为清冽。她小木屋上的弗吉尼亚爬山虎也在一夜之间起了变化：今天早上，她注意到了几片转为淡红色的叶子。这变化足以使她停下脚步，记录在案。就是这一天，也只能是这一天，她才第一次意识到。她将设法从已栖居一辈子的幽冥王国里走出来，义无反顾地投身于生活之中。今天，在前来这眺望台的一路上，她没什么心思去为余光所及之处的凋萎叶片而悲伤，也没什么心思去寻找若即若离的小狼崽，就连羽翼鲜亮的长尾小鹦哥在苍耳子丛中蹦蹦跳跳也未能引起她的注意。这些无依无靠的生灵就在她身边，也将一直在身边。只是唯独今天，她的全副精神都献给了香灌木的绿色果实间缀着的一颗鲜红的浆果。这个标志意味深长、美妙无比，就像她过去那段人生和即将开启的新篇章的分水岭。如果这个夏天需要一个节点来宣告终止，为什么不可以是小径旁这颗红色香灌木浆果呢?

她将借来的小镜子——他剃须时用的镜子——从后裤兜摸了出来，细细地打量起自己的脸庞。她伸出左手指尖，轻轻触碰眼睛下面微带斑点的黝黑皮肤，像戴了张浣熊面具，但色带之间的过渡更微妙，深色带从她鼻梁上一直延展至颧骨。这张脸上的其余部分倒与她记忆中一样，尘封未动，无动于衷。她的胸脯愈发沉重。她能觉察到内在的变化。她转头面对太阳，缓缓地解开衬衫，将意念中的他的手指放上去，放在她的手指抚触之处。他对她肌肤的抚摸就像一件大氅，她只须借助记忆的力量便可再度披上。在这块岩石上，沐浴在阳光中，她任凭他如潮水一般进入了她的身体——那是今天早上的记忆：他深深地看进她眼底，他的动作正如潮水一般一次又一次地将海浪推上它专属的沙滩。当时留在身体上的欢愉，现在不免笼罩上了一层黯淡。因为她知道，那时每一场私语、每一个吻、每一次酣畅淋漓的肌肤之亲，都已是最后一次。每一帧影像后，均有其阴影凝立。甚至事后他睡在她身边传来的体温，此刻仿佛也泛起了深棕的色泽，她用手指摩挲着那体温，将它默记，以抵御即将冷清的那片空间。

她脚下五十英尺就是眺望台，两年前她差点一跤摔下去，命归黄泉；而两年后的五月，她再次落入尘埃。甜心，他说，你见过比那儿更美的景色吗？她的回答是，没有。她那时眺望着群山和谷地，那里深藏着兽的秘密。而他望着的却是牧羊场。

她抚摸着自己的乳房，再次拿起镜子，细细看着乳头上红褐色的乳晕。皮肤竟在如此短暂的时间里变换了色彩与纹理，简直堪称奇迹，就像毛虫的皮肤变成了蛾子的翅翼。她迅速地触碰了一下肚脐下方的腹部，就像测试水温一般，牛仔裤最上面的那粒扣子已扣不进扣眼了。迪安娜心想自己怎么会一点都没发现，像这样究竟有多长时间了呢。至多十周，很可能未及十周，不过不会差太多。她了解人的身体，尤其是她自己的身体，但这个……她不懂。这是女儿应该从母亲那里学到的吗，是否此种女性知识的堂奥，她从未得其门而入？她曾听女人们谈论那些事，但似乎并不能对号入座。她不觉得难受，也没有特别想吃些味道奇怪的东西。（除了火鸡。那味道奇怪吗？）她只觉得似有一颗炸弹轰然炸开，令她的生活平地波澜。她误以为那是爱，或是欲，或是更年期，或是对私密性被侵犯的极度不适，结果全都不是，又全都算是。这爆炸声带来的冲击令她害怕，她原以为自己从小到大都是一个能严格自控、准确规划的人，但这掌控力却松动、丧失了。又或者，她身上正在发生的其实是：尚未形成的自我的拼图，正在经历的一段长长的回归之路。

迪安娜试图去想象自己被受孕而生那天晚上的情景，这种事她以前哪敢去想。雷·迪安·沃尔夫，与她素未谋面的母亲巫山云雨之后，珠胎遂结。那也是个有血有肉的女人——或许她也同迪安娜一样，走路飞快，害怕打雷，欣喜或伤心时喜欢咬住发梢。这个女人，以赤裸的拥抱来抓住生命，不抱任何希望地继续生活。

迪安娜从来不是傻子，她对自己说。她只是缺乏爱欲方面的指导。没有自己的母亲在身边，一路上的标志都错过了。

南妮已尽了最大的努力，算做得不错了——但那也只是一种宽泛的教育，比如今大多数女孩子受到的指导宽泛得多。南妮·罗利，像她的苹果树一样，可靠、慷慨。她总是穿着印花棉布裙，站在后院里，叫迪安娜和蕾切尔从树上下来，倒不是担心她们爬树，而是来给她们再端上点好吃的，比如苹果汁，或派。只有那段好时光。她们就住在树丛中，蕾切尔攀在低伏于地面的树枝上，迪安娜让她待在那儿别动，怕她摔下来。而她自己则爬得很高，为她俩的秋千安装支架悬杆，就像一个空中飞人。如果她往下看，蕾切尔就在下方，忽闪着她那双甜美、惺忪的眼睛透过叶丛往上看她，双唇半张，仿佛永远那么好奇，永远对她的空中飞人姐姐心怀敬畏。

“蕾切尔为什么会那样？”她问过南妮，就一次。当时她们正走在果园后面的山上。

南妮答道：“她的基因出了问题。你知道基因的。”

迪安娜是个热爱科学的少女，比别的人读书都多。她说知道，她也确实懂。

“我知道，”南妮平静地说，“你想听到更好的解释，我也想。好长时间以来，我都在责怪这世界，责怪食品里的化学物质这类东西。我怀着她的时候就读过那些文章，把我吓得半死。但蕾切尔这件事，还可以从其他角度来看。”

“她现在的样子我也很喜欢，”迪安娜说，“我不是说不喜欢。”

“我知道。但我们都希望她身上别有那么多东西出错，她已经是个心智不全的孩子了。”

迪安娜等待着，等南妮接着说下去。她们在往山上走，正穿过一片荒草丛生的饲草田。迪安娜刚过了十二岁生日，个头已经比南妮高，但在陡坡上，南妮仍比她走得快。

“我是这样想的，”南妮说，“你知道，要创造生命，有两种不同的方法：杂交和克隆。给树做嫁接就能知道这一点，对吧？”

迪安娜犹豫地点了点头。“从你喜欢的树上砍下一根小枝，再把小枝接在另一棵树上。”

“没错。”南妮说，“你可以把它叫作接穗，也可以叫作克隆。它会长成同爸爸妈妈一个样的植株。另一种方法是，让两头动物交配，或者，让两棵植物彼此授粉；那就是杂交。杂交出来的孩子会和父母双方都不一样，与由相同父母杂交出来的其他孩子也有一点点差异。这就像同时扔两粒骰子，相比只扔一粒骰子时最多只能扔到六，扔两粒骰子能得出更多的数字。这叫作性。”

迪安娜又点了点头，但显得更犹豫。不过这个例子她还是听明白了。她跟在南妮身后，踏着南妮将前面的高茎草踩倒辟出的小径往前走。

“有性生殖有点担风险。父母一方的基因与另一方的基因结合时，会容易出错。有时候，会缺一整份基因，或多了一份基因。这个问题就出在了蕾切尔身上。”南妮停下脚步，转身面对迪安娜，“但想想吧，要是没有杂交生殖，这个世界会是什么样。”

迪安娜想象不出其中的差异，便这么跟南妮说了。

“那好，”南妮想了想，说道，“很有可能，好几百万年前，大海里只有很少的几团东西，全都一个样。它们都是先把自己分裂成两个，然后再分裂，越来越多。除了相同，还是相同。没什么东西可以拿来烧菜。然后，有一天，基因不同的东西开始杂交，产生了一些变体。然后，这世界就热闹了。”

“然后，就出现了各种各样的东西？”迪安娜猜道。

“没错，越来越多。有的孩子会比爸妈更好一点，有的会更差一点。但更好的孩子两两相配，又会杂交出更好一点的下一代。事情就这样发生了变化，而且扩展范围越来越广。”

“这样更好，对吧？”

南妮双手撑在膝头，认真地注视着迪安娜。“世界就是这样，亲爱的。我们就生活在其中。这都是全能的主的造物。没有什么比多样性更重要。唯其如此，生命才能在这个不断变化的世界中存续。但多样性意味着有强壮的就有不够强壮的，情况就是这样。就像扔骰子，有扔出了迪安娜的骰子，也有扔出了蕾切尔的骰子，这都是生殖的结果，也是这件事的奇妙之处。可以说是生命最伟大的发明了。”

这便是关于生殖的教诲了，这和南妮给她讲的鸟儿和蜜蜂的学问很相近。这是她所拥有的最类似于母女之间的交谈。那是个凉爽的秋天，或许是九月吧，当时她们正从山坡上的田间穿行而过。自从南妮接管这座农场以来，这块田地就一直荒着。田里刚冒出芽的苹果树苗，都是由鹿和狐狸的粪便里带来的苹果籽落地生根长成，它们都会去山下的果园里偷苹果吃。南妮声称，这些野生苹果树也是她的遗产。果园里她父亲栽的那些树都长势极佳，血统纯正，自精心嫁穗至细心耘养，以保证小树都和父母一个样。世界上所有的醇露苹果都一个样。但南妮田里的树苗却是法外之徒，没有人播种，它们要繁衍子孙后代得靠蜜蜂异花授粉。那山上矗立着六月熟苹果树与醇露苹果树的非婚生子女，还有格拉文施泰因苹果树与无名无姓的果树交配而来的杂种，后者可能是邻近的野苹果树，也可能是棵梨树。南妮已不再给这片田园除草，而是任凭这些子孙后代朝着天空高昂起头颅，长成沉默的密林。“就像卢瑟·伯班克[1]的实验室。”面对求知欲强烈的少女，她就是这样解释的。迪安娜觉得，那些树也应该算是南妮的孩子。之后那些年的秋天，到了周六，她俩就会拨开杂草，穿行于荒蔓丛生的田园间，从一棵树走到另一棵树，品尝它们结出的果实，那是靠狐狸偷窃与蜜蜂做媒结出的离经叛道的果实。她们都期望能有新的发现：那将是南妮的最优苹果。

迪安娜知道该怎么做了，她心里有了计划。现在是八月的第一周，也就是说杰里会很快带着她的杂货补给和邮件上山来。她可以写封信，让他带回去。这样就不用贴邮票了，她不确定自己有没有邮票。她在信封背面画了蛋溪和6号公路的地图。这样，杰里就能找到果园，直接送过去了。迪安娜想象着南妮拆开这个背后画有地图的信封，不禁微笑起来。也许，她会停下来，先琢磨一番，那蓝色墨水画出的线条是如何将迪安娜的小木屋同她的果园连接起来，就像小孩子猜谜书里的迷宫，得费好大劲儿才能做出来。也许，一看到这地图，南妮就能猜出信里的内容。

迪安娜已经知道这封信该怎么开头了：

亲爱的南妮：

我有事要对你说。今年秋天，我要从山上下来。大概会是九月，我想，那时候天气就要转凉了。我应该会再带一个人一起来。不知是否能和你住在一起。

---

① 卢瑟·伯班克（1849－1926），美国植物学家、园艺家、农学先驱。在55年的职业生涯中，他培育出了超过800个品系和品种的植物，包括水果、花卉、谷物、草植、蔬菜等。

26 老栗树

加尼特从镇上出来，正在回家的路上。他回味着平基饭馆的鱼，今天的鱼应该还算是和往常一样美味吧。车子驶到蛋叉镇边靠近黑溪、路将没入林子的地方，一只动物闯到路中央，使他不得不停了下来。那动物就那样站在明亮的天光之下，加尼特使足了劲踩住刹车，才让车子彻底停了下来。是条狗，但又不是狗。加尼特从未见过这样的动物。是只野生的动物，一身浅黄褐色的毛，金色的尾巴翘出好看的弧度，后颈毛根根竖立，眼睛直勾勾地盯着加尼特。面对这辆载重半吨的福特皮卡，它显得毫无惧色，全然不顾后果。

“真是的。”加尼特嚷嚷了一句，但并未有所行动。他的心脏跳得很猛，倒不是害怕，而是震惊。这生灵直愣愣的目光看入他眼中，似有话要说。

它扭头朝路边它来时的方向望了望，杂草丛里又钻出了第二只，走得漫不经心。那动物尾巴低垂，但毛色与体格与第一只一般无二。它站在无所遮蔽的路边，略一犹豫，便起步加速，干净利落地穿过了马路。第一只紧跟其后跑了过去，两只动物相继没入了路边的菊苣丛中，没有再看加尼特一眼。那开着点点蓝色小花的野草丛分开又闭合，犹如影院的幕布。加尼特有种很奇怪的感觉，觉得自己亲眼见到了魔法神迹。那不是茫然失措、急于回返人类世界的两条流浪狗。它们是天生地长的野兽，这里是它们的居所。

他呆坐了很长时间，凝视着前方已然空荡的路面上消失不久的那身影。后来，因为生活还得继续，他的前列腺也不允许如此久坐，他便挂上挡，踩下油门，忙自己的事了。这一路他都稳稳当当地行驶在自己这一边的行车道上。就在他快要安妥无虞地驶抵自家车道的时候，有个年轻人招手示意他停一停。加尼特还在琢磨着那两条狗，心不在焉地从森林服务处的吉普车旁径直驶过。开出一段路了，他才反应过来吉普车里的小伙子是想让他停车。

他缓缓停下车，听见路渠里的菊苣草擦过轮胎的声音，说明他已经把车子开出路边了。然后，他熄了火，就这么坐着，紧张地看向后视镜。森林服务处的工作人员不是警察。他们无权让你停车。不像蒂米·博耶，让他把车停到路边，上来就是一顿教训，说他年纪大了，眼神也不好使，还威胁要吊销他的驾照。真是的。或许他刚才看见的那两只动物是森林服务处丢失的，他们正在找？不对，当然不对，这想法太荒唐了。这是辆侧敞的绿色军用小吉普，不是马戏团运兽笼的大长车。兴许，这小伙子是想让他往中线开。他一直想着在岔路口见到的动物，根本没注意其他。加尼特知道是自己走神了；要是那人问起来，也只能承认。

他还在纠结是把车倒回去跟那小伙子聊聊呢，还是继续往前开，把这一切抛诸脑后。那家伙却已从吉普车里跳下，踩着轻快的步子朝他走过来。他手上还捏了张纸。

“哦，不会吧。”加尼特嘟囔道，“现在都让森林服务处的毛头小子来开罚单了。”

不过，不像那么回事儿。唉，这小伙子也太嫩了点，看上去连开车的年纪还没到的样子，怎么可能拥有对其他司机的执法权呢。他站到加尼特打开的车窗旁，盯着他那张纸上潦草涂写的内容，然后问：“劳驾，先生，这是6号公路吗？”

“应该是，”加尼特答道，“要是那些开9-1-1急救车的傻瓜没有心血来潮竖块草湾道的路牌，那这儿就是6号公路。”

年轻人看着他，有点吃惊。“啊，那边确实有一块草湾道的路牌。但我手上的地图说我应该是在6号公路上，看起来这儿应该就是。”

“嗯，”加尼特说，“这儿根本没有草场，也没有小河湾。这里只有很多奶牛牧场和一条小溪。所以，我们在这条路上来来往往，都管它叫6号公路。据我所知，打从上帝小时候起，这儿就叫6号公路了。突然之间冒出来的那块绿色铁皮，并不能把这条穿过奶牛牧场的乡村公路变成另外一条路。我一直觉得，开9-1-1急救车的那些人多半是从罗阿诺克来的。”

年轻人更吃惊了。“我就是从罗阿诺克来的。”

“好吧，”加尼特说，“那就这样吧。”

“可是，”他听得懵懵懂懂，还有些恼火，“这到底是不是6号公路？”

“是谁想知道，找的又是谁？”加尼特问。

小伙子翻过那张纸，像是个信封，读到：“南妮·罗利小姐。一千四百一十二号，老6号公路。”

加尼特摇了摇头。“年轻人，你为什么不能像其他人那样，通过美国邮政找到罗利小姐呢？你有什么不得已的理由非要亲自去打扰她吗？你知不知道这女人每年这个时候要打理果园，到底有多忙吗？难道现在森林服务处已经没有树林可服务，改行做起了送信的营生？”

那小伙子仰着脑袋，半张着嘴巴。但他似乎已无问题可问，也不知如何对答。不管他找南妮有什么事，都不准备告诉加尼特。

“好吧，继续往前开就是了。”加尼特终于说道，“就在那上头。有个邮箱是从边坡上杵出来的，角度很搞笑，周围长满了马利筋杂草，那就是了。”

“那就是南妮·罗利？”小伙子问道，相当兴奋。

“不，”加尼特耐心地说着，一边摇头，一边启动了卡车，“那是她的邮箱。”

自己这么想打听南妮的事只是因为好奇，这太合理了。加尼特一边寻思着，一边把早上用完的茶杯和茶碟从沥水板上拿下来收好。很少有陌生人找到这儿来，再说这小伙子也忒年轻了点儿。人在那个年纪，什么事都做得出——看看报纸，就有年轻人为了闹着玩，把老太太吓得半死。而且她又这么忙。再过一个月，苹果就会像落雹子一样一个劲儿地往下掉，而她得在这么短的时间内把苹果全部采摘好。一半的收成，她会卖给佐治亚州亚特兰大一家名字很蠢的公司，那些不含任何杀虫剂的苹果会被榨成果汁。她的苹果卖得和黄金一个价，他想要是能让虫子都到她家田头爬来爬去，他也愿给她这个价。每年收获季，那些临时雇用的采摘工来替她干活时，他又总觉得担心。去年，她雇的采摘工半数都是年纪轻轻的墨西哥痞子，他们来这儿割完烟草，就到处晃悠，赖着不走，一直待到抽完烟梗。要命的是，这现象说明事情已经乱了套：农夫没有几个家人，也指望不上谁来帮把手，只能找外国人帮着割烟草、抽烟梗。从夏天到秋天，镇上总是能听到那些小伙子用各种方言侃大山，把这里当成自己家乡一样。

显然，他们是想留下来。蛋叉镇的克罗格连锁超市都开始卖那种扁扁的墨西哥烤薄饼了，看样子就是想吸引他们年复一年地待在这儿。想想吧，克罗格连锁超市都卖起了外国食品，这世界已堕落到了何种程度。

加尼特掀开厨房的窗帘，想找一个好角度看出去。只是毕竟隔着这么远的距离，他也什么都看不清楚。吉本医生已经烦了他好多年，一直催他去做白内障手术。但加尼特压根儿没考虑过这件事，除了现在。他原本觉得，这处处不幸的世界，看不清才好。可现在他终于意识到，让医生在他眼睛上开上一刀，实在是绅士的担当。这完全是为了他人的福祉。这么多痞子在这儿乱跑，万一邻居家需要帮忙怎么办。

嗯，那小伙子已经离开了，他注意到了。加尼特就站在厨房窗旁观察着，那小伙子将信封交给她，便开着绿色小吉普赶紧回罗阿诺克去了，那儿的人从不干好事，就知道给老公路起些荒唐的新名字。

但南妮的举止有些怪异。这让加尼特颇为不安。她定定地站在屋前的草坪上，好像那小伙子带来了什么噩耗，使她僵立原地、动弹不得。他五分钟前就开车走了，可她却还站在那儿，手上捏着那封信，抬头望着群山。她的神情不对劲。她似乎在哭泣，又像在祈祷，但不管是哭还是祈祷，都不是南妮·罗利应有的表现。加尼特心里就像压了块石头，他真想知道那年轻人到底说了或做了什么，让她如此魂不守舍。因为，你真不知道谁会是下一个。

实在不愿再等下去了，加尼特去了趟洗手间，再回到窗边时，她已经不见了。肯定是进屋了。他想在厨房里随便做点事，也分些注意力到别的事情上。但他没有要洗的盘子（他在平基饭馆吃的饭），甚至不用考虑晚饭做什么（在平基饭馆可以随意吃到饱）。他也不敢出门。他倒不是就想待在这儿窥探南妮。无论她那儿发生什么事，跟他绝对都是八竿子也打不着的。他有许多事情要干，别人还指望他帮忙呢。比如，怀德纳家那个女孩的山羊出了点问题。列克星敦来的小姑娘，那可怜的孩子！她来这镇上定居，就像是长在洋葱田里的矮牵牛。他现在就上楼，把兽医手册找出来，看看该打什么疫苗，再查查那些山羊是打七联的还是八联的好。他告诉她的时候心里也没底。这一带的山羊倒是没得过红水病，但说不定还有其他什么原因，打八联的会比较好。现在，他都不记得自己跟她说的是打哪种针了。再次踏进那栋宅子，令他觉得奇异。那个场域仿佛歪曲了他的头脑，他待在那里的那段时间，好像艾伦还活着。

她最大的遗憾就是没有去看过那个孩子了——那是她躺在医院病床上对他说的最后一句话。最大的遗憾，好像还有许多事来不及对他这个丈夫说。加尼特现在知道了，是两个孩子，一男一女。艾伦甚至都不知道还有第二个孩子。一天，加尼特正巧路过，便去怀德纳家的女孩那里，想问问这两个孩子的事儿。他站在门廊上，脑海里思绪万千，似有千言万语，说出口来却又模棱两可了。其他先不管了，这个养山羊的女孩到底是谁？作为城里人，她算是很有礼貌了，令人惊讶的教养。但她怎么会到了这儿，穿着一件男人的长衬衫，站在满是蓟草和母山羊的地里干活？加尼特有礼有节地问了几个问题，但还是没搞清楚她究竟是怎么靠自己独力经营这家农场的。宅子还是那个老宅子，但宅子里的人已然换了。那两个孩子是否还在这附近呢？要是他们和那当妈的都搬去了诺克斯维尔，就像其他人和他那儿子一样，该怎么办？要是加尼特当时就死皮赖脸地坐下来，摆弄着手指闲扯一阵，是不是就有机会找出那两个孩子了呢？自从诺克斯维尔建了座丰田的厂子，大家就都带上细软蜂拥而去，就像当年加州的淘金潮。很快，县里就会走得一个不剩，除了等死的老人。

楼上门厅处的窗子可以看到果园的一侧和南妮的后院。再过一会儿，迫近傍晚时，他就能从那儿看她在菜园里忙活了。她这两天在采收番茄。她园子里结出的番茄要有多少就有多少，在阿米什人的集市上的售价贵得令人咋舌。他眯缝起眼睛，透过窗户上波纹图案的古老玻璃望去。

好吧。有人和她在一起！她家菜园边上有块蓝白相间的斑点，现在他看清了，是个男人，戴了顶帽子，倚在篱笆上。不是森林服务处那小子，是另一个人，体格更壮实。加尼特想不出是哪位邻居。会不会是采摘工，怎么这么早就雇了采摘工？到底还会是谁呢？克莱弗斯·莫顿最近天天过来给她装新的瓦板。奥达·布莱克铺子里那个小伙子，他总记不住那人的名字，也来看过她一次，但原因为何，加尼特一无所知。怎么！难道是南妮·罗利突然对方圆几英里内各个年龄层的男人都产生了吸引力？七十五岁的女人还穿什么短裤，惹得那些家伙围着她转，就像蜜蜂绕着花飞，一定是这样！（不过，克莱弗斯·莫顿哪算得上蜜蜂。加尼特认识的厕所清洁工都比他身上的味道好闻，甚至在帮你家通完厕所之后也比他好闻。）会不会是克莱弗斯呢？他使劲眯起眼睛。这碍事的窗子。他轻轻骂了一句。那玻璃竟然和他的眼睛一样昏花。还这么脏。他已经有好久没擦过窗了——好吧，从来就没擦过。

他走到窗户另一边，但也没什么用。他能看见她在往蒲式耳篮子里装东西，说起话来滔滔不绝。那陌生人，不管他是谁（不，不是克莱弗斯）就站在那儿，身子往前倚着，胳膊肘支在她家菜园篱笆最高的那根桩子上。好像他除了倚着她家篱笆站着，就没事可干了。他可真是一点都不客气。她在采摘，他至少应该帮着提提那蒲式耳篮子吧。换作加尼特，就会帮把手。她说的话，你不必每句都赞同，她的灵魂归属你也不必苟同，但表现出起码的体贴总是应该的吧。

加尼特觉得自己血压在升高。他心里害怕起来，只得从窗旁走开。别看了，不管外面的那个男人是谁，她的事都跟他没有半毛钱关系。加尼特只觉得心中正升起一团阴郁的、不该属于基督徒的情感。他恨那个男人。他恨那个男人倚在篱笆上的那副样子，好像他这辈子除了听南妮·罗利唠叨、看她穿着短裤摘番茄之外，就没别的事可干了。

27 蛾之爱

周四拂晓时分，凉意骤袭，而且整天都冷飕飕的。天气变化令卢萨心情大振，凉快一些是好事，毕竟她还有这么多活要干。如果她知道八月有多少活等着她的话，应该会觉得七月就像休假一般。菜园就像一只反哺的小鸟，持续不断地呼唤她，张开嗉囊，一个劲儿地把食物喂给她。她整个上午都在炉灶前咕噜噜地煮着罐头，做好了几夸脱的黏核黄桃罐头，还切好了胡萝卜、甜椒、秋葵和夏南瓜，焯水后放入冰柜。她还贮藏了三十品脱的莳萝腌黄瓜，按犹太洁食的标准做的。之后还剩许多黄瓜，她实在想不出拿来干什么好。有一种办法：可把它们分装入塑料杂货袋中，开着车沿路而上，把袋子挂在每一户人家的邮箱上，就像衣物柔顺剂分发的赠品一样。当朱厄尔进屋，并把卢萨的邮件一起带来时，卢萨把这个主意和她说了说。

朱厄尔问："黄瓜泡菜，你做了吗？"

卢萨坐在凳子上，一瞬愣住，然后身子往前倾去，直到脑门搁在砧板上。

"我就当你表示已经做了吧。"朱厄尔说，"天哪，简直不敢相信你做了这么多事。”卢萨坐起身，迎上朱厄尔眼中那半是怀恋半是钦羡的目光。那些金灿灿的黄桃罐头在案台上一字排开，好似未来的货币。“自从妈妈去世后，还没人做过这么多的食材贮藏。你真应该为自己感到自豪。可你也该停一停了。这不得累死啊。送些给别人吧。”

“我是送了。”卢萨拿削皮刀比画着，“这条路上的人现在见了我，全都往反方向跑。我还看见玛丽·埃德娜把我送给她的夏南瓜扔进了屋后的堆肥箱。”

“别难过了。有些年份，夏天的收成就是好得过头，食物多得放不过来。你就别多想了。”

“我不行。看看那些桃子，难道我应该扔了吗？那多罪过。”卢萨微笑着，有点难为情，但又还挺自豪的，“说实话，我喜欢干这种活。看起来，今年我就不用在吃上面花钱了。而且，好像只有拼命干活才能让我停止胡思乱想。”

“是吧。我要是还干得动，肯定会来帮你。”

“我知道你会的。还记不记得那天你帮我做樱桃罐头？”

“天哪。”朱厄尔就势往桌子上一坐，“那都是好几百年前的事儿了。”

“我也觉得。”卢萨说着，回想起那天自己灰败的心情。彼时她刚刚寡居，悲痛难抑。生活上无依无靠，正在努力让自己信任朱厄尔。克丽丝和洛厄尔还是陌生人，她甚至有点害怕他们。而克丽丝在她眼里就是个小子。都是几百年前的事了。“你就把信扔桌上吧。看上去就是些垃圾邮件和账单——我也只有这个。”

“都一样。现在谁还想写信？”

卢萨把一堆切好的胡萝卜推入带滤碗的锅里焯水。水沸之后续煮三十秒就能使它们的生物化学结构产生变化，呈现金针花一般的橙色。(罐头食谱上怎么会把这个步骤称作漂白[1]呢？）放入冰柜后，可使之保持完美的状态。“你今天觉得怎么样，朱厄尔？”

朱厄尔伸出一只手摸了摸脸颊。“我觉得挺好的。他现在让我再多吃点止痛药。那药吃多了，人总觉得傻傻的，但感觉真的还不错。”她语气中颇有些悲哀，卢萨很想坐到她身边，握着她的手。

“我今天能帮上什么忙？有机会的话，我准备把你妈妈的吸尘器拿下来，给你吸吸地毯。那东西工作起来很棒。”

“不用，亲爱的，别把自己累着。我还得回家去。我把克丽丝留在了家里，让她负责把垃圾烧掉，你能猜到她会干成什么样。我这次来是想给你看样东西。”

“是什么？”卢萨在围裙上擦了擦手，穿过厨房走到餐桌那头，好奇地看着朱厄尔从一个信封里抽出了什么。

“是谢尔寄来的文件。他签了字了。我知道他会签的，心里一块石头落了地。这件事总算处理完了。我真希望一年前就这样办好了。”朱厄尔展开一捆硬邦邦的文件，递给卢萨，让她好好看看。她坐下，一页页翻看起来，目光扫过律师发明的那些词汇，它们把如此简单的事情说得这么复杂。孩子归母亲。很快，也许快过任何人的心理准备，他们就能和卢萨生活在一起了。

名字用蓝墨水草草地签在两页纸的末尾，是男人的笔迹，但又略显幼稚，像个五年级孩子的手笔。签名笔迹下打上了印刷体。卢萨盯着那名字，大吃一惊。然后，她大声读了出来：“加尼特·谢尔顿·沃克四世？”

“是啊，”朱厄尔轻轻地干笑了一声，“听上去像个国王的名字，

① 原文为“blanching”，有漂白之意，也指蔬菜焯水。

是不是？只不过是只留着胡子的老鼠。”

“不，可是……”卢萨设法让自己的话语连贯起来，“我认识这个名字。我和他的爷爷还是朋友呢，肯定是他。名字一样。他是个挺有意思的老头，就住在6号公路那边。”卢萨的视线从文件上的签名转向朱厄尔。“他甚至还到这儿来过，就在这宅子里。山羊出了问题，是他来告诉我怎么处理的。”

“哦，知道，沃克先生，是谢尔的爸爸。他和他妻子艾伦是我的公婆。他来这儿了，什么时候？最近吗？”

“对。不到十天之前吧。他来诊断我的山羊感染了什么虫子。可他表现得就像从未来过这地方似的。他甚至都不进谷仓门，我请他进，他才进的，好像那地方是卧室似的。”

“嗯，他就是那样。他和艾伦都很有意思。我觉得人还挺和蔼的，就是有点老派。而且年纪也大了，就这么回事吧。谢尔算是他们晚年得子吧，老两口都放弃了，却来了个儿子。他们一直没能从那件事的打击中恢复过来。”

卢萨意识到，自己和父母亲的关系，也同这一家子差不多。她的父母根本不知道该拿她怎么办。

“她是得癌症死的。”朱厄尔补充道。

“谁，沃克先生的妻子吗？什么时候？”

“大概就是谢尔跑掉那段时间。不，应该还在几年前。洛厄尔那时候还没出生。她也从来没管过克丽丝特尔，不过我觉得那时候她应该已经病了。”朱厄尔叹了口气，她太明白疾病造成的缺失了。

卢萨很吃惊。她还以为那老头打了一辈子光棍呢。“他是你公公。真没法相信。你怎么从来没告诉过我？”

“因为我根本想不到你还和他认识。我记得，艾伦的葬礼之后，我们中就没有人再和这老头说过话。我对他没什么意见。就觉得他挺有意思的。”

“谁都会觉得他有意思吧，”卢萨说，“我觉得。”

“我觉得问题在于，他们为谢尔酗酒这件事尴尬得要死。谢尔·沃克在这县里谁都骗，用尽了各种办法行骗。我们结婚前，他还干过油漆工、打过零工。我们结婚后，他就四处去骗别人的钱，把钱全给喝光，然后他就再也没回来，也不再干活。我都觉得自己在这镇上实在没脸见人。他爸爸应该觉得更丢脸了吧。”

“真想不到。”卢萨说。

“是啊。谢尔整天到处撒野。看，我也是他撒野的一部分，从高中开始。后来，谢尔离开我私奔了，这便是那最后一根稻草吧。我觉得沃克先生一心只想把这整段历史都束之高阁，假装我和孩子都不存在。”

“可他是孩子们的爷爷啊，对吧？”

“有点伤感，是吧？孩子们从未有过祖父母。他们还没出生，我的父母就已经去世了。要是谢尔和他们在法律上再也没有关系了，沃克先生也就没义务再当爷爷了，对吧？”

“没义务，是啊。但我要是给他打电话，你不在乎吧？也许不是现在，但总归会有时间的。孩子们说不定也喜欢去他那儿走走；他的农场很漂亮，他还种了树。那附近还有个苹果园，我看见的。十月份带孩子们去那儿喝苹果汁，是不是很好玩？”

朱厄尔露出痛苦的表情，卢萨心想自己竟然口无遮拦地说出“十月份”，真该把自己的舌头咬下来。“你今天就可以打电话，我不在乎。”她对卢萨说，“但我不会抱什么希望。他就是个老顽固。”

卢萨没吭声。她不太清楚朱厄尔对这件事究竟做何感想。此时，朱厄尔正望着窗外，看向远方。“他们来参加了我们的婚礼。”她说，

“就在这儿，在这栋宅子里。但没等婚宴开席就走了——他们就是那样的人。他们不赞成我们结婚，说我们都太年轻了。我们那时的确太年轻。但这只是现在想来的后话了。”她又看着卢萨，很认真，“要是我没和谢尔结婚，而是很理智，愿意等待，会怎么样？那样就不会有克丽丝特尔和洛厄尔了。”

“是啊。”卢萨说。

朱厄尔眯起眼睛。“要记住，别蹉跎岁月，以为自己在这世上还有大把的时间可以耗费。也许，你拥有的就只这一个夏天了。你能记住这话吗？你会替我告诉孩子们吗？”

“应该会的，”卢萨说，“我只是不太确定是否明白了你的意思。”

“只要确定让他们知道，孕育他们、成为他们的母亲，任何东西我都不愿拿来交换。再活个几百年也不换。”

“我会说的。”

“一定。”朱厄尔迫切地说道，仿佛她在这个下午就要离开尘世，“告诉他们我就是在这个季节倒在了这片碧绿的草地上。我赞美天堂和尘世，我已尽了力。”

午后，卢萨深吸了一口气，抱起从兽医那儿买来的一盒子沉甸甸的疫苗，下山去看山羊。最近几周，山羊吃也吃不好，还整天没精打采，卢萨担心极了，她觉得羊群应该是感染了虫子。但沃克先生说，这没什么好吃惊的，毕竟这些山羊来源太杂。他的建议是立刻用 DSZ 给所有羊只驱虫，他保证这么做不会伤到已怀孕的母羊，并要她一定确保每一只山羊都打了七联疫苗。卢萨还有点怯，不过小里奇答应过来帮忙。他声称不能让 4-H 项目多年来累积的成果一夕湮灭。

大多数时候，卢萨觉得山羊挺好伺候的，牧羊比牧牛容易得多。

只要能把前面几只赶到她想要让它们去的地方，后面的就会乖乖听话。里奇赶来大显身手的时候，她已把所有山羊赶进了之前专为牛犊围起的草场。这么做是为了让山羊一次一只地从草场的围栏门进入广阔的大牧场打针。羊一进来，里奇就一把将其放倒，再把驱虫药一下塞进它的喉咙，坐在它脑袋上，卢萨则同时坐在羊臀上进行注射。理论上足够简单，但一开始她花了整整一个小时才给五只羊打好针。卢萨觉得自己简直是在虐待这些山羊。可怜的小家伙们挣扎着、咩咩叫唤着，搞得她找不准肌肉，也难以扎入针头。有一次，她不小心撞到了骨头，疼得直叫唤，音高堪比山羊。

"我是个科学家。"她大声宣称，让急速乱撞的心跳放缓、镇定，"我解剖过活青蛙和实验兔子。我能干好这个。"

她一直希望里奇能自告奋勇接过注射器，但他好像和她一样害怕。而且她也觉得要换自己来干他那差事，未必能干得好。把硕大的驱虫药塞入山羊的食管，他似乎干得得心应手。

"你真该看看喂奶牛吃药那场面。"她夸他手法娴熟时，他这样回应道，"哎呀。那口水都流到我的胳肢窝了。"她看他将白色的药片深深塞入山羊口中，然后钳住它的嘴巴，使之无法张口，再用手带住羊脑袋左右晃一晃。他对动物耐心又温和，应付起来绰绰有余，和科尔一样。这是她爱上科尔最初的原因之一，堪堪排在他那健壮的体格之前。

第二个小时进展颇为顺利，他们为第四十只羊打完疫苗的时候，卢萨的注射手法也顺畅多了。沃克先生给她示范过，怎样握紧拳头在山羊后腿硬实的肌肉上狠狠擂个三四拳，在捣最后一拳时，顺势送入针头。用这种方法打针，山羊就能乖乖地趴着不动。

见她如此操作，里奇对这技巧佩服不已。"这老头比他看上去高明多了呀，我是说沃克先生。”

“是啊，他是行家，”卢萨答着话，眼睛却盯着母羊肋腹一侧的棕色被毛。打针最难的，是要一针到位，利落抽出，即便山羊蹬腿乱动，也不能让针头在肌肉里乱捣。打完针，卢萨会点头示意，里奇便和她同时跳起来，让那母羊踉踉跄跄站起身来。它会生气地甩甩小三角脑袋，一瘸一拐地朝大牧场中央走去。它的朋友们在那儿，早将被摁住打疫苗的屈辱抛诸脑后，正忘乎所以地咀嚼着蓟草。

“你知不知道他是朱厄尔的公公？就是沃克老先生。”

里奇想了想。“是曾经的公公。我觉得这算不上什么重要的家族谱系吧。他那个混账儿子跑掉后，他应该没说过朱厄尔姨妈的不是。据我所知，再之前他也没说过什么。”

“是啊，我想也是。”卢萨说着，心满意足地望着她刚刚施治完成的羊群。她正准备继续干活时，冷不丁瞥见田野上方一个浅浅的影子在快速移动，一下勾住了她的眼神。

“天哪，”她说，“快看那儿。”

他俩望过去，那动物先是僵立不动，然后伏低身子，紧贴地面，继而慢腾腾地沿着篱笆走入树林。

“不是狐狸吧？”她问。

“不是。”

“那是什么？”

“郊狼。”

“你确定吗？以前你见过？”

“没有。”里奇说。

“我也没见过。但前几天晚上我的确听到过它们叫唤。真不可思议，就像歌声。狗的歌声。”

“那杂种就是那样。铁定是它们。你需要我回家拿枪吗？现在上去我还能追上它。”

“别。”她把手放在他的前臂上，“帮个忙。别告诉你姨父们。”

他看着她。“你知道那家伙会吃什么吗？”

“不太清楚。我想它至多能拖走一只山羊或羊羔吧。但它看上去个子真的不大。你不觉得它叼只兔子什么的更合理吗？”

“你想等着看后果？”

她点了点头。“是的。没错。”

“你真是疯了。”

“也许吧。我们就等等看。”她又站了一会儿，凝望着那只郊狼没入的林子边缘。然后，她便转身看向小草场里的山羊。“好了，来把活干完。我们还剩多少只没打针？”

里奇不情不愿地走到围栏门口，准备再放一只羊进来。他数了数。“差不多十几只。快干完了。”

“太好了，我也快累死了。”她说着，快速绕到那只羊背后，整个身体压到羊臀上，帮着一起把它掀翻。那羊顺势倒下，卢萨用手背将汗津津、乱蓬蓬的头发从眼前拨开，给注射器装上药液。

他注视着她。“我们要不头尾调换一下？我这儿比你轻松。”

现在才问，她心想。“不用，你比我累多了。”卢萨一面说一面绷紧酸疼的二头肌，准备再捣上一拳。“我就是没什么力气。”

他很细心地等她将针头戳进去后才开口：“别这么说，你做得很棒了。我还没见过哪个女人一天之中压倒了这么多动物。”

卢萨点头示意，他们一齐站起身，让那母羊踱了开去。“知道我现在最想要什么吗？”

“冰啤酒？”他问。

“洗个澡。”她嗅了嗅前臂，做出个鬼脸，“呸！这些姑娘家味道真不好闻哪。”

“是啊，”里奇同意道，“还是姑娘家呢。”

终于给母羊和特意留到最后的那只公羊注射完毕，卢萨再也无法忍受自己身上的味道了。她先将谷仓边的软管龙头替里奇打开，便绕到下方的挤奶间去拿一块四四方方的大肥皂。她的思绪又飘向了郊狼。那狼漂亮、奇异，好似幽灵。像只金色的大狗，但行动之间野性十足。在这县里，要是她能再找到一个不愿当场射杀郊狼的人，便是莫大的缘分了。她一定会和那人成为朋友。

她绕过谷仓一角返回时，猝然被一注冷水喷到，使她不由得尖声大叫，还和里奇撞了个满怀。

“看我不杀了你。”她说完，便哈哈大笑，抹了一把眼睛。

“冲着真爽啊。”他说着，让冷水从头顶淌下。

“好啊。你先来吧。”她把肥皂扔给他。他俩就这样穿着衣服，轮流给自己抹肥皂，互相用管子向对方冲水，享受着这欢快、纯洁，又有点歇斯底里的洗澡氛围。几只山羊走了过来，用鼻子拱过篱笆，注视着这种人类的奇异仪式。

“它们瞧得我浑身不自在。”卢萨说完，里奇便关掉了软管龙头。她弯下腰，甩着脑袋，像淋湿了的狗一般，飞扬的水滴在傍晚的金色余晖中闪闪发光。

“谁，山羊吗？”他本想在冲水之前先脱下他那件深红色T恤，免得把它弄湿，现在却才将它脱下，用这衣服当毛巾来擦脸。卢萨心想，他这样展露自己的身体，是否真的天真无邪。他十七岁了。这很难说。

“它们的瞳孔有点诡异，”她说，“是条小缝，像猫的眼睛。看东西时不是上上下下，而是斜着眼瞅。”

他用那T恤简单粗暴地擦着脑袋。“对。滑稽的眼睛。”他用双手把一头深色的乱发往两边捋好，“有点像外星生物。”

卢萨打量着篱笆边那些母羊的脸庞。“但也挺可爱的。你不觉得吗？它们喜欢上你了。”

“哎呀呀，这女人竟然能看出山羊的感情。”他把自己的T恤扔给卢萨，“你真该多出去走走。”

她用这散发着赤裸裸的男人味的T恤擦干了脸和胳膊，突然记起里奇看到她挥着有公羊味儿的布头在整片牧场的母羊跟前手舞足蹈的样子后，对她的描述。这世界就是座充盈着性欲的大马戏场，又或许匮乏之人才会这么觉得。她把他的T恤团成球，扔还给他。“今天这事儿，我欠你一个很大的人情，里奇。要是早知道会这么累，我说不定会打退堂鼓，但你却和我一起累死累活地干到了最后。真是麻烦你了，我能写张支票给你，补贴你一点油钱吗？”

“不用，夫人，你什么也不欠我。”他说得恭敬有礼，像个学童，“邻居和家人都不收钱。”

“好吧，那你的邻居和舅妈就谢谢你了。我这儿没你想喝的冰啤酒，但你回家之前可以尝尝我这儿的柠檬汽水或冰茶。”

“甜茶最好了。”他说。

一只鸟儿在那宅子后面休耕的草场上方大声啁啾，发出夸张的“哇——嘻”鸣声，中气十足，自我陶醉，俨然在唱一出歌剧。

“听，”里奇停止了擦拭肩膀的动作，“是山齿鹑。”

“是吗？”

“现在几乎听不到了。我还很小的时候听过一次。”

“嗯，真好。”卢萨没想到里奇还会对鸟儿这么留意，竟然连名字都说得出。“欢迎回家，山齿鹑先生。这地方总是让我遇见新的朋友。”她抱起装满了空玻璃药瓶的疫苗盒子，慢悠悠地走回宅子。身上酸痛愈发剧烈了，不仅胳膊，连大腿和后腰也酸痛。她愈来愈熟悉这种身体的感觉了，竟十分享受释放乳酸之后肌肉产生的刺痛。这和做爱后的感觉很像，她这么想着，不禁悲哀地轻声一笑。

等她拿着一壶冰茶和一只玻璃杯回来时，里奇已穿上T恤，坐在草坪上，大长腿直直前伸着，赤着双脚踩在蒲公英丛中。他脱下的鞋子，不知何故，搁到了他那辆皮卡的引擎盖上。

“拿着。”她说着，在他身边的草坪上瘫坐下来，正好面对着他，把水壶和玻璃杯递给他。她本想换下湿衣服，但那贴身的湿凉与阳光的温暖彼此交融，让她觉得四体舒畅。或许她现在的样子像只落汤鸡，但她不在乎。整个下午一同坐在山羊身上，她觉得和里奇更亲近了。她在他身边伸开腿，但与他方向相反，她的脚正好在他的髋骨旁边。这么坐着让她有种回到童年的错觉，仿佛他们正坐在跷跷板上，或置身于隐形的堡垒。他倒了一杯茶，递给她，然后就抱着水壶、仰着脖子一口气喝个精光。看到他的喉结上下移动，使她想起那些山羊咽下大药片的情景。十几岁的男孩，胃口就是好。

他不知从哪里变出了一包香烟——想必是她在屋里时，他去卡车里拿的吧。卢萨这么猜，是因为他刚才浑身湿透，这烟却没湿。他抖出一根，递给她，她却举起了双手。

“离我远点，小恶魔。我已经戒掉了这种坏习惯。”

他点上烟，使劲点了点头。“这样很好啊。我也应该戒。”他甩甩手腕，熄灭了火柴，“我最近在想你说的话，你说你并不在乎自己看起来有没有三十岁。问题是，我在乎。等我读完高中，或许情况就会好起来。”

"会的，"卢萨说，"相信我。读完高中，也就再跨过几个障碍，便是一路高歌了。"她一边说一边思考，竟觉得真的很在理，"我敢打包票，一定是这样。比方说我，就算心情沮丧、成了寡妇、离家万里，我始终喜欢自己眼下的生活多过高中时代。"

"是吗？"

"我觉得是。"

"那你就是喜欢乡村生活。你喜欢做农妇。你很适合干这个。"

"我觉得是这样。不过还是有点怪。这和我的成长经历完全不一样，我父母都是学者，我也一直用功读书。我在鞋盒里养毛虫，我在学校里研究虫子和农业，在象牙塔里做了好久的知识分子。然后有一天，科尔·怀德纳走进我的小房间，掀翻了我的屋顶。于是，我就到了这儿。"

里奇点了点头，扬手赶走了眉毛上的一只苍蝇。她背对着西沉的太阳，而他迎着阳光。他的皮肤在红T恤的衬托下泛出焦糖的色泽，他黑色的眸子在斜照的余晖中熠熠闪光。她摘下一朵蒲公英，将它黄色花盏上的绒毛捋平。花茎中的白色汁液流淌到她的手指上。她扔掉了它。"一开始，我真的很生气。他怎么可以就这样一走了之，留下我一个人。你都想象不到我的愤怒。但现在，我开始接受他不会和我共度一生，他只是要为我打开一扇门。对此我很感激他。"

里奇抽着烟，沉默不语，眯着眼望向远方。他说不说话，理不理解，卢萨并不太介意。里奇总是这样听她说，无论什么时候，不管说了什么。这让他显得比实际年龄更老成。

"我告诉过你我父母要来看我吗？"她问道，听上去很开心。"秋天开学之前，我爸爸有一周的假期。"

他看着她。"那样很好啊。你很长时间没见过家人了吧？"

“是啊。所以这次见面对我来说很重要。自从我母亲中风，她便没出过远门。她有些神志不清。但爸爸说她现在好多了——开始服用一种新的药，走路也利索了一些。要是她能上楼梯，我就想说服爸爸让她在这里住上一段时间。让她好好玩玩。我很想念我母亲。”

他心不在焉地点了点头。卢萨意识到，他对此并无感同身受的体会。毕竟在他的世界里，整天被家人围绕，几欲窒息。

他们又听到了山齿鹑的鸣声，它在那山坡上亮明自己的身份。卢萨听它的发音，并不很像在说自己的名字，倒更像在喊“好吧”这个单词，显得信心十足。那鸣声的尾音还扬了起来，好像还有很多话要说，这啼叫不过是个开头。她很高兴山齿鹑能在她家休耕的草场上栖息。这鸟儿并非她的财产，更像她的佃户，她得用持续不断的善意留住它。这段日子麻烦不断，她直到现在才意识到自己有了一个新的身份：土地的主人。她不仅是贷款清偿责任人，不仅是各种债务、担子的继承者，她还获得了世界的那么一点信任。这信任之于她的祖先们，已被剥夺了上千年。

经过了足够长的间歇，足以开启一个新话题时，里奇问：“你不担心那只郊狼？”

“我需要担心吗？”她喝了半杯茶，回道，“你或许觉得我疯了，但我真的不担心。我的意思是，就算遇上最糟的情况，它叼走了一只羊羔，也不会改变我的态度。我可不能仅仅因为疑虑就杀死一只这么漂亮的动物。我信它无辜无害，除非它真的犯了罪。”

“等你看见它叼着只血淋淋的羊羔跑进树林，你就会改口了。”

卢萨微笑起来，他的用词让她有些惊讶。“能听我给你说个故事吗？在巴勒斯坦，千千万万年以前，那里是我祖先的故乡。他们有献祭山羊的传统。理论上，那些山羊是献给上帝的，但我猜仪式结束后，山羊还会被人吃掉。”她把玻璃杯放到草地上，随手拨着它转，“关键就在这儿。他们每年都会放一只山羊逃走，跑进沙漠里。就是替罪羊。他们相信这只羊能把那年所有的罪恶和错误全部带走。”

里奇露出忍俊不禁的表情。“这故事的寓意是什么？”

她笑了起来。“我也说不清。你觉得呢？”

“丢一只羊也就那么回事儿？”

“对。差不多是这样。担心可能会失去一只羊羔，就把郊狼杀了，我不是这样的农妇。可能还会有很多种状况让我丢掉一只山羊，因为自己蠢、没看住之类。而我不会想把自己给杀了。这有没有道理？”

他若有所思地点了点头。“你说有道理，我就觉得有道理。”他安静下来，自顾自地微微一笑，欣赏着她身后远方的某样东西。卢萨希望是院子下方杂草丛中的蝴蝶，不过她很清楚年轻人脑子里会想些什么，不可能是蝴蝶。她屈膝而坐，抓住湿冷的双脚，褪下鞋子，突然意识到湿淋淋的运动鞋真让人糟心。这能解释他为什么把运动鞋放到了卡车上。

“你的脚真好看。”他观察道。

她又把腿往外一伸，看了看被水浸得皱皱巴巴的脚趾，又抬头看他。“好吧。继续夸。”

他笑了起来。“好吧。我要坦白一件事。我觉得你坐在山羊屁股上的样子也很好看。整个夏天，我满脑子都是你。”

卢萨咬着嘴唇，不让自己露出微笑。“我也有点猜到了。”

“我知道。你觉得这样很傻。”

“哪样？”

他伸手过来，将她眼前的湿发捋开，用指节轻柔地摩挲着她的一侧脸颊。“这样。我想你的这种样子。即便你不知道我一直在想你。”

“我想我可能知道。”她说，“这样不傻。但让我害怕。”

他继续将手放在她一侧颈边，轻轻地说：“我永远不会伤害你。”卢萨吓到了，倏然觉得胸口和双唇都麻木起来。要请他进屋，上楼，爬上那张他祖父母很有可能怀上他母亲的柔软大床，太简单了。拥着他那结实、迷人的身躯，驱散自己的孤单，会是多么大的安慰。他的双手会成为科尔的双手。仅需一个小时，那种日日夜夜咬啮着她的饥渴就能在真切的感官盛宴中得到满足，而不再需要以回忆填充。真正的味道，真正的抚摸，皮肤的触压在乳头和舌尖的感觉。她不禁战栗起来。

“别说了。”

“为什么不要说？”他问，他的手落到了她的膝头。他的手指沿着她湿透牛仔裤的内缝从膝头一直抚摸到裤脚，然后轻柔地一把握住她裸露的脚踝。她记起丈夫宽阔的怀抱将她拥住时，那紧实的美妙感，心里一阵针刺般的疼痛。她看着他放在她脚踝上的手，继而看向他的脸，试图将疼痛酝酿成愤怒。

“真要我告诉你为什么吗？”

他看着她的双眼。“那就告诉我你不想和我做爱。”

“天哪。”她喘着气，将头扭向一边，张大嘴巴，不知如何言语，几乎无法呼吸。他究竟是从哪儿学到这种谈吐的，电影里吗？她慢慢摇了摇头，他的脸，他那种志在必得的表情，使她忍不住微笑起来。她记得那种感受，那挥之不去的欲念。哦，上帝，欧几里德公寓里的那些日子。世上没有哪种引擎的动力能与一具身体对另一具身体的渴念相提并论。

“这不是个好问题，”她终于开口，“如果可以，我会要你，没错。我想我会很喜欢的。这是实话，那愉悦会像闪电一样将我击倒，但情况你也知道，这么做能让事情好转吗？”

“对我而言，能。该死！”他歪着嘴笑了。同样的表情她只在科尔·怀德纳的脸上见过，在床上。“对我而言，会很美妙。就像考试得了A。”

她将他的手从脚踝挪开，飞快地吻了一下他的指节，就像母亲在抚慰孩子的伤口。之后便任由那只手垂落至草丛了。“好吧。你考试及格了。现在我们能谈谈其他话题吗？”

“谈什么呢？谈谈扔一床垫子到我的卡车后面，今晚就开过河怎么样？”

“你无可救药了。”

“什么意思？”

“意思是你十七岁了，马上就要十八岁，现在满脑子都是荷尔蒙。”

“也许吧。”他说，“我很不错的。你试了才知道。”

她坐在草地上，双手抱胸，真希望自己刚才换了衣服。显然，湿透的衣衫并未让她像只“落汤鸡”。他把她想得太好了，她不无悲哀地想。要给他惊喜欢愉，很容易做到，让他一辈子也忘不掉这种快乐。不过，如果他已被床下的杂志设定了标准，那就不尽然了。男孩们永远不会知道杂志女郎究竟让他们失去了什么。

“那我永远都不要知道。”她说，同时感觉内在有什么发生了变化，彻彻底底安全着陆了。“我不否认那会很不错，也许比很不错还要好。但那是根本不可能的事。如果再出现今天这样的情形，我就不再和你做朋友了。对不起，我承认自己确实被你吸引了。你必须设法忘掉这一切。”

他不动声色地注视着她，而后缓缓地点了点头。“好，”他说，“真没戏了。”

“听着，千万别理解错了，里奇，我只是喜欢你，本来的你。但有时候你会让我想起科尔，那让我迷失。可你不是科尔。你是我的外甥，我们是亲戚。”

“我们没有血缘关系。”他争辩道。

“可你也知道，我们是一家人。而且，你还是个孩子。仅从理论上讲，还要再过几个月，你才成年。我很肯定，你想做的事是犯罪。应该算我对你犯下的罪。如果本州支持死刑的话，你母亲和你的姨妈们可能都想让我去坐电椅。”

他闭上眼睛，一言不发。这番话似乎给了他某种惩戒：她的声调，她的话语，那些事实。他终于缓和下来。卢萨内心一阵轻松，又颇觉悲凉。

“对不起，我太生硬了。”她说，“我并没有把你当孩子看待。你应该都能明白，对吗？如果我们都再大两岁，你是我偶然遇上的某个陌生人，那我便可能和你去约会。”

他又点上一支烟，专注地抽着，凝视着远方。过了很久，他才说：“我可以很肯定地提醒你，从现在起的两年之内，你就会和这里的某个男人打得火热。”

卢萨从泥地里挑出了一块小石头，从脚边扔了出去。“我真的想象不出那样一幕，你明白吗？从我站的地方看出去，眼前是一片荒芜。”

“好吧，你并不是独行侠。我们学校里那些女孩子整天就想着怀孕、结婚，然后就能玩过家家，她们就像小孩子。毕业之后我想要做些事情，比如徒步去佛罗里达，在渔船上找份工作，诸如此类，你明白吗？我想去看看长着棕榈树的海岛到底什么样。可那些女孩顶着爆炸头，全都在凯马特超市里看婴儿鞋，‘那鞋子不可爱吗？’她们都在为无聊欢呼。”

卢萨笑了起来。“你和我，我们很特别，对不对？两个高贵的灵魂在不可为的境况下相遇了，最后总能在半路上找到一个合适的人去约会。”

他点了点头，又咧开一侧嘴角露出那该死的笑容。“听上去没错。”

“说真的，你比我更有希望。我的预测是，坡上的那些山羊开始生下羊羔时，你就会遇到梦寐以求的女孩，到时我会祝贺你的。”

“别说得这么肯定。”

“我会在你的婚礼上跳舞，里奇。我就说得这么肯定。”

“我没有在你的婚礼上跳舞，”他说，“你没有邀请我。”

“下次肯定会，”她说，“我保证。那件事实在大错特错，你能明白吗？绝对不要和谁私订终身。家里人不会原谅你的。”

“家里人，”他同意道，“够烦的。”

“谢谢。”她看着他，突然有了灵感，“你知道我们现在最好干点什么吗，你和我？我们得去跳舞。你喜欢跳舞吗？”

他点点头。“喜欢。说实话，我是真喜欢跳。”

“那我们就该去跳。这一带有那种星期六晚上的场子吗？有音乐就好。”

“哦，有，富兰克林县那儿的大学附近有家酒吧，叫穷街酒吧。或者我们可以开车去利斯波特，那儿有家棉眼乔伊酒吧，乡村乐队挺不错的。”他很认真地建议道。

“我们出去跳舞，你觉得会让家里人丢脸吗？”

“哦，会的。我妈和姨妈们认为跳舞基本上就是在热身。玛丽·埃德娜姨妈在主日学校做过演讲，说跳舞向来都会导致性交。”

“好吧，她说得对，大多数动物都是这样。昆虫会，鸟儿会，有些哺乳动物也会。但你和我，我们头脑清醒。我觉得我们可以区分求偶仪式和跳舞本身，对不对？”

里奇往地上一倒，躺了一会儿，嘴里的香烟烟囱般往上杵着。最后，他拿下烟，说道：“你知道是什么让我对你如此着迷吗，卢萨？许多时候，我根本不知道你在说些什么。”

她低头看着他，她那躺在草地上的帅气外甥。“让你着迷，算是坏事，还是好事？”

他想了想。“这跟好坏没关系。一切都是因为你。我心爱的舅妈，卢萨·兰多夫斯基小姐。”

“哇。你竟记住了我的名字。可我马上就要改姓了。”

“是吗？改成什么了？”

“怀德纳。”

里奇扬起浓浓的眉毛，从仰卧的姿势中抬头看她。“真的。为什么？”

“为了科尔，为了孩子们，为了你们大家。为了整个家。我也说不清楚。”她耸了耸肩，觉得有点尴尬，“好像事情就应该如此。这样一来，这座农场就能安然留在我们小小世界的地图上了。我觉得这也算是某种动物行为。标记领地。”

“呵。”他说。

“去跳舞吧，好吗？反正也没什么好玩的事情，我们就去跳舞，一直跳到累趴下，然后我们握个手，互道晚安。我要锻炼锻炼。你这周六有空吗？”

“这周六我像小鸟一样自由。”他说，仍在地上躺得四平八稳，冲着天空笑得灿烂。

“那好。你也知道，我很快就要当妈妈了。趁现在还有机会，我要出去走走，痛饮狂欢。”

里奇坐起身，若有所思地在草地上掐灭了香烟。“你把孩子接过来，挺不错的。我的意思是，真心不错——反正，比这意思还要好。”

卢萨耸了耸肩。“我这么做既是为了他们，也是为了自己。”

“嗯，我妈和玛丽·埃德娜姨妈认为你所做的就是上帝的礼物。她们说你就是个圣人。”

“哎，好啦。”

“别，我向上帝发誓她们真是这么说的。我听见的。”

“哇，”她说，“这段经历真是绝了。短短一个夏天，就从恶魔的信徒变成了圣人。”

28 老栗树

这世界充满了危险，加尼特心想，南妮·罗利却像个孩子一样轻信。她甚至没意识到那男人来者不善。像苍耳子似的黏着她，但比苍耳子要危险百倍。加尼特听说过一些怪事儿：年轻人讨好那些善良可怜的老太婆，说要和她结婚，其实就是为了她的钱。目前看来，南妮还算安全，因为她可能手上也没几个子儿。等到收获季结束，作物卖掉，可就是另一番光景了。她有一座附近五个县里最好的果园，产出高，品质也很不错，而且她没有后代，这一带谁都知道。很难说这鬼鬼祟祟的黄鼠狼到底安的什么心。

加尼特不敢保证自己的推测没错，但有件事他很清楚：这两天来，他每次有意无意地瞥见南妮在菜园里干活，那人也都在，而且还是一直靠在篱笆上。他甚至一根手指都没抬过一下，更别说帮她把装满了南瓜和玉米的蒲式耳篮子搬进屋了。那家伙要是胆敢踏进她的屋子一步，他就给蒂米·博耶打电话，叫他过来制住他。他得这么做。她不太懂得保护自己。

他现下在叠衬衫，那是昨天刚用洗衣机洗好、烘干机烘好的。他拎起最后一件衬衫的肩头，愣愣地看着。衬衫又皱又破，他觉得自己也跟这差不多。就算不用熨衣板，艾伦也能把这些衬衫收拾得妥妥帖帖。冬天里寒冷的早晨，他去学校之前，她会递给他一件暖烘烘的衬衫，那衬衫穿在身上就像妻子的怀抱那样温柔，那一整天他的肩头都似厮磨着一点点额外的柔情。无论当天那些小毛孩子怎么顶撞他，他心里始终是满足的：他是个有女人照顾的男人。

他将叠好的衬衫尽可能整齐地堆成一摞，把团成球的袜子放在最上面，抱着这堆衣物上了楼。他在楼梯平台的窗前停下脚步，用一只手托稳叠好的衣服堆，再伸出另一只手将纱质窗帘掀至一侧。

天哪，那人还在，像只窥伺羊羔的狼。她不在园子里，哪儿都没见到。就那么站在那儿，胳膊肘支着篱笆，等着她，到底有什么居心？加尼特死命地眯起眼睛，想看清那人的长相。唉，他长得也不好看嘛。没看错的话，还有点胖。怎么是胖，那是肥。加尼特心头火起，一双袜子掉了下来。没关系，等会儿再捡。他费力地将南妮家后院的阴影角落搜索了一番，也没见着她的影儿。

对啊，他突然疯了似的寻思起来——机会不是来了吗。现在，他就过去，让那人滚。她的菜园篱笆距加尼特家的田界不到十英尺，他有权赶走街坊里的无赖游民。

加尼特先去了卧室，将衬衫放入衣柜的抽屉里。就现在，他心想，动手吧。他飞快地想了想要不要拿上霰弹枪，但又打消了这个念头。好多年没再开过一枪了，如今他眼力不济，手也不稳了。不过，他敢打包票，到了紧要关头，自己还是能行的。这想法让他勇气大增。也许把霰弹枪拿在手里能让自己更有底气。不装弹，也无此必要。他只要提枪上前，让那人明白自己不想跟他废话就行。

他绕到艾伦睡的那侧床边，那边的柜子里放的都是他不准备再用的东西。柜门有些松动，拽开时刮擦到了地面。他像个瞎子似的摸黑鼓捣，伸手想摸到开灯的拉绳，有样东西突然从搁架上掉下来，重重地砸到他肩头，又弹了开去。是艾伦的圆形帽盒。盒子侧着落地，里面滚出了艾伦上教堂时戴的海军蓝帽子，帽檐着地，在地板上滚了个半圆的弧线，才在床边躺下不动了。

“艾伦。”他大声喊道，凝视着这帽子。

那帽子当然不会回答。它只是气定神闲地躺在那儿，窄窄的帽檐上点缀着一小簇手作樱花。要是那帽子能做出两手叠放膝上的动作，准保会这么做。

“好啦，别那样吓我，老婆。我这不在尽力而为嘛。”

他双手抓起枪，急急出了卧室，顺手带上了身后的房门。接下来的事她没必要看。

“哥们，有何贵干？”加尼特隔着自家篱笆里的一丛野樱桃树开始大声喊话，距那人站的位置还有一百英尺。对方似乎没有看见或听见加尼特的动静——哈！——他这个猎鹿人潜伏的本事还真不赖。这想法让加尼特很是满意，令他愈发有了勇气。

因为刚刚喊话时的尾音有点颤，他清了清嗓子，又喊道：“嗨！”

仍没动静。

“我说，嗨。我是加尼特·沃克，是这儿的主人。我想知道你有何贵干。”

那人仍不言语，连头都没回。加尼特还没见过这么无礼的家伙。就连那开 UPS 卡车的小伙子路过的时候，也得敷衍着打声招呼。

加尼特眯起眼睛。这人看上去松松垮垮的，怕不是个瘫子。看上去也不年轻了。要是年轻人，据加尼特观察，通常都畏畏缩缩的，不肯好好抬起脑袋做人。但这家伙好像连脑袋都没长。他弓着背，抱着胳膊，靠在篱笆上，一顶脏兮兮的破旧软呢帽拉到了耳朵上。整个身体都靠胳膊支撑着，很不自然，像是倚着篱笆的一根柱子。事实上，这家伙浑身都不自然，从胳膊到腿脚没一处像样的。那身蓝色工作衬衫的袖子弯曲着，形成一个圆润的弧度，并不像胳膊肘，倒像是截橡胶管子；更别说那蠢壮的双腿，将牛仔裤管撑得僵直粗大有如树干。加尼特有种极异样的感觉，仿佛自己一丝不挂，就踏进了别人的梦境。即便这里没人看见，他也觉得老脸都红到脖子了。幸亏这里没人看见。他轻轻地把枪托戳在地上，让枪膛靠着樱桃树的树干，便穿过篱笆门，几步走到南妮那边。他得好好瞧瞧那人的正脸。

当然，那人根本就没有正脸。只不过是一只塞了东西的枕套，顶了顶帽子，再套上衬衫和裤子。加尼特回想起南妮在车库门口往那道刺槐栅栏上钉横杆。他差点没跪到地上去。最近两天，他一直疑神疑鬼、怒火中烧，忌妒得发狂。没错，他忌妒得发狂。而他忌妒的竟是个稻草人。

他转身想走，生怕露馅儿。

“加尼特·沃克！”她喊道，从屋子一角匆忙绕了过来。

他叹了口气。加尼特遇到南妮，从来就没好事。他总算得了教训。他就应该听天由命。瞎做什么逆流而上的美梦。“你好，罗利小姐。”

她停下脚步，双手叉腰。她穿了条裙子，可能正准备去集市。每次去集市，她都要打扮打扮，穿上印花棉布裙，把辫子盘成一顶桂冠。她露出探问的表情，像只小鸟似的，脑袋歪向一侧。“我好像听见有人在喊我。”她说。

加尼特看了看自己，两手空空。“我过来是想看看能不能帮点忙。

帮你把要带去阿米什集市的东西装上卡车。我知道每年这个时候你都忙不过来。醇露苹果都熟了。”

她显得那样吃惊，他本该笑出来的。

“说起醇露苹果，”他又强调，“一旦成熟，就会一齐成熟，噼里啪啦往下掉。”

她难以置信摇着头。“真的是，怪事年年有……”

“我在这果园边上住了都快八十年了，”他继续唠叨，自己都觉得傻，“我有眼睛。这么多活，驴子都能压垮。”

她乜斜着眼瞧他。“你是不是想再吃个派？”

“听着，你这么挖苦我可就不对了。我不过是想帮帮忙，你也不用觉得好像太阳从西边出来了似的。这又不是第一次了。”

“是啊，”她说，“你还给了我瓦板。那真是天赐之物。”

“应该说最近我这做邻居的很不错。”

“当然啦。”她同意道，“请原谅我现在才回过神来。我最近喜事不断，福气大得顶破天了。我陷入了富人的窘境，财产多得不知怎么办才好。”

他琢磨着这话是什么意思，不知如何询问才算礼貌。“没想到你还有亲戚，”他支支吾吾起来，“你继承遗产了？”

她笑了起来，双手平放在裙子前面。“是这么回事，”她说，“我继承的遗产就是个亲戚。其实应该是两个。”

加尼特有点犯迷糊了，倏然想起篱笆边的那个人，可那不是人，不可能对谁的遗产有兴趣。他等着南妮的解释——只要等得够久，她总会解释的。

“是迪安娜·沃尔夫。”她言简意赅地说道，“她要来和我一起住。”

加尼特寻思着。“雷·迪安的女儿？”他问道，毫无道理地忌妒起年轻的雷·迪安·沃尔夫来。他追求南妮的时间，比如今好些人结婚的时间都长。那时候，南妮很快乐，不下雨的日子，都可以听见她整天哼着歌。但雷·迪安·沃尔夫现下已经在墓地里了。

“没错，是他的女儿迪安娜。她就像是我的女儿。这你都知道。”

“我还以为她住到山上去了，替政府干活。”

“是的。她住在山上的某间木屋里，一个人待了两年。但现在，她要请假下山来了。下面这个消息你得有个心理准备：她要生孩子了。”

“啊，那倒没想到。”他眯着眼，望向群山。“你觉得是怎么回事？”

“我不知道，也不在乎。孩子他爹就算是美洲狮我也无所谓，重点是我要抱孙子了！”

加尼特摇摇头，弹了下舌头。南妮那兴奋劲儿就像只吞了金丝雀的猫。女人和孙子，世上没什么能拆散他们。就像艾伦，死前还念叨着谢尔的孩子。现在他知道有两个孩子，一男一女。那个养山羊的列克星敦女孩突然给他打来电话，说要带那两个孩子来他的农场看他。他们想来看看栗树。他的树。

“我也有孙子。”他告诉南妮。

“你一直就有。”她说，“你就是太目空一切，连他们的名字都不愿打听。”

“女孩叫克丽丝特尔，男孩叫洛厄尔。他们礼拜六会过来。”加尼特如今的记性已然裂隙斑斑、满是青苔，他自己也不知道究竟是怎么揪出那两个名字的。“我想我可以教教他们怎么给栗树的花套袋，怎么帮它们杂交授粉。”他又说道，“我的那些栗树也算是后继有人了。”

南妮看上去很震惊，这让他很满意。“你这是怎么啦？”她终于问了这么一句。

“嗯，我觉得这和美洲狮无关。”

她站在那儿，盯着加尼特，惊得嘴巴都合不上。他心想，蜜蜂都能飞进去了。然后，她的视线移向了他身后，皱起了眉头。“你家篱笆里那棵树上到底是什么东西？”

他转身看了看。“哦，我的霰弹枪。”

“嗯。我能问问那支枪为什么会戳在那儿吗？”

加尼特打量着那枪。“没什么。就只是靠着树干放在那儿。”

“可是，怎么会想要把它靠着树干放在那儿呢？”

“这两天这家伙一直靠在你的篱笆上，它想找他谈谈。”

她笑了起来。“哦，他叫巴迪。你们俩还没照过面。”

“嗯，巴迪让我们有点担心。”

她眯起眼睛，看着加尼特。“是吗？”

“应该是吧。”

“所以，你过来是想看看我是不是没事，我理解得对吗？你带着霰弹枪，是来保护我，怕我被这稻草人伤害？”

“我必须这么做。”加尼特说，摊开双手，破罐破摔地明白她并无适可而止的慈悲心肠。“我才不在乎巴迪那么直勾勾地盯着你穿短裤的样子。”

这下南妮看上去更震惊了。她好似醍醐灌顶一般。她凝视着他，渐渐露出一个灿烂的笑容，洋溢到整个脸庞，犹如暴风雨后的太阳照耀。她朝他走去，像梦游的人一样张开双臂。她搂住他的腰，紧紧地拥抱他，将头倚在他的胸口。他愣了一分半钟才想到伸出手去搂住她的肩头，后来他的手就一直放在了那儿。他觉得自己就像老巴迪那样浑身僵硬——仿佛他的身体里只剩下报纸和稻草了。过了好一会儿，他的肢体终究放松下来。而她则像只乖巧的小鸟，安静地待在他圈起的臂弯里。太令人震惊了。这样搂着她，感觉就像一日疲累之后终得休憩的惬意。似乎这就是他一直想做的事。

“沃克先生。加尼特。但愿奇迹永不停息。”她说。为了强调这愿望，她又说了一遍，加尼特一直搂着她。她仰起脸，看着他。“我家里总算有孙子了，你也有了俩。你总是要到最后一刻才做决定，是不是？”

“南妮。你是个难以相处的女人。”

她将一侧脸颊贴着他那陈旧、虚弱的心脏，用她那粉色的耳廓捕捉他心中唱起的歌。

“加尼特。你是个道貌岸然的老混蛋。”

29 捕食者

狂风咆哮、暴雨如注，雨水打在小木屋的马口铁屋顶上，轰响声足以致人发疯。迪安娜觉得就算尖声叫喊，她多半也听不见自己的声音。她试着嘶吼了几声。确实没错。

她抱膝蜷坐在床上，竭力不去想它是张床。她拉上毯子，用枕头垫靠着墙，假装它是张沙发之类的东西——虽不是床，也够舒适。在这白晃晃的轰鸣中，她觉得仿佛患了幽闭症，陷在去年冬天的黑暗中动弹不得。她拽住袜子上脚趾戳出的洞，拿起一本书，又放下来。已经好几个小时，她一直想读书，但这声响将所有努力专注的希望彻底掀翻。她用双手捂住耳朵，欲减轻音量，却从窝起的掌中听到了另一种轰响。那是若有节律的呼呼声，似贝壳中的海涛声——她还记得第一次在海滩上聆听贝壳的情景。她和爸爸，还有南妮，连着两个夏天都去了弗吉尼亚海滩。已经过了这么多年，恍若隔世。

当然，这并非海涛声，而是她体内血液循环汹涌的搏动声，从骨头传至耳膜。迪安娜闭上双眼，既然如今体内加设了一组动脉系统，她用力倾听着心脏泵送血液的声音，想找出其中的细微差异。她渴望找到证据，但迄今为止体内的变化若隐若现，难以捕捉，就像一段思绪、一种魔力。眼下，她只能与魔力共生。

她将双手从耳畔移开，雨声似乎更洪亮了。道道闪电映亮了窗子，没有规律，却稳扎稳打地一波波袭来，好似烟花。雷鸣，她已无法听见，但震颤从地底传来，将铁床的床脚震得瑟瑟发抖。她想钻进毯子，用枕头蒙住脑袋，但那样她就不得不承认这是一张床。孤单，还有那该死的战栗就会找上她。无处可逃，暴风雨愈迫愈近。现在才下午四点，天色已暗如薄暮，且正一分一秒地渐深渐浓。一小时前，迪安娜就断定她此生从未见识过这片山林下这么大的暴风雨。那还是一小时前。

奇怪的是，她在这当口想起了收音机。收音机无法改善任何状况，但好歹能做个伴。她跳了起来，走到书桌前，从最底下的抽屉里取出小收音机。她按下开关，贴近耳朵，却什么也听不见。她琢磨了一下，找到调音量的拨盘，拧到最大，仍然一丝刺啦的声音都没有。她想到了，电池。它闲置了这么久，电池肯定没电了。她在抽屉里猛翻，想找出电池，心里却清楚自己总是忘记把电池列入清单。最后，她总算从门边搁架上的小电筒里取出了几节电池。

这时，闪电骤亮，离小木屋如此之近，隔着暴雨的轰鸣她亦清楚地听到了头顶的爆裂声。闪电与雷鸣同时而至，触手可及。极有可能，它们劈斩了小木屋正上方山坡上的一株杨树。这棵树会不会正正砸在自己身上，她很想知道。她手指颤颤巍巍地翻过收音机，撬开后盖，取出旧电池，放入新电池。“正极，负极。”她大声说，按照正确的电极放好电池，却根本听不见自己的话音。更恐怖的是，此刻四周已是墨黑一片，睁眼或闭眼毫无区别。以前，她曾有几次置身这样的黑暗中，惊惧不已，分辨不出自己是否已盲。现在她更领悟到，耳聋的情形亦是如此。所有人都假设那是一片寂静，但那也可能是永无止息的贯耳雷音。

她再次尝试打开收音机。如果将扬声器的小孔对准一只耳朵，捂住另一只耳朵，她就能听见些声音了。起初只是静电干扰声。调频、倾听，再调频、再倾听，找到诺克斯维尔电台的过程单调而漫长。但总算听到了一阵极细微的音乐声，她无法分辨那是何种乐音。她等了一会儿，让耳朵适应这声音。她已经很长时间未听过鸟鸣之外的其他声音了。音乐，她觉得自己需要回炉重学，就像中风之后重学说话一样。前方有太多东西是她蒙昧无知的。电，会在一间房子里制造出各种各样的轻微噪声。人，也会制造出各种各样的噪声。怀孕和分娩，倒是最不用担心的事。

她试图去想南妮。南妮那儿没什么好担心的，她知道她过得怎么样。为了让自己从这高度隔绝的惊悚中脱身，她开始想象自己住在南妮·罗利家里，那里是真正的避风港，果园里绿荫蔽日，亲切无比。她盼望那种舒适，她盼望休息。她在想象中，引领自己的思绪穿过南妮家的各个房间，出门绕过那些无比熟稔的树木，继而走入了南妮那块野田里高高的草丛之中，她就是在那儿了解到了性与上帝造物之间的关联。

她心不在焉地听着细若游丝的音乐，没意识到已过了很长时间。突然，一串截然不同的高音将她的注意力拉回到了收音机上：一阵冗长刺耳的嗡鸣声，那是在播送天气警报。她移至床上，想尽可能仔细地听听接下来的天气状况。飓风警报；奥加县，英戈县，还有她听不懂的那些名字——宾、顶、芬、辛曼，那是洛根县和辛门县，都在西北边。她把收音机放到膝头。看来是没跑了，夏天结束前要来一场名副其实的大闹腾，季末的首场飓风正摧城拔寨压境而来。她为埃迪·邦多许下一个小小的、最后的心愿，这是她允许自己做的最后一件事：但愿他能在暴风雨到来前从这片山林全身而退。

她起身，绕着屋子走了起来，试图找一个信号更好的点。门口会好一点，门廊上则更好。门廊的屋顶上也没有那么大的轰鸣声。她紧贴在檐口下头，以免淋湿，小心翼翼地坐到那把老旧的绿椅上，脑袋保持着僵直的姿势，像个戴着颈部支具的病人。她想尽可能将收音机里人类说话的声音悉数纳入耳中。她已经两年没听新闻了，现在却无法忍受听不到新闻的每一分钟。又放起了音乐。没错，他们就是这样："紧急情况，十万火急，日常活动全部停止！"然后是一些广告和老掉牙的情歌。世界又回来了。她把收音机放到膝头，关闭。她得节省电池的电力，接下来也许还用得着。然后，她跳起身，走入屋内，想看看能不能找到存放起来的蜡烛，看看煤油灯有没有剪好灯芯，是否还能点亮。为什么要这样？她停下来，想要找到令自己不再惊恐的办法。不管有没有暴风雨，反正天都是要黑的，每个晚上都是如此。为什么她就突然需要让蜡烛和火柴并排放好，随时可用？她希望能嘲笑自己一番，这样也比心里七上八下来得踏实。她以前天不怕地不怕，如今究竟是怎么了？她也知道是怎么了。为了这，她得好好活下去。她已经失去了太多。她又走到屋外，坐回绿椅上，脑袋往后靠，将收音机贴在耳边。还是音乐。她关上收音机，身子往前一倾，张开嘴，喊出一声悠长满足的号叫，竟然听得真真切切：

"去你的埃迪·邦多！"

哪个日子不好选，为什么偏偏选今天？难道他体内自带气压计，能告诉他暴雨将至？她双臂环抱，搂住自己，往后靠去，让自己陷入那破旧却亲切的椅子的怀抱里。暴风雨是今天来、明天来，还是昨天来，反正都一样，她相信这回是来真格的。以前她也独自面对过暴风雨，挺过来了，这次也能扛过去。这样一想，倒真没那么害怕了。没错，在两人之间的气氛变得更沉重前，她需要他离开。她的秘密已越来越难守，但毫无疑问必须守住。不让他知道自己留下了什么，对孩子好，对谁都好——他永远不会知道。蛋叉镇的人肯定会问，她会说，孩子的父亲是一只郊狼。

迪安娜微笑起来。她真的会这么说。南妮也会支持她这个说法。

他离开时，心意丝毫未变。如果说有什么伤到了迪安娜，那就是她没有影响他丝毫，完全没法让他在心里为郊狼腾出一块地方。

今早天还没亮，她就出了门，焦躁不安地散了会儿步。回来时，惊讶地发现自己一直期待的结果终于发生了。他的背包、他的帽子、他的猎枪，这一回悉数消失了。她立刻明白了这意味着什么。她的东西他分毫未动，干净利落地离开了小木屋，正如三个月前他尚未来时的样子——只是这屋子仿佛变大了，容纳着无边的空虚。

数小时后，她翻开田野日志，发现他在里面留给她一句话，那是她仅有的埃迪·邦多的纪念物——他也会这么认为。那是告别留言，却足以刺痛她，让她知道再也无须等他返回。在标了今天日期的空白页上，他写下自己的心得：

让一个男人承认他遇到了死对头太难了。埃·邦

这一整天，她几乎都在琢磨他是在说她，迪安娜，还是指死活碰不得的郊狼。她们当中，究竟哪一个让埃迪·邦多难以承受？

后来，她认定多想无益。她将那页纸从笔记本里撕了下来，不想再看到它。她把它撕成碎片，堆在放袜子抽屉的角落里，等老鼠们冬天做窝时自会将其清走利用。合上抽屉的一刹那，她才终于明白了。他以年轻男人的方式，将自己的离去作为赠予她的礼物。遇到他的死对头，实是巨大的让步。他离迪安娜和郊狼而去。在这片山林，再也

不会有因他而起的伤害。

一道霹雳瞬间炸亮，耀得她几乎盲了。“哦，上帝，哦，上帝。”她唱道，更深地蜷缩进椅子里，使劲眨着眼睛，直至重新看清大雨滂沱中的迷离风景。这一记惊雷好近。也就五十英尺，或许更近。她甚至能嗅到被电离的空气的余波。现在应该祈祷，暴风雨过后，这座大山还能劫后余生。她打开收音机，听了起来。现在没放音乐；在一遍遍播报各县的名字。电台已进入全天候紧急模式，那些县名，她很熟悉。富兰克林、西布伦。风暴眼就在这里。她把收音机翻过来，拆开后盖，取出电池放入兜里。还是留给手电筒吧。真该好好嘲笑自己。不用听收音机也能知道的新闻，应该就是这条了。风暴眼就在这里。

从檐口倾泻而下的雨幕好似一幅透明的浴帘，她站起身来，试着透过这水幕向外望。她走到门廊一端，发现站在这里的山墙之下能看得更清楚，这里屋檐泻下的雨水不太多。现在雨似乎稍稍小了些。不像一小时前，空气中满满当当都是水，河里的鱼儿都能游上岸，游到树梢上去。她从没见过这么大的雨。现在，雨势小了，恶风却愈刮愈烈。也就几分钟时间，雨水骤然消停，闪电似乎也移向了山脊顶端，但狂风呼啸而至，如一头逼近的野兽吐出凛凛风云。雨水被刮得水平，直直打上她的面门。她吓得心胆欲裂，连忙进屋，一边套上靴子和雨衣，一边在屋里疾步绕圈。每一种直觉都在告诉她快跑，但她无处可去。她觉得自己太弱了，竟困在这小木屋里。站在门廊上似乎能好受些。但一到门外，她便被惊人的大风逼得节节后退，直到紧抵住小木屋的木墙，原木上的颗颗木瘤如此清晰地硌着她的后背。冷风将她牙齿眼睛刮得生疼。她用两只手捂住脸，透过指缝往外望去，暴风在森林里肆无忌惮地狂舞，她又惊又惧，不知如何是好。她原本以为坚实无匹的树木，此刻不可思议地弯腰弓背，折的折，断的断。树干的断裂声犹如枪声，声声相继。在森林上方，与天空交界处，她看见杨树黢黑的剪影，正与这劲风缓缓跳着幽灵之舞。它们步伐协调，从山脊顶端到整片山谷，黑压压的全都跳起这幽灵之舞。这里不安全，它们似乎都在说，她的惊惧变成了干呕。树木排排倒下。她心中的这片森林本是坚不可摧，眼下却如干草堆一般被撕碎。那些庞大的树身，无论哪一棵倒下，都能顷刻之间将她碾压。她转身伏抵着小木屋的木墙，没意识到自己正咬着辫子，双手护住腹部。她也没意识到自己已非孤家寡人——所谓孤独，不过是人类目空一切的错觉。她只知道自己背向风暴，惊恐万状，竭力思考该怎么办。

此时黑暗已如浓夜，但她仍能分辨水平砌筑的根根原木与砂浆之间形成的深深浅浅的条纹。她数了数木头，从底部往上数，好让自己有事可做。真是神奇，她以前从未数过木头。这面墙十一根，是奇数。那就意味着两面侧壁要么是十二根，要么是十根。她的目光顺着一根木头鼓鼓突突的树节一直望到端头，筑起这面墙的所有木头在那里与另一面墙的木头嵌连起来，如同交握的手指。她惊惧不安的视线移到墙角，二十一根整齐码起的粗壮树干稳固利落地彼此扣合。

避风港，她看着这一幕，恍然大悟。真正的避风港就是这样，就是这二十一根彼此扣合的木头。无论倒下一棵橡树还是杨树，都无法砸碎这座小木屋。这木屋本身就由倒落的木头搭成。她闭上双眼，将额头抵在一棵安静的老栗树浑圆的树干上，等着风暴自行停歇。

待到暴雨和闪电归于沉寂，狂风终于默然，郊狼便自山脊顶端号叫起来。那号叫升腾而起，直欲破空，却又转而低徊战栗，洋溢着清澈、惊愕的欢喜。在黑色的天幕下，它们唱出一支忧郁的高亢长调。黑暗中的长调不止一个声音，而是两个，一对伴侣在这新生的世界里遥遥相呼、唱和同谐。

30 蛾之爱

雄性大天蚕蛾的口器是闭合的，属不完全发育状态，无法进食。其成年生命极为短暂，终身都在寻找伴侣、与之交媾。

这段文字，很长时间以来她只有模糊的印象，昨晚找来读了。时逢暴雨正酣，难以静心，科尔去世那晚，她读的就是这本书。书还在床下，没有移动过。卢萨也不明白自己为什么想要重读这本书，但翻到这一段时，她发现其中之义正好可以解释自己的生活。

外人都开始打听她有什么计划。最近，这样的问询渐频。是天气的变化，抑或卢萨内在的变化，让他们感觉到了现在可以安心地开口发问，可他们说出的话都是老一套：这让科尔多丢人哪，以及，她决定好现在该做什么了吗。

她想告诉他们，没什么丢人的。她很想引用达尔文的这段话，告诉他们即便有些生灵既不能进食，也不能讲话，这世上仍有它们一席之地，它们唯一的目的就是去寻觅、呼唤自己的另一半。她便是被召唤而来的。没必要再多费口舌。

这些话，她当然不会说。大家总是在敞亮、寻常的地方问起她有什么计划，比如克罗格连锁超市的麦片货架旁，比如利特尔兄弟五金店的柜台前，她也总是这样回答："我决定把已经开始的事情做到底。"

而已经开始的事情就是：她在科尔从小长大的宅子里，在他缺席的岁月中，学着与他的整个生命同生共栖。科尔小时候很野，曾把楼梯栏杆上的扶手撬起；科尔年少时很能干，刚在学校里卖东西赚了点钱，就在餐具室给母亲装了个沥水槽。院子里的每一株丁香也都是他栽的，想想真是不可思议，那些丁香如今已有三十英尺高了。那是在他九岁那年夏天，父亲罚他栽的，因他在母亲面前爆粗口。卢萨已经有些明白了。科尔并不想做等着妻子给他做饭的那种丈夫，也不想做与人相伴三餐的那种丈夫。他要在她身边，只在她面前，焕发第二个童年。所有他努力长大成人的日子，不过是为了与她相遇。她想方设法地打听所有关于科尔的故事，即便其讲述者是个外人：镇上的女人、陌生人、沃克先生。对于死亡，乡下人似乎有着许多不成文的规矩，比城里人要多。其中一条规矩就是，只要过了一定的时间，对已故者便可自由谈论。你大可聊聊他的故事，甚至揶揄他花钱小气，就像他又重新成了你们的一分子。卢萨觉得，所有这些零零散散的陈述都是一段漫长历史真实可信的一部分，那是栖息于这片土地上的家族的历史。而如今也成了她的历史。

这天下午，她获悉如果一切顺利，她的山羊能卖到每磅一美元八十美分。这价位在这县里可是闻所未闻。不管什么家畜，都不曾卖过这样的高价。她欣喜地想着，很高兴能在黑暗中靠着梯子歇一歇，揉揉酸疼的后背和脖子，让自己的成功稍稍沉淀一番。她就像赢得了蓝绶带一样开心。她运用自己的头脑，使原本似乎毫无希望的事情取得了一定的成功。或许谁都不会真心赞赏她的聪明睿智，但又何妨呢。没有人意识到，全球三大宗教的重要节日刚好与她卖羊的日子相合，就像星星在黄道十二宫内排成一线。唯有像她这种集各种宗教信仰于一身的人才会知晓节日的日期，将自己的运气牵系其上。极有可能，她这一步妙棋背后的故事，会演化成各式风言风语，传遍奥达·布莱克的铺子和五金店的角落，说谁都没料到，卢萨竟然和富有的意大利黑帮沾亲带故；说卢萨运用非法手段，将山羊卖给了埃及国王。在这种地方，有些秘密之所以成为秘密，是因为真相完全无法与流言争锋。

她很清楚，卖山羊肉也不是什么长久之计；农牧生涯的捉襟见肘没有万灵药可解。接下来的日子还得多想想办法。她在南方合作社注意到，政府正补贴鼓励人们种植土生土长的须芒草，用来取代羊茅草，而须芒草籽价格奇高，每磅竟卖到二十八美元。得找个地方种出这草籽；可以弄个须芒草场，不难想象，流言又将四起。来年，她可能不养羊了，得看看日历上几大节日的日期，不过其他人见她养羊赚了一大笔，肯定会依葫芦画瓢。但他们会发现羊肉一块也卖不掉。卢萨已经开始盘算如何在西布伦县自立门庭。她会成为男人口中绕不开的女人。

昨夜狂风暴雨，今天早上卢萨醒来时觉得浑身像散了架，四肢有些发颤，但内心踏实安定。就像她已经过了一扇门，走入一片土地，一片她能稳稳当当行走一生的疆域。风暴将世界洗得干干净净，全县都断了电。风暴将老宅北侧的窗玻璃震碎了，将盘踞于房梁上的两家的幽灵全都震了出去。一整晚，她都在用自己能说的各种语言祈祷，她感觉得到有些东西正在完结。之后，她蜷缩在床上科尔的一侧，抱着达尔文的书沉沉睡去，任由床头柜上的蜡烛兀自燃烧。

醒来犹如重生。她走入院子，只见遍地都是梓树的断枝和闪烁如星子的碎玻璃，心头不觉大惊。那窗玻璃可是老古董，是这宅子初建时便装上的波纹窗。真是不可思议。这地方过了这么多年，竟依然能产生新的气象。

这就是她的新生活。她的第一个决定就是给小里奇打电话，雇他当兼职的农场经理助理。电话里说定报酬是一小时十美元（尽管既是邻居又是家人），上班日就以他从丁克·利特尔那儿拿到修理打捆机的配件算起。他得给她割饲草，帮她把饲草搬进谷仓，再将田野边缘山羊够不着的野蔷薇清理掉。不可以用任何除草剂。他们就此稍稍争论了几句，结果是她赢了。不像她和科尔，因为是夫妻，许多事争不清楚。这是受聘的条件。除了割草机和镰刀，小里奇不能用别的东西除草，他不能去碰树林，不得伤害松鼠、鹿和郊狼，也不得采摘人参。里奇还有一个任务，就是想办法不动声色地阻止家里人在山谷里打猎。卢萨的解释是，这里是怀德纳家的农场没错，但树林已不再是怀德纳家的树林。树林不属于任何人。

院子由她自己打理就行。他说他可以帮忙，但她想要自己来。今天刚醒来，她就有种强烈的欲望，要把这地方收拾得井井有条。不仅要把落了一地的断枝清出院子，还要将这个夏天以来因她疏于整治而潜入的荆棘藤蔓砍出去。她说不清个中原因，就是觉得太压抑，想要大干一场，她要拿起武器——除草机和修枝剪，抵御蚕食。这一整天她疯了似的干活，仅在下午略略休息了一下，因为纽约的表亲来了电话。之后她便返回战场，一直忙到傍晚，大山的呼吸轻轻吹拂她的后颈，蛾子舒展翅翼在门廊的灯光下绕圈飞舞。

她听里奇和克丽丝特尔说，家里人都在谈论她干活如何卖力。他们对她使用农具的技巧还挺佩服的。当天早些时候，她向里奇演示如何用磨利的铲子，而非农达除草剂，来清理草坪上意外长出的野苹果树苗。他离开后，她又拿了把手锯对付爬藤。爬藤已爬满了宅子的好几面墙，一直攀入了黄杨木丛，简直无孔不钻，爬藤就是这德行。然后，她又到那排丁香丛里，将缠绕日久的蔓藤清得一根不剩，好让丁香花能重新盛开。

此时，夜色四合，她终于将大肆侵蚀车库的忍冬全部清理干净。清亮的月光照在白色板壁上，让她看清所应看清的事。忍冬不过是入侵的外来物种，实在不必大惊小怪。她现在已能寻常视之，这种藤蔓一经引入就会紧紧地盘绕、占据所有的绿色之地，而那些地方本应是人类和野外生灵同生共栖的所在。

她将一根根长长的藤条生生拉扯下来，将它们扔在梯子周围的地面上，像一圈圈盘绕的绳索。长藤剥离的板壁上，深色的根须仍粘附在原地，留下它们攀缘过的印迹，好似隐隐浮现的野兽踪迹，无声无息地没入山坡。又似修长、屈曲的脊椎，当身体被倏然拆落，仍固执地不肯离去。她在这凉爽的黑夜里踏踏实实地劳碌着，心里很清楚这忍冬仍将长存，比她能料理和想象的还要长久。到了来年夏天，它们又将东山再起。

31

她在田野上方停下了脚步，呼吸着若有若无的忍冬气息。夜已深了，下面还有人在劳作，实在奇怪。她继续往前走，很快便穿过了树林边缘的田垄。月亮在田垄外侧的荒草地上投下一条长长的银色绦带，引领着在她之前数以百计的其他动物沿着这条路径跑向远方。她在追踪一道足迹，但不很确定——她先前是很确定的。不过，这儿也没什么危险。她压低脑袋，加快步伐，绕过山谷一侧的长条形田地的边缘，轻而易举地猫腰钻过一道又一道铁丝网篱笆。她从不会冒冒失失地深入未知的开阔之地，以免与那里栖于月色的野兽照面。她会沿着林子的边缘走，循着腐叶土壤和腐烂果子那令人放心的气息穿行。她大爱这暴雨过后的空气，偏好独自远足，释放自由自在的身体，飞快的步速，没有什么伴侣能跟得上。要是遇见一丛诱人的黑莓浆果，想要花点时间细细品味，或是嗅到昨天未曾闻见的气息，意味着令人神往的新消息，她才会驻足细察。

不过，在山下走了这么长时间，她还是有些不安。她从来就不习惯这些农场上空浮泛的各式极不协调的感知：拴在农舍后的猎犬无休无止的吠叫，从一座山谷传至另一座山谷的嚎叫，远处高速公路上危机四伏的悲鸣，尤其是人类活动散发出的刺鼻而又怪异的气息。此时此地，一列列田野挨挤铺排，绵延至下一座山谷，路上飘浮着汽油的气味，还有令她感到鼻尖灼烧的农药味，就连下方田间，怀孕牲畜那最令人难忘的刺鼻气味，也被这种味道淹没、笼罩。

她沿着那踪迹来到一处栽着野苹果树的田头，踌躇起来。她并不介意钻进长满高茎草和野蔷薇的小坡地摸索一番，吃上几个被阳光晒软、香甜馥郁的苹果。整片野地及其下方的果园弥漫着友好的气息，毫无化学制剂的气味，对鸟儿和田鼠充满了吸引力，于她亦是如此。但这里已经离她的姊妹与孩子很远了，令她忐忑不安、心烦意乱。她往山坡上走去，返回更安全的地带，如有需要便可迅速没入阴影，消失得无影无踪。姊妹们会从下一座山谷、沿山脊而来。与她们汇合最简单的方法就是顺着山脊往前行进，等走近时再呼唤她们也不迟。

她绕过一处岩石嶙峋的陡峭堤岸，湿漉漉的苔藓散发着腐臭味儿，岸基上还有一小片一小片的烂泥塘——等到白天，可以让小崽们来泥塘学习抓螯虾，但现在不行——然后，她攀入了熟悉的老树林。她进入一片林中空地，这里散发着坚果的香气。年复一年，橡实与山核桃被松鼠埋入泥土里，至于松鼠为何偏爱这块空地，她也无从探知。以前，她在这儿找到过好多次松鼠埋好的饭食，但现在天太黑了，松鼠又很胆小，这场暴风雨刚过，它们是断断不愿离开自己的窝的。但她仍能听见高高的山核桃树上传来鼯鼠冒失、尖锐的夜晚嬉戏之声。她又返回林中，再次停下脚步，将鼻子凑到一棵曾遭斧劈的巨大的老树桩上，树根处冒出的一丛菌类散发着真菌的酸味。这棵树桩通常散发着猫的气味。但她发现最近猫没有来过。

攀向山脊的途中，她停下了好几次，早些时候，她追踪到了一股气味，后来又跟丢了，暴雨几乎把一切抹净。是雄性，她之所以特别感兴趣，是因为他并未出现在她的那份群落名录中；他的存在，无人知晓。她们只知道，又有一个家族从北边迁到了这儿。夜里，她们曾听闻其歌声，那歌声以前从未出现过，她们知道他们就在附近。她又停了下来，东嗅嗅西闻闻，但无论再怎么努力搜寻，那踪迹再也没向她透露更多的信息。今夜甜蜜湿润，恍如洪荒初开，于她而言置身于此，无论怎样，已足够惬意。她完全可以做耐心的觅踪者。待天气渐冷，继而春暖花开，进入交配季，他们便会对彼此的行踪了然于心了。

她脚步稍顿，倾听起来，想听听是否有不太寻常的响动。什么都没听见。在这静若止水的良宵，都是寻常声息。处处都能听见鼯鼠在橡树上的动静；一只臭鼬正往山下逡巡而来；一群火鸡正在近旁搭窝，就搭在被昨晚大风刮倒的巨大橡树交错的枝叶间；月色晦明不定，一只小猫头鹰在头顶某处嘶鸣起来。她疾步向山脊上跑去，身后留下一串轻巧、曲折的足印，以及她身上独特的气息。

若是密林里有人一直在观察她——比如，某个藏身于茂密山毛榉丛中的持枪猎人——那他应该会注意到她是如何沿着小径快步而上，又是如何迫切而紧张地瞪视着前方的地面。她专心致志地独自搜寻，丝毫未察觉他的存在。他似乎已观察了她很长时间，长到几乎相信在这叶尖滴水的森林里，他，以及他视线所及的这跳脱的生灵，乃是仅有的两个造物，他们共同呼吸着独特的气息，而这气息不知何故竟比周围叶片默默吐纳的空气更稀有、更重要。

但他错了。独处是人类目空一切的错觉。轻盈的脚步，哪怕只是踏出一步，对足底的甲虫而言都有如惊雷，牵动起一张大网上无形的丝线，既把配偶引向配偶，亦将捕食者引向猎物，是始，亦是终。每一次选择对被选择者而言，皆是一个新世界的开启。

致谢

这部小说是从土地上生长起来的。这片土地得到了我弗吉尼亚的朋友和邻居们的祝福。我要特别感谢内塔·芬德利，正是她的友谊召唤我回到了家乡，让我认识了她已故的丈夫比尔和他们的儿子乔，他们的故事和幽默感丰富了我的生活和这本书。我要感谢美国栗树基金会的弗雷德·赫巴德无尽的帮助，他教会我树的知识，我今后苹果收成的十分之一都要送给他；基金会的栗树培植项目——远比这部小说中虚构的项目要系统得多——终有一天会使美洲栗树重返美国的森林。感谢戴勒、佩奇和凯拉，我们的至亲。感谢沃森夫妇吉姆和帕姆安排的马车之旅，以及他们的开朗快活和乐天友好；感谢埃米小姐让我心灵平静；感谢兰迪·洛的好建议；感谢合作推广服务中心的解答，他们或许从来没有遇到过谁会像我一样问这么奇怪的问题。还要感谢大自然保护协会的比尔·基特里尔，他提供了极有价值的洞见，以及同样不遑多让的布拉文·贝蒂、克丽丝蒂·克拉克、史蒂夫·林德曼和克莱本·伍德尔。最后，我永远不会忘记费利西娅·米切尔为我洗熨衣物的热心和她在做庭院旧物出售时展现的那份诗人情怀，在我到达的第一天晚上几乎去不成农场的时候，是她放下一切领我前往。

茫茫大千世界里，一直有许许多多的朋友和同事让我心怀感激，这薄薄书页上的方寸之地难以完全承载他们所有人的姓名。但仍有一些名字浮上心头：衷心感谢埃玛·哈德斯蒂，为我们在人生中共度的那些岁月；感谢特里·卡滕对文学矢志不渝的信仰；感谢简·伯恩的聪颖，在她的帮助下，不为外人所知的我才能与公众世界建立起如此亲切的联结；感谢沃尔特·萨比特让我了解了阿拉伯语诅咒；还要感谢弗朗西丝·戈尔丁教会我那些菜的做法和意第绪语法，让我领悟到永远可靠的本能和无条件的爱，甚至可以说她教会了我每一件事——连我没有问到的也倾囊相授。我要郑重感谢亚伦·克雷默一家，谢谢他们慷慨为怀，允许我引用他的诗集《草地惊雷》中那首精致优美的《祝婚歌》。他是个富有激情、满怀社会责任感的作家，平生的作品意境优美、内涵宽广，让我颇觉与他意气相投。我要感谢克里斯·乔基诺斯的那本奇书《希望是长着羽毛的生灵》；我要感谢卡丽·纽科默和她的歌曲《无形的线》带给我的灵感；我要感谢并缅怀 W. D. 汉密尔顿的勇往直前和才华横溢；我还要感谢爱德华·O. 威尔逊的种种襄助及贡献。丹·帕帕伊引起了我对鳞翅目昆虫及相关诸多奇妙谜团的兴趣，并解答了我提出的一些其他谜题。罗伯特·派尔也解答了我有关蝴蝶与飞蛾的疑惑。迈克·芬克尔发表在全美奥杜邦协会期刊上的文章《终极生存者》（1999 年 5—6 月刊）给了我全新的认识郊狼的视角。保罗·米罗查更是将我对本书环衬页的不成熟建议变成了艺术作品。

还有多次阅读本书各版本的手稿、并给出中肯批评和意见的朋友们，我要感谢史蒂文·霍普、埃玛·哈德斯蒂、弗朗西丝·戈尔丁、西德尔·克雷默、特里·卡滕、芬顿·约翰逊、阿瑟·布劳斯坦、吉姆·马卢萨、索尼娅·诺曼、罗布·金索沃、弗雷德·赫巴德、费利西娅·米切尔，以及哈珀柯林斯出版公司热情进取的编辑团队；感谢诸位对这本书至关重要的帮助。尽管有如许领域的专业人士把关，但若仍然存在事实性错误，则皆应归咎于我的不够审慎之故。

我眼中的世界满目苍翠，我很确定这样的印象和认知与我父母的培养有关，从小他们就任由我在各家农场和广阔的荒野间奔跑玩耍、跌摸滚爬；还与我哥哥罗布有关，他既是我的引路人，也是我的共谋者，我们俩一起抓过蛇，也一块儿打过番木瓜。我姐姐安豁达淳厚，处处相帮，有时觉得她好像有一双能为我遮风挡雨的翅膀。我的女儿卡米尔和莉莉总是能带给我莫大的快乐，她们是这方面的行家，仿佛每天都有新鲜的喜悦等我揭开封印。还有亲爱的史蒂文，在我写作此书的过程中，一直有他诚恳耐心的聆听和坚实双手的鼓励，这样的陪伴也将守护我的一生，我对这相知相伴的命运充满了由衷的感恩，简直不敢相信自己竟然会如此幸运。

图书在版编目（CIP）数据

纵情夏日 /（美）芭芭拉·金索沃著；张竝译．——
海口：南海出版公司，2020.8
ISBN 978-7-5442-9905-3

Ⅰ．①纵… Ⅱ．①芭… ②张… Ⅲ．①长篇小说－美
国－现代 Ⅳ．①I712.45

中国版本图书馆CIP数据核字（2020）第061427号

著作权合同登记号 图字：30-2017-052

纵情夏日
〔美〕芭芭拉·金索沃 著
张竝 译

出　　版　南海出版公司　（0898）66568511
　　　　　海口市海秀中路51号星华大厦五楼　　邮编 570206
发　　行　新经典发行有限公司
　　　　　电话（010）68423599　　邮箱 editor@readinglife.com
经　　销　新华书店

责任编辑　黄宁群
特邀编辑　黄渭然　刘竹君　白　雪
营销编辑　李筱竹　金子茗　李怡佳
装帧设计　韩　笑
内文制作　田小波

印　　刷　北京盛通印刷股份有限公司
开　　本　850毫米×1168毫米　1/32
印　　张　15
字　　数　355千
版　　次　2020年8月第1版
印　　次　2020年8月第1次印刷
书　　号　ISBN 978-7-5442-9905-3
定　　价　68.00元